Justine BOCCHI

LA DIFFÉRENCE

POÉSIE

Les Presses Du Midi

Déjà paru aux éditions Les Presses du Midi :

"Violoniste des mots"

"Le monde bleu"

Impression PDM

---

121 avenue d'Orient - 83100 Toulon
Tel. : 04 94 16 90 20 - Fax : 04 94 16 90 29
Dépôt légal septembre 2003
ISBN : 2-87867-497-9

Justine BOCCHI détient le record mondial du jeune auteur ayant reçu le plus de récompenses littéraires :

50 prix littéraires à l'âge de 11 ans.

Record certifié et homologué par le Livre Guiness des Records en juin 2002.

*

1999

Avril 1999 (8 ans) : *2e prix* au concours de la "Bibliothèque Municipale de La Garde" - LA GARDE (83).

*

2000

7 juin 2000 : *2e prix* au concours national de poésie, "Encre Bleue" - CAVALAIRE (83).

18 juin 2000 : *2e prix* de la "Verte Plume" au XIIe Festival Européen des Arts et de la Poésie - LA SEYNE/MER (83).

7 octobre 2000 : *1er prix* de poésie au "Festival du livre" de MOUANS SARTOUX (06).

15 octobre 2000 : *1er prix* de comptines à la "Bibliothèque Municipale du Pradet" - LE PRADET (83).

20 octobre 2000 : *1er prix* de poésie - "Prix Calliope" ville de MAISONS-LAFFITE (78).

*

2001

14 février 2001 : *1er prix* de poésie au concours des "Amis de Jean Aicard" - TOULON (83).

10 mars 2001 : *1er prix* de poésie "Los Trobadors" au "Grand Prix de la ville de Narbonne" - NARBONNE (11).

20 mars 2001 : *diplômée* en catégorie "Nouvelles" au concours "Le Français comme on l'aime" - MONTFERRIER (09)

25 mars 2001 : *prix du "Jeune Poète"* au concours de poésie sur le thème du "rêve" - ORGEVAL (78).

29 mars 2001 : *mention spéciale du jury* au concours de "Nouvelles de la bibliothèque municipale" - FREJUS (83).

7 avril 2001 : *1er prix* des "Écoles" et prix spécial du "Jury" au 4e "Concours International Regards" - VARENNES-VAUZELLES (58).

13 mai 2001 : *primée* au concours de poésie de "L'Ouvre-Boîte" - AUVERS-SUR-OISE (95).

2 juin 2001 : *première mention* des "Arts et Lettres de France" en section "Poésie jeunes" (13-18 ans) - CAEN (14).

2 juin 2001 : *2e prix* "Contes et Nouvelles", prix "Paul-Jacques Bonzon" - MONTELIMAR (26).

10 juin 2001 : *diplômée d'honneur* par les "Ateliers Poétiques d'Erquelinnes" (Belgique) pour le prix "André Bouchier" - BERGERAC (24).

16 juin 2001 : *2e prix* au concours de poésie "Les Muses d'or 2001" - LA QUEUE-EN-BRIE (94).

16 juin 2001 : *prix "Jeunes Espoirs"*. Prix *hors concours* tous âges confondus, pour un ensemble de 10 textes, décerné par la "Société des Poètes et Artistes de France" - CHAMBERY (73).

20 juin 2001 : *diplôme d'honneur* décerné par "l'Académie du Var" au concours de poésie - TOULON (83).

23 juin 2001 : *2e prix* au concours littéraire "Prix Jules Lafforgue 2001" en section "Poésie libre" (-18 ans) - AUREILHAN (65).

29 juillet 2001 : *1er prix* des “Jeunes Poètes”. Prix “André Maynard” aux “Jeux Floraux du Pays d’Olmes” - MONT-FERRIER (09)

25 août 2001 : *1er prix* de poésie aux “Apollon d’or 2001” VAISON LA ROMAINE (84).

1er septembre 2001 : *1er prix* de poésie, *prix du “Jeune Poète”* au 12e “Concours de poésie de la Vallée de la Haute-Dordogne” - MONT-DORE (63).

30 septembre 2001 : *prix “Jeunes auteurs”* au concours de “l’École de la Loire”. Primée en toutes catégories (Prose poétique-Nouvelle-Conte-Poésie) pour l’ensemble de son envoi - BLOIS (41).

3 octobre 2001 : *prix de la nouvelle* “catégorie jeunes” au concours du “Club Littéraire et Poétique : Par Chemins 2001” - MONTREUIL (93).

13 octobre 2001 : *2e prix* de poésie au concours régional Midi-Pyrénées de la “Société des Poètes et Artistes de France” - ST-ORENS (31).

14 octobre 2001 : *1er prix* “Paule Verdier” au concours de la “Belle Aude Poétique” - CARCASSONNE (11).

14 octobre 2001 : *3e prix* “Isabelle Robert” au concours du “Groupe Poétique et Artistique du Roussillon” - PERPIGNAN (66).

20 octobre 2001 : *prix “Espoirs”* au 8e concours national des “Poésiades de Moulins” ALLIER (03).

20 octobre 2001 : *1er prix* “Calliope 2001” (Catégorie collège) - MAISONS LAFFITTE (78).

28 octobre 2001 : *prix des “Jeunes Poètes”* au concours de la “SPAF PACA” - MARSEILLE (13).

17 novembre 2001 : *diplôme d'excellence* décerné par le "Centre Culturel Européen" - ABBEVILLE (80).

19 novembre 2001 : *primée* au concours "Clairefontaine Rhodia" - OTTMARSHEIM (68).

25 novembre 2001 : *1er prix* au concours international "Jeunes Poètes 2001" de l'association "RPAB" & les "Éditions An Amzer" - BREST (29).

2 décembre 2001 : *1er prix* du "Jeune Poète" au concours du "Jasmin d'Argent" - AGEN (47).

*

2002

10 janvier 2002 : *"mention"* décernée par le "Cercle du Poisson d'or" pour le "Prix Nidas" - PARIS (75).

1er mars 2002 : *1er prix* "moins de 16 ans" au concours "d'hiver de la vallée de Haute-Dordogne" sur le thème de "Noël" - MONT DORE (63).

2 mars 2002 : *1er accessit* au prix du "Petit Prince" au concours international "Richelieu" - CHÂTEL GUYON (63).

23 mars 2002 : 1er prix "Robert Jolly des Lettres & Arts Septimaniens" - NARBONNE (11).

23 mars 2002 : *prix "Jeunesse"* au concours du "Centre Culturel Européen" - ABBEVILLE (80).

24 mars 2002 : *1er prix* "catégorie enfants" au concours de "Poésie 2002" organisé par le "Geste d'Orgeval" sur le thème de "l'arbre" - ORGEVAL (78).

28 avril 2002 : *1er prix* "Section collèges" aux "Jeux Floraux de l'Essor Poétique" - LA ROCHE/YON (85).

4 mai 2002 : *1er prix* de “Europoésie jeunes” au concours de l’association “Rencontres Européennes de Vitry” - PARIS 13e (75).

12 mai 2002 : *“Calliope d’argent”* au concours de l’association “Dits et Écrits du Médoc” - LE VERDON/MER (33)

18 mai 2002 : *2e prix* du “Petit Prince” au concours des “Collèges de La SPEPA” - LA SPEPA - (01).

19 mai 2002 : *3e prix* de “Poésie enfantine André Bouchier” - BERGERAC (24).

26 mai 2002 : *prix “Jeunesse* Henri Duclos” au concours de” l’Académie des Jeux Floraux du Genêt d’or” - PERPIGNAN (66).

2 juin 2002 : *1er prix* “catégorie enfants” au concours de la “Ligue de protection des oiseaux PACA” - OPPEDETTE (05)

29 juin 2002 : *diplôme d’honneur* “Poésie Jeunesse” par le “Centre Culturel Européen” - ABBEVILLE (80).

28 juillet 2002 : *diplômée* au “Prix des jeunes - André Maynard” par “l’association culturelle du Pays d’Olmes” - MONTFERRIER (09).

28 juillet 2002 : *prix “Jeunesse”* au concours de “Poésie de la journée du livre” - SABLET (84).

1er septembre 2002 : *primée* en “catégorie nouvelle” par la “Bibliothèque et le Centre Culturel d’Aubel” - BELGIQUE.

14 septembre 2002 : *1er prix* de “Poésie - moins de 16 ans” au concours de “l’association poétique Henri Pourrat” - MONT DORE (63).

15 septembre 2002 : *2e prix* “catégorie jeunes” au concours de “l’Heure Poétique” - SAINT-MARCEL (27).

22 septembre 2002 : *mention très honorable* "catégorie jeunes espoirs" au concours du "Centre Européen pour la Promotion des Arts et des Lettres" - THIONVILLE (57).

28 septembre 2002 : *mention spéciale avec les félicitations du jury* au concours du "Prix de la ville de Molsheim" (recueil de 15 poèmes) - MOLHEISM (67).

5 octobre 2002 : *1er prix* au concours de "Poésie de la ville de Morestel" - MORESTEL (38).

6 octobre 2002 : "*Rose de l'espoir*" aux "Joutes poétiques des Rosati" - ARRAS (62).

6 octobre 2002 : *2e prix* "Isabelle Robert" aux "Joutes poétiques du Roussillon" - LE SOLER - PERPIGNAN (66).

12 octobre 2002 : *2e prix* au concours de "Poésie de l'Institut Culturel Inter-Âges" - PAU (64).

19 octobre 2002 : *prix du "Recueil"* au concours "Albarimes 2002" - ALBENS (73).

10 novembre 2002 : *mentionnée* au "Salon des poètes de Lyon" - LYON (69).

15 novembre 2002 : *primée* au concours de "Poésie de La Liro d'Alau" - ALLAUCH (13).

29 novembre 2002 : *primée* au concours littéraire de "l'Association des Paralysés de France" - LYON (69).

2 décembre 2002 : *1er prix* au concours de "Poésie du Club Littéraire et Poétique Par Chemins" - PARIS (75).

11 décembre 2002 : *1er prix* au concours de "Poésie CODYM 2002" - VERSAILLES (78).

*

2003

Mars 2003 : *1er prix* au concours d'hiver de "l'Association Henri Pourrat" sur le thème de "l'arrière saison" - MONT DORE (63).

15 mars 2003 : *2e prix* "Robert Jolly" catégorie "Jeunes" au concours des "Lettres et Arts Septimaniens " : "Los Trobadors 2002" - NARBONNE (11).

15 mars 2003 : *"Sarment d'or"* catégorie "Poésie ados 12/16 ans" et *"Sarment d'argent"* aux "Jeux Poétiques de Sartrouville" pour le 5e "Printemps des Poètes" - SARTROUVILLE (78).

23 mars 2003 : *2e prix* au concours de poésie du "Geste d'Orgeval" catégorie "Jeune" sur le thème de "la rue" - ORGEVAL (78).

Avril 2003 : *1er prix* aux "Jeux Floraux de l'Essor Poétique" - LA ROCHE/YON (85).

12 avril 2003 : *1er prix* du "Petit Prince "au concours international de "Poésie Richelieu" - CHÂTEL-GUYON (63).

11 mai 2003 : prix "Marcel Chabot" - *1er prix* des "Collèges" au concours de la "SPAF de Vendée" - LUCON (85).

15 mai 2003 : *1er prix* au concours du "XIIe Prix Littéraire Philémon" - TOULOUSE (31).

17 mai 2003 : *prix hors concours* de "l'Atelier de Poésie de Carcès" - LORGUES (83).

17 mai 2003 : *grand prix* du "Petit Prince" au "XVIe concours de la SPEPA" - AMBUTRIX (01).

31 mai 2003 : *3e prix* des "Arts et Lettres de France" - LIMOGES (87).

4 juin 2003 : *lauréate* du concours de poésie sur le thème de “l’arbre” organisé par “l’Office de Tourisme de Montmorency” - MONTMORENCY (95).

15 juin 2003 : *prix spécial* du “Jury des amitiés du Gâtinais” - MONTARGIS (45).

15 juin 2003 : *prix “Jeunesse* Henri Duclos” décerné par la “Compagnie Littéraire du Genêt d’or” - PERPIGNAN (66).

21 juin 2003 : *prix “Chrysalide”* de “l’académie Renée Vivien” - AMIENS (80).

22 juin 2003 : *1er prix* de “La rose” au “XXVIIe Joutes des Jeunes Poètes” organisées par la “Société des Rosati” - SAINT LAURENT BLANGY (62).

5 juillet 2003 : *2e prix* de poésie au “Grand Prix littéraire du Pays de Buch 2003” - LA TESTE DE BUCH (33).

13 septembre 2003 : *2e prix* de poésie “Jeunes” aux “Appolon d’or 2003” au concours international de la “Poésie vivante” - VAISON LA ROMAINE (84).

Je dédie ce livre à mon grand-père maternel, qui nous a quittés le 6 février 2003.

"Sois heureux au ciel plus qu'ici-bas. Tu resteras à jamais dans le berceau éternel."

Justine

LA DIFFÉRENCE

Toujours, toujours, j'ai peut-être peur de ma personne,
Peur de me montrer parmi ces gens obscurs et silencieux
Peur d'être à part des autres, et cette voix résonne,
Comme un long tunnel de sommeil et de cieux.

Toujours, toujours, j'ai pris dans ma voix mon injustice,
Contre la défense de la paix et l'humanité
Liée à mes ficelles sur les chemins de l'adolescence,
J'ai quand même mes souvenirs d'enfance cachés.

Toujours, toujours, ce besoin immense d'être camouflée,
Dans un horizon lointain de collines et de lacs gelés,
Sur les pentes de mes jours suprêmes à la vie,
Et se sentir absorbée par un vide étrange d'un autre avenir.

Toujours, toujours, le ciel bleu et les matinées de brume,
Le visage enjoué et les yeux d'un océan très profond
Des envies de voyages et d'îles aux soupirs des abîmes,
J'attends par ma haie de souffrance de croître d'un bond.

June BI
Mai 2001 (10 ans)

LE PRINTEMPS DES POÈTES

L'hiver, sommeil lourd et froid,
N'est qu'un symbole de neige.
Ils gardent leurs châles sur leurs épaules,
Et, ne pensent qu'à leur vie froide.

L'automne, le chagrin les emporte,
Comme des petites feuilles.
Ils ont l'âme douce et fertile,
Pourtant, aucun d'eux ne chante.

Le printemps fleurit leur cœur,
Gros comme une pomme sacrée.
Ils n'ont que leurs poèmes,
Pour s'endormir dans leur douleur.

L'été, par temps d'orage,
L'on voit danser leurs longues barbes
Ils n'ont plus que la mer,
Pour aller s'y plonger.

TERRE

Je n'ai franchi que les eaux et les vents,
Pour te rejoindre, île déserte
Ma douce terre de mes rêves d'enfant,
Tu étais celle qui me tournait dans la tête.

Je n'ai franchi que les grèves et les arbres,
Pour être ton unique sagesse
Pour tes yeux de terre en marbre,
Pour que personne ne me lève ton image.

Je n'ai franchi que les mers et les océans,
Pour me jeter dans ton lac glacial
Pour que je m'endorme doucement,
Sur ton île de terres et d'eaux.

Je n'ai franchi que ton obscurité,
Pour faire le mieux de ton amour
Aux doux plaisirs des oiseaux plumés,
Plumés de cristaux que leur offre Terre.

.../...

.../...

Je n'ai franchi que les forêts d'argent,
Où se plongent les parfums des artères.
Les dunes ne sont que les bras de l'île
Qui s'étendent sur les plages secrètes.

Je n'ai franchi que tes plaies :
Dures comme des sabres de fakir
Que j'ai lancés dans la mer rocheuse,
Et, ton écho revient comme un ricochet dans mon oreille.

Je n'ai plus qu'à te dire adieu,
Tes volcans, tes grèves, tes yeux d'argent,
Tes terres, tes eaux et tes vents,
Ne sont que des choses à ton apparence de terre.

Rouvre les yeux sur moi
Pour voir mes yeux d'océan glacé
Et mes pupilles de voyageur, seul,
Je te regarde et tu me reconnais.

LES CERISES

On attend le printemps pour elles,
Juteuses, pourpres, douces, dégoulinantes de fraîcheur
Mûres, molles ou croquantes, aromatiques, rondelettes,
Rouges, vives, mordantes, plaisirs de la saison chaude.

On ramasse leur cœur qui pend aux arbres,
Légères, onctueuses, dodelinantes, par petites grappes
La tête en bas, comme de petits pantins inarticulés,
Pourvues de noyaux, goûteuses, croustillantes, brunes.

On accroche un épouvantail pour préserver leur peau,
On suit les vignes, les prés, les champs, les cerisiers
Pour vous trouver, face à nous
Et vous cueillir à portée de mains.

L'ARBRE

L'aurore se lève doucement,
Coiffe les parures sublimes des forêts
Gèle la rosée des prés pimpants,
Et blanchit la couleur des nuages violets.

Elle ensorcelle l'orage de ses nuits douces
Par son baiser de fraîcheur et d'été.
Dort sur les champs et les roseaux baignés de mousse,
S'entrelace entre les feuilles d'écume.

Et au soir, fleurissant les pailles et les fermes,
Dans la grange, elle allonge dans le foin
Ses brumes matinales, le soleil éclatant et chaud.
Et, elle rencontre les tempêtes, les ouragans, les tornades.

Et ce matin, un arbre est né dans les herbes hautes.
Tout petit avec ses feuilles dentelées autour de lui.
Dans la lumière de l'astre, tiède et furtif,
Il se plonge dans la voile du printemps de minuit.

UN ROI DE LUMIÈRE

Je volais avec les flambeaux allumés,
Me brûlant très fort les mains.
Et, j'étais sur le tapis, ne pensant qu'à mes rêves de paix
Enfermés dans la flamme d'un lendemain.

Pourtant, je regardais en bas les villes enneigés,
Mes propres mains touchant les toits peints
Entre des pâtisseries et des avenues entrelacées.
Puis, je fermai les yeux, comme un petit pantin.

Le tapis vola très haut dans le ciel bleu.
Ne pensant qu'à mes souffrances et mes rêves,
Je fermai à nouveau les yeux
Et me jetai dans les toits peints et les flammes.

OÙ ES-TU PETITE LUNE ?

J'ai navigué dans le ciel en bateau,
Sur le ciel bleu comme les mers et les océans.
Les nuages s'accrochaient à mes voiles,
Comme les ombres des morts de Tirésias.

Les volcans prenaient leur force
Dans la coque du fond de mon navire.
Les étoiles plongeaient dans mes filets :
Et, je commençais à ne voir que les horizons.

Alors, je scrutai un moment les vampires
Affamés qui se jetaient sur moi, et dénudé,
Je hissai mes voiles jusqu'aux lointaines plaines
Où Ulysse m'attendait avec la lune dans la main.

IL ÉTAIT UNE FOIS MAURIK...

Les fleurs chantaient ce jour-là,
Le cerisier était mûr pour son âge
Et, au loin, la mer était déchaînée.

Les herbes hautes montaient, jusqu'au cou,
Le vent commençait à les pousser
Vers les rivages de brume et de sable mou.

Les bourgeons fleurissaient lentement,
Quelques rameaux épinglaient l'allée
Jusqu'au bout des lierres, sous les fenêtres.

Les coccinelles grimpaient
Sur nos jambes nues, découvertes.
De la chaleur sur les chemins d'été.

Les saisons défilaient, doucement,
Émettaient le long ricochet des bois
À l'écorce râpeuse, sur l'arbre chaud.

Chaud à cause de cette sève brûlante
Qui lui couvrait le corps jusqu'aux racines,
Enfermant son petit cœur de peine.

.../...

.../...

Les vitres du château de broussailles
Étaient cachées par les branches
Enlacées de bois dur, de velours.

Alors, nous accueillîmes cette chose,
Ce phénomène de "Peau de Pêche".
Et la forêt entière ne bougea plus...

Cette "Peau de Pêche" mûrit et s'ouvrit,
S'ouvrit dans une fleur de cristal;
Et les arbres touchèrent la chose.

Cette chose grandit sur le sol,
Elle ne manquait pas de nourriture :
De baies, de prunes et de cerises.

Sa figure dessinait le vent,
Le vent, la pluie et le sable frais
Sur son visage de petit homme.

La nature connaissait les hommes
Comme les coutumes fleurissantes
Le monde semblait se nommer Maurik...

LE SOLEIL SUR L'AZUR

Le soleil est une voile transparente de chaleur,
Un cercle rond invisible aux lagunes qui
Allume le volcan sur les lignes horizontales de la roche.

Le soleil, épargne les longs pays froids
Aux somnolences glacées et à la couverture de bois.

Le soleil s'extirpe des pays froids à l'Afrique
Un pays chaud, aux cases de cire magnifiques.

Le soleil n'est que le centre de la Terre;
Chantez l'été, lorsque vous le voyez, allongés
Sur vos plages de sable et de dorades de verre.

Le soleil, n'est que source de bonheur,
Sur les mers et les océans volcaniques,
Sur le dos de l'océan Atlantique.

Le soleil est un ouragan de plaisirs
Sur les îles lointaines, caché par les palmiers.

Le soleil, le soir, se couche près du Petit Azur
Qui attend son prince au lever de l'aube.

LE VERT PRINTEMPS

J'ai plié un papier et je l'ai mis dans ma main,
Je l'ai rouvert sur les côtés de mes doigts
Ils étaient verts comme les verdures du matin.
Je l'ai rouvert sur un côté plat de ma paume
Il était bleu comme la mer plate et douce,
Je l'ai rouvert d'un autre côté de mon pouce
Il était gris comme les nuages.
Je l'ai rouvert d'un côté dur de mon oreille
Il était rouge comme les terres d'engrais.
Je l'ai rouvert d'un côté de mon cou
Il était orange comme les couchers de soleil,
Je l'ai rouvert d'un côté pourpre de ma tête
J'ai vu le printemps et les oliviers bleus,
Et, je l'ai refermé en moi-même, pendant tout l'été.

LE GALET

J'ai vu un galet, bleu
Il était sur la plage,
Il était là dans les algues et les visages,
Il n'avait rien d'extraordinaire
Mais pourtant, il était vivant
Et, je me suis attaché à lui comme un aimant.
Et en lui, j'ai découvert la mer
Elle était d'un bleu limpide et soyeux,
Elle n'avait rien de mieux
Que le galet sur les basses criques.
Je l'ai regardé longtemps
Pour mieux comprendre son passé...

Sur la plage, je n'ai plus vu le galet bleu.

Juin 2001 (10 ans)

GABRILLE ET LES LOUPS

Le langage des loups I

On n'aurait jamais pu croire
Qu'elle ait autant de cruauté
De violence, et sans espoir,
On aurait pu croire, un geste d'amitié.

Ses yeux étaient noirâtres, au clair de lune
Elle dansait.
Les loups, autour d'elle, chantaient,
Cette nuit que personne n'a vécue.

Plus Gabrille tournait autour du feu,
Plus les loups se posaient des questions
Sur cette fille à moitié sauvage.
Elle s'arrêta et regarda la terre.

Elle se réveilla,
Elle vit des millions d'années,
Des collines et les loups souffrants.
Elle comprit que les loups parlaient.

LE LANGAGE DES LOUPS II

Le camp des alligators

Les abris, des terriers rudes
Creusés par les loups
Fiers de leurs chefs-d'œuvre,
Aussi habiles que l'humain.

Gabrille se sentit seule en elle.
Elle s'assit sur les rochers durs
Serpentant le camp des alligators ;
Elle vit l'un d'eux s'approcher.

Elle recula,
Elle n'avait pas peur.
Mais, la nuit descendait
Et elle devenait aveugle.

Les alligators rampèrent sur le sable,
Se dirigèrent vers Gabrille.
Mais, avant que les alligators ne viennent au camp,
Les loups, les jetèrent dans l'eau pure…

LA LAGUNE

J'aperçois de l'autre côté, au bout du rivage,
Des cygnes qui dansent sur les rides de l'eau.
Les roseaux frétillent et se penchent dans l'orage.
Là-bas, dans le lointain, la brume couvre les oiseaux.

D'une voile légère, venue du vent de l'ouest.
Le matin se couche sous le charme de l'endroit.
Dormant sur la dune haute jusqu'aux rochers
La falaise se libère par la marée basse.

Dans la roche, sur les côtés du grillage
Qui sépare la brousse, rude et dangereuse,
Les cygnes crient leur courage
De passer les frontières hasardeuses.

La lagune, cette terre mystérieuse et si renommée,
Aux légendes qui racontent que les sirènes
Iraient se cacher dans cette muraille salée,
Écoutez, le soir, l'on entend des bruits bizarres...
Sur cette plaine...

TANZAÏRE

Terre, laisse couler ta source
Jusqu'au plus profond des roches.
Tanzaïre du Bongal, la lande aux pousses
Renferme tes ardeurs dans ta poche.

Tanzaïre, laisse tes cheveux d'or
Pour crêtes des volcans et des prés.
Laisse mourir le cerf de la vie,
Et ne pense pas à ta fidèle…

Loin de toi, sous les feux, le jardin de minuit
Au crépuscule, lance des ténèbres.
Tu t'enflammes comme une brindille luit,
Comme une petite braise accrochante.

Tanzaïre, tu surgiras de ton cercle,
Tu montreras ton pouvoir
De lancer ton cœur aux braises de perle,
Tanzaïre, Terre, laisse rire tes sources!

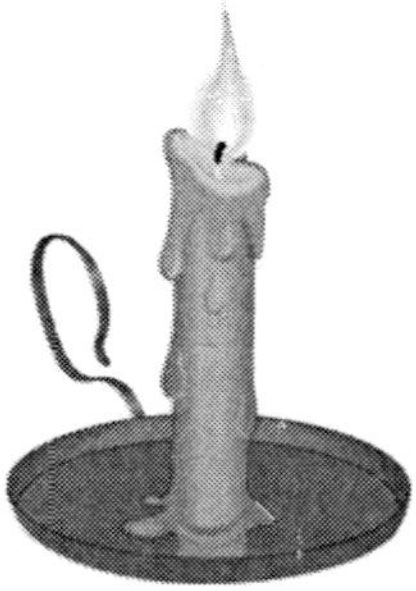

LA BOUGIE

Dans l'âtre, dans l'ombre crépusculaire,
Une étoile ou une flamme s'allume.
Sur l'esprit étrangement clair,
L'écrivain, à l'aide de sa bougie,
Fait danser la flamme jusqu'à la plume.

Il embrasse le papier avec sa flamme.
L'odeur de la cendre et des peaux sèches
Dort dans l'obscurité des âmes.
Le silence règne, comme un fruit mort,
Et, l'écrivain laisse fondre le péché...

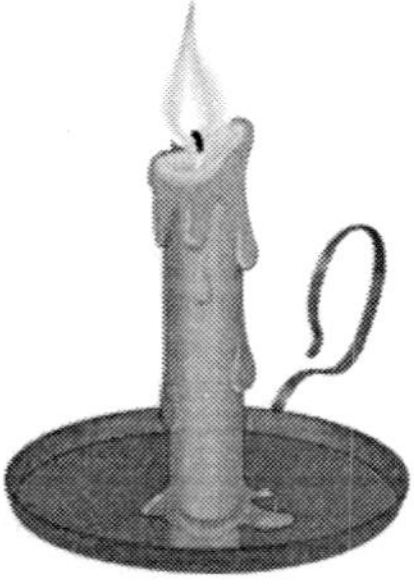

L'ÉTÉ DANS LA BOÎTE

Les cigales et les odeurs sèches,
Sont restées dans leur source :
Dans un bocal transparent,
Où l'on voyait les pêches mûres.

Les lilas et les criquets,
Dormaient dans le champ
Où la liberté s'est étendue,
Verte et libre sur les oliviers.

Alors, les cigales, les criquets,
Les araignées dans leurs toiles,
Les pêches mûres et les oliviers,
Ont souri devant le tapis de l'été.

LE COLLÈGE

On rentre dans d'autres âges,
On est presque perdu dans cette foule ;
On regarde tout autour de nous, les paysages.

Je vois les bâtiments hauts et périlleux,
Les élèves, derrière "leur prison",
Parlent des classes et des dangereux obstacles.

Tandis que les Grands, cartables lourds,
Montre au poignet, chemises d'été,
Défilent sous le préau, ces jeunes sans humour.

Les tout jeunes, les petits sixièmes,
Sont là à attendre sur un banc, ou sur une marche,
Comme des monstres haletants, qui ont franchi
Leur ligne d'arrivée !

J'ai écrit ce poème en Juin 2001, après ma visite au collège qui m'a fortement impressionnée car je suis passée du CM1 en 6e.

L'ESPRIT DU MONDE

Le principal c'est de regarder l'étoile
D'où nous sortons tous ensemble
Vers les lois et les cultures loyales.
De savoir maintenir notre esprit noble,
Tous sur la même lune, la même ligne
Qui d'un seul coup ne bouge plus.
Et là-haut, où chantent les pignes
Notre esprit n'est plus le même, il mue.

FÊTE DES PÉRES

Quand le soir, devant ma fenêtre,
Je regarde les étoiles dans le ciel bleu :
Je ne vois que toi au milieu de ce champ d'étoiles,
Et, je regarde avec des yeux profonds
Qui peuvent éclairer le ciel et les nuages gris,
Et en toi, je ne vois que le soleil et l'été,
Les dunes qui sifflent doucement,
J'entends les vagues dans ta voix pourpre,
Et en toi, je vois des oliviers
Qui t'offrent une rose
Cueillie dans ton champ
Ton champ d'étoiles bleues
Qui chante jusqu'aux vagues.

LE NAIN

Venu l'été, au temps des abricots,
Yeux fertiles et lèvres alléchées
Il regarde l'heure qui bat,
Il va croquer une belle pêche.

Dans ses petites joues de gnome,
Il arrache le morceau du fruit
Il le regarde, le savoure, petit bonhomme.
Son maître l'appelle, une lumière luit.

Les petits sarcasmes du voleur
S'amplifient dans sa petite vie.
Il regarde battre l'heure,
Et sur le balcon, regarde si ton nain
N'est pas parti
Dans la nuit, au Pays des mille nuits.

PILE OU FACE

Pile est une vie douce, tranquille,
Précise, anonyme, où la ville
Est verte par son champ d'oliviers,
Où le Géant est allongé sur terre dorée.

Face est l'humour de pile
Il danse, s'éclabousse et s'endort
Sur un océan bleuté d'amour,
D'où il vous regarde tristement
Et la main vous tend…

L'ÉTÉ

L'été, symbole de la nature, les vacances,
La chaleur, la mer, les plages.
J'ai chanté sous le palmier bleu
Comme une cigale dans les buissons,
J'ai chanté sous les dunes
L'amour et la joie, la musique
La folie et la passion forte.
L'été, symbole de la nature, les vacances,
J'ai chanté sous le palmier bleu

MANDARINE

Toi qui éclairais ma voie de ton chant aigu,
Toi qui m'as aimée et m'as bercée dans la joie,
Toi qui dansais dans ta cage de verdure,
Toi qui t'endormais dans tes plumes,
Tes plumes blanches de liberté, ivres de douleur…

Au son à l'intérieur des terres,

Tu t'es envolée par temps couvert.
Tu as fermé les yeux de souffrance,
Et tu t'es endormie, tu as rejoint l'Australie.
Dans ton ciel bleu, tu as rouvert tes ailes
D'un charme, d'une beauté si intense!

Repose-toi à tout jamais ma Mandarine.

Juillet 2001 (10 ans)

J'ai écrit ce poème à la mort de la femelle de mon couple de mandarins (petits oiseaux exotiques).

TOUS ÉGAUX

Peut-être la seule ligne où l'horizon est bleu,
Égal aux lointaines plaines et à la mer salée,
Pareil aux flammes égales à elles-mêmes.

Peut-être que dans cette émission,
On a tous franchi l'arrivée, en même temps.
On vaut la même chose, tous ensemble.

Pourtant dans notre cœur, tout change;
C'est le noyau de la passion que l'on a ouvert par chance,
C'est différent,
Les jours se suivent mais ne sont pas les mêmes.

Ce noyau au cœur de la passion,
Il était bleu, tout bleu, d'un bleu azuré.
J'ai compris que le monde était sur le même horizon bleu :
l'Égalité.

Justine Bocchi - Le 5 juillet 2001
Pour l'équipe de "Tous Égaux"

J'ai écrit ce poème à la demande de l'équipe de journalistes qui a réalisé un reportage télévisé sur ma passion de l'écriture.

MAEVA

À ma poupée

Toi, de tes si beaux yeux glacés,
Tu m'as fait rêver jusqu'au bout,
Tu m'as fait tant voyager.

Ta peau si fragile est une pêche
D'un bonheur si parfumé !
Tes mains sont des larmes gelées

Où l'on peut traverser une rivière
En entendant ton petit cœur si tendre
Que la vie apparaît sur ton visage d'enfant.

DU LANGAGE À L'OISEAU

J'ai vu le jour et la nuit, bleus comme la mer,
J'ai vu des cigales sur le haut des cimes,
J'ai vu le vent chavirer mes cabanes de pierres,
J'ai vu les lilas et les cerisiers tristes...

Je suis monté en haut du ciel, tout haut,
J'ai attrapé la grappe de raisins purs
Accrochée au jour levant des hameaux.
Je suis le vent qui siffle entre les murs

Je fais voler mon chapeau sur ma hotte,
Je parle aux fleurs et à moi-même.
Quand j'entends rouler la belle écume,
La terre et l'eau rentrent dans mes yeux.

Mes yeux sont flous et bleus,
Je garde de la plume à mon bec
Pour m'envoler dans les grands airs froids,
Entendre le geste du monde sur ma parure de plumes.

ON N'EST QU'UNE SIMPLE LARME...

Les peintres, sans leurs pinceaux,
sont de sombres couleurs.
Les écrivains, sans leurs plumes,
sont de simples mots ;
La cigale sans l'été,
n'est qu'un simple chant,
Le bonheur, sans la joie,
n'est qu'un sentiment.

La maison sans son toit,
n'est qu'un simple vestige,
L'arbre sans ses feuilles,
n'est qu'une simple vendange.
Le sculpteur, sans son outil,
n'est qu'un simple visage
Le monde sans lui-même
n'est qu'une simple image...

LES PLEIADES
Mini Conte Poétique

Un jour qu'Orion avait sorti sa foudre d'étoiles de l'horizon
Atlas, de toute sa hauteur et de toutes ses forces,
Perdit ses sept filles aux cheveux de glace et,
Aux membres en filaments de méduse.

Zeus qui regardait le ciel, transforma ces sept filles
En la plus belle des étoiles dorées.
Pleione, la plus petite, était l'étoile de cristal luisant;
Et, Orion, sur l'autre ligne des étoiles, vit la sirène.

La sirène, c'était Pleione, cette créature surnaturelle,
Traversa la voie lactée avec Maya sur son dos.
Maya était sa sœur, c'était une étoile de moitié de lune;
Pleione trouva, non loin de la ligne d'horizon,
le cercle de la vie.

.../...

.../...

C'était Zeus : "le petit transformateur de créatures",
Orion l'avait à son tour, changé en cercle, le cercle de la vie,
A cause de Pleione qui était une fille magnifique
Avec des yeux couleur d'astéroïde,
des mains en forme de corail.

Pleione s'approcha du cercle de la vie, il était bleu,
Et à l'intérieur, le monde futur déploya ses ailes d'argent.
Pleione, pour sauver Zeus, tomba dans le piège du cercle,
Mais, Zeus se libéra et le monde s'ouvrit à nouveau...

Zeus, tous les soirs, regarde les étoiles, toutes,
Mais en particulier Pleione qui a créé le Nouveau Monde.
Maya et ses sœurs regardent elles aussi la Voie Lactée .
Et ne voient que Pleione, une sirène dont le cœur est :
Une étoile qui luit à tout jamais.

DE LA PAIX

D'un morceau d'étoile
Au noyau de la vie
D'un pétale de fleur
Au monde ébloui.

De la terre au sol
De la lanterne à l'humanité
Du voilier à la mer
Du bateau au pêcheur.

De l'océan aux plumes
Du musicien à sa flûte
Du soleil aux rayons
Des maïs à la Paix.

L'ESPÉRANCE

Tes douces larmes sont de simples tombeaux
A l'Espoir qui te suit, derrière toi,
Tes doux yeux couleur de ciel bleu las...
Je te vois comme un cœur, au milieu de ce champ.

Tes souvenirs au sourire de la vie,
Aux nuages derrière tes pleurs
Regarde-moi sous l'arc-en-ciel,
L'Espoir est comme le temps qui coule...

Peut-être qu'il écoule ses secondes
Comme toi, tu es le nuage de beau temps.

Août 2001 (10 ans)

J'ai fait ce poème d'espoir pour ma maman qui faisait une cure thermale à la Roche-posay.

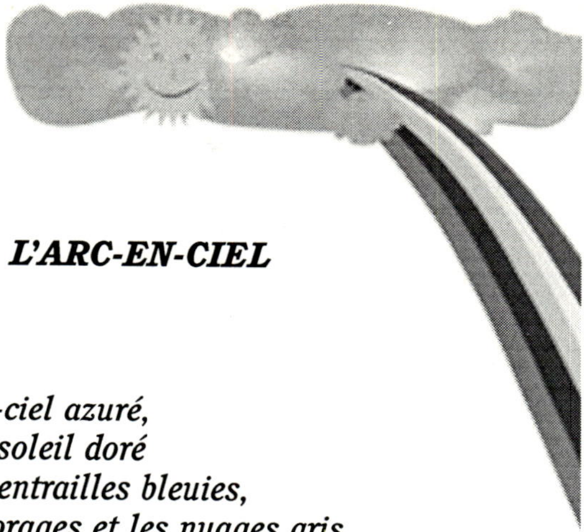

L'ARC-EN-CIEL

Je suis l'arc-en-ciel azuré,
Qu'un rayon de soleil doré
Entre dans mes entrailles bleuies,
Bleuies par les orages et les nuages gris.

Mes couleurs violacées de tristesse
Sont des voyages, de sombres caresses.
L'horizon est loin de mon cerceau d'or,
L'astre et la lune traversent mon corps.

On me voit parfois derrière des pluies,
Les bruines ne sont que mes reflets de nuit.
J'aime franchir les arbres et les cimes,
J'aime sentir ma présence de fantôme dans l'abîme.

Les nuits de grand vent, je me glisse,
Me glisse à travers des voiles qui plissent,
À travers les rivières et les fleuves cahoteux,
Je veux être les arbres qui sont brûlés par le feu.

L'INGÉNIEUX

De l'éclatement d'une terre sans fin
Aux ruisseaux qui se plongent dans la mer.
D'un rayon de tout, au brin de l'ingénieux
D'un soleil qui se cache dans ses yeux.

Petit bonhomme de chemin, sur sa voie
Il est sourd, et ne perçoit que ces choses
Dont l'étymologie remonte au ciel,
D'une fleur qui l'a choisi, lui.

De la nature qui l'a accepté entre ses branches,
De la mer qui l'a accepté le long de ses dunes.
Il entend déferler les vagues sur sa tête
D'un bourgeon qui a mûri à ses connaissances.

LE REGARD DE L'AUTRE

Toujours d'un côté de sentiment proche,
D'une lueur dans l'azur aveuglant,
Un rayon de soleil perce l'horizon,
L'un de l'autre au même astre...

Les étoiles brillent dans ce fond bleu,
D'un jardin qui les appelle
Dans le firmament là, on voit danser
Des cygnes sur les longues plumes de l'Avenir.

Le monde s'était arrêté la tête en bas,
Pour les voir danser de cette si belle harmonie
De chants et de lumières éclatantes,
De l'amertume bleue dans les yeux de l'un de l'autre.

LA FLEUR ROMANCIÈRE

Pourquoi d'un cœur de fleur
La vie serait une lettre toute simple ?
Pourquoi d'une île lointaine
Le sculpteur serait l'eau de sa gravure ?

Pourquoi le peintre est-il le maître
D'une couleur de son inspiration ?
Pourquoi l'écrivain est-il celui
Qui est l'oiseau volant de ses pleines lunes ?

Pourquoi un philosophe ne s'est-il pas posé la question :
Comment est-il lui-même ?
Toutes les choses humaines sont l'attraction
D'une chaîne de sources
Une même source...

LE CIEL BLEU

Je me suis envolé d'un ciel bleu,
J'ai lâché mes ailes sur les nuages :
Je n'ai plus jamais vu le vide,
En bas, quand on descend la route.

Il n'y avait plus rien, c'était bleu,
Je voyais des images vagues.
J'ai traversé la terre d'un univers,
Je n'étais plus moi, j'étais un oiseau.

Là-bas, où tout le monde a peur,
Où tout le monde fuit, s'en va,
De cet horizon sans lune et sans lumière,
De ces lagunes rouges aux coraux de feu.

Je me suis jeté dans les étincelles ;
Mes ailes brûlaient dans les flammes.
Je regardais le feu, innocemment,
Et de mon dos, mes yeux couleur de flamme,
Je me jetai dans la lagune d'un autre temps...

LE TEMPS D'UN ORAGE

J'ai découvert une chose cachée au fond de moi,
Sur des collines bleues couvertes d'un ciel rose;
J'ai détaché mes ailes des entrailles de la terre,
Puis, j'ai regardé le temps d'un orage qui passe.

J'ai regardé l'au-delà d'un monde bleu,
Irréel, détaché de la terre à jamais.
J'ai vu passer un avion vrombir gravement
Dans notre siècle, au remous des grands rêves.

J'ai laissé glisser les cygnes sur l'eau,
Laisser mordre l'angoisse sur un rêve :
Un rêve fumant sur le tapis du Temps,
Personne n'a vécu aussi longtemps que le temps...

Quelques nuages volaient tout autour,
Le monde s'élevait dans le ciel matinal.
Il s'éclaircissait peu à peu dans le temps :
Le caprice de la terre d'un autre monde.

SI J'AVAIS ÉTÉ

Si j'avais été un arbre
J'aurais laissé bouger mes branches d'argile
Dans le sifflement aigu du vent.

Si j'avais été un poisson
J'aurais franchi l'océan sur un monde d'algues,
J'aurais franchi l'océan dans les yeux du Pacifique.

Si j'avais été une fusée
J'aurais conquis le temps et la lumière
Du fond du siècle et de la lune à l'éclipse totale.

Si j'avais été un mystère
J'aurais cherché l'astuce de ce phénomène,
Laissé chercher tous ceux qui croient en moi.

Si j'avais été le temps
J'aurais erré sur l'horloge ballante,
J'aurais égrené les minutes...
Pour ne pas m'enfuir moi-même du temps.

Si j'avais été le monde
Je serais invisible d'un rayon de la terre,
D'une entraille envahie par la lumière atroce.

Si j'avais été un oiseau
Je me serais détaché de la terre
Pour chasser les nuages à travers le ciel bleu.

LE DOUX ÉTÉ

Le soleil a mûri comme le bourgeon,
A sorti sa fleur de soleil.
Ses rayons ont éclairé le ciel comme les rameaux d'une plante;
Les nuages se sont gonflés de parfum marin.

On a sorti nos têtes comme les escargots,
De notre maison ouverte au passage de la mer.
Le sable s'est chauffé, a ramolli tout son hiver froid en lui,
Puis a sorti ses dunes de grains fous, tel le vent.

La mer a laissé mourir son écume blanchâtre
Dans l'océan du plus bel été…

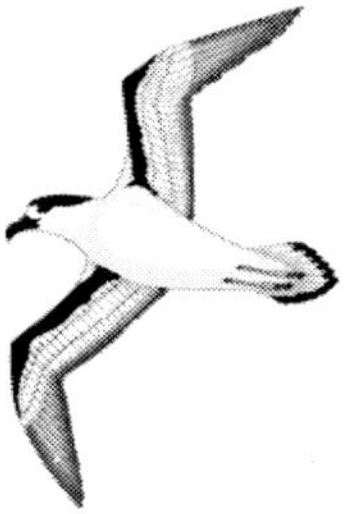

LE GOÉLAND

À Jonathan Livingstone,
le Goéland

Jamais, aussi haut que l'oiseau, on ne vole sur les cimes,
Dans ces crêtes de montagne et l'air d'un nuage dansant.
Jamais, aussi peu que l'oiseau, nous ouvrons nos âmes,
Sur ces cratères à la vie d'un monde sanglant de lave et mordant.

Jamais, aussi proche que lui, on ne regarde ses yeux,
Rouges, comme le soleil qu'il affronte sur l'eau,
Noirs, comme les forêts brûlées et usées par le Temps Bleu,
Jamais on n'est courageux, on ne risque sa vie et sa peau.

Jamais, aussi dense que l'océan, il parcourra la terre,
Il sauvera les humains oubliés au petit matin sur les berges
Il volera autour des volcans et rentrera jusqu'au cratère…
Jamais, vous n'auriez vu cet artifice d'étincelles qui émergent.

Jamais, vous ne le reverrez, lui qui lisait dans nos pensées,
Nos cendres sont restées sur ce pauvre oiseau,
Parfois dans nos rêves, vous le verrez jaillir de nos feux éternels.
Nous le verrons dans le livre pour qu'il nous emmène vers la route de la sagesse…

LE CIEL SANS L'OISEAU

Il s'est envolé d'un rayon d'oiseaux,
D'un nuage tremblant de feu,
D'une averse criante sur nos eaux,
Dans cet immense ciel bleu.

J'ai rouvert peu à peu les yeux :
J'ai vu un monde aux cratères plats ;
Un monde où les vagues fuyaient de rage les cieux,
Un rêve, un ennemi, sans attache à un amas...

Un amas d'étoiles s'accrochant à nos bras
Sans plus jamais nous regarder en face.
Du bourgeon à la naissance de la terre, il ne tient en place
Que son ciel, au cri de l'oiseau couchant des âmes.

LE PHÉNIX

Je me suis enfui de ce grand ciel pourpre,
De ces grands nuages blancs.
Je me suis enfui de la terre,
Je suis devenu un oiseau de voyage.

Un oiseau dont les lames d'or, coupent
L'inspiration à jamais, de ses yeux rouges.
Je me suis enfui de ces planètes "mordorantes",
Je me suis enfui du cratère B612
Sous les yeux du Petit Prince.

J'ai regardé la terre, et ses volcans,
Je me suis laissé envahir de ses flammes.
Je suis le Phénix qui renaît...
De ses cendres, de l'émotion à travers le siècle.

Septembre 2001 (10 ans)

LE VISAGE DE L'EXTRÊME

À vos risques et périls de l'œuvre,
De l'usage des doigts à l'écriture,
Même sur un fleuve d'argile, c'est la preuve :
De la passion à l'extrême, c'est la culture.

Aux limites du portail de l'imagination,
Au premier palier de la poésie,
Aux premiers régimes des mains :
Nous sommes les pions, que les vers déplacent.

À l'intérieur des terres, d'un volcan,
À l'intérieur de la poésie d'une strophe
D'une régularité et d'une musique envoûtante;
Aux limites de l'extrême, au palier de l'inspiration.

LA PETITE FLAMME...

Ces perles bleues accrochées à sa pupille,
Comme des notes bleues dansantes,
Dansantes, dans la flamme, la bougie qui brûle.

L'erreur d'effleurer cette silhouette fumante,
Vous est à la vie, la souffrance éternelle
De regarder "flûter" cette belle odeur.

Cette odeur de livres vieux sur une étagère,
De l'encens qui s'échappe de lui-même,
Cette odeur jaunâtre, qui vous transperce...

Toujours, elle restera la bougie,
Qu'un feu éternel allumé,
Mourante jusqu'au bout de sa lumière...

ON IRA...

On ira jusqu'aux entrailles de la terre,
On ira toucher la tristesse et la peur,
On ira jusqu'au bout du jour.

On ira jusqu'au soleil brûlant,
On ira aux mille feux de notre ère
Pour conquérir la terre de nos cœurs éternels.

On ira toucher la mer de nos racines maternelles,
On ira toujours au chemin de nos désirs ;
Au plus profond de la planète, jusqu'aux étoiles.

On ira s'envoler dans ces événements :
Prendre les ailes de l'oiseau à l'astre immortel,
Jusqu'au bout de nos flammes incandescentes.

On ira sur notre même chemin
D'une source qui coulera en nous
Tout au long de notre Temps continental.

On périra avec notre âme "angélique",
De nos brindilles mourantes de saphir
Au plus grand désespoir de nous-mêmes,
On ira jusqu'au bout du jour à mains de romance...

June BI

"L'homme n'est jamais guerrier, mais vainqueur"
Attentats USA le mardi 11 septembre 2001

LE SILENCE DU MONDE

Parfois, quand courent les ombres sur les murs ;
Parfois, quand les rêves sont de sombres anecdotes,
Parfois, quand le monde se retire lentement :
On ne sent plus sa présence, on est soulevé.

Les ombres s'arrêtent derrière les arbres,
Les rêves deviennent de terribles titans.
Le monde est une île lointaine de corail,
Nous sommes le silence et la gloire de l'amitié...

ANNABELLE

Toi, qui de ta voix mélodieuse,
M'as touché à jamais le cœur.
De cette maladie infantile de la jeunesse,
Toi, qui combattras toutes tes peurs.

À jamais tu seras l'Enfant.
D'un rayon a béni le ciel tendre,
Ton doux chant aux ailes de l'oiseau
Qui s'envole à l'Amour, la chanson et l'humanité.

Pour une jeune fille qui a la mucoviscidose et qui lutte avec son chant émouvant

L'AUTOMNE

On s'y plonge, on s'y plonge :
De la fine bruine coule sur les vitres,
Le cœur des artistes éveillé au jour levant
À la lampe d'une imagination fertile.

Une feuille morte tombe sur le sol
Aux mille autres colorées de l'arc-en-ciel,
L'arc-en-ciel qui a touché l'arbre et les a rendues bleues
Bleues dans le ciel orange, mauve...

Les artistes devant leur fenêtre, comme je le suis aujourd'hui,
Aux regards des arbres et de la pluie sifflotante
Au cœur de notre terre morte dans les bras
Dans les bras d'un automne et d'un auteur triste...
On s'y plonge, on s'y plonge...

Du "Printemps des Poètes" à l'automne, le temps s'est volatilisé comme le vent aigu qui siffle dans l'imagination des poètes. Il leur passe dans la tête...

À LA LAMPE DE NOS VERS

À la lampe de l'imagination,
Le feu brûle les flammes
De nos strophes poétiques...

Aux doigts de nos artistes,
Aux œuvres de notre ère
Sur le chemin d'une feuille morte craquante.

Laissez-vous emporter sur votre voile
De bon matin, au bord de la mer :
Les vagues viennent mourir dans les dunes,

Viennent chanter dans le soleil
Viennent glisser jusqu'à nos vers,
Jusqu'à notre imagination fertile...

LES AILES BLANCHES DES POÈTES

De cet air léger, une douce chanson
A bercé des âmes pendant des années.
Nos purs cœurs de l'inspiration,
Ont "navigué" nos voies jusqu'à l'humanité.

Tu es l'oiseau qui sort des flammes,
L'oiseau qui dort sur les flancs du soleil.
Tu entends les sons légers des airs,
Des vagues jusqu'aux nuages...

Nos paupières se sont refermées
Dans notre ère rebelle qui puise
Des pensées et des âmes
Pour l'automne des Poètes.

Le ciel a craqué comme une feuille morte,
A arraché les nuages du ciel bleu,
A arraché les ailes d'un oiseau blessé
Qui portait autrefois nos artistes...

Octobre 2001 (10 ans)

LA COLOMBE

Seule, éperdue dans cet univers
De nuages et d'ailes légères
Qui s'envolent en fumée
Par cette tempête, déracinée,

Elle vole comme son ombre
Dans ces palmes de verdure.
Dans ce morceau de ciel violacé
Ses yeux sont le coucher du soleil

Quand il vient se poser sur les dunes,
Vient caresser les vagues salées,
Et vient jusqu'à la colombe
Toucher les ailes de la sagesse.

L'AIGLE DE L'AVENIR

Il a voyagé dans le crépuscule mourant,
Il a voyagé sur les lacs du matin.
Il a voyagé dans ces pentes rocheuses,
Ces parois abruptes et rugueuses
Qui ont écorché ses douces plumes de sang.

Il a voyagé sur ces liserés bleus
Bordés d'herbe et d'air pur.
Il a voyagé, ses grandes ailes ouvertes
Sur un monde irréel suspendu dans les airs ;
Il nous a accueillis, les ailes grandes ouvertes à l'avenir.

LE GÉNIE

D'un jour qui naît sous la lune,
D'une rose qui éclate sur le champ,
Des rochers qui sillonnent la lagune,
Au génie qui naît un beau matin levant.

Il est une feuille que le vent pousse,
Il est la mer que le vent respire,
Il est le sable que le vent éparpille,
Il est le ciel que le vent allume.

Le génie est l'arbre des rêves,
Le génie est l'aube mourante.
Le génie est le soleil brûlant,
Le génie est l'ombre du parfait de la connaissance.

June BI, Octobre 2001 (10 ans)
"Lumières et Ombres"

SI LES CHOSES N'EXISTAIENT PLUS...

Si le vent n'existait plus,
Les nuages ne glisseraient plus dans le ciel bleu.
Si le soleil n'existait plus,
Le sourire ne serait plus là.

Si la mer n'existait plus,
Les dunes ne seraient que le Phénix
Qui meurt sur la côte.

Si la Poésie n'existait plus,
Il n'y aurait plus jamais d'ombres
Qui courent sur les murs...

PETIT VENT DE BRUME

Par ce matin doux et frétillant,
Les maisons sont des statues
Autour des jardins gelés et déracinés,
Autour des brouettes et des garages gris.

L'automne est plaisir et douceur;
Lassitude et mélancolie de vent pur.
Grésille au deuil de l'hiver, bientôt,
Aux tombeaux des arbres et des lucioles.

Feuilles craquantes, jolies printanières,
Qu'une goutte noie leurs verdures!
Petites angéliques, sourire levant, sourire soleil,
Aux tombeaux des arbres et des lucioles...
Petit vent de brume,
Petit vent de brume.

PETITE FLEUR

Douce verdure dans cet automne,
Rouge, bleue dans un ciel sans nuage,
D'une odeur de pomme
Qui traverse les ans et les âges.

Son cœur en ses pétales est rouge
Son morceau de soleil au matin doux.
Ta tige t'est enlevée aux immortelles voix
De l'avenir, je ne pourrai te posséder.

LA MORT EST-CE UN DÉFI ?

Ailes qui glissent sur le sol,
Yeux qui défient notre ère.
Malice qui court sur le visage,
Mélancolie errante des âges.

Atmosphère étouffante,
Légers sont les oiseaux
Voltigeant dans l'espace,
Au-dessus de nos têtes.

Neiges perdues, des douceurs froides,
Accident sur la route du Destin
Vogue au fil d'une mort inattendue.
Nous pouvons craindre cette souffrance,
Je ne souhaite ce supplice
À jamais aucun homme sur terre.

Novembre 2001 (10 ans)

Pour une maman qui a perdu son fils dans un accident de moto.

NUL ARBRE NE BOUGE

Nul arbre ne bouge
Quand la brise a soufflé
Sur le champ de la Poésie...

Nul arbre ne bouge
Si le fleuve s'en va
Sur le rideau des peintres...

Nul arbre ne bouge
Si le présent n'est plus là
Au futur imaginaire...

Nul arbre ne chantera
Au long des rivières
Si le chant mélodieux des oiseaux
S'en va sur la mer...

Nul arbre ne bouge.
J'entends souffler sur la brise
Mon ombre qui court sur les murs...

MÉLANCOLIE

Incessantes paroles, douces caresses
Éternelles lumières, éternelles sagesses
Du lever bleu, doux champs de roses fanées
Carrosses royaux, amertume aigre.

Doux chariots ont emporté
La braise du baiser flamant
Jusqu'aux doux myosotis fermés
Que la sagesse est une prune verte !

Incessants sarcasmes, plaintes à payer,
Courroux de vent pur brûlés,
Cadences des soleils "nuités"
Petits arcs-en-ciel au-dessus de la vie.

PENSONS À LA FÊTE

La bougie a flambé sur la brume
Les jours sont tristes sans relâche
Les prisons sont grises d'amertume
Car la chose n'existe pas, innocente.

Nos cœurs dans nos villes
Ont souri au monde entier
Et les rues tristes et mélancoliques
Sont des fleurs dans la neige des tombes.

Ne pensons plus qu'à la fête
Des cimetières, rêveries nuageuses
Aux bougies, symboles de l'espérance
Ciel Bleu sur les soleils d'antan.

Soleil Jaune sur le ciel des pleurs
Sans qu'aucun des hommes ni des bêtes
Ne soit triste ou morose, née
Dans notre corps la joie s'allume.

L'ANGE DES RÊVES

Un matin, je me suis envolé
Dans ces ailes de rêves et de sourires
C'est l'ange qui m'a gardé des années
Grandir dans le feu de la jouissance.

L'ange qui a laissé passé la guerre
Les flammes sur les corps
Les cris de mort et de peur
Sur le monde sans une voie ouverte à la liberté.

L'ange qui a laissé passer la paix
La déesse qui vole l'amour et la joie
Une porte à la connaissance et aux droits
Une porte après la vie et l'immortalité.

L'ange qui a laissé passer l'artiste
Sans vie normale sans précipice
Dans lequel pourraient tomber le ciel et les anges
Tout en me tenant ma victoire, moi le rêve…

DES ÉTOILES SUR LE LAC

De brèves glaces sur les montagnes,
Des lacs gelés d'herbe sèche ;
De nuages gris dans ce ciel étoilé,
Que de plaintes graves, sur cet air enneigé.

De nénuphars de campagne,
Aux sapins merveilleux ;
Que de braises en tempête
A frappé la mer aux flots.

De doux sourires, en cette saison,
Que de musique sur ces lacs d'argent
Que d'humeurs ont noyé des centaines,
Et des centaines d'étoiles...

GRAND AMOUR

Pour Pierrine

Tu es venue me voir aujourd'hui
C'est comme si les mots m'avaient emportée
Sur les terres lointaines de la vie
Dans les couloirs sombres de l'amour, fidèle...

Notre étoile de la Poésie
A survolé le temps
Du ciel au bonheur...

Les pistes souterraines
Des étapes inlassables
Sont absorbées par les strophes
Des vers amoureux, aux vers étoilés...

NOËL

Petit sapin de joie,
Que chacune de tes épines
Soient de brefs sentiments de décembre.
Que l'humanité d'une nouvelle année
Soit "encrée" dans notre esprit,
Et que chacun des hommes
Connaisse la liberté du partage.

Des flocons qui sont tombés
Aux plaintes qui s'échappent de la vie,
Nous sommes loin de la haute maison
Construite sur nos âmes enneigées ;
Très lointaine des flocons sur les monts.

Pensons à Noël
Et, nos pensées s'envoleront !

AQUARELLES

Le bonhomme a pris ses ailes dans le soleil ;
Il s'est brûlé le visage.
Le bonhomme s'est transformé sur la mer,
Le ciel, l'eau salée reculait les âges.

Au printemps, quand le ciel s'est ouvert,
Le bonhomme n'était plus là.
Peut-être sur les lointaines plaines du ciel,
Il s'est envolé sans avoir les ailes du Bonheur.

En été, quand le ciel est tout vide,
Il est de ses regards gris,
Il a coupé le ciel de l'abstrait,
Il a coupé sa vie dans les couleurs.

Il a rejoint ceux qui sont passés
Dans ce ciel brûlant,
Il s'est mélangé aux couleurs qui le connaissaient,
Pour ne plus exister.

June BI - Décembre 2001 (10 ans)

LE TEMPS DES POÈTES

C'est un jour où les mots
N'ont plus le besoin de vivre.
C'est un jour où les couleurs
Se sont mélangées aux connaissances.

Le ciel respirait dans le lac
Là, où les cygnes nageaient dans le soleil.
La lumière n'était plus que le temps,
Et le temps, était celui des poètes.

Artistes qui sont les sirènes de l'imagination
Où le temps qui ne les arrête d'écrire.
Écrire sur le chemin qui n'existe pas,
Qui n'existerait pas, sans leur création.
Et le temps, était celui des poètes.

COULEURS ET LE PEINTRE, LE POÈTE VIVENT

Bleu, quand le ciel respire dans les monts glacés
Vert dans les verdures estivales de l'amour
Rouge de la victoire quand la terre a surgi
Rouge, des ocres de sang.
Blanc de la pureté, des neiges d'antan
Tombées dans les vallées du ruisseau d'argent,
Jaune quand la lumière fut par Dieu
La seule étincelle des astres.
Bleu seul, la nuit des mers Pacifiques ;
Noir qui a su envahir les ténèbres
Noir des poussières sans une joie, sans une voie…

Bleu, vert qui ont formé le duo du jaune :
Rayons de soleil qui ont transpercé la terre,
Blanc et rouge qui ont formé le rose
Si ferme et lancinant sur une peau sans pli, sans vie…

Mais, il n'y aurait pas toutes ces couleurs,
Il n'y aurait pas toutes ces saisons
S'il n'y avait pas eu le mélange du Poète et du Peintre.

LE VOILE D'ÉTOILES

Au matin de ciel bleu de Provence
Aux muguets, coquelicots,
Astres des verdures bleues
Sur l'ère nouvelle d'un monde irréel ;
Des millions d'étoiles sur la mer
Ont éclairé les édifices des profondeurs
Et la vie maritime...

Au soir, le ciel rouge de la Provence,
Aux cloches, carillons,
Ententes de nos journées rouges
Sur le plus grand ciel de l'univers ;
Ces millions d'étoiles dans le ciel
Ont plongé, tout au fond de la mer,
Des rêves sortis de la nuit...

ÂMES ÉTERNELLES

C'est un jour qui s'enflamme
A la mèche éternelle
D'une année sans relâche
Au temps passé.

C'est un jour qui est en fuite
De sa dernière brûlure,
D'un soleil sans lumière
D'un ciel sans éclairs.

C'est un jour irréel :
Les sirènes sont sur les lagunes bleues,
Les étoiles sur la terre
Des sourires pacifiques.

C'est un jour solennel :
Les cigales ont chanté en secret.
La nouvelle année s'est ouverte
Au cœur d'une fleur, au cœur de l'humain.

June BI, 29 décembre 2001 (10 ans)

CIEL ET TERRE
(ou La liberté)

La terre, depuis des années
Ne s'est plus jamais réveillée
De ces cendres du Phénix,
De ces armes de sang.

Des guerriers terribles
Aux flammes du pouvoir,
Le ciel n'a jamais pleuré
Pour punir la terre et ses plantes.

Le ciel et la terre
Que le poète voit,
N'ont pas plus été fidèles
Que deux oiseaux sur la même branche.

Ensemble sur la terre
Nous lui avons fait du mal et du bien :
Pour que la mer soit la guérison
De deux ailes libérées.

June BI (1er poème de l'an 2002)

UN OISEAU BLEU
(Les oiseaux du Temps)

Il est un ciel de chagrin,
Chemin traversé par l'oiseau
Qui, sans hâte,
Vole pour d'autres horizons
Pour s'envoler sous un Ciel bleu
Un ciel Bleu
Chemins traversés
Par les oiseaux
Qui sont de simples ailes
De l'Espérance...

ÂMES NOUVELLES
(ou Le feu des Mots)

J'irai chercher le feu dans le cœur
De milliers d'humains
J'irai chercher les mots
D'une inspiration éternelle
Tout au long de ma vie
Des propres amitiés
D'une aile sans refuge

J'irai chercher la Colombe
Blanche d'une pureté "cielleuse"
Des nuages accrochés à ses ailes
Quand s'en va l'automne
Quand tombent des feuilles
Au cœur de mes mots
Au cœur de ces milliers d'humains...

L'ENCHANTEMENT DE LA MUSE

Où êtes-vous ma muse?
Vous, dont j'ai pris la source fragile
Pour la seule folie
De l'inspiration éternelle.

Où êtes-vous ma Muse?
Mon amitié ne restera gravée
Que par les milliers de mots
Sortis de votre source, ma muse.

J'irai chercher au fond de votre corps
Votre feu pour mon visage,
Pour me brûler à tout jamais
Des flammes de votre péché charnel.

Latérite sortie de votre bouche,
la source
cher le laurier de ma victoire
u né de votre source.

QUAND S'EN VA MON PRINTEMPS

J'ai vu naître de l'étoile, l'amour sur la glace sans fin,
J'ai vu naître et nager deux cygnes sur un lac;
Ils se sont regardés, mais n'ont jamais rencontré l'étoile
Quand la brise se met à briller et que les pleurs s'amoncellent.

J'ai vu naître et mourir ma vie, rieuse et triste,
Quand s'en va mon printemps,
au loin les plaisanciers sont bleus
Comme les deux cygnes sur le lac,
comme nos milliers de cygnes
Quand la brume nous envahit de ces milliers d'ailes blanches.

J'ai vu naître et mourir, des milliers de paroles,
Qui m'ont souri, qui m'ont appris des milliers d'étoiles.
Quand la brume s'est évanouie, la brise a repris mes mots
Qui sortaient de mes pleurs, comme cette brise qui se met à briller…

PENSÉES

Le printemps est une fleur qui s'ouvre quand vient la brise.

Le printemps est la muse de ma fleur quand l'inspiration est éclose.

IL FUT UN TEMPS OÙ LES HIRONDELLES...

Les hirondelles sont de simples pensées
Qui poussent au printemps,
Et qui s'envolent quand l'hiver est éclos.
Quand leurs ailes ne sont plus que des pétales
Dans le vent, des lumières bleues s'allument.
Quand elles portent l'automne
Pour les derniers jours des saisons,
Pour les derniers jours des hirondelles,
Des parfums éclatent sur le ciel déchiré
Par l'arrivée de mes hirondelles.
J'ai laissé échapper ces pauvres oiseaux
De leurs cages ensevelies par leur saison,
Leurs dernières plumes s'élancent dans le soleil...

LA VIOLENCE

Quand s'élancent nos ailes affaiblies
Quand le sang est la douleur d'un acte criminel
Quand des monts, coulent les larmes de nos vies.
Quand les ailes ne servent plus qu'à effacer les larmes habituelles,
Quand les saisons ont pleuré et n'ont plus été les mêmes
Quand le sourire était un rêve que les hommes ne connaissaient plus
Quand la colombe a laissé s'envoler le voile de la paix
Il était trop tard pour l'attraper, car il était déjà enseveli par les flammes.

June BI, février 2002 (11 ans)

LES ÉTOILES DU SILENCE
(ou LES HIBOUX)

La lune se pose sur les dunes
Comme le baiser se pose sur les lèvres.
Le vent dans les cheveux,
Respire le temps d'un poème.

Jour et nuit sur la falaise,
Il vient caresser mes paupières
Et entendre le bruit des oiseaux
Dans ces mots qui hérissent nos plumes.

La lumière du temps
Semble passer dans leurs yeux ;
Le feu de ce sang écoulé
Jusqu'à la terre, jusqu'à la mer...

Il semble voir son ombre
Sur les murs du silence, mes étoiles égarées.

.../...

…/…

Le chemin des espoirs
Tout droit, devant la pierre sculptée
Dont le cœur gravé du mystère
Est la victime de cette nuit ensorcelée.

Par nos bruits farouches de cette forêts de dunes,
Nous voyons luire au loin, nos proies illuminées.
Des proies dont le corps est :
Recouvert de brume et de silence.

Maintenant avalées par nos becs
Dont le sang coule d'un trait,
D'une chasse criminelle
Au cœur des dunes ensablées.

Nos yeux sont encore…
Des griffes incandescentes qui mangeraient le Silence.

L'ENVOL

La brume de ces vallées de silence
A volé dans les astres
La plainte de toucher la terre

Le rêve de ces vies douloureuses
A volé à l'esprit
La réalité de ne plus exister

L'oiseau de ces plumes d'or
S'est envolé après l'hiver
Quand les bourgeons
S'ouvrent de leurs pétales bleus

Dans les airs
La seule joie transportée
Fut le désir de rejoindre
Les siens

ENCORE PLUS HAUT

Il s'est envolé
Pour ne plus regarder en bas,
Là où les nuages volaient.
Il a pris dans ses ailes un peu de soleil
Qui ressemblait à du feu qui brûle
Il a pris dans ses yeux un peu de la lune
Qui ressemblait à un visage dans le ciel
Il a pris un peu de magie
Pour s'envoler plus haut dans l'espace,
Là où dormaient les anges...

HAUTE TEMPÉRATURE

Ils ont regardé ces plumes qui ne bougeaient plus ;
Ils ont entendu des souffles de vie
Tout près d'eux, près de ces plumes.
Ils ont fait des pas près de ces souffles
Et ont senti sous leurs corps s'élever une vie,
Dont l'existence pourra voler dans ce ciel
Qui les attend pour brûler leurs ailes
D'une chance qui les élèvera
Encore plus haut de leur destin…

DES MOTS POUR MA VÉNUS

Accroche des mots d'une vie éternelle
Détache ton avenir des espoirs de ton propre destin.
Écris sur un papier bleu un poème d'un amour éternel
Dessine-moi, nous nous dessinerons.

Envoie l'oiseau du paradis d'un ange sur nos horizons
Éloigne-toi de notre soleil qui s'entrelace à nous;
Prends les ailes d'un oiseau et nous nous envolerons
Là-haut, derrière le paradis glisse une harpe sur nos plumes.

Ferme les yeux et ensemble nous délivrerons la liberté,
Méfie-toi de cette musique enchantée :
Elle pourrait bien cacher des tristesses
et des sourires brisés.
Rejoins-moi dans ces contrées d'eau
et de clairières bleues,
Près de ma source, mon sang qui a coulé dans tes yeux.

Dessine-moi, nous nous dessinerons...

LE MIROIR AUX OISEAUX

Demain, l'avenir sera une sorte d'île vaste, et habitée
Par des milliers d'oiseaux perchés sur des branches étoilées
Qui se reflètent dans un miroir limpide, et plongé
Dans les profonds soupirs de la nuit, soupirs allongés
Sur la mer qui est née de l'esprit du poète,
Et qui dort sur sa vie, qui inspire sur son corps
Le souffle de la vie, tout comme ces planètes
Tournant autour de nous, nous laissent écrire
Sur leur parchemin, une moitié de notre cœur,
Une moitié de notre sang, moitié de nos veines
Qui couleront de la plume des artistes
Des pinceaux des peintres
Des ailes bleues d'un oiseau, au-dessus du miroir.
Dans le soleil, pareils aux dauphins,
Nous pourrons entrer dans un nouveau siècle,
Et ce qui ne s'est jamais passé, jamais arrivé,
Prendre son envol sur les ailes d'un oiseau.
Mais, pourquoi pas, pourquoi ne pouvons-nous pas
Entrer dans les couloirs du Rêve...
Que sera demain ?

June BI, mars 2002 (11 ans)

POUR DEMAIN, POUR LONGTEMPS...

Pour demain, pour longtemps, est-ce un souvenir
D'être une étoile perdue au milieu de tant d'autres?
Pour être un exploit qui s'avance et devance
Une étoile, seule, dans un ciel bleu.

Pour demain, pour longtemps, est-ce un pressentiment
De sentir de douces chaleurs dans de minces déserts?
Pour être un sourire qui recule et revient
Une chaleur, seule, dans de minces paroles.

Pour demain, pour longtemps, est-ce une image
Ces chevaux qui galopent dans la nuit noire?
Pour être un rêve qui déchire et arrache
Une nuit, seule, dans des jours "chevauchants".

Pour demain, pour longtemps, est-ce un paradis
D'écrire sans cesse les mots de notre inspiration?
Ou simplement un poète qui écrit
Une image, un souvenir, un désir, un paradis...
Qui nous passe par la tête...

LE PRINTEMPS SE PRÉSENTE

Le Printemps naît en cette saison
Étire ses bras contre son dos ailé,
Et laisse sur son chemin des milliers de baisers
Des milliers de caresses furtives
De brefs regards au monde entier;
Sourit aux aïeuls qui l'ont précédé
Pour donner aux bourgeons la chance de revivre,
La chance aux feuilles de renaître sur leurs branches.
Et partout ailleurs, des rameaux oubliés,
Et partout ailleurs des soucis évadés,
Et encore dans nos yeux des sourires éperdus
Sur nos étoiles, là-bas, qui dorment jusqu'au ciel
Et attrapent nos rêves pour un nouveau printemps,
Quand nos âmes se seront envolées...

June BI, avril 2002 (11 ans)

DE LA MER À LA LUNE
(Golfo dei Poeti, Lerici Italia)

Ceux qui savent regarder les dauphins
Nager dans les dunes de lumière,

Ceux qui savent regarder un soleil blanc
Dans les vagues salées,

Ceux qui savent voir s'agiter la mer
Sous leurs doigts…

Sont ceux qui savent regarder
Avec des milliers d'étincelles
Dans leurs yeux.

CIEL SAUVAGE

La rivière m'a pris ma source
Pour ne plus jamais renaître.
Le ciel a arraché mes ailes
De mon songe éternel.
J'ai piqué dans mon envol pour essayer
De m'agripper dans l'air velouté
Avec mes serres qui déchirent
L'immensité bleue de ce monde...

Les étés ont fleuri sous la chaleur,
Les hivers ont refroidi
Sur les montagnes blanches.
Je n'ai plus d'ailes, ni de source;
Je n'ai plus que le ciel bleu :
Ce ciel sauvage d'un bleu cristal.
Et déjà la mer, sous mes yeux
Qui se ferment, s'envole et monte
Droit dans le jardin qui rêve,
Tout là-haut...

LE ROBOT DU TEMPS

Il est las, immobile, le regard fixe,
Écoute les paroles décliner en ses yeux;
De tels regards admiratifs, de telle joie mixte
Que de regarder un enfant qui lit tendrement...

Il est las, immobile, la voix douce,
Écoute les paroles, toujours, qui répètent
Que ce serait un enfant qui porterait
En ses bras, le secret du monde,
Les merveilles de la terre...

Il est las, immobile, les oreilles plaintives,
Écoute couler les vagues sur le sable;
Écoute les ombres bouger
Dans le ciel bleu cristal...

Il lui semble voir s'envoler
À travers la chambrée verdoyante
Des morceaux de lumière
Vers la voie du temps passé...

LE BRASIER DES POÈTES

Il s'élève en volutes, en spirales
Flammes charnelles, incandescentes ;
Lèche et aspire les rêves et les pensées.
Il fut un temps où nous mangions notre mémoire.

Lourd et brusque, il s'abat sur les cendres,
Gris et sombre, il nous endort éternellement.
Lugubres, tristes, nous étions les cauchemars des hommes
Vie, mort nous étions les êtres des ténèbres.

Maîtres des longs sommeils de l'enfer
Qui détrônent et anéantissent les âmes pures.
Nous étions des méduses au fond du long couloir,
Et nous tirions la harpe de vos plus mauvais jours.

Vous entendiez la musique criarde et tonitruante,
Vous ouvriez vos yeux sombres et mystérieux ;
Vous hurliez et criiez quand venaient vos souvenirs,
Quand ils s'enflammaient et s'envolaient en fumée.

Bleus et nuageux nous ont envahis les rêves,
Jaunes, rougeoyants, ils ont submergé la tristesse.
Le bonheur, les rêves et le paradis nous ont poussés
Nous, à écrire, Nous consolateurs des hommes
Nous, âmes des Anges et de la liberté.

LE REFLET

(Pour Narcisse,
Les métamorphoses d'Ovide)

Il voit son visage qui s'accroît
Sur la source émergente
Il voit de son sourire ébahi
Les ondes traverser les milliers de joncs.

Il ne voit qu'une apparence
Quand se lève l'écume
Il ne voit qu'un visage et l'ombre
Qui voile son silence de plume.

Il sent en lui le poids de sa beauté
Et n'ose troubler dans son silence et lui
Des larmes chaudes tombées
Dans la lune qui à présent s'est assise.

Sur le lac et les cimes qui rougissent
Quand les feuilles s'étendent,
Sur la nuit et les fleurs,
Sur le corps qui s'est transformé

Ses yeux fermés ont vu le noir
Et les ténèbres plonger
Dans son âme errante
Dans ses pétales encore blancs et purs.

June BI, mai 2002 (11 ans)

L'ESSAI

(Pour Icare)

Un instant sous ses yeux
Il se voit le maître
Des vignes, des ceps "querelleux"
Il voit, il va toujours plus haut.

Il ne sent pas l'air
S'engouffrer en ses plumes
Ni son père qui d'en bas
Son visage est une feuille laissée.

Il ne sent pas les nuages
Qui entrent dans son bec violet
Un instant sous sa crête encore fraîche
Il sent son corps tomber comme une lourde pierre.

Mais il agite ses ailes
Qui encore pleines de sang
S'échappent des larmes blanches
Avec douceur, ses yeux se ferment.

Il ne sent pas sa chute
S'alourdir et le choc de l'eau
En cet instant égoïste
Sur son corps leste, las

Et plus rien ne peut
Ramener à la vie, aux souffrances
Tout est noir et plaintif
Dans ce monde plus bas que le ciel.

UN DERNIER REGARD

(Pour Orphée et Eurydice)

Dans ce monde qui brûle et "farineux",
Ils courent dans les airs ténébreux,
Et le vent balaie leurs visages;
Les vallées noires sont des cendres orageuses.

Essayez de comprendre ce que ressent le poète :
Il a en lui un sentiment qui vogue et navigue
Comme les voiles gonflées d'irréel,
Comme la peur qui habite ses yeux.

Il ne lui reste plus qu'un espoir :
Travailler à la lueur de l'aube
Sa voix envoûtante qui ira émouvoir
En plein cœur, les Enfers.

Mais, ce supplice d'attendre
Le perturbe, le sentiment le guette...
Il se retourne, il sait ce qu'Elle va faire :
Elle pivote puis recule, dans l'air étouffant.

Il tient ses bras, mais ce sont les nuages.
Il ne la voit plus mais il voit en lui
Son corps qui divague, c'est une apparence
Qui habite encore sa tête.

Le nocher le ramène, hors des Enfers
Il veut trouver Achéron, fleuve des rêves.
Mais, une force l'en empêche et l'empoigne
Il brûle d'un feu qui n'a jamais brûlé avant.

LE LAC DES SONGES

Le lac bleu, le ciel rose, les nuages tout blancs,
Se reflètent au cœur vif des montagnes.
Dans les dentelles abîmées de ce lac miroitant,
Ange regarde de ce pas, les traits de cette campagne.

- Ô miroir de ce monde, n'es-tu pas imagé?
Pierres, fleuves et dunes qui se figent
Quand ton feu les brûle d'un mirage blessé,
Pierres, ruelles et visages à nos yeux,
ne sont que simples tiges.

- Ô miroir de mes jours enflammés,
Tu recouvres la terre de tes cendres charnelles
Tu me couvres de cette terre brûlée...

Écoute la lumière en sa flamme, qui elle,
Sait prendre sa source et te la prêter
Dans ses tendres songes éternels.

UNE MAMAN...

Laissons s'échapper quelques mots
Qui ne sauraient définir les secrets du cœur
Mais n'échappez pas aux mots
Qui vous enlacent...

Tu ne peux pas ne plus t'en souvenir :
C'est un mot qui résonne et qui rit
C'est un mot qui veut dire que tu l'aimes
C'est un mot qui s'échappe
Sans que l'on ait pu voir sa face...

C'est un mot qui s'envole et qui rêve
Tu ne peux pas ne plus t'en souvenir
Dis-le, tu ne l'as jamais oublié
C'est un mot qui s'envole par beau temps
Qui résonne
Mais tu sais retrouver sa trace
Même si tu l'as perdue...

Moi non, je n'ai pas oublié
Une maman
Est un mot
Qui habite
Notre tête...
Une maman
Est une étoile
Qui s'allume
dans le ciel bleu...

LA RIVIÈRE DES GRENOUILLES

Mes joncs ondulent sur les ondes lumineuses
Les ourlets de mes eaux sont des ombres lancinantes ;
Le jour se déchire et les pluies orageuses
Chassent les grenouilles des herbes qui me hantent.

Le vent recule et respire, les feuilles épineuses
Se hérissent et sculptent dans la vase
Des lumières qui ne cessent d'éclairer, heureuses
Quand l'horizon renverse la houle qui me rase.

- Ténèbres de cette terre, éteignez nos espoirs sans relâche,
Ne punissez que ces lucioles qui s'illuminent
Réfléchissez, et montrez-nous
ces insectes qui nous lèchent.

- Entendez nos murailles de pierres qui fulminent,
Attendez nos songes sautant sur la berge enneigée,
Les cris sous la surface remontent sur une terre modelée.

June BI, juin 2002 (11 ans)

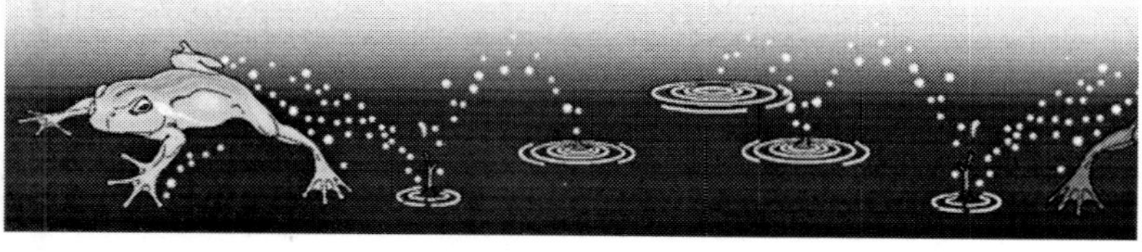

DES CYGNES DANS LE CIEL

Regarde sous tes ailes
Ton corps ressemblant aux vagues
Et l'air qui souffle sur la grêle
Balaie ton visage de dune.

Les flammes de l'espoir
Tu t'y jettes en ton innocence
Le monde irréel ne semblait plus te voir
Il croyait que tu t'étais envolé...

Mais maintenant, dans la lumière des songes
Nous nous voyons, fantômes
Nous nous parlons en langage d'oiseaux.

Qu'as-tu fait de tes ailes arrachées ?
Tu ne peux plus voler et rejoindre
Le monde que personne ne peut imaginer...

LE JARDIN SECRET

Vois-tu ce soleil qui rougit la mer bleue?
Vois-tu ces falaises si hautes manger ton soleil?
Vois-tu ces cailloux de feu qui te brûlent tes ailes?
Vois-tu ces dunes nuageuses qui gardent ton silence?

Tu es un agneau que le vent caresse
Tu es un mot que le papier absorbe,
Tu es souvenir que l'on aimerait garder en ta sagesse
Tu es une ombre que les murs refusent.

- Aimerais-tu le souffle léger de ma voix
Sur tes ailes ancrées de douceur?
N'es-tu pas un jardin silencieux?

- Je suis ton jardin, silencieux
Ton jardin où tu aimes que l'on joue avec l'herbe,
Ton jardin où tu aimes te cacher
Dans un silence éternel,
Dans un jardin secret...

LA FEMME

La femme est le destin de l'homme,
La femme protectrice de l'humanité
Garde sous son corps ailé
Les secrets du monde...

La femme est une rose qui s'envole
Dans l'air pur du vent,
La femme est la pureté de l'âme
Douce et qui glisse entre nos doigts...

Ne serait-elle pas un oiseau
Qui combattrait le vent
Comme elle combat la vie?

Elle est une flamme, sous notre soleil
Il faut la préserver, et entendre ses vagues
Sinon, elle s'éteindra pour l'éternité...

L'INCONNU

Dans l'ombre, là où la flamme éclaire son visage,
Tout doucement, ses yeux comme deux globules,
Vous emmènent à travers des paysages :
Sombres, mortels, aux désirs de l'enfer.

L'esprit maléfique est entré dans la pièce,
Il ôte sa voile de cauchemars, et, lentement
Comme un petit gnome aux cheveux de soie,
S'approche de la porte dont les gonds craquent.

Le diable à l'aide de la flamme cauchemardesque
Ouvre les âmes, et le silence peut s'échapper…
Mais, on peut entendre avec inquiétude, crépiter
Les flammes dans l'âtre, jusqu'au visage de l'Inconnu

June BI, juin 2002 (11 ans)

Ce poème, ainsi que les neufs suivants, a été réalisé à partir de tableaux ou de sculptures en grillage, qui étaient exposés à la maison du patrimoine de Six-Fours (83).

LE NOUVEAU MONDE

Bleu, tout bleu l'azur jusqu'à la terre ferme :
La terre neuve, d'où sortent de petits êtres
Ou plutôt des silhouettes blanches d'enfants.
On dirait qu'ils sont dans le ciel bleu
Et qu'on leur parle en estompant leur forme,
On leur dessine le monde, la liberté, la joie
Sans qu'aucun ne soit inerte et ne songe.
Le silence les enveloppe et leur décrit
Les couleurs du monde, les plaines et le sable,
Et tous écoutent avec mélancolie leur terre natale
Où le nouveau monde s'est installé.

OCÉANNE

- Où vas-tu moitié de lune,
Dans ces horizons de terre sèche et d'eau pure?
Elle m'a répondu en regardant le soir nocturne
Qu'elle irait jusqu'à l'horizon, ce ciel sans murs.

- Où vas-tu moitié de lune?
Dans la pénombre, j'ai vu ses yeux oranges,
Son cœur rougissait comme les coquelicots,
Et le soir sa silhouette se reflétait parmi les anges.

- Où vas-tu moitié de lune?
Elle n'y était plus, et déjà,
Je la voyais, loin d'ici, vers des palmiers,
Et je voyais le ciel tomber sur la côte.

- Où vas-tu moitié de lune?
Dans ce grand espace vaste et lointain
Pourquoi es-tu partie de ton champ d'étoiles?
Je sais que tu es près de l'océan.

Et je t'appellerai... "Océanne".

AFRICA DESIGN

J'ai ouvert la fenêtre et j'ai vu des lettres,
En fait, je ne savais pas ce que c'était vraiment.
Je me suis demandé si c'étaient des êtres de forme unique
Enlacés, ou tout simplement des étoiles
Échappées du ciel bleu et de l'astre sans chaleur.
Le "A" c'était le nez d'une étoile, le "O" c'était...
Je ne savais plus très bien, et je regardais le "T" :
Il avait la taille comme une cigarette,
avec sa tête à l'envers.
Je les ai trouvés tous beaux ou belles comme un carnaval,
Et j'ai appris que c'étaient des lettres...
C'est comme cela que je suis tombée amoureuse de...
L'Écriture!

L'ÉVEIL

Sur les douces dunes de la nuit
Le songe s'éclaire sur le sable
Et son corps allongé qui luit
Reflète le bruit des vagues.

La lune sur sa peau
Semble regarder un voile de la vie
Qui se tourne en spirale dans les eaux
Et le songe qui rêve son passé, éblouit.

Le songe ferme ses yeux sombres :
Il est un oiseau qui s'envole dans l'été,
Il est une image qui court sur ses fils chevauchés,
L'ombre qui s'éclate en morceaux de paix…

RÊVER LA VIE

Le cristal dans l'eau ondule son corps,
Où sa lagune plonge,
Il croit voir des palmiers sur les rochers,
Mais, l'écho des vagues lui renvoie ses songes.

L'eau entre dans sa peau bleutée
Les poissons autour du cristal
Forment une corolle rocailleuse.
Le cristal disparaît, il sombre dans la nuit
Envoûté par les vagues, c'est une pluie broussailleuse...

June BI (juin 2002)

AIKAÏ

"L'aube avec la Petite Déesse"
(sculpture grillagée)

La pluie sur le vent brumeux
Semble refléter
Les semences de l'artiste.

Le vent sur ses écailles
Courbe en avant
Un cygne de volupté…

DEMETER

Que cherches-tu petite flamme ?
Tu t'enroules et brûles mon visage
Je recule et tu pleures, tu t'avances vers moi
Que me veux-tu ? Que cherches-tu ?

Tu veilles sur tes champs toute la nuit
Et tu sèmes l'âge d'or, ta moisson enchantée,
Ton voile s'éteint et tu redeviendras poussière...
Je ne peux plus te voir parmi les herbes hautes.

Mais, aujourd'hui, tu brûles et tu t'enflammes
Tu palpites sur mon visage, je me tais.
Tu n'es plus que violence et méchanceté :
Tu m'abats en ton cœur tranchant...

PARADIS PERDUS

Mes rêves se sont envolés :
Les dunes de ma tête ont disparu sous la mer.
Le sable qui se faisait si doux et si cahoteux
Est devenu un univers qui jette du feu.

La mer est maintenant une gigantesque dune
Qui roule et s'accroche sur une berge émergente,
Les palmiers nous renvoient...
Les souvenirs de ce monde.

Un oiseau qui s'envole de ses ailes bleutées,
Un ange qui rougit et meurt dans les vagues :
Qui ne sait raconter mais saura vivre
Le nouveau paradis au-dessus du monde...

UNIVERS BLEUTÉ

Je pose mon pinceau sur une toile dorée
Les taches se répandent un peu partout ;
Le bleu du ciel envahit ma lagune rouge
Mon corail blanc s'éloigne doucement.

Je m'évade d'un autre monde,
Les croix que vous pouvez voir sont des repères.
Je ne sais où aller, je pleure et les torches bleutées
Envahissent mon monde paradisiaque.

La mer me noie
J'ai l'impression que le corail brûle.
Je respire encore…
J'ai le temps d'écrire juste mon nom
En bas de ce tableau, avant que les vagues
Empoignent le sang, le sang bleu des œuvres…

LE MONDE ÉTERNEL
(ou Paroles au Poète)

Un cheval blanc court dans la nuit sombre
Les ténèbres surgissent, et le vent
Bouge des roses dont les ombres
Dessinent ton visage illuminé.

- Poète, toi qui crées tes images
Et tes douces pensées qui tournent dans ta tête
Ne serait-il pas possible pour nous
De créer l'éternel ?

- Ma plume est toute vive :
Les mots et les couleurs coulent de mon encre,
Le monde éternel est en train de naître sous mes doigts.

Les couleurs revivent dans le ciel gris,
Quand un poète est dans son imaginaire
Mais que le monde bouge déjà sous ses doigts.

Tout est abstrait de sa mémoire,
C'est le temps des poètes :
Le monde bleu qui naît
Sous la plume encore fraîche et pâle...

June BI, juillet 2002 (11 ans)

PAROLES AU POÈTE II

Qui vient taper à ma porte
Par un jour si triste?
Les fleurs ont séché, mes yeux clos,
Les mots ne viennent plus.

Que me veux-tu diable venu de la nuit tendre?
Ma plume ne m'écrit plus; rosée de l'herbe
La perle de mensonge sur tes cornes acérées
Me prend à la gorge mes paroles!

Toi qui m'écrivais si souvent
Par les nuits de tempête
Je voyais ton sourire dans le clair de lune.

J'ai compris, je le sais, c'est toi
Tu tapes à ma porte, Madeleine,
Les mots de mon amour.

BÊTES NOIRES

Des yeux de velours s'agrippent aux feuilles,
Des ailes s'envolent, silencieusement
Et déchirent la nuit de griffes terrifiantes
Hurlant à ma fenêtre la plainte de la bande.

La lune est le secret de ce monde jadis
Habité par les loups, de très longues sagesses
Et de tourterelles ensanglantées
Tombant sur mon toit en perles d'eau.

Et maintenant, moi vampire
Je pars à la chasse de la nuit orageuse
Buvant à la source mon péché irrigué.

Qui sait, en ce jour, si on m'entendrait :
Hurlant par les fenêtres ouvertes car,
Je me suis fait prendre dans les pièges
De cette sombre escapade...

ENTRE AILES

Le bruit de la rivière, semblait retentir
Dans ma tête comme un ricochet.
Et dans le monde d'en haut, de vieilles barbes,
Me frôlaient les ailes.

Le vent me faisait tournoyer
Au-dessus des tuiles noires.
Les bruits de mes congénères sifflaient au loin,
Mais, je m'envolai vers les montagnes obscures.

L'herbe était douce sous mes plumes
Le sentier de pierre menait aux chalets.
Je ne voulais pas retourner dans la ville
Jour après jour, les marchands nous faisaient partir.

La pluie refluait sur mon poitrail
J'étais blessé à l'aile, et là serait mon dernier voyage
L'herbe était douce sous mes plumes
Mais je m'envolai déjà dans des rêves
Bien plus profonds que moi-même.

June BI, août 2002 (11 ans)

UNE VIE "ENVASÉE"

Tant de champs et de prés
Parmi clochers et vieilles citadines
Tant de brume et de nuages grisés,
Sur la rive mouvementée.

Les pierres grises, le creux d'un monde des vallées,
Tant de toits noirs en cette région profonde
De vieux arbres séchés et feuilles mortes,
Laissées...

Pour une journée si triste,
L'aube vient cueillir dans la rivière
Le sommeil des pêcheurs épuisés
Dans les caresses des vagues fines.

De la terre mûre, des fruits ensevelis,
Des vignes montantes aux raisins écrasés
Des regards lointains dans la brume élevée,
Dans le creux d'un monde rêveur...

June BI, août 2002 (11 ans)
Vacances à Entraygues-sur-Truyère (12)

NUIT SUR LA LUNE

Une ombre s'enfuit dans la clarté du lac
La lune s'élève comme un visage pur
Les arbres s'enchaînent dans le souffle
Cadencé du vent brumeux.

Nuit sur la lune
Noir sur le monde…

Le vent hante nos obscures pensées
Prête un rire amusé
Aux feuilles qui succombent
Le jour se lève dans l'aurore anéantie.

Nuit sur la lune
Bleue entièrement…

CAUCHEMAR

La nuit semble s'allonger dans mon sombre rideau,
Le vent le fait bouger dans son bleu "sommeilleux".
La pièce semble ronfler, la lumière rougit,
Le monde irréel surgit de ses armoires.

Une ombre se glisse jusqu'à moi,
Un regard terrifiant sort des ténèbres
Un dent qui luit et qui tranche l'acier,
L'escalier craque et révèle un maison hantée.

Les monstres rugissent de partout,
Un squelette se cache derrière la porte
Et un cri retentit dans la nuit.

Son sourire éclatant, sous ses mains qui s'agitent
L'ombre d'un cadavre
Qui vient certainement du monde irréel...

June BI, septembre 2002 (11 ans)

Septembre, période de cauchemars : rentrée des classes, entrée en 5e ? Ou tout simplement sujet d'Arts Plastiques donné en ce début d'année scolaire...

LE MONDE NOIR

Dans la nuit, par les ombres qui bougent,
Le silence est immobile et souffle lugubrement.
Dans la nuit, par le bruissement des feuilles,
Une silhouette surgit du temps passé.

Dans la nuit, par les flammes dansantes,
Une tour se découpe sur une île sombre.
Dans la nuit, par la mer qui respire, on entend
Le ressac des vagues sur les dunes herbeuses.

Dans la nuit, par les cris éloignés,
Une lumière rougit à l'orée des bois.
Dans la nuit, par le cauchemar qui s'infiltre,
Les sorcières sont présentes derrière les flammes.

Dans la nuit, par les mots qui s'inclinent,
La bougie grêle va s'éteindre.
Dans la nuit, par la plume qui s'agite,
L'écrivain dort sur son œuvre encore miroitante.

LE MIROIR DE LA BOUGIE

La bougie se regarde,
Elle contemple sa flamme rougeâtre,
Elle la voit bouger et une fumée noire
Coule lentement sur les cendres.

Son socle doré grésille, une odeur de fer
Et de bougie brûlée se propage.
Elle a juste le temps de se revoir,
Et là, il brille encore, son socle doré…

UN SOUFFLE SUR LES MOTS

À peine les lèvres bougent,
La feuille se soulève et les mots
Encrés de bleu, sortent de la feuille.

Il courent à perdre haleine,
Et le vent les voit entre deux lumières ;
Les mots sombres se reflètent dans...
L'AMERTUME.

LE REGARD MYSTÉRIEUX

Dans ses yeux, la vie est une carte noire,
Dans ses yeux, la vie est un ciel bleu marine,
Dans ses yeux, la vie est une lumière rouge,
Dans ses yeux, la vie est un chemin irréel.

Un chemin infini avec des fleuves
Qui ne s'arrêtent jamais,
Avec des yeux bleus et vides comme les siens,
Avec des mains maigres et prometteuses.

La vie est un fil déchiré, décousu
Et de toutes parts des visages froids
Qui expriment ce que l'on ne peut dire,
Mais ce que l'on peut écrire.

LE RÊVE REVIENDRA

Il faut des pensées tristes et plus que des grimaces,
Il faut des cauchemars et des gros chagrins,
Il faut de la vieillesse et des jours sans fin,
Il faut de la violence et des plaintes affreuses,
Mais, il faut toujours espérer, il faut toujours rêver...

LE PETIT PRINCE NOUS GUETTE

J'ai regardé à travers ses yeux et j'ai vu sa fatigue
Son courage, et sa lumière qui étincelait dans ses yeux.
J'ai vu pour la première fois, son air maussade qu'il gardait
Au fond de lui, ses tristesses,
Et j'ai vu le plus beau des poèmes enfoncé dans son cœur.

BLEU

Bleu comme le cœur des anges,
Bleu quand le ciel est au-dessus de tout
Bleu comme les herbes qui passent par ma tête
Bleu, comme le monde qui habite mon âme.

Bleu quand l'eau coule de mes veines d'or
Bleu comme l'azur violacé
Bleu comme les yeux de celui qui sait écouter
Écouter mes pensées bleu ciel

June BI, octobre 2002 (11 ans)

Poème fait pour le journaliste Sébastien, lors de son reportage télévisé pour M6.

PARADIS INTÉRIEUR

Il y aurait des fleurs plus belles
Que le printemps
Il y aurait des mots plus bleus
Que la tristesse

Il y aurait des paroles plus profondes
Que le ciel
Il y aurait des regards plus brillants
Que les lumières éteintes

Il y aurait des sourires plus joyeux
Que le soleil nonchalant
Il y aurait des vagues
Plus grandes que le paradis

À l'intérieur de nous, des sourires effacés
Nos dentelles du cœur
Nos mémoires plus denses que la mer
Il y a une fleur violette
Dans le visage du temps éternel...

MES MÉMOIRES

(Pour mon grand-père)

Les mots ne servent plus à rien
Les larmes servent à oublier
Le chagrin venu

Il y a des jours bleus.
Et des jours tout tristes

Il faut savoir que la vie
Est parfois un fleuve noir
Il faut savoir que le cœur
Est parfois un trou trop profond

Et quand la tristesse arrive
Il faut avoir des souvenirs
Des pensées toutes bleues
Plus que le ciel

Il faut avoir des photos du cœur
Il faut savoir rêver des moments aimés

June BI, Sept. 2002 (11 ans)

J'ai fait ce poème pour mon grand-père qui avait la maladie d'Alzheimer. Je le dédie à tous ceux qui souffrent de cette terrible maladie qui efface votre vie, ainsi qu'à leurs familles.

L'ÉVEIL DU JOUR

Dans la brume étouffante du clair matin,
Par le vent frais qui secoue les arbres
Un village sort de l'aube, rose et bleu
Et déploie un éveil élancé vers le jour.

La terre est mouvementée, l'écorce craquelle,
Les herbes fouettées, et le sang du froid
Montent jusqu'à leurs peaux amaigries et effrayées,
Les traces des bêtes restent au plus profond de la forêt.

Il y paraît un visage familier, des ailes pures,
Dans un ciel, ce matin, angélique.
Et par une fenêtre qui grince et regarde l'aurore,
Le Temps dort par-dessus un mot de douceur : éveil.

Dans la brume qui s'élance et attaque les âmes mortes,
Par le vent qui meurtrit et qui saigne,
Un ange descend d'un monde paradisiaque
Et déploie un sourire appauvri, tout droit vers le rêve,
La cité irréelle…

June BI, octobre 2002 (11 ans)

LE BOUT DU MONDE ÉTERNEL

L'automne est un long silence parmi ombres cachées,
Rêves enfouis dans la parure glacée
Des feuilles portant le traîneau affolé du vent hanté,
Par le manteau des chênes sur la trêve des flocons.

L'automne est un long silence taciturne et immobile
Où l'on entend la poursuite nocturne des hiboux effrayés,
Le sommeil des villes sous la lune "bienveilleuse",
Le battement lointain des paupières d'un iris éveillé.

L'automne est un long silence sorti des portes d'un monde endormi,
D'un monde où les plaines et la mer luisantes sont de purs fantasmes.
La mémoire d'un vieil homme gît parmi des livres inconnus,
Par la fenêtre ouverte, ombres et lumières sortent de ce monde éternel.

Par la bise chaleureuse qui vient frotter notre visage rougeoyant,
Le pas courtois d'un galop effréné marque la fin de ce jour.
Le coucher du soleil semble envelopper un être bien étrange
Qui déploierait la voile d'un bateau arrivé du bout du monde.

FEMME, LA DÉESSE

Au commencement, la femme apparut,
Bienveillante et audacieuse
Légère et gracieuse,
Gardienne du temps des hommes.

Au commencement du Paradis,
Elle était un oiseau que le vent caresse,
Elle était un nuage dans un ciel si bleu,
Elle était une pensée qui s'envole dans la brume.

Au commencement, les harpes mélodieuses,
Les feuilles d'automne et les nuages d'été en cadence
Le cercle d'une nature sauvage
Entouraient cette déesse venue d'un autre monde.

Gardienne du temps des hommes,
Déesse des forêts et des eaux
Tu restes dans notre mémoire à jamais,
Femmes, nous vous aimons...

L'APPEL DE L'OISEAU

L'océan plus profond que ses yeux
Est un silence plus long que sa vie.
L'étoile au milieu du ciel
Est comme un trou de soleil dans les arbres.

L'oiseau qui s'envole au-dessus des nuages
Est un signal de paix
Exprimé par ses fines ailes.
Et dans son sourire,
On voit la terre glacée.

Les vagues défilent à ses pieds,
La mer semble nous inviter
Parmi les ombres dans ce ciel violet,
À un long voyage au bout du monde.

June BI, novembre 2002 (11 ans)

PAR LA PORTE DU FUTUR, OÙ S'ENVOLE L'IMAGINAIRE

*La lumière diffuse à travers les rideaux
Éclaire un ciel triste, un brin de souffle
Comme un trou d'ombre parmi les arbres,
Comme de l'herbe dans les dunes lointaines.*

*Mélange de fatigue et de pensées
Dans les rides écartées de la dentelle blanche
Sorte de rires ou d'évasions interprétés
Par la chose invisible qui caresse l'esprit.*

*Bleu il est quand la nuit se change
Noir il n'est plus quand elle disparaît.
Un voile se mêle à son image
Douceur de feuille, parfums en volute.*

*Doux esprit quand la brise s'amoncelle
Riche quand la bise ne fait que passer
Sentimental quand la mémoire s'envole
Par une porte où les oiseaux se blessent.*

*Esprit blanc pur quand la neige nous hante
Bleu marine quand les vagues nous coiffent.
Le monde semble se renverser sur nous
Quand le visage du Futur nous accueille avec haine,
Les oiseaux sculptent la nouvelle vie.*

LA RÉVÉLATION

Le poète ne meurt jamais
Il est un mot
Que l'on aimerait garder.
Le poète pense toujours
Comme un oiseau
Qui se pose dans ses mains.
Le poète est le ciel
Il est clair et sombre
Triste et nuageux.
Le poète est une âme
Qui se laisse porter
Dans le cœur d'un artiste.
Le poète est un mot
Qui se laisse emporter
Dans les ailes d'un oiseau.

AUSSI PROFOND QUE L'ÂME

Le don s'est tourné vers moi
Quand il rit, je ris
Quand je suis triste
Il est triste.
Ce n'est pas moi qui crée ces mots
C'est lui, il porte ma main
Il me fait écrire
Le plus beau des poèmes.
Il est une âme
Qui ne parle pas mais regarde
La beauté artistique
De ce qu'il y a en nous.

L'APPARITION

Là, dans le halo du Monde
Son cœur bat comme la flamme.
La lumière qui s'éveille dans ses ailes
S'envole surgie d'un passé inconnu.

Son corps se reflète dans la bougie étincelante
Elle coule sur sa robe soyeuse,
Et l'eau du passé se révèle dans son âme.

J'erre, dit-elle, dans les ténèbres néfastes
Et la mer si vaste, par la porte enchantée,
Semble s'évader des nuages lointains.

Là, parmi la flamme qui soupire
Et les cendres incandescentes,
Se loge l'habitacle du Diable
Et l'on peut imaginer...
Que le sang des Anges y coule.

Par la porte de cette nuit brillante
L'esprit du Mal hante l'avenir tout proche,
Sans qui, sous ses ailes endormies,
S'éveille l'éternelle souffrance...

L'IMAGINAIRE S'ENVOLE

Dans le jour déchiré
Un oiseau s'envole par la fenêtre ouverte.
Un enfant descend le ciel bleu
Par la porte du temps de l'hiver.

Les flocons ne veulent plus souffrir
Dans le cœur de l'homme, seul
Loge le feu
D'un passé mourant.

Sous la mer, l'avenir resurgit
Une ville souterraine commence à renaître.
Le bruit du vent sur les galets s'éteint,
Le sommeil du froid emplit les dunes.

Un enfant descend le ciel bleu
Les rêves descendent de sa tête
Et, sous les nuages grisonnants,
Une pluie de mots s'abat sur le monde.

En dessous de lui, le soleil éclôt.
Le soupir de la flamme brûlante
Couvre la vague de nos pensées,
Couvre ses cheveux endormis par la neige

June BI, décembre 2002 (11 ans)

TERRE DE DÉSERT

Le monde qui se lasse et s'enlace
Dans l'écume brûlante
Le monde qui s'ouvre et qui s'approche
Et qui laisse entrer la chaleur du feu.

La terre qui crépite et s'enflamme
Dans les poussières des dunes
La terre qui tremble et qui rampe
Le désert qui glisse dans la tempête.

La mer qui souffle et remue
Le temps des îles au matin chaud
La mer qui respire et se hâte
Les rêves s'envolent
Dans la fumée du sable.

Au loin l'inconnu marche
À l'éternel chemin
Au loin l'inconnu se laisse emporter
Par le vent qui meurt.

.../...

.../...

Les oiseaux tombent et se relèvent
Le désert semble aspirer les rêves
Au loin l'inconnu disparaît
Par la tempête de sable.

Au loin l'inconnu s'efface
Là où les dunes s'évadent
Et par où l'homme s'allonge
Et la pensée s'alourdit.

La pluie tombe comme la délivrance.

L'ILLUSIONNISTE

J'ai retrouvé mon monde
J'ai retrouvé la vie
Les mouettes qui hurlent
Et le temps qui s'assombrit.

J'ai ouvert mes ailes pour transporter la pluie
Le Temps des Poètes resurgit.
Par la fenêtre éclatée
Laisse entrer les derniers morceaux de soleil.

La couleur bleue des océans
La triste lame d'un rocher
L'inconnu, dans le sable s'agenouille
Et la mer essuie ses jours.

Par dehors le ciel blanc
Les flamants vont et viennent
Le temps que la rive s'achève
Le temps des cigales enfermées.

Et la main chevauche
Le papier grinçant
Dans ses yeux transparents
S'infiltre l'illusion d'un poète.

L'ÉCRITURE SOMMEILLE

J'ai ouvert mes ailes
Dans la mer endormie
Et par-dessus l'éternel
L'écume a fait naître la vie.

Le monde se lève
Dans le soleil couchant
La porte se referme
Au retour du temps passé.

Les goélands s'envolent
Dans la pluie rose et fine
La terre semble s'évanouir
Par le relais du froid qui glace.

Les moineaux sur la grue enneigée
Laissent un instant le ciel passer
Le sol est gris dans la brume blanche
Les jours sont bleus dans la nuit douce.

La lumière vacille
Dans le dernier cristal
Le rocher dominant chavire
Par dehors ma fenêtre ouverte.

L'allée des mots se brise
Les gonds d'un portail grinçant
Ouvre la porte à l'imaginaire
Quand les pensées seront-elles introuvables ?

AU RÉVEIL DU POÈTE

Le poète dans le jour gris
Est le vent qui transporte les dunes.
Il est un oiseau au-dessus de la mer
Le souffle des vagues qui se fait entendre,

L'écharpe si douce de la brise,
Le roc si dur du temps neigeux.
Au loin, le lac se couche dans la terre tendre
Et les mots s'échappent du passé.

Le souvenir est là, dans ses mains tremblotantes.
Le ciel qui se blesse dans l'astre,
L'horizon qui émerge du zéphyr endormi,
La nuit, recouvrent ses yeux encore ouverts.

Un instant, l'oiseau brûle et renaît
Un instant, ses pas résonnent au loin...

Comme un écho tranchant le noir.

June BI, le 25 décembre 2002 (11 ans)

APPRÉCIATIONS DIVERSES

"...une poésie prometteuse pour cette jeune poétesse pleine de talent... une poésie douce et colorée du printemps du cœur... Après l'hiver, vient toujours le printemps dont le plus beau bourgeon est Justine."

M.F.F. Président de l'association littéraire "l'Ouvre-Boîte" (95)

"...une jeune personne d'exception, surprenante par sa maturité et son intelligence... tu fais partie des rencontres rares d'une vie et qui marquent une carrière..."

M.P.J. enseignant (83)

"...continue à nous faire rêver..."

L'équipe de la Bibliothèque Municipale du Pradet (83)

" ...sa poésie sait couvrir les moindres mots des plus belles couleurs..."

M.X.T. enseignant (83)

"C'est incroyable la maturité qu'elle a et la facilité d'entrer, comme ça, dans la vie de ceux qui la lisent. On a l'impression que Justine a vécu plusieurs vies !!!"

Mme V.V. une lectrice (83)

"...tu es déjà sur la voie royale ouverte aux Grands Poètes...

Mme M.L. Présidente de l'association littéraire H. Pourrat (63)

"...la POÉSIE qui vous habite a bien de la chance ! Car votre jeunesse est là pour en garantir la pérennité..."

Mme I.D. Chevalier de l'Ordre des Palmes Académique,
Présidente de l'Essor Poétique de Vendée (85)

"...un talent divin, un soleil pour tous..."

M.G. Brainin dit Moineau Poète Académicien de Honfleur
et du Québec.

"...elle a toutes les chances de son côté pour être un jour un prix Goncourt ou Fémina..."

Mme S.S. de la SPAF (13).

"...une parfaite maîtrise de l'Écriture..."

M.J.-C. Ruffin Prix Goncourt 2001.

MARCEL
REICH-RANICKI

DEUTSCHE LITERATUR IN WEST UND OST

Neuausgabe

Deutsche Verlags-Anstalt

CIP-Kurztitelaufnahme der Deutschen Bibliothek

Reich-Ranicki, Marcel:
Deutsche Literatur in West und Ost /
Marcel Reich-Ranicki. – Neuausg. –
Stuttgart: Deutsche Verlags-Anstalt, 1983.
Frühere Ausg. im Piper-Verl., München
ISBN 3-421-06159-9

Verantwortlicher Lektor: Ursula Locke
Satz und Druck: Georg Wagner, Nördlingen
Bindearbeit: Hans Klotz GmbH, Augsburg
Printed in Germany

Für Gerda Boehm

Die Kunst . . . ist die letzte, sich Illusionen zu machen über ihren Einfluß aufs Menschengeschick. Verächterin des Schlechten, hat sie nie den Sieg des Bösen aufzuhalten vermocht; auf Sinngebung bedacht, nie den blutigsten Unsinn verhindert. Sie ist keine Macht, sie ist nur ein Trost. Und doch – ein Spiel tiefsten Ernstes, Paradigma allen Strebens nach Vollendung, ist sie der Menschheit zur Begleiterin gegeben von Anfang an, und diese wird von ihrer Unschuld nie ganz das schuldgetrübte Auge wenden können.

Thomas Mann

INHALT

ANHANG

VORBEMERKUNG 1963

Der Kritiker soll sichten und ordnen, klären und werten, polemisieren und postulieren. Ein unentwegtes Gespräch muß er führen. Er diskutiert mit dem Autor, und er unterhält sich mit dem Publikum. Er hört nicht auf, die Frage zu stellen: Woher kommen wir, wo sind wir, wohin wollen wir? Zwei Ziele schweben ihm vor: bessere Bücher und bessere Leser. Mithin ist der Kritiker immer – ob er es anstrebt oder nicht, ob er es zugibt oder leugnet – Moralist und Erzieher.

Klären und aufhellen möchte auch dieses Buch. Nicht von den großen Linien und Zusammenhängen, von den Richtungen und Tendenzen, von den allgemeinen Möglichkeiten und Bestrebungen, nicht von der Literatur schlechthin soll die Rede sein, sondern, schlicht gesagt, von Schriftstellern und Büchern. Hier und da (beispielsweise am Anfang des Kapitels über Siegfried Lenz) finden sich kurze grundsätzliche und zusammenfassende Bemerkungen. In der Regel werden jedoch nicht Überblicke, sondern vor allem Einblicke gegeben.

Zunächst werden vierzehn Schriftsteller porträtiert, deren literarischer Weg nach 1945 begann: Wolfgang Koeppen, Gerd Gaiser und Max Frisch haben zwar schon vorher Bücher veröffentlicht, doch entstand ihr eigentliches Werk erst nach dem Zweiten Weltkrieg. Die Auswahl kann insofern nicht als Wertung gelten, als es mir nicht möglich war, alle Prosaisten, die nach 1945 hervorgetreten sind und das Bild der deutschen Gegenwartsliteratur um wesentliche Züge bereichert haben, zu berücksichtigen. Die Reihenfolge dieser vierzehn Kapitel erklärt sich lediglich aus dem Alter der porträtierten Autoren.

An die Werke der Schriftsteller, die in der DDR wirken – mit ihnen befaßt sich der zweite Teil des Buches – wurden selbstverständlich dieselben kritischen Maßstäbe angelegt, aber es schien ratsam, der Information mehr Platz einzuräumen und die Themen der einzelnen Kapitel nach etwas anderen Gesichtspunkten auszuwählen. Daher wird zunächst das Werk von sechs Prosaisten der älteren Generation dargestellt, von denen drei bereits vor 1945 weltberühmt waren; sie sind jedoch heute westlich der Elbe verhältnismäßig wenig bekannt, weil sie sich nach ihrer Exilzeit für den kommunistisch beherrschten Teil Deutschlands entschieden haben. Es folgen Aufsätze über drei Schriftsteller, die 1945 oder später debütierten.

Was meine literarkritischen Grundsätze und Maßstäbe betrifft, so hoffe ich, daß die einzelnen Kapitel sie erkennen lassen. Wenn ich mich hierüber nicht näher äußere, dann vor allem deswegen, weil ich befürchte, der Leser könnte von mir erwarten, daß ich mich tatsächlich und immer an diese Grundsätze und Maßstäbe halte. Das will ich nicht, das darf ich nicht. Denn Kritik geht aus der Begegnung mit einem lebendigen Kunstwerk hervor. Das lebendige Kunstwerk sprengt jedoch alle Dämme der Lehre, kümmert sich nicht um die Regeln und Kriterien, mißachtet die Grundsätze, zerstört die Maßstäbe. Und schafft neue Regeln und Kriterien, Grundsätze und Maßstäbe. Der Kritiker bekennt sich zu Friedrich Schlegels Sentenz: »Es ist gleich tödlich für den Geist, ein System zu haben, und keins zu haben. Er wird sich also wohl entschließen müssen, beides zu verbinden.«[1]

Hamburg, im August 1963 M.R.-R.

VORBEMERKUNG 1983

Das Buch »Deutsche Literatur in West und Ost« erschien zuerst 1963 und löste sofort Reaktionen aus, deren Fülle und Heftigkeit nicht nur den Autor verblüfften. Die Skala der Äußerungen reichte von schroffer Ablehnung bis zu begeistertem Beifall, das Buch wurde wochenlang in der Öffentlichkeit diskutiert, auch einige der porträtierten Schriftsteller meldeten sich zu Worte und machten aus ihrer Unzufriedenheit oder sogar Entrüstung keinen Hehl.

Dies alles mochte damit zusammenhängen, daß es einer der ersten umfangreicheren Versuche war, die neueste deutsche Literatur in West und Ost kritisch zu prüfen. Überdies hatte ich mich bemüht, sie tatsächlich ernst zu nehmen: So wollte ich von jenem ermäßigten Tarif, den man damals oft den Nachkriegsautoren (meist eher geringschätzig als menschenfreundlich) zubilligte, nichts wissen. Und was immer meinem Buch vorgeworfen wurde – Undeutlichkeit oder Mangel an Urteilsfreudigkeit gehörten nicht dazu. Dies aber konnte schwerlich jedermanns Zustimmung finden.

Natürlich ist das Echo von 1963 längst verhallt und vergessen. Aber das Buch hat im Laufe der Jahre mehrere Auflagen erlebt, es wird nach wie vor häufig zitiert und noch häufiger plagiiert, was mich keineswegs ärgert, sondern insgeheim auch freut. Es läßt mich hoffen, daß eine Neuausgabe nützlich sein kann.

Nun lag es nahe, die »Deutsche Literatur in West und Ost« gründlich zu überarbeiten, die einzelnen Kapitel zu ergänzen und jene Ansichten, die ich jetzt einseitig oder übertrieben finde, zu revidieren. Das Ergebnis müßte allerdings auf etwas fatale Weise einem Zwitter ähneln: Weder wäre es ein neues Buch noch das alte von 1963. Es schien also ratsam, das damit möglicherweise verbundene Risiko im Kauf zu nehmen und den

Lesern eine Fassung vorzulegen, die auf Retuschen aus späterer Sicht, ja überhaupt auf nachträgliche Änderungen verzichtet.

Dennoch ist diese Fassung mit der ursprünglichen nicht identisch. Mehrere Kapitel habe ich weggelassen, weil sie inzwischen ihre Aktualität eingebüßt haben. Zwei Aufsätze wurden neu aufgenommen – ein zunächst in meinem Buch »Literatur der kleinen Schritte« (1965) publizierter Essay über Arno Schmidt und eine zum großen Teil ebenfalls in dem Band »Literatur der kleinen Schritte« enthaltene Arbeit über Friedrich Dürrenmatt. Den Aufsatz über Wolfdietrich Schnurre habe ich um einige Absätze aus meinem 1966 gedruckten Nachwort zu dessen Erzählungsband erweitert. Alle anderen Arbeiten sind, von gelegentlichen stilistischen Korrekturen abgesehen, unverändert geblieben.

So mag der Leser entscheiden, ob der Autor sich überschätzt, wenn er hofft, er brauche sich seiner Ausführungen, seiner Charakteristiken und Urteile aus dem Jahre 1963 im Jahre 1983 nicht zu schämen.

Frankfurt am Main, im August 1983 M.R.-R.

Erster Teil

HANS ERICH NOSSACK, DER NÜCHTERNE VISIONÄR

Katastrophen vor allem haben den Schriftsteller Hans Erich Nossack geprägt. Als kleines Kind verunglückt er beim Eislauf und zieht sich eine lebenslängliche Gehbehinderung zu. Es versteht sich, daß eine derartige körperliche Benachteiligung den Betroffenen, zumal in der Jugend, in eine Sonderstellung drängen muß. Ein Gefühl der Isolation, tatsächliche oder eingebildete Vereinsamung und meist auch Verbitterung sind – in kleinerem oder größerem Maße – zwangsläufige Folgeerscheinungen. Die Überlegung, inwiefern der Unfall auf das Wesen des künftigen Schriftstellers einen unmittelbaren Einfluß ausgeübt und vielleicht sogar zu Komplexen beigetragen hat, sei den Psychologen überlassen. Indes darf der Kritiker, ohne sich auf den Boden von Spekulationen zu begeben, immerhin feststellen, daß im Mittelpunkt der Romane und Erzählungen Nossacks, die Jahrzehnte später entstanden sind, meist Sonderlinge, jedenfalls aber einsame und verbitterte Menschen stehen, die sich in irgendeinem Sinne ausgeschlossen fühlen.

In seiner Heimatstadt – er wurde 1901 in Hamburg geboren – besucht Nossack ein humanistisches Gymnasium und studiert dann in Jena Jura und Philologie. Nach wenigen Semestern bricht er das wohl von den Eltern gewünschte, wenn nicht gar aufgezwungene Studium plötzlich ab. Der junge Mann wehrt sich jedoch offensichtlich nicht nur gegen die ihm zugedachte berufliche Laufbahn, sondern rebelliert zugleich gegen das großbürgerliche Milieu, dem er entstammt: Der demonstrativen Abwendung von der Universität entspricht ein gewaltsames Losreißen von seinem Elternhaus, von seiner ganzen bisherigen Umwelt. Er schlägt sich allein in verschiedenen Berufen durch – zunächst als gewöhnlicher Fabrikarbeiter, später als Handlungsreisender und als Angestellter.

Über eine politische Betätigung Nossacks in dieser Zeit sind in seinen autobiographischen Äußerungen keinerlei Hinweise zu finden. Lediglich der Umstand, daß er – schon als Schüler hatte er zu schreiben begonnen – Mitte der zwanziger Jahre ein Lenin-Drama unter dem Titel *Elnin* verfaßt, gibt zu Vermutungen Anlaß. Jedenfalls scheinen aber seine Ansichten in politischen Fragen nicht unbekannt geblieben zu sein, denn im Jahre 1933 – er beabsichtigte gerade, als Schriftsteller zu debütieren – gilt er als »unerwünscht«. Es wird ihm untersagt, zu publizieren. Um sich der drohenden Aufmerksamkeit der neuen Machthaber zu entziehen, sieht er sich genötigt, in die Firma seines Vaters einzutreten, Importkaufmann zu werden: Er wendet sich eben jener Laufbahn zu, die er keineswegs beschreiten wollte. Die deutsche Katastrophe ist also zugleich eine persönliche Katastrophe des Hans Erich Nossack: Seine Meuterei endet vorerst mit einer totalen Niederlage. In den Büchern, die er nach dem Zweiten Weltkrieg geschrieben hat, erzählt er von Menschen, die glauben, ihre Individualität nur dann verwirklichen zu können, wenn sie sich gegen die Umwelt auflehnen und aus ihrem bisherigen Bereich ausbrechen. Ihre verzweifelten Anstrengungen sind jedoch meist vergeblich, der Revolte ist auf diese oder jene Weise eine Niederlage beschieden.

Zwischen 1933 und 1945, als Nossack fast nichts veröffentlichen konnte – es sei denn, er hätte von der Möglichkeit Gebrauch gemacht, sich mit den Machthabern zu arrangieren –, war er hartnäckig genug, seine schriftstellerischen Versuche fortzusetzen. In einem Mitte der dreißiger Jahre entstandenen Drama *Der Hessische Landbote* ging es »nicht um die Person Büchners, sondern um die Auflehnung der Jugend gegen Diktatur und Restauration«. Das Schreiben dieses Stückes sei für ihn damals – meint Nossack – »ein Akt der Résistance«[1] gewesen. Daran hat sich in einem gewissen Sinne nichts geändert: Seine literarischen Arbeiten sind Widerstandshandlungen eines durch die Verhältnisse in die Defensive gedrängten Künstlers geblieben.

Freilich ist uns dieses Büchner-Drama nicht bekannt. Und damit kommen wir zu dem Ereignis, das auf Nossacks Persönlichkeit den nachhaltigsten Einfluß ausgeübt hat. Wiederum ist es eine ebenso allgemeine wie persönliche Katastrophe: Bei der Zerstörung eines großen Teils der Stadt Hamburg im Juli 1943 verbrennen alle seine Manuskripte, ungedruckte Zeugnisse einer literarischen Entwicklung aus mehr als einem Vierteljahrhundert. Aber durch diesen Verlust der Manuskripte – so schmerzhaft er auch gewesen sein mag, und gewiß nicht nur für Nossack – und durch die Vernichtung anderer Elemente seines bisherigen Lebens, seiner Bibliothek etwa und vieler persönlicher Andenken, entsteht eine Situation, die ihn zu jenem Schriftsteller werden läßt, der schließlich, ab 1947, an die Öffentlichkeit treten kann.

Das Besondere dieser Situation, wenn auch natürlich nicht ihre Bedeutung für sein künftiges Werk, hat Nossack, wie aus seiner Skizze *Der Untergang* hervorgeht, sogleich erkannt. In diesem Prosastück, das »November 1943« datiert ist, wird die Zerstörung Hamburgs dargestellt. Nossack berichtet, was er als Zuschauer der Ereignisse beobachtet, was er als ihr Opfer, als unmittelbar Betroffener also, empfunden hat. Und er deutet die Verwandlung seines Bewußtseins an, die durch den Kataklysmus verursacht wurde. Es geht ihm vor allem um die »verlorene Atmosphäre«. Durch eine märchenhafte Parabel veranschaulicht er seine damalige psychische Konstellation, sein Lebensgefühl: »Es war einmal ein Mensch, den hatte keine Mutter geboren. Eine Faust stieß ihn nackt in die Welt hinein, und eine Stimme rief: Sieh zu, wie du weiterkommst. Da öffnete er die Augen und wußte nichts anzufangen mit dem, was ihn umgab. Und er wagte nicht, hinter sich zu blicken, denn hinter ihm war nichts als Feuer.« Es folgt die knappe Feststellung: »Wir haben keine Vergangenheit mehr.«

Das jedoch, was ihm der völlige Verlust der Vergangenheit zu sein schien, faßte Nossack als seine große Chance auf. Das Jahr 1943 erwies sich als sein Jahr Null. Ausdrücklich heißt es im *Untergang:* »Was wir gewonnen haben und was anders wurde, das ist: Wir sind gegenwärtig geworden.« Die Katastrophe machte ihn also zum Gegenwartsdichter, und das bedeutete damals: zum Dichter der Katastrophe. Die Skizze beginnt mit der Erklärung: »Ich habe den Untergang Hamburgs als Zuschauer erlebt . . . Ich fühle mich beauftragt, darüber Rechenschaft abzulegen . . . Ich habe das Gefühl, daß mir der Mund für alle Zeiten verschlossen bleiben würde, wenn ich nicht dies zuvor erledigte.« In dem Buch *Nekyia* wiederum, das Nossack in den letzten Kriegsjahren begonnen und 1947 veröffentlicht hat, steht die Frage: »Wozu ward eine Stimme uns verliehn, wenn wir nicht auch am Abgrund singen?«

In den beiden Jahrzehnten seit der Entstehung des *Untergangs* hat sich Nossacks Lebensgefühl nicht grundsätzlich verändert – Variationen und vielleicht Abweichungen, nicht aber Wandlungen werden zu verzeichnen sein. Von Katastrophen ist in seinen Romanen und Erzählungen die Rede, sie dienen als Ausgangspunkt und Achse der Handlung. Nichts freilich wäre irrtümlicher als die Vermutung, Nossacks verschiedene Visionen seien Zwangsvorstellungen, die ihren gemeinsamen Ursprung in den Geschehnissen von 1943 hätten. Sie haben ihren Ursprung in unserer Zeit. Anders ausgedrückt: Der durch den Kataklysmus »gegenwärtig gewordene« Dichter wurde durch die Verhältnisse in den folgenden Jahren gezwungen, Dichter der Katastrophe zu bleiben.

Zugleich wird der Ich-Erzähler des *Untergangs* zum Prototyp der Helden Nossacks. Oder, wie Walter Boehlich es gesagt hat: »Die Grundsituation des *Untergangs* ist die Grundsituation von Nossacks Dichten schlechthin.«[2] Seine Helden sind Menschen ohne Vergangenheit und ohne Tradition, sind Individuen – die Formulierung findet sich in dem Roman *Der jüngere Bruder* – »ganz ohne Landschaft, ohne Hintergrund«. Sie fühlen sich von einer unbegreiflichen grausamen Macht ins Leben hineingestoßen. Sie sehen sich nicht unbedingt inmitten von Feinden, aber in der Regel doch inmitten einer ihnen gänzlich fremden Welt. Sie bekämpfen sie nicht, aber sie haben auch nichts mit ihr gemeinsam, sie wissen mit ihrer Umgebung – wie der Mann in jenem Märchenbild – »nichts anzufangen«. Sie leben – ob sie sich dessen bewußt sind oder nicht – in einem eigenen

Bereich, in einer Einöde unter zahllosen Mitmenschen, in einer Wüste mitten in der Großstadt. Sie haben im Grunde keinen Partner, kein Gegenüber. Sie agieren auf einer anderen Ebene als ihre Zeitgenossen, in einem anderen Raum. Eine Verständigung erweist sich – auch da, wo sie angestrebt wird – als unmöglich. Dieses Motiv hatte Nossack ebenfalls im *Untergang* angeschlagen:

»So geschah es, daß Menschen, die in demselben Haus zusammenlebten und am gleichen Tische beieinandersaßen, die Luft ganz verschiedener Welten atmeten. Sie versuchten sich die Hand zu geben und griffen vorbei. Wer war nun blind von ihnen? Sie redeten dieselbe Sprache, aber sie meinten mit ihren Worten ganz andere Wirklichkeiten. Wer war nun taub von ihnen?«

Wie sind nun eigentlich diese »ganz verschiedenen Welten«, diese »ganz anderen Wirklichkeiten« zu verstehen? Schon im *Untergang* fällt eine eigentümliche Dualität auf. Der Autor der Skizze will zunächst einmal nur berichten, Rechenschaft ablegen. Er bietet sachliche Beschreibungen, es mangelt nicht an konkreten Informationen und präzisen Angaben. In der Tat hat das Prosastück *Der Untergang*, von dem beträchtliche Teile als Chronik und Reportage gelten können, zeitdokumentarischen Wert. Bisweilen aber tauchen in demselben Prosastück auch märchenhafte Bilder und balladeske Motive auf. Nach einer Schilderung der Heide, in der der Ich-Erzähler unmittelbar vor der Zerstörung Hamburgs Zuflucht gefunden hat, heißt es: »Wir lieben die Heide, wir gehören irgendwie dorthin, vielleicht sind wir vor Zeiten dort geboren . . . Andere fühlen sich dort krank und werden schwermütig. Sie können nicht ohne Zeit leben; denn die Heide ist ohne Zeit. Sie wollen es nicht wissen, daß wir einem Märchen entstammen und wieder ein Märchen werden.«

Der Berichterstatter erweist sich zugleich als ein Träumer, der Protokollant als ein Visionär, der Chronist als ein Märchendichter. Diese Dualität, die zu einem besonderen Reiz seiner Prosa beiträgt, wird von Nossack in den späteren Büchern konsequent und meist erfolgreich angestrebt. Er bekennt: »In mir ist eine Seite, vielleicht sogar eine Hälfte, die zum Märchen tendiert.«[3] Er ist ein sachlicher und gewissenhafter Träumer, ein zurückhaltender und kühler Visionär, ein nüchterner Märchendichter. Seine Romane haben – wie oft schon aus dem Titel oder dem Untertitel hervorgeht – die Form von Berichten und Chroniken, Interviews und Protokollen. Aber der Partner des Interviews ist, beispielsweise, der Tod. Der Titel der Skizze, die den ersten Erzählungsband Nossacks eröffnet, lautet: *Bericht eines fremden Wesens über die Menschen*.

Das ebenfalls in dem Band *Interview mit dem Tode* (1948) enthaltene Prosastück *Die Kostenrechnung* zeichnet sich durch eine besonders nüchterne und knappe Diktion aus. Allein, es beginnt mit den Worten: »Erst nachdem sie mich gehenkt hatten, fiel mir ein, daß sie meiner Frau die Rechnung dafür schikken würden.« Das Buch *Nekyia* ist der *Bericht eines Überlebenden*, dem eine geisterhafte Trümmerlandschaft als symbolische Kulisse dient. Aber in diesen Aufzeichnungen, die vornehmlich als Selbsterforschung gedacht sind, gehen nicht nur Vergangenheit, Gegenwart und Zukunft fortwährend ineinander über, sondern auch Traum und Realität: Empfindungen, Gedanken und Visionen werden vom Autor als objektive Wirklichkeit behandelt. Im Roman *Spätestens im November* (1955) berichtet die Frau eines bundesrepublikanischen Industriellen gewissenhaft über ihr Liebesabenteuer mit einem Schriftsteller; aber sie schreibt diesen eingehenden Bericht erst nach ihrem Tode. Zum Ich-Erzähler der Geschichte *Der Neugierige* (1955) macht Nossack einen Fisch. *Unmögliche Beweisaufnahme*, das Kernstück des Prosabandes *Spirale* (1956), ist das Protokoll einer sachlich geführten Gerichtsverhandlung. Allein, es geht dabei vor allem um einen »Aufbruch ins Nicht-Versicherbare«.

Die vielen übersinnlichen Motive in Nossacks Büchern haben ihren guten Grund. Die ebenso märchenhaft anmutende wie realistische Liebesgeschichte *Dorothea*, die sich vor dem Hintergrund der Zerstörung Hamburgs im Juli 1943 abspielt, enthält die Bemerkung: »Es ist nicht gut, Dinge erklären zu wollen, die sich mit dem Verstande nicht erklären lassen. Es ist aber ebenso falsch, ihre Wirklichkeit nur deshalb zu verneinen, weil sie sich mit dem Verstande nicht erklären lassen. Denn da sie eine Wirkung haben und Spuren hinterlassen, müssen sie auch eine Wirklichkeit haben.«

Leichtsinnig wäre es jedoch zu glauben, Nossack wolle für das Irrationale oder das Transzendente eintreten. Im Grunde ist es eher umgekehrt: Um der Realität willen befaßt er sich immer wieder mit Träumen und fordert die Anerkennung ihrer Existenz. Um des Rationalen willen betont er nachdrücklich auch das Irrationale: »Ebenso sollte man damit aufhören, die Künstler und insbesondere die Dichter für Träumer zu halten. Man sollte ihnen eher einen stärkeren Sinn für Realität zusprechen, da sie es für einen Mangel an Nüchternheit und für ein bedenkliches Zeichen unrealistischen Denkens halten, die Welt nur nach dem Meßbaren und Erfolgversprechenden begreifen zu wollen. Ohne den großen Raum des Traumes hinter der Oberfläche gibt es kein lebendiges Wort, nur tote, unfruchtbare Kruste, mag sie auch noch so verführerisch schillern.«[4]

Nossacks Vorliebe für das Übersinnliche entspricht also seiner Nüchternheit und wird – wie die meisten seiner Romane und Erzählungen beweisen – durch sein kritisches Verhältnis zur konkreten Umwelt, zu unserer Epoche bedingt. Was man landläufig als Wirklichkeit bezeichnet, scheint ihm meist nicht mehr als ein Trugbild zu sein, dem Gewöhnung und Konvention eine bedauerliche Beständigkeit verleihen. Er strebt daher die Darstellung der Phänomene hinter den »Dingen« an, jener Erscheinungen, in denen er das Eigentliche, die wahre Realität vermutet. In seinem Roman *Nach dem letzten Aufstand* (1961) heißt es schlicht: »Was haben wir von dem, was man fotografieren kann. Uns interessiert nur das, was sich nicht fotografieren läßt.«

Um das Unsichtbare, um die nicht wahrnehmbaren, aber nichtsdestoweniger existierenden Dimensionen und Konturen der Wirklichkeit ist Nossack bemüht, auf das Undefinierbare hat er es abgesehen oder – um den Titel eines seiner Gedichte zu zitieren – auf das »Unnennbare«. Im Gespräch mit Horst Bienek erläutert er: »Ich kann daraufhin nur sagen, daß mir selber das, was Realismus genannt wird, etwas ganz Unrealistisches zu sein scheint, geradezu eine Abstraktion. Es fehlt eine Dimension. Mit dieser Dimension meine ich beileibe nicht Transzendenz oder dergleichen, sondern etwas ganz Reales. Mich interessiert brennend, was die Dinge wohl sein mögen, wenn sie nicht nur Objekt sind. Oder deutlicher ausgedrückt: was sind sie in ihrer Einsamkeit, was sind sie, bevor sie Mythos geworden sind, denn der Mythos ist doch nur eine Vorderseite, die sie uns zukehren und die wir verbrauchen . . . Ich habe manchmal das Gefühl, daß auf dieser uns nicht zugekehrten Seite der Wesen meine Heimat liegt.«[3]

Und es ist kein Widerspruch darin enthalten, daß sich Nossack, um die Phänomene zu zeigen, »bevor sie Mythos geworden sind«, häufig mythologischer Motive bedient. Zugespitzt formuliert: Er läßt auf das Gift ein Gegengift wirken. Um die Realität verdeutlichen zu können, distanziert er sich von ihr. Um das Bild unserer Zeit zu klären und von Entstellungen zu befreien, verfremdet er es – mit märchenhaften und mythologischen Motiven.

Der Roman *Spätestens im November* erweist sich als eine moderne Fassung jener Geschichte von der ehebrecherischen Francesca da Rimini, dem betrogenen Gatten Malatesta und dem Verführer Paolo, die Dante in der *Göttlichen Komödie* erzählt. Nossack transponiert diese Romanze in das bundesdeutsche Prosperitätsmilieu der fünfziger Jahre, macht aus Paolo den einsamen Schriftsteller Berthold Möncken, aus Malatesta einen ebenso tüchtigen wie seelenlosen Manager und erzählt das Ganze aus der Perspektive der Frau, der sehr durchschnittlichen Marianne, die ihren Mann nicht liebt. Sie ist der behüteten Atmosphäre in der vornehmen Fabrikantenvilla überdrüssig – doch handelt es sich lediglich um eine intuitive Ablehnung dieser Welt. Was sie ihr vorzuwerfen hat, beschränkt sich im Grunde auf die Feststellung: »Es ist alles so unecht hier, so tot.«

Die Transposition des Stoffes hat seine Abwandlung zur Folge: ins Sozialkritische einerseits, ins Märchenhafte andererseits. Märchenhaft und sozialkritisch zugleich ist die Ausgangssituation der Handlung. Eine für den Kulturbetrieb in der Bundesrepublik typische Veranstaltung, eine öffentliche Dichterehrung, wird ironisch geschildert und bildet für die erste Begegnung des Liebespaares einen Hintergrund, dessen Realistik nichts zu wünschen übrig läßt. Aber im Augenblick, in dem Marianne den preisgekrönten Autor Berthold Möncken sieht, wird sie von Nossack – mit deutlichen Anspielungen auf die Francesca-da-Rimini-Geschichte – ihrer Umwelt entrückt und auf eine rational nicht mehr kontrollierbare Ebene gehoben: Für Marianne und Berthold – aber nur für sie – tritt das Gesetz des Märchens in Kraft: »Er ging genau auf dem blaugrauen Läufer. Ringsherum war plötzlich alles im Dunkel, nur die Linie, auf der er näher kam, war matt beleuchtet . . . Ich ging ihm ein paar Schritte entgegen, ich beeilte mich, auf den Läufer zu kommen und von dem Tisch fort. Es versank auch sofort alles hinter mir . . . Und dann standen wir uns schon gegenüber. Ziemlich nah; es schien mir sicherer, denn so wie der Tisch hinter mir versank, als ich ihn verließ, schwebte und webte nun auch alles andere, was um uns herum war, wie Nebelwolken auf und ab und streifte uns kaum, und nur da, wo wir waren, konnte man fest stehen.«

Mit einer verblüffenden Selbstverständlichkeit setzt sich Nossack über die psychologische Wahrscheinlichkeit hinweg: Noch in derselben Stunde verläßt Marianne ihren Mann und ihr Kind, um mit Berthold, den sie zum ersten Male in ihrem Leben gesehen hat, ins Ungewisse zu gehen. Denn sie ist verzaubert: »Ich hatte mich benommen, wie man sich nur im Traum benimmt, wenn man gar nicht anders kann und auch das Nachdenken nichts nützt, weil sich doch alles von selbst ergibt, und nur durch Aufwachen kann man sich retten.« An einer anderen Stelle ihres Berichts bekennt sie: »Ich hatte gar keinen eigenen Willen mehr. Wie nach einem großen Schreck.«

Die Geschichte der beiden Menschen, die ihrer Liebe leben

oder leben wollen, dient, zunächst einmal, als Kontrastmotiv zu der funktionalisierten Welt des deutschen Wirtschaftswunders. Die romantische Idylle läßt die gesellschaftliche Wirklichkeit in aller Deutlichkeit sichtbar werden. Aber das Märchen von der großen Liebe ist zugleich – und vor allem – eine Geschichte eben von der Unmöglichkeit oder zumindest der Fragwürdigkeit dieser Liebe hier und heute. Mariannes Ausbruch aus ihrem bisherigen Milieu war – auch wenn sie sich dessen nur unklar bewußt wurde – der Versuch, einem sinnlos gewordenen Dasein wieder einen Sinn zu geben. Der Versuch scheitert. Sie hatte ihren Mann verlassen, weil er ihr fremd geworden war. Nun stellt es sich nach einer kurzen Periode des Glücks heraus, daß auch der subtile Entführer ihr fremd bleibt. Sosehr sich der Manager und der Schriftsteller voneinander unterscheiden: beide haben sie für die Frau keine Zeit. Für den einen ist die Fabrik wichtiger, für den anderen die Literatur. Selbst die plötzliche Flucht seiner Ehefrau kann den erfolgreichen Geschäftsmann nicht aus seinem Nützlichkeitsdenken herausreißen. Nicht einmal die Liebe ist imstande, eine tiefe und dauerhafte Beziehung zwischen den Menschen herzustellen.

Der Roman endet zwar mit dem Tod des Liebespaares, doch haftet ihm nichts Tragisches an. Die in der Schilderung des prosaischen Autounfalls enthaltenen abermaligen Anspielungen auf das Schicksal von Francesca und Paolo klingen nur noch schmerzhaft-ironisch. Was als Märchen begonnen, endet als Parodie. Der Liebesroman der fünfziger Jahre ist nicht eine elegische Weise von Glück und Tod zweier Menschen, sondern eine Klage über den Verschleiß der Seelen, eine Studie jener psychischen Störung, die man gemeinhin »Beziehungslosigkeit« nennt. So lautet das Fazit des Buches schlicht und klar: »Ein Zeitalter, das so einseitig auf die Erhaltung des Daseins aus ist wie das unsere, vermag nicht einmal mehr von Erfüllung zu träumen. Und was sich nicht träumen läßt, hat keine Wirklichkeit.«

Das Individuum, das aus seinem bisherigen Dasein ausbricht, der Umwelt zum Trotz seinen eigenen Weg sucht und den Vorstoß ins Unbekannte nicht scheut, steht nun im Mittelpunkt aller Arbeiten Nossacks. Ihn faszinieren »Grenzüberschreiter«. Das Wort findet sich in der Geschichte *Die Schalttafel* aus dem Band *Spirale*. Dort sagt der Ich-Erzähler: »Denn ich selber, den er für einen ebensolchen Grenzüberschreiter hielt, war nur ein wenig aus der Bahn getaumelt auf der Suche nach mir selbst. Von dieser Grenze und von der Möglichkeit, sie zu überschreiten, ahnte ich nicht einmal etwas. Ich konnte daher auch nicht wissen, daß alles, was man jenseits denkt und von dorther spricht, ganz anders klingt. Es sind die gleichen Vokabeln, aber der Hauch der Wüste oder der Polarlandschaft oder wie es auch dort drüben aussehen mag, und allein schon die Tatsache, daß jemand von draußen her spricht, und noch dazu mit dieser bohrenden Selbstverständlichkeit, – dies alles gibt den alltäglichsten Worten eine so gefährliche und das Gewohnte vernichtende Bedeutung.«

Ein »Grenzüberschreiter« ist der Fisch, der Titelheld der Parabel *Der Neugierige*, der es wagt, sich gegen die Naturgesetze aufzulehnen, das heimische Meer zu verlassen und auf dem trockenen Land eine »eigene Richtung« zu suchen. Der Held der Geschichte *Am Ufer* lernt heimlich schwimmen; er möchte dorthin gelangen, wo das Wasser »klar und tief« ist, er will das unbekannte andere Ufer erreichen.

Ein »Grenzüberschreiter« ist der Fisch, der Titelheld der Pa-
Versicherungsangestellte, der sich in der *Unmöglichen Beweisaufnahme* vor einem imaginären Gericht zu verantworten hat, weil das spurlose Verschwinden seiner Frau aufgeklärt werden muß. Eine siebenjährige Ehe wird durchleuchtet, und zum Vorschein kommen das Versagen des Individuums, der Verlust der Bindungen, das beklemmende Schweigen, in das die Beziehungen münden. Schließlich hat sich das Paar bei einem symbolischen Schneegestöber verlaufen. Das Gericht erforscht das »makellose Privatleben« des Angeklagten, muß aber resigniert zur Kenntnis nehmen, daß er es nur »als eine Tarnung gegen die Außenwelt« empfindet. Die Beweisaufnahme ist unmöglich, weil die korrekten Männer der Rechtsprechung und der be-

hördlichen Praxis zwar die äußeren Fakten ermitteln, das Entscheidende sich jedoch in einem Bereich ereignet hat, in den sie dem Angeklagten nicht zu folgen vermögen: im »Nicht-Versicherbaren«.

Die Erzählungen des Bandes *Spirale* sind Proteste gegen die Diktatur des Herkömmlichen und der Gewohnheit, gegen den Druck der Konvention und der Norm, sind die in Nossacks Werk konsequentesten, wenn auch nicht immer überzeugendsten Studien der Vereinsamung und der Selbstentfremdung. Die Gestalten werden aus ihrer Umwelt gelöst, absolut gesetzt und in einer fast luftleeren epischen Landschaft angesiedelt. In einer derartigen Atmosphäre müssen sie meist den Eindruck von Demonstrationsobjekten erwecken, was sich auf die Ausdruckskraft der Gleichnisse nicht unbedingt günstig auswirkt.

In dem Roman *Der jüngere Bruder* (1958) geht Nossack mit der ihm eigenen Beharrlichkeit den gleichen Problemen nach, exemplifiziert sie jedoch – wie schon in *Spätestens im November* – in einer greifbaren und sichtbaren Welt. Das Deutschland von 1949 bildet zumindest den äußeren Schauplatz für eine Geschichte, in deren Mittelpunkt abermals ein »Grenzüberschreiter« steht, der »von draußen her spricht«. Der Ingenieur Stefan Schneider ist es übrigens auch im wörtlichen Sinne: Nach einem Jahrzehnt kehrt er aus Südamerika zurück und wird nun als Beobachter mit der Heimat konfrontiert. Auch er empfindet sein Leben als eine Art »Tarnung« – und nicht etwa, weil er sich im bürgerlichen Dasein nicht behaupten kann. Wie der Held der *Unmöglichen Beweisaufnahme*, der einwandfrei den Beruf des Versicherungsangestellten ausübt, wie Berthold Möncken, der seiner schriftstellerischen Betätigung offenbar ein ausreichendes Einkommen verdankt, ist auch Stefan Schneider ein guter und erfolgreicher Fachmann. Nicht Untüchtigkeit und berufliche Fehlschläge treiben die Helden Nossacks in eine Außenseiterposition; vielmehr entspringt ihre Isolierung immer ihrem Wesen, ihrer Gabe, wenn nicht die Umwelt zu durchschauen, so doch ihre Fragwürdigkeit zu spüren. Stefan Schneider sagt einmal: »Von jeher habe ich mir die Frage gestellt, wie die Menschen es in ihren doch allzu unwirklichen Rollen aushalten.«

Unwirklich scheint ihm allerdings auch seine eigene Rolle zu sein: »Wenn der Leser den Eindruck bekommt, daß ich meine Erlebnisse nicht ganz ernst nehme, so bitte ich ihn zu bedenken, daß ich mich in der Tat nicht ganz ernst zu nehmen vermag, sondern eher wie einen wunderlichen anderen betrachte, so entfremdet bin ich mir selber.« Für diesen Ich-Erzähler gelten vermutlich jene Sätze, die schon in *Nekyia* standen: »Ich war auf der Flucht vor dem Unausweichlichen. Ich wußte nicht wohin. Ich wechselte dauernd die Richtung.« Eine heimliche Flucht war seine Abreise aus Deutschland im Jahre 1939 – und ist wohl auch seine Rückkehr, ein Jahrzehnt später. Und nichts anderes als eine Flucht vor sich selber scheint sein Versuch zu sein, in den beiden Teilen Deutschlands einen mysteriösen Menschen ausfindig zu machen, in dem er seinen »jüngeren Bruder« zu sehen glaubt. Die Suche nach diesem »jüngeren Bruder«, der sich als sein anderes Ich, sein hoffnungslos verlorenes Selbst erweist, symbolisiert somit die innere Zerrissenheit des Helden, die Spaltung seiner Persönlichkeit.

Der wesentliche Unterschied zwischen diesem Buch und seinen Vorgängern ist aber keineswegs in der Zentralgestalt zu sehen, dieser abermaligen Version des Nossackschen Helden mit der verkümmerten Seele, den die Umwelt abstößt oder dem sie erschreckend gleichgültig bleibt. Ungleich wichtiger ist, was aus seiner Perspektive geboten wird. Während in *Spätestens im November* eine emotionale Ablehnung der dargestellten Verhältnisse dominiert – eine andere war freilich aus der Sicht der Ich-Erzählerin kaum möglich –, heißt es im *Jüngeren Bruder*: »Keine romantischen Gefühle helfen uns, dies Dasein zu bestehen.« In diesem Roman bekennt sich Nossack zu einer These, die wie die Variation eines berühmten Ausspruchs von Ibsen klingt: »Wer erzählt, der sitzt zu Gericht, ob er will oder nicht.«

Die Zeit, von der im Roman gesagt wird, daß sie sich »nur noch künstlich durch Erinnerungen aus zwei Jahrtausenden

Vergangenheit am Leben« hält, beurteilt Nossack jetzt mit einer Radikalität, die in seinen früheren Büchern nicht bemerkbar war. Die gesellschaftskritische Absicht beschränkt sich nicht auf gelegentliche Seitenhiebe; die satirischen Porträts der für die Nachkriegszeit typischen Gestalten sind von wohltuender Konkretheit. Die Gegenwart wird immer wieder im Zusammenhang mit der Vergangenheit gesehen: »Die Leute können so viel aufbauen und so viele Bücher schreiben, wie sie wollen, es bleibt doch alles unsicher, weil diese Lücke hinter uns liegt, über die man nicht reden mag, weil sie heute viel schlimmer ist als zu der Zeit, als wir darin steckten. Keiner weiß, wie er es überstanden hat, man weiß nur, daß es etwas war, was nicht zu überstehen ist.«

Nossack darf jedoch nicht mit jenen verwechselt werden, die sich – wie er selber einmal sagte – »Realisten nennen und nur Aktualisten sind«.[5] Als ihm 1961 der Georg-Büchner-Preis verliehen wurde, erklärte er: »In dem Verzicht auf Wahrheiten, die sich für den Tagesbedarf verwenden lassen, sehe ich ein Bemühen um die eigene Wahrheit . . . Die eigene Wahrheit ist im heutigen Weltzustand die einzige Wirklichkeit. Sich zu ihr zu bekennen, ist eine revolutionäre Tat.«[1]

Ein solcher, sehr eigentümlicher Versuch, eine poetische Wirklichkeit zu schaffen, die eine über dem Tagesbedarf stehende »eigene Wahrheit« ausdrücken soll, ist auch der Roman *Nach dem letzten Aufstand*. Hatte Nossack in vielen seiner Arbeiten mythologische Motive, zumal aus der altgriechischen Welt, übernommen und abgewandelt, so war er hier um eine eigene Mythologie bemüht. Wenn er ein theokratisch-hierarchisches System schildert, für das archaisch-religiöse Elemente ebenso charakteristisch sind wie modern-zivilisatorische, wenn er eine Welt entwirft, in der sich die primitivsten Vorstellungen aus der Urzeit mit Elementen des totalitären Staates mischen – so geht es hier um Bilder, Symbole und Gleichnisse, die unsere Zeit in einem ganz neuen und überraschenden Licht zeigen sollen.

Nossack selber deutet an, daß er mit dem Ungewöhnlichen,

das er bietet, der Darstellung des Allgemeinen dienen will. Aber er verfremdet die Realität so sehr, daß sie uns schließlich nur noch befremdet – statt zu bestürzen. War es ihm in manchen seiner Arbeiten gelungen, Mythen zu vergegenwärtigen, ohne die Gegenwart zu mythologisieren, so wird hier ein Mythos konstruiert, der die Problematik unserer Zeit lediglich verdunkelt. Vielleicht sollte sich jedoch der Leser, der sich in diesem Roman vor eine Fülle von Rätseln gestellt sieht, deren Lösung nicht gerade lohnend erscheint, an einen Satz halten, der in Nossacks viel früherer Skizze *Klonz* zu finden ist: »Nimm du, der du dich nach uns umblickst, die seltsamen Philosophien, die wir verkünden, für nicht mehr als ein Zeichen, daß es uns an einem echten Haus fehlt.«

Freilich zeugt auch dieser Roman, wie alles, was aus Nossacks Feder stammt, von seiner stilistischen Meisterschaft. Die Umgangssprache hat seine Diktion geprägt. Sie ist natürlich, aber nicht salopp; schlicht, aber nicht dürftig; spröde, aber nicht dünnblütig; ernüchternd, aber nicht karg. Denn Nossack erzählt, ohne die Stimme zu erheben, er sagt das Entscheidende oft in Nebensätzen und mit lässiger Handbewegung, er gewinnt dem Beiläufigen Intensität ab. Er vermag, wie Hans Henny Jahnn betonte, »schlechte Worte mit guter Bedeutung zu versehen, unauffälligen Nebensächlichkeiten schreiendes Leben zu geben.«[6]

Allerdings läßt sich bei der Lektüre seiner Prosa eine gewisse vom Erzähler kaum beabsichtigte Unruhe nicht ganz verdrängen. Meist spürt man, daß seine Bücher als Ergebnis eines schwierigen Kampfes entstehen, der etwas lautlos Dramatisches hat. Man könnte einwenden, eine derartige, mehr oder weniger getarnte Dramatik des künstlerischen Weges sei schließlich allen Autoren von Rang eigentümlich. Dies mag schon sein: nur ist bei Nossack die erregende Unruhe hinter einem Werk verborgen, dessen Strenge, Beherrschtheit und Zurückhaltung man vielleicht auch dann als hanseatisch bezeichnen würde, wenn man nicht wüßte, daß es aus der Feder eines Hamburgers stammt.

Anders ausgedrückt: so ruhig und gelassen sich diese Epik darbietet oder darbieten möchte, so wenig kann man die Spannungen übersehen, die der Verfasser eher verheimlichen will. Daraus ergibt sich ein eigentümlicher Kontrast, der bisweilen zwischen den Zeilen der Nossackschen Prosa bemerkbar wird: Man ahnt Hemmungen, man spürt etwas Krampfhaftes. Daß sich Nossack dessen bewußt ist, beweist eine Stelle in *Spätestens im November*: »Ich habe manchmal das Gefühl, daß er nicht sagt, was er sagen müßte, und daß er viel mehr weiß, als er sagt. Zuweilen klingt es durch, und man denkt, nun kommt es, doch dann wischt er es rasch wieder aus . . . Jedenfalls verheimlicht er uns etwas.«

An diesen Ausspruch scheint wiederum ein Geständnis aus der Abhandlung *Über den Einsatz* anzuknüpfen: »Um unsere Beschämung und Unsicherheit zu verbergen, geben wir uns skeptisch, zynisch und prosaisch; wir neigen zu dem, wofür es nur den englischen Ausdruck ›understatement‹ gibt. Darf man vielleicht von einem negativen Pathos reden?«[4]

Im *Jüngeren Bruder* bekennt sich der nüchterne Visionär Hans Erich Nossack mit »einem negativen Pathos« zu den »Wilderern, Vaganten und Anachoreten«, die um eine eigene Spur bemüht sind und für die »das Suchen da beginnt, wo es für alle mit einem ›happy end‹ schließt«.

DER ZEUGE KOEPPEN

Friedrich, ein junger Mann, liebt leidenschaftlich, aber, allem Anschein nach, auch hoffnungslos eine Schauspielerin namens Sibylle. Immerhin erreicht er es, daß sie sich zu einer gemeinsamen Italienreise bereit findet. Sie kommt jedoch nicht zum Bahnhof, sondern schickt ihm im letzten Augenblick eine Stellvertreterin. Er ist verblüfft und enttäuscht, allein, er akzeptiert die neue Partnerin ohne Widerspruch. Wenig später kreuzt Sibylle, nicht zufällig, Friedrichs Weg in Venedig. Es wird wiederum für beide eine Begegnung ohne Erfüllung.

Diese Geschichte erzählt Wolfgang Koeppen in dem Roman *Eine unglückliche Liebe* (1934). Das Buch, mit dem der Achtundzwanzigjährige seine literarische Laufbahn begann, nimmt schon einige entscheidende Motive seines späteren Werkes vorweg: Ungeachtet aller Makel und Schwächen, trägt der Erstling bereits die Merkmale des reifen Koeppen.

Über die Liebe Friedrichs zu Sibylle und zugleich über die Gründe, die sie veranlassen, sich ihm hartnäckig zu verweigern, obwohl sie doch offensichtlich seine Gefühle erwidert, heißt es: »Einmal nur mit den Sinnen eindringen in die Wege ihres Hirns! Das mußte der Schlüssel sein. Er litt unter ganz genauen Vorstellungen . . . Er sah, wie sein Denken aus seinem Kopf heraus in ihren überstieg . . . Es war ein Abtasten der feinsten Nerven ihres Wesens. Er wollte sie ergründen . . . Es war ein Verbrechen, das tun zu können er sich wünschte; das schlimmste Verbrechen überhaupt: Einbruch in die Seele . . . Er konnte von dieser Begierde, so mit ihr zu fühlen, nicht lassen. Er dachte also nur an sich, an sein Glück, wie sie es sagte. Vielleicht war dieses Denken, dieser tolle Besitzwunsch, der über jedes körperliche Erfassen weit hinaus ging, die Ursache, daß sie ihr Leben seinem Anspruch versagte, weil sein Verlangen zu tief und zu unheimlich war und Schauder über dem Rücken erzeugte.«

Mehr als nur die gegenseitige Beziehung von zwei Romangestalten scheint hier der Anfänger angedeutet zu haben. Denn jener »tolle Besitzwunsch«, den der Bewunderer Sibylles hegt, ist charakteristisch für das Verhältnis des Schriftstellers Koeppen zum Leben. In einer autobiographischen Skizze gesteht er: »Ich umarmte die Erde und empfand sie als einen Ball, der mich in rasender Fahrt durch ein unheimliches Universum trug.«[1] Seine Jugendzeit meint Koeppen mit dieser Bemerkung. Aber sie darf wohl auch auf den Autor der fünfziger Jahre bezogen werden.

Mit allen Sinnen will er das Dasein spüren, erfassen und ergründen. Ein hungriger und nimmersatter, ein gieriger Beobachter seiner Umwelt ist er bis heute geblieben. Alles möchte er sehen und hören, riechen und schmecken, berühren und begreifen. Seine Bücher strotzen von Licht, Schatten und Farbe, von Klängen, Lauten und Tönen, von Düften und Gerüchen, ihnen haftet das Aroma des Lebens an. Er ist der sinnlichste deutsche Prosaist unserer Zeit. Mit einer fast wollüstigen Leidenschaft versucht er, in die Gehirnwindungen seiner Gestalten einzudringen. Wie Friedrich aus der *Unglücklichen Liebe* wünscht er, in die Seele des Mitmenschen einzubrechen. Aber wie Sibylle befürchtet er, daß »sein Verlangen zu tief und zu unheimlich« sei. Ein Verbrechen gar scheint es ihm zu sein – und doch kann er von der Begierde, von diesem »tollen Besitzwunsch« nicht lassen. Hier stecken vielleicht die Wurzeln der Antinomie, eines Grundzugs seines Wesens. Gierig und schüchtern zugleich, herausfordernd und demütig, schamlos und schamhaft ist dieser Künstler. Daher wirkt seine epische Welt häufig widerspruchsvoll, daher haftet seiner Sicht fast immer etwas Beklemmendes an: Er umarmt das Leben, obwohl er es als »unheimlich« empfindet.

Bereits im Erstling stattet er seine Gestalten mit sehr menschlichen Leidenschaften und Schwächen aus – und doch hat man den Eindruck, als stünden sie an der Grenze des Irrealen. Den jungen Friedrich nennt er »einen Amokläufer der Liebe«. Die meisten Helden Koeppens sind Amokläufer – der Liebe, der

Kunst, der Moral, der Politik, des Unglücks, des Frevels. Von Friedrich heißt es: »Die Welt stand wieder gegen ihn auf. Es war ohne Sinn und Verstand und nie zu begreifen.« Die Charaktere, die Konflikte, die Milieus werden sich in den Romanen Koeppens ändern, immer aber sehen sich seine Helden von einer feindlichen Welt umgeben. Meist glauben sie, das Leben habe sie besiegt, und neigen daher zur Schwermut. Es sind melancholische Amokläufer.

Der schwermütig-elegische Grundton ist in allem hörbar, was Koeppen schrieb: in den Romanen, in den Reisebüchern, in den Aufsätzen. Und so wie Koeppens Helden nicht imstande sind, die Welt zu begreifen, so können sie auch nicht zueinander kommen. Über Sibylle und Friedrich erfahren wir schließlich: »Sie wußten, daß nichts sich geändert hatte und daß die Wand aus dünnstem Glas, durchsichtig wie die Luft und vielleicht noch schärfer die Erscheinung des anderen wiedergebend, zwischen ihnen bestehen blieb.« Entsagend hatte sich Friedrich mit der Stellvertreterin abgefunden, die ihm zum Bahnhof geschickt wurde. Entsagend finden sich Friedrich und Sibylle mit jener »Wand aus dünnstem Glas« ab, die sie zwischen sich sehen: »Es war dies eine Grenze, die sie nun respektierten.«

So ist die *Unglückliche Liebe* letztlich ein Buch der Resignation. Das gilt auch für die späteren Romane Koeppens. Nur daß er in den fünfziger Jahren zu einem Dichter der aggressiven Resignation werden sollte. Von der hoffnungslosen Vereinsamung des Individuums, von der tragischen Vereinzelung des Menschen wird in dem Erstling erzählt. Der Anfänger hatte einen Roman der »Kontaktlosigkeit« geschrieben – lange bevor dieser so technisch anmutende Begriff geprägt und zugleich mißbraucht wurde. Alle Romane Koeppens kreisen um dieses Thema – auch das nächste Buch, *Die Mauer schwankt* (1935), das inzwischen ganz vergessen wurde, jedoch für die Beurteilung seiner Entwicklung von größter Bedeutung ist.

Die *Unglückliche Liebe* spielt sich wohl Anfang der dreißiger Jahre ab. Aber alles, was in diesem Roman erzählt wird, könnte ebenso gut hundert oder zweihundert Jahre früher geschehen sein. Ort der Handlung ist vornehmlich eine »große Fremdenstadt am See«, die an Zürich erinnert. Aber es könnte auch jede andere europäische Großstadt sein. Denn nicht um die Darstellung einer realen Welt war der junge Koeppen bemüht, sondern um ein autonomes poetisches Universum, in dessen eigentümlichem Klima die Leidenschaften und Hemmungen seiner Gestalten besonders deutlich hervortreten sollten. Die besten Kapitel des Romans boten tatsächlich die wohl angestrebte überscharfe und überhelle Traumlandschaft, andere jedoch nur einen luftleeren Raum, in dem sich die Gefühle, Komplexe und Aktionen der Helden nicht mehr beglaubigen ließen.

In der *Mauer* hingegen entscheidet sich Koeppen für eine durchaus reale Welt: Der überwiegende Teil der Handlung spielt in einer ostpreußischen Kleinstadt während des Ersten Weltkrieges. Held ist der Baumeister Johannes von Süde, ein »noch junger Herr und von sehr ordentlich nüchterner Gesinnung«, ein pflichtbewußter, fast spartanischer Mensch, den Koeppen »mit dem wachen und besonderen Blick eines Künstlers« ausgerüstet hat. Auch er – wie Friedrich – ein Einsamer, dessen Bemühungen vergeblich bleiben, der scheitert und resigniert. Die Motive sind jedoch nicht vergleichbar.

In der *Unglücklichen Liebe* wurden charakterologische Diagnosen aus psychologischen Erkenntnissen abgeleitet und mündeten in psychologisierenden Behauptungen. So imponierend in diesem Buch eben die Konsequenz der Psychologie war, so ungewöhnlich seine sprachliche Kraft – es wurde doch immer wieder von der Gefahr der Abstraktion bedroht. Die *Unglückliche Liebe* war eine große Talentprobe und zugleich ein in dieser Art nicht mehr wiederholbares Experiment. Im zweiten Roman wirkt vieles konventionell, er mag in mancher Hinsicht ein Rückschritt gewesen sein – nicht ohne Grund hat der Autor eine Neuauflage nach 1945 verhindert. Indes weist die *Mauer* – auch wenn wir es gewiß nicht mit einem gelungenen Kunstwerk zu tun haben – noch deutlicher auf den Koeppen der fünfziger Jahre hin.

Johannes von Süde, der den Wiederaufbau einer durch das

Kriegsgeschehen zerstörten Stadt leitet, kann nichts erreichen, weil sich seinen Neuerungsprojekten sowohl die Einwohner als auch die Behörden widersetzen. Ein romantischer Individualist, dessen »Denken . . . sich in Extremen bewegt«, kommt er schließlich zum Ergebnis, daß ihm »die Wahrheit und der Sinn immer und immer entgangen waren«. Die Welt erscheint ihm unbegreiflich, nicht weil sich ihm eine Frau verweigert, sondern weil es ihm unmöglich ist, das Sinnvolle gegen »die Mächte des Chaotischen« durchzusetzen. Ein Don Quichotte in kleinbürgerlicher ostpreußischer Umgebung, scheitert er an der Gesellschaft, in der er wirkt. Seine Leiden sind vornehmlich Leiden an der Zeit. Dieser Baumeister Johannes von Süde ist Koeppens erster Held, dessen Einsamkeit, Lebensangst und Resignation durch den Druck der Umstände und der objektiven Verhältnisse bedingt sind.

Vergeblich wird der mißtrauische Leser in den beiden Romanen, mit denen Koeppen seine Laufbahn begann, auch nur die geringsten Konzessionen zugunsten der neuen Machthaber in Deutschland suchen. Im Gegenteil: die literarischen Einflüsse, die man in dieser Prosa zu spüren vermeint, scheinen auf Schriftsteller hinzuweisen, die damals verboten waren – von Thomas Mann über Franz Kafka bis zu Joseph Roth. Beide Romane zeugen zumindest von der Isolation und der Depression des Künstlers im »Dritten Reich«. Ja, mehr noch: in den ersten Kapiteln des Buches *Die Mauer schwankt* besucht der Held ein orientalisches Land. Er wird bald verhaftet und von der Polizei mißhandelt. Die Zustände in dieser fernen Diktatur mußten dem deutschen Leser von 1935 nicht ganz unbekannt vorkommen: »Weißt Du, was man hier flüstert hinter verhängten Fenstern und verstopften Türritzen, wenn man die Maßnahmen der Regierenden bespricht und das Elend, das sie bedeuten? . . . Nach außen kein offenes Gespräch, kein offenes Antlitz. Man zwingt sich zum Gleichmut in der Miene und tut, als ginge man seinen Geschäften nach. Und doch lebt lebendiger als das eigene Leben immerwährend der Blutgeschmack auf der Zunge eines jeden, der an die Getöteten und die Niedergeschlagenen und die Erniedrigten denkt. Jeder aber mißtraut auch jedem. Überall droht Verrat. Der Freund traut dem Freund nicht mehr, und nur noch die, die durch schon vergossenes Blut miteinander verbunden und verschworen sind, gestehen sich die Wahrheit ihrer Gedanken.«

Das Buch *Die Mauer schwankt* war in Berlin erschienen, aber während eines Aufenthalts in Holland entstanden. Koeppen blieb einige Zeit im Ausland, er konnte jedoch nicht mehr schreiben. Über den Schriftsteller Philipp, eine Romangestalt, wird er später sagen: »Philipps kleiner Ruf, der erste Versuch . . . war im Lautsprecherbrüllen und im Waffenlärm untergegangen, war von den Schreien der Mörder und Gemordeten übertönt worden, und Philipp war wie gelähmt, und seine Stimme war wie erstickt.«

Viele Jahre war Koeppen wie gelähmt, blieb seine Stimme wie erstickt – denn sein nächstes Buch, in dem eben der Schriftsteller Philipp auftritt, *Tauben im Gras*, erschien erst 1951. Die Kritik reagierte auf diesen Roman zwar mit Anerkennung, aber doch mit Befremden – und das erscheint weniger verwunderlich, wenn man sich die literarische Situation in Deutschland vergegenwärtigt, auf die das Buch damals traf.

Das Jahr 1949 brachte Ernst Jüngers *Strahlungen*, den ersten Band der Trilogie *Die Sintflut* von Stefan Andres, Arno Schmidts *Leviathan*, die Erzählung *Unruhige Nacht* von Albrecht Goes, den Roman *Die Toten bleiben jung* der Anna Seghers, Stephan Hermlins Erzählungen *Die Zeit der Gemeinsamkeit*, das Kriegsbuch *Die Geschlagenen* von Hans Werner Richter und Heinrich Bölls *Der Zug war pünktlich*. Im Jahr 1950 folgten die ersten Geschichtenbände von Wolfdietrich Schnurre (*Die Rohrdommel ruft jeden Tag*) und von Böll (*Wanderer kommst Du nach Spa . . .*) sowie der Roman *Nein – Die Welt der Angeklagten* von Walter Jens. 1951 erschienen: Ernst von Salomons *Fragebogen*, Curt Hohoffs *Woina, woina*, Arno Schmidts *Brand's Haide*, Richters *Sie fielen aus Gottes Hand* und Bölls *Wo warst du, Adam?* Von den Büchern des Jahres 1952 schließlich seien erwähnt: Theodor Plieviers *Moskau*, Peter Bamms

Unsichtbare Flagge und Alfred Anderschs *Kirschen der Freiheit.*

Wenn auch gegen diese knappe Titelauswahl gewiß der Vorwurf der Vereinfachung erhoben werden kann, so läßt sie doch zumindest die Grundtendenzen erkennen. Erkennbar wird, daß damals die Auseinandersetzung mit der Vergangenheit im Vordergrund stand: Die Thematik wurde fast ausschließlich vom Kriegserlebnis – im weitesten Sinne des Wortes – beherrscht. Nicht weniger auffällig ist die (durchaus verständliche) Vorliebe für zeitdokumentarische Bücher, für sachliches Referieren, eindeutige Bekenntnisse und ungetarntes Reflektieren, für anspruchslose oder scheinbar anspruchslose Formen. Es triumphieren autobiographische Berichte, wie sie von Salomon, Bamm und Andersch geschrieben wurden, es werden wirkliche oder fiktive Tagebücher bevorzugt, wie die von Jünger und Hohoff. In den Roman dringen – in den Jahren nach dem Ersten Weltkrieg war die Situation ähnlich – Elemente der Reportage und des unmittelbaren Rechenschaftsberichts ein. Die Bücher von Plievier und Richter können hier als typisch gelten. Alle diese Autoren streben offenbar nicht Kunstwerke an, sondern fühlen sich berufen, zunächst und vor allem als Zeugen auszusagen, als Zeitgenossen Geschehnisse zu fixieren. Da, wo die Wirkung moderner stilistischer Vorbilder unzweifelhaft spürbar wird, scheint, wenn man von Arno Schmidt absieht, der Einfluß der amerikanischen *short-story*, zumal Hemingways, zu dominieren – so etwa bei Böll und bei Schnurre.

Koeppens vorher zitierte autobiographische Skizze endet mit einer aufschlußreichen Bemerkung, die sich auf die Jahre nach 1945 bezieht: »Eines Tages kam Henry Goverts, der Verleger, zu mir. Er fragte mich: Warum schreiben Sie nichts mehr? Da fragte auch ich mich, worauf ich all die Jahre gewartet hatte und warum ich Zeuge gewesen und am Leben geblieben war.« Auch auf dem Romancier Wolfgang Koeppen lastet die Vergangenheit, auch er will vor allem Zeuge sein. Nur ergeben sich bei ihm daraus ganz andere Folgerungen. Er erzählt nicht von der Vergangenheit. Ihn fasziniert und bestürzt die unmittelbare Gegenwart so sehr, daß er sie dreimal hintereinander in Romanen sichtbar zu machen versucht: zunächst in den *Tauben im Gras*, später im *Treibhaus* (1953) und im *Tod in Rom* (1954). Diese Bücher gehören zusammen: Es sind Teile einer Trilogie. Ihr Hauptthema lautet: die Deutschen nach dem Zusammenbruch des »Dritten Reichs«. Zugleich knüpft Koeppen an andere formale Traditionen an: Um eine Sinndeutung erlebter Gegenwart mit ausschließlich epischen Mitteln bemüht, greift er ebenfalls zu angelsächsischen Vorbildern, doch nicht zu jenen, in deren Bann die meisten deutschen Erzähler der jüngeren und mittleren Generation um 1950 standen.

Bereits 1928 hatte Alfred Döblin geschrieben: »In den Rayon der Literatur ist das Kino eingedrungen, die Zeitungen sind groß geworden, sind das wichtigste, verbreitetste Schrifterzeugnis, sind das tägliche Brot aller Menschen. Zum Erlebnisbild der heutigen Menschen gehören ferner die Straßen, die sekündlich wechselnden Szenen auf der Straße, die Firmenschilder, der Wagenverkehr . . . Jetzt ist wirklich ein Mann nicht größer als die Welle, die ihn trägt. In das Bild von heute gehört die Zusammenhanglosigkeit seines Tuns, des Daseins überhaupt, das Flatternde, Rastlose.«[2]

Döblin schrieb dies in einer Kritik des Joyceschen *Ulysses*, der ihm »ein Experimentierwerk« zu sein schien: »weder ein Roman noch eine Dichtung, sondern ein Beklopfen ihrer Grundelemente«. Wie er sich die Verwirklichung seiner theoretischen Postulate vorstellte, bewies der Roman *Berlin Alexanderplatz* (1929). Es wurde augenscheinlich, daß Döblin die Ergebnisse jenes »Beklopfens« auszuwerten vermochte: Er hat bei Joyce viel gelernt und auch bei dem Dos Passos des *Manhattan Transfer*.

An diese Tradition, deren Fortsetzung in Deutschland zwischen 1933 und 1945 unmöglich war, knüpft der Autor der *Tauben im Gras* an. Wenn es in einer *Das Triebhaus* betitelten Parodie von Robert Neumann heißt, Koeppen pfeife die »Dospassionata« und habe vieles »verdöblint«, so hat das schon in einem gewissen Sinne seine Richtigkeit. Er ist bei Joyce, Dos

Passos, Döblin und desgleichen – und vor allem – bei Faulkner in die Schule gegangen. Und während Döblin in dem angeführten Aufsatz polemisch bemerkte: »Man muß es nicht so machen, wie es Joyce gemacht hat«, erklärt Koeppen kurzerhand: »Ich bin überzeugt, daß man heute ohne die Wegmarke Joyce in seine Richtung gehen müßte. Dieser Stil entspricht unserem Empfinden, unserem Bewußtsein, unserer bitteren Erfahrung. Und man sollte, weil ein Großer zum ersten Mal so gesprochen, so erzählt hat, das Gefundene, das Erreichte nicht leichtfertig verwerfen.«[3]

Wie Döblin in den zwanziger Jahren, so hat sich auch Koeppen in den fünfziger Jahren manche Errungenschaften seiner Meister zunutze gemacht. Er hat jedoch nichts mechanisch übernommen, nichts kopiert. Der sich assoziativ fortspinnende innere Monolog, die Montagetechnik und der filmhafte Bildwechsel, die Simultaneität und der Pointillismus, der Perspektivenwechsel, die Kombination von epischem Bericht, Dialog und gedachter Rede, zumal der fast unmerkliche Übergang von der objektiven Darstellung in den Monolog, die Technik der Slogans und der Schlagzeilen – alle diese Mittel hat Koeppen weder erfunden noch in die deutsche Literatur eingeführt. Aber er ist der erste Schriftsteller, der sie mit virtuoser Selbstverständlichkeit zur epischen Bewältigung der deutschen Realität nach 1945 anzuwenden vermochte.

Im Vorwort zur zweiten Auflage der *Tauben im Gras* sagt Wolfgang Koeppen: »Es war die Zeit, in der die neuen Reichen sich noch unsicher fühlten, in der die Schwarzmarktgewinner nach Anlagen suchten und die Sparer den Krieg bezahlten. Die neuen deutschen Geldscheine sahen wie gute Dollar aus, aber man traute doch mehr den Sachwerten, und viel Bedarf war nachzuholen, der Bauch war endlich zu füllen, der Kopf war von Hunger und Bombenknall noch etwas wirr, und alle Sinne suchten Lust, bevor vielleicht der dritte Weltkrieg kam. Diese Zeit, den Urgrund unseres Heute, habe ich geschildert.«

Der Roman enthält eine verblüffende Vielzahl von Gestalten, Schicksalen und Milieus, Situationen und Vorgängen, Impressionen und Bewußtseinsebenen. Aber wie Joyce konzentriert auch Koeppen das Geschehen auf einen einzigen Tag, auf eine einzige Stadt. Und es ist nicht etwa eine Allerweltsstadt – wie seinerzeit in der *Unglücklichen Liebe* –, auch nicht eine kompilierte westdeutsche Durchschnittsstadt, sondern – wie Dublin, New York und Berlin in den Romanen der Meister – eine sehr konkrete, zwar nicht genannte, doch immer erkennbare, ja unverwechselbare Welt: das von den Amerikanern besetzte München.

Das Geschehen ist in Kurzszenen aufgelöst, das Bild wird aus Mosaiksteinen zusammengesetzt. In sämtlichen Episoden durchdringt Koeppen den Alltag seiner Gestalten. Sie werden – wie einst in *Berlin Alexanderplatz* – unaufhörlich von der Brandung des Lebens umspült. Während jedoch Döblin und schon vor ihm Dos Passos rohes, nahezu unermeßliches Tatsachenmaterial zusammengerafft und in ihren Riesengemälden untergebracht hatten, fällt bei Koeppen die strenge Auslese der berücksichtigten Phänomene auf. Seiner epischen Bestandsaufnahme haftet nichts Naturalistisches an. Statt der grandiosen Expansion Döblins bietet Koeppen die gewissenhafte Reduktion. Nicht um ein gigantisches Fresko, das die Fülle der Zeit wiedergibt, ist er bemüht, sondern um ein raffiniert konstruiertes Kaleidoskop, um ein strenges Konzentrat, das lediglich ihre wesentlichsten Merkmale verdeutlichen soll.

Die Menschen, die Koeppen auftreten läßt – Deutsche und Amerikaner, Weiße und Schwarze, Erwachsene und Kinder, komplizierte und primitive Naturen, Erfolgreiche und Gescheiterte –, sie alle sind auf der Jagd: nach Liebe und Erkenntnissen, nach Geld, Genuß und Ruhm, nach Sicherheit und Frieden, nach einem besseren Leben. Aber in Wirklichkeit jagen sie nicht, sondern werden gejagt, streben nicht einem Ziel zu, sondern wimmeln durcheinander wie Tauben im Gras, fliehen wie aufgescheuchte Vögel – »frei und von Schlingen bedroht, dem Metzger preisgegeben«. Die Großen und die Kleinen, die Arrivierten und die Beladenen sind auf der Flucht vor einem Dasein, dessen Unheimlichkeit sie spüren, vor einer Welt, die ihnen sinnlos, unbegreiflich und rätselhaft zu sein scheint: »Im Gras hockten Vögel . . . Die Vögel sind zufällig hier, . . . vielleicht ist die Welt ein grausamer und dummer Zufall Gottes, keiner weiß, warum wir hier sind, die Vögel werden wieder auffliegen, und wir werden weitergehen.«

Doch nicht metaphysisch wird diese innere Unruhe und Hast erklärt, jenes »Flatternde« und »Rastlose«, dessen Darstellung Döblin in einer freilich ganz anderen Situation gefordert hatte. Der Erzähler Koeppen führt immer wieder – ohne es je aufdringlich zu tun – die Schicksale seiner Helden auf die historischen und gesellschaftlichen Zeitumstände zurück. Der Lehrer, der sich mit Drogen zugrunde gerichtet hat, weil er nicht Soldat werden wollte; der Arzt, der seinen Lebensunterhalt als Blutspender verdienen muß; der Schriftsteller, der so große Hemmungen hat, daß er nicht mehr schreiben kann; die Deutsche, die boykottiert wird, weil sie mit einem Neger zusammenlebt; der Gepäckträger, der sich von seinen Kriegserlebnissen nicht freimachen kann; die in Konventionen erstickende, von ihrem Mann verlassene Frau; der Junge, der einen Gleichaltrigen zu betrügen beabsichtigt.; die jüdische Emigrantin, die Deutschland nicht mehr wiedersehen will: Sosehr sie sich voneinander unterscheiden, sosehr sind sie doch alle Opfer ihrer Zeit, auf ihnen lastet – bewußt oder unbewußt – die Vergangenheit.

Sie leiden alle an der schrecklichen Krankheit des Jahrhunderts: an der Angst. *Tauben im Gras* – das ist vor allem eine Studie über die Angst. Die Handlungen und Episoden sind Variationen eines einzigen Themas, das in mannigfaltigen Spiegeln reflektiert wird. Und da Koeppens Gestalten auf der Flucht vor sich selber sind, da sie von Lebensangst gepeinigt werden, können sie nie zueinander kommen. Sie sind nicht imstande, ihre Einsamkeit zu durchbrechen – auch wenn ihre Wege sich hier und da kreuzen. Denn es sind, bestenfalls, nur äußerliche Begegnungen: Die Menschen bleiben sich fremd, sie leben nicht miteinander, sie existieren nur nebeneinander.

Journalisten und Fotografen erwarten in der Hotelhalle den berühmten angelsächsischen Dichter. Aber er entflieht ihnen durch einen Hinterausgang, der in einen Hof führt. Eben dort trifft er den deutschen Schriftsteller Philipp, der ihn interviewen wollte und der wiederum das Treiben in der Hotelhalle, in dessen Mittelpunkt er durch ein Mißverständnis geraten war, nicht mehr aushalten konnte. Da stehen sie sich nun hinter den Kulissen zufällig gegenüber, können jedoch das Wort der Verständigung nicht finden und gehen, »scheu zueinander Distanz wahrend«, wieder auseinander: »Der Portier hielt sie für Männer, die wegen einer Frauengeschichte den Personalausgang benutzen mußten.«

Mag der Roman damals, 1951, als ungewöhnlich aggressiv empfunden worden sein – im Grunde ist dieser erste Teil der Trilogie Koeppens noch kein militantes Buch. Nicht die Anklage dominiert, sondern die Klage, nicht mit einem epischen Plädoyer haben wir es zu tun, sondern mit einer – freilich bestürzenden – Diagnose.

Als Attacke hingegen war offensichtlich der Roman *Das Treibhaus* gedacht. Im *Tod in Rom* bekommt der Komponist Siegfried Pfaffrath zu hören: »Ich rate Ihnen nicht, in den berühmten Elfenbeinturm zu steigen. Um Gottes willen – kein Leben für die Kunst! Gehen Sie auf die Straße. Lauschen Sie dem Tag! . . . Experimentieren Sie! Experimentieren Sie mit allem, mit allem Glanz und allem Schmutz unserer Welt, mit Erniedrigung und Größe – vielleicht finden Sie den neuen Klang!« Koeppens Romane sind in diesem Sinne Experimente. Die erzählerischen Mittel werden erprobt, mit denen es möglich wäre, der deutschen Misere beizukommen. *Das Treibhaus* ist insofern ein ungewöhnlicher Versuch, als wir es mit einem direkten Vorstoß in den politischen Bereich zu tun haben – und politische Romane werden in deutschen Landen sehr selten geschrieben.

Die Bundeshauptstadt Bonn im Jahre 1953, das Parlament und die Regierung, die Parteien und die Fraktionen, die Cliquen und die Verbände, die Karrieremacher und die Opportunisten, der Alltag der politischen Maschinerie – das vor allem ist die Materie des Buches. Die Gestalten haben reale Ausmaße, der Hintergrund hingegen, auf den sie projiziert werden, wirkt gespenstisch, wird von Koeppen bewußt dämonisiert. Denn Deutschland ist in seiner Sicht »ein großes öffentliches Treibhaus«.

Im Unterschied jedoch zu den *Tauben im Gras* führt Koeppen hier einen zentralen Helden ein. Es genügt, die entscheidenden Ereignisse seines Lebens anzuführen, um die moralpolitische Konzeption des Romans anzudeuten: Keetenheuve ist ein Mann, der zur Zeit des »Dritten Reiches« emigriert, 1945 zurückkehrt, »besessen von dem Gedanken zu helfen, aufzubauen, Wunden zu heilen, Brot zu schaffen«, im Bundestag als »des Kanzlers getreuer Abgeordneter und Oppositioneller in Ergebenheit« wirkt und schließlich 1953 Selbstmord begeht – aus Verzweiflung an den deutschen Zuständen.

Die Radikalität dieser Konzeption wurde aber durch das psychologische Porträt Keetenheuves erheblich beeinträchtigt. Es war keine sonderlich glückliche Idee, der Bonner Welt, die Koeppen bloßstellen wollte, einen Mann entgegentreten zu lassen, der schon deswegen zu einer Kontrastfigur nicht taugte, weil er an seiner eigenen Unzulänglichkeit zugrunde geht. Nicht ein Sachwalter des Guten in der Welt des Bösen ist dieser Keetenheuve, sondern lediglich ein von des Gedankens Blässe angekränkelter Träumer und Spintisierer, nicht ein tragisch scheiternder Kämpfer, sondern nur ein bedauernswerter Amokläufer der Politik und ein »törichter Ritter gegen die Macht«, von dem es heißt, er sei bereits geschlagen gewesen, als er anfing, denn: »Als Politiker war er ein Heiratsschwindler, der impotent wurde, wenn er mit Frau Germania zu Bett gehen sollte.« Und an einer anderen Stelle: »Er hatte den Kampf verloren. Die Verhältnisse hatten ihn besiegt, nicht die Gegner. Die Gegner hatten ihn kaum beachtet.«

So wenig das Experiment *Treibhaus* als gelungen bezeichnet werden kann, so bemerkenswert ist der große Widerstand, auf den das Buch traf. Denn Koeppen wurde meist nicht vorgeworfen, er habe einen romantischen Helden in die Gefilde der deutschen Politik eingeführt, eine Figur, die ihre Widersacher bestätigt und somit die vom Autor angestrebte Anklage abschwächt.

Hingegen hielt man ihm das vor, was an dem Roman aus der heutigen Perspektive am wertvollsten zu sein scheint: einige überbelichtete Genrebilder und herausfordernde sarkastische Szenen, in denen vielleicht nicht immer die spezifische Atmosphäre der bundesrepublikanischen Hauptstadt gegenwärtig ist, wohl aber – zumal in der ersten Hälfte des Buches – der Zeitgeist spürbar wird.

War der Roman *Tauben im Gras* eine elegische Diagnose und das *Treibhaus* eine provozierende Elegie, so ist der *Tod in Rom* eine alarmierende Provokation. Nach der an Dos Passos erinnernden Konstruktion der *Tauben im Gras* mit den vielen voneinander unabhängigen und sich doch immer ergänzenden Parallelhandlungen, nach der fast klassisch anmutenden Struktur des *Treibhauses* mit der dominierenden, wenn auch nicht eben überzeugenden Gestalt des angeblich an seiner Umwelt scheiternden Helden – entscheidet sich Koeppen im *Tod in Rom* für eine strenge novellistische Komposition.

Mit mathematischer Exaktheit führt er die Deutschen, die für wenige Tage nach Rom kommen, einander entgegen. Sie begegnen sich unter mehr oder weniger dramatischen Umständen, werden in einem Konzertsaal vereinigt und streben wieder auseinander. Alle Gestalten, Aktionen und Episoden sind mit größter Konsequenz auf das Zentrum hin geordnet. Treffend bemerkt Alfred Andersch, der Roman lese sich am Ende »wie die Choreographie eines Balletts«. Das »Suchen, Finden und Sich-Verlieren« der Figuren habe »nichts mehr mit Wahrscheinlichkeit zu tun.«[4]

Und nicht an »Wahrscheinlichkeit« im Sinne eines engstirnig aufgefaßten Realismus ist Koeppen gelegen. Während er im *Treibhaus* für wirkliche Personen einen geisterhaft wirkenden Hintergrund entworfen hatte, versucht er in *Tod in Rom*, geisterhaft wirkende Gestalten auf einen wirklichen Hintergrund zu projizieren. Er reduziert ihre psychologischen Porträts, die weitgehend durch die deutsche Vergangenheit bedingt sind, auf einige wesentliche Züge und zeigt sie in einer verfremdenden Umwelt, wodurch eben diese Charakterzüge mit beängstigender Deutlichkeit augenscheinlich werden. Die somit nur in Umrissen sichtbaren Individuen personifizieren Lebensauffassungen – als Modellfiguren sind sie gedacht und als Symbole.

Der ehemalige, in Abwesenheit zum Tode verurteilte SS-General Judejahn, der nun im Auftrag eines arabischen Staates nach Rom kommt, um Waffen einzukaufen, ist nicht nur ein Amokläufer des Frevels und ein Sinnbild des Nationalsozialismus in seiner aggressivsten und primitivsten Form. Der junge Komponist Siegfried Pfaffrath sieht in ihm »die Verkörperung alles zu Fürchtenden und zu Hassenden, . . . das Symbol des Zwanges, der Aufmärsche, des Krieges«. Für Koeppen, der Judejahns lackglänzenden, schwarzen Wagen mit einem »funkelnden dunklen Sarg« vergleicht, wird der Waffenaufkäufer zugleich zu einer zeitgenössischen Allegorie des Todes – freilich nicht jenes subtilen Bruder Todes, der die deutschen Dichter von der Romantik bis zu Thomas Mann fasziniert hat. Denn Judejahn ist »ein brutaler, ein gemeiner, ein plumper und einfallsloser Tod«.

Keetenheuve im *Treibhaus* hatte eigentlich keine Gegenspieler: Er und die Bonner Politiker agierten auf so verschiedenen Ebenen, daß sie sich überhaupt nicht treffen konnten. Judejahn hingegen wird mit seinem Schwager Pfaffrath und dessen Sohn konfrontiert. Der Schwager, »der allzeit vernünftige Vertreter vernünftiger und durchsetzbarer nationaler Ansprüche«, ist jetzt »Oberbürgermeister und angesehener Bundesbürger«, gehört aber zu jenen, die Judejahns »Wandern mit dem Tod gebilligt« hatten. Sein Sohn Dietrich, der Corpsstudent, der künftige Beamte, befürchtet zwar, Judejahn könnte seiner Karriere schaden, wäre jedoch »gern hinter Judejahn marschiert, an aussichtsreicher und postennaher Stelle natürlich«. Der offenen Amoralität wird also von Koeppen die getarnte Amoralität entgegengesetzt, dem Verbrechen – der Opportunismus. Somit ist es nur eine scheinbare Antithese. Die zu Kompromissen stets bereiten Bürger Pfaffrath, diese unmittelbaren Nachkommen des Diederich Hessling aus Heinrich Manns *Untertan* – sie sind nicht die Gegenspieler Judejahns, sondern seine gestrigen Verbündeten und nunmehr seine potentiellen Partner. Wirkliche Gegenspieler gibt es in diesem Roman aus dem Jahre 1954 überhaupt nicht. Es ist nicht Koeppens Sache, Vorschläge zu machen und Lösungen zu bieten.

Indes begnügt er sich nicht mit der spöttischen Antithese und exemplifiziert zwei weitere Haltungen. Der reuige Sohn des Generals hat beim Katholizismus Zuflucht gefunden: »Du warst wie ein Hund, der seinen Herrn verloren hat, und du mußtest dir einen neuen Herrn suchen.« Der andere, der einen Ausweg aus dem Labyrinth sucht, der Komponist Siegfried Pfaffrath, der Abtrünnige, der mit seiner Familie gebrochen hat – das ist eine neue Version des in allen Romanen Koeppens auftauchenden Helden, des einsamen, heimatlosen Intellektuellen, der meist als unmittelbarer Sprecher des Autors fungiert. Seine Klage wird in einem einzigen Ausruf zusammengefaßt: »Meine Musik ist sinnlos, aber sie brauchte nicht sinnlos zu sein, wenn ich nur etwas Glauben hätte. Aber woran soll ich glauben?«

Ihm vertraut Koeppen auch jenes Bekenntnis an, auf das seine drei Romane der fünfziger Jahre immer wieder hinauslaufen: »Suche ich wirklich ein Vaterland, oder berufe ich mich nur auf die Menschheit als auf einen Nebel, in den ich verschwinden kann? . . . Wenn es ein Vaterland gäbe ohne Geschrei, ohne Fahnen, ohne Aufmärsche, ohne betonte Staatsgewalt, eine gute Verkehrsordnung nur unter Freien, eine freundliche Nachbarschaft, eine kluge Verwaltung, ein Land ohne Zwang, ohne Hochmut gegen den Fremden und den Nächsten, wäre es nicht auch meine Heimat?«

Der *Tod in Rom* beweist zugleich, daß Koeppen die entscheidenden Charakterzüge seiner Helden mit mannigfaltigen Erscheinungen aus der Sexualsphäre zu kennzeichnen und zu symbolisieren vermag. Schon in seinen früheren Romanen war ihm dies bisweilen auf unkonventionelle Weise gelungen.

In den *Tauben im Gras* geht die junge Amerikanerin Kay, die von einem erotischen Erlebnis in Deutschland träumt, mit dem Schriftsteller Philipp in sein Zimmer. Aber wie er nicht mehr schreiben kann, so ist er auch, sobald er mit ihr allein bleibt, »verdorrt« und »erstarrt«: »Er fühlte sich alt und fühlte sein Herz erkalten.« Auch im *Treibhaus* spielt die Impotenz eine gewisse Rolle. Dem politischen Fiasko des Helden entspricht dessen erotische Niederlage: Seine junge Frau wird von einer Lesbierin verführt. Im *Tod in Rom* verdeutlicht Koeppen die Unmenschlichkeit Judejahns mit seiner Sexualität: »Er brauchte eine Frau, um sie zu hassen, er brauchte für seine Hände, für seinen Leib einen anderen Leib, ein anderes Leben, das zu hassen und zu vernichten war, nur wenn man tötete, lebte man . . .« Den ehrgeizigen jungen Bürger Dietrich Pfaffrath verlocken die »viel verheißenden Könnerinnen« auf den Straßen Roms. Er rechnet sich jedoch aus, daß eine solche Könnerin ihn mehr kosten würde, als er anlegen möchte, weswegen er sich zu einer billigeren sexuellen Befriedigung entscheidet: Er kauft sich eine pornographische Zeitschrift. Die Onanie wird zum Symbol des Kompromisses. Die Vergangenheit, die auf Siegfried Pfaffrath lastet, wird wiederum durch seine Homosexualität angedeutet: Die Veranlagung des Helden haben seine Jugenderlebnisse in einer nationalsozialistischen Erziehungsanstalt verursacht.

Es ist nicht überraschend, daß diese in jeder Hinsicht kühnen Romane im Deutschland der fünfziger Jahre auf hartnäckigen Widerstand stießen. Bereits gegen *Tauben im Gras* hatte die Kritik ernsthafte Bedenken angemeldet. Aber diesem Buch war noch – zum Unterschied von den weiteren Romanen Koeppens – ein gewisser Erfolg beschieden. *Das Treibhaus*, immerhin ein origineller Vorstoß in den Bereich der gegenwärtigen Politik, wurde unterschätzt, der *Tod in Rom* scheint gänzlich verkannt worden zu sein. Ein Teil der Presse ignorierte das Buch, der Rest sah in ihm lediglich einen gegen Faschismus, Neofaschismus und die Wirtschaftswunderwelt gerichteten politischen Zeitroman, dessen Aggressivität von manchen Rezensenten als höchst überflüssig empfunden wurde. Wenige Jahre später konnte man sich davon überzeugen, daß Koeppens Visionen des nazistischen Erbes und der deutschen Gegenwart keineswegs aus der Luft gegriffen und daß seine Diagnosen nicht eben überspitzt waren.

Die bundesrepublikanische Öffentlichkeit hatte also für Koeppens epische Formulierungen anstößiger Wahrheiten zunächst wenig und später überhaupt kein Verständnis. Keiner der drei Romane wurde zu einem Verkaufserfolg, keiner erhielt einen Preis. Daß derartige Umstände zu einer Krise geführt haben, ist nicht verwunderlich. In *Tod in Rom* wird dem Komponisten Pfaffrath vor der Uraufführung seiner Symphonie gesagt: »Ich glaube, daß Ihre Musik eine Funktion in der Welt hat. Vielleicht wird der Unverstand pfeifen. Lassen Sie sich nie von Ihrem Weg bringen. Versuchen Sie nie, Wünsche zu erfüllen. Enttäuschen Sie den Abonnenten. Aber enttäuschen Sie aus Demut, nicht aus Hochmut!«

Der Romancier Koeppen ließ sich jedoch durch die unmittelbare Reaktion auf seine Bücher von seiner eigentlichen Aufgabe wegdrängen.[5] Reiseberichte, die ursprünglich für den Rundfunk geschrieben waren, wurden zur Ausweichmöglichkeit, zeugten von einem Rückzug ins Unverbindliche – denn es ist ein harmloseres und daher dankbareres Geschäft, seine Eindrücke von Reisen nach Italien oder Spanien oder sogar in die Sowjetunion wiederzugeben, als in Romanen Konflikte der Deutschen hier und heute zu behandeln.

Gewiß verdanken wir dem Band *Nach Rußland und anderswohin* (1957) sowie dem Buch *Amerikafahrt* (1959) weitere Beweise der schriftstellerischen Kunst Koeppens. Viele farbige Impressionen und geschickte Momentaufnahmen werden geboten. Vor allem fällt der sprachliche Glanz auf. Immer wieder spürt man den Meister pointillistischer Detailmalerei, der wie kein anderer deutscher Proasist unserer Tage Lokalkolorit einzufangen und die Atmosphäre zu vergegenwärtigen imstande ist. So wertvoll auch mehrere dieser Berichte sind, zumal die im ersten Band enthaltenen, so handelt es sich doch offensichtlich um Nebenwerke, die ursprünglich als »Umwege zum Roman« und als »Kulissenbeschreibungen« gedacht waren.[6] Aber aus den gelegentlichen Seitensprüngen des Romanciers war ein Seitenpfad geworden und aus dem Seitenpfad schließlich – wie das Buch *Reisen nach Frankreich* (1961) gezeigt hat – eine Sackgasse.

In *Tod in Rom* sagt der Komponist Pfaffrath: »Aus Angst, aus Verzweiflung, aus bösen Gesichten, aus schrecklichen Träumen schrieb ich Musik, rätselte herum, ich stellte Fragen, eine Antwort wußte ich nicht, eine Antwort hatte ich nicht, eine Antwort konnte ich nicht geben.« Mit diesen Worten werden auch Koeppens Romane der fünfziger Jahre gekennzeichnet. Es sind nicht Antworten, sondern Fragen eines Moralisten, Aussagen eines Zeugen, Beschwörungen eines alarmierten Zeitgenossen. In den besten Abschnitten seiner Bücher wird die Synthese von Ekstase und Sachlichkeit verwirklicht. Er ist ein sinnlicher Träumer und zugleich ein kühler Beobachter, ein leidenschaftlicher elementarer Erzähler – und doch ein exakt berechnender Architekt von Kunstwerken in Prosa. Er liebt es, auf den Leser mächtige Wortkaskaden wirken zu lassen. Aber er geht mit der Sprache sparsam und vorsichtig um.

Nicht nur bei Joyce und Faulkner ist er in die Schule gegangen, sondern auch bei den großen Realisten des 19. Jahrhunderts, den Franzosen zumal. An sie erinnert bisweilen nicht die Technik seiner Romane, wohl aber seine Sicht, sein Blick auf die Menschen unserer Zeit. Opportunisten und Zyniker, Geschäftemacher und Dirnen, Schauspieler und Soldaten, Spießbürger und Verbrecher bevölkern sein »verdammtes Schlachtfeld«. Seine eigentlichen Helden sind jedoch Künstler: der Schriftsteller Philipp, der Politiker Keetenheuve, der ein verkappter Poet ist, der Komponist Pfaffrath. Zu schwach, um etwas zu erreichen, sind sie stark genug, um sich der Gesellschaft und der Mode nicht zu unterwerfen: Sie wollen wenigstens ihre geistige Unabhängigkeit bewahren.

Wie gegen diesen Schriftsteller der Vorwurf des Zynismus erhoben werden konnte, ist unverständlich: Wolfgang Koeppens Protest entspringt der Liebe zum Leben.

DER FALL GERD GAISER

Der Gedichtband *Reiter am Himmel*, mit dem Gerd Gaiser seine Laufbahn im Jahre 1941 begann, wird von den Kommentatoren dieses Schriftstellers in der Regel mit Schweigen übergangen. Selbst in Curt Hohoffs ausführlicher Abhandlung über Gaiser sind den Gedichten lediglich einige Zeilen gewidmet.[1] Diese Zurückhaltung scheint jedoch auf den ersten Blick verständlich, wenn nicht gar vollauf gerechtfertigt zu sein. Denn wir haben es mit literarisch wertlosen Versen eines Anfängers zu tun, der sich der Öffentlichkeit nie wieder als Lyriker präsentiert hat.[2] Überdies entspringen die im Erstling gebotenen poetischen Hervorbringungen dem Geist des Nationalsozialismus. Auch wenn von Jugendsünden schwerlich die Rede sein kann, da Gaiser 1908 geboren wurde, soll es sich ja nur – wie er selber 1962 versicherte – um »ein paar ungare Stücke eines namen- und einflußlosen Debütanten«[3] handeln. Wer sich daher jetzt mit dieser kleinen Sammlung lyrischer Versuche befaßt, kann leicht in Verdacht geraten, er sei, von hämischer Mißgunst getrieben, darauf erpicht, dem inzwischen erfolgreichen und angesehenen Erzähler am Zeug zu flicken.

In der Tat, es besteht keine Notwendigkeit, heute mit dem Gaiser vom Jahre 1941 zu rechten. Wie aber, wenn jenes erste Buch zum Verständnis seines eigentlichen Werkes entscheidend beitragen könnte? Wäre es nicht unsinnig, auf eine derartige Hilfe verzichten zu wollen? Es wäre, denke ich, sogar unredlich, die Ausgangspositionen dieses Schriftstellers zu ignorieren. Denn nur sie – um es gleich zu sagen – können das Phänomen Gerd Gaiser begreiflich machen.

Aufgefordert, sich über den Zeitabschnitt zu äußern, in dem die Gedichte des Bandes *Reiter am Himmel* geschrieben wurden, erklärte Gaiser: »Kein Geheimnis ist, daß zwischen den zwei Kriegen allerlei Gedankenspuk geisterte, in dem ein Phantast sich verfangen konnte, dem der Sinn für politische Realitäten abging. Daß schwere Täuschungen gedeihen konnten, dafür gibt es Exempel genug, selbst bei höchst philosophischen, bei politischen Köpfen. Ich war nicht dies noch jenes . . .«[3] Dem kann man zustimmen. Gewiß war und ist Gaiser kein philosophischer Kopf. Gleichwohl ergab sich aus seinen Gedichten eine Art Philosophie, eine zwar primitive und oft wirre, jedoch in ihren Konturen unmißverständliche Daseinsdeutung. Gewiß war und ist Gaiser kein politischer Kopf. Aber seine Poesie diente bewußt einer sehr konkreten Politik.

In den Strophen, die den Band eröffnen, wird das »unzwingbare«, das »unvergänglich gepanzerte Reich« besungen, das der Dichter vorerst – die Hymne ist offenbar vor Kriegsausbruch entstanden – nur auf dem Gebiet »vom lachenden Breisgau« bis zur »dämmernden Nordsee« sieht. Indes wird ein anderes Gedicht – *Unheil, ihr weißen Völker* betitelt – bereits der durch die Ereignisse von 1939 und 1940 veränderten Lage gerecht. Die neue Konzeption lautet:

Darum tritt du, mein Volk,
Du dieses Erdteils
Altes Gewissen, die Führung an.
Aus den Händen
Schlage das Schwert den Verblendeten.

Das programmatische Gedicht *Botschaft*, das den Schlußakkord der Sammlung bildet, beginnt mit den Versen:

Du wirst führen, mein Volk.
Der uns Land schuf,
Schuf uns Freiheit und Rettung auch.
Nun des Löwen Gesicht
Unwiderruflich erfüllt,
Reift auch der staufische Traum:
Ordnungen schöpfst du der Welt.

In der Situation von 1941 waren dies nicht romantische Schwärmereien, sondern politische Realitäten und militärische Gegebenheiten. Mag Gaiser ein Phantast gewesen sein: seinen Hymnen haftete damals nichts Phantastisches an. So ließ er etwa den zitierten Feststellungen in dem Gedicht *Botschaft* poetische Umschreibungen der Länder folgen, die die Söhne des Volkes in den ersten Kriegsjahren »als Herrn beschritten«. Und im Titelgedicht wurden ausdrücklich jene gerühmt, die »Reiche brechen, um sie besser zu bauen«. Sehr deutlich sagte also Gaiser, welche »Ordnungen« er meinte.

Nicht etwa ein Zyniker und Opportunist hatte diese Gedichte verfaßt, sondern ein Fanatiker. Gaiser glaubte tatsächlich, das deutsche Volk, Europas Gewissen, sei berufen, andere Staaten zu zerstören, um als führende Macht die Welt neu zu ordnen. Es kann angenommen werden, daß er tatsächlich an alles, was er in diesen Versen predigte und verkündete, geglaubt hat. Der Untergang des von ihm gepriesenen Systems mußte ihn daher besonders schmerzlich treffen. Die nationale Katastrophe war zugleich seine persönliche Katastrophe. Damit ist das Erlebnis des Schriftstellers Gaiser bezeichnet, das sein Gesamtwerk geprägt hat.

Seine Romane und Erzählungen zeugen davon, daß er den Zusammenbruch des Reiches und den Ausgang des Krieges, die praktische Widerlegung seiner Ideale und die Kompromittierung seines Weltbildes nicht zu überwinden vermochte. Daher dominiert in seinem Nachkriegswerk der elegische Ton. An die Stelle des Enthusiasmus tritt die Enttäuschung, an die Stelle des Triumphs – die Klage. Die Verzückung geht in Verbitterung über, dem Rausch folgt der Katzenjammer. Der Barde des Krieges verwandelt sich in einen Sänger der Innerlichkeit. Der den Haß gepredigt und die Rache gefordert, huldigt dem Selbstmitleid. Der so militant gewesen, wird nun larmoyant.

Die Vorzeichen und Tonarten haben sich also gründlich geändert. Inwiefern hat sich aber der Sinn dessen, was Gaiser seinen Lesern sagt, geändert? Der Autor der *Reiter am Himmel* war ein Dichter mit einer »Botschaft«. Auch in seinem Nachkriegswerk gibt er eine Art Daseinsdeutung, wiederum bietet er eine »Botschaft« an. Aus welchen Hauptelementen setzt es sich zusammen? Auf welches Bewußtsein hat es Gaisers Epik abgesehen? Die Frage ist um so wichtiger, als seit Jahren den Büchern dieses Schriftstellers von mehreren bekannten Kritikern ungewöhnliche Bedeutung beigemessen wird. Günter Blöcker beurteilte ihn im Jahre 1960 sogar als »das größte Prosatalent der deutschen Nachkriegsliteratur«.[4] So abwegig diese Ansicht erscheint, so sehr sollte man sich davor hüten, Gaisers Begabung zu unterschätzen.

Da ihm der epische Atem fehlt, zerfallen seine Romane fast immer in einzelne Szenen; aber in diesen Fragmenten, zumal in manchen Episoden der *Sterbenden Jagd*, sowie in einer Anzahl kleinerer Erzählungen vermag er eine außerordentliche Intensität der Darstellung zu erreichen. Einige seiner anekdotisch zugespitzten Prosastücke, denen man sofort die klassischen Vorbilder anmerkt, sind vortrefflich komponiert und zeugen von formalen Fähigkeiten, die man in dieser Art in der heutigen deutschen Prosa nur selten antrifft.

Die Psychologie ist ebensowenig Gaisers Sache wie die intellektuelle Analyse. Hingegen liegt seine Stärke in der Wiedergabe sinnlicher Wahrnehmungen, in der Schilderung des Kolorits, im Atmosphärischen, in der Vergegenwärtigung spezifischer Stimmungen. Und es gelingt ihm – vor allem in Novellen und in Kurzgeschichten –, Bilder, Situationen und Vorgänge zu entwerfen, die seine grundsätzliche Haltung sinnfällig verdeutlichen. Bemerkenswert ist in dieser Prosa die Signifikanz und Prägnanz der Details; allerdings neigt Gaiser dazu, alles mit Bedeutung zu überladen: Jedes Requisit soll ein Symbol sein, jeder geringfügigen Begebenheit möchte er einen tieferen Sinn abgewinnen.

Gewiß zeichnet sich seine Diktion – wie Walter Jens nachgewiesen hat – durch Stilblüten jeglicher Art aus.[5] Da findet man Ungeschicklichkeiten und krampfhafte Wendungen, simple Schnitzer und hanebüchene Geschmacklosigkeiten. Wahr ist aber auch, daß sich diese eigenwillige Sprache, die zunächst von der schwäbischen Mundart mitgeformt wurde und in der sich Wunderlich-Kauziges mit Farblosem und Banalem mischt, in manchen Passagen als gefügiges Instrument des Autors erweist und auf den Höhepunkten weder der Anschaulichkeit noch der Überzeugungskraft entbehrt. Kurzum: trotz der mannigfaltigen und offensichtlichen Mängel der Prosa Gaisers kann es keinem Zweifel unterliegen, daß es in seinem Werk Arbeiten gibt, die von einem beträchtlichen erzählerischen Talent zeugen.

In der Geschichte *Die weiße Amsel und der Neger* wird ein unheimliches Lokal geschildert, das der Ich-Erzähler aufgesucht hat, weil er es für ein Kaffeehaus hielt. Was es in Wirklichkeit ist, erfahren wir nie. Die letzten Worte der Geschichte lauten: »Was für ein Abenteuer hast du eigentlich damals versäumt, oder welchem bist du entgangen; wo bist du überhaupt gewesen? Aber das wissen wir ja ohnedies nur selten.« So ist das ganze Leben in Gaisers Sicht beklemmend und rätselhaft, ein mysteriöses Abenteuer, dem die Menschen machtlos ausgeliefert sind. Dem Erzählungsband *Einmal und oft* (1956) stellt er als Motto ein Wort von Heraklit voran: »Alles aber steuert der Blitz.« Da alles eine unbekannte Macht lenkt, sind die Zusammenhänge undurchschaubar, und die moralische Beurteilung menschlicher Taten bleibt fragwürdig. Jedenfalls sind die Folgen einer Handlung vom Willen des Individuums unabhängig.

Du sollst nicht stehlen lautet der ironische Titel einer heiteren Geschichte. Von dem Diebstahl einer Plastik wird erzählt. Da sie zufällig hoch versichert war, kann ihr Inhaber, ein armer Bildhauer, die dringend notwendige Operation seiner Tochter finanzieren. Hatte sich hier eine schlechte Tat als gut erwiesen, so erweist sich in der Kurzgeschichte *Der Motorradunfall* eine gute Tat als schlecht. Ein bewußtloses Mädchen liegt auf dem Straßendamm, viele Passanten stehen gleichgültig umher. Nur eine ältere Frau scheint Mitleid zu empfinden: Sie bückt sich zu dem Mädchen hinunter und nimmt es in ihre Arme. Hierzu meint jedoch anderen Tages ein Arzt, der die Verunglückte behandelt: »Vielleicht . . . hat das gut ausgesehen. Es ergab eine

Figur. Den Fall aber, einen Bruch der Schädelbasis, hat es bedauerlich kompliziert.«

In der Geschichte *Der Hund von Scholm* wird ein kleiner Dackel, der das Leben eines Fliegers gerettet hat, von einem großen Köter umgebracht, der Pluto heißt. Der Flieger will den Hundemord rächen, unterläßt es aber, denn er erinnert sich der Mahnung seines Lehrers, daß Hades, der Gott der Unterwelt, und Pluto, der Gott des Reichtums, identisch seien. Der gute Dackel und der böse Köter sind Figuren einer Parabel, welche die im Schlußabsatz enthaltene These exemplifizieren soll: »Der Tod und die Fülle kommen aus ein und demselben Dunkel.« Bei Friedrich Schlegel findet sich die Bemerkung: »Es gibt Schriftsteller, die Unbedingtes trinken wie Wasser; und Bücher, wo selbst die Hunde sich aufs Unendliche beziehen.«[6]

In ein und dasselbe Dunkel wird alles bei Gaiser getaucht, alles aufs Unendliche bezogen. Er bekennt sich – etwa in den Geschichten *Revanche* und *Vorspiel* – zum Mystizismus und Fatalismus. Offenbar verabscheut er rationale Auslegungen von Geschehnissen und Zusammenhängen: Er distanziert sich von ihnen, wenn er sie nicht gar in seiner Epik mit Genugtuung kompromittiert.

Über den Titelhelden der Geschichte *Fehleisen*, einen ehemaligen deutschen Soldaten, lesen wir: »Er litt und schämte sich, weil er sich für einen schlechten Krieg hatte brauchen lassen müssen; so nahm er sich vor, es nur noch mit den Tatsachen zu halten, vor allen Dingen aber, nie und nirgends mehr zu vertrauen.« Allein, ihm widerfährt Geheimnisvolles. Er sucht einen verlorenen Ring, und als er keine Hoffnung mehr hat, ihn je zu finden, wird er im Wald von Strolchen überfallen; er sieht sich daher gezwungen, zu seinem Ausgangspunkt zurückzukehren, was schließlich dazu führt, daß er den Ring doch wiederfindet. Einen zwischen den einzelnen Vorgängen bestehenden Zusammenhang kann er nicht erkennen: ›Merkwürdig, sagte er, lauter Tatsachen. Aber richtig wahr ist es nicht . . . Denn wenn du nachrechnest, geht die Geschichte nicht auf.« Sein Gesprächspartner antwortet ihm: »Warum soll sie aufgehen? . . . Wenn sie aufginge, fehlte ihr etwas. Laß den Rest ruhig stehen.« Die Folgerung, die Fehleisen aus seinem Kriegserlebnis gezogen hat, wird also widerlegt: »Es nur noch mit den Tatsachen zu halten«, erweist sich als unmöglich.

Mit der Vernunft läßt sich das Leben nicht bewältigen. Wie soll also der Mensch das Dasein bestehen, woran soll er sich letztlich halten? An Gott? Gaisers Weltgefühl hat mit religiösen Anschauungen nichts gemein, seine Metaphysik entspringt nicht theologischen Vorstellungen. Hat er also den Lesern keinen Trost anzubieten, nichts Positives? Er hat es.

In der Titelgeschichte des Erzählungsbandes *Gib acht in Domokosch* (1959) heißt es: »Und ich drehte mich auf den Bauch und spürte die Wärme des Bodens an Rippen und Leisten dringen, und mein Gesicht lag auf meiner Mütze, und eine Welle von fremdem Wohlsein durchlief mich flüchtig, weil das struppige Ackerfeld roch. Ichweiß nicht, wonach es roch, vielleicht nach Pferdehaar und Kamillen. Es wurde mir leicht im Wegdämmern; im Halbschlaf wurde eine Weile alles durchsichtig.« Noch deutlicher wird dieser Gedanke in der Geschichte *Mittagsgesicht* formuliert, deren Hauptfigur über das Geheimnis des Lebens und des Todes nachsinnt. Der letzte Satz lautet: »Die Arme fielen ihm ab, und seine Hände rührten den Boden; eine Leere, in der alle Fragen sich lösten, umfing ihn, und Verwunderung kränzte die Leere wie Gras einen Felsenrand.«

Die Erde also ist es, der der Gaisersche Held seine Kraft verdankt. Der Geruch des struppigen Ackerfelds und die Wärme des Bodens machen, zumindest für eine Weile, »alles durchsichtig«. Die Berührung der Erde schafft jenen Zustand, in dem »alle Fragen sich lösten«. Den Mythos des Bodens hatte Gaiser schon in den *Reitern am Himmel* verkündet. Es war eines der Hauptmotive der Sammlung. Sogar in den Röcken der Weiber glaubte er den Geruch heißer Erde feststellen zu können. Als die tiefste Ursache des menschlichen Irrens bezeichnete er *der Erde Verlust* – das ist der Titel eines Gedichts, das mit den Worten beginnt:

Hat denn einer von uns eine tiefere
Sehnsucht jemals gehegt unter den Süchten der Welt
Als die bäurisch uralte
Sehnsucht, auf eigener Erde als Herr zu stehn?

So könnte das Motto zu Gaisers Buch *Das Schiff im Berg* lauten (1955). In dieser aus einzelnen Prosastücken zusammengesetzten Geschichte eines schwäbischen Berges soll der Weg der Menschheit erkennbar werden: von der Entstehung der Welt bis zur Konsumgesellschaft, vom Höhlenbewohner bis zum Flugzeugführer. Aber nicht etwa um eine Chronik geht es; vielmehr versucht Gaiser, Mythen und Legenden zu beschwören. Treffend kommentiert Karl August Horst: »Er sucht das Bindeglied zwischen den Epochen in der Permanenz des Bodens, in den Sagen, die den Ort umwittern, in Fluch und Zauber, die sich durch Generationen forterben. Den eigentlichen Sündenfall in die Geschichte datiert er von dem Augenblick an, da sich der Mensch Ziele setzt, die über seine natürlichen Bedürfnisse hinausreichen, da er sich von dem angestammten Boden löst und in die Naturbedingungen verändernd eingreift.«[7] Gegen die Historie spielt Gaiser den Mythos aus, gegen die Zivilisation die Natur, gegen die Stadt das gesunde Landleben, gegen den Fortschritt die Beständigkeit der Erde.

Und hatte Gaiser in dem Band *Reiter am Himmel* den Führer gerühmt, der »aller Satzung enthoben, alles Vergänglichen bar«, so erzählt er in *Schiff im Berg* vom Herrenmenschen, der in grauer Vorzeit Ordnung schafft: »Es war ein Herr. Mit ihm teilte niemand die Bürde: er allein mußte handeln. . . . Er war in die Herrschaft geboren, die seine Väter von Göttern hatten. . . . Er, der einzelne Mann, mußte das Verderben bannen. . . . Er mußte die Nachbarschaften zwingen. . . . Bloß Gewalt erhielt sich. So saß er, planend und gründend.« Gaiser schildert nicht nur diesen planenden Herrenmenschen, den die Vorsehung auserwählt hat, zu führen und Gewalt auszuüben, sondern auch jene, deren Bestimmung es ist, zu gehorchen: »Der Schmutz seiner Hörigen, ihre ungeschliffene Sprache, ihre Gerüche verursachten ihm Widerwillen. Ihr Leben wie Leben von Tieren . . . sie duckten sich und erlitten . . . Ihr Denken reichte, so weit das Hundegebell aus ihren Hütten vernehmlich war.«

Das ist einer der fundamentalen Gegensätze der Gaiserschen Epik. Hier die Führerpersönlichkeit, die Ordnung stiftet, der Adlige, der zu herrschen geboren wurde, der vornehme Mensch, der einsam ist und still leidet – und dort der abstoßende, stinkende, schwitzende, pissende Pöbel. Hier die Elite – dort der Plebs. Die Leiden der Elite während des Zweiten Weltkrieges, in den Jahren der Not nach 1945 und in der Zeit des bundesrepublikanischen Wohlstands – das ist das Thema der drei Romane Gaisers: *Die sterbende Jagd, Eine Stimme hebt an* und *Schlußball.*

Die sterbende Jagd (1953), in der das Schicksal einer kleinen deutschen Fliegereinheit im Zweiten Weltkrieg dargestellt wird, enthält zwar viele realistische Szenen, kann aber dennoch schwerlich als realistischer Roman gelten. Anschauliche Episoden aus dem Alltagsleben der Protagonisten verwandeln sich unversehens in mythisch anmutende Bilder und Situationen, knapp informierende und sachlich berichtende Fragmente gehen in poetische Schilderungen und malerische Beschreibungen über. Die heterogenen Elemente werden durch die dominierende Stimmung zusammengehalten.

Ein lyrisches Prosawerk ist *Die sterbende Jagd*, eine elegische Weise und eine verhaltene Hymne, ein erhabenes Heldenlied, vorgetragen von einem Rhapsoden, der seinen Schmerz zu beherrschen weiß, eine szenisch angeordnete Ballade, für die eine nordisch-rauhe Landschaft als Kulisse dient. Gaisers Pathos und seine wehmütige Klage wirken jedoch in der Regel nicht allzu aufdringlich, da er sich immer wieder kontrastierender sprachlicher Mittel bedient. Vom militärischen Jargon heben sich biblisch getönte Sätze ab, unterkühlte Passagen mildern feierliche Kadenzen, neben Technizismen erklingen mundartliche Wendungen, neben den schnoddrigen Idiomen der Luftwaffe homerische Metaphern.

So unerträglich rührselig viele Motive und Abschnitte auch

sind – es handelt sich um die Sentimentalität mit der herbmännlichen Note –, so schönfärberisch, wenn nicht geradezu verlogen manches erscheint, so provozierend Gaisers Selbstgerechtigkeit wirken muß – daß *Die sterbende Jagd* auch hervorragend geschriebene Partien enthält, die zu ergreifen und zu erschüttern vermögen, darf keineswegs übersehen werden.

Der Krieg – das ist für Gaiser das große Abenteuer und das romantische Erlebnis, Prüfung und Bewährung. Verächtlich heißt es in *Schiff im Berg*: »Die Nachbarschaften waren bequem und vertrauensselig, sie kannten bloß Frieden.« Im Krieg hingegen sieht Gaiser die Verwirklichung der Idee des Kampfes und die Schule aller Tugenden. Von einem »Krieg von Männern« träumte schon der Autor der *Reiter am Himmel*. Damals hatte er sich in einem Gedicht mit dem Titel *Wach nun sind wir geworden* beschwert:

> Ob ihr als Hunnen uns anfielt oder Mongolenflut,
> Als Türken oder Tartaren,
> Oder hetzend uns unter den eigenen Sohlen angezischt,
> Wir kennen euch,
> Und auch das wissen wir: einen Krieg uns liefern,
> Einen Krieg von Männern, das könnt ihr nicht.

Da jedoch die Flieger, um deren Geschicke es hier geht, an der Nordsee stationiert sind, brauchen sie nicht mit Mongolen oder Tartaren zu fechten: Der Kampf spielt sich unter »adligen Vettern« ab. Und es ist – zumindest von deutscher Seite – ein wahrlich ritterlicher Kampf. Einer der Gaiserschen Helden, Hörath, jagt eine feindliche Maschine: »Er ist schneller als ich, dachte Hörath, aber offenbar hat er mich noch nicht gesehen. Es ist sein Abflug. Er paßt nicht mehr auf. Ein undeutliches Bedauern überkam ihn, eine Art von Scham.« Dennoch schießt Hörath, trifft das Flugzeug, aber attackiert es nicht mehr, um den Gegnern Gelegenheit zur Rettung zu geben. Da sie nicht abspringen, beunruhigt ihn der Gedanke, er habe vielleicht einen unbewaffneten Aufklärer angegriffen.

Indes wird der ritterliche Krieg, den Gaiser verherrlicht, seinen Helden unmöglich gemacht, weil der Feind nicht nur die »adligen Vettern« kämpfen läßt: »Jetzt ist die Masse im Spiel, und die Masse drüben an Bord, das sind keine Flieger; das sind Schützen, die in Kampfständen angeschnallt stehen, es ist die Infanterie in der Luft.« Hier haben wir wieder Gaisers Lieblingsmotiv: Der noble Mensch (immer ein Deutscher), wird mit der plebejischen Masse konfrontiert. Nicht darin etwa besteht die Tragödie dieser Männer, daß sie zu verbrecherischen Zwekken mißbraucht werden, sondern daß sie sich gegen einen zahlenmäßig weit überlegenen Gegner behaupten sollen: »Die Schlacht, sie war da, die Schlacht um Ilion, die Schlacht im Skamander. Sie hätten mehr Staffeln besitzen müssen, um sie an den Himmel zu hängen, als sie Maschinen aufbieten konnten.«

Gaisers unaufhörlicher und meist weinerlicher Appell an das Mitleid des Lesers ist umso ärgerlicher, als er die moralische Problematik, die Frage der Verantwortung und der Schuld des Individuums zwar nicht ganz ausklammert, sie jedoch nur auf gelegentliche Ornamente und auf oberflächliche Akzente beschränkt. Wie auch in den beiden in der Nachkriegszeit spielenden Romanen *Eine Stimme hebt an* und *Schlußball* vermag Gaiser einen tieferen Zusammenhang zwischen den Schicksalen seiner Gestalten und dem zeitgeschichtlichen Hintergrund in der *Sterbenden Jagd* nicht zu zeigen. Sie erscheinen lediglich als Opfer ihrer Zeit. »Ob du willst oder nicht, du mußt schuldig werden« – erklärt Oberst Frenssen, »des Teufels General« in Gaisers Roman. Er versichert, er hasse Hitler, fügt aber, sich selbst rechtfertigend, in Gedanken sofort hinzu: »Gott hat ihn uns geschickt, dachte er, und er muß uns verderben. Ich verstehe das und verstehe es nicht. Aber ich kann nicht austreten und ich kann es nicht wenden. Nemo contra Deum nisi Deus ipse.«

Grausamkeiten deutscher Dienststellen in besetzten Ländern oder an der Ostfront werden an zwei oder drei Stellen des Buches erwähnt und einmal mit dem ungeheuerlichen Ausspruch kommentiert: »Wenn er darf, tötet fast jeder gern.« Schließlich münden die wenigen kritischen Akzente in einer rhetorischen Pauschalverdammung, die Gaiser einem sterbenden Hauptmann in den Mund legt: »Verdammt und verflucht sollen die sein, die alles so haben kommen lassen, und verdammt und verflucht, die nachher nichts mehr davon hören wollen, und verdammt und verflucht, die es dann noch einmal probieren.«

In den Erzählungen Gaisers, die während des Zweiten Weltkrieges spielen, erscheinen die Geschehnisse ebenfalls nicht als Folge erkennbarer und erklärbarer Handlungen schuldiger Menschen, sondern als Fatum, als Verhängnis. Und wie kann man sich gegen das Fatum wehren? Gaiser sagt es in der Geschichte *Napoli – An einem Abend vor Ostern*: »Ich . . . dachte der Klage nach, unserer einzigen Waffe gegen das Verhängnis. Ich dachte dem Gesang nach, der es überwinden möchte, indem er es singt . . . Wir brauchen Erbarmen.« Nur daß in Gaisers Gesang die fatale Selbstherrlichkeit eine wirkliche Auseinandersetzung mit der Vergangenheit unmöglich macht. Bisweilen läuft es eher auf eine versteckte Anklage des Feindes hinaus.

In der Erzählung *Kahle Weihnacht*, die im Dezember 1944 in Oberitalien spielt, sollen schon die Zahlenangaben des Lesers Mitleid erwecken. Über nur achtundfünfzig Flugzeuge verfügt die Luftwaffe in diesem Gebiet, der Gegner hingegen hat zweitausendfünfhundert Maschinen. Die feindlichen Flieger werden als »sture, lustige, kräftig ernährte Burschen« beschrieben, für die es »einfach ein Spaß, eine Nachmittagsunterhaltung« ist, einen Flugplatz der Luftwaffe zu zerstören. Während sich der Gegner auf diese Weise schnöde amüsiert, sind die Weihnachtsfeiertage jener deutschen Offiziere naturgemäß traurig, zumal es nur »eine Art von Punsch, ein klebriges ungutes Gesöff« zu trinken gibt.

Aber wie traurig die Situation dieser Luftwaffen-Einheit auch ist – als dem Oberleutnant gemeldet wird, auf dem Nachbargut hätten Deutsche eine hundertjährige Zypresse gefällt, begibt er sich dorthin, um dem Frevel Einhalt zu gebieten. Allerdings sind seine Bemühungen vergeblich – vielleicht deswegen, weil er in jenem Gut keinen standesgemäßen Gesprächspartner finden kann, sondern lediglich einen Unteroffizier. Die ganze Allee der hundertjährigen Zypressen wird gefällt. Am Ende heißt es: »Die Welt war nackt geworden, die Zeit der alten Bäume vorbei, die Menschen zerrissen einander, schon hatten wir kein eigenes Land, keine Heimat mehr.«

So larmoyant diese Geschichte, so melodramatisch ist die Novelle *Gianna aus dem Schatten*, in der ein ehemaliger deutscher Flieger mehrere Jahre nach dem Kriege erkennt: ». . . da kann keiner tun, als ob da nichts gewesen wäre, da ist alles noch da und kommt ungerufen . . .« Ungerufen tritt hier aus dem Schatten, den die unselige Vergangenheit wirft, die Italienerin Gianna, eine dämonische Jägerin, die einst mit jenem Flieger ein Verhältnis hatte, später jedoch, als sie bei den Partisanen war, von ihm verraten wurde. Nun rächt sie sich – übrigens vor dem Hintergrund einer effektvollen Gebirgslandschaft. Alles spielt sich ab wie in einer Oper des italienischen Verismus. Um fatale Verstrickungen geht es hier, um beklagenswerte Opfer widriger Umstände, um Menschen, die schuldig werden und letztlich doch unschuldig sind.

Wenn aber der Deutsche der Italienerin vor Jahren ein Unrecht getan hat, so geschah es immerhin während des Krieges, und außerdem war er eindeutig in einer Zwangslage. Sie hingegen schießt auf ihn mitten im Frieden und überdies – wie ausdrücklich betont wird – »hinterrücks«, »aus dem Versteck«. Mehr noch: die hochdramatische Begegnung erfolgt just an dem Tag, an dem im bisher traurig-enthaltsamen Eheleben des einstigen Fliegers eine Wendung zum besseren eingetreten ist. Im Endergebnis erscheint – auch wenn es nicht beabsichtigt sein sollte – die Italienerin als brutale Rächerin, als »Tier in Hosen«, der Deutsche indessen als edler Märtyrer.

Dabei werden die Italiener von Gaisers Verhältnis zu Nichtdeutschen noch am wenigsten berührt. In den *Reitern am Himmel* sind in einer Hymne, die an die weißen Völker gerichtet ist, folgende Strophen zu finden:

Waffen, ihr Völker. Sollen die Farbigen
Eure Söhne morgen vom Wege fegen?
Auf euer Weiß und Blond
Wie auf Vogelscheuchen
Ihre Kinder kreischend mit Finger deuten?
. . .
Tief holen sie Atem.
Euch zu ersticken, langen sie lautlos aus.
Ihr gabt ihnen Waffen.
Schweigsam äugt über seine Fibel das Zambokind.
Eure schnellen Maschinen
Steuert der Farbige ebenso gut wie ihr,
Und entschlossener noch, des Todes
Weniger achtsam.
Unerschöpflich an Zahl,
Schiert ihn kein Leben.

Dieser Rassenhaß verwandelt sich in Gaisers Nachkriegswerk in eine oft nur angedeutete, aber unmißverständliche und offenbar elementare Abneigung gegen das Nichtdeutsche, das Fremdartige. In der Kurzgeschichte *Der Forstmeister* halten schwarzhäutige Soldaten im April 1945 eine Mahlzeit in einem deutschen Waldhaus. Sie benehmen sich einwandfrei und gehen wieder weg. Die Ich-Erzählerin kommentiert: »Ich sehe die Gläser noch da herumstehen, überall abgesetzt auf den Bänken und auf den Steinborden, . . . alles noch unser und nicht mehr von uns . . .«

In der Erzählung *Gib acht in Domokosch* heißt es von einem rumänischen Bauern: »Ich besinne mich nicht mehr, wie der Mann aussah, ich habe sein Gesicht ganz vergessen, ein Volk, dessen Leben nicht in seinen Gesichtern steht, es lebt irgendwo tiefer, im Nabel oder in seinen Lenden . . .« Über Rumänen schreibt Gaiser nicht ohne Sympathie. Aber schließlich überwiegt jener Eindruck, der einmal in *Gib acht in Domokosch* formuliert wird: »Da näherte sich von neuem etwas auf diesem Weg, den ich niemals befahren gesehen hatte. Dunkle, schwankende Massen, im Grund mahlend mit tiefem Geräusch.« Das Geschirr, das, einmal von Negerlippen berührt, als »nicht mehr von uns« empfunden wird, die Völker, die »irgendwo tiefer« leben, im Nabel oder in den Lenden, die »dunklen, schwankenden Massen« – das alles ist gewiß nicht aggressiv gemeint, aber es zeugt von Gaisers Einstellung zum Fremden: Verwunderung und Unbehagen und mitunter auch Abscheu und Widerwillen werden spürbar.

In der teilweise vortrefflich erzählten Novelle *Aniela*, deren Handlung in Polen während der Besetzung spielt, heißt es über eine Gruppe polnischer Arbeiter: »Oben zeichneten sich ein paar Loren ab und bei den Loren eine Gruppe von Menschen, stehend, angelehnt oder auf den Rahmen hockend. Sie bewegten sich, sie sangen, wild, aber sonderbar gedämpft, sie stampften, heftig, aber sonderbar gehalten, sie klatschten, scharf im Takt, aber sonderbar wie vermummt. Vor ihnen, auf den Gleisen, wirbelten Schatten in ausgelassenem Tanz . . . Es war ein Locken und Rufen. Der Nebel ließ weder Gesichter noch Farben sehen, es war ein schattenhaftes Geschlecht, die Unterworfenen, die hier tanzten. Für eine Stunde verbarg sie der Nebel, und jetzt tanzten sie zwischen den Gleisen. Man gab ihnen wenig zu essen, nichts war so angelegt, daß sie sich erhalten sollten, aber jetzt tanzten sie. Eine Herausforderung, ein Jubel, ein schreckliches Trotzen lagen in diesem Tanzen morgens um halb neun.«

Die Vision der hungernden und dennoch trotzig tanzenden Polen mutet ebenso peinlich wie klischeehaft an. Bemerkenswert ist jedoch in diesem Zusammenhang vor allem der Umstand, daß diese Polen »wild, aber sonderbar gedämpft«, »heftig, aber sonderbar gehalten« und schließlich »sonderbar wie vermummt« erscheinen. Gaiser verschweigt nicht die unerträglichen Verhältnisse, in denen die polnische Bevölkerung während der deutschen Besetzung leben mußte. Er, der einst Haßgesänge gegen die Polen geschrieben hatte – so das Gedicht *Die Gemeuchelten* in der Sammlung *Reiter am Himmel* –, ist nun offensichtlich bemüht, den Besiegten, denen Leiden und Demütigungen nicht erspart bleiben, mit Verständnis und Teilnahme zu begegnen. Er bemitleidet sie, aber er betrachtet sie als gänzlich fremdartige, unbegreifliche, geheimnisvolle Wesen.

Wir hören hier von der Liebe eines deutschen Unteroffiziers zu einer jungen Polin namens Aniela, die ebenso einsilbig-dämonisch ist wie die Italienerin Gianna. Sie schlägt ihm ein gemeinsames Bad im Fluß vor – und während sie allerlei unternimmt, um dieses Bad zu verlängern, stiehlt ihr Bruder die Uniform, die Dokumente und das Gewehr des deutschen Unteroffiziers. Der Ausgang der Erzählung erinnert an *Gianna aus dem Schatten.* Sind die jungen Liebenden Opfer einer wirren und grausamen Zeit? So soll wohl die Geschichte verstanden werden. Nur ist bei Gaiser der Deutsche ein stiller, feinfühliger Alleingänger und »weicher Mensch«, der leichtgläubig in eine Falle geht, die Polin hingegen entpuppt sich als listig und heimtückisch.

Gaisers Verhältnis zu dem, was er als fremdartig oder andersstämmig empfindet, wurde zwei Jahre nach Erscheinen der Novelle *Aniela* auf beängstigende Weise sichtbar: in der Konzeption des Romans *Schlußball* (1958). In einem Zwischenland leben die Zentralfiguren dieses Buches, der Lehrer Soldner und die Offizierswitwe Herse Andernoth, die in Gaisers Epik viele Vorgänger haben.

Zwischenland (1949) war sein erster Prosaband betitelt, der auch die Erzählung *Vornacht*[8] enthält. Der im Mittelpunkt stehende Gornhoff erklärt: »Ich weiß nicht, ob ich für den Krieg getaugt habe. Schade, nun tauge ich nicht mehr für den Frieden. Ein maroder Landsknecht.« Und etwas weiter: »Ich wollte damit nur sagen, daß es damals und sozusagen unter rauchenden Läufen vielleicht lustiger gewesen wäre zu sterben. So wie es jetzt geworden ist, kann es auf der Straße passieren, wo man damit in Verlegenheit gerät und anderen Unannehmlichkeiten bereitet. Beim Zahnarzt oder in einem Wartesaal oder gar beim Haarschneiden.« Und schließlich sagt Gornhoff: »Ich deutete Ihnen schon an, daß der Tod mich einmal verwechselt habe. Daher immer das Gefühl, ich lebe auf Austausch und auf Abruf.«

Dieser Gornhoff kann in mancher Hinsicht als Prototyp der Gaiserschen Helden in der Nachkriegszeit gelten. Sie trauern ihrer heroischen Zeit nach, ihrem großen Abenteuer, da sie – als Offiziere, versteht sich – »auf Austausch und auf Abruf« lebten. Den Zusammenbruch von 1945 können sie nicht verwinden und glauben daher, die Welt sei aus den Fugen. In der Fliegergeschichte *Der Wind bringt die Zeit* lesen wir: »Die Erde hatte sich zugezogen, es gab keine Geborgenheit mehr und keine Horizontale außer in zerrissenen Durchblicken . . .« Und an einer anderen Stelle dieser Geschichte: »Er musterte jetzt die Erde, sie war plötzlich voller Hinterhalte und mordlustig gegenüber einem Männchen, das da allein hinter seinem brüllenden Motor hockte . . . eine Erde voll Listen . . . und gab sie Zeichen, waren sie tückisch und grob . . .«

Plötzlich ist das Leben für Gaisers Helden voller Hinterhalt, ohne Geborgenheit, tückisch und grob. Sie finden sich in Deutschland nicht zurecht; aber sie wollen es auch nicht. Sie protestieren gegen die historische Entwicklung, indem sie sich zur Rolle des Außenseiters und des Gescheiterten entschließen. Sie möchten unbedingt weiterhin »auf Austausch und auf Abruf« leben. Sie sind stolz auf das Provisorische ihres Daseins, mehr noch: das Provisorische ist ihr Programm. Sie fliehen – wie schon jener Gornhoff in der *Vornacht* – in die Innerlichkeit, ins Seelische. Sie machen aus ihrem Leiden ein adliges Wappen und tragen ihre Einsamkeit wie ein Banner.

Eine Stimme hebt an (1950), Gaisers erster Roman, ist eine wehmütige Rhapsodie mit Variationen über das Schicksal des reinen und vornehmen Menschen, der die harten Notjahre ertragen muß. In lose miteinander verbundenen Szenen, Bildern und Anekdoten wird die Geschichte eines Mannes namens Oberstelehn erzählt, der auch in mehreren späteren Prosaarbeiten Gaisers auftaucht. Er versucht, sich selber treu zu bleiben im Labyrinth der Nachkriegszeit, inmitten einer Welt der Zerstörung Anstand und Würde zu bewahren. Indes trägt dieser Oberstelehn »sein Leben wie eine lahme Erbschaft«. Er sei – bekennt er freimütig – »ein verhinderter Rückkehrer«. Er ist es in der Tat, aber aus eigenem Entschluß, aus Trotz gegen eine Welt, die er mißbilligt und verabscheut. Warum eigentlich? Ein Kernsatz des Buches lautet: »Der Mensch ist das Maß aller Dinge nicht mehr, die Maßstäbe überhaupt sind in Unordnung.«

Da die Handlung des Romans unmittelbar nach 1945 spielt, drängt sich die Frage auf, ob vor der Katastrophe der Mensch das Maß aller Dinge und die Maßstäbe in Ordnung waren. Anders ausgedrückt: der Dichter, der vor 1945 die deutsche Ordnung besungen, klagt nun resigniert über den Mangel an jeglicher Ordnung. Karl August Horst betont – und dem kann man wahrlich nur beistimmen –, Gaiser habe in dem Roman *Eine Stimme hebt an* die Hunger- und Schwarzmarktzeit »mit einer gewissen Selbstgerechtigkeit« geschildert, »mit einer peinlichen Aufzählung all ihrer Leiden, aber völligem Verschweigen der deutschen Schuld.«[7]

»Ordnung« ist ein Schlüsselwort in Gaisers Werk – in den Gedichten aus den Jahren des Krieges ebenso wie in der Prosa der Nachkriegszeit. Seine Helden leiden an dem »Ordnungslosen«, sie kämpfen im Namen der Ordnung. Gaiser bewundert Antoine de Saint-Exupéry als »Revolutionär aus tiefem Ordnungsgefühl«.[9] Und im *Schlußball* vertraut er seine Anschauungen über die bundesrepublikanische Prosperitätswelt vor allem jenem Lehrer Soldner an, der sich zu den »Schwärmern« zählt, »die Ordnung stiften«.

Um Gaisers Konzeption ebenso der männlichen wie der weiblichen Hauptgestalten zu begreifen, muß man bedenken, daß auf seine Entwicklung in den zwanziger Jahren die Jugendbewegung einen offenbar starken Einfluß ausgeübt hat. Frenssen in der *Sterbenden Jagd* »kommt aus den Bünden . . . Er kommt von den Lagerfeuern. Er gehört zu den Leuten, die einst an den Feuern verschwörend aufgesprungen sind«. Von Soldner wiederum heißt es, daß er »vorzeiten in Zelten geschlafen und an Feuern gewacht hat, oft auch an Feuern geschlafen und im Zelt gewacht . . .« Was der Begriff »bündischer Geist« bedeutet, vermochte bisher niemand genau zu erklären – man kann diesen Geist höchstens spüren und ahnen, denn Gefühl und Erlebnis waren seine wichtigsten Faktoren. Nicht denken wollte die bündische Jugend, sondern vor allem glauben und eine bestimmte Haltung demonstrieren; das Naturwüchsig-Gesunde wurde verherrlicht, romantische und antibürgerliche Ideale spielten eine große Rolle. Und schließlich fühlten sich die Bünde als Orden einer Elite. Oft ist es unmöglich, in Gaisers Prosa Elemente des bündischen Geistes von denjenigen des Nationalsozialismus zu trennen, da es sich hier wie da um primitive romantisch-völkische Vorstellungen handelt; der extreme Fanatismus weist allerdings häufiger auf die Welt des »Dritten Reiches« hin.

So fällt zunächst Gaisers Verachtung des Intellektuellen auf. In *Gianna aus dem Schatten* heißt es an entscheidender Stelle: »Die Gedanken wissen es besser; aber die Oberhand hat, was tiefer sitzt.« Man kann diesen Satz getrost aus dem Zusammenhang reißen, weil er in sämtlichen Büchern Gaisers exemplifiziert wird: Immer hat nicht der Verstand die Oberhand, sondern das, was tiefer sitzt, also wohl im Blut. – Soldner wiederum bekennt im *Schlußball* seine »Abneigung gegen Zeitungen«, und ihm ist es auch vorbehalten, die Erinnerung an eine Freundin mit folgenden Bemerkungen zu verbinden: »Sie war kein Fisch. Nina nicht, aber die andere, die Intellektuelle. Sie konnte nichts, als was die Intellektuellen immer können, sogar in den wortlosesten Lagen: reden. Denn sie hatte ja nichts sonst, als was die Intellektuellen haben: für alles ein Wort. Ein Wort und keine Ahnung. Keine Ahnung von Dingen, für die es kein Wort gibt. Skalen und Meßröhren, jedes Verfahren hygienisch. Alles erklärbar. Pfui Teufel, wie kam ich bloß an die? Nein, nichts mehr davon.«

Diesem Haß entspricht die Zivilisationsverachtung. Wenn Gaiser das Wort »hygienisch« in einem negativen Zusammenhang verwendet, so ist das kein Zufall. Die Hygiene symbolisiert in seinem Werk das Künstliche und Dekadente, dem er das Erdgebundene und Natürliche entgegenhält. In dem Erzählungsband *Am Paß Nascondo* (1959), auf den Jüngers *Marmor-*

klippen und vielleicht auch Hesses *Glasperlenspiel* Einfluß ausgeübt haben, schafft sich Gaiser eine imaginäre Topographie mit mediterranen und alpinen Elementen, eine poetische Traumwelt, in der gegensätzliche Landschaften als symbolisches Destillat unserer Wirklichkeit zu verstehen sind, zumal verschiedener politischer und gesellschaftlicher Phänomene. Die mit Sinnbildern, Gleichnissen und mythologischen Anspielungen überladene Welt wird jedoch von keiner erzählerischen Kraft beglaubigt, nimmt sich mühsam erdacht aus; hier wird uns vor allem jene Dunkelheit geboten, die vergeblich dichterischen Tiefsinn vorzutäuschen versucht.

Es ist charakteristisch, daß Gaiser just dieses Buch, in das er viele Motive und Gestalten aus seinen früheren Romanen und Geschichten übernommen hat und dem daher etwas Summarisches anhaftet und gewiß auch anhaften soll, mit antizivilisatorischen Akzenten beginnt. Mit Chlor desinfiziertes Wasser und Kühlschränke, die angeblich den naturgewachsenen Früchten ihren Geruch rauben, sind die Objekte seines Widerwillens. Hingegen hat der Autor »ein Faible für Brunnenwasser«, für »Brunnen, keusch und unverchlort«. Während in Vioms, der dekadenten Stadt in Gaisers poetischem Universum, die Häuser »mit dem Neuesten an Hygiene ausgestattet« sind, während dort nur importierte Lebensmittel gegessen und keimfreie Getränke »durch Kunststoffhalme« getrunken werden, wird in Puntmischur der an Ort und Stelle gekelterte Wein »aus irdenen Tassen getrunken«.

Die Atmosphäre von *Paß Nascondo* findet sich auch in der Erzählung *Das Rad in Sghemboli.* Zu einem fast unzugänglichen Dorf im Hochgebirge wird eine neue Straße gebaut. Diese Verbindung mit der Außenwelt hat jedoch für den Ort fatale Folgen und verursacht schließlich seinen Untergang. Die Zivilisation entzweit die Menschen und erweist sich als eine Kraft, die das Gute, Wahre und Echte vereitelt.

Im Namen des Guten, Wahren und Echten plädiert Gaiser im *Schlußball* gegen die bundesrepublikanische Prosperität, deren moralische Fragwürdigkeit er am Beispiel einer »Neu-Spuhl«

genannten Modellstadt zeigen will. Gaiser ist – wie seine besten Geschichten beweisen – ein traditioneller Erzähler. Allein, er hielt es für richtig, sich im *Schlußball* mancher Ausdrucksmittel der modernen Prosa zu bedienen, die er bisher konsequent ignoriert hatte.

Der Roman setzt sich aus mehreren Ich-Erzählungen zusammen, die das Geschehen aus der Perspektive verschiedener, lebender und toter Gestalten sichtbar machen sollen. Diese einzelnen Stränge sind weder Berichte noch innere Monologe oder Protokolle, sondern lediglich epische Hilfskonstruktionen. Überdies kann Gaiser dem ständigen Perspektivenwechsel nicht viel abgewinnen – letztlich sehen die meisten Gestalten trotz der individuellen Unterschiede die Welt doch aus derselben Perspektive. Es will daher nicht einleuchten, daß es notwendig war, den dargestellten Vorgang zu zerstückeln und aufzusplittern. Die Komposition erweckt den Eindruck eines ziemlich aufdringlichen Schemas. Offenbar hat aber Gaiser selber erkannt, daß es ihm nicht gelungen ist, seine kritischen Absichten mit epischen Mitteln ausreichend zu verdeutlichen, denn gegen Ende des Romans fügt er den *Bericht eines Referenten* ein, in dem er das, was er zeigen wollte, dem Leser einfach mitteilt.

Der äußere Aufstieg habe, meint Gaiser, einen inneren Abstieg zur Folge gehabt, es sei – wie es in dem Roman heißt – »die Diskrepanz zu groß zwischen Perfektion und Unterentwicklung«. Materieller Wohlstand könne nicht über die Hohlheit des Lebens in Neu-Spuhl hinwegtäuschen, hektische Betriebsamkeit und seelische Verkümmerung bedingten sich gegenseitig, die effektvoll glänzende Fassade verberge sittliche Haltlosigkeit. Von Menschen ist die Rede, »deren Innenleben aus Kunststoff bestehe und bei denen sogar der Kopf ein Markenartikel sei«. In Gaisers Auseinandersetzung mit der Wirtschaftswunderwelt spielen rationale Motive nur eine geringe Rolle; vielmehr wird diese Kritik durch seine emotionale Haltung bestimmt. Bezeichnend sind etwa folgende Zitate: »Lauter Häuser, kaum noch eine Luft dazwischen, Häuser wie ein Ausschlag, der um sich greift, alles inclusive Wohlstand . . . nichts als Fahrbahnen,

Kanalisationen und Gittermasten. Neu-Spuhl in unaufhaltsamer Ausbreitung. Dazu die wachsenden Schwierigkeiten, den Ausstoß des Komforts unterzubringen, die Riesenhalden von Flaschen und Dosenblech, unter denen die letzten Schafrasen und Bachklingen ersticken . . .« An einer anderen Stelle: »Blut, denke ich mir, wenn es in die Erde fließt und die Erde schluckt es, ist nicht so schlimm, das hat etwas Erträgliches. Aber Blut aufs Pflaster geschüttet – es schmiert, und die Wagen fahren darüber, es ist nur noch Schmutz.« Und etwas weiter: »Diemut sagte, daß sie dort einen Mond vor dem Fenster hatten, und um die Zeit, wenn das Getreide blühte, so roch der Geruch der Felder zu ihnen herein . . . Neu-Spuhl hatte keinen Mond.«

Die Grundlage dieser Kritik der bundesrepublikanischen Welt ist also abermals ein Blut-und-Boden-Mythos, dem die nicht eben komplizierte Einteilung der Gestalten entspricht. Es erweist sich, daß das böse Element nach Neu-Spuhl vor allem von fremdstämmigen Menschen hineingetragen wurde. Frau Rakitsch, eine aufdringliche, protzige Frau, die die Menschen »nur durch die Augenschlitze« ansieht und die mit ihrem Blick immer Maß nimmt, die Zigaretten »in einer langen weißen Spitze« raucht, hat ein Versandgeschäft mit pornographischen oder ähnlichen Artikeln. »Lange und gründlich« wäscht sich Herse Andernoth die Hände, nachdem sie bei Frau Rakitsch irrtümlicherweise zu arbeiten begonnen hatte, denn sie glaubt, »in etwas Greuliches, Widerwärtiges hineingetreten« zu sein.

Als »widerwärtig« wird auch der Sohn der Frau Rakitsch geschildert. Ihn charakterisiert »ein fast unterwürfiges Zuvorkommen«, er ist »durchtrieben«, er wirkt »hinterhältig und zugleich scheu und frech«. Wir erfahren, daß er »aus einem Land kam oder von Leuten, bei denen man den Dienstwegen mißtraute und daran gewöhnt war, sich zunächst jemand zu besorgen«. Weiterhin heißt es: »Rakitsch aber mit seinem dunklen Akzent hatte die Verkehrsart eines Stammes, der gewohnt war, sich zu biegen, um am Ende oben zu sein . . . Ich habe mich manchmal gefragt, warum Rakitsch so schwarz wirkte. Betrachtete man ihn genau, so waren seine Haare nicht einmal tiefschwarz, sie waren nur sehr dunkel und sehr dicht, auch seine Brauen; das ganze Untergesicht hatte diesen dunklen Anflug.«[10] Dieser widerwärtig-geile Rakitsch verfolgt die blondzöpfig-reine Diemut Andernoth, der man es ansieht, »daß sie auf dem Lande aufgewachsen«, die es stolz und trotzig ablehnt, sich von ihrem Zopf zu trennen und sich der Mode gemäß frisieren zu lassen, und die – wie ausdrücklich betont wird – auch nicht raucht.

Unmittelbar wird das Prosperitätsmilieu im *Schlußball* – abgesehen von Rakitsch und seiner Mutter – lediglich durch den reichen Unternehmer Förckh repräsentiert. Er ist zwar nicht andersstämmig, jedoch ein ehemaliger »Obergefreiter und Kraftfahrer«. Das soll heißen: Neben Fremdlingen sind es vor allem plebejische Emporkömmlinge, die schamlos aus dem Wirtschaftswunder Nutzen ziehen. Freilich erregt Rakitsch Ekel, Förckh hingegen Mitleid. Da seine Frau eine Adlige ist, also zu den Sensiblen und Vornehmen gehört, verachtet sie den Wohlstandstrubel und begeht schließlich Selbstmord.

Gaisers weibliches Ideal verkörpert jedoch die eigentliche Heldin des Romans, die Witwe Herse Andernoth. Liest man in dem Band *Reiter am Himmel* das Gedicht *Von den treuen Weibern zu reden, ward nun die Zeit*, so sieht man, daß sich auch dieses Motiv des Gaiserschen Werks seit jenen Jahren nicht verändert hat. Herse Andernoth, »eine Puritanerin, schön und von schrecklicher Kraft in einem sehr zarten Gefüge«, zeichnet sich durch den Adel der Seele aus und ist der absolute Gegensatz zu den Parvenüs von Neu-Spuhl: »Nicht für eine Million kann eine das werden, was diese Andernoth noch ist, wenn sie den Boden scheuert.« Ihrem Mann, einem gefallenen Offizier, bewahrt sie keusch die Treue: »Nichts vorher, und dann einmal, und nachher nichts mehr und nie. Das ist eine, die in den Hügel geht zu dem Toten.« Denn: »Dort, auf der Seite Andernoth, mißt man sich keinen Anspruch auf das sogenannte Glück zu. Dort nimmt man sein Los.« Ihr, der stolz die Trauer tragenden, der herben und würdevollen Herse Andernoth, ist es auch vorbehalten, den lüsternen Fremdling Rakitsch eigenhändig zu erschlagen, wonach sie abermals gründlich und lange »das Wasser über ihre Hände strömen« läßt.

Geliebt wird diese Herse Andernoth von dem Lehrer Soldner, dem unmittelbaren Sprecher Gaisers, jenem Mann, der Ordnung stiften wollte, den aber jetzt mitunter der Gedanke erleichtert, es werde eine Zeit kommen, »in der all der Spuk wieder abgefegt und eingeschluckt ist. Dann bleibt auch von Neu-Spuhl weiter nichts als eine Bodenverfärbung«. Die angeblich romantische Schwärmerei des mit Liebe gezeichneten Helden des *Schlußball* verwandelt sich somit in die Vision von der erhofften totalen Vernichtung. Diesen Soldner läßt Gaiser auch das gedankliche Fazit des Romans formulieren: »Wissen zu wollen, was mit dir gespielt wird, ist ein bißchen viel Anspruch auf öffentliche Aufklärung . . . Ich weiß nicht, was ich bin und wozu, und worauf ich warte. Aber ich warte noch.«

An einer anderen Stelle sagt Soldner einmal, ihn überfalle beim Anblick der Stadt Neu-Spuhl »Verdruß« und »eine kranke, vernunftlose Trauer«. Vielleicht sind das Schlüsselworte. Die meisten Ich-Erzähler des Romans sind Menschen, die außerhalb der dargestellten Welt stehen: eine Schneiderin, die sich ausgeschlossen fühlt, ein lahmes Mädchen, das sich am allgemeinen Trubel nicht beteiligen kann, die hehre Herse, die das Wirtschaftswundermilieu heroisch-enthaltsam und vornehm-intuitiv ablehnt, und schließlich Soldner selbst. Eins vor allem haben sie gemeinsam: Ihr Verhältnis zur Umwelt entspringt der Verdrießlichkeit und dem Mißbehagen. Es handelt sich im Grunde um die auf mehrere Personen verteilte Perspektive des verbitterten Außenseiters, des Mannes, der 1945 zu einem elegischen Barden wurde, der aber nicht aufgehört hat, ein völkischer Beobachter zu sein.

»Verdruß« und »eine kranke, vernunftlose Trauer« dominieren in allen nach 1945 geschriebenen Büchern Gerd Gaisers. Er zeigt nicht das Leben, er mystifiziert es. Er möchte die Seele gegen den Geist ausspielen, die Stimme des Blutes gegen die Stimme der Kritik, die Beschwörung gegen die Analyse, die Schwärmerei gegen die Vernunft, das Völkische gegen den Intellekt. Statt zu klären, verklärt er, statt zu verdeutlichen, verschleiert er, statt zu erhellen, verdunkelt er. Aus der Realität macht er einen Mythos. Er stellt sich nicht den Problemen, er entstellt sie, indem er sie poetisiert. Sein Werk dient nicht der Wahrheit.

DER ROMANCIER MAX FRISCH

Als Max Frisch im Jahre 1958 mit dem Literaturpreis der Stadt Zürich ausgezeichnet wurde, wählte er für seine Dankansprache das Thema: *Öffentlichkeit als Partner.* Er untersuchte vor allem die Frage, was den Schriftsteller eigentlich veranlasse, sich vor dem Publikum preiszugeben, warum er also schreibe. Für manche, meinte Frisch, gelte die Antwort: »Um die Welt zu verändern.« Andere hingegen, zu denen auch er gehöre, würden sagen: »Um die Welt zu ertragen, um standzuhalten sich selbst, um am Leben zu bleiben.«[1]

Wenn man es recht bedenkt, weichen diese Antworten nicht gar so weit voneinander ab. Beide setzen es als selbstverständlich voraus, daß unsere Welt nicht akzeptiert werden kann, und bringen die Arbeit des Schriftstellers in einen unmittelbaren Zusammenhang mit eben diesem Zustand. Der Unterschied zwischen den beiden angedeuteten Betrachtungsweisen läuft im wesentlichen auf den Subjekt-Objekt-Wechsel hinaus. Wer also erklärt, er schreibe, um die Welt zu verändern, behandelt offensichtlich die Welt als Objekt und sich als Subjekt. Wer hingegen sagt, er schreibe, um die Welt zu ertragen und am Leben zu bleiben, sieht sich selbst als Objekt. Nicht moralische oder intellektuelle Motive sind es, die in der Regel diese Divergenz bewirken. Ihre Ursachen sollten auf einer ganz anderen Ebene gesucht werden: Sie scheinen vor allem der emotionalen Grundhaltung und dem künstlerischen Temperament der Schriftsteller zu entspringen. Die erste Antwort ist offensiv, die andere defensiv. In der Tat haftet dem Werk Max Frischs etwas Defensives an. Er gehört nicht zu jenen Schriftstellern, die attackieren, sondern zu jenen, die sich lediglich der Realität, die auf sie einstürmt, erwehren wollen. Er fordert die Welt nicht heraus – er fühlt sich von ihr herausgefordert. In seinem *Tagebuch* notierte er im Jahre 1946: »Man hält die Feder hin, wie eine Nadel in der

Erdbebenwarte, und eigentlich sind nicht wir es, die schreiben; sondern wir werden geschrieben.« Das aber kann nur bedeuten: Letztlich hängt es nicht vom Schriftsteller ab, mit welchen Fragen und Themen er sich befaßt. Denn er wird von der Zeit, in der er lebt, zu bestimmten Fragen und Themen gezwungen. Er agiert nicht, er reagiert.

Auf die vorherrschende Empfindung, die diese Reaktionen des Schriftstellers Frisch bedingt, hat er in seiner Züricher Rede von 1958 hingewiesen: »Ich gebe Zeichen von mir, Signale ... Ich schreie aus Angst, ich singe aus Angst vor meinem Alleinsein im Dschungel der Unsagbarkeiten.« Damit haben wir das entscheidende Stichwort: Max Frisch ist ein Dichter der Angst. Im doppelten Sinne sollte dies verstanden werden. Von Angst gequält und getrieben, schreibt er Romane, Theaterstücke und Tagebücher. Und da er vor allem darüber schreibt, was ihn am meisten bedrängt, ist das Leitmotiv seiner literarischen Arbeiten, mag es auch mitunter verheimlicht werden oder verborgen bleiben, wiederum die Angst.

Seine Helden sind Menschen in der Defensive. Sie versuchen, einer feindlichen Umwelt zu widerstehen, ihre Eigenart zu verteidigen – so Don Juan, der die Geometrie mehr als die Frauen liebt, so der Ingenieur Walter Faber, der sich seinen Glauben an die Wahrscheinlichkeitsrechnung bewahren möchte, so Andri, den die Andorraner für einen Juden halten. Von der Angst gequält, fliehen die Helden Frischs aus ihrem bisherigen Lebensbereich und leugnen ihre Identität – wie Jürg Reinhart in dem Roman *Die Schwierigen oder J'adore ce qui me brûle*, wie der Bildhauer Anatol Ludwig Stiller. Von Angst getrieben, revoltieren sie gegen Gesetz und Ordnung – wie der Staatsanwalt, der zur Axt greift und sich in den Grafen Öderland verwandelt. Von Angst bedrängt, sehen sie sich schließlich genötigt, Kompromisse einzugehen und zu kapitulieren.

Allein, es ist die Angst des Wissenden, die Frisch schreiben läßt und mit der er viele seiner wichtigsten Gestalten ausgestattet hat. Anders ausgedrückt: um das »Alleinsein im Dschungel der Unsagbarkeiten« zu fürchten, muß man von der Existenz dieser Unsagbarkeiten wissen oder sie zumindest ahnen. Schon Frischs erster Held, der Maler Jürg Reinhart, deutet an: »Wir alle kennen die Angst vor der Welt, je größer unser Mut zum Schauen ist . . . Angst, überall Angst, die übermalt werden soll . . .«

Der Held der *Schwierigen* weist auf die Ursache dieses Zustandes hin: »Angst ist unser Erbe, Angst, geboren aus der Verheimlichung alles Wirklichen, alles Ungemütlichen, alles Ungeheuren, das da ist! Und ob es da ist; man wage einen Blick in die Zeit. Wir müssen leben und zeigen, was ist, gerade als Maler, die uferlose Wirklichkeit der menschlichen Seele.« Und an einer anderen Stelle dieses Romans heißt es: »Man muß der Wahrheit auf den Grund gehen, wenn die Angst aufhören soll. Oft denke ich, jede Wahrheit, die bitterste, ist besser als Angst.«

Der Roman *Die Schwierigen* – 1943 veröffentlicht – ist aus Frischs erstem Buch (*Jürg Reinhart*, 1934) hervorgegangen. Vom Anfang seiner literarischen Laufbahn an betrachtet also Frisch die Kunst als eine Möglichkeit, die Angst zu überwinden. Um die Dämonen zu bannen, gilt es, sie an die Wand zu malen. Von welchen Dämonen aber ist die Rede?

In Frischs Farce *Die Chinesische Mauer* (1946) spricht der junge Don Juan sehnsuchtsvoll von den längst vergangenen Zeiten der großen Entdeckungsreisen, da es noch das »Unbekannte« und das »Abenteuer« auf Erden gab, die »Räume der Hoffnung«. Sein Gesprächspartner Columbus belehrt ihn jedoch: »Noch ist Indien, das ich meinte, nicht entdeckt . . . Auch Euch, junger Mann, verbleiben noch immer die Kontinente der eigenen Seele, das Abenteuer der Wahrhaftigkeit. Nie sah ich andere Räume der Hoffnung.«

Jetzt ist also nicht mehr die Rede – wie einst in den *Schwierigen* – von der »uferlosen Wirklichkeit der menschlichen Seele« schlechthin, sondern von der Aufdeckung der »Kontinente der *eigenen* Seele«. Gleichzeitig, 1946, stellt Frisch in seinem *Tagebuch* fest: »Schreiben heißt: sich selber lesen.« Und schließlich läßt er in der Komödie *Don Juan oder Die Liebe zur Geometrie* (1953) den Titelhelden sagen: »Wenn wir . . . diese Welt nicht bloß als Spiegel unsres Wunsches sehen, wenn wir es wissen wollen, wer wir sind, ach Roderigo! dann hört unser Sturz nicht mehr auf . . . Stürze dich nie in deine Seele, Roderigo, oder in irgendeine . . .«

Die schriftstellerische Aufgabe ist damit indirekt, aber eindeutig präzisiert. Kann Angst, dieses bewußte oder unbewußte Grundgefühl Frischs, als die heimliche Basis seiner einzelnen Werke gelten, so die Frage »Wer sind wir?« oder »Wer bin ich?« als ihre jeweilige, sei es sichtbare, sei es verborgene Achse.

Diese Frage nach der Identität des Menschen ist aber für Frisch – zunächst einmal – ein psychologisches Problem. Die Befürchtungen und Vermutungen, Erkenntnisse und Behauptungen, die in seinen Romanen und Stücken enthalten sind, werden fast immer aus charakterologischen Erfahrungen und Beobachtungen abgeleitet und mit ihnen motiviert. Er ist ein Psychologe, der sich gezwungen sieht, Moralist zu sein. Er ist ein Diagnostiker menschlicher Leiden, nicht etwa ein Therapeut. Das soll heißen: Befunde hat er zu bieten, nicht Lösungen. In seinem *Tagebuch* bekennt er sich zu dem Ibsen-Wort: »Zu fragen bin ich da, nicht zu antworten.«

Obwohl er es nicht anstrebt, suggerieren seine Fragen oft die Antworten. Der sich selbst prüfende Beobachter fungiert unversehens als mahnender Pädagoge. In einer Vorbemerkung zum *Tagebuch* sagt Frisch, sein »Schreibrecht« könne »nur in seiner Zeitgenossenschaft begründet sein«. Die Gestalt des Autors dient hier tatsächlich als Modellfigur, die scheinbare Introversion erweist sich als Auseinandersetzung mit der Epoche, der Autoporträtist entpuppt sich als Gesellschaftskritiker.

Wie wird nun Frischs Suche nach den »Kontinenten der eigenen Seele« sichtbar? Im *Don Juan*, gewiß nicht dem bedeutendsten, wohl aber dem an persönlichen Bekenntnissen reichsten Stück Frischs, sagt der Bischof: »Wahrheit läßt sich nicht zeigen, nur erfinden.« Und in einer 1960 geschriebenen Skizze mit dem Titel *Geschichten* erklärt Frisch: »Vielleicht gibt es kein anderes Mittel, um Erfahrungen auszudrücken, als das Erzählen von Vorfällen, also von Geschichten: als wäre es die Geschichte, aus der unsere Erfahrung hervorgegangen ist. Es ist umgekehrt, glaube ich. Was hervorgeht, sind die Geschichten: Die Erfahrung will sich lesbar machen; sie erfindet sich ihren Anlaß. Und daher erfindet sie mit Vorliebe eine Vergangenheit . . . Geschichten sind Entwürfe in die Vergangenheit zurück, Spiele der Einbildung, die wir als Wirklichkeit ausgeben.«[2]

Um seine Erfahrung greifbar und lesbar zu machen, um sie zu veranschaulichen, läßt Frisch reale und mitunter sehr durchschnittliche Menschen in ungewöhnliche und extreme, ja auch phantastische Situationen geraten. Die Handlungen seiner Stücke und Romane sind in der Regel höchst unwahrscheinlich und sollen es auch sein. Ist es denkbar, daß sich ein normaler Mensch wie Stiller verhält? Wer kann schon an die Geschichte des Fabrikanten Biedermann glauben, der die Brandstifter zu sich eingeladen hat?

Wie Brecht seine Gestalten und Konflikte verfremdete, indem er für sie meist ferne Länder oder Epochen als Hintergrund wählte, braucht Frisch die bisweilen sogar provozierend unwahrscheinliche und daher verfremdend wirkende Fabel. Alle seine Stücke – von der Romanze *Santa Cruz* (1944) bis zum Drama *Andorra* (1961) – sind moderne Märchen und erfundene Legenden. Und das gilt auch für die Grundrisse seiner Romane: In einem unwahrscheinlichen Rahmen bietet er eine Fülle von wahrscheinlichen Einzelheiten. Mehr noch: offenbar kann er sich nur in einem solchen Rahmen der Wahrheit unserer Tage nähern, ihre Wirklichkeit in Sinnbildern verdeutlichen.

Zugleich aber wird in Frischs ebenso realistischer wie phantastischer Welt auch ein ganz anderes Element spürbar, auf das er gelegentlich selber hingewiesen hat: der naive Spieltrieb. Ein essayistisches Nachwort mit zahlreichen Kommentaren zu seinem *Don Juan* beendet Frisch nicht ohne Ironie: »Natürlich sind es nicht diese (nachträglichen) Gedanken gewesen, die den Verfasser bewogen haben, das vorliegende Theaterstück zu schreiben – sondern die Lust, ein Theaterstück zu schreiben.«

In der Tat ist der leidende Mitwisser und Diagnostiker auch ein urwüchsiger Spaßmacher, der raffinierte Psychologe – auch ein naiver Geschichtenerzähler, ein temperamentvoller Fabulierer, dem es Freude bereitet, von unerhörten Begebenheiten und wunderlichen Geschehnissen zu berichten. Die Schalkhaftigkeit Stillers, der seinen biederen Gefängniswärter zum besten hält und der ihm allerlei vorflunkert, scheint dem Autor des Romans zumindest nicht fremd zu sein.

Die Themen und Motive seiner beiden erzählenden Bücher der vierziger Jahre, die Bilder und Konflikte der frühen Stücke, die im *Tagebuch* essayistisch behandelten oder parabolisch ausgedrückten Ideen und Fragen – sie alle tauchen im *Stiller* (1954) wieder auf: zusammengefaßt und in ein neues Licht gerückt, entfaltet und abgewandelt, vertieft und gesteigert. Und mitunter werden diese Themen und Motive relativiert, ironisiert und auch ad absurdum geführt.

Vom *Stiller* her gesehen, sind *Die Schwierigen* und die Traumerzählung *Bin oder Die Reise nach Peking* (1945) kaum mehr als Vorübungen. Ein junger Schriftsteller, noch befangen im Netz vielfacher literarischer Einflüsse – von der deutschen Romantik über Keller und Dostojewski bis zu Proust und Thomas Mann –, tastet sich an seine Problematik heran: das etwa ist der Eindruck, den beide Bücher, *Die Schwierigen* zumal, bei dem heutigen Leser hinterlassen. Die Selbstverwirklichung des Individuums – das Thema des *Stiller* – ist auch das Thema dieser beiden epischen Arbeiten.

Der Maler Jürg Reinhart, der Held der *Schwierigen*, ein von Unruhe getriebener, von Skrupeln und Hemmungen gequälter Geist, sucht also die ihm gemäße Daseinsform, strebt nach Identität mit sich selbst. Nach mannigfaltigen Abenteuern entschließt er sich – wie später auch Stiller –, alle Brücken hinter sich abzureißen, seinen Namen aufzugeben, seine Vergangenheit zu verleugnen. Allein, sein Versuch der Selbstverwirklichung, der im Grunde ein Versuch der Selbstverteidigung ist, mißlingt. Er hält sich – wie auch Stiller – für einen »Halbling«, für einen Versager und glaubt, er könne dem Leben nur dienen, »indem er sich selber wegnimmt, sobald er mit sich selbst im Reinen ist«. Sein Leben sei jedoch nicht umsonst gewesen, denn er habe begriffen, »daß ein einzelnes Dasein nicht ausreicht, um so etwas wie ein ganzer Mensch zu werden. Geschlechter müssen es machen, es mindestens versuchen«.

Es fällt schwer, diesem Fazit Originalität nachzusagen. So wird es aber auch in den Romanen und Stücken des reifen Frisch bleiben: Wir werden zu Wanderungen eingeladen, die sich als faszinierend erweisen, jedoch zu Gemeinplätzen führen. Oft ist also die Fragestellung unvergeßlich und auch die epische oder dramatische Suche nach der Auflösung, während die Auflösung selbst mitunter in bedenklicher Weise auf eine Binsenwahrheit hinausläuft. Daher sind die Schlußkapitel seiner Romane enttäuschend und – wie Joachim Kaiser betonte – »nahezu kraft- und wirkungslos«. Es seien – meinte Kaiser mit Recht – »Rezepte und Tendenzen«, die »nicht über die Legitimation des ›quod erat demonstrandum‹ verfügen«.[3] Der Weg, an dessen Endpunkt sich jene, gelinde gesagt, wenig frappierende Aussicht eröffnet, scheint hier, in den *Schwierigen*, noch dem klassischen Entwicklungsroman nachgezeichnet zu sein: Jürg Reinhart, ein Vorfahre des Anatol Ludwig Stiller, ist auch ein später Nachfahre des Kellerschen *Grünen Heinrich*. Die epische Sinndeutung soll sich im wesentlichen aus der Konfrontation des Helden mit der Welt ergeben. Im *Stiller* hingegen wird vor allem die Konfrontation des Helden mit sich selbst angestrebt.

Der Mensch in der Untersuchungshaft – das ist die Grundsituation des Romans, die sinnbildliche ebenso wie die reale. Denn der Bildhauer Anatol Ludwig Stiller aus Zürich, der seit 1946 als verschollen gilt und der nun, nach sechs Jahren, in seine Heimat zurückgekehrt ist, befindet sich tatsächlich in Untersuchungshaft, weil gegen ihn irgendein Verdacht besteht. Da er bestreitet, Stiller zu sein, muß seine Identität nachgewiesen, also die Wahrheit über seine Person ermittelt werden. Das ist der Ausgangspunkt der Handlung.

Aber läßt sich die Wahrheit eines Daseins feststellen? Ist nicht die subjektive Wirklichkeit eines menschlichen Lebens maßgebender als die objektive, falls eine solche überhaupt existiert? In *Bin oder Die Reise nach Peking* sagt der Ich-Erzähler: »Wenn wir nicht wissen, wie die Dinge des Lebens zusammenhängen, so sagen wir immer: zuerst, dann, später. Der Ort im Kalender! Ein anderes wäre natürlich der Ort in unserem Herzen, und dort können Dinge, die Jahrtausende auseinanderliegen, zusammengehören, sich gar am nächsten sein . . . Man müßte erzählen können, so wie man wirklich erlebt . . . Ich fühlte nur öfter und öfter, daß die Zeit, die unser Erleben nach Stunden erfaßt, nicht stimmt; sie ist eine ordnende Täuschung des Verstandes, ein zwanghaftes Bild, dem durchaus keine seelische Wirklichkeit entspricht.«

Formuliert ist hier die Kernfrage des Romans *Stiller*: die Diskrepanz zwischen der meßbaren, der objektiven Zeit und der vom Individuum empfundenen und erlebten, der subjektiven Zeit – und somit die Diskrepanz zwischen der objektiven und der subjektiven Wirklichkeit. Für den Häftling Stiller, der in der Zelle über sein Leben meditiert, verdichtet sich diese Frage vor allem zur Divergenz zwischen der objektiven und der subjektiven Identität des Menschen – zwischen dem, was er zu sein scheint, und dem, was er ist, dem, wofür er von der Welt gehalten wird, und dem, was er selber zu sein glaubt.

Im *Tagebuch* erzählt Frisch die dem Stück *Andorra* zugrunde liegende Geschichte von dem jungen Mann, den man für einen Juden hielt und den daher überall ein fertiges Bildnis seiner Person erwartete – jenes nämlich, das sich die Menschen seiner Umgebung von den Juden machten. An die Parabel knüpft Frisch die Bemerkung: »Du sollst dir kein Bildnis machen, heißt es, von Gott. Es dürfte auch in diesem Sinne gelten: Gott als das Lebendige in jedem Menschen, das, was nicht erfaßbar ist.«

Die Metapher von der Rolle, die einem Menschen im Leben aufgedrängt wird, hatte Frisch in der Erzählung *Bin oder Die Reise nach Peking* wörtlich genommen: Der Held trägt unter dem Arm eine Rolle, die er loswerden möchte. Er sehnt sich nach dem unerreichbaren Peking – so heißt sein Orplid –, denn eine »Rolle, die man in Peking stehen ließe, wäre für immer verloren . . . Ohne sie, glaube ich immer, wäre ich selig gewesen«.

Auch Stiller meinte, überall einem fertigen Bildnis zu begegnen, das sich die Menschen seiner Umgebung von ihm gemacht hatten. Auch Stiller wollte sich seiner Rolle entledigen. Ist das der wahre Grund, der ihn zur Flucht vor seiner Frau und zum Ausbruch aus seinem ganzen Lebensbereich veranlaßt hat?

Eine philosophische Interpretation der Wendepunkte in der Biographie Stillers, die wohl als existentielle Entscheidungen aufgefaßt werden sollten, wird in dem Roman mehrfach angedeutet, vor allem aber durch die beiden Mottos suggeriert, die Kierkegaards Schrift *Entweder-Oder* entnommen sind. Dem ersten zufolge ist es für den Menschen so schwer, »sich selbst zu wählen«, weil durch diese Wahl »jede Möglichkeit, etwas anderes zu werden, vielmehr sich in etwas anderes umzudichten, unbedingt ausgeschlossen« werde. Das andere Motto lautet: »Indem die Leidenschaft der Freiheit in ihm erwacht (und sie erwacht in der Wahl, wie sie sich in der Wahl selber voraussetzt), wählt er sich selbst und kämpft um diesen Besitz als um seine Seligkeit, und das ist seine Seligkeit.«

Aber haben wir es bei Stillers Flucht und seiner späteren Behauptung, er sei nicht Stiller, tatsächlich mit der Suche eines Menschen nach seiner Identität zu tun? Und erwacht gar in ihm »die Leidenschaft der Freiheit«? Vielleicht ist es richtiger, sich an eine Stelle im Roman zu halten, die als beiläufige, in Klammern gesetzte Bemerkung getarnt ist. Stiller erinnert sich, in einer Kirche in Amerika ein schwarzhäutiges Mädchen gesehen zu haben, dessen Hals weiß gepudert war. Es folgt ein eingeklammerter Satz: »Ach, diese Sehnsucht, weiß zu sein, und diese Sehnsucht, glattes Haar zu haben, und diese lebenslängliche Bemühung, anders zu sein, als man erschaffen ist, diese große Schwierigkeit, sich selbst einmal anzunehmen, ich kannte sie und sah nur eine eigene Not einmal von außen, sah die Absurdität unserer Sehnsucht, anders sein zu wollen, als man ist!«

Also nicht mehr das Streben eines Menschen nach Identität mit sich selbst, sondern lediglich sein dunkler Drang, »anders sein zu wollen«? Der Begriff »Selbstannahme« wird zum

Schlüsseldwort des Romans. Um das Verhalten seines Helden zu erklären, legt Frisch letztlich einer der auftretenden Gestalten, dem Staatsanwalt, eine psychologische Abhandlung in den Mund. Er geht davon aus, daß die meisten Menschenleben durch »Selbstüberforderung« vernichtet werden. Dies habe wiederum zur Folge: »Selbstbelügung«, »Selbstentfremdung« und »Angst vor Selbstverwirklichung«. Das Fazit heißt: »Es braucht die höchste Lebenskraft, um sich selbst anzunehmen . . . In der Forderung, man solle seinen Nächsten lieben wie sich selbst, ist es als Selbstverständlichkeit enthalten, daß einer sich selbst liebe, sich selbst annehme, so wie er erschaffen worden ist.«

Durch die Anwendung dieser Anschauungen auf den Fall Stiller schrumpft die philosophische Konzeption des Romans auf eine nicht eben originelle psychologische These zusammen. Denn Stillers Flucht aus seinem ganzen Lebensbereich kann somit eigentlich nur als der Schritt eines Verzweifelten gelten, der als Revolutionär und Künstler, als Ehemann und Liebhaber versagt hat und von Selbstüberforderung zugrunde gerichtet wurde. Nicht als Revolte gegen ein individuelles Schicksal erscheint seine Flucht, nicht als Protest gegen seine Existenz, vielmehr als Kapitulation eines Menschen, der von Minderwertigkeitskomplexen gequält wurde und sich daher mit sich selbst nicht abfinden konnte, als Zusammenbruch einer Persönlichkeit.

Auch die Frage, auf der der ganze Roman basiert – warum nämlich Stiller sich nach seiner Rückkehr aus Amerika weigert, seine Identität anzuerkennen –, wird schließlich nur mit einer biographischen Enthüllung beantwortet. Er wollte Selbstmord begehen und glaubt, der mißlungene Versuch habe seine totale Verwandlung bewirkt: »Es blieb mir die Erinnerung an eine ungeheure Freiheit: Alles hing von mir ab . . . Ich hatte die bestimmte Empfindung, jetzt erst geboren worden zu sein, und ich fühlte mich . . . bereit, niemand anders zu sein als der Mensch, als der ich eben geboren worden bin . . .«

Daher meint er, moralisch zu der Behauptung berechtigt zu

sein, er sei nie Stiller gewesen und habe auch mit einem Mann dieses Namens nichts gemeinsam. Ein trotziger Akt der Freiheit eines wählenden und sich entscheidenden Individuums ist dies gewiß nicht – wohl eher der naive Versuch eines gescheiterten Menschen, sich den Bindungen des Lebens und der Verantwortung für sein bisheriges Dasein zu entziehen.

Die fragwürdige Konzeption des Romans hat zur Folge, daß der Held dank der hartnäckigen und geduldigen Bemühungen der Justiz und seiner Freunde schließlich zu Einsichten kommt, die von Banalitäten und Gemeinplätzen nicht weit entfernt sind. Während er ursprünglich glaubt, er werde, wenn er zugibt, Stiller zu sein, eine Rolle spielen müssen, begreift er, daß es umgekehrt ist: Indem er sich weigert, sich zu sich selbst zu bekennen, spielt er eine Rolle, denn er flüchtet in eine recht primitive Verstellung. Er erkennt, daß man sich selbst nicht entgehen und sich von seiner Vergangenheit nicht lossagen kann, daß eine Verwandlung des Individuums nicht möglich ist, daß der Mensch sich also zu sich selbst bekennen, sein einmaliges Leben »annehmen« muß. Max Frisch liebt es, in den Schlußteilen seiner Werke Türen einzurennen, die nie verschlossen waren, Thesen zu verkünden, die nie angezweifelt wurden.

Mag jedoch die philosophische Idee des Romans fragwürdig sein, mag der epische Grundriß den Eindruck eines mühselig ausgeklügelten Konstruktionsschemas erwecken – *Stiller* gehört doch zu den Höhepunkten der deutschen Prosa nach 1945. Ermöglicht wurde dies durch die formale Konzeption des Buches. 1946 meinte Frisch (im *Tagebuch*), »daß ein spätes Geschlecht, wie wir es vermutlich sind, besonders der Skizze bedarf«. Er sprach von der »Vorliebe für das Fragment«, von der »Auflösung überlieferter Einheiten« und von der »schmerzlichen oder neckischen Betonung des Unvollendeten«. Die Skizze sei »Ausdruck eines Weltbildes, das sich nicht mehr schließt oder noch nicht schließt«, und zeuge von »Scheu vor einer förmlichen Ganzheit, die der geistigen vorauseilt und nur Entlehnung sein kann«. Dies trifft auch auf den Roman *Stiller* zu.

Ist der Mann, der nicht Stiller sein will, eigentlich ein reales

Individuum? Oder haben wir es mit einer aus verschiedenen (oft heterogenen) Elementen zusammengesetzten Modellfigur zu tun? Mitunter entsteht sogar der Eindruck, es handle sich hier um einen Sammelnamen, der mehrere Gestalten und mannigfaltige Lebensbereiche zusammenfaßt. So scheint auch das Buch mit dem Titel *Stiller* letztlich eine Art Sammelwerk zu sein – in dieser Hinsicht vergleichbar mit dem *Tagebuch 1946-1949*, als dessen Fortsetzung auf anderer Ebene und mit teilweise anderen Mitteln es gelten kann. Aus Scheu vor jener »förmlichen Ganzheit«, die »nur Entlehnung« wäre, hat Frisch den *Stiller* aus zahlreichen Einzelstücken komponiert und das Unvollendete, ja das Bruchstückhafte vieler Kapitel und Abschnitte nachdrücklich betont.

Alle Ausdrucksmittel der Prosa werden hier erprobt: *Stiller* enthält epische Partien, dramatische Szenen, lyrische Elemente, Parabeln, Märchen und Anekdoten, novellistische Einschübe, Tagebuchaufzeichnungen, Meditationen und Aphorismen, essayistische Abhandlungen und Reportagen. Der Variabilität der formalen Mittel entspricht der ständige, meist sprunghafte Wechsel der Perspektiven und Zeitebenen. Vergangenheit und Gegenwart durchdringen einander unaufhörlich, wobei die Vergangenheit in Nahaufnahmen, die Gegenwart hingegen aus der Perspektive des Zurückgekehrten gezeigt wird. Die Fremde wird vertraut gemacht und die vertraute Heimat verfremdet. Stillers Erinnerungen werden durch die vom Gericht angeordneten Gegenüberstellungen mit den Stätten seines einstigen Lebens ergänzt. Neben seinen Begegnungen mit den Menschen von früher stehen die Berichte eben dieser Menschen über seine Vergangenheit, die er selber aufzeichnet und erläutert. Neben essayistischen Erörterungen und publizistischen Seitenhieben stehen jene in sich geschlossenen Geschichten, die Stiller und auch der Staatsanwalt erzählen und die nichts anderes sind als parabolische Kommentare zu den behandelten Fragen.

Das alles ergibt jedoch nicht etwa die Rekonstruktion der Biographie eines Mannes namens Stiller – im Gegenteil: je mehr wir über den Helden erfahren, desto unklarer wird sein Porträt.

Das Resultat ist eher ein skizzenhaftes, unvollkommenes, bruchstückhaftes, aber eben darum wahrhaftiges Bild des Lebens der Intellektuellen in der Jahrhundertmitte.

Im *Tagebuch* heißt es einmal: »Man gibt Aussagen, die nie unser eigentliches Erlebnis enthalten, das unsagbar bleibt; sie können es nur umgrenzen, möglichst nahe und genau, und das Eigentliche, das Unsagbare, erscheint bestenfalls als Spannung zwischen diesen Aussagen.« Und im *Stiller* bekennt Frisch: »Je genauer man sich auszusprechen vermöchte, um so reiner erschiene das Unaussprechliche, das heißt die Wirklichkeit, die den Schreiber bedrängt und bewegt.«

In diesem Sinne haben die einzelnen Teile des Buches mit einem Zeitpanorama, das auch nicht angestrebt war, nichts gemein. Hingegen lassen sie die Eigenarten des Menschen der Jahrhundertmitte erkennen. Sein Lebensgefühl und Weltempfinden werden angedeutet und umgrenzt: Das Unsagbare, also jene uns bedrängende und bewegende Wirklichkeit, läßt sich als Spannung zwischen diesen Aussagen ahnen.

Der Eindruck der Wahrhaftigkeit und Zeitnähe, der sogar die Künstlichkeit mancher wichtiger Handlungsmomente und Grundsituationen zu entkräften vermag, wird durch Frischs Sprache gesteigert. Das auffälligste Merkmal seiner Diktion ist ihre absolute Unauffälligkeit. Diese Sprache bleibt immer Mittel zum Zweck, will nicht mehr und nicht weniger sein als ein präzises Instrument. Werner Weber sagt über Frischs Stil: »Er . . . erlangt das Schöne, indem er an Kunst weniger tut, als er vermöchte – aus dem Bedenken heraus, das Wort selber presse der Sache eine Maske auf, statt daß es die Sache melde . . . Max Frisch verfügt über das lockend-gleichgültige Wort, und manchmal treibt er es darin bis zum Anschein der Hilflosigkeit . . .«[4]

Es klingt wie eine kokette Provokation, wenn Frischs beredter Statthalter, der Anatol Ludwig Stiller, kurzerhand erklärt: »Ich habe keine Sprache für meine Wirklichkeit.« Der unsagbaren Wirklichkeit spürt Frisch vor allem im psychologischen Bereich nach. Es erweist sich, daß seine Männer – und das gilt auch für *Die Schwierigen* und den *Homo Faber* – nicht unbedingt gelungene, mitunter offensichtlich simplifizierte Modellfiguren sind, während seine weiblichen Gestalten überzeugender wirken und auf größere künstlerische Sensibilität schließen lassen. Stillers frühere Geliebte und vor allem seine Frau Julika sind gleich nach Erscheinen des Romans als Kabinettstücke der Epik gerühmt worden – und das mit Recht.

Dennoch kann gesagt werden, daß Frisch am originellsten nicht in den Analysen und Porträts einzelner Gestalten ist, sondern in der Darstellung der zwischen ihnen bestehenden Beziehungen. Hierbei liebt er das Spiel mit vertauschten Rollen und die Umkehrung, die die Phänomene relativiert. Rolf war einst Stillers Opfer und ist nun sein Ankläger. Aber der amtliche Ankläger entpuppt sich als Freund, während der offizielle Verteidiger sich fast als heimlicher Feind erweist. Sibylle, die Stiller einst geliebt hat, erscheint ihm jetzt fremd, aber in Julika, die ihm einst fremd war, verliebt er sich nun.

Die erotischen Kapitel – das sind die Kernstücke des Romans, die vom wunderlichen Rahmen des Ganzen eigentlich unabhängig bleiben. Nicht Liebe scheint die Beziehungen zwischen den Helden Frischs zu bestimmen, es dominieren eher Hemmungen und Skrupel, Komplexe und Konventionen, Schuldgefühle und Gewissensbisse. »Liebe ist für ihn der Ort«, schreibt Werner Weber über Frisch, »an dem das Gegenüber nicht sein muß, was wir meinen und gern hätten, daß es sei. Wenn er Liebe sagt, rasselt keine Zugbrücke nieder zwischen dem Ich und dem Du; es kommt nur zu einem geduldigen Grüßen über den Graben hin . . .«[5]

Für die Tänzerin Julika bleibt das Ballett »die einzige Möglichkeit ihrer Wollust«. Stiller lebt stets mit dem Bewußtsein, ein Versager zu sein. Hierauf vornehmlich stützt sich die psychologische Interpretation dieser Beziehung, die in allen Phasen von der erwachenden Leidenschaft über die Eifersucht bis zur gänzlichen Entfremdung angeregt und beeinflußt, gefährdet und überschattet wird von einem einzigen Gefühl: »Sie brauchten einander von ihrer Angst her. Ob zu Recht oder Unrecht, jedenfalls hatte die schöne Julika eine heimliche Angst, keine Frau zu sein. Und auch Stiller, scheint es, stand damals unter einer steten Angst, in irgendeinem Sinne nicht zu genügen.«

Ein Teil der Geschichte Julikas spielt in einem Lungensanatorium in Davos. Dies mutet kühn und vermessen an. Und in der Tat weicht Frisch der sich aufdrängenden Analogie nicht aus, ja er betont sie sogar, indem er einmal sagt: »Es ist genau so, wie Thomas Mann es beschrieben hat.«

Die Schilderung des Sanatoriums, einzelne Episoden aus dem täglichen Leben der Patienten, Julikas Flirt mit einem Studenten, der sie in verschiedene Wissensgebiete einführt und ihr eine Röntgenaufnahme erklärt, auf der, wie sich herausstellt, ihr eigener Körper durchleuchtet ist – diese und andere, mitunter in Nebensätzen versteckte Motive erweisen sich als respektvolle Paraphrasen des *Zauberbergs*. Daß hier eine Huldigung gelang, die vom gewaltigen Vorbild nicht erdrückt wird, sondern als eigene unverwechselbare Leistung Frischs bestehen kann – schon das allein legitimiert seinen schriftstellerischen Rang.

Wie zu *Stiller* führen auch zu dem Roman *Homo Faber* (1957) die Fäden von den *Schwierigen*: Denn schon in dem Jugendwerk ist in der Gestalt des Archäologen Hinkelmann die Figur des sachlichen Menschen vorgezeichnet, dessen Leben von Arbeit und Erfolg ausgefüllt, jedoch von den »Gewittern aus dem Unberechenbaren« bedroht wird. In einem gewissen Sinne kann *Homo Faber* als die Umkehrung von *Stiller* gelten. Die Welt hat sich ein Bildnis von Stiller gemacht – und Anatol Stiller widersetzt sich ihm. Der Ingenieur Walter Faber hat sich ein Bild vom Leben gemacht – und das Leben zerstört es. Die Grundidee des Romans beruht auf der Konfrontation eines reifen Menschen, dessen Anschauungen geprägt sind, mit einer Realität, die sie widerlegt und kompromittiert. Was Frisch demonstriert, kann streckenweise mit einem naturwissenschaftlichen Experiment verglichen werden.

Die im Mittelpunkt stehende Gestalt wird bewußt vereinfacht und – soweit nur möglich – auf diejenigen Eigenschaften reduziert, die für das Experiment notwendig sind. Diesem einseitigen Porträt entspricht eine Handlung, die sich im wesentlichen ebenfalls auf derartige Elemente beschränkt, die geeignet sind, die Zentralfigur und ihr Weltbild zu kompromittieren. Frisch erinnert an einen Bakterienforscher, der Bakterien, die er zu diesem Zweck gezüchtet hat, Einflüssen aussetzt, die es in der Natur eigentlich nicht gibt. Durch die Künstlichkeit sowohl der Bakterien als auch der Einflüsse brauchen die Ergebnisse des Experiments keineswegs entwertet zu werden. Aber was sind das für Ergebnisse, was geht aus ihnen hervor? Ist das Experiment überhaupt sinnvoll gewesen?

Faber, ein Mann der exakten Wissenschaften, Sachwalter eines extremen Rationalismus, ist überzeugt, alles im Leben lasse sich messen, wiegen und berechnen, fotografieren oder auf dem Tonband festhalten. Sein Hauptrequisit ist die Filmkamera, sein Credo: »Ich glaube nicht an Fügung und Schicksal, als Techniker bin ich gewohnt, mit den Formeln der Wahrscheinlichkeit zu rechnen . . . Ich brauche, um das Unwahrscheinliche als Erfahrungstatsache gelten zu lassen, keinerlei Mystik; Mathematik genügt mir.« Stimmungen und Gefühle hält er für Ermüdungserscheinungen und meint, »die Dinge zu sehen, wie sie sind«. Ihm bereitet die Beantwortung der Frage »Wer bin ich?« nicht die geringste Schwierigkeit: »Ich bin nun einmal der Typ, der mit beiden Füßen auf der Erde steht.«

Allein, eine Reihe von Ereignissen, zusammengedrängt auf einige Wochen, zwingt Faber zu der Einsicht, daß sich das Leben nicht berechnen läßt, daß er die Dinge eben nicht sieht, wie sie sind, und keineswegs mit beiden Füßen auf der Erde steht. Von Amerika über Frankreich und Italien nach Griechenland führt sein Weg zur Erkenntnis und zugleich zum Untergang. Im Land der Technik schien ihm das Dasein einer makellosen mathematischen Gleichung zu ähneln. In Frankreich verleiht ein Liebesabenteuer seinem Leben jenen Reiz, der sich der Berechnung entzieht. In Italien läßt ihn die große Liebe den tragischen Konflikt ahnen. In Griechenland greift das Schicksal in sein Leben mit der Grausamkeit der antiken Götter ein. Dort erfährt er, daß er seine eigene Tochter verführt hat, dort verschuldet er auch ihren Tod. Nun bricht er zusammen, und die Angst, die er mit makelloser Logik und mit Mathematik gebannt zu haben glaubte, jagt ihn von Ort zu Ort. Er möchte in seine Wohnung gehen, doch es erweist sich, daß er den Schlüssel verloren hat.

Dem Leser, der Frischs Absicht noch nicht verstanden haben sollte, wird damit menschenfreundlich auf die Beine geholfen. Aber bekanntlich muß man etwas besitzen, um es verlieren zu können. Hat Faber je diesen symbolbeladenen Schlüssel besessen? Stand er nicht immer schon vor den Türen des Lebens wie jetzt vor der Tür seiner verschlossenen Wohnung? Zu einfach hat sich Frisch seine Kritik des praktischen Denkens gemacht, indem er zu ihrem Vertreter einen so simplen Mann wählte. Denn dieser Ingenieur Faber, der Bauten für »unterentwickelte Völker« errichtet, ist selbst ein unterentwickeltes Individuum. Gleich am Anfang wird seine innere Leere und Haltlosigkeit offenbar, die Primitivität seines Lebensgefühls und die Lächerlichkeit seiner Anschauungen. Nicht das Porträt eines Intellektuellen unserer Tage hat Frisch gezeichnet, sondern lediglich dessen mitunter allzu billige Karikatur.

Eine raffiniert konstruierte Handlung mit zahllosen ungeheuerlichen Zufällen, viele mythologische Motive und dramatische Effekte, ja eine ganze Schicksalstragödie von antiken Ausmaßen werden aufgeboten, um einen Mann zu kompromittieren, der von vornherein kompromittiert ist. Daher steuert auch dieser Roman mit bedauerlicher Konsequenz auf Binsenweisheiten zu: Es sei nicht richtig, »ohne Tod zu leben« und das Dasein »als bloße Addition« zu behandeln. Und Leben sei nicht Stoff und daher »nicht mit Technik zu bewältigen«.

Zum Unterschied von *Stiller* kann beim *Homo Faber* von Fragmentarischem nicht die Rede sein – nur daß diese »förmliche Ganzheit« nicht von einer geistigen in genügendem Maße beglaubigt wird. Dies verursacht in dem Roman immer wieder eine eigentümliche Diskrepanz und Disproportion. Der oft deutlichen schriftstellerischen Bemühung und Kalkulation sind die intellektuellen Ergebnisse des Buches nicht ganz ebenbürtig.

Daher lebt auch *Homo Faber* nicht dank, sondern trotz seiner epischen Konzeption: Obwohl in diesem Roman die einzelnen Szenen in einem viel engeren inneren Zusammenhang stehen als im *Stiller*, dokumentiert sich die künstlerische Kraft hier wiederum in den Episoden, zumal in jenem Teil, in dem Faber über seine Begegnung mit Sabeth berichtet. Aus knappen Mitteilungen, scheinbar sachlichen Konstatierungen, raschen Anspielungen, schamhaften Andeutungen und vielsagenden Aussparungen ergibt sich das Bild der Liebe eines alternden Mannes zu einem zwanzigjährigen Mädchen. Daß die mit wenigen Strichen vergegenwärtigte Sabeth just Fabers Tochter ist, spielt dabei keine entscheidende Rolle.

Reich an psychologischen Details und Finessen, zieht der Roman seine Kraft zugleich aus der Sprache, die Frisch für seinen Ich-Erzähler erfunden hat. Es ist eine Parodie des Stils der Geschäftsleute und Techniker von heute, ein kaltschnäuzig-bürokratischer Jargon, salopp und schnoddrig, gespickt mit komisch wirkenden und ironischen Abbreviaturen, die bisweilen auch von verblüffender Präzision zeugen. Fabers Sprache scheint eine Maske Frischs zu sein: Denn er liebt es, Lyrismen mit Frivolität zu tarnen, Pathos durch Understatement zu mildern, Sentimentalität hinter kühler Sachlichkeit zu verbergen und seinen Moralismus mit Nonchalance zu maskieren.

Wie die bedeutendsten Bühnenstücke Frischs rufen auch seine beiden in den fünfziger Jahren geschriebenen Romane entschiedene Zustimmung, aber auch Zweifel und Widerspruch hervor. Nur Gleichgültigkeit scheint angesichts seiner Werte kaum denkbar zu sein. Forscht man nach den Gründen dieses Zustands, so wird man an einen Ausspruch Frischs im *Tagebuch* erinnert. Er forderte, »nicht zu dichten, was die Vorfahren gemäß ihrem Bewußtsein zur Poesie gebracht haben, sondern wirklich zu dichten, unsere Welt zu dichten«.

Und mag manches fragwürdig bleiben – dies ist gewiß: In den Werken des leidenden Diagnostikers, des mitleidenden Anklägers Max Frisch, in diesen angstvollen Rufen aus dem Dschungel der Unsagbarkeiten, wird *unsere* Welt gedichtet.

ARNO SCHMIDTS WERK ODER EINE SELFMADEWORLD IN HALBTRAUER

Ein Ärgernis ist Arno Schmidt längst nicht mehr. Nicht daß er aufgehört hätte, Bücher zu veröffentlichen. Alljährlich legt er neue vor – und sie sind geschrieben, wie es die früheren auch waren: mit Schaum vor dem Mund. Nur regen sie niemanden mehr auf. Die Rezensenten besprechen sie kürzer oder ausführlicher, mehr oder weniger wohlwollend, doch in der Regel eher nachsichtig als streng. Begeisterte Zustimmung gibt es freilich ebensowenig wie entrüstete Ablehnung.

Selbst seine eifrigsten Bewunderer haben sich in den letzten Jahren Zurückhaltung auferlegt: so Alfred Andersch, der sich einst, wenn er auf Arno Schmidt zu sprechen kam, gern der Vokabel »Genie« bediente, so Helmut Heißenbüttel, der noch 1963 glaubte, Arno Schmidt »in den obersten Rang der deutschen Literatur« versetzen zu können,[1] so Jürgen Manthey, der 1962 eine Studie über Arno Schmidt in der feierlichen Prophezeiung gipfeln ließ, man werde ihn »einmal zu den großen Manieristen unserer Literatur rechnen, ihn neben (oder nach) Heine, E. T. A. Hoffmann und Benn nennen«.[2] Heute hat offenbar niemand mehr Lust, für oder gegen Arno Schmidt in die Schranken zu treten.

Er selbst sehnt sich nach jenen Zeiten zurück, da er ein heftig umstrittener Schriftsteller war und seine Prosa die stärksten Reaktionen auslöste. Bisweilen versucht er, sie noch einmal zu erzwingen – auch mit publizistischen Äußerungen. In seinem Beitrag zum Sammelband *Schwierigkeiten heute die Wahrheit zu schreiben* heißt es: »›Der Arbeiter‹ ist doch genau so wenig das Maß der Literatur, wie ›Der geistliche Herr‹! Und beiden wäre zu bedeuten, daß es . . . gar nicht ›Das Entscheidende‹ ist, ob ein Schriftsteller KARL MARX besingt oder die JUNGFRAU MARIA – mit welchem Diktum ich es wieder einmal mit sämtlichen Parteien verdorben haben dürfte: au fein!« – Nach diesem Ausruf der Freude beruft sich Schmidt auf Goethe: »Ein Kerl, den *alle* Menschen hassen: Der muß was sein!«[3]

Aber ganz abgesehen davon, daß sich in Schmidts Diktum nichts Provozierendes finden läßt – auch die Kritiker in der DDR wären in diesem Fall bereit, ihm zuzustimmen –, kann er es mit keiner Partei ernsthaft verderben: Man hat sich längst an die in vielen seiner Äußerungen enthaltenen Grobheiten, Überspitzungen und Binsenweisheiten gewöhnt, niemand legt seine Worte auf die Waagschale, niemand will ihm widersprechen.

Gewiß, das 1960 in der DDR erschienene *Deutsche Schriftstellerlexikon von den Anfängen bis zur Gegenwart* erwähnt ihn überhaupt nicht. Doch schon in der zweiten Ausgabe dieses Lexikons (1961) figuriert Schmidt als »bürgerlich-oppositioneller Schriftsteller, der . . . scharf gegen Faschismus, Militarismus und jegliche Art von Religion Stellung nimmt«. Gewiß, das vom katholischen Herder Verlag 1961 herausgegebene *Lexikon der Weltliteratur im 20. Jahrhundert* zitiert im Artikel über Schmidt eine negative Formulierung von Hans Egon Holthusen. Doch schon in einer Neuausgabe des Lexikons von 1964 wird diese unfreundliche Formulierung weggelassen.[3]

Nein, Arno Schmidt, dem es in den fünfziger Jahren an Widersachern und Feinden nicht mangelte, wird heute weder bekämpft noch gar gehaßt. Mittlerweile hat ihn die deutsche literarische Öffentlichkeit anerkannt. In seinem Roman *Das steinerne Herz* (1956) schrieb er: »Wenn mich die Offiziellen loben: dann iss Zeit aufhören!« Glücklicherweise steht er nicht zu seinem Wort. Denn unter denen, die ihn schätzen und loben, sind längst auch die »Offiziellen«.

1964 wurde ihm vom Senat der Stadt Berlin der Fontane-Preis verliehen, 1965 zeichnete ihn der Kulturkreis im Bundesverband der Deutschen Industrie mit seiner »Großen Ehrengabe für Literatur« aus. Unter den Rezensenten der Werke Schmidts finden sich auch Professoren der Germanistik – so etwa Hans Mayer, so Herbert Singer und Hans Wolffheim.[4] Staatsexamens- und Seminararbeiten, ja auch Dissertationen über

Arno Schmidt sind an deutschen Universitäten heute keine Seltenheit mehr.

Fast alle wichtigeren erzählenden und essayistischen Werke Schmidts wurden dem Publikum in letzter Zeit ebenfalls in Paperback- und Taschenbuch-Ausgaben zugänglich gemacht. Seine Geschichten und Aufsätze sind auch in vielen Anthologien und Sammelbänden enthalten. Die Rundfunkanstalten der Bundesrepublik überhäufen ihn geradezu mit Aufträgen, die Verlage mit Übersetzungsangeboten: Man vertraut ihm, wie es recht und billig ist, die bedeutendsten amerikanischen Schriftsteller von Cooper und Poe bis zu Faulkner an. Natürlich ist Schmidt kein Bestseller-Autor, und er wird es bestimmt nicht werden. Doch inzwischen sind seine Bücher – allein in deutscher Sprache – in einer Auflage von etwa 200 000 Exemplaren verbreitet.

Freilich hört man, wenn von Arno Schmidt die Rede ist, noch häufig jene Vokabeln, mit denen er in den fünfziger Jahren immer wieder bedacht wurde: Außenseiter, Sonderling, Einsiedler, Avantgardist, Provokateur. Nur daß diese Begriffe jetzt, auf Schmidt bezogen, von einem ironisch-gutmütigen Unterton nicht frei sind. Man hält ihn für einen etablierten Außenseiter, er gilt als ein arrivierter Sonderling und ein saturierter Einsiedler, er hat den zweifelhaften Ruf eines professionellen Avantgardisten, man rechnet ihn zu den Provokateuren vom Dienst. Ob er es gewollt hat oder nicht: seine Person gehört inzwischen zu den konstanten Institutionen des literarischen Lebens in der Bundesrepublik.

Der Legende vom armen Poeten, verkannten Meister und strengen Propheten, der im dürftigen Holzhaus eines einsamen Heidedorfs entsagungsvoll seinem Werke lebt und dessen Größe die undankbare Nation nicht zu würdigen weiß, jener sentimentalen und pathetischen Arno-Schmidt-Legende, die lange Jahre hindurch verbreitet wurde und die er übrigens selber mitverschuldet hat, ist jedenfalls der Boden entzogen. Und das ist gut so – nicht zuletzt deshalb, weil diese Aura die sachliche Beurteilung seiner Prosa offenbar erschwert hat. Während ihn die einen als Genie besangen, glaubten andere ihn als Scharlatan beschimpfen zu müssen, beide Seiten gingen verschwenderisch mit Superlativen um, wobei ein ursächlicher Zusammenhang unverkennbar ist: Oft war es die leichtsinnige und maßlose Begeisterung, die die leichtsinnige und maßlose Entrüstung provoziert hat. Doch so extrem sich Schmidts Werk häufig darbietet, sowenig ist ihm mit extremen Urteilen beizukommen. Mit Verherrlichung ist es hier nicht getan. Aber auch nicht mit Verwerfung.

Arno Schmidt, der 1914 in Hamburg geboren wurde und ab 1928 in Schlesien lebte, trat in seiner Jugend in Breslauer Lokalen als Gedächtniskünstler auf, der zahlreiche ihm zugerufene Telefonnummern im Kopf behalten, von hinten nach vorn aufsagen und miteinander multiplizieren konnte. Es ist das phänomenale Gedächtnis Schmidts, das die Eigenart seiner Epik und Essayistik ermöglicht hat und das ihr Fundament bildet.

An der Breslauer Universität studierte er Mathematik und Astronomie, brach indes das Studium schon sehr schnell ab: im Jahre 1933. Aber er verfügt über gründliche und detaillierte Kenntnisse, er hat sich als Autodidakt ein großes Wissen angeeignet. Mathematikern und Astronomen sagt man gern Akribie, Systematik und Weltfremdheit nach. Autodidakten wirft man oft vor, daß sie zur Übertreibung und zur Einseitigkeit neigen und daß sich bei ihnen zuweilen das Fehlen der Maßstäbe bemerkbar mache. Natürlich sind derartige Verallgemeinerungen immer fragwürdig, ohne deshalb ganz falsch sein zu müssen. Hier scheinen sich die Stichworte, die sie uns liefern, als brauchbar zu erweisen.

Denn Schmidts schriftstellerische Arbeiten lassen in der Tat eine bemerkenswerte Akribie erkennen und zeugen von außergewöhnlicher Systematik, doch ist für sie auch, zumal in späteren Jahren, eine sonderbare Weltfremdheit charakteristisch. Ferner fällt es auf, daß manche Eigentümlichkeiten seines Werks, bewundernswerte wie bedauerliche, durch seine Übertreibungssucht und seinen Hang zur Einseitigkeit bedingt sind. Und schließlich ist die für viele seiner angestrengten Bemühungen so bezeichnende Donquichotterie zwar auf verschiedene Ursachen zurückzuführen, die aber wohl alle mit seinem häufig verblüffenden Mangel an Maßstäben zu tun haben.

Schmidts Erstling – der Prosaband *Leviathan* – stammt aus dem Jahre 1949, sein bisher letztes Buch ist die 1966 verlegte Sammlung *Trommler beim Zaren.* Dazwischen liegen fünfzehn weitere selbständige Publikationen. Sein Gesamtwerk umfaßt bereits – die zahlreichen Übersetzungen sowie Arbeiten, die nur in Zeitschriften und Zeitungen veröffentlicht wurden, nicht eingerechnet – über viertausendsechshundert Druckseiten. Es besteht aus Romanen, Erzählungen und Kurzgeschichten, Monographien, Aufsätzen, Polemiken und Rundfunk-Sendungen. Wie von selbst bietet sich die Aufteilung dieses Werks in zwei große Gruppen an: eine epische und eine essayistische. Die epische setzt sich wiederum aus zwei Untergruppen zusammen: Zur ersten gehören die in der Gegenwart und stets in Deutschland spielenden Romane und Erzählungen, zur zweiten solche, die in fernen Welten und Epochen angesiedelt sind – entweder in der Antike oder in einer utopischen Zukunft.

Diese Einteilung ist zwar handlich und übersichtlich, aber auch, wenigstens teilweise, illusorisch. Denn immer wieder verschwimmen und verschwinden die Grenzen innerhalb des Schmidtschen Werks. So sind die epischen Arbeiten mit essayistischen Partien durchsetzt, während andererseits in seinen Abhandlungen, Studien und Aufsätzen das Erzählerische eine wichtige Funktion erfüllt. In Schmidts Visionen des Altertums und in seinen Utopien finden sich wiederum so zahlreiche unserer Zeit und unserem Alltag entnommene Elemente jeglicher Art, daß kein Zweifel aufkommen kann, was hier – ebenso wie in seinen anderen Romanen und Erzählungen – vor allem angestrebt war: eine unmittelbare Auseinandersetzung mit heutigen Verhältnissen. Schmidts Antike und seine Zukunftswelten sind nur Staffage für Bücher, die stets die Gegenwart meinen und sie nicht aus dem Auge verlieren wollen.

Überdies tauchen in nahezu allen seinen Arbeiten die gleichen Gedanken und Motive auf, ständig kehrt er zu den gleichen Fragen und Komplexen zurück. Auf den Stil und den Tonfall seiner Prosa hat die jeweils von ihm gewählte literarische Form kaum einen Einfluß: Der schnoddrig-saloppen Diktion seiner Epik begegnen wir auch in den meisten Essays. Die Sprache der Gestalten seiner Romane und Erzählungen wiederum ist völlig unabhängig von der Epoche, die den Hintergrund bildet.

So spricht, beispielsweise, die Heldin des in der Spätantike spielenden Kurzromans *Kosmas oder Vom Berge des Nordens* (1955): »›Ja sicher!‹ sagte sie ungeduldig, ›er iss doch nu ma mein Lehrer! – Iss es denn nicht absolut wurscht, ob die Erde ein Ei ist? . . . – also zumindest fürn paar hundert Jahr iss es noch völlig gleichgültig.‹« Aber in dem Roman *Die Gelehrtenrepublik* (1957), der die Welt vom Jahre 2008 zeigen soll, reden die Menschen ebenfalls nicht anders als jene Figuren Schmidts, die in den fünfziger Jahren in Berlin oder in Niedersachsen leben: »›Woll'n Sie vielleicht erst'n Bad nehm?‹« Und: »›Komm' Sie ma'n Moment rein. Daß Sie nachher als Zeuge mit unterschreiben können.‹« Das gilt aber nicht etwa nur für die Dialoge. Auch der Ich-Erzähler der *Gelehrtenrepublik* schreibt in diesem Idiom: »Und ich wurde doch etwas kribbelig: das war schon 'ne Sache, daß ich als Reporter dort hin durfte.«

Zugleich lassen alle Arbeiten Schmidts, welche Themen sie auch behandeln und wie immer sie geschrieben sind, seine weltanschaulichen Positionen erkennen. Im *Leviathan* findet sich der Satz: »Ich sage mich los von allem, was Gott heißt! Was Schöpfer oder Weltherr sein will!« In einer anderen Geschichte desselben Bandes werden dem Hinweis eines Pfarrers auf die Unendlichkeit Gottes mathematische Erwägungen entgegengesetzt. Die nächsten Bücher Schmidts bestätigen seinen radikalen Atheismus und verdeutlichen zugleich, daß seine Weltsicht streng positivistisch ist. Die Schlüsselstelle ist in dem Roman *Das steinerne Herz* enthalten: »Hinzu kam noch meine wahnsinnige Lust an Exaktem: Daten, Flächeninhalte, Einwohnerzahlen; die sich also vermittels meiner in nochmals Wirkendes umsetzen wollten: so hätte ich früher gesagt: heute: Wer die Sein-setzende Kraft von Namen, Zahlen, Daten, Grenzen, Tabellen, Karten nicht empfindet, tut recht daran, Lyriker zu werden; für beste Prosa ist er verloren: hebe Dich hinweg!«

Schmidt ist verliebt in Ziffern, Atlanten, Lexika, Statistiken, Meßtischblätter, Staatshandbücher und Nachschlagewerke, ihn faszinieren Bibliotheken und Archive, Zettelkästen und Kartotheken, sein Vertrauen zu der Macht der Zahlen, Daten und Tabellen kennt offenbar keine Grenzen. Er mag seine Zeitgenossen beschimpfen und anklagen, soviel er will, doch kann er nicht verheimlichen, daß er sich von den exakten Wissenschaften eine geradezu rettende Funktion erhofft; er mag lästern und ketzern und haarsträubende Zynismen aneinanderreihen, doch der Glaube an die erlösende Kraft der Vernunft und der Aufklärung bildet den Untergrund seines Werks.

Holthusen hatte schon recht, als er Schmidt »ein lärmendes Umsichschlagen gegen Gott und die Welt und alles, was an Gesellschaft und Kultur noch übriggeblieben ist« attestierte;[5] nur daß sich in der Sicht Arno Schmidts die Probleme der menschlichen Gesellschaft mit wissenschaftlichen Methoden bewältigen lassen. Und das gibt seinen Büchern, allen düsteren Farben und Akzenten zum Trotz, einen eindeutig optimistischen Zug – auch wenn er in der 1951 erschienenen Erzählung *Schwarze Spiegel* den Atomkrieg für 1955 vorausgesagt hat, auch wenn, der *Gelehrtenrepublik* zufolge, Europa im Jahre 2008 längst ›zerstrahlt‹ ist und von den Deutschen nur insgesamt einhundertvierundzwanzig Personen verschont blieben (»Na, daß die Japaner & Deutschen weg sind, ist ja für uns 1 Segen! . . . Die, ohne deren Beteiligung einem jeden Weltkrieg ja gleichsam etwas gefehlt hätte!«).

Aber der ostentative Positivismus Schmidts, sein unbeirrbares Vertrauen zur Arithmetik und zur Statistik, zur Geodäsie und zur Astronomie deutet auch auf die Grenzen seines Horizonts hin. Erlösung durch Mathematik – dieses nie so nackt ausgesprochene, doch in seiner Prosa allgegenwärtige Axiom erinnert schließlich an die guten alten Zeiten, etwa an den Materialismus Haeckelscher Provenienz. Die Hoffnung, die Arno Schmidt, dieser als rabiat und aggressiv abgestempelte Schriftsteller, an die Möglichkeiten der exakten Wissenschaften und ihre ethische Wirkung knüpft, mutet heute etwas bieder, treuherzig und schwärmerisch an. Hier macht sich, glaube ich, Weltfremdheit bemerkbar und auch ein Stich ins Provinzielle.

Diesen Eindruck einer gewissen Weltfremdheit bestätigen viele essayistische Arbeiten Schmidts, jene zumal, die offensichtlich den Anspruch erheben, als wissenschaftliche Leistungen gewertet zu werden. Er ist ein ungewöhnlich fleißiger und systematischer Forscher, ein besessener Materialsammler, der über unvergleichliche Detailkenntnisse verfügt. Nur drängt sich bisweilen der Verdacht auf, daß sein Fleiß ebenso nutzlos ist wie seine Systematik und daß seine Kenntnisse nicht unbedingt nötig sind.

Hinter Schmidts Buch *Fouqué und einige seiner Zeitgenossen* (1958) steckt ein gigantischer Arbeitsaufwand, er hat eine Biographie geliefert, deren Genauigkeit und Ausführlichkeit kaum zu übertreffen sind. Er wirbt leidenschaftlich für die Wiederentdeckung dieses längst vergessenen Romantikers, ohne uns je sagen zu wollen, wozu eine solche Wiederentdeckung denn gut sein sollte. Er weiß alles über Fouqué, ohne uns je überzeugen zu können, daß es sich lohnt, irgend etwas über Fouqué zu wissen. Ja, er erzählt uns mit allen Einzelheiten die Lebensläufe verschiedener Personen, denen – laut Schmidt – unsere Aufmerksamkeit gebührt, aber nur deshalb, weil sie mit Fouqué zu tun hatten. Im Vorwort heißt es: »Dieses Buch soll ein Anfang sein: der Anfang der Fouqué-Forschung.« Das mag zutreffen, nur daß es wohl auch das Ende dieser Forschung ist.

Das Ergebnis einer für Schmidt nicht weniger bezeichnenden Marotte scheint ebenfalls sein Buch *Sitara und der Weg dorthin* (1963) zu sein, eine – so der Untertitel – *Studie über Wesen, Werk & Wirkung Karl May's.* Nicht etwa, daß es überflüssig wäre, Werk und Wirkung des seit einem halben Jahrhundert höchst populären Schriftstellers einmal genauer zu untersuchen. Indes ist fast die ganze Monographie dem Nachweis einer einzigen These gewidmet, der eine angebliche Entdeckung Schmidts zugrunde liegt: Karl May sei homoerotisch veranlagt gewesen und habe seine verdrängten sexuellen Lustvorstellungen immer wieder ins Epische umgesetzt. Sein Werk müsse man – behauptet Schmidt – »eindeutig als reinrassiges ›Schwulen-Brevier‹« lesen. Den Erfolg dieser Romane erkläre »die pausenlose Besprühung, Berieselung, Überströmung, Überschwemmung des Lesers« mit heimlichen und getarnten sexuellen Motiven. Um derartige Ansichten zu belegen, beruft sich Schmidt häufig auf Sigmund Freud, ohne jedoch damit die Grundthese überzeugender machen zu können.

Ganz gewiß läßt *Sitara* auf geduldige und umfangreiche Quellenstudien und wiederum auf erstaunliche Kenntnisse schließen, die allerdings Karl Mays und nicht Freuds Werk betreffen. Schmidts Begegnung mit der Welt der Psychoanalyse muß, gelinde gesagt, sehr flüchtig gewesen sein. Während das Buch über Fouqué skurril, doch seriös, aber schon des Themas wegen nicht gerade nötig ist, wäre eine Monographie über Karl May gewiß nötig, nur daß mir diejenige von Arno Schmidt skurril und unseriös zu sein scheint.

Aber beide lassen, obwohl man in ihnen letztlich nicht mehr als kuriose Marginalien sehen sollte, Schmidts Persönlichkeit erkennen – und das gilt auch für seine in den Bänden *Dya Na Sore* (1958), *Belphegor* (1961) und *Die Ritter vom Geist* (1965) enthaltenen Rundfunk-Sendungen und für eine Anzahl kleinerer Aufsätze in dem Band *Trommler beim Zaren.* Allen ist das Monomanische gemeinsam. Schmidt verkündet Banalitäten, als wären es Sensationen. Gegenstände, die harmlos und verstaubt zugleich sind, breitet er vor uns aus wie Dynamitladungen. Nachdrücklich und aufgeregt beweist er, was niemand bezweifelt – etwa, daß Klopstocks *Messias* langweilig ist. Mit gewaltiger Kraftanstrengung rennt er Türen ein, die nicht verschlossen sind – so etwa, wenn er Johann Gottfried Schnabels *Insel Felsenburg* oder Karl Philipp Moritz' *Anton Reiser* entdeckt, Werke also, die längst als Höhepunkte der deutschen Prosa des 18. Jahrhunderts anerkannt wurden.

Unaufhörlich trumpft Schmidt mit seinen Kenntnissen auf, er verheimlicht nie, daß er sich auf sein Wissen viel zugute hält. Aber seine Belesenheit ist größer als seine Unterscheidungsgabe, sein Gedächtnis übertrifft seine Urteilskraft, er scheint Gründlichkeit mit Bildung zu verwechseln. Ihn faszinieren Einzelheiten, doch die Zusammenhänge entgehen ihm. Sein Blick ist geradeaus auf bestimmte Gegenstände gerichtet – und dabei vergißt er die ganze Welt. Daher sind seine Arbeiten mitunter imponierend gründlich und erschreckend oberflächlich zugleich.

Dies alles gilt auch – und nur deshalb ist es von Interesse – für Schmidts Epik. Abgesehen von den antiken und den utopischen Stücken spielen seine Romane und Erzählungen in hessischen Dörfern oder in der Lüneburger Heide, nur gelegentlich wird eine Großstadt – Berlin oder Hannover – in die Handlung einbezogen. Das Personal bleibt sich gleich: Lastwagenfahrer, Handwerker, Gastwirte, Mechaniker, Buchhalter, Bademeister. Die Frauen und Mädchen, meist eher simple und nicht sehr reizvolle Geschöpfe, haben entweder überhaupt keinen Beruf, oder sie sind Angestellte. Erst in den im Band *Kühe in Halbtrauer* (1964) zusammengefaßten späteren Erzählungen taucht auch ein anderer Frauentyp auf – eine Psychologin etwa oder eine Germanistin.

Im Mittelpunkt steht fast immer der gleiche Mann: Ein Schriftsteller oder Journalist, Archivar oder Landvermesser, der sich bisweilen »Schmidt« nennt und jedenfalls ungemein dem Autor ähnelt, dessen Ansichten und Urteile er äußert und dessen Sympathien, Liebhabereien und Leidenschaften er teilt. Er erweist sich als einsam, doch nicht als wortkarg, in seiner Umgebung, der er hoch überlegen ist, sieht er meist – wie es in der Erzählung *Die Umsiedler* (1963) heißt – »öde Gesichter, rübiges Gemüt, Gedankensteppe, Seelentundra«.

Die Zahl der Personen ist klein: In *Seelandschaft mit Pocahontas* (1955) und im *Steinernen Herzen* beispielsweise sind es zwei Paare, in dem Roman *Kaff auch Mare Crisium* (1960) ist es ein Paar und eine alte Tante. Es geschieht sehr wenig, in der Regel dominieren Wohnküchen-Gespräche und Spaziergänge, stets sind Reflexionen und Bemerkungen über verschiedene Themen eingeflochten. Wo sich dramatische Effekte finden – so im *Steinernen Herzen* –, entstammen sie der Kolportage und werden augenzwinkernd als solche geboten.

Die Aufgabe, die Schmidts Romane und Erzählungen erfüllen sollen, hat er häufig in ihnen selbst formuliert. In dem Kurzroman *Aus dem Leben eines Fauns* (1953) steht die Forderung: »Jeder Schriftsteller sollte die Nessel Wirklichkeit fest anfassen; und uns Alles zeigen . . .« Im *Steinernen Herzen* wird der Dichter als »Beobachter und Topograph aller möglichen Charaktere und Situationen« bezeichnet, seine Pflicht sei »die getreue Schilderung einer Zeit mit ihren typischsten und feinsten Zügen«. In *Kühe in Halbtrauer* wiederum heißt es: »Wozu ist der Sänger da, wenn nicht um das Uni- sive Perversum mitzustenografieren? Allen zum Anstoß, Keinem zur rechten Freude.«

Was Schmidt vorschwebt, weicht also nicht im geringsten von jener Aufgabe ab, die sich auch die Realisten des neunzehnten Jahrhunderts gestellt haben. Doch sucht er, um ihr gerecht zu werden, nach neuen Ausdrucksmitteln. In einem zuerst 1955 veröffentlichten theoretischen Aufsatz mit dem Titel *Berechnungen I* erklärt er, es sei »besonders nötig . . ., endlich einmal zu gewissen, immer wieder vorkommenden verschiedenen Bewußtseinsvorgängen oder Erlebnisweisen die genau entsprechenden Prosaformen zu entwickeln«. Er geht von dem Prozeß des »Sich-Erinnerns« aus: »Immer erscheinen zunächst, zeitrafferisch, einzelne sehr helle Bilder (meine Kurzbezeichnung: ›Fotos‹), um die herum sich dann . . . erläuternde Kleinbruchstücke (›Texte‹) stellen.« Das Resultat jedes bewußten Erinnerungsversuches sei »ein solches Gemisch von ›Foto-Text-Einheiten‹«, das man den Lesern zeigen müsse.

Er protestiert gegen die »früher beliebte Fiktion der ›fortlaufenden Handlung‹«. Schon der Ich-Erzähler des *Fauns* sagte, sein Leben sei »kein Kontinuum«, sondern »ein Tablett voll glitzernder snapshots«. In den *Berechnungen I* heißt es, einen

»epischen Fluß« gebe es überhaupt nicht, man habe es nur mit einem »Tagesmoasik« zu tun: »Die Ereignisse unseres Lebens springen vielmehr. Auf dem Bindfaden der Bedeutungslosigkeit, der allgegenwärtigen Langeweile, ist die Perlenkette kleiner Erlebniseinheiten, innerer und äußerer, aufgereiht. Von Mitternacht zu Mitternacht ist gar nicht ›1 Tag‹, sondern ›1440 Minuten‹ (und von diesen wiederum sind höchstens 50 belangvoll!).«

Bemerkenswert an diesen Gedanken ist nur, daß sie von Schmidt nicht ohne Feierlichkeit als Neuentdeckungen geboten werden – als hätte es nie einen Proust oder Joyce, einen Benn oder Döblin gegeben. So forderte Döblin – um nur ihn hier zu zitieren – schon 1913 die »Notierung der Abläufe« und einen »Kinostil«, damit »die Fülle der Gesichte« deutlich wird. 1917 meinte Döblin, man müsse zeigen, »daß Moment um Moment sich aus sich rechtfertigt, wie jeder Augenblick unseres Lebens eine vollkommene Realität ist, rund, erfüllt«. Und 1928 sprach Döblin aus Anlaß der deutschen Ausgabe des *Ulysses* von den »sekündlich wechselnden Szenen«. Und: »Jetzt ist wirklich ein Mann nicht größer als die Welle, die ihn trägt. In das Bild von heute gehört die Zusammenhanglosigkeit seines Tuns, des Daseins überhaupt, das Flatternde, Rastlose. Der Fabuliersinn und seine Konstruktionen wirken hier naiv.« Ferner: »Es wird ein minutiöses Vorgehen im Detail nötig. Es wird impressionistisch und pointillistisch gearbeitet . . . Die Verbindung zwischen den einzelnen aufnotierten Elementen und Momenten stellt die Assoziation her.«[6]

Eine weitere derartige Arbeit Schmidts (*Berechnungen II*) unterscheidet zwischen der objektiven und der subjektiven Realität, die er als »Erlebnisebene I« und »Erlebnisebene II« bezeichnet; die Werke der Dichtung seien »Gemische« aus beiden. Damit ist eine Einsicht formuliert, die seit Jahrtausenden nicht bezweifelt wird. Freilich können die theoretischen Darlegungen eines Dichters, mögen sie auch wertlos sein, nie sein künstlerisches Werk diskreditieren. Aber Schmidts Prosatheorie ist nicht einmal eine Theorie der Schmidtschen Prosa und bietet kaum mehr als einige Gemeinplätze, die weder seine Eigentümlichkeiten erläutern noch gar seine Unzulänglichkeiten rechtfertigen können. Im Grunde sind es vor allem seine schriftstellerischen Möglichkeiten und ihre Grenzen, die seine Erzählweise bedingen.

Nicht Linien sieht Schmidt, sondern Punkte, nicht Flächen, sondern schmale Ausschnitte, nicht Entwicklungen, sondern Momente. Wie in den Essays läßt er sich auch hier von den Einzelheiten faszinieren, ohne sich um die Zusammenhänge zu kümmern. Es ist nicht etwa so, daß er das Bild in Rasterpunkte zerlegt oder die Wirklichkeit in Moleküle auflöst, denen kleine Prosaeinheiten entsprechen sollen. Vielmehr werden von ihm nur diese Rasterpunkte oder Moleküle wahrgenommen. Daher ist er auf die Technik der Montage und Collage angewiesen, daher vor allem rührt seine Vorliebe für die pointillistische Manier und die kaleidoskopische Komposition.

Seine Romane und Erzählungen sind aus Splittern, Nuancen und Details zusammengesetzt. Erfahrungsbruchstücke, Augenblicksbilder, Impressionen, Naturschilderungen, Metaphern, Redewendungen, Wortspiele dienen als Versatzstücke. Die epischen Konstruktionen entstehen aus statischen Fertigteilen oder kurzen Sequenzen. Häufig sind diese Elemente, die Mosaiksteine und die immer wieder neu ansetzenden Abläufe, austauschbar. Unverkennbar ist auch hier Arno Schmidts Zettelkasten-Fanatismus.

Doch glücklicherweise verbindet sich dieser Fanatismus mit poetischem Furor und einer ungewöhnlichen akustischen Reizbarkeit und Empfänglichkeit. Schmidt habe – schreibt Robert Minder – »als genialisch hinhorchender, wenn auch aufsässiger Registrator mit katzenbergerischer Sammelwut die neue Zeit in ihrer neuen Sprache« eingefangen.[7] Wie einst Tucholsky in seinen Feuilletons, wie Döblin in *Berlin Alexanderplatz* belauscht, fixiert und karikiert auch Schmidt vor allem die Sprache der einfachen Leute, der Lastwagenfahrer und Handwerker, der kleinen Angestellten und der Hausfrauen.

In der Erzählung *Die Umsiedler* heißt es einmal: »Die Abwässer der Worte sickerten ihnen pausenlos aus den Mundsielen.« Diese »Abwässer der Worte«, den Slang und den Jargon, Vulgärwendungen, verballhornte Dialektausdrücke und sinnentleerte Idiome des Alltags finden wir in Schmidts Prosa. Indem er die Umgangssprache der Epoche festhält und ihren ganzen Verbalschutt bewußt macht, gelingt es ihm, Denkschablonen, Verhaltensmuster und klischeehafte Gefühlsreaktionen in den dargestellten Milieus aufzudecken und zu vergegenwärtigen. Er zeigt die Brutalität und die Schnoddrigkeit des Slangs und vermag ihm zugleich, ohne ihn etwa zu verniedlichen, Poesie abzugewinnen.

Es erweist sich, daß der programmatische Rationalist, der nüchterne Mathematiker und Systematiker zugleich ein Idylliker ist, der freilich an seiner Sentimentalität leidet, und ein Erotiker, der sich seiner Zärtlichkeit schämt und seine Gefühle verbergen möchte. Wenn er ihnen nachgibt, ist ihm jedes Mittel recht, um den entstandenen Eindruck rasch wieder zu neutralisieren: Auf lyrische Passagen folgen daher in seiner Epik oft harte und derbe, ja provozierend geschmacklose Akzente.

In dem Buch *Aus dem Leben eines Fauns* bemüht sich der Ich-Erzähler um ein Mädchen: »Pflaumen pflücken: ich stieg galant auf die Leiter, und warf sie ihr in den schönen breiten Weidenkorb; Bienen, Hummeln und Wespen summten um unsere geröteten Gesichter; und ich sah nicht untief a) in ihren bunten Ausschnitt, b) in den übervollen Himmel: mit Laub, Gewölk, Streifen und Farben: es war zuviel, oben und unten.« Etwas weiter heißt es: »Gut Zeichen für mich!!: drüben wusch sich Käthe im catch-as-catch-can-Stil: sie ballte Wasser in schaumigen Fäusten und bestrich sich damit die Bauchdecke; sprang wild herum, klappte die starken Arme verzwickt über den Rükken; fing wieder die spiegelnden Hüften, die großäugigen Brüste, und ließ sich dann von einem beneidenswerten Frotteehandtuch trocken ringen.« Doch zwischen diesen beiden Stellen teilt uns der Ich-Erzähler mit, daß er »schweißige Sohlen« habe: »Und zwischen den Zehen stank es zooisch heraus.«

Neben den kurzen Dialogen in der Umgangssprache und den

vielen erotischen Passagen fallen in Schmidts Epik Beschreibungen alltäglicher Verrichtungen auf: »Ein winziges Reisebügeleisen: sie neckte es ab und zu mit der nassen Fingerspitze, bis es zischte, und ließ es dann sorglos schlittern: über einen flaschengrünen Bolero mit militärischem Stehkragen und Goldleisten: ›Ziehn ma an!‹ Sie tat es unbefangen, und . . . hielt sich auch den Rock davor:? – ›Hastu etwa Schlipse zu bügeln?‹«

Ebenfalls aus *Seelandschaft mit Pocahontas,* einer heiteren Ferienidylle mit viel Stimmung, leisem Understatement und trockenem Witz, mit virtuosen Genrebildern und Momentaufnahmen, stammt eine jener poetischen Schilderungen, die viel zu Schmidts Ruf beigetragen haben: »Wir duckten uns unter den Nackenschlägen der Fallwinde, lange Staubwimpel an den Füßen. Nebenan in Selmas Bluse begann es bauschig zu ringen; der Rock schlüpfte ihr von hinten zwischen die Beine, . . . ihr Haar kippte nach vorn und wollte auch wetterfahnen . . . Die Pappeln wurden hellgrau und zitterten am ganzen Leibe.«

Schmidts Naturbeschreibungen, die sich in großen Mengen in ausnahmslos allen seinen Romanen und Erzählungen finden und sich meist als isolierte und beliebig auswechselbare Schnappschüsse erweisen, sind schon oft gerühmt und, soweit ich sehe, kaum angezweifelt worden. Auch in dieser Hinsicht sparen Schmidts Bewunderer nicht mit Superlativen und extremen Urteilen. Günter Grass, beispielsweise, sagte 1964: »Ich kenne keinen Schriftsteller, der den Regen so abgehorcht, dem Wind so oft Widerrede geboten und den Wolken so literarische Familiennamen verliehen hat . . . Inwieweit der Mond auf Arno Schmidts Benennungen angewiesen ist, hat Heißenbüttel schon vermerkt.«[8] Das scheint mir, gelinde gesagt, reichlich übertrieben. Denn Schmidts Momentaufnahmen der Natur haben zwar allerlei Vorzüge, sind aber nicht unbedingt originell.

Seine Metaphorik kann ihre direkte Herkunft schwerlich verleugnen: Es ist die Lyrik des Expressionismus, die hier Pate gestanden hat. Von ihr hat Schmidt wenn nicht die einzelnen poetischen Bilder selbst, dann doch zumindest ihre Muster übernommen. Denn als Hauptelement seiner Metaphorik erweist sich die für den Expressionismus so typische Dynamisierung der Landschaft und, vor allem, die ständige Personifikation der Naturphänomene; beides soll die Umwelt dämonisieren.[9] Die Methode, die in den Versen Georg Heyms und vieler anderer Expressionisten vorgeprägt ist, läßt sich seither leicht nachahmen: Allen Naturphänomenen werden menschliche Tätigkeiten und Attribute zugeschrieben, der Mond und die Sonne, der Wind und die Wolken, die Tageszeiten und die Pflanzen erhalten menschliche Körperteile und Kleidungsstücke und werden mit Requisiten aus unserem Alltag umgeben.

Bei Arno Schmidt hat der Mond ein »spitzes hippokratisches Gesicht« und einen »kahlen leprösen Schädel«. Er »liegt auf dunklem Samtkissen«, »sägte im schnarchenden Gewölk«, »gaffte aus seinem Hexenring«, »saß an der Kante des Kirchturms«, »hatte sich in den Hof verfahren und suchte mürrisch«, »trat auf und betrachtete mich eisig aus gelbsilbernen Wolkenlidern«, »schob sich steif und generalobersten durch die Reihen erbleichender Sternmannschaften«.

Vom Wind hören wir, daß er »rannte« oder »tanzte«. Er »schwang die Grasrassel«, »mauschelte lüstern«, »knitterte im Taft der Nacht«, »pflügte heran, den sausenden Büffelkopf tief« oder »sprang schnarrend die prächtige Pappelchaussee herunter und stolzierte Grimassen aus Staub«. Auch der Sonnenuntergang gleicht in der Sicht des Dichters Arno Schmidt einem menschlichen Vorgang: »Die Sonne begann zu bluten, unten lief's ihr rot raus; da half keine graue Wolkenbinde.« Auf Wolken ist er in der Regel schlecht zu sprechen: »Eine fette Wolkennutte räkelte graue Schultern hinter den Abendwäldern.« Oder: »Rundrückiges Wolkenvieh mästete sich am Horizont.« Die Nacht erscheint »im schwarzen Frack mit nur einem liederlich angenähten Knopf«, der Tag »erst im rotgelben Morgenrock, dann im schlampigen Wolkenkittel«, die »Dämmerung schlich mit schweren Körben über die Felder«.

So läßt sich auch die Pflanzenwelt von Schmidt vermenschlichen: »Die Bäume standen riesenstramm«, »Ringelblumen machten Luchsaugen«, »ein Strauch wiegte nachdenklich den Kopf«, »Straßenbäume stehen würdig in staubgrauen Perükken«, »die Büsche bewegten sich geduckt am Boden, schlugen geschmeidig mit den Ästen auf; sprangen gierig hoch und nieder . . .«, »die abgemagerten Sträucher drückten sich in dem schrecklichen Blaßlicht näher aneinander«.

Wie einst die Dichter des Expressionsimus dynamisiert Schmidt die Straßen und Äcker, personifiziert auch er die Flüsse und Fahrzeuge. »Die Straße rutschte vor mir her«, »der See winkte uns mit tausend blauen Händen nach«, »die Saar hatte sich mit einem langen Nebelbaldachin geschmückt«. Es gibt »noch-nichtsahnende Äcker«, eine »rotgelbe U-Bahn stürmte mit gesenktem Kopf durch ihre Kurve«, und ein Auto »räuspert sich . . . strafend«.

Es geht hier nicht um die sprachliche und dichterische Qualität dieser Bilder und Metaphern, und es soll auch nicht behauptet werden, ausnahmslos alle seien fragwürdig oder minderwertig. Wichtiger ist, daß sie alle nach längst bekannten Mustern gearbeitet sind, die Schmidt beharrlich vervielfältigt und variiert. Dabei macht sich übrigens abermals eine gewisse Systematik bemerkbar: Die Vermutung drängt sich auf, als wären die vielen Metaphern ganz unabhängig von Schmidts Romanen und Erzählungen entstanden und als verfügte er über einen größeren und gewiß nach Themen geordneten Vorrat, auf den er nach Bedarf zurückgreift, um seine Epik mit stimmungsvollen Akzenten zu würzen und zu bereichern. Sie finden sich – zumal jene Wendungen, die den Mond oder den Wind betreffen – in dieser Prosa in relativ regelmäßigen Abständen und haben sich im Laufe der Jahre kaum verändert: Die Metaphern in den frühen Büchern Schmidts, in *Leviathan* und in *Brand's Haide*, lassen dieselbe Methode erkennen wie diejenigen in *Kaff* oder in den *Kühen in Halbtrauer*.

Ein anderes wesentliches Merkmal der poetischen Sprache Arno Schmidts ergibt sich aus seinem Ehrgeiz – und auch hier folgt er dem expressionistischen Vorbild –, mit Neologismen aufzuwarten. Wiederum läßt sich die Anwendung einer praktischen Methode beobachten: Mit Hilfe zusätzlicher Endungen, die er an bereits bestehende Worte anhängt, verändert er ihre Funktion. So kann man aus einem Adverb ein Adjektiv machen: »Mein indessener Körper« heißt es im *Leben eines Fauns.*

Weit häufiger jedoch macht Schmidt aus Substantiven Verben. In *Brand's Haide* werden Arbeiterinnen in einem Lastwagen »herumomnibusiert«, im *Leben eines Fauns* teilt der Ich-Erzähler mit, daß er »büchert« und »kotet«. Im *Steinernen Herzen* hören wir von den Oberarmen einer Frau, daß sie »schenkelten«, in der *Gelehrtenrepublik* »zigarettet« jemand, in den *Kühen in Halbtrauer* »u-bootete eine lange Limousine durch Getreidemeere«, eine Schreibmaschine »tarantellt«, und jemand will ein Mädchen »aushosen«. Wer sich einmal zu einer solchen Schablone entschlossen hat, der kann freilich Verben in Hülle und Fülle produzieren.

Ferner ist Schmidts Epik mit jenen Genitivmetaphern überhäuft, zu denen das Deutsche so verleitet und die in seiner Prosa besonders preziös und pathetisch klingen. Da gibt es beispielsweise »das eisige Kanu des Mondes«, »die schwarze Pfanne der Nacht«, »die starre Silbermachete des Mondes«, »die gläserne Turbine des Windes« und »das blasse Katzenauge des Mondes«.

Schmidt, der die Poesie des Alltags entdeckt hat, hat zugleich auch den Alltag poetisiert. »Wir gingen an der untergläserten Felswand hin« – lesen wir im *Steinernen Herzen.* Gemeint ist damit nicht mehr als eine Ladenstraße in der Innenstadt von Hannover. Oder – ebenfalls im *Steinernen Herzen* – über eine schimpfende Frau: »Ihre Mündung fing an, Wortgarben zu feuern: rote Vokale prallten an (rikochettierten); Konsonanten hummelten und querschlägerten.« Über eine tippende Sekretärin: »Ein großer Mundkelch lächelte biologisch-mechanisch über steppenden Fingergestalten (denen gegenüber im Takt noch dünnere stählern sprangen).«

Diese schwer erträgliche Poetisierung des Daseins wird vollends lächerlich, sobald Schmidt auf die Sexualsphäre zu sprechen kommt. So heißt es: »Die weiße Riesenklaue ihres geöffneten Leibes; . . . sie reckte sich glücklich; nur die Ofenglut erleuchterte ihre breiten Schultern!« Ebenfalls im *Steinernen Herzen* findet sich der Satz: »Alligatoren klafften Schenklkiefer um ein buschiges Kleinmaul: ihr Körper schnappte zu!!« Und etwas weiter: »Flüstern; verschränkte Hände im Urstromtal der Schenkel. Sie gab mir das zarte Gebäck ihres Ohres zu essen.« Und noch ein Abschnitt aus der Erzählung *Seelandschaft mit Pocahontas:* »Ich küßte auch in den konkaven Mirabellenbauch. Unsere Flüster durchirrten sich; unsere Hände paarten: sich! Ich mußte erst das rote Gitter ihrer Arme durchbrechen, Fingerzweige zurückbiegen, ehe ich die Tomate mit den Lippen am dünnen kurzen Stiel faßte . . . dann klemmte wieder die mächtige Schenkelzange. Wir ritten sausend davon.«)

Genug der Beispiele. Sicher ist, daß trotz der angestrengten Poetisierung des Daseins und trotz ihres epigonalen, vorwiegend postexpressionistischen Charakters die Sprache dieser Prosa in den fünfziger Jahren einen Teil der jungen Generation über die Schwächen der Epik Schmidts hinwegzutäuschen vermochte. So gewiß seine Beschränkung auf Erfahrungsbruchstücke und einzelne Wahrnehmungen als zeitgemäß empfunden wurde, so gern übersah man die Fragwürdigkeit seiner Formversuche: Die von ihm bevorzugte Komposition, die Technik der kleinen Prosaeinheiten und der kurzen Abläufe, beeinträchtigte die Unmittelbarkeit der Darstellung, ohne die angestrebte Annäherung an die Realität ermöglichen zu können. Sie wurde, je konsequenter er seine Technik anwandte, desto mehr in ein starres Schema gezwängt und ging schließlich in unzähligen Details unter.

Freilich trägt die Fülle dieser Details dazu bei, die oft ärgerliche Vordergründigkeit mancher Bücher Schmidts zu tarnen. Obwohl er sich stets mit reflektierenden Passagen behelfen will und obwohl sich seine Helden zu allen möglichen jeweils aktuellen Fragen äußern müssen, ist sein Bild der Epoche gerade da, wo der Gegenstand es erforderlich macht, erstaunlich nichtssagend. Das gilt für den zwischen 1939 und 1944 spielenden Roman *Aus dem Leben eines Fauns,* in dem trotz vieler konkreter

Informationen der zeitgeschichtliche Hintergrund blaß und flüchtig bleibt.

Und das gilt ebenfalls für *Das steinerne Herz,* dessen programmatischer Untertitel lautet: *Historischer Roman aus dem Jahre 1954.* Zumindest Teile des Buches sind sehr amüsant; auch hier zeigt es sich, daß Schmidt ein Meister des Dialogs ist, der den Jargon und den Slang virtuos einfangen kann. Aber der Horizont dieses Ost-West-Romans ist so eng und bescheiden wie der seiner Gestalten. Was hier über das Leben in Ostberlin erzählt wird, geht über Bemerkungen und Seitenhiebe, die mehr oder weniger witzig, aber fast immer sehr oberflächlich sind, nicht hinaus. Von der dort herrschenden Atmosphäre ist im *Steinernen Herzen* nichts zu finden. Da hingegen, wo Schmidt nur den Alltag der kleinen Leute auf dem Lande und in der Vorstadt schildert, wo er das Leben in der bundesrepublikanischen Provinz aus der Perspektive eben dieser Provinz zeigt – in den *Umsiedlern* etwa, in *Seelandschaft mit Pocahontas,* in mehreren Kapiteln des *Steinernen Herzens*–, da wird er unversehens zum epischen Chronisten seiner Zeit.

Die Titelgeschichte des Bandes *Trommler beim Zaren* beginnt mit den Worten: »Ich selbst hab' ja nichts erlebt – was mir übrigens gar nichts ausmacht; ich bin nicht Narrs genug, einen Weltreisenden zu beneiden, dazu hab' ich zuviel im Seydlitz gelesen oder im Großen Brehm. Und was heißt schon New York? Großstadt ist Großstadt; ich war oft genug in Hannover.« Ob diese Sätze ironisch gemeint sind oder nicht – sie geben exakt die in allen Büchern Schmidts spürbare Mentalität wieder, das Provinzielle, dessen er sich bewußt zu sein scheint, dem er nicht entrinnen kann und zu dem er sich schließlich bekennt – hier resigniert, da trotzig, mal heiter und mal ernsthaft.

Mit dem Roman *Die Gelehrtenrepublik* wollte er offenbar diese Enge überwinden und den Horizont seiner Epik entschieden erweitern. Das Buch gehört zu jenen Utopien, die dem Schrecken und der Angst entspringen: Aus politischen Zuständen der Gegenwart wird eine düstere Zukunft abgeleitet.

Schmidt will ihr mit Humor und Ironie, mit Charme und Grazie beikommen: Er entwirft die nach einer gigantischen Katastrophe verbliebene Welt, die immer noch vom Ost-West-Konflikt beherrscht wird und die allen phantastischen Motiven zum Trotz der unsrigen sehr ähnelt. Zunächst fehlt es nicht an Einfällen, doch werden sie meist überhaupt nicht oder nur flüchtig ausgewertet. Bald nehmen die Albernheiten und die mühseligen Konstruktionen überhand, nicht das erzählerische Temperament ist spürbar, sondern – wie oft in Utopien – die Berechnung. Vor allem aber: Schmidt wiederholt in der *Gelehrtenrepublik* seine kaleidoskopische Komposition mit den vielen Momentaufnahmen, ohne daß sie hier, wo eine erfundene und in sich geschlossene Welt sichtbar werden soll, irgendeine diskutable Aufgabe zu erfüllen hätte.

In *Kaff auch Mare Crisium* tauchen die dominierenden Motive seiner vorangegangenen Bücher wieder auf, deren Synthese in diesem Roman wohl angestrebt war. Zwei Handlungen sind miteinander verkoppelt: Die eine spielt in der Gegenwart in der Lüneburger Heide, die andere 1980 auf dem Mond. Schmidts Darstellungsmethode ist hier so radikal gehandhabt, daß sie sich ad absurdum führt und daß *Kaff* streckenweise wie eine unfreiwillige Selbstparodie anmutet. Nichts konnte den Sinn seiner Versuche nachdrücklicher widerlegen als dieser Roman, dessen Teile schlechthin unlesbar sind, wozu freilich Schmidts private Rechtschreibung viel beigetragen hat.

Gewiß waren es ursprünglich ernste Gründe, die ihn veranlaßt haben, die übliche Orthographie zu ignorieren. Hellhörig für sprachliche Analogien, Bezüge und Lautübereinstimmungen, weigert er sich, sie für zufällig zu halten. Vielmehr glaubt er, in ihnen einen verborgenen Mechanismus und einen geheimen Sinn aufspüren zu können. Eine besondere, phonetische oder scheinbar phonetische Schreibweise soll seine Entdeckungen verdeutlichen und die Leser zwingen, die längst vertrauten Worte neu zu sehen und neu zu hören und bestimmte Assoziationen wahrzunehmen.

Aber ein System läßt sich in seiner Orthographie nicht feststellen, sie wird immer fragwürdiger und in *Kaff* und in dem Erzählungsband *Kühe in Halbtrauer* geradezu unsinnig. Schmidt schreibt statt »intim« – »in-team«, statt »fortfegen« – »phort phegn«, statt des »Erdrunds« – des »ehrt Runz«, statt »Petroleumlampe« – »Bett-roll-jum-Lampe«. In seiner Prosa finden sich solche Vokabeln wie »Rütt-muss«, »na Tour Gesetz«, »oh rien Tierungs-Sinn«, »brief-Kastn«, »bey-phellich« oder »doll Mätscher«. Zugleich triumphiert in diesen Büchern der Kalauer – wir hören vom »Bruder-Hemisfären Wettgestank« und von »Viehlosofischen Er-Leuterungen«, und jemand will »für 'ne Mark Chagallade« haben.

Im Grunde ist diese willkürliche Orthographie nicht mehr als eine zwar verzweifelte, aber unbeholfene Protestgeste, eine eher kindische als kühne Meuterei. Dasselbe gilt für die Interpunktion. In *Kühe in Halbtrauer* werden uns in munterer Folge bis zu fünfzig Satzzeichen – Quer- und Gedankenstriche, Punkte und Doppelpunkte, Anführungs-, Frage- und Ausrufungszeichen – hintereinander geboten.

In *Brand's Haide* schrieb Arno Schmidt über Hamsuns *Mysterien:* »Man weiß von den Personen nach 300 Seiten nicht mehr, als man nach 100 wußte; das nenne ich überentwickelt, oder einfacher gesprochen: zu viel planloses Gequätsch. Idji!« Im *Leben eines Fauns* heißt es über Balzac, er habe »so oft Gestalten, Motive, Situationen wiederholt, wie nur je ein Vielschreiber«. Über Karl Mays Bücher sagt Arno Schmidt, daß in ihnen die Variationsmöglichkeiten erstaunlich gering seien, es handle sich um »manisch-mechanische Repetition«. Und zu Stifters *Nachsommer* meint er: »Nichts geschieht aus dem Stegreif; alles nach endloser tüftelnder Überlegung: die bekannte Tatsache, daß Leben Hakenschlagen heißt – oder, vornehmer: Improvisieren – wird glattweg geleugnet . . .«

Wenn wir von den meist unerheblichen Kurzgeschichten in dem Band *Trommler beim Zaren* absehen – nahezu alle diese Miniaturen waren bereits in den fünfziger Jahren veröffentlicht –, dann scheinen die kritischen Äußerungen Arno Schmidts über die Werke anderer Schriftsteller auch seine späteren Bücher zu charakterisieren: zum Teil die *Gelehrtenrepublik* und vor allem *Kaff* und *Kühe in Halbtrauer.* Sie verbinden »planloses Gequätsch« mit »tüftelnder Überlegung« und bieten die »manisch-mechanische Repetition« nicht nur der Gestalten, Motive und Situationen, sondern auch der Gags und Tricks, der Witze, Wortspiele und Marotten.

Mit *Kaff* und mit *Kühe in Halbtrauer* hat Schmidt offenbar das Ende jener Sackgasse erreicht, in der er sich schon seit geraumer Zeit befand. Er sei in *Kaff* »zu weit gegangen«, bemerkt er selber in *Sitara,* doch: »›zu weit‹ nicht, was die Technik, die darin schlummernden Möglichkeiten (& auch meine Fähigkeiten) anbelangt; wohl aber, was allemeine Zeitgenossen, und deren Fassungskraft anbetrifft«. So wettert er gegen die verständnislosen Zeitgenossen, er tobt und wütet, er schlägt verbittert und verzweifelt um sich. Aber er trifft niemanden, seine Provokationen verfehlen ihre Ziele. Warum eigentlich?

In *Kühe in Halbtrauer* heißt es einmal, der Deutsche von heute sei auf dem Niveau (Schmidt schreibt freilich »Nie-Wo«) von 1840: »Joyce hat ebensowenig gelebt wie Freud . . . Proust ist ihm schlicht-nur ›schwul‹.« Nein, was immer gegen die Deutschen von heute zu sagen ist, daß das lesende Publikum in der Bundesrepublik die Existenz von Proust, Joyce oder Freud übersehen hätte, trifft einfach nicht zu. Vielmehr scheint dem Schriftsteller Arno Schmidt die Entwicklung in den letzten zehn oder zwölf Jahren entgangen zu sein. Er möchte unbedingt Joyce und Freud entdecken und will sich nicht damit abfinden, daß sie längst entdeckt wurden und daß es heutzutage heroischer Einzelgänger nicht bedarf, um ihre Bedeutung zu verkünden.

Dieser Irrtum Schmidts mag symptomatisch für sein jetziges Verhältnis zur Umwelt und zur Gegenwart sein, zu jener »Nessel Wirklichkeit«, die jeder Schriftsteller – wie er selber einst gefordert hat – fest anfassen und zeigen sollte. Und damit ist wohl auch angedeutet, warum Schmidts Bücher heue niemanden mehr schockieren, warum er aufgehört hat, ein Ärgernis zu sein.

Die Erfahrung lehrt, daß eine Kunst, die sich besonders greller und lauter, extremer und extravaganter Mittel bedient, in bestimmten historischen Situationen den Nerv der Zeit treffen und eine starke Wirkung ausüben kann – und dann um so schneller veraltet. Von den Dramen der Expressionisten – Walter Hasenclevers etwa oder Ernst Tollers –, die während des Ersten Weltkrieges und kurz darauf in aller Munde waren, wollte man schon um 1930 nichts mehr wissen, ihr gestriges Echo war kaum noch begreiflich. Ähnliches gilt für Arno Schmidts *Leviathan* und *Brand's Haide*. Daß sich damals nicht wenige Leser von diesen Büchern tief betroffen fühlten, mag angesichts ihrer Exaltation heute schon verwunderlich erscheinen, ist jedoch eine Tatsache. Aber was um 1950 als heftiger und eigenwilliger Ausdruck des Generationserlebnisses verstanden werden konnte, das mutete, um und nach 1960 wiederholt und variiert, nur noch kurios und weltfremd an, antiquiert und provinziell. Der Weg, der von der Avantgarde zur Arrièregarde führt, ist in der Regel kurz.

Doch sollte man keinesfalls vergessen, daß Schmidt in den fünfziger Jahren einige poetisch-schnoddrige Prosawerke geschrieben hat, die, zwischen getarnter Zartheit und betonter Brutalität schwankend, Elemente eines Gegenentwurfs, einer autonomen und authentischen künstlerischen Gegenwelt enthalten. Eine Vokabel bietet sich an, die er selber verwendet – in *Piporakemes*, dem letzten Stück des Bandes *Kühe in Halbtrauer*. Hier erzählt er von dem Besuch eines Literaturwissenschaftlers, der ihn befragen möchte. Aber Schmidt verhält sich schroff und abweisend; ungleich wichtiger, als sich einem Interview zu stellen, scheint es ihm, seinen bescheidenen Garten zu sprengen. Er nennt ihn seine kleine »selfmadeworld«.

Arno Schmidts *selfmadeworld* in Halbtrauer – das ist eine der Antworten, die die deutsche Literatur der fünfziger Jahre ihrer Zeit und ihren Zeitgenossen zu geben vermochte. Wir wissen es längst: Je schwieriger es für den Schriftsteller wird, seiner Epoche beizukommen, desto mehr sieht er sich auf das Nächstliegende verwiesen, auf das, was sich noch fassen und zeigen läßt.

Das gilt auch für Schmidt und seinen Rückzug. Nur bleibt hinzuzufügen, daß er gegen die große schnöde Welt das Glück im stillen Winkel ausspielt und gegen die gesellschaftliche Misere die kleinbürgerliche Idylle.

So erweist sich Arno Schmidt wiederum als ein Dichter der Tradition – einer sehr deutschen Tradition.

ALFRED ANDERSCH, EIN GESCHLAGENER REVOLUTIONÄR

Im Juli 1944 desertiert an der italienischen Front der deutsche Soldat Alfred Andersch. Er begibt sich freiwillig in amerikanische Kriegsgefangenschaft. Nach der Rückkehr in die Heimat beginnt, im Jahre 1946, seine literarische Laufbahn. Im Mittelpunkt seiner Bücher stehen Fluchtmotive. Es liegt nahe, zwischen der thematischen Vorliebe und dem erwähnten biographischen Umstand einen unmittelbaren Kausalzusammenhang zu sehen. Derartige Interpretationen seines schriftstellerischen Wegs hat Andersch selbst begünstigt und provoziert.

In dem autobiographischen Bericht *Die Kirschen der Freiheit* (1952) strebt er eine philosophische Deutung seiner Desertion an: »Ich hatte mich entschlossen, rüber zu gehen, weil ich den Akt der Freiheit vollziehen wollte, der zwischen der Gefangenschaft, aus der ich kam, und derjenigen, in die ich ging, im Niemandsland lag.« Seine *Fahnenflucht* – so ist dieser Teil der Autobiographie betitelt – erscheint ihm als die Verwirklichung der »Möglichkeit der absoluten Freiheit, die der Mensch besitzt«. Er glaubt daher, diesen Schritt als das zentrale und entscheidende Ereignis seines Lebens werten zu können: »Mein Buch hat lediglich die Aufgabe, darzustellen, daß ich, einem unsichtbaren Kurs folgend, in einem bestimmten Augenblick die Tat gewählt habe, die meinem Leben Sinn verlieh und von da an zur Achse wurde, um die sich das Rad meines Seins dreht.«

Es besteht nicht der geringste Anlaß, die subjektive Ehrlichkeit dieses Bekenntnisses anzuzweifeln. Allein, es ist das Recht des Kritikers, einer anderen Erklärung des Autors in derselben Angelegenheit eine weit größere Bedeutung beizumessen. Ebenfalls in den *Kirschen der Freiheit* sagt Andersch im Zusammenhang mit der Desertion: »Für sie die Waffen erheben? Für sie ein Gewehr gegen die Soldaten von Armeen abfeuern, die vielleicht – eine schwache Hoffnung belebte mich bei diesem Gedanken – in der Lage waren, mein Leben zu ändern? Schon die bloße Erwägung war eine Absurdität. Ich zog also aus meiner politischen Situation die Konsequenzen.«

Das klingt zwar weniger effektvoll, ist aber handgreiflicher und kann eher überzeugen. Anderschs Desertion erscheint in dieser Beleuchtung als eine vornehmlich politische Tat, und zwar letztlich als die logische und praktische Folge seiner längst gefestigten Anschauungen. Ist es wahrscheinlich, daß eine solche Tat die Persönlichkeit eines dreißigjährigen Mannes, der schon sehr viel erlebt hatte, noch entscheidend zu prägen vermochte? Sie mag jene Achse sein, um die sich – wie Andersch formuliert – das Rad seiner Existenz dreht. Kann sie aber auch als die Achse seines literarischen Werks gelten? Oder wurde es vielleicht durch andere Umstände und Ereignisse in seinem Leben in stärkerem Maße beeinflußt?

In den ersten Kapiteln der *Kirschen der Freiheit* erzählt Andersch, der 1914 in München geboren wurde, Episoden aus seiner Jugend. Mehrfach betont er die trostlose Atmosphäre seines Elternhauses, den radikalen Nationalismus des Vaters und auch das materielle Elend. In der Schule ist Andersch nicht erfolgreich: Einige Fächer bereiten ihm unüberwindliche Schwierigkeiten. Bereits der Untertertianer muß das Gymnasium verlassen. Er versucht, einen Beruf zu erlernen. Als rettende Zuflucht, als beglückende Erlösung aus der Misere erweist sich der Kommunistische Jugendverband: »Ich betrat den Boden des Kommunismus mit dem gespannten Entzücken dessen, der zum erstenmal seinen Fuß auf einen jungfräulichen Kontinent setzt. Er bedeutete für mich das absolut Neue und Andere, und witternd sog ich das wilde Aroma vom Leben ein, das mir half, mich aus meiner kleinbürgerlichen Umwelt zu befreien. Das Wort Revolution faszinierte mich.«

Auch sind ihm hier endlich Erfolge beschieden. Er wird Funktionär und sogar – kaum achtzehn Jahre alt – Organisationsleiter des Kommunistischen Jugendverbandes von Südbayern. Aber da man bereits das Jahr 1932 schreibt, erlebt er nur noch die Niederlage seiner Partei. Anfang März 1933 wird er in das Konzentrationslager Dachau eingeliefert, nach drei Monaten entlassen und ein halbes Jahr später wieder verhaftet.

Nach der zweiten Haft bricht er endgültig mit dem Kommunismus. Bis dahin hatte die politische Betätigung sein Leben ausgefüllt. Jetzt wird der ehrgeizige Aktivist plötzlich zum passiven Dasein verurteilt. Die Partei war seine Heimat gewesen. Nun ist er ein Heimatloser. An die Stelle des Kollektivs, in dem er zwar nicht geborgen war, aber sich immerhin geborgen glaubte, tritt die Einsamkeit. Er wird Außenseiter. Mehr noch: der ehemalige KZ-Häftling, der jetzt Angestellter einer Verlagsbuchhandlung und später einer Hamburger Fabrik ist, muß sich in dem neuen Staat, in dem sich die Verhältnisse nach den Ereignissen von 1933 und 1934 allmählich stabilisieren, als Ausgestoßener fühlen. In den *Kirschen der Freiheit* erwähnt er eine »tiefe Depression« und sogar »eine versteckte Verfolgungsneurose«. Vielleicht hält er sich für einen entgleisten Menschen, für eine gescheiterte Existenz.

Jedenfalls versuchte Andersch, die Umwelt zu ignorieren. Aus dem enttäuschten Kommunisten wurde ein extremer Individualist. Er suchte einen Ausweg aus der Verbitterung und der Resignation. Und er fand ihn: Er klammerte sich an die Kunst an die Literatur. Er floh aus der Realität des »Dritten Reichs« in die Welt des Ästhetischen. Der Revolutionär sah sich gezwungen, ein Schöngeist zu werden. Die eine Leidenschaft sollte die andere ersetzen. Für seine Haltung findet er später die Formel: »Ich antwortete auf den totalen Staat mit der totalen Introversion.« Und kommentierend fügt er hinzu: »Das war, im Sinne Kierkegaards, die ästhetische Existenz, marxistisch verstanden, der Rückfall ins Kleinbürgertum, psycho-analysiert, eine Krankheit als Folge des traumatischen Schocks, den der faschistische Staat bei mir erzeugt hatte.«[1]

Nein, als »Rückfall ins Kleinbürgertum« kann diese radikale Abwendung von der realen Umwelt allerdings kaum gelten. Das, was Andersch – wohl etwas ironisch – als die psychoanalytische Deutung bezeichnet, will schon eher einleuchten. Denn der Sieg des Nationalsozialismus, der Zusammenbruch der Kommunistischen Partei Deutschlands und der Verlust des Glaubens an die Revolution – das sind offenbar die Ereignisse und Umstände, die auf die psychische Konstitution des Alfred Andersch den entscheidenden Einfluß ausgeübt und seine Persönlichkeit bestimmt haben.

Von der männlichen Hauptfigur des Romans *Die Rote*, dem ehemaligen Kommunisten Fabio Crepaz, der »als Geschlagener aus einigen revolutionären Aktionen zurückgekehrt war«, heißt es, er sei nicht enttäuscht, »weil er zu den Besiegten gehört, sondern weil die Revolution, für die er gekämpft hatte, aus einer Idee zur Schimäre verdampfte«. Damit ist das Grunderlebnis des Schriftstellers Alfred Andersch gekennzeichnet, hier stekken die Wurzeln seiner Epik. Denn die Folgen des damaligen Schocks beschränken sich keineswegs nur auf jene »totale Introversion« in den Jahren nach 1933 – sie sind in fast allen seinen Arbeiten spürbar. Also nicht die Desertion vom Jahre 1944 hat die vielen Fluchtmotive in seinen Romanen, Erzählungen und Hörspielen verursacht, wie bisweilen vermutet wurde, sondern die Flucht vom Jahre 1933: aus der Politik in die Kunst, aus der Wirklichkeit des Lebens in die Introversion.

Andersch sieht seine Umwelt aus der Perspektive des geschlagenen Revolutionärs, des einstigen Kommunisten. Er ist ein Zeitkritiker, der nie den Standpunkt des aktiven Klassenkämpfers von gestern und des Außenseiters von heute verleugnet. Er ist der Typ des enttäuschten und skeptischen, aber doch nicht resignierenden Rebellen. Der Gedankenwelt seiner Jugend entstammen in Anderschs Prosa der romantische Aufruhr mit der Sucht nach dem Absoluten, die politische Leidenschaft und das – freilich oft gedämpfte – sozialrevolutionäre Pathos, die Vorliebe für das Extreme und die moralische Strenge, in der bisweilen ein gewisser Fanatismus spürbar wird, und schließlich der gesellschaftskritische Radikalismus, aus dem sich die Neigung, ja vielleicht sogar das Bestreben ergibt, einzelne Gestalten auf eine Norm zu beschränken oder mitunter als Repräsentanten bestimmter Anschauungen zu modellieren.

Offensichtlich müssen die Charaktere der Helden Anderschs aus seinem Grunderlebnis und seiner Situation nach 1933 abgeleitet werden. Es sind in der Regel Einzelgänger und Außenseiter, enttäuschte und verzweifelte Menschen, extreme Individualisten. Sie können keinen Platz in der Gesellschaft finden und fühlen sich meist – mit Recht oder zu Unrecht – als Ausgestoßene, als gescheiterte Existenzen. Von Fabio Crepaz wird in dem Roman *Die Rote* gesagt, daß er »nicht mehr mitspielte« und »ein Inseldasein führte«. Fast alle Andersch-Helden wollen nicht mehr mitspielen und führen ein Inseldasein.

Ob sie versuchen, sich gegen den Anspruch ihrer Umwelt zu behaupten, oder ob sie kapitulieren, ob es subtile Intellektuelle sind oder proletarische Gestalten wie der Fischer Knudsen und der anonyme »Junge« in dem Roman *Sansibar oder Der letzte Grund*, ob es sich um Kommunisten handelt wie Gregor in *Sansibar*, um Nazis wie Kramer in der *Roten* oder um apolitische Menschen wie Franziska, die Titelheldin dieses Romans – sie sind stets Egotisten und Egozentriker, sind leidende, introvertierte Typen. Sie fliehen oder sie erwägen zumindest die Flucht als Ausweg aus der Situation, in die sie geraten sind.

Aber die kommunistische Vergangenheit Anderschs und seine entscheidenden Erlebnisse um 1933 haben wohl auch die tiefe Abneigung dieses Erzählers gegen Propaganda und Agitation bewirkt. In den *Kirschen der Freiheit* schreibt der ehemalige Funktionär, den man gelehrt hatte, die Welt im Sinne einer Ideologie zu interpretieren: »Die Aufgabe des Schriftstellers ist die Deskription.« Gegen ideologische Deutungen und propagandistische Methoden mißtrauisch geworden, läßt er Fabio Crepaz reflektieren: »Ich habe nicht rechtzeitig begriffen, daß die Wissenschaft die reinere Aktion ist, die Veränderung der Welt durch Deskription, durch exakte Aufzeichnungen, durch nichts als kaltes Konstatieren.« Dieser Hinwendung zur exakten Aufzeichnung und zum kalten Konstatieren – einer Entscheidung übrigens, die an die »Neue Sachlichkeit« erinnert – war schon in den *Kirschen der Freiheit* ein Bekenntnis vorangegangen, das fast als ein Programm gewertet werden kann: »Ich werde es hoffentlich stets ablehnen, Menschen überzeugen zu wollen. Man kann nur versuchen, ihnen die Möglichkeiten zu zeigen, aus denen sie wählen können.«

Wie nachhaltig Andersch von seinem fundamentalen Erlebnis geprägt wurde, zeigt sein bisher bedeutendstes Werk, der Roman *Sansibar oder Der letzte Grund* (1957).

Mag die Handlung 1937 in dem deutschen Hafenstädtchen Rerik an der Ostsee spielen, mögen die auftretenden Personen Feinde und Opfer des Regimes sein – *Sansibar* enthält doch weder eine Abrechnung mit dem Nationalsozialismus noch ein stilisiertes Bild der damaligen Verhältnisse. Es ist daher zumindest verwunderlich, wenn Friedrich Sieburg in einer – übrigens sehr respektvollen – Besprechung meint, »die gesellschaftskritische Absicht« habe hier »einen stark historischen Akzent erhalten«.[2] Mit der Historie hat das Buch nichts zu tun.

Die Realität in Deutschland vom Jahre 1937 ist – sofern sie überhaupt angedeutet wird – im Grunde nur der epische Vorwand. Gewiß, Andersch bemüht sich, mit der Wirklichkeit jener Zeit, mit der Wahrscheinlichkeit nicht in Widerspruch zu geraten. Aber nicht zufällig vermeidet er die zeitbedingte politische Terminologie, läßt er keine Nationalsozialisten auftreten und bezeichnet sie stets nur als »die Anderen«. Denn der Nationalsozialismus wird in diesem Roman nicht als konkreter politischer Faktor behandelt, sondern fungiert als anonyme Macht der totalen Bedrohung des Menschen, als Sinnbild der Tyrannei.

Das »Dritte Reich« bietet also lediglich die extreme Situation, die Andersch braucht, um seine Gestalten Entscheidungen entgegenführen zu können, welche die letzten Fragen betreffen. Schon daraus geht hervor, daß in dem Buch nicht die gesellschaftskritische, sondern die philosophische Absicht dominiert, und daß seine Problematik nicht in politischen, sondern vor allem in moralischen Kategorien zu finden ist. Freilich steht Anderschs strenger Moralismus – wie bereits angedeutet – im engsten Zusammenhang mit seiner politischen Vergangenheit.

Über die Ursachen der Niederlage der Kommunistischen Partei Deutschlands im Jahre 1933 sagt er im autobiographischen Bericht: »Wir waren die Opfer einer deterministischen Philosophie geworden, welche die Freiheit des Willens leugnete.« *Sansibar oder Der letzte Grund* ist ein Gleichnis von der Willensfreiheit und der individuellen Verantwortung des Menschen, von seiner Fähigkeit, zu wählen und zu entscheiden. Die Handlung spielt sich vor allem im Bewußtsein der Romanfiguren ab.

Die Jüdin namens Judith ist die einzige Gestalt des Romans, die moralische Zweifel und Bedenken nicht zu überwinden braucht. Für sie gibt es keine Alternative: Sie muß fliehen, um ihr Leben zu retten. Sie ist jedoch keine handelnde Gestalt. Ja, im Grunde scheint für Andersch das verfolgte und in der fremden Stadt gänzlich einsame Mädchen ebenso ein Symbol zu sein wie die Holzplastik *Lesender Klosterschüler*, die in der Kirche von Rerik steht und am nächsten Tag den Nazis ausgeliefert werden soll, weil sie ein Künstler geschaffen hat, den das Regime bekämpft. Das sind die beiden sich ergänzenden Zentralmotive: der gehetzte Mensch und das gefährliche Kunstwerk. Sie stehen außerhalb der Entscheidungen, sie sind Objekte des Geschehens. Durch ihre Existenz und Bedrohung werden die moralischen Konflikte der drei im Mittelpunkt befindlichen Personen sofort sichtbar und bis zum äußersten gesteigert.

Diese Personen – der evangelische Geistliche Helander, der kommunistische Funktionär Gregor und der Fischer Knudsen, ebenfalls ein Kommunist – sind nicht Kontrast-, sondern Parallelfiguren. Eines vor allem haben alle drei gemeinsam: Sie wurden von einer Universalideologie und deren Institutionen erzogen. Und sie sehen sich nun im Stich gelassen. Wollen sie ihrem Glauben, ihren ethischen Grundsätzen, ihrer Idee die Treue bewahren, so müssen sie allein entscheiden, weil sie die vorgegebenen Richtlinien nicht mehr anerkennen können.

Die Kirche lehnt es ab, das im »Dritten Reich« unerwünschte Kunstwerk zu retten. Der Pastor Helander meint: »Der ganze Riesenbau der Kirche wird um dieses stillen Mönchleins willen auf die Probe gestellt.« Aber er erkennt sogleich: »Die Kirche, das bin leider nur ich.« Als der Fischer Knudsen sich zunächst weigert, »irgendso eine heilige Figur« außer Landes zu bringen, läßt Andersch, um den Parallelismus seiner Gestalten zu betonen, den Pastor fragen, ob er, Knudsen, dieser »letzte Genosse von Rerik«, wohl für die Partei eine derartige Fahrt nach Schweden wagen würde: »Seit Jahren tue ich nichts für die Partei, brach Knudsen aus. Das ist es doch! Es gibt sie gar nicht mehr, die Partei. Und da verlangen Sie, ich soll etwas für Ihre Kirche tun? . . . Helander begriff plötzlich Knudsens Weigerung. Seinen Haß gegen die Partei, weil sie versagt hatte. Sein schlechtes Gewissen, weil er nun die Partei haßte. Es ist so ähnlich wie mit mir und der Kirche, dachte er.«

Die Problemstellung wird noch deutlicher in der Gestalt des jungen Funktionärs Gregor, der nach Rerik kommt, um Knudsen Anweisungen des Zentralkomitees zu übermitteln. Gregor will nicht mehr »mitspielen«, er möchte »aussteigen«: »Ich will nicht Angst haben, weil ich Aufträge ausführen muß, an die ich . . . Er fügte nicht hinzu: nicht mehr glaube. Er dachte: Wenn es überhaupt noch Aufträge gibt, dann sind die Aufträge der Partei die einzigen, an die zu glauben sich noch lohnt. Wie aber, wenn es eine Welt ganz ohne Aufträge geben sollte? Eine ungeheuere Ahnung stieg in ihm auf: Konnte man ohne einen Auftrag leben?«

In diesem Erkenntnisprozeß konzentriert und sublimiert Andersch seine eigene Entwicklung in den dreißiger Jahren, in der das Erlebnis der Kunst eine so hervorragende Rolle gespielt hat: Er läßt seinen Helden angesichts eines Kunstwerks reifen – eben jener kirchlichen Plastik, die das Regime schleunigst zu beseitigen wünscht: »Die Figur stellte einen jungen Mann dar, der in einem Buch las . . . Seine Arme hingen herab, aber sie schienen bereit, jeden Augenblick einen Finger auf den Text zu führen, der zeigen würde: das ist nicht wahr. Das glaube ich nicht . . . Kann man das: ein junger Mönch sein und sich nicht von den Texten überwältigen lassen? Die Kutte nehmen und trotzdem frei bleiben? . . . Ich habe einen gesehen, der ohne Auftrag lebt.

Einen, der lesen kann und dennoch aufstehen und fortgehen. Er blickte mit einer Art von Neid auf die Figur.«

Ein Kunstwerk wird also für Gregor zum Leitbild und ermöglicht es ihm, sich von den noch vorhandenen institutionellen Verbindlichkeiten zu befreien und vor allem die deterministische Philosophie seiner Partei zu überwinden. Er kommt zum Ergebnis, daß der Weg, den er einschlägt, letztlich nur von ihm selbst abhängt: »Ich bin zwar bedroht, mit dem Konzentrationslager, mit dem Tod, aber ich kann trotzdem frei entscheiden, ob ich bleibe oder gehe.« Nichts zwingt ihn, die Flucht Judiths und den Abtransport der Skulptur nach Schweden zu organisieren – er leitet diese Aktion auf Grund einer freien Entscheidung. Denn er ist zu einem Mann geworden, der zwar nur »begrenzte kleine Aktionen durchführt«, diese aber »im eigenen Auftrag«.

Die Beschlüsse der drei Hauptgestalten, die ihre Beteiligung an jener Rettungsaktion betreffen, machen jeweils einen zweiten Beschluß nötig: Die Rebellen und Abtrünnigen müssen ihr weiteres Leben im »Dritten Reich« bedenken und daraus Folgerungen ziehen. In allen drei Fällen geht es weniger um praktische Lösungen als um die moralische Fragestellung.

Knudsen, der mit der Jüdin und der Plastik in Schweden glücklich ankommt, könnte dort bleiben. Obwohl er sich der ihm jetzt drohenden Gefahr bewußt ist, kehrt er nach Hause zurück, weil er seine kranke Frau nicht allein lassen will. Bei Helander tritt zum moralischen Konflikt der ideologische Zwiespalt: Seiner Revolte gegen die Kirche entspricht sein Aufruhr gegen Gott. Nachdem er die Plastik ins Ausland geschickt hat, will er töten, »um Gott zu züchtigen«. Als jedoch die Repräsentanten des Regimes »im Morgengrauen, auf leisen Limousinensohlen« kommen, tröstet er sich: »Gott läßt mich schießen, weil er das Leben liebt.« Helander rebelliert, aber sind die Schüsse, die der Gottesdiener auf die Träger der schwarzen Uniformen abfeuert, letztlich mehr als eine symbolische Geste? Der Pfarrer hofft zwar, »die Salve aus seiner Trommelpistole« werde »die Starre und Trostlosigkeit der Welt durchbrechen«, er weiß jedoch, daß dies nur »für die Dauer von Sekundenbruchteilen« geschehen könne.

Des Fischers stille Heimkehr mit der geballten Faust in der Tasche und des Pfarrers heroischer Tod mit der Pistole in der Hand – das sind zwei Grundhaltungen, die Andersch für das Individuum inmitten äußerer und innerer Bedrohung sieht. Da Knudsen schließlich warten will, »bis die Anderen verschwunden sind und die Partei wiederkehrt«, kommt seine Entscheidung fast einer Kapitulation gleich. Des Pfarrers Widerstand ist selbstmörderisch, läuft also wiederum auf eine Kapitulation hinaus. Eine dritte Möglichkeit, die unzweifelhaft Anderschs Vorstellungen am ehesten entspricht, personifiziert Gregor, »der frei für sich allein sein wollte«, der, wie der *Lesende Klosterschüler,* nur zu denen gehören möchte, die »sich verschworen hatten, niemandem mehr zu gehören«. Während Knudsen glaubt, mit der sorgfältig zusammengefalteten und verborgenen Fahne »überwintern« zu können, macht sich Gregor keine Illusionen: »Es gibt keine Fahnen, die man in Schränke legen und wieder hervorholen kann. Deswegen werden die Fahnen, die man hissen wird, wenn die Anderen einmal nicht mehr herrschen werden, keine glorreichen Banner sein, sondern gefärbte Leinwandstücke, die man wieder erlaubt hat. Wir werden in einer Welt leben, dachte Gregor, in der alle Fahnen gestorben sein werden. Irgendwann später, sehr lange Zeit danach, wird es vielleicht neue Fahnen geben, echte Fahnen, aber ich bin mir nicht sicher, ob es nicht besser wäre, wenn es überhaupt keine mehr gäbe.«

Wie an die »ungeheuere Ahnung« von einer »Welt ganz ohne Aufträge« die Frage geknüpft war, ob man ohne einen Auftrag leben könne, folgt auch auf die Ahnung von einem Dasein ohne Fahnen sogleich die Frage: »Kann man in einer Welt leben, in der die Flaggenmasten leer stehen?« Sicher ist nur jene bescheiden klingende Erkenntnis, die gegen Ende des Romans angedeutet wird: »Das graue Morgenlicht erfüllte die Welt, das nüchterne, farblose Morgenlicht zeigte die Gegenstände ohne Schatten und Farben, es zeigte sie beinahe so, wie sie wirklich waren, rein und zur Prüfung bereit. Alles muß neu geprüft werden, überlegte Gregor.«

Was bleibt also? Die Vision des freien Menschen, der kritisch seine Umwelt betrachtet und sich von Ideologien und Doktrinen nicht versklaven läßt? Und die strenge, freilich auch sehr allgemeine Forderung, die Welt in nüchternem Licht zu sehen und alles neu zu prüfen? Nicht nur. So entschieden Anderschs Absage an die ideologischen Systeme mit ihren Programmen und Maßstäben ist, so stark ist sein Glauben an die einfache menschliche Anständigkeit, an den moralischen Instinkt des Individuums. Die Erzählung *In der Nacht der Giraffe*, kurz nach *Sansibar* entstanden, bietet hierfür die sentenzartige Formulierung; man müsse erkennen, heißt es dort, »daß Freiheit nicht bedeutet, irgendeine Ideologie wählen zu können, sondern das Unrecht zu zerreißen, wo immer man es trifft«.

In *Sansibar* sind die Gleichnisse suggestiv genug, um eine derartige These überflüssig zu machen. Dies erreicht Andersch auch durch die Einführung eines primitiven, in das Geschehen nicht eingeweihten Menschen. Knudsens Gehilfe, der etwa vierzehnjährige »Junge«, der keinerlei Skrupel kennt, ist eine Kontrastfigur zu den anderen Gestalten des Romans, denn er sehnt sich lediglich nach dem großen Unbekannten, das er Sansibar nennt. Aber da er begreift, daß er durch seine Flucht den Fischer gefährden würde, verzichtet er auf das Abenteuer. Dieser Verzicht, eine tatsächlich freie Entscheidung, ist die parabolische Pointe des Werks.

Zu den vier anderen Stimmen bildet der naive Monolog des »Jungen« die kontrapunktische Ergänzung. Die konsequente Stimmführung, die den ständigen Wechsel der Perspektiven bewirkt, und die konzentrische lineare Komposition, in deren Mittelpunkt die fliehende Jüdin und die Holzplastik stehen, beweisen artistische Fähigkeiten hohen Grades. Trotz der geradezu mathematischen, vielleicht allzu symmetrischen Struktur ist *Sansibar* ein lebendiger epischer Organismus: Die behandelten Fragen ergeben sich zwangsläufig aus den konkreten Situationen, treten immer wie von selbst zutage. Andersch übernimmt burschikose, provozierend saloppe Idiome, scheut sich jedoch nicht vor kühnen lyrischen Passagen und verbindet häufig Understatement mit Pathos; im Resultat führt das zu einer eigentümlich gemessenen und doch betont legeren Sprache, die – alles in allem – ihrer Aufgabe gewachsen ist. In der Regel bleibt auch das Gleichgewicht zwischen den sinnlichen und den diskursiven Partien gewahrt – abgesehen freilich von jenem künstlerisch fragwürdigen Kapitel, in dem Andersch gegen Ende des Romans den Geistlichen über Leben und Tod, Gott und das »Dritte Reich« meditieren läßt.

Andere Bedenken sind es, die die Gestalt der Judith hervorruft. Die wohlerzogene, reizvolle Jüdin aus reichem Haus, die, allein und unglücklich, sofort nach dem Selbstmord ihrer Mutter in der kleinen Hafenstadt auftaucht, ist etwas süßlich und sehr rührselig gezeichnet, jedenfalls unecht. Hier und da gibt es Formulierungen, die Unbehagen zurücklassen. Da wird einmal Judith als »eine Fremde mit einem schönen, zarten, fremdartigen Rassegesicht« charakterisiert, als »eine Ausgestoßene mit wehenden Haarsträhnen über einem hellen, elegant geschnittenen Trenchcoat«. Über Gregors frühere Freundin wiederum lesen wir: »Sie war wunderbar geschult, und sie hatten zusammen dialektischen Materialismus gebüffelt. Und es war wunderbar gewesen, mit ihr die Liebe zu machen, ihr schlanker Körper hatte eine befreiende, souveräne, kühne Zärtlichkeit besessen, ihr Fleisch war gesalbt gewesen vom Duft des Bewußtseins.«

Haben wir es hier mit gelegentlichen stilistischen Entgleisungen zu tun? Oder etwa mit bedeutsamen Symptomen? Bereits in den vorangegangenen *Kirschen der Freiheit* fanden sich Metaphern, die manche Leser an Anderschs Geschmack zweifeln ließen. Da hieß es etwa: »Mit aufgerissenen Augen starrten wir der Niederlage in den dunklen Schlangenblick.« An einer anderen Stelle: ». . . dann trat die Freiheit in Gestalt einer jungen Blondine oder eines rüttelnden Habichts in mich ein.« Das Ligurische Meer wurde als »ein glänzender Silberschild unterm Vollmond« bezeichnet. Oder: »Barocke Kirchen und Brunnen blühen darin wie Orchideen.« Etwas peinlich und überspannt klangen manche Lyrismen: »Kam nach Mittenwald, das war rosaschattig im Abend, geigenverhangen, glühend die Bergwand, die aus der Wiese stieg.« In diesem Buch war auch ein solches Bild möglich: »Ich lebte auf der Hallig meiner Seele, als säße ich jahrelang auf dem Klosett.«

Die Gefahr, von der all diese Wendungen zeugen, schien Andersch in *Sansibar* und auch in einigen Kurzgeschichten, die in dem Band *Geister und Leute* (1958) enthalten sind, überwunden zu haben. Indes bedroht jeden Schriftsteller das Abgleiten in die innerlich unwahre und billige Scheinkunst, die eine latente Möglichkeit des Ästhetischen schlechthin ist und die übrigens von der wirklichen Kunst mitunter nur ein ganz kleiner und zugleich unendlich wichtiger Schritt trennt. Zum Prozeß der Entstehung eines Kunstwerks gehört somit immer auch der Kampf mit dem verlockenden Weg des geringsten Widerstands. In manchen Hörspielen, Funkmontagen und anderen offensichtlichen Nebenarbeiten Anderschs triumphierte allerdings die Scheinkunst so eindeutig, daß man den Eindruck gewinnen konnte, hier handle es sich nicht um Niederlagen eines kämpfenden Künstlers, sondern eher um beiläufige, fast zynische Konzessionen, denen vielleicht keine größere Bedeutung beigemessen werden sollte.

Man konnte also hoffen, Andersch produziere mit der linken Hand rasche, dem wenig anspruchsvollen Geschmack angepaßte Gelegenheitsarbeiten, um sich die Rechte für ein Buch frei zu halten, das an die mit den *Kirschen der Freiheit* begonnene und mit *Sansibar* glücklich fortgesetzte Hauptlinie seines Werks anknüpfen würde. Eine solche Doppelgleisigkeit ist jedoch auf die Dauer schwer möglich. Wer aus diesen oder jenen Gründen der Gefahr der Scheinkunst keinen Widerstand leistet oder sich gar selber entsprechende Bazillen einimpft, kann unversehens in die Situation des Goetheschen Zauberlehrlings geraten. Sowohl jene Geister, die Anderschs Kunst von Anfang an bedrohten, als auch jene, die er freiwillig rief, haben sich vereint – den einen unterlag er, die anderen konnte er nicht loswerden. Das Ergebnis heißt: *Die Rote* (1960).

Wieder spielt die Handlung in einem Küstenort, doch ist aus dem kleinen, unscheinbaren und herben Rerik das große, effektvolle und süßliche Venedig geworden, aus dem Kutter des armen Fischers die Luxusjacht des Millionärs. In dem Exkommunisten und Geiger Fabio Crepaz, der die revolutionären Bewegungen, an denen er sich beteiligte, für »nicht sinnlos, aber vergeblich hält«, erkennen wir den ins Italienische transponierten Gregor. Während jedoch der Held von *Sansibar* sich zu Anderschs Ideal vom freiheitsliebenden und kritisch prüfenden Intellektuellen, der über sein Schicksal selbst bestimmt, erst durchringen muß, verkörpert der um mindestens zwanzig Jahre ältere Fabio Crepaz dieses Ideal von vornherein. Auch in ihm lodert der leidende Moralismus Gregors und Helanders, nur daß er längst nicht mehr auf die Probe gestellt wird, sondern sich auf melancholische Erwägungen beschränkt, in denen er seiner Unzufriedenheit mit der Welt Luft macht.

Vor allem aber ist aus der fliehenden, schönen und eleganten Judith aus Hamburg die fliehende, schöne und elegante Franziska aus Dortmund geworden. Die schwarzhaarige Judith war 1937 zur Flucht aus dem »Dritten Reich« gezwungen. Warum flieht eigentlich die rothaarige Franziska im Jahre 1958 aus der Bundesrepublik? Sie ist ihrer Ehe und eines langjährigen Verhältnisses mit dem Chef ihres Mannes überdrüssig. Diese Flucht aus einer persönlichen Konstellation soll indes als radikale Abwendung der Andersch-Heldin von ihrem bisherigen Lebensbereich verstanden werden.

Daß Franziska von der Dreiecksbeziehung genug hat und ihren Mann nicht mehr ertragen kann, ist verständlich. Daß aber der Abneigung gegen diese beiden Männer ein Abscheu vor dem Lebensstil in der Bundesrepublik entsprechen soll, ist eine Konstruktion des Verfassers: Er hat sein kritisches Verhältnis zur westdeutschen Gegenwart in die Gestalt der Franziska hineinmanipuliert. Hierzu war diese Gestalt kaum geeignet. Denn die einunddreißig Jahre alte, tüchtige und in ihrem Beruf erfolgreiche Sekretärin und Dolmetscherin ist durchaus der Typ, der sich im Wirtschaftswundermilieu sehr wohl fühlt. Ich glaube dem Autor nicht, daß Franziska Lukas aus Dortmund an der »falschen Ordnung«, an der »falschen Sauberkeit» sowie an dem »Mangel an Ideen« in der Bundesrepublik leidet und der »deutschen Langeweile« und dem »Land ohne Geheimnisse« unbedingt und schleunigst entrinnen möchte. Ihre angebliche, vorwiegend emotionale Ablehnung der bisherigen Umwelt hält einer nüchternen rationalen Nachprüfung nicht stand.

Aber in dieser Flucht ist noch ein anderer, scheinbar nebensächlicher Aspekt höchst zweifelhaft. Es mag hingehen, daß Franziska sich just während eines Italien-Aufenthaltes entschließt, von ihrem Mann wegzugehen, und ihn plötzlich in einem Mailänder Kaffeehaus sitzenläßt. Daß jedoch diese dem Backfischalter längst entwachsene Dame, die aus einer Großstadt kommt und weder hysterisch noch lebensfremd ist, ohne Gepäck und mit nur sehr wenig Geld einfach losfährt und sich nach Venedig begibt, wo sie niemanden kennt – das muß als eine abermalige Unwahrheit des Erzählers Andersch bezeichnet werden.

Da nun diese Flucht als Ausgangspunkt und zugleich als Basis der Fabel dient, vermag das ganze epische Gebilde, das also auf derart fragwürdigem Fundament errichtet wurde, nicht zu überzeugen. Fast alles, was uns von Franziska erzählt wird, ist unglaubhaft. So wird eine gewandte und routinierte Sekretärin und Dolmetscherin, die drei Sprachen beherrscht und schon sehr oft im Ausland war, nicht einen Hotelportier um Arbeit bitten. Und es ist ausgeschlossen, daß sie einen wildfremden Menschen, der sie in einer Espressobar anbettelt, über ihre mutmaßliche Schwangerschaft informiert.

Von Gregor und Judith hieß es: »Ihr gegenüber war er überhaupt nichts anderes als der junge Mann, der sich vor ein Mädchen stellte – eine klassische Rolle, wie er ironisch konstatierte.« Eben diese Rolle spielen Franziska gegenüber der schmächtige Künstler Fabio Crepaz, welcher sie schließlich rettet, und der anglo-irische Exspion und ehemalige Gestapoagent Patrick O'Malley, der mit Homosexualität geschlagen, mit Gewissensbissen belastet und mit den Millionen des Papas gesegnet ist.

Nur wird in der *Roten* die »klassisch« anmutende Rolle des selbstlosen und edlen Beschützers nicht im geringsten ironisiert. Freilich muß ausdrücklich gesagt werden, daß die Gestalt des Anglo-Iren mit seiner hochdramatischen Vorgeschichte ebensowenig ernst genommen werden kann wie die des hünenhaften und brutalen Exnazis Kramer, der »nur noch eine Pappmaske mit rötlichen Augen und einem fetten Mund« war und der von »einer sauberen Amtsstube in Deutschland« träumt.

Nicht weniger charakteristisch ist der Stil, bei dem affektierte und prätentiöse Wendungen auffallen. Zwei Beispiele seien angeführt: »Wie Korkstücke trieben die Geräusche der letzten Vaporetti-Passagiere auf der Brandung des Schlafs an das Ufer ihres Gehörs.« – Und: »Als sie seinen Hals umschlungen behielt, spürte er ihre zarte, sprühende Körperwärme, den dünnen, strahlenden Film, der die Konturen ihrer Schultern, ihrer Arme, ihres Busens so viel eindringlicher nachzeichnete, als es der Duft ihres Parfüms und die weiße und schwarze Seide ihres Nachthemds und ihres Morgenmantels vermochten.« Kommentare hierzu erübrigen sich wohl.

Hingegen ist es nötig, sich noch mit dem Schluß des Romans zu befassen. Der Abwendung Franziskas von ihrem bisherigen Milieu entspricht im letzten Kapitel ihre Zuwendung zu einer neuen Lebenssphäre. Sie läßt sich von Fabio Crepaz, über den sie nichts weiß, in seine Wohnung mitnehmen und wird von ihm bei seiner proletarischen Familie in Mestre bei Venedig untergebracht. Die vom Autor offenbar glorifizierte Flucht aus dem Wirtschaftswundermilieu findet also ihre Lösung in dem freiwilligen Verzicht der attraktiven Romanheldin auf ihre gesellschaftliche Position und die materiellen Vorteile ihrer bisherigen Existenz. Die elegante Dame, die mehrere Sprachen vollendet beherrscht, wird als gewöhnliche Arbeiterin in einer Seifenfabrik tätig sein, allerdings – wie Andersch ausdrücklich betont – bei der Herstellung von wohlduftender Seife. Und mag auch die Ortschaft Mestre armselig sein – immerhin kann Franziska von ihrem Fenster den Blick auf die Lagune von Venedig genießen.

Sofort nach Erscheinen der *Roten* wurde von der Kritik die wenig schmeichelhafte Parallele zu Ernst Wiecherts *Einfachem Leben* gezogen. Freilich hat auch Wiechert schon an eine alte literarische Tradition angeknüpft. Seit Rousseau sind diese Gegenüberstellungen besonders beliebt: hier die reine, beschaulich-stille Idylle – dort die schmutzige, große und laute Welt, hier das Primitive und Gesunde – dort die verdorbene Zivilisation, hier die tüchtigen Plebejer – dort die raffinierten Intellektuellen.

Franziskas Beschluß ist zwar nicht endgültig, sie erwähnt, daß sie später, vielleicht, eine Stellung in ihrem Beruf suchen werde. Dennoch wird hier offensichtlich das schlichte Volk gegen die Schicht der Arrivierten und Besitzenden ausgespielt, die moralisch anziehenden Arbeiter gegen die moralisch abstoßenden Bürger, das saubere proletarische Milieu gegen die verkommene Welt des Wirtschaftswunders, der arme Ort Mestre gegen die reiche Stadt Dortmund.

So sind die Gründe für die Flucht Franziskas am wenigsten in ihrem psychologischen Porträt zu finden. Der märchenhafte Schluß entspringt einerseits der oberflächlichen gesellschaftskritischen Tendenz des Romans und erweist sich andererseits als eine abermalige Reminiszenz an das fundamentale Erlebnis des Autors; Franziska kehrt der Realität des Lebens den Rücken und sucht Zuflucht, wenn nicht unmittelbar im Ästhetischen, so doch in einer Traumlandschaft und in der Introversion.

Es gibt auch in der *Roten* manche Abschnitte, die von Anderschs starker epischer Begabung zeugen – so eine kleine, in keinem Zusammenhang mit der Handlung stehende Parabel vom Kampf einer Ratte mit einer Katze, so einige Abschnitte, in denen aus der Sicht der neugierig beobachtenden Franziska die Atmosphäre in venezianischen Restaurants und Hotels wiedergegeben wird. Andersch hat nicht aufgehört, ein vortrefflicher Erzähler zu sein. Überdies spürt man in *Sansibar* wie in der *Roten* dieselbe Perspektive – und doch konnte sich in *einem* Roman sein Talent voll entfalten, während im *anderen* alle seine Schwächen zutage traten. Worauf ist dies zurückzuführen?

Es läßt sich niemals ganz erklären, warum einem Künstler das eine Werk gelingen konnte und das andere mißlungen ist. Vielleicht aber genügt es in diesem Fall, auf jenen Satz Monteverdis aus dem Jahre 1605 hinzuweisen, den Andersch der *Roten* als Motto vorangestellt hat: »Der moderne Komponist schreibt seine Werke, indem er sie auf der Wahrheit aufbaut.«

BÖLL, DER MORALIST

Keinem deutschen Schriftsteller, der nach 1945 zu schreiben begann, hat die Literaturkritik soviel Aufmerksamkeit gewidmet wie Heinrich Böll. Zugleich gingen in keinem anderen Fall die Ansichten der Kritiker so weit auseinander. Denn der Publikumserfolg, der Böll in Deutschland seit 1953 zuteil wird, und die Anerkennung, die seine Werke im Ausland finden, haben auch diejenigen Kritiker, die ihn offenbar ignorieren wollten, zur Stellungnahme gezwungen. Diese Urteile scheinen auf den ersten Blick voneinander unabhängig zu sein. Bei näherer Betrachtung hingegen erweisen sich die literarkritischen Monologe als Teile eines fortwährenden Dialogs. Mögen also manche Rezensenten den Eindruck erwecken wollen, sie wüßten nichts von den Auffassungen ihrer Kollegen, so ist es doch augenscheinlich, daß hier gegenseitige Wirkungen und ursächliche Zusammenhänge bestehen, freilich meist reziproker Art. Anders ausgedrückt: die begeisterte Zustimmung, die Böll von einem Teil der Kritik gezollt wurde, veranlaßte andere Kritiker, ihre Mißbilligung um so nachdrücklicher zu betonen, was wiederum zu noch lauteren Beifallsbezeugungen führte.

Da jedoch in der Hitze eines derartigen getarnten polemischen Gefechts in der Regel beide Seiten zu Vereinfachungen neigen, zeichnen sich viele Urteile über Bölls Bücher durch Einseitigkeit und Extremismus aus. Und nicht nur das. Befragt nach den Aufgaben der literarischen Kritik, sagte Böll unter anderem: »Die Kritik . . . sollte nicht von einem bestimmten Autor bestimmte Dinge erwarten, ihn auf etwas festlegen und ihm für seine ganze Laufbahn einen Stempel aufdrücken.«[1] Böll hat zu dieser Klage Anlaß genug. Er wurde in der Diskussion, die sein Werk ausgelöst hat, immer wieder von seinen Gegnern wie von seinen Anhängern eingestuft und abgestempelt, mit Schlagworten bedacht und mit Etiketts versehen.

Der Erfolg allein, mag er auch manche Rezensenten entwaffnen, andere wiederum mißtrauisch stimmen, kann jedoch die ungewöhnliche literarkritische Reaktion auf Bölls Werk noch nicht hinlänglich erklären. Ein anderer bemerkenswerter Umstand kommt hinzu. Abgesehen von einigen Kurzgeschichten, hat Böll nichts geschrieben, was auch nur annähernd als vollkommen gelten könnte. Seine fünf Romane und drei größeren Erzählungen haben ärgerliche Schönheitsfehler und Schwächen; in dieser Prosa finden sich häufig Motive und Abschnitte, die selbst seine treuesten Anhänger schwerlich verteidigen möchten. Ja, er macht es seinen Feinden und Gegnern leicht: Sie können jedem seiner Bücher Beispiele und Zitate entnehmen, die geeignet sind, unerbittliche Angriffe zu stützen. Wer Böll jedoch rühmt, hat nie ausschließlich seine künstlerische Leistung im Auge. Wer ihn ablehnt, mag sich zwar vor allem auf die künstlerische Fragwürdigkeit seiner einzelnen Werke berufen, meint aber zugleich seine Haltung, die diese tatsächliche oder angebliche Fragwürdigkeit verursacht haben soll.

Auch fällt es auf, daß Bölls Bücher, ungeachtet ihrer unterschiedlichen Qualität und Bedeutung, Kritiker anregen, Prinzipielles zu sagen. Wer von einem seiner Bücher spricht, hat meist – ob er es ausdrücklich betont oder nicht – den ganzen Böll im Sinn. Und das ist durchaus legitim. Denn wenn auch Böll nichts Vollkommenes geschrieben hat, so ist er doch in jedem seiner Werke vollkommen zu finden. Von keinem deutschen Schriftsteller unserer Zeit kann mit gleichem Recht behauptet werden, daß alle seine Arbeiten, die großen und die kleinen, die gelungenen und die mißglückten, Fragmente einer einzigen, in sich geschlossenen Konfession sind.

Aber Äußerungen über den Fall Böll enthalten in der Regel auch eine offene oder verborgene Stellungnahme zur deutschen Gegenwartsliteratur. Wer Böll beurteilt, verrät sofort, welche Literatur er erwartet. Denn sein Werk vergegenwärtigt – jedenfalls in den fünfziger Jahren – auf besonders klare und einprägsame Weise eine der fundamentalen Möglichkeiten der deutschen Literatur nach 1945. Auch dies hat zur ungewöhnlichen

Verschiedenheit der Standpunkte beigetragen – zumal Böll nicht über jenes überragende Talent verfügt, das sogar die Gegner seiner literarischen Konzeption in die Knie zwingen würde.

Bei der Erörterung des Phänomens Böll scheiden sich also die Geister der deutschen Kritik. Es wäre jedoch leichtsinnig, wollte man hier Begriffe ins Spiel bringen wie etwa »links« und »rechts«, »konservativ« und »avantgardistisch«, »reaktionär« und »fortschrittlich« oder sonstige ideologische und politische Schlagwörter. Die Trennungslinie ist auf einer anderen Ebene zu suchen und hängt im wesentlichen davon ab, welche Aufgabe die Gegenwartsliteratur nach Ansicht des Kritikers zu lösen hat.

Bölls Auffassungen vom Sinn des Schreibens, vom Zweck der schriftstellerischen Betätigung gehen unmißverständlich aus allen seinen Büchern hervor. Er hat sie überdies in Interviews und in mehreren Aufsätzen umrissen, zu denen er sich, obwohl er theoretischen Äußerungen abgeneigt ist, gelegentlich veranlaßt sah. Im Jahre 1961 sagte er: »Daß der Autor engagiert sein sollte, halte ich für selbstverständlich. Für mich ist das Engagement die Voraussetzung, es ist sozusagen die Grundierung, und was ich auf dieser Grundierung anstelle, ist das, was ich unter Kunst verstehe.«[2] Hier haben wir das entscheidende Stichwort: Denn der Streit der deutschen Kritik um Böll ist zum großen Teil nichts anderes als ein Streit um die engagierte Literatur schlechthin.

Bölls Engagement resultiert jedoch nicht aus einem gedanklichen System, sondern vor allem aus seinem Verhältnis zu der ihn umgebenden Realität. 1953 schrieb er: »Die Wirklichkeit ist wie ein Brief, der an uns gerichtet ist, den wir aber ungeöffnet liegen lassen, weil die Mühe, ihn zu öffnen, uns lästig ist – oder weil uns die Vorstellung quält, der Inhalt könnte unerfreulich sein . . . Die Wirklichkeit ist eine Botschaft, die angenommen sein will – sie ist dem Menschen aufgegeben, eine Aufgabe, die er zu lösen hat.« Der Schriftsteller habe mit Hilfe seiner Phantasie »aus den Tatsachen die Wirklichkeit zu entziffern«.[3]

Welchem Zweck soll aber diese Entzifferung der Realität dienen, welches Engagement meint Böll? In einem seiner frühesten Aufsätze, dem *Bekenntnis zur Trümmerliteratur* (1952), heißt es über die ersten Bücher von Charles Dickens: »In diesen Romanen schrieb er über das, was seine Augen gesehen hatten: seine Augen hatten in die Gefängnisse, in die Armenhäuser, in die englischen Schulen hineingesehen, . . . und der junge Mann hatte einen Erfolg, wie er selten einem Schriftsteller beschieden ist: die Gefängnisse wurden reformiert, die Armenhäuser und Schulen einer gründlichen Betrachtung gewürdigt und: sie änderten sich.«[4]

Damit ist Bölls literarisches Ideal angedeutet: Er will auf die Zeitgenossen wirken, die Menschen erziehen, zur Veränderung des Lebens beitragen. Dieser programmatisch engagierte Schriftsteller kann jedoch mit keinem Programm identifiziert werden. Er ist ein radikaler und aggressiver Zeitkritiker, allein sein Kampf gilt nicht der bestehenden Gesellschaftsordnung. Treffend bemerkte Hans Schwab-Felisch: »Böll lehnt sich auf, aber er ist gleichwohl kein Revolutionär, weil ihm die Vorstellung einer perfekten Gesellschaft durchaus fremd und widernatürlich ist.«[5]

Mitunter wurde versucht, die geistigen Wurzeln des Erzählers Böll im Katholizismus zu suchen. Böll ist gläubiger Katholik, und gläubige Katholiken stehen meist im Mittelpunkt seiner Romane und Erzählungen. Elemente des katholischen Rituals spielen in manchen seiner Arbeiten eine wichtige Rolle. Dennoch müssen derartige Interpretationsversuche unergiebig bleiben und laufen auf eine Einengung dessen hinaus, was Böll geleistet hat. Eine prinzipielle Auseinandersetzung mit dem Katholizismus enthält seine Epik nicht. Gewiß werden die Kirche, ihre Organisationen, ihre Repräsentanten und manche andere Phänomene der katholischen Welt mit vielen kritischen Bemerkungen bedacht, aber es handelt sich im Grunde immer nur um eine aus Seitenhieben bestehende Kritik. Bölls Betrachtungsweise des menschlichen Lebens läßt sich nicht mit dem Dogma des Katholizismus erklären – wie sie auch freilich nicht gegen dieses Dogma ausgespielt werden sollte. Böll verkündet keine

Doktrin. Seine Frömmigkeit ist nichts anderes als »ein Dienst an der Gegenwart und die Überwindung der Trägheit der Herzen«.[5]

Begriffe wie »Christliche Literatur« und »Christlicher Autor« werden von dem Christen Böll grundsätzlich abgelehnt. In einem Aufsatz über *Kunst und Religion* schrieb er: »Erträglich ist die Bezeichnung nur auf der Steuererklärung, wo einer hinschreiben mag, Beruf: Schriftsteller, und unter der Rubrik ›Religionszugehörigkeit‹ eine der Abkürzungen einträgt, die ihn als einer christlichen Kirche zugehörig bezeichnet. Berechtigt, festzustellen, wer ein christlicher Autor ist, wäre also nur das Finanzamt, und das ist verpflichtet, jegliche Auskunft zu verweigern.« Und etwas weiter: »Solange das Geheimnis der Kunst nicht entziffert ist, bleibt dem Künstler nur ein Instrument: sein Gewissen; aber er hat ein Gewissen als Christ und eins als Künstler, und diese beiden Gewissen sind nicht immer in Übereinstimmung . . . So bleibt das Dilemma, Christ zu sein und zugleich Künstler und doch nicht christlicher Künstler.«[6]

Der Christ und Künstler Böll ist vor allem ein emotionaler Moralist. Daher würde ihm als ideelle Grundlage seines literarischen Werks ein einziger Satz ausreichen – jenes Wort aus dem Dritten Buch Mose: »Du sollst deinen Nächsten lieben wie dich selbst.« Böll ist Humanist. Daher heißt sein zentrales Thema: Die Entmenschlichung des Menschen in unserem Zeitalter

Andere Schriftsteller seiner Generation haben sich ihre Empörung und ihre Bitterkeit besser oder schlechter vom Herzen geschrieben, haben ihre Gewissensbisse, Schuldkomplexe und Ressentiments literarisch zu kompensieren versucht. Ein Moralist wie Böll hingegen kann sich nicht – wie man so schön zu sagen pflegt – »freischreiben« und das, was er während der nationalsozialistischen Herrschaft und in seiner sechsjährigen Soldatenzeit erlebt hat, in irgendeinem Sinne »überwinden«. In einer autobiographischen Notiz schreibt er über jene Zeit »Die Reichsmark floß in Strömen; bezahlt wurde die Rechnung später, von uns, als wir, inzwischen unversehens Männer geworden, das Unheil zu entziffern versuchten und die Formel nicht fanden; die Summe des Leidens war zu groß für die wenigen, die eindeutig als schuldig zu erkennen waren; es blieb ein Rest, der bis heute nicht verteilt ist.«[7]

Derartige Ansichten und die Thematik seiner ersten Bücher, deren Handlung ganz oder teilweise während des Krieges spielt, haben dazu beigetragen, daß Böll flink als Dichter der »unbewältigten Vergangenheit« abgestempelt wurde. Das Etikett hat sich als sehr dauerhaft erwiesen. Noch in seinem 1962 erschienenen *Kritischen Lesebuch* meint Günter Blöcker: »Es ist Bölls Verdienst, daß er nicht bereit ist, zu vergessen. Jedes seiner Bücher . . . empfängt seinen moralischen Impuls aus dem Bewußtsein dessen, was war.«[8] Damit wird, befürchte ich, von Blöcker, der allerdings auch treffende Einzelerkenntnisse über Böll zu bieten hat, das Wesen dieser Prosa doch verkannt. Denn es ist gerade umgekehrt: Bölls Werke empfangen ihren moralischen Impuls vor allem aus dem Bewußtsein dessen, was ist. Sie sind immer im Hier und Heute verwurzelt. Davon zeugt in den meisten Fällen schon die Zeit der Handlung. Die ersten Geschichten Bölls, die 1947 und 1948 in der Zeitschrift *Karussell* gedruckt und später in den Band *Wanderer, kommst du nach Spa . . .* aufgenommen wurden, spielen ebenso in der unmittelbaren Gegenwart wie seine Romane *Und sagte kein einziges Wort, Haus ohne Hüter, Billard um halbzehn* und *Ansichten eines Clowns,* seine Satiren *Doktor Murkes gesammeltes Schweigen* ebenso wie seine größeren Erzählungen *Das Brot der frühen Jahre* und *Im Tal der donnernden Hufe.*

»Der Schlüssel zum Wirklichen« sei für ihn – sagt Böll ausdrücklich – »das Aktuelle.«[3] Freilich sieht er im Heutigen immer auch die Spuren und Folgen des Gestrigen. Mehr noch: für ihn bilden Vergangenheit und Gegenwart eine tiefere Einheit; und er hält es für seine schriftstellerische Pflicht, an diesen Zusammenhang zu erinnern, indem er ihn sichtbar macht. Wenn er das darstellt, was früher geschehen ist, sieht er es immer vom Resultat her, wie es sich jetzt darbietet. Nicht ein Dichter der »unbewältigten Vergangenheit« ist Böll, sondern der unbewältigten Gegenwart. In einer seiner frühesten Arbeiten, der 1947 veröffentlichten Kurzgeschichte *Die Botschaft*, findet sich der Satz: »Da wußte ich, daß der Krieg niemals zu Ende sein würde, niemals, solange noch irgendwo eine Wunde blutete, die er geschlagen hat.« Und an anderer Stelle erklärt Böll: »Es ist unsere Aufgabe, daran zu erinnern, daß der Mensch nicht nur existiert, um verwaltet zu werden – und daß die Zerstörungen der Welt nicht nur äußerer Art sind und nicht so geringfügiger Natur, daß man sich anmaßen kann, sie in wenigen Jahren zu heilen.« In diesem Sinne verdanken auch jene frühen Bücher Bölls, deren Handlung während des Krieges spielt, ihren entscheidenden Impuls der unmittelbaren Gegenwart – der moralischen, politischen und gesellschaftlichen Entwicklung, die sich nach der Währungsreform abzeichnete. Wenn er also die Frage *Wo warst du, Adam?* stellt, mit der er seinen ersten Roman betitelt hat, so geht es ihm – zugleich und vor allem – um die Frage »Wo bist du, Adam?«

In einem seiner berühmtesten Prosastücke, der Titelgeschichte des Bandes *Wanderer, kommst du nach Spa . . .* (1950), erzählt Böll von einem verwundeten Soldaten, der auf einer Bahre liegt, nicht weiß, wie er verletzt wurde, sich überhaupt nicht bewegen kann und nun in den Operationssaal eines provisorischen Lazaretts hinaufgetragen wird: »Ich lag auf dem Operationstisch und sah mich selbst ganz deutlich, aber sehr klein, zusammengeschrumpft, oben in dem klaren Glas der Glühbirne, winzig und weiß, ein schmales, mullfarbenes Päketchen wie ein außergewöhnlich subtiler Embryo.« Gegen Ende der Geschichte lesen wir: »Ich zuckte hoch, als ich einen Stich in den linken Oberschenkel spürte, ich wollte mich aufstützen, aber ich konnte es nicht: ich blickte an mir herab und nun sah ich es: sie hatten mich ausgewickelt, und ich hatte keine Arme mehr, auch kein rechtes Bein mehr, und ich fiel ganz plötzlich nach hinten, weil ich mich nicht aufstützen konnte; ich schrie.«

So extrem die Situation auch ist, in der sich dieser Ich-Erzähler befindet – sie kann als exemplarisch für die Epik des jungen Böll gelten. Seine Helden sind beklagenswerte Opfer der historischen Verhältnisse, hilflose Durchschnittsmenschen, herumirrende Individuen, die nicht einmal die Möglichkeit erwägen, für etwas oder gegen etwas zu kämpfen. Sie versuchen auch nicht, sich zu wehren. Sie ertragen ihr Schicksal. Weder sind sie imstande, das allgemeine Geschehen zu begreifen, noch können sie die konkrete Situation, in der sie sich befinden, erkennen: Sie sehen sich selbst – wie der Ich-Erzähler in der zitierten Geschichte – zwar »ganz deutlich«, aber »sehr klein, zusammengeschrumpft«. Schließlich fallen sie »ganz plötzlich nach hinten« und können nur noch schreien.

Von dem jungen Soldaten der Erzählung *Der Zug war pünktlich* (1949) heißt es am Ende: »Mein Gott, denkt Andreas, sind sie denn alle tot? . . . Und meine Beine . . . meine Arme, bin ich nur noch Kopf . . . ist denn niemand da . . . ich liege auf dieser nackten Straße, auf meiner Brust liegt das Gewicht der Welt so schwer, daß ich keine Worte finde zu beten . . .«

Mit dem Schrei seines Helden endet auch der Roman *Wo warst du, Adam?* (1951): »Er kroch schnell ans Haus heran, hörte den Abschuß der siebten Granate und schrie schon, bevor sie einschlug, er schrie sehr laut, einige Sekunden lang, und er wußte plötzlich, daß Sterben nicht das Einfachste war – er schrie laut, bis die Granate ihn traf, und er rollte im Tod bis auf die Schwelle des Hauses. Die Fahnenstange war zerbrochen, und das weiße Tuch fiel über ihn.«

Die Helden des jungen Böll werden getreten und getrieben. Sie schreien und verzweifeln, sie beten und sterben. Sie handeln nicht, sie leiden. Und sie kosten ihr Leid aus, verdanken ihm mitunter eine gewisse moralische Entlastung. So etwa der plötzlich von panischer Todesangst befallene Andreas in der Erzählung *Der Zug war pünktlich:* »Der Schmerz sitzt ihm in der Kehle, und er ist nie so elend gewesen wie jetzt. Es ist gut, daß ich leide. Vielleicht wird mir darum verziehen, daß ich hier in einem Lemberger Bordell neben der Opernsängerin sitze, die die ganze Nacht zweiundeinhalb Scheine kostet . . . Und ich bin froh, daß ich leide, ich bin froh, daß ich vor Schmerz bald umsinke, ich bin glücklich, weil ich leide, wahnsinnig leide, weil ich hoffen darf, daß mir verziehen wird, daß ich nicht bete, bete, bete, nur bete und auf den Knien liege, die letzten zwölf Stunden vor meinem Tode. Aber wo könnte ich denn auf den Knien liegen? Nirgendwo in der Welt könnte ich ungestört auf den Knien liegen.«

Derartige Reflexionen des jungen Andreas werden in der Erzählung *Der Zug war pünktlich* noch durch die Worte der Polin Olina ergänzt; diese ehemalige Musikstudentin, die im Auftrag der polnischen Widerstandsbewegung ihre Tugend auf dem Altar des Vaterlandes opfert und als Freudenmädchen Informationen von deutschen Soldaten sammelt, kommt zu dem Ergebnis: »Das ist furchtbar, daß alles so sinnlos ist. Überall werden nur Unschuldige gemordet. Überall. Auch von uns.« Und etwas später: »Es gibt ja nur Opfer und Henker.«

Der deutsche Soldat und die polnische Patriotin können sich auf dieser Basis schnell einigen. Der Mensch ist gut, aber die Welt ist schlecht – so lautet die zwar niemals so nackt ausgesprochene, jedoch in den Büchern des jungen Böll allgegenwärtige These, der die Zweiteilung der Menschen in Opfer und Henker entspricht. Es versteht sich, daß Andreas und Olina sich selber für Opfer höherer Gewalten halten und gern bereit sind, sich auch gegenseitig eine solche Rolle zuzuerkennen.

Aus derartigen Anschauungen ergibt sich in den Büchern des jungen Böll ebenfalls das grundsätzliche Verhältnis zum Phänomen Krieg. Ein nennenswerter Unterschied zwischen der Perspektive des Verfassers und derjenigen seiner Helden scheint übrigens nicht vorhanden zu sein. Der Krieg erscheint in diesen Büchern nicht als Folge menschlicher Handlungen, die sich erfassen und analysieren lassen, sondern als ein undurchschaubares und grausames Phänomen, als eine furchtbare Krankheit, deren einzelne Symptome schmerzhaft bekannt, deren Ursachen aber unbegreiflich sind. Der junge Böll zeigt nicht, wie die Menschen den Krieg machen, sondern was der Krieg aus den Menschen macht.

Natürlich wird der Krieg von ihm mit größter Heftigkeit abgelehnt und verabscheut, doch handelt es sich um einen vorwiegend intuitiven Antimilitarismus. Die Anklage kann nicht mißverstanden werden, aber ihr fehlt eine präzise Adresse. Es dominiert immer die Klage. Gewiß spricht Böll in diesen Büchern nicht als Außenstehender oder als Richter, sondern als Mitschuldiger. Andreas aus *Der Zug war pünktlich*, Feinhals aus *Wo warst du, Adam?* und die Landser aus den während des Krieges spielenden Kurzgeschichten werden indes höchstens in einem metaphysischen Sinne für schuldig erklärt, hingegen von konkreter und individueller Schuld freigesprochen und stets nur als Leidtragende dargestellt. Diesen Umständen vor allem verdankte Böll die Sympathie vieler Leser, die während des Krieges die Uniform der deutschen Wehrmacht getragen hatten und denen es nun leicht gemacht wurde, sich mit einem Helden zu identifizieren, der einerseits alltägliches Kriegsschicksal erfährt und andererseits durchschnittliche Mentalität mit moralisch einwandfreier Haltung verbindet.

Auch die Geschichten des Bandes *Wanderer, kommst du nach Spa ...*, die nach 1945 spielen, sowie die Romane *Und sagte kein einziges Wort*, *Haus ohne Hüter* und *Ansichten eines Clowns* werden durch dieselbe oder zumindest eine sehr ähnliche Problemstellung, Grundhaltung und Konstellation gekennzeichnet. Bölls Kriegsheld – denn im Grunde haben wir es mit einer einzigen Gestalt zu tun, die mit verschiedenen Namen versehen und in verschiedenen Situationen gezeigt wird – ist nun vor einem gänzlich gewandelten Hintergrund sichtbar, aber er bleibt Mitleid erregendes Opfer der Verhältnisse. Es wird die durch zeitgeschichtliche Umstände verursachte Misere des Individuums dargestellt, seine materielle und psychische Not, die Verwirrung der Gefühle und der moralischen Kriterien.

Wie der Krieg so erscheint auch die Nachkriegszeit als ein Fatum, dem die Kreatur rettungslos ausgeliefert ist. Der halbwüchsige Held der Geschichte *Lohengrins Tod*, der Kohlen zu stehlen versuchte und dabei von einer Kugel getroffen wurde, liegt ebenso hilflos da wie der Held von *Wanderer, kommst du nach Spa ...* Wie Andreas und Olina leidet auch der Ich-Erzähler des Prosastücks *Geschäft ist Geschäft* an der Sinnlosigkeit der Umwelt: »Am liebsten liege ich auf dem Bett und träume. Ich rechne mir dann aus, wieviel hunderttausend Arbeitstage sie an so einer Brücke bauen, oder an einem großen Haus, und ich denke daran, daß sie in einer einzigen Minute Brücke und Haus kaputtschmeißen können. Wozu da noch arbeiten? Ich finde es sinnlos, da noch zu arbeiten. Ich glaube, das ist es, was mich verrückt macht, wenn ich Steine tragen muß, oder Schutt räumen, damit sie wieder ein Café bauen können.«

Den vollendeten parabolischen Ausdruck für die Situation des Böllschen Helden bietet die Geschichte *Der Mann mit den Messern,* in der sich ein verzweifelter und hungernder Mann zu einem lebensgefährlichen Varieté-Auftritt hergibt. Der letzte Satz lautet: »Ich war der Mensch, auf den man mit Messern warf . . .« Und die Geschichte *Die Botschaft,* deren Held einer Frau mitteilen muß, daß ihr Mann in einem Kriegsgefangenenlager gestorben ist, endet mit den Worten: »Da war mir, als sei ich für mein ganzes Leben in Gefangenschaft geraten.«

Diese Kurzgeschichten von unglücklichen Einzelgängern, auf die mit Messern geworfen wird und die für ihr ganzes Leben in einer Art Gefangenschaft zu sein glauben, sind – zumindest in ihrer Mehrheit – frei von jener Sentimentalität, die für die Erzählung *Der Zug war pünktlich* bezeichnend ist. In ihnen spricht nicht ein Schmerzen lindernder Tröster, wohl aber ein Schmerzen verdeutlichender Dichter des Mitleids. Böll zeigt die ganze Härte und Grausamkeit der Zustände im Krieg und in der Nachkriegszeit oder läßt sie spüren – es ist jedoch vorerst nicht sein Ehrgeiz, epischer Chronist zu sein. Indem er einen durchaus unheroischen Helden mit einer übermächtigen, anonymen Instanz konfrontiert, erweist er sich vor allem als Sachwalter der Erniedrigten und Beleidigten.

Die Erzählung *Der Zug war pünktlich* erreicht ihren allerdings recht zweifelhaften Höhepunkt in einer melodramatischen, keuschen Liebesszene in einem Bordell. Zu den schönsten Stücken des Bandes *Wanderer, kommst du nach Spa . . .* gehören die Liebesgeschichten: *Kumpel mit dem langen Haar, Abschied, Wiedersehen in der Allee.* Von der Liebe des deutschen Soldaten Feinhals zu der ungarischen Jüdin Ilona wird in der zentralen Episode des Romans *Wo warst du, Adam?* erzählt. Eine verkappte Liebesgeschichte, freilich sehr eigener Art, ist auch der Roman *Und sagte kein einziges Wort* (1953).

Offensichtlich wollte sich Böll vor allem mit den gesellschaftlichen und moralischen Verhältnissen, wie sie sich in der Bundesrepublik wenige Jahre nach der Währungsreform entwickelten, kritisch auseinandersetzen. Die Wirkung des Buches beruht weitgehend auf der expressiven, wenn auch nicht immer wählerischen Zusammenstellung von Kontrastmotiven: Sichtbar gemacht wird das für jene Jahre charakteristische Nebeneinander von Nachkriegselend und beginnender Prosperität. Hier Ruinen, dort Neubauten, hier die seelischen Folgen der Katastrophe, dort die Anzeichen der Wirtschaftswunder-Mentalität, hier heillose Lethargie, dort aufdringliche Betriebsamkeit. Hier wird das mehr als kümmerliche Untermieter-Zimmer geschildert, in dem die Familie Bogner hausen muß, dort eine von ihren Inhabern meist nicht bewohnte, riesige Luxuswohnung.

Wenn die Zeit-Atmosphäre in vielen Abschnitten des Buches mit großer Suggestivität vergegenwärtigt wird, so vor allem dank der charakterisierenden Details, der realistischen Einzelbeobachtungen und mancher psychologischer Nuancen, deren Signifikanz stark genug ist, um bisweilen sogar die Fragwürdigkeit des Helden vergessen zu lassen.

Bölls Gestalten sind meist blaß und oft nur Demonstrationsobjekte. Er wollte auch in diesem Roman an dem Modellhelden aus seinen frühen Büchern festhalten: Daran wäre dieses epische Unternehmen fast gescheitert. Denn jener Fred Bogner, der es mit seiner Frau und seinen Kindern in der engen Behausung nicht mehr aushalten kann und sie deswegen kurzerhand verläßt, der trinkt und sich unaufhörlich selbst bemitleidet, scheint – entgegen den Absichten Bölls – nicht eine typische Zeitgestalt, sondern ein Hysteriker zu sein, ein bedauerlicher pathologischer Fall. Traurig ist sein Schicksal, nicht tragisch. Deswegen vor allem wirkt die Geschichte des unglücklichen Ehepaars, das sich von Zeit zu Zeit in ärmlichen Absteigequartieren trifft, eher rührselig als ergreifend. Die Zentralszene des Buches, die in einem solchen Hotelzimmer spielt und in der Böll erotische und religiöse Motive verbindet, nähert sich an einigen Stellen bedenklich einer unbeabsichtigten Parodie. Daneben mangelt es nicht an Abschnitten – zumal in dem verhalten geschriebenen Schlußkapitel –, deren Schlichtheit und Innigkeit zu bewegen und bisweilen zu überwältigen vermögen.

Der Roman *Und sagte kein einziges Wort* zeigt wiederum sehr deutlich Bölls künstlerische Möglichkeiten, aber auch – und dies in stärkerem Maße als etwa der Roman *Wo warst du, Adam?* – die Gefahren, die seine Epik von Anfang an bedrohten. Es erwies sich unter anderem, daß der naive und passive Held aus den frühen Büchern Bölls wenig geeignet war, als Kontrastfigur zu den gesellschaftlichen Verhältnissen in den fünfziger Jahren zu dienen. Dennoch versuchte Böll, seiner Konzeption treu zu bleiben.

In *Haus ohne Hüter* (1954) werden abermals unschuldige Opfer auf einen minutiös gezeichneten Zeithintergrund projiziert – nur sind es diesmal Frauen und Kinder: zwei Kriegerwitwen und zwei elfjährige Knaben, die ohne Väter erzogen werden. In der Erzählung *Das Brot der frühen Jahre* (1955) wird die Welt aus der Perspektive eines Jugendlichen gesehen. Im Mittelpunkt der Erzählung *Im Tal der donnernden Hufe* (1957) stehen Halbwüchsige. Mit diesen Gestalten hatte Böll allerdings das Problem des zeitgerechten Helden keineswegs gelöst – er war ihm eher ausgewichen.

Auch tauchen immer wieder einstige Motive auf. Der junge Mechaniker Walter Fendrich erklärt im *Brot der frühen Jahre:* »Ob aus mir etwas geworden war oder nicht – es war mir gleichgültig.« Nahezu dasselbe hatte Fred Bogner behauptet – wobei man freilich dem entgleisten Helden des Buches *Und sagte kein einziges Wort* die Gleichgültigkeit eher glauben konnte als dem tüchtigen und erfolgreichen Mechaniker. Wenn Walter Fendrich über sich und seine Freundin Hedwig sagt: »Wir beide sind in der Wüste und wir sind in der Wildnis« – so wiederholt Böll die Situation der Liebespaare aus seinen ersten Büchern, nur daß früher derartige Erklärungen, zum Unterschied von der Geschichte Walters und seiner Hedwig, durch die Umweltbedingungen gerechtfertigt waren. Wenn Paul im *Tal der donnernden Hufe* mitteilt, er »möchte was zerstören«, denn »es ist so sinnlos«, so zeugt diese Klage, die bei Böll auch früher im selben Wortlaut zu lesen war, nicht mehr vom Leiden an der Zeit, sondern nur von gewöhnlichen Pubertätsleiden.

Diese Bücher der fünfziger Jahre waren zugleich hartnäckige Versuche, die Form des Romans zu meistern. Wolfdietrich Rasch stellte fest: »Bölls Kunst ist ausgesprochen erzählerisch, aber nicht eigentlich episch. Das weitverzweigte Gewebe eines Romans, der Totalität intendiert, ist nicht so sehr seine Sache.«[9] In Bölls Prosa zucken zwar Blitze, eine Welt vermochte er jedoch nicht zu beleuchten. *Wo warst du, Adam?* ist eher eine Serie nur lose miteinander verbundener Episoden als ein Roman. Für das streng komponierte Buch *Und sagte kein einziges Wort* ist ein novellistischer Grundriß bezeichnend. Das erste Buch scheint aus einzelnen Geschichten, das zweite aus einer Novelle entstanden zu sein.

Der Sprung von der Kurzgeschichte und der Novelle zum Roman wollte nicht recht gelingen. Im gewissen Sinne blieb Böll stecken – nicht im Vordergründigen, wohl aber im Fragmentarischen. In *Haus ohne Hüter* werden vorwiegend einzelne Momentaufnahmen seelischer Krisen und kleine Genrebilder geboten. Sie beweisen abermals, daß Böll ein vortrefflicher Beobachter ist und daß es ihm an psychologischer Sensibilität nicht fehlt. Diese Aufnahmen – es sind in der Regel Nahsichtbilder – versperren ihm jedoch die Perspektive und verdecken die Entwicklungslinien und Zusammenhänge. Bei der Erzählung *Das Brot der frühen Jahre* hat man den Verdacht, dies seien die ersten Kapitel eines plötzlich abgebrochenen Romans. Auch das *Tal der donnernden Hufe* ist letztlich nur ein Bruchstück.

Nur in einigen kleineren satirischen Arbeiten vermochte er in diesen Jahren seine gesellschaftskritischen Absichten ganz ins Erzählerische umzusetzen. Zumal das Prosastück *Doktor Murkes gesammeltes Schweigen* (1958), einer der Höhepunkte seines

Gesamtwerks, ist ein vollendet hintergründiges Gleichnis vom Kulturbetrieb in der Bundesrepublik und von der Manipulierbarkeit Gottes in unserer heutigen Welt. So gerechtfertigt der Erfolg war, der diesen Arbeiten zuteil wurde, so wenig konnte man sich des Eindrucks erwehren, daß »die Option für den satirisch-humoristischen Autor« – wie Rolf Becker schrieb – »allzu oft nur ein Ausweichen vor den ethischen Fragestellungen des ›ernsten‹ zu kaschieren« suche.[10]

Bedenklich war schon vorher die Reaktion auf das *Irische Tagebuch* (1957). Manche Kritiker begrüßten diese Reportagen und Reflexionen mit betonter Genugtuung. Sie waren zufrieden, denn sie meinten, Böll hätte nun endlich darauf verzichtet, sich mit der deutschen Gegenwart auseinanderzusetzen. Wie Koeppen nach seinen Reiseberichten wurde also auch der Verfasser des *Irischen Tagebuchs* nicht nur dafür gelobt, was er geschrieben hatte, sondern auch – und wohl vor allem – dafür, was er zu schreiben unterließ. Curt Hohoff, beispielsweise, urteilte: »Es war der ideologische Gips, eine Verwechslung der Wirklichkeit mit der dichterischen Realität, die Bölls frühere Bücher oft trübte und ärgerlich machte. Jetzt hat er sich frei geschrieben . . .«[11]

Als »reinste Katharsis« Bölls wertete Hohoff diese Gelegenheitsarbeit und beschwor ihn, auch weiterhin den politischen und aktuellen Fragen fernzubleiben. Indes war der Enthusiasmus einem unzweifelhaften Mißverständnis entsprungen, da auch das kleine Irlandbuch aus der Feder des engagierten Schriftstellers stammt. Es ist ein verstecktes Deutschlandbuch, denn mit seinen Reisenotizen strebt Böll eine mittelbare Kritik der einheimischen Verhältnisse an: Irland wird immer wieder als Gegensatz zur Bundesrepublik betrachtet.

Mit dem Roman *Billard um halbzehn* (1959) enttäuschte Böll jene, die ihn nur als einen harmlos-biederen Humoristen oder als einen poetischen Schilderer fremder Länder rühmen wollten. Er bewies, daß er sich von seiner moralischen Aufgabe weder weglocken noch verdrängen ließ. Der Deutsche und seine Schmach – das ist das Thema dieses Buches. Aber nicht zeitgeschichtliche Ereignisse werden gezeigt; gesellschaftlich-politische Erscheinungen sind wiederum nur am Rande oder indirekt sichtbar. Fast alles spielt sich hingegen im privaten Raum ab. Die einzelnen Episoden, zumal die seelischen Krisen der wichtigeren Personen, führen konsequent zu dem Zentralproblem hin: Schuld und Unschuld jedes Einzelnen an den Katastrophen des deutschen Volkes, Untergang und Bewährung des Menschlichen in unserem Zeitalter.

Wie kein anderes Werk Bölls wird *Billard um halbzehn* von moralischem Pathos getragen und ist zornige Abrechnung und mahnende Klage zugleich. Erst mit diesem Roman hat Böll den gegen einige seiner Bücher nicht zu Unrecht erhobenen Vorwurf entkräftet, er verbinde harte Zeitkritik mit Innerlichkeit und getarnter Idyllik. Die Frage nach der Haltung des Deutschen gestern und heute treibt er jetzt bis auf den äußersten Punkt. Einen nach einundzwanzig Jahren zurückgekehrten Emigranten läßt er 1958 fragen: »Ich habe Angst, und die Menschen, die ich vorfinde – täusche ich mich, wenn ich sie nicht weniger schlimm finde, als die, die ich damals verließ?« Die Anklage erreicht ihren Höhepunkt in den Monologen der alten Mutter des Helden, der die Irrenanstalt im »Dritten Reich« wie in der Bundesrepublik zum Zufluchtsort und zur Stätte der »inneren Emigration« wird. Ihr Fazit lautet: »Verlorene Kinder, das ist schlimmer als verlorene Kriege.«

In diesem Sinne erweist sich die Auseinandersetzung mit der Vergangenheit immer als Auseinandersetzung mit der unmittelbaren Gegenwart. Auch wenn die Fabel ein halbes Jahrhundert umfaßt, ist der Roman vom historischen Akzent frei. Dem entspricht die formale Lösung: Böll konzentriert die äußere Handlung auf einen einzigen Tag des Jahres 1958 und läßt die Schicksale von drei deutschen Generationen lediglich in Erinnerungen, Berichten und Reflexionen seiner Gestalten sichtbar werden. Für ihn ist die Rückblende nicht nur ein technisches Hilfsmittel oder gar – wie für viele deutsche Autoren – ein Kompositionstrick. In *Billard um halbzehn* durchdringt tatsächlich das jetzige Bewußtsein der einzelnen Ich-Erzähler ihre Schilderungen von Erlebnissen, die Jahrzehnte zurückliegen. Und zugleich werden diese Geschehnisse durch den hochgespannten Ton der subjektiven Darstellung und durch den individuellen Blickwinkel der auftretenden Personen stets moralisch gekennzeichnet. Somit gibt es in *Billard um halbzehn* mehrere Bewußtseinsebenen, die ineinander verschoben sind, sich kreuzen und gegenseitig ergänzen, jedoch nur eine Zeitebene: die Gegenwart.

Um die Schicksalsverflechtungen der letzten Generationen ins grelle Licht zu rücken, verknüpft Böll die Geschichte einer Architektenfamilie mit der Geschichte eines Bauwerks, einer Abtei, die einst vom Großvater errichtet und vom Sohn 1945 gesprengt wurde – und die vom Enkel wieder aufgebaut wird. Diesem Motiv, das die Kompositionsachse des Romans bildet, vermochte Böll überraschende und unheimliche Aspekte abzugewinnen; aber es bleibt doch der Eindruck einer aufdringlichen Symbolik und eines allzu offensichtlich konstruierten Schemas. Das trifft auch auf die verschiedenen Bilder und Zeichen sowie Sätze und Begriffe zu, die hier gleichsam als Leitmotive dienen: Sie sollen die Phänomene verallgemeinern und zugleich verdeutlichen, beeinträchtigen indes die Konkretheit zeitgeschichtlicher Erscheinungen, die dadurch bisweilen sogar vernebelt werden.

Die bereits in Bölls erstem Buch auffällige Vorliebe für eine primitive Zweiteilung der Menschen in Opfer und Henker kehrt in *Billard um halbzehn* in symbolischer Verschlüsselung wieder. Die Alternative – »Lämmer« oder »Büffel« – mußte die Realität verzerren und zu groben Vereinfachungen führen, die durch die nicht gerade anspruchsvollen diskursiven Partien – zumal im Schlußteil – keineswegs verringert werden. Im Zusammenhang damit steht auch die wenig überzeugende Gestalt des Zentralhelden des Romans: Der Architekt Robert Fähmel ist wiederum ein leidendes Opfer der Zeit, ein räsonierender Beobachter und ein mit seiner Umwelt hadernder Sonderling. Nur einzelne isolierte Episoden aus seiner Vergangenheit wirken glaubwürdig. Bölls Bemühung um einen Helden, der mit der bundesrepublikanischen Welt konfrontiert werden könnte, hatte sich abermals als erfolglos erwiesen.

Die psychologische Fragwürdigkeit, der vordergründige Symbolismus, eine störende Direktheit und ein mitunter allzu komplizierter Aufbau sollten jedoch nicht den Blick für die Tatsache verstellen, daß es Böll in einigen Teilen des Werks gelungen ist, auch viele gute Eigenschaften seiner Prosa zu vereinigen. Die Prägnanz der frühen Kurzgeschichten, deren Stil sinnlich und trocken zugleich war, der Perspektivenwechsel und die Simultaneität, einst erprobt in dem Roman *Und sagte kein einziges Wort,* die aus *Haus ohne Hüter* bekannte Technik der Milieuschilderung und der charakterologischen Momentaufnahme, die im *Tal der donnernden Hufe* erreichte Meisterschaft der Dialogführung und Signifikanz der realistischen Details, die satirisch-groteske Sicht aus *Doktor Murkes gesammeltem Schweigen* – alle diese Ausdrucksmittel und Elemente finden in *Billard um halbzehn* nicht zu einer fugenlosen Einheit zusammen, verleihen aber vielen einzelnen Fragmenten des Zeitpanoramas eine ungewöhnliche Intensität.

Böll schrieb einmal über Thomas Wolfe: »Es kommt darauf an, wieviel Sympathie ein Autor einflößt und wieviel man ihm verzeiht, und Thomas Wolfe verzeiht man eben, was bei anderen nicht durchgehen würde.«[12] Dies gilt auch für *Billard um halbzehn,* ja für das ganze Werk Bölls. Er nötigt uns, mit dem Vortrefflichen und dem Unvergeßlichen fast immer auch das Schwache, oft das Mißlungene, bisweilen das Peinliche hinzunehmen. Die allen seinen größeren Arbeiten eigentümliche Parallelität der guten und der schlechten oder zumindest fragwürdigen Passagen wurde besonders deutlich in dem Roman *Ansichten eines Clowns* (1963), in dem Böll zum erstenmal versucht, einen nicht-katholischen Helden in den Mittelpunkt zu stellen: Der Clown Hans Schnier, früher evangelisch, ist Atheist. Zugleich wird der Problematik des Katholizismus weit mehr Raum gewidmet – was früher nur ein Element der Böllschen Zeitkritik war und nicht das wesentlichste, rückt in den Vordergrund.

Aber zu intensiv ist die kritische Teilnahme des Clowns Schnier am dargestellten katholischen Milieu, und zu sehr regt ihn die Fragwürdigkeit seiner Repräsentanten auf, als daß man glauben könnte, man hätte es mit einem Nicht-Katholiken zu tun. Es ist nicht Bölls Sache, ein ihm vertrautes Milieu aus einer verfremdenden Perspektive zu zeigen. Schniers Blickwinkel unterscheidet sich daher kaum von demjenigen seiner Vorgänger. Er hat über die katholische Welt zwar quantitativ mehr als sie zu sagen, indes zählt auch er lediglich Symptome auf und versetzt unentwegt Seitenhiebe, die hier – anders als in früheren Büchern Bölls – irritieren, weil ihnen sehr viel Platz eingeräumt wird und die Ergebnisse dieser Kritik in keinem Verhältnis dazu stehen. Meist beschränkt sich Böll darauf, menschliche Schwächen katholischer Funktionäre aufs Korn zu nehmen und sie der Heuchelei und des Konformismus, der Hartherzigkeit und des Snobismus zu bezichtigen. Statt jedoch mit epischen Mitteln zu überzeugen, reiht er Mitteilungen und Einzelheiten, Behauptungen und Fakten aneinander.

Während in der Darstellung der katholischen Welt eine Abneigung gegen das Intellektuelle bemerkbar wird, dominieren in der nicht weniger bedenklichen Kritik des Industriellenmilieus Elemente eines kleinbürgerlich-primitiven, proletenhaft-naiven Protests, der zwar schon in *Billard um halbzehn* auffiel, doch in den *Ansichten* besonders anachronistisch wirkt, weil Böll gegen den Stil und die Moral der großbürgerlichen Familie die saubere und gesunde Welt einer proletarischen Familie ausspielt.

Zum Unterschied von *Billard um halbzehn* scheinen die *Ansichten eines Clowns* weniger ein Buch der moralischen Entrüstung und des Aufruhrs zu sein als des Mißmuts und der Verärgerung. Da Böll sich immer wieder an Belanglosem reibt, kann er keine Distanz zum behandelten Milieu gewinnen. Der katholische Klüngel von Köln und Bonn verstellt ihm den Blick in die Welt. Der Roman hat infolgedessen keinen Hintergrund, keine Perspektive.

Gewiß haftete Bölls früheren Büchern ebenfalls etwas Provinzielles und Enges an. Aber die Schicksale der Helden ließen mannigfaltige Phänomene ahnen, die in diesen Büchern nicht dargestellt und nicht einmal erwähnt wurden. Denn es waren die Zeitverhältnisse, der Krieg vor allem, die aus diesen Menschen Sonderlinge und Außenseiter der Gesellschaft gemacht hatten. Der Clown Schnier hingegen soll eine andere Generation repräsentieren – er wurde 1935 geboren. Dennoch hat ihn Böll mit Erfahrungen, Besonderheiten und Ressentiments der eigenen Generation ausgestattet. Das mußte eine widerspruchsvolle Gestalt ergeben, die letztlich nur eine epische Hilfskonstruktion ist. Schnier scheitert auch nicht etwa an seiner Umgebung, sondern an seiner eigenen Unzulänglichkeit, für die man nicht die Zeit verantwortlich machen kann. Sein Schicksal mag traurig sein – symptomatisch oder aufschlußreich ist es nicht.

Freilich enthält der Roman *Ansichten eines Clowns* auch Beweise der erzählerischen Kraft Bölls. Schnier sagt einmal: »Ich bin ein Clown . . . und sammle Augenblicke.« Augenblicke sind es auch, die Böll vor allem festhält: expressive Genrebilder, satirische Miniaturen, kleine Skizzen am Rande. Mit diesen Momentaufnahmen, die immer aus geringer Entfernung gemacht werden, gelingt es ihm auch, die Gefühle des Helden zu seiner Freundin zu vergegenwärtigen, eine leise und unpathetische, eine häusliche Liebe zu zeigen, den Alltag einer erotischen Beziehung anzudeuten. Er bietet viele Beobachtungen, die ebenso den psychischen Bereich wie auch die sichtbare und greifbare Welt betreffen. Neben den Erinnerungen des Clowns an die Augenblicke gemeinsamen Glücks mit der Freundin, die ihn verlassen hat, stehen seine qualvoll-exakten Visionen: Er stellt sich ihr Zusammenleben mit dem Mann vor, den sie geheiratet hat. Und das sind die Höhepunkte des Buches. Während Böll die gesellschaftskritischen Passagen meist nachlässig geschrieben hat, erweist er sich hier als ein Meister, der Winzigkeiten – zumal in den Schlußkapiteln – zu großer Ausdruckskraft verhelfen, tote Gegenstände zu ungeahntem Leben erwekken kann.

So wenig solche Passagen unterschätzt werden sollten, so wenig können sie darüber hinwegtäuschen, daß der Roman

Ansichten eines Clowns das Dokument einer schriftstellerischen Krise ist, auf die schon die vorher veröffentlichten Arbeiten hindeuteten: die Geschichten *Als der Krieg ausbrach – Als der Krieg zu Ende war* (1962) und das wunderliche Bühnenstück *Ein Schluck Erde* (1962).

Es mag sein, daß Bölls Sozialkritik sich totgelaufen hat. Der hilflos-passive und doch protestierende, der naive und doch unentwegt räsonierende, der wenig begreifende und doch vieles beanstandende Held war als Kontrastfigur zu den bundesrepublikanischen Verhältnissen schon in dem Buch *Und sagte kein einziges Wort* höchst fragwürdig gewesen – und muß es ein Jahrzehnt später um so mehr sein. Aus der Perspektive eines derartigen primitiven Roman-Helden läßt sich der komplizierten deutschen Gegenwart nicht mehr beikommen. Böll blieb indes bei seinem Modell des auf die Umwelt nur allergisch reagierenden Helden und konnte daher einem gewissen Anachronismus der Betrachtungsweise nicht entgehen. Es scheint, daß es ihm, der einst mit Recht im Namen einer ganzen Generation sprach, vorerst unmöglich war, mit der Entwicklung Schritt zu halten, also die Aufgaben zu erfüllen, die sich aus seinem Verhältnis zur Wirklichkeit, aus seinem Engagement ergeben.

Indem er zwar mit wechselndem Erfolg, aber unbeirrbar versucht, im Dienste der Gegenwart die Einheit von Sprache und Gewissen, von Kunst und Moral zu verwirklichen, wird durch seine Bücher – von der Erzählung *Der Zug war pünktlich* bis zum Roman *Ansichten eines Clowns* – immer wieder die Frage aufgeworfen, was man von der deutschen Literatur unserer Zeit erwarten darf und erwarten soll. Oft läßt Böll uns zweifeln, ob er überhaupt als guter Schriftsteller gelten kann, um uns mit seinen besten Arbeiten schließlich davon zu überzeugen, daß er mehr als ein guter Schriftsteller ist. Die deutsche Literatur der fünfziger Jahre ist nicht mehr vorstellbar ohne ihn – den Zeitkritiker, den Moralisten Heinrich Böll.

DER MILITANTE KAUZ
WOLFDIETRICH SCHNURRE

Wolfdietrich Schnurre, ein Mann des Jahrgangs 1920, muß zunächst einmal in der unmittelbaren Nachbarschaft seiner Generationsgenossen Wolfgang Borchert und Heinrich Böll gesehen werden. Wie der etwas ältere Böll und der etwas jüngere Borchert gehört auch er zu jenen, die schon in ihrer Gymnasialzeit unter dem Einfluß antifaschistischer Gedanken standen und die wichtigsten Erfahrungen ihres Lebens in der Zeit des Zweiten Weltkrieges sammeln mußten. In der Uniform der Wehrmacht wurde ihm eine primitive, gewaltsam beschleunigte und zugleich sehr nachhaltige moralpolitische Erziehung zuteil, die freilich die damaligen Machthaber keineswegs beabsichtigt hatten: »Ich bin sechseinhalb Jahre Soldat gewesen . . . Zuletzt war ich in der Strafkompanie. Man warf mir vor, ich hätte die Manneszucht untergraben.«[1]

Auch Schnurre wurde Schriftsteller, als er sich von Trümmern umgeben sah – den faktischen und den moralischen –, als er draußen vor der Tür stand. In einem Rückblick aus dem Jahre 1960 erinnert er sich: »Man schrieb aus Erschütterung, aus Empörung. Man schrieb, weil einem die furchtbaren Kriegserfahrungen eine Lehre aufzwangen. Man schrieb, um zu warnen.«[2] An einer anderen Stelle bekennt er, er habe damals versucht, schreibend mit der »Angst fertigzuwerden, das Geschehene könne sich wiederholen«.[1]

Auch er beginnt mit jenen prägnanten, strengen Kurzgeschichten, deren außerordentliche Beliebtheit in den Jahren nach 1945 allzu einseitig auf den Einfluß der angelsächsischen *short-story* – zumal Hemingways – zurückgeführt wird. Natürlich sind sie diesem Vorbild verpflichtet, vor allem aber verdanken sie ihre Entstehung den zeitgeschichtlichen Verhältnissen. Wenn es nach historischen Umwälzungen gilt, für die überstandene oder für die soeben begonnene Periode schnell epische

Formulierungen zu finden, bietet sich die Kurzform als erstes an. So war es in der Sowjetunion in den zwanziger Jahren (Babel, Pilnjak, Soschtschenko), so in Polen während des Tauwetters 1955 bis 1957 (Hlasko, Mrozek), so schließlich in Deutschland nach 1945.

Nicht einer Mode zuliebe oder beeindruckt von einer literarischen Strömung schrieben Borchert, Böll oder Schnurre Geschichten, die bereits in der knappen Situationsschilderung die Anklage enthielten und in der sachlichen Feststellung den Protestschrei. Nach der Zeit der vielen und großen Worte, der pathetischen Gesten, der monumentalen Lügen schien die sparsame und kurzatmige Prosa am ehesten angemessen zu sein, konnte die einfach und nüchterne Sprache, die »keuchend und kahl« (Schnurre) wirkte, am ehesten überzeugen.

Mit Borchert und dem jungen Böll verbinden Schnurre auch die Motive und die Figuren seiner Geschichten (gesammelt in den Bänden *Die Rohrdommel ruft jeden Tag*, 1950, und *Man sollte dagegen sein*, 1960). Der Anfänger zeigt das hilflose, das umhergetriebene und gemarterte, das fliehende Individuum inmitten einer frostigen, feindlichen, grausamen Umwelt. Seine Helden sind die Leidtragenden, die Opfer der Katastrophe: verwundete und sterbende Soldaten, Halbwüchsige, die in den Krieg ausziehen müssen, Flüchtlinge, die ihr Kind verhungern lassen, deutsche Kriegsgefangene, die durch die russische Steppe irren.

In dem 1946 geschriebenen Prosastück *Das Begräbnis* heißt es: »Von keinem geliebt, von keinem gehaßt, starb heute nach langem, mit himmlischer Geduld ertragenem Leiden: Gott.« Wenig später wird dieses Motiv in Borcherts *Draußen vor der Tür* auftauchen. Grau und leer ist also der Himmel über den verzweifelnden, den untergehenden Helden Schnurres. Sie sind alle einsam, auch wenn sie sich – wie etwa in der Geschichte *Die Grenze* – inmitten von zahllosen Leidensgefährten finden. Und sie alle sind im Grunde außerstande, sich zu wehren, auch wenn sie mitunter versuchen, sich gegen ihr Schicksal aufzubäumen – wie der Held der Geschichte *Man sollte dagegen sein*, der auf einen Angestellten der Gaswerke einschlägt, weil er seine Dienstkleidung für eine Uniform hält.

Was jedoch Schnurre über seine schriftstellerischen Anfänge sagt, bezieht sich auch auf seine späteren literarischen Bemühungen. Er schreibt weiterhin »aus Erschütterung« und »aus Empörung«, er schreibt, um mit der eigenen Angst fertigzuwerden und um zu warnen. Nicht nur die Ausgangspositionen hat also Schnurre mit Böll gemein: Beide sind in der Welt der bundesrepublikanischen Prosperität konsequente Gesellschaftskritiker geblieben. Beide haben nicht aufgehört, in der dunklen Hoffnung, fast in dem Glauben und in der Zuversicht zu schreiben, es ließe sich auf das Leben der Deutschen mit der Literatur Einfluß ausüben. Ihre Klage und ihr Spott, ihre Warnung und ihr Haß gelten zum großen Teil denselben Erscheinungen: vom Faschismus und Militarismus bis zum Kulturbetrieb. In Schnurres Geschichte *Die Tat* sagt ein ehemaliger deutscher Soldat: »Was heißt denn hier Schuld. Schuldig sind wir alle . . . Was wir aus unserem Schuldgefühl *machen,* wie wir uns einrichten mit ihm – darauf kommt's an.« Hier haben wir einen Kernsatz, der ebenso Schnurres wie Bölls Motto sein könnte.

Da diese Analogien über den frühen Zeitabschnitt hinaus auch die Problematik der beiden Autoren in den fünfziger Jahren und heute betreffen, fällt es um so mehr auf, daß Schnurres Werk bisher nur einen verhältnismäßig geringen Widerhall gefunden hat. Gewiß gibt es enthusiastische Urteile über ihn – so von Walter Jens.[3] Aber in einem gewissen Sinne ist er ein Außenseiter der Gegenwartsliteratur geblieben. Er ruft größeres Aufsehen mit aktuellen publizistischen Äußerungen hervor als mit künstlerischen Arbeiten, er wird mehr von Feinschmeckern geschätzt als von Durchschnittslesern wahrgenommen. Nicht die deutliche Begrenzung seines Talentes vermag die Ursachen dieses Zustandes zu erklären; vielmehr sind sie in den Eigentümlichkeiten seiner Persönlichkeit zu suchen.

Auf eine einheitliche und eindeutige schriftstellerische Physiognomie lassen nur die Kurzgeschichten Schnurres aus den Jahren 1945 bis 1950 schließen. Was sich aber damals als Einheitlichkeit darbieten mochte, war wohl in Wirklichkeit eine gewisse Einseitigkeit des jungen Autors, dessen Talent sich noch nicht entfaltet hatte. Sobald Schnurre über diese ersten, freilich schon beachtlichen Versuche hinauskam, begannen sich die Widersprüche in seinem Werk zu häufen.

In den fünfziger Jahren veröffentlichte er eine Reihe von Büchern, die sich weder auf einen gemeinsamen Nenner bringen lassen, noch mit seinen literarischen Anfängen in Einklang stehen. Als offensichtliche Fortsetzung seiner Früharbeiten, dieser harten epischen Proteste eines Mannes der betrogenen und mißtrauischen Generation, kann lediglich der Erzählungsband *Eine Rechnung, die nicht aufgeht* (1958) gelten. Die Randbemerkungen und Reflexionen unter dem Titel *Sternstaub und Sänfte – Aufzeichnungen des Pudels Ali* (1953) und *Die Blumen des Herrn Albin* (1955) sowie die kleinen Tierfabeln in Prosa aus dem Band *Protest im Parterre* (1957) weisen dagegen auf einen ganz anderen Schnurre hin: auf einen heiteren, ironischen, mitunter gemächlich meditierenden Beobachter, dessen Zeitkritik kaum etwas mit dem Aufruhr der ersten Nachkriegszeit gemein zu haben scheint, hingegen recht distanziert klingt und durch eine etwas melancholische und phlegmatische Gelassenheit charakterisiert wird.

Zu diesen Arbeiten wollen wiederum die etwa gleichzeitig entstandenen, meist sehr pointierten und sarkastischen Gedichte Schnurres, die in den Sammlungen *Kassiber* (1956) und *Abendländler* (1957) enthalten sind, keineswegs passen: Da spürt man weder Melancholie noch Gelassenheit, da wird provoziert und attackiert. Vor einem derartigen Hintergrund wirkt nicht weniger überraschend der Prosaband *Als Vaters Bart noch rot war* (1958), der – wie der Untertitel zu überzeugen versucht – ein *Roman in Geschichten* sein soll und dessen meist milde, bisweilen etwas sentimentale Tonart von anderen Erzählungen Schnurres weit abweicht. Hatte sich der Autor abermals gewandelt? Sein umfangreichstes Werk schließlich, die als »Chronik« bezeichnete surrealistische Montage *Das Los unserer Stadt* (1959), kann, was die Stilmittel, die Konzeption und die Stimmung betrifft, mit keinem der früheren Bücher Schnurres verglichen werden.

Diese verwirrende Mannigfaltigkeit und Disparität erklärt vermutlich eine gewisse Verlegenheit, die in der Beurteilung Schnurres spürbar ist – soweit ihn die Kritik überhaupt bemerkt hat. Als seine Vorbilder wurden genannt: Swift, Jean Paul, Kleist, Stifter, Raabe, Morgenstern, Scheerbart, Kafka, Sternheim, Tucholsky, Hemingway und Kästner. Nach dieser nichtssagenden Liste mutet die in den Rezensionen häufig auftauchende Bezeichnung, Schnurres Bücher seien »schnurrig«, die immerhin doppelsinnig ist, nicht mehr so läppisch an. Jedenfalls kann man allen seinen Versuchen – selbst jenen, die nicht gelungen sind – Originalität nachsagen.

Von Anfang an ist Schnurre ein sehr bewußter und disziplinierter Künstler, der sich niemals leichtsinnig auf die Kraft des Stoffes verläßt. Mehr noch: bereits in seinen frühesten Prosastücken wird eine durchaus artistische Begabung erkennbar. Das Stammeln und Keuchen des Mannes, der 1945 vom Krieg nach Hause kam, ist ein kontrolliertes Stammeln, ein kunstvolles Keuchen. Noch klingt in diesen Geschichten der Jahre 1945 bis 1947 seine Stimme rauh und heiser, doch schon gelingt es ihm, der Rauheit Ausdruckskraft abzugewinnen und die Heiserkeit zum Stilmittel zu erheben. Und bereits der Anfänger bedient sich virtuos des charakteristischen Details und kann mit wenigen Worten die Atmosphäre vergegenwärtigen – so etwa in der aus dem Jahr 1946 stammenden antimilitaristischen Geschichte *Der Ausmarsch*.

Zugleich wartet Schnurre mit jenen knappen Dialogen auf, in denen mehr ausgespart als gesagt werden soll. Mitunter vermag er diesen lakonischen Gesprächen schauerliche Effekte abzugewinnen und den zeitkritischen und moralischen Protest zwischen den Zeilen anzudeuten. In einer seiner frühesten Geschichten, *Auf der Flucht*, erzählt er von einem Paar, das 1945 mit einem Säugling im Wald kampiert. Die letzten Sätze lauten: »Als er aufwachte, hatte sich die Frau auch hingelegt, sie sah in den Himmel. Das Kind lag neben ihr, sie hatte es in ihre Bluse gewickelt. ›Was ist‹, fragte der Mann. Die Frau rührte sich nicht. ›Es ist tot‹, sagte sie. Der Mann fuhr auf. ›Tot‹, sagte er; ›tot?!‹ ›Es ist gestorben, während du schliefst‹, sagte die Frau. ›Warum hast du mich nicht geweckt?‹ ›Warum sollte ich dich wecken?‹ – fragte die Frau.«

Wenn in Schnurres Geschichten die gezeigten Milieus, mögen sie sich auch mitunter wiederholen, anschaulich und gegenwärtig werden und die Stimmungen fast nie der Suggestivität ermangeln – so hat das vor allem mit der außerordentlichen Empfänglichkeit dieses Erzählers für Sinneseindrücke zu tun. Zu dieser epischen Welt gehört der Geruch von Steppe und Wald ebenso wie der von Stadt und Vorstadt, das Aroma des dampfenden Grogglases ebenso wie das der erkalteten Zigarre.

Stärker noch mag Schnurres akustische Sensibilität sein. Im *Manöver* wird »das dumpfe Gleitkettenrasseln und asthmatische Motorgedröhn« der Panzer vom »monotonen Zirpen der Grille« begleitet. Im *Versäumnis* hören wir »das Handglockengeklingel des Bolle-Milchwagens und das von vielfachen Echos verstärkte Teppichklopfen«. Zur Verdeutlichung der Welt am Berliner Kupfergraben *(Steppenkopp)* trägt »das klirrende Rattern der S-Bahn« bei, das »vielstimmige, zänkische Möwengeschrei«, das »Rauschen der Schleuse« und »das harte, resonanzlose Klingeln der Straßenbahn«. Schnurres akustische Reizbarkeit ermöglicht es ihm auch, die Dialoge durch die Verwendung von Umgangssprache, Mundart und Jargon zu nuancieren und zu bereichern und dadurch bisweilen – so etwa in *Man sollte dagegen sein*, im *Mord* oder in der großartig-makabren Kriminalgeschichte *Blau mit goldenen Streifen* – die angestrebte beklemmende Wirkung zu erhöhen.

Scheinbar unwichtigen realistischen Details nötigt er des öfteren eine fast dämonische Ausdruckskraft ab: Unmerklich wird die präzis geschilderte Welt – eine düstere Vorstadtstraße, eine schmutzige Bierkneipe, ein verstaubtes möbliertes Zimmer – ins Unheimliche und Fieberhafte gesteigert. Gewiß, es ist eine hundertfach bewährte Methode, doch weiß sie Schnurre originell und überzeugend anzuwenden: Durch die Darstellung des

Alltäglichen und Banalen in der Umgebung der Personen wird das Bedeutungsvolle und Hintergründige ihrer psychischen Erlebnisse betont.

Was bleibt jedoch von den Erzählungen Schnurres im Gedächtnis des Lesers haften? Die Gestalten? Sie sind nur mit wenigen Strichen gezeichnet und bestenfalls in Umrissen sichtbar. Die Handlungen? Die in der Regel dürftige Aktion wirkt oft allzu konstruiert. Die Konflikte? Wenn man es recht bedenkt, sind in dieser Prosa nennenswerte Konflikte überhaupt nicht vorhanden.

Schnurre interessieren nicht Charaktere, sondern Situationen, in die Menschen unserer Zeit hineingestoßen werden. Er sieht nicht Entwicklungen, sondern Zustände. Ihn faszinieren nicht moralische Dilemmas, sondern das Wesen unserer Epoche erhellende Konstellationen. Daher ist seine Prosa vorwiegend statisch, nicht dynamisch. Er hat keine Analysen zu bieten, jedoch poetisch-kritische Bestandsaufnahmen der Gegenwart, seiner Umwelt. Nicht das Rationale und Intellektuelle dominiert bei Schnurre, sondern fast immer das Emotionale. Er ist außerordentlich empfänglich für visuelle Eindrücke, wovon auch seine Lyrik zeugt. Befragt, warum er Gedichte schreibe, antwortete Schnurre: »Weil nur das Gedicht mir die Möglichkeit gibt, meine Angst einzudämmen, mich von Bildern zu befreien, die mein Bewußtsein blockieren.«[4]

Oft erreicht er in seinen Versen den zeitkritischen Appell, an dem ihm gelegen ist, lediglich durch die Montage sichtbarer Elemente. In dem Gedicht *Geschäftsmann* steht neben dem neuen Hochhaus einer Altersversicherung »tot und grundhäßlich die Synagogenruine«. In dem Gedicht *Wohnzimmer* werden nur Requisiten aufgezählt: ein Kegelpreisbecher des Urgroßvaters, ein Mensursäbel des Großvaters, ein Foto des Vaters (eines gefallenen SS-Offiziers), ein Koppelschloß des Sohns – und dazu der Enkel: »der spielt auf dem Teppich Soldat«.

Auf ähnliche Weise deutet Schnurre auch in den Erzählungen das Wesentliche durch die skizzierte Konstellation an, der er mitunter eine erstaunliche parabolische Ausdruckskraft abgewinnt. In der Geschichte *Das Manöver* wird der Wagen eines Generals von einer riesigen Schafherde umgeben. Ein sterbender russischer Soldat und ein sterbender deutscher Soldat liegen auf einem Pferdewagen, mit dem sie zum Lazarett transportiert werden sollen *(Die Reise zur Babuschka).* Gegen Ende des Kriege stellen sich Halbwüchsige, die eingezogen wurden, in der Frühdämmerung auf einem Kasernenhof auf – und vor dem Tor stehen ihre schweigenden Mütter *(Der Ausmarsch).* Ein 1945 geborener und auffallend mongolisch aussehender Schuljunge, der *Steppenkopp* genannt wird, sucht vor seinen Verfolgern Schutz – inmitten der Trümmerlandschaft eines zerstörten Berliner Stadtteils. In einem Keller kauern während eines Gewitters ein englischer Captain und ein Hund, denn noch mehrere Jahre nach dem Krieg leiden Mensch wie Tier gleichermaßen an einer Bombenpsychose *(Der Tick).*

Die für Schnurre typische szenische, wenn auch nicht theatralische Anordnung der Figuren wird in manchen Geschichten – etwa in *Steppenkopp* – durch sparsame und doch konkretanschauliche Schilderungen des Hintergrunds ergänzt. Das Prosastück *Der Platz* besteht eigentlich nur aus Hintergrundschilderungen: Es ist ein erregendes Drama, das ohne Dialoge, Konflikte und Gestalten auskommt; denn es werden ausschließlich Bühnenbilder geboten.

Da sich Schnurres Begabung vor allem in statischen Bildern äußert, fehlt auch denjenigen seiner Bücher, die nicht Sammlungen kleinerer Stücke sind, sondern von vornherein als Ganzes geplant waren, jegliche Kontinuität. Bezeichnend ist in dieser Hinsicht der Band *Als Vaters Bart noch rot war.* Alle Geschichten spielen im Berlin der dreißiger Jahre. In allen stehen im Mittelpunkt dieselben beiden Gestalten. Für die meisten Geschichten ist auch dieselbe Atmosphäre charakteristisch. Dennoch sind es letztlich nur einzelne Prosastücke, deren Zusammenstellung den Untertitel *Roman in Geschichten* nicht rechtfertigt.

Seine epische Not versucht Schnurre mitunter als künstlerische Tugend auszugeben. Den Pudel Ali läßt er bekennen:

»Warum ich keine Romane schreibe, fragte man mich. Ich: ›Meine Phantasie ist zu reich‹.« Die Aufzeichnungen dieses Pudels Ali, die Fabeln und vor allem das Buch *Das Los unserer Stadt* zeugen von Schnurres Phantasie. An Einfällen mangelt es ihm nicht. Er verwertet jedoch einen Einfall stets nur in einer in sich geschlossenen Miniatur. Und sofort geht er zum nächsten Einfall über. Dieser Komponist erfindet immer wieder höchst einprägsame melodische Motive, die zwar oft, zumal im *Los unserer Stadt,* miteinander in einer eindeutigen Beziehung stehen, jedoch nie weiterentwickelt und vertieft werden. Die Kunst der Variation geht ihm völlig ab. Oder aber: er wird von so vielen Motiven bedrängt, daß er überhaupt keine Zeit hat, sich mit Variationen zu befassen.

Im *Los unserer Stadt* versucht Schnurre, diese Eigenart und Begrenzung seines Talents theoretisch zu fundieren. Der Ich-Erzähler des Buches, ein Archivar, der die Chronik einer seltsamen Stadt schreibt, kommentiert seine Bemühungen: »Es ist wahr, ich hätte, altem Schreiberbrauch folgend, was ich für aufzeichnenswert hielt, auch in eins fassen können, und gewißlich steht fest, daß ein breit und ruhig dahinziehender epischer Fluß . . . weitaus verläßlicher wirkt, als das unzusammenhängende Tümpelgewimmel, das *meine* Landkarte zeigt.« Wenig später führt er einige von ihm behandelte Motive an und fragt: »Wo ergibt das ein sich rundendes Bild; wo strebt das nach Einheit, nach Harmonie, nach epischen Ufern, gefälligen Brükken? Ach, schuldlos wäre der Mensch, herrschte in seinen Bewußtseinsregalen die gleiche Ordnung wie in seinen Romanen.« Schließlich meint der Archivar, seine Aufzeichnungen seien »Bruchstücke zwar, doch Funde von Wert, anerkennt man in ihnen ihren Wahrheitsbezug. Diesen deutlich werden zu lassen, ist mir ernsteste Pflicht . . . Und deshalb auch stelle ich keinen Zusammenhang her . . . Die Wahrheit ist zusammenhanglos, wie könnte es sonst, zwischen ihren spärlichen Blitzen, so endlose Wolkenbänke des Unwahren geben«.

Wie man sieht, ist Schnurre bemüht, die epische Kurzatmigkeit, die Vorliebe für die Miniatur zu rechtfertigen und die sich daraus – und nur daraus – ergebende Komposition seines Buches zu einem System zu erheben. Aber die Vorliebe bedarf keiner Rechtfertigung, und die Komposition des *Loses unserer Stadt* erweist sich als absolute Fiktion: Wenn auch als Ganzes geplant – der Untertitel weist darauf hin –, ist dieses Buch doch nichts anderes als eine Sammlung von Parabeln und lyrischen Szenen, Fabeln und Situationsschilderungen.

Als Rahmen dient das ehrgeizig entworfene Bild einer Stadt, in der sich zwei Welten begegnen. Sie wurde von zwei Armeen erobert. Vom Osten drangen gewaltsam »Säbelreiterbrigaden« ein, während vom Westen eine nur mit »Bibelzitaten und sakralen Musikinstrumenten« versehene »Sühnearmee« gekommen ist. Die Führer der »Säbelreiter« lieben Massenveranstaltungen, die Leitung der »Sühnearmee« neigt zu individuellem Vorgehen. Die Mode wird vom Landsknechtschnitt beherrscht, aber die Männer tragen auch Seidenstrümpfe und Schnallenschuhe. Die Wachtposten sind mit Hellebarden ausgerüstet, aber es gibt auch Telefone, eine U-Bahn und Weltraumschiffe. Altertum und Mittelalter, das 20. Jahrhundert und eine utopische Zukunft – alles wird in apokalyptischen Visionen durcheinandergewürfelt.

Die Requisiten verschiedener Epochen sollen Erscheinungen unserer Zeit verdeutlichen. Insbesondere ist Schnurre um eine poetische Vision, der Ost-West-Situation nach dem Zweiten Weltkrieg bemüht; er exemplifiziert sie am Beispiel der Stadt Berlin, die er in seiner Vision offenbar von zeitgebundenen und lokalen Elementen befreien möchte. Die Symbolik dieses großen Rahmens nimmt sich jedoch mühsam erdacht aus und ist einerseits zu aufdringlich und andererseits zu wenig schlüssig, um überzeugen zu können. Sobald sich Schnurre nicht mit der kleinen Form begnügen will, bietet seine Landkarte tatsächlich ein »unzusammenhängendes Tümpelgewimmel«.

Zugleich aber erreicht Schnurre in manchen Miniaturen des *Loses unserer Stadt,* die allerdings von vielen schwächeren Stükken umgeben werden, die Höhepunkte seines bisherigen Schaffens. In der Welt dieser Prosa verschwinden die Grenzen zwischen dem Realen und dem Phantastischen, zwischen dem Alltäglichen und dem Absonderlichen, zwischen Mensch und Tier, zwischen dem Abstrakten und dem Konkreten. Denn Schnurre verfremdet das Reale und das Alltägliche. Und er macht vertraut mit dem Phantastischen und dem Absonderlichen. Seine Tiere sind sehr menschlich, und seine Menschen oft sehr tierisch. Es gibt sogar Liebesverhältnisse zwischen Männern und Forellen.

Abstrakte Begriffe und Naturerscheinungen werden personifiziert. Der Mut, die Pflicht und die Redlichkeit treten als Huren eines staatlichen Bordells auf. Die Zeit wird von einem Hahn verkörpert, den man hinrichtet, weil er sein »angebliches Versprechen, nicht fliehen zu wollen, gebrochen« hat. Von einer Hinrichtung wird auch in der Geschichte *Ende eines Verräters* erzählt: Als »gefährlichster Staatsfeind« wird eine Maus öffentlich aufgehängt.

Eben in seiner Uneinheitlichkeit ist *Das Los unserer Stadt* sehr typisch für den Schriftsteller Schnurre: So wie er Requisiten verschiedener Epochen unbekümmert durcheinanderschüttelt, so scheint er auch selber mannigfaltigen Kunstströmungen verpflichtet zu sein – dem Sturm und Drang etwa und dem Rokoko, dem Naturalismus und dem Impressionismus.

In seinem ganzen Werk machen sich Gegensätze und Widersprüche bemerkbar. Er ist kämpferisch und verträumt, aggressiv und verspielt, sachlich und versponnen, hektisch und unterkühlt, rabiat und innig. Er liebt harte Linien, aber auch Arabesken, und er neigt sogar zur idyllisch-süßlichen Kleinmalerei. Unbarmherzig und schonungslos in seiner Anklage, kann er auch sentimental und rührselig sein. Er ist ebenso ein Mann des Schreis wie der leisen Töne, des Faustschlags wie der graziösen Geste, der bestürzenden Direktheit ebenso wie der geheimnisvollen Verschlüsselung, ein Mitleidender und ein distanzierter Ironiker, ein Realist und ein Phantast.

So erscheint er als ein Einzelgänger, dessen beharrliche Auseinandersetzungen mit der Gegenwart zugleich Versuche sind, die polaren Spannungen seiner künstlerischen Persönlichkeit wenn nicht zu überwinden, so doch jedenfalls literarisch fruchtbar zu machen. Auf diese Disharmonie ist letztlich das Widerspruchsvolle in Schnurres Werk zurückzuführen und auch der zwiespältige Eindruck, den viele seiner Arbeiten hinterlassen.

Wird es ihm gelingen, die inneren Spannungen zu bewältigen? Dann könnte sich Schnurres Talent voll entfalten, und es wären Voraussetzungen für ein literarisches Werk gegeben, das uns vielleicht erlauben würde, seine bisherigen Bemühungen – so beachtlich und originell sie auch sind – als die Ergebnisse seiner Lehrjahre zu erkennen. Vorerst aber gilt es, sich an das zu halten, was wir Wolfdietrich Schnurre, dem militanten Kauz, dem poetischen Zeitkritiker, bereits verdanken. Daß es nicht wenig ist, davon soll noch dieses Gleichnis überzeugen, das sich im *Los unserer Stadt* findet: »Ingenieure haben bei Befestigungsarbeiten am Rande der Stadt eine furchtbare Entdeckung gemacht. Sie sprengten eben einen die Zufahrtsstraße bedrohenden Felsen vom Berg, als sich unterhalb der Gesteinswunde ein ungeheueres Auge auftat . . . Inzwischen ist die schlimmste aller Befürchtungen Wahrheit geworden: Unsere Stadt wurde auf der Brust eines schlafenden Riesen erbaut: nun haben ihm die Ingenieure eine Braue gesprengt, und er beginnt zu erwachen. Es sind bereits zahlreiche Kommissionen ernannt worden, die den Auftrag erhielten, das Ohr des Riesen zu finden, um ihm den Wunsch vorzutragen, doch noch einige Zeit liegenzubleiben.«

Oft wurde in der neueren deutschen Prosa versucht, die Lebensangst des Menschen unserer Zeit in einem Bild anschaulich zu machen – selten ist eine so unheimliche und suggestive Vision gelungen.

FRIEDRICH DÜRRENMATT, DER MAKABRE POSSENREISSER

Es ist eine alte Wahrheit, über die schon oft geklagt wurde – doch hört sie nicht auf, aktuell zu sein: Immer noch haben es in Deutschland die raunenden Scharlatane in feierlicher Robe leichter als die Propheten, die vom Würdigen nichts wissen wollen und die sich für das scheckige Kostüm des Harlekins entscheiden. Nach wie vor liebt man hierzulande eher die geheimnisvolle Dämmerung als das klare Tageslicht, eher das dunkle und erhabene Wort als das sachliche und nüchterne. Und unvergänglich scheint die Schwäche für jene, die »zwar dichten, aber nicht schreiben können«.[1]

Friedrich Dürrenmatt, der diese schlagende Formulierung gefunden hat, wüßte auch ein Lied davon zu singen. Gewiß, er ist längst ein erfolgreicher, ja ein weltberühmter Schriftsteller, dem man auch hierzulande oft applaudiert. Dennoch wird er bei uns, wenn man von einigen seiner treuen Apologeten absieht, in der Regel mit einer so eigentümlichen wie unverkennbaren Reserve behandelt.

Man lacht über seine Witze und freut sich über seine Bonmots. Man findet sich mit seinen Grobheiten ab und ist sogar bereit, ihm seine Kriminalromane zu verzeihen. Aber man duldet und man lobt ihn, ohne ihm recht zu trauen. Er wird mehr angestaunt als geachtet. Er wird eher bewundert als voll anerkannt. Er wird gern gefeiert, doch nicht ganz ernst genommen. Natürlich ist es kein Zufall, daß man ihn im Laufe der Jahre zwar häufig öffentlich ausgezeichnet hat, daß ihm aber die hohen Preise, die man im Namen Lessings, Goethes, Georg Büchners und Heines verleiht, vorenthalten wurden.

Tatsache ist: Ob er Genialisches bietet oder Albernes – er bleibt ein Ärgernis. So manifestiert sich in dem Verhältnis zu dem Phänomen Dürrenmatt die (mehr oder weniger bewußte) Selbstverteidigung der Betroffenen. Die befremdet die ungewöhnliche Schonungslosigkeit und die verletzende Kraft seiner Kunst spüren, glauben wohl, sich gegen sie wehren zu müssen oder wollen ihr zumindest ausweichen, was letztlich auf dasselbe hinausläuft. Sie versuchen also, sich den unheimlichen Autor vom Halse zu halten.

Da sie ihn aber nicht ignorieren können, weisen sie ihm verschiedene Rollen zu. So möchten sie in Dürrenmatt einen vitalen und draufgängerischen Kerl sehen, dem es gefällt, mit dem Kopf durch die Wand zu rennen, einen rustikalen Berserker, der mit gesenktem Rammschädel auf die Welt losgeht. Man behilft sich mit der Vorstellung, er sei ein skrupelloser Kabarettist und ein alberner Spaßmacher. Man redet sich ein, er sei ein Sadist, ein Zyniker oder, versteht sich, ein Nihilist.

An Vokabeln, die die Distanz vom Unerwünschten und vom Beklemmenden schaffen sollen, mangelt es niemals. Es mag auch sein, daß derartige Zuordnungen und Einstufungen auf ihre Urheber beruhigend wirken. Indes sprengt Dürrenmatt die ihm zugemuteten Grenzen. Sein Werk läßt sich weder klassifizieren noch etikettieren. Er fällt immer wieder aus den Rollen, auf die man ihn gern einschränken würde. Häufig bescheinigt man ihm – wenn auch mitunter halb widerwillig –, was man schwerlich leugnen kann: Humor, Intuition, Originalität, Einfallsreichtum, handwerkliche Meisterschaft.

Aber man billigt ihm eher Phantasie als Geist zu, eher Schlagfertigkeit als Tiefe, eher Esprit als Weisheit. Bisweilen will man sich trösten, er sei letztlich eben ein skurriler und dickköpfiger helvetischer Naturbursche – ein Talent, gewiß, möglicherweise sogar fast ein Genie, doch kaum ein Intellekt. In Wirklichkeit geht der Schriftsteller Dürrenmatt, wie seine Ansprachen und Vorträge, seine Theaterrezensionen und theoretischen Exkurse beweisen, mit Argumenten nicht weniger sicher um als mit szenischen Effekten – und das will viel heißen: Der Komödienautor ist auch ein vorzüglicher Dialektiker.

Von seinem Großvater, einem Dorfpoeten, der einst für ein Zehnstrophengedicht zehn Tage absitzen mußte, habe er gelernt, bekennt Dürrenmatt, »daß Schreiben eine Form des

Kämpfens sein kann«.[2] Natürlich: Dürrenmatt ist ein militanter Schriftsteller. Doch wer ist es heute nicht? Um auf sich aufmerksam zu machen, müsse man unbedingt, meinen viele, das Publikum brüskieren. In der Tat: Wer zornig ist, wird beklatscht. Wer provoziert, erzielt höhere Auflagen. Manche unserer Autoren setzen sich, glaube ich, morgens an die Arbeit mit dem aufrichtigen Entschluß, bis zum Mittagessen zornig und provozierend zu sein. Nur daß sich der künstlich hergestellte Zorn in der Regel sofort dekuvriert. Die Provokation auf Bestellung des Verlagsleiters oder seines Werbechefs verpufft rasch. Nach wie vor läßt sich in der Literatur Erlittenes von Nur-Errechnetem leicht unterscheiden. Das ist ein Trost, den wir nicht unterschätzen sollten.

Mit der modischen Rebellion, der präparierten Entrüstung und dem branchenüblichen Zorn hat Dürrenmatt nichts gemein. Sein Ärger, sein Grimm und seine Empörung stammen nicht aus der Retorte. Bei ihm ist häufig von Raubtieren die Rede. So bekennt er nicht ohne heitere Resignation, er fühle sich, von Mißverständnissen umgeben, »wie ein Raubtier in seinem Bau«. Ja, in Dürrenmatts Werken, den bedeutenderen jedenfalls, steckt etwas Raubtierhaftes, eine drohende und gefährliche, ein unberechenbare Kraft. Er ist ein Schriftsteller, der auf der Lauer liegt.

Seine Motive sind oft brutal und grausam. Auch an geradezu sadistischen oder scheinbar sadistischen Akzenten fehlt es nicht. Obendrein bereitet es ihm ein Vergnügen – er selber weist darauf gelegentlich hin –, sein Publikum zu ärgern, seine Opfer zu quälen. Kein Zweifel, er gehört zu den bösen und den boshaften Künstlern. Er sieht keinen Grund, es zu verheimlichen: »Oft ist es Pflicht, boshaft zu sein.«[3] Er läßt sich nicht domestizieren. Für ihn ist die radikale Herausforderung als literarisches Mittel eine Selbstverständlichkeit, eine sich mit zwingender Notwendigkeit aus seinem Temperament ergebende Folge.

Wenn es Dürrenmatt gelungen ist, uns mit mehreren seiner Werke aufzustören, ja aufzuschrecken, so hängt das mit seiner zunächst verblüffenden Naivität zusammen. In der Rezension einer *Nathan*-Aufführung meint er, »daß Lessing bei allem Scharfsinn und bei aller Leidenschaft des Denkens und des Kämpfens sich diese Kindlichkeit bewahren konnte, die das Stück auszeichnet«.[4] Auch für Dürrenmatt ist – seine essayistischen Arbeiten verraten es häufig – die Verbindung von Scharfsinn und Kindlichkeit, von Gescheitheit und natürlicher Direktheit, von tödlichem Ernst und Verspieltheit charakteristisch. Dank der künstlerischen Naivität, die freilich immer erst mit der Zeit kommt und also eine Sache der Reife ist, vermochte er poetische Fabeln zu finden, die unsere Erfahrungen ausdrükken und unsere Angst spiegeln. »Die Geschichte meiner Schriftstellerei« – erkennt er – »ist die Geschichte meiner Stoffe.«[5]

Diese Naivität befindet sich jedoch, mag das auch paradox klingen, in unmittelbarer Nachbarschaft nüchternster Raffiniertheit. Dürrenmatt hört niemals auf, ein exakt kalkulierender Artist zu sein. Und weil das artistische Element – dazu gehört auch seine Freude an Pointen und Überraschungseffekten – bei Dürrenmatt so gegenwärtig und intensiv ist, hat er für jene Textebastler, die unverfroren genug sind, sich Avantgardisten zu nennen, nur ein höhnisches Lächeln übrig: »Viele schreiben nicht mehr, sondern treiben Stil.« Und: »Wer Stil treibt, vertreibt sich nur die Zeit.«[6] Hingegen empfiehlt er den Schriftstellern das Marktstudium: Sie sollen sich bemühen, das Ihrige unter den auferlegten Bedingungen an den Mann zu bringen: »Daß der Mensch unterhalten sein will, ist noch immer für den Menschen der stärkste Antrieb, sich mit den Produkten der Schriftstellerei zu beschäftigen. Indem sie den menschlichen Unterhaltungstrieb einkalkulieren, schreiben gerade große Schriftsteller oft amüsant, sie verstehen ihr Geschäft.«[7]

Sicher ist, daß er in keinen Rahmen paßt, jedenfalls nicht in einen deutschen. Brecht war für die literarische Öffentlichkeit in diesem Lande ungleich leichter hinzunehmen und zu deuten als Friedrich Dürrenmatt. Denn der an die Erziehbarkeit des Menschen glaubende und die Veränderbarkeit der Verhältnisse verkündende Poet aus Ost-Berlin ließ sich ohne größere Schwierigkeiten in der vertrauten Tradition unterbringen, also in der Nachfolge von Lessing, von Goethe und Schiller, von Grillparzer und Hebbel: In dem Dichter mit der Schiebermütze sah man einen, der es auch in unserer Zeit fertiggebracht hatte, aus der Schaubühne eine moralische Anstalt zu machen und obendrein eine mit Gesang, Musik und Humor. Nur war er – so meinten viele – bedauerlicherweise auf die falsche Seite geraten.

Für eine derartige Rezeption ist Dürrenmatt nicht zu haben. Da er aus einem Pfarrhaus stammt und gelegentlich biblische Motive verwendet, wollte man sein Werk unbedingt im religiösen Sinne interpretieren. In der Tat mag dessen Ursprung auf einer metaphysischen, vielleicht sogar religiösen Ebene zu finden sein – aber nicht mehr als der Ursprung. Die ungeheuerliche Provokation, die von seinen Theaterstücken und Prosaschriften ausgeht, hat ihr Fundament nicht in einem wie auch immer verstandenen Christentum, nicht in jenem kräftigen Protestantismus, zu dem sich Dürrenmatt bisweilen fröhlich bekennt, sondern in seiner makabren und gleichsam universalen Negativität.

Er glaubt keinen Augenblick an Gerechtigkeit und Menschlichkeit, er kennt keine Barmherzigkeit, er ist und bleibt unversöhnlich. Das Leben sei – meint er konsequent, und er zeigt es höchst anschaulich – böse und grausam, blind und sinnlos. Es hänge lediglich vom Zufall ab. Spöttisch konstatiert er, man könne gewiß vieles verändern, nur sei dies gänzlich belanglos, weil der Mensch sich nicht verändern lasse. Dennoch hat man ihn als einen Moralisten wider Willen bezeichnet. Er selber hat es genauer definiert: Über eine seiner Figuren, den im Mittelpunkt der Komödie *Der Meteor* (1966) stehenden Dramatiker, heißt es lapidar, er sei »ein Moralist aus Nihilismus heraus«. Mit anderen Worten: Dürrenmatt kann nur insofern als Moralist gelten, als er, die Existenz der Moral in unserer heutigen Welt leugnend, schon durch die Entschiedenheit und Hartnäckigkeit dieser Verneinung zu erkennen gibt, daß er sich mit der Abwesenheit der Moral nun doch nicht abfinden kann.

Brecht glaubte an den Klassenkampf, an die Revolution. Jedenfalls behauptete er dies. Dürrenmatt hält die Bekenntnisse der Revolutionäre für »außer Kurs gesetzt«, sie seien höchstens für die Menge brauchbar – als Schlagworte. Er glaubt an nichts. Zumindest gibt er es vor. Brecht offerierte Lösungen, Dürrenmatt macht die Lächerlichkeit aller Lösungen deutlich. Beide wollen sie – in dieser Hinsicht waren sie sich immer einig – ihr Publikum um beinahe jeden Preis amüsieren. Brecht garnierte seine Stücke mit frommen Sprüchen, Dürrenmatt mit bitteren Sarkasmen und beide oft mit nicht gerade anspruchsvollen Gags. Brecht kam mit dem Gesangbuch, wenn auch dem revolutionären, daher, er trug es stets griffbereit in der Tasche. In Dürrenmatts Tasche ist vor allem Platz für Sprengstoff. Brecht will heilen, Dürrenmatt will verletzen.

Brecht verkündet Ideen. Und Dürrenmatt? Sein Angebot ist verschwenderisch, alles kann man bei ihm finden: Motive und Modelle, Gestalten und Geschichten, Hohn und Haß, Ulk und Unsinn, Witz und Weisheit – nur keine Ideen. Seine Stücke befassen sich nicht mit dem Glauben, aber immerhin behandeln sie – und das mag mit dem verborgenen religiösen Ursprung zusammenhängen – das »Nichtglaubenkönnen«. Und beide haben unterhaltsame, verfremdende und herausfordernde Gegenentwürfe geliefert, die als Antworten auf unsere Welt unmißverständlich sind. Aber trotz des Altersunterschieds von nicht mehr als 23 Jahren sind es Dichter überhaupt nicht miteinander vergleichbarer Epochen. Brechts Werk ist ohne die Literatur, das Theater, das geistige Klima der Weimarer Republik schlechthin undenkbar. Und Dürrenmatts Werk ist, obwohl nach dem Zweiten Weltkrieg entstanden und mit der Dichtung der zwanziger Jahre an sich weder verwandt noch verschwägert, unvorstellbar ohne Bertolt Brecht.

Während jedoch Brechts Stücke – ebenso die aus der Weimarer Republik wie jene, die er im Exil geschrieben hat – in den fünfziger oder sechziger Jahren nicht mehr unmittelbar unsere Verhältnisse betrafen und also historisch gesehen werden konnten und mußten, was die Rezeption natürlich erleichtert hat, zielten die Hauptwerke Dürrenmatts mitten auf unsere Exiszenz. Mehr noch: Brecht profitierte davon, daß man in Deutschland gern jenen folgt, die eine Fahne tragen und tröstend auf eine utopische Zukunft verweisen. Dürrenmatt hingegen, der mit keiner Fahne dienen konnte und in dessen Hand sich auch kein Kreuz entdecken ließ, er, der von vornherein erklärte, daß jede Utopie sich als eine Fata Morgana erweisen müsse, lag quer und saß zwischen allen Stühlen.

Nichts gegen Brecht: Er war – dies ist wahrlich eine Banalität – ein Jahrhundertgenie. Doch eine Antwort auf die Welt nach 1945 ist in seinen Schriften nicht mehr zu finden, wohl aber in den Hauptwerken des Nachgeborenen, also Friedrich Dürrenmatts. Literarhistorische Prophezeiungen sind immer höchst riskant. Dennoch spricht manches dafür, daß zu den nicht zahlreichen literarischen Arbeiten, in denen spätere Generationen den Ausdruck unserer Epoche erkennen werden, zumindest drei Werke Dürrenmatts gehören: seine tragische Komödie von der Käuflichkeit des Menschen und von der korrumpierenden Wirkung des Wohlstands (*Der Besuch der alten Dame,* 1956), die Parabel von der Bedrohung der Menschheit durch die Zivilisation (*Die Physiker,* 1962) und schließlich die von der deutschen Kritik gänzlich unterschätzte Parabel von der Schuld des Individuums, die Erzählung *Die Panne* (1956).

Eine seiner Figuren läßt Dürrenmatt sagen: »Es gibt für uns Physiker nur die Kapitulation vor der Wirklichkeit.« Bloß für die Physiker? Oder vielleicht auch für die Dramatiker? Jedenfalls sind die besten Arbeiten dieses unbestechlichen Anti-Ideologen Bruchstücke einer großen, einer – so paradox es auch klingen mag – imponierenden Kapitulation. Sein Wort über Schiller und Brecht abwandelnd[8], kann man sagen: Friedrich Dürrenmatt ist nicht unser Richter, aber vielleicht unser Gewissen, das uns nie in Ruhe läßt. Was könnte man Besseres einem Künstler bescheinigen, dem es nichts ausmacht, als makabrer Possenreißer zu gelten?

SIEGFRIED LENZ, DER GELASSENE MITWISSER

Siegfried Lenz wurde 1926 geboren. Im selben Jahr kam auch Ingeborg Bachmann zur Welt. Günter Grass und Martin Walser repräsentieren den benachbarten Jahrgang 1927. Dieser Generation gehören auch die etwas jüngeren Hans Magnus Enzensberger und Peter Rühmkorf an. Sie alle wurden zwischen 1924 und 1929 geboren. Und so mußten ihnen ähnliche Erfahrungen zuteil werden.

Aufgewachsen sind sie also in den Jahren der nationalsozialistischen Herrschaft. Sie haben den Jubel der Eroberer gehört. Aber sie waren auch alt genug, um die Niederlage bewußt erleben zu können. Vielleicht vermochten sie sogar die Ausmaße der Katastrophe zu begreifen und einige der Folgen zu ahnen. Dann waren sie inmitten von Trümmern Primaner oder Studenten. Ihre Kenntnisse sammelten sie jedoch nicht nur in Hörsälen und Bibliotheken, sondern meist auch in den Zentren des Schwarzmarkts.

Als der bundesrepublikanische Wohlstand ausbrach, begannen sie, für Zeitschriften zu schreiben und Bücher zu veröffentlichen. Mitte oder spätestens Ende der fünfziger Jahre waren ihre Namen schon allgemein bekannt. Und sehr bald wurden sie auch berühmt.

Die gemeinsamen, zeitgeschichtlich bedingten Erfahrungen haben die grundsätzliche Haltung, die für diese Generationsgefährten charakteristisch ist, bestimmt, zumal ihre Auffassung von der gesellschaftlichen Funktion der Literatur, von der Rolle des Schriftstellers und seiner Aufgabe. Sie alle begegnen der Umwelt mit Skepsis und mit Argwohn, wenn auch nie mit Geringschätzung oder gar mit Verachtung. Offensichtlich mißbilligen sie die bestehende moralische Ordnung. Sie schlagen jedoch keine bessere Ordnung vor. Sie warten mit keinerlei Rezepten auf. Sie hüten sich, ein moralisches System anzubieten, denn sie mißtrauen derartigen Systemen. Von einer Satzung wollen sie nichts wissen, aber sie haben Grundsätze, Dogmen sind ihnen verhaßt. Normen kommen ihnen verdächtig vor. Aber sie streben bewußt und entschieden die moralische Wirkung der Literatur an. In diesem Sinne können sie als Moralisten ohne Kodex und als amoralische Moralisten bezeichnet werden.

Will man die typischen Vertreter der vorangegangenen Generation deutscher Schriftsteller charakterisieren, jene also, die während des Ersten Weltkrieges oder kurz darauf geboren wurden, so muß man sich meist auch ideologischer und politischer Definitionen bedienen. Wird von Heinrich Böll oder von Alfred Andersch gesprochen, von Wolfgang Borchert oder von Wolfdietrich Schnurre, dann tauchen sogleich Begriffe auf wie »Christentum« und »Katholizismus«, »Marxismus« und »Kommunismus«, »Pazifismus« und »Antifaschismus«.

Die Repräsentanten der Jahrgänge hingegen, von denen hier die Rede ist, die Moralisten ohne Kodex, können mit keiner Weltanschauung oder Religion, mit keiner Partei, Kirche oder Organisation identifziert werden. Sie haben, versteht sich, ihre ideologischen und politischen Sympathien und Antipathien. Sie sprechen hierüber sehr offen – zum Beispiel in dem 1961 herausgegebenen Sammelband *Die Alternative oder Brauchen wir eine neue Regierung*, der unter anderem Beiträge von Hans Magnus Enzensberger, Günter Grass, Siegfried Lenz, Peter Rühmkorf und Martin Walser enthält.

Indes lassen sich diese Schriftsteller auf ein politisches Programm nicht festlegen, sie plädieren nicht für eine philosophische Doktrin, sie lehnen es ab, einer Ideologie zu dienen. Sie verkünden keine Thesen, wollen indes mit ihrer Kunst gewisse Erkenntnisse ermöglichen. Sie predigen keine Wahrheiten, sind jedoch bestrebt, zur Ermittlung der Wahrheit über das Leben in unserer Zeit beizutragen. Sie mühen sich, auf den Leser in einer bestimmten Richtung Einfluß auszuüben. Sie wollen also hier und heute etwas bewirken, etwas erreichen.

Sie sind engagierte Schriftsteller. Aber sie sind engagierte

Schriftsteller ohne Programm, Gläubige ohne Glaubensbekenntnis.

All dies trifft in vollem Umfang auf Siegfried Lenz zu. So groß jedoch die Gemeinsamkeit und die Übereinstimmung, so auffällig ist zugleich die Abweichung und sogar die Entfernung. Anders ausgedrückt: ungeachtet der ebenso augenscheinlichen wie verständlichen Kongruenz unterscheidet sich seine Einstellung wesentlich von derjenigen seiner Generationsgefährten.

Als Lenz im Jahre 1962 der Literaturpreis der Stadt Bremen verliehen wurde, sagte er in seiner Dankansprache: »Mein Anspruch an den Schriftsteller besteht nicht darin, daß er, verschont von der Welt, mit einer Schere schöne Dinge aus Silberpapier schneidet, vielmehr hoffe ich, daß er mit den Mitteln der Sprache den Augenblicken unserer Verzweiflung und den Augenblicken eines schwierigen Glücks Widerhall verschafft. In unserer Welt wird auch der Künstler zum Mitwisser – zum Mitwisser von Rechtlosigkeit, von Hunger, von Verfolgung und riskanten Träumen . . . Es scheint mir, daß seine Arbeit ihn erst dann rechtfertigt, wenn er seine Mitwisserschaft zu erkennen gibt, wenn er das Schweigen nicht übergeht, zu dem andere verurteilt sind.«[1]

Das ist ein unmißverständliches Bekenntnis zur engagierten Literatur. Für Lenz ergibt sich jedoch aus diesem Bekenntnis nur eine zurückhaltende, ja bescheiden klingende Folgerung: Der Schriftsteller soll lediglich »seine Mitwisserschaft zu erkennen« geben. Damit begnügt sich Lenz. Wir haben es hier nicht etwa mit einer beiläufigen Formulierung zu tun. Denn schon am Anfang seiner Bremer Rede glaubte Lenz, sich über Kollegen ironisch äußern zu müssen, die »die Wonnen der Brüskierung« auskosten. Als die Aufgabe des Schriftstellers sehe er nicht das »Brüskieren« an. Hingegen gesteht er: »Ich schätze nun einmal die Kunst herauszufordern nicht so hoch wie die Kunst, einen wirkungsvollen Pakt mit dem Leser herzustellen, um die bestehenden Übel zu verringern.«[1]

Diese Äußerung kann nicht unwidersprochen hingenommen

werden. Indem Lenz gegen »die Kunst herauszufordern« den »wirkungsvollen Pakt mit dem Leser« ausspielt, konstruiert er eine Alternative, die es nicht gibt und die es nie gegeben hat. Denn die Literaturgeschichte beweist, daß in vielen Fällen gerade diejenigen Schriftsteller, die sich nicht scheuten, ihre Zeitgenossen herauszufordern und zu brüskieren, dazu beigetragen haben, den Übeln abzuhelfen, die auch Lenz verringern möchte. Obwohl also seine Äußerung einem Mißverständnis zu entspringen scheint, macht sie doch auf eine Eigentümlichkeit des Autors Lenz aufmerksam, die ihn von vielen seiner Generationsgefährten unterscheidet.

Bei ihnen allen wird als Untergrund der literarischen Bemühungen fast immer ein Geist der Revolte und der Provokation spürbar. Man mag ihre Auflehnung für mehr oder weniger gewichtig halten und ihnen mitunter Mangel an Konsequenz vorwerfen, man mag in dieser Auflehnung gelegentlich unseriöse Züge finden und sie hier und da sogar der Koketterie verdächtigen, aber man kann sie weder wegleugnen noch ignorieren.

Lenz hingegen hat nicht das Zeug zu einem Rebellen, Eiferer oder Provokateur. Während die anderen sich entrüsten, meldet er seine Bedenken an. Sie meutern, er betont seinen Zweifel. Sie empören sich, er deutet seine Besorgnis an. Sie brüskieren den Leser, er läßt ihn seine Mitwisserschaft erkennen. Manchen von ihnen könnte vielleicht vorgeworfen werden, sie hätten die Sturm-und-Drang-Periode ihrer persönlichen Entwicklung noch nicht ganz überwunden. Bei Lenz indes sind literarische Spuren einer derartigen Periode überhaupt nicht bemerkbar.

Das alles ist nicht eine Frage des Talents, sondern des Temperaments, der Mentalität, vielleicht des Charakters. Seine Freundlichkeit mildert den Zorn, seine Herzlichkeit übertrifft seinen Grimm. Lenz ist zu gelassen, um aggressiv, und zu bedächtig, um rabiat zu sein. Wenn in seinen Büchern Elemente der Auflehnung vorhanden sind – so in dem Theaterstück *Zeit der Schuldlosen* oder in dem Roman *Stadtgespräch* –, dann wirken sie äußerlich und oberflächlich; man hat den Eindruck, als seien es fremde, künstlich aufgesetzte Bestandteile.

Während andere Vertreter seiner Generation leidenschaftlich und bisweilen sogar maßlos attackieren, schlägt er Töne eines verhaltenen Protests an. Ganz gewiß ist er ein zutiefst engagierter Schriftsteller. Ein militanter Schriftsteller ist er nicht. Kummer und Sorge bereitet ihm die Welt. Aber er findet sich mit ihr ab, wenn er nicht gar mit ihr einverstanden ist – nur daß er die Übel, deren Existenz er oft treffend erkennt, verringern möchte. Der Radikalismus ist seine Sache nicht. Vielmehr neigt er zu einem Kompromiß, der der Vernunft, zu einem Ausgleich, der dem Wohlwollen entspringt. Als ein Grundzug seines Charakters kann die Konzilianz gelten. Es ist jedoch eine gütige, mehr noch, eine redliche Konzilianz. Sein Ziel bleibt immer der menschenfreundliche Pakt mit den Lesern.

In dem Erzählungsband *Jäger des Spotts* (1958) findet sich eine der frühesten Arbeiten von Lenz: die Geschichte *Mein verdrossenes Gesicht*, die wohl als sein programmatisches schriftstellerisches Bekenntnis gewertet werden darf. Ein Mann mit einem verdrossenen Gesichtsausdruck dient als Fotomodell für Werbeaufnahmen. »Mein Gesicht klagte eine Hausfrau an, die eine nicht ergiebige Suppenwürze, einen Jungen, der keine wissenschaftlich zusammengesetzte Zahnpasta benutzte, einen Hausherrn, der keinen Sekt zu Hause hatte: mein Ernst, meine Verdrossenheit richteten sie. Niemand war mehr sicher vor meinem anklagenden Kummer, überall tauchte ich auf, mißbilligend und mahnend . . .« Schließlich soll der Ich-Erzähler »mißbilligend und mahnend« »einen kleinen, vergrämten Mann« anblicken, »einen Schwarzseher«, von dem »alle Freunde sich losgesagt hatten, weil er keinen Humor besaß, weil er es ablehnte, das ›Goldene Hausbuch des Humors‹ zu beziehen. Gemieden und ausgeschlossen, skeptisch gegenüber der Zukunft, so saß er am Fenster, schwermütig sinnend über den Grund seiner Einsamkeit . . .« Aber diesmal mißlingt die Werbeaufnahme. Der Fotograf wirft dem sonst so vorbildlich verdrossenen Modell vor: »Du guckst ihn an, als ob du Mitleid mit ihm hast.« Und der Ich-Erzähler bekennt: »Mein Gesicht mußte sich unwillkürlich geändert haben, ich konnte den kleinen Schwarzseher nicht anklagen, ihn nicht vernichten – ich konnte es nicht. Ich spürte eine heimliche Hingezogenheit zu ihm, empfand eine sanfte Sympathie für sein Unglück . . .«

Mitleid mit den Kleinen und Vergrämten, eine heimliche Hingezogenheit zu jenen, die skeptisch in die Zukunft sehen, und eine sanfte Sympathie für ihr Unglück – all das wird in den besten Geschichten von Siegfried Lenz spürbar. Dieser Schriftsteller vermag vor allem dann zu überzeugen, wenn er seinem Wesen keinen Zwang auferlegt, sich seiner Herzlichkeit und seiner warmen Menschenfreundlichkeit nicht schämt und seine elementare Lebensbejahung nicht verheimlicht. Dies gilt zunächst einmal für das Buch, das ihn bekannt gemacht hat – für den Band masurischer Geschichten *So zärtlich war Suleyken* (1955).

In diesen volkstümlichen Humoresken, schelmischen Kurzgeschichten und anmutigen Skizzen erwies sich Lenz – wie einige Jahre später Grass – als ein gefühlvoller, doch glücklicherweise nicht sentimentaler Heimatdichter und Idylliker. Mit genießerischer Akkuratesse, mit »grübelnder Zärtlichkeit« schildert er die masurische Welt, die »im Rücken der Geschichte« gelegen hat. Er verherrlicht sie nicht. Nur ist die verlorengegangene Heimat zugleich die verlorengegangene Jugend. Also erlaubt sich Lenz, das Milieu, das ihm einst so vertraut war, ein wenig zu verklären. Mit besonderem Vergnügen, das er freilich auch seinen Lesern bereitet, gewinnt er der beschworenen Welt ein überraschend großes Maß an Behaglichkeit ab. Alles in allem hat aber Lenz – wie er selber in einer das Buch abschließenden *Diskreten Auskunft über Masuren* sagt – nicht einen »schwermütigen Sehnsuchtsgesang« geschrieben, sondern »eine aufgeräumte Huldigung« und »zwinkernde Liebeserklärungen«.

Man sollte die schriftstellerische Leistung des Verfassers dieser Sammlung nicht unterschätzen und die scherzhaften Miniaturen nicht als harmlose epische Marginalien abtun. Mag auch Lenz die Geschichten im wesentlichen nur nacherzählt haben:

Er gab ihnen jene künstlerische Form, der sie ihr Leben in der Literatur verdanken. Ihm gelingt, scheinbar mühelos, die anekdotische Zuspitzung und die treuherzig-unbekümmerte Verquickung der realistischen und der märchenhaften Motive. Die Genrebilder sind farbig und plastisch; die sorgfältig ziselierte und doch immer ursprünglich klingende Diktion wird von der gesprochenen Rede geformt und mit Dialektausdrücken gewürzt. Ja, die Sprache läßt sich weitgehend, zumal in rhythmischer Hinsicht, von der Mundart prägen, wobei jedoch Lenz die Gefahr der Volkstümelei zu bannen versteht.

Vor allem aber werden diese Prosastücke von einem originellen Humor getragen. Wie auch manche andere Arbeiten gezeigt haben, ist Lenz nicht der Mann der angriffslustigen Satire, sondern der leisen Komik und der beschaulichen Heiterkeit, nicht des unbarmherzigen Spotts, sondern der milden Groteske und der behäbigen Ironie, nicht des bitteren Sarkasmus, sondern der gutmütigen Skurrilität und der sanften Schläue. Auch sein Humor hat meist etwas Versöhnliches, oft etwas Ausgleichendes

Auf den ersten Blick scheinen mit diesen masurischen Miniaturen die Geschichten der Sammlung *Jäger des Spotts* und die kleinen Erzählungen des etwas späteren Bandes *Das Feuerschiff* (1960) nichts gemeinsam zu haben. Gewiß, sie spielen in einer anderen Welt und in einem anderen Klima, sie sind einer ganz anderen literarischen Tradition verpflichtet. Dennoch ist die nahe innere Verwandtschaft offensichtlich. Denn auch die strengen Kurzgeschichten, zumindest die besten unter ihnen, hat ein nachdenklich-schmunzelnder epischer Feinschmecker geschrieben, ein Mann der hintergründigen Anspielung, des wissenden Humors und der diskreten Pointe, ein Liebhaber der novellistischen Prägnanz und der stilistischen Finesse.

Die Geschichten zeigen Lenz – ebenso wie das vorangegangene *Suleyken*-Buch – als einen Erzähler im klassischen Sinne. Immer geht es ihm um etwas, was sich ereignet hat: sei es ein großes Abenteuer, sei es – weit öfter übrigens – eine geringfügige Begebenheit. Geruhsam berichtet er von Geschehnissen, als ob sie sich tatsächlich zugetragen hätten. Nicht beweisen will er etwas, nicht mit epischen Mitteln dies oder jenes exemplifizieren oder begründen, sondern zunächst einmal Konkretes sorgfältig mitteilen. Er erzählt also, weil ihm etwas erzählenswert scheint.

Gleichzeitig sind es immer moralische Geschichten – in des Wortes bester Bedeutung. Der Zeigefinger wird nicht erhoben. Der Fabulierer, der Künstler Siegfried Lenz ist in diesen epischen Arbeiten stark genug, um den Moralisten in Schranken zu halten. Die didaktische Schlußfolgerung wird dem Leser überlassen. Sie ergibt sich meist aus dem Bild einer Situation. Denn in seinen besten Geschichten gelingt es ihm, Begegnungen zu skizzieren, die unversehens verschiedene Fragen unserer Zeit erhellen, Konstellationen zu zeigen, die sich als beispielhaft erweisen.

So erzählt Lenz vom *Großen Wildenberg*, dem angeblich mächtigen Direktor eines Riesenbetriebs, der sich als hilflos-einsamer Mann entpuppt, vom *Seelischen Ratgeber* einer Zeitschrift, der für alle Hilfesuchenden gute Ratschläge hat, aber seine eigene Existenz nicht zu ordnen vermag, vom *Läufer*, der siegt und doch disqualifiziert wird, vom *Jäger des Spotts*, den das Leben um seine Beute prellt, von einem *Haus aus lauter Liebe*, in dem in Wirklichkeit ein alter Vater mißhandelt wird, vom Taucher, der in einem gesunkenen *Wrack* Schätze sucht: »Aber überall war nur Dunkelheit und Schlamm, und er entdeckte nichts von dem, was er zu finden gehofft hatte.«

Für die Helden dieser Geschichten gilt das, was in der Erzählung *Drüben auf den Inseln* einmal gesagt wird: »Du kennst sie alle hier nicht auf den Inseln. Sie unterhalten sich nur mit sich selbst. Jeder lebt abgeschlossen für sich wie eine Muschel.« Es sind traurige, oft schwermütige Geschichten, in denen häufig von Niederlagen erzählt wird. Aber schon durch ihre formale und sprachliche Abrundung verbreiten diese in sich schlüssigen kleinen Kunstwerke Stetigkeit und Ruhe. Mag sich auch Furchtbares oder Grausames ereignen – letztlich geht von ihnen immer etwas Tröstliches aus. Der gelassene Beobachter des Lebens, der besinnliche Zweifler ist ein heimlicher Optimist.

Schicksale einsamer, meist verschlossener Menschen, die in symptomatische Krisen geraten, hat Lenz auch in mehreren Romanen zu zeigen versucht. In dem Erstling *Es waren Habichte in der Luft* (1951), dessen Handlung kurz nach dem Ersten Weltkrieg in Finnland spielt, ist einem Dorfschullehrer, der von seinen Schülern denunziert wurde, ein totalitäres Regime auf den Fersen. In dem Roman *Duell mit dem Schatten* (1953) wiederum wird ein deutscher Oberst von seinen Gewissensbissen geplagt. Auf der Flucht vor sich selbst und seiner Vergangenheit fährt er nach Libyen, dem Ort seiner Schuld in den Jahren des Zweiten Weltkriegs.

Beide Romane, die allerdings nicht zu Unrecht vergessen wurden, lassen einige entscheidende Motive des Lenzschen Werks erkennen. So heißt es in den *Habichten:* »Jeder wird verfolgt; verfolgt von der Liebe, verfolgt vom Haß, verfolgt von allen möglichen Bedürfnissen. Du kannst nicht entfliehen, es hat keinen Zweck . . . Aber Gleichgültigkeit hilft dir nie . . . Man muß sich den Verfolgern stellen. Wir müssen ausharren, bis sie in unserer Nähe sind, und dann mit gleicher Stärke antworten . . . Wer sich verloren gibt, hat schon verloren. Wir gehören auf diese Erde, wir haben uns damit abzufinden.« Und im *Duell mit dem Schatten* sagt der Held: »Am Aushalten . . . erkennt man den Grad der Mündigkeit . . . Aushalten, das heißt, dem Gleichmut der Welt seinen eigenen Gleichmut entgegensetzen. Wer aushalten will, muß in Rivalität zur Welt treten.«

Vielleicht darf man diesen Ausspruch als Schlüsselwort betrachten. Nicht Kämpfer sind die wichtigsten Gestalten von Lenz, sondern eher passive Naturen, die sich verfolgt und bekämpft sehen. Dem Gleichmut der Welt möchten sie ihren eigenen Gleichmut entgegensetzen. Sie fliehen, sie wehren sich, sie versuchen, noch einmal Widerstand zu leisten. Sie treten sogar in Rivalität zur Welt – aber nur, um auszuharren. Sie wollen lediglich das Leben bestehen, sich gegen die auf sie einstürmenden Mächte verteidigen – das gilt für die Helden der frühen Romane ebenso wie für den Kapitän Freytag in der Erzählung *Das Feuerschiff*. Es sind immer Menschen in der Defensive, Opfer der zeitgeschichtlichen Verhältnisse oder des Lebens schlechthin.

Die nächsten beiden Romane von Lenz hätten eigentlich dieselben Titel tragen können. Denn immer sind Habichte in der Luft – freilich nicht mehr im wörtlichen, wohl aber im übertragenen Sinne. Und immer wieder müssen seine Helden Kämpfe ausfechten, die vergeblich sind wie Duelle mit dem Schatten. Gegen eine hartherzige, auf Gewinn und Konsum eingestellte Umwelt will sich der geradlinig-biedere Taucher behaupten, der im Mittelpunkt des Romans *Der Mann im Strom* (1957) steht. Da er zu alt ist, um in seinem Beruf beschäftigt zu werden, ändert er sein Geburtsdatum. Aber die unerbittliche Welt läßt sich nicht irreführen, die Natur kann man nicht überlisten.

Ein Gleichnis vom unbarmherzigen Konkurrenzkampf gibt der Roman *Brot und Spiele* (1959), in dem es einmal heißt: »Jeder zieht seine Runden um seine private Aschenbahn, mein Alter. Jeder beteiligt sich an einem Lauf um irgend etwas: Wir müssen aufpassen, daß wir vornliegen und daß keiner an uns vorbeigeht.« Die Darstellung eines Zehntausend-Meter-Laufs verwandelt sich in die Geschichte einer Karriere und in eine zeitkritische Auseinandersetzung. Wie vordem der alte Taucher, so wird auch hier der berühmte, aber schon alternde Sportler, der noch einmal starten darf, vom Leben überrundet.

Es läßt sich jedoch nicht verschweigen, daß die Romane von Lenz – und das bezieht sich auch auf seinen fünften Roman *Stadtgespräch* (1963) – kaum mit seinen geglückten Geschichten verglichen werden können. Gewiß, es werden die gleichen Probleme und Motive behandelt, die gleichen Schauplätze und Stimmungen gezeichnet. Und doch bewegen wir uns stets auf einer niedrigeren literarischen Ebene.

Während hinter seinen Geschichten – ob der Autor es anstrebt oder nicht – die Beständigkeit des Daseins sichtbar wird, verarmt in den Romanen der Strom des Lebens zu einem dürftigen Rinnsal. Die Gestalten überzeugen nicht, die

Handlung nimmt sich mühsam erdacht aus, die Symbolik mutet oft vordergründig und aufdringlich an. In den Romanen wird Lenz nicht selten von seinem künstlerischen Geschmack so sehr im Stich gelassen, daß er sich hier und da – im *Duell mit dem Schatten* etwa oder im *Mann im Strom* – der Kolportage nähert. Es scheint, als ob er die Eigentümlichkeiten und Grenzen seiner großen künstlerischen Gaben verkenne und Ziele ansteuere, die außerhalb des Bereichs seiner Möglichkeiten liegen. Dieser Erzähler ist ein geborener Sprinter, der sich in den Kopf gesetzt hat, er müsse sich auch als Langstreckenläufer bewähren.

Vermutlich haben die Fragwürdigkeit seiner Romanversuche vor allem zwei Umstände bewirkt. Für das epische Talent des Siegfried Lenz ist etwas Statisches bezeichnend. Er hat – ähnlich wie Schnurre – einen Blick für Zustände und für Situationen, nicht für Entwicklungen. Daher leuchtet seine Begabung in der umgrenzten Episode auf. Hingegen geht ihm jene vorwärtstreibende Kraft ab, deren die kleine erzählende Form nicht bedarf, deren Mangel sich jedoch in einem Roman meist fatal auswirkt. Es ist wohl kein Zufall, daß die ersten Kapitel seiner Romane immer die besten sind.

Ungleich schwerer wiegt allerdings der andere Umstand: Die Psychologie ist die vermutlich schwächste Seite des Schriftstellers Lenz. Offenbar verfügt er vorerst weder über ausreichende Menschenkenntnis noch über die Gabe, subtilere psychische Reaktionen nachzuempfinden, was ebenso seine männlichen wie – in vielleicht noch stärkerem Maße – seine weiblichen Figuren erkennen lassen. In den Geschichten stört dies überhaupt nicht oder nur wenig. Die Gestalten in *Suleyken* sind Typen – und sollen es auch sein. Die Gefühle und Gedanken der Helden in dem Band *Jäger des Spotts* und in späteren Geschichten bleiben meist unbekannt. Sie sind in der Regel unwesentlich. Wichtig sind lediglich die Lage dieser Menschen und die sich daraus ergebenden Handlungen.

Den Mangel an Dynamik und vor allem an Psychologie versucht Lenz häufig mit hochdramatischen Begegnungen und effektvollen Zusammenstößen zu tarnen. Theatralisch geht es in seinen realistischen Romanen zu. Es wird geschrien und geschlagen, gestochen und geschossen. Alle regen sich hier furchtbar auf. Nur nicht der Leser. Die Romane wirken kalt, schwerfällig und monoton.

Zumal im *Stadtgespräch*, das den Kampf einer Gruppe norwegischer Widerstandskämpfer gegen die deutsche Besatzung zeigen soll, dominiert das szenische Arrangement. Alles ist hier konsequent stilisiert: die Gestalten, in denen man kein Leben spürt, der strenge, nordisch-rauhe Hintergrund mit »steinübersätem Hang«, »gezackten, scharfkantigen Wänden« – eine Breitwand-Landschaft für harte Männer –, die feierlich-würdevolle Sprache, ein getragener, prätentiöser Tonfall, der stets einen gedämpften Trommelwirbel hören läßt. Leitmotivisch wiederkehrende Invokationen und Apostrophen sollen das Berichtete relativieren, halten jedoch nur den ohnehin zähflüssigen Lauf der Handlung auf und machen den Roman zu einer Litanei mit Refrains.

Im *Stadtgespräch* wurden die Gefahren sichtbar, die das Talent von Siegfried Lenz in den letzten Jahren bedrohen. Der ursprüngliche Geschichtenerzähler neigt zum Moralisieren und philosophischen Meditieren, das sich als unergiebig erweist. Der geborene Fabulierer will diskutieren und Aphorismen servieren, die zwar nicht unintelligent, jedoch fast immer entbehrlich sind. Mitunter fasziniert ihn die pathetische Geste, lockt ihn das Monumentale und Melodramatische.

Sobald sich aber Lenz auf kleinere epische Formen beschränkt, seine eigentliche Domäne also, gelingt es ihm, diesen Gefahren zu entgehen. In seinen Geschichten vollzieht sich die Problematik weiterhin im Realen und wird in epischen Bildern sinnfällig. Einige Stücke des Bandes *Das Feuerschiff* beweisen es – so der *Freund der Regierung*, ein antitotalitäres Gleichnis von vorbildlicher anekdotischer Prägnanz, so *Der Anfang von etwas*, eine ebenso schlichte wie tiefe Erzählung vom Menschen, der aus seiner Existenz ausbrechen will, so schließlich die nicht in diesem Band enthaltene Novelle *Gelegenheit zum Verzicht*

(1960), in der das Schicksal eines Juden im »Dritten Reich« vor dem Hintergrund der masurischen Landschaft einprägsam vergegenwärtigt wird.

Das Titelstück, *Das Feuerschiff,* ist eine größere Erzählung, die zwischen den Lenzschen Geschichten und Romanen steht. Sie vereinigt in der Tat die Vorzüge der einen mit manchen Makeln der anderen. Der Held, ein alter Seebär, hat eine zwar motivierte, aber dennoch erschreckende Vorliebe für das Räsonieren und Moralisieren. Sein Gegenspieler, ein zynischer Intellektueller, der den Eindruck einer Marionette macht, und die beiden Gangster, die ihn begleiten, stammen aus einem Fundus, zu dem ein Autor wie Lenz nicht greifen sollte. Auf Konzessionen weisen auch einige Szenen hin, deren Dramatik bestenfalls als wenig anspruchsvoll bezeichnet werden muß. Dennoch gehört *Das Feuerschiff* mit Recht zu jenen Arbeiten, die den literarischen Ruf von Siegfried Lenz gefestigt haben.

Schauplatz der Handlung ist ein Signalschiff auf der Ostsee, »– ein Schiff, das nicht frei war und zu anderen Küsten lief, sondern wie ein Sträfling an langer Kette lag, von dem riesigen Anker gehalten, der tief im sandigen Grund steckte . . .« Aus der Eigentümlichkeit dieses Schauplatzes sind die Geschehnisse entwickelt, und aus den Geschehnissen ergeben sich zwangsläufig die zentralen Konflikte.

Drei schiffbrüchige Männer werden an Bord genommen. Es stellt sich heraus, daß es Verbrecher sind, die vor der Polizei fliehen und die das Feuerschiff, das auf keinen Fall seinen Standort verlassen darf, zur weiteren Flucht mißbrauchen möchten. Und da sie Waffen haben, da sie keinerlei Skrupel kennen, gewinnen sie fast die Oberhand über das Schiff. Das Auftauchen der drei Gangster zwingt jeden Mann der Besatzung zur Stellungnahme – und das heißt: zur moralischen Entscheidung. Aber auch die Gangster sind in eine Zwangslage geraten: Ihnen liegt daran, daß das Feuerschiff weiter normal funktioniert, weil das Ausbleiben der üblichen nächtlichen Signale zu ihrer Entdeckung führen müßte.

So hat Lenz eine parabolische Situation entworfen und mit

epischen Mitteln beglaubigt, in der die Probleme, auf die es ankommt, wie von selbst zutage treten. Um Anarchie und Ordnung geht es, um passiven und aktiven Widerstand, um die Verantwortung und die Schuld des Individuums, um sein Verhalten in einem von Terror bedrohten und schließlich beherrschten Kollektiv. Mögen die Gestalten fragwürdig sein – ihre scheinbar so extreme Lage zeichnet sich durch überzeugende Schlüssigkeit aus: Sie ist exemplarisch.

Ähnliches gilt für das aus zwei Hörspielen hervorgegangene Theaterstück *Zeit der Schuldlosen*, das 1961 uraufgeführt wurde. In einem Selbstkommentar sagte Lenz: »Ich dachte mir eine Lage aus, in der strahlende Schuldlosigkeit, die durch schweigende Billigung und Wegsehen erkauft war, auf eine Härteprobe gestellt und widerlegt wird ... Ich wollte herausbekommen und selbst verstehen lernen, wie weit Schuldlosigkeit nur ein Glücksfall ist und unter welchen Bedingungen sie in ihr Gegenteil umschlägt.«[2]

Diesen Fragen – und schwerlich wird man hier und heute gewichtigere finden können – geht Lenz in einem Werk nach, das, als Theaterstück betrachtet, gewiß mit vielen, zumal handwerklichen Schwächen behaftet ist. Wir haben es hier weniger mit einem Bühnenwerk zu tun als mit einem intellektuellen Spiel in Dialogform, mit einer großen moralischen Debatte. Nicht dank, sondern eher trotz der Gestalten, die übrigens fast alle die gleiche Sprache sprechen, lebt diese einfache, konsequent gebaute Gedankenparabel.

Wie in den Kurzgeschichten und im *Feuerschiff* wird die ethische und moralpolitische Problematik durch die Situation augenscheinlich, in die Lenz seine Helden geraten läßt. Aus den modellhaften Zwangslagen, die in den beiden gegensätzlichen Teilen des Stücks vorgeführt werden, ergibt sich also die prinzipielle Fragestellung. Die *Zeit der Schuldlosen* gehört zu den wenigen Werken der deutschen Literatur dieser Jahre, in denen das Verhalten des Menschen im totalitären Staat ebenso um der Vergangenheit wie um unserer Gegenwart willen untersucht wird.

Gegen Ende dieses dramatischen Erstlings sagt eine seiner Personen: »Der Zweifel ist das einzige, was unser Leben erträglich macht.« Als gelassener Zweifler erscheint auch Siegfried Lenz, ein Mitwisser menschlicher Leiden und menschlichen Glücks, dem es gegeben ist, dieser Mitwisserschaft künstlerische Form zu verleihen. In seinen besten Arbeiten gelingt es ihm tatsächlich, einen wirkungsvollen Pakt mit dem Leser zu schließen.

INGEBORG BACHMANN ODER DIE KEHRSEITE DES SCHRECKENS

Kein Zweifel: ihren Ruhm rechtfertigt ein lyrisches Werk, dem man in der deutschen Nachkriegsliteratur nur sehr wenig an die Seite stellen kann. Trotzdem wäre es leichtsinnig, die Tatsache, daß die gesamte Kritik die Verse der Ingeborg Bachmann einmütig gepriesen hat, für selbstverständlich zu halten. Denn in den seltenen Fällen, in denen es poetischen Talenten gelang, Eintracht unter den zeitgenössischen Kennern zu stiften, wurde diese Reaktion, wie die Erfahrung lehrt, nicht allein durch die Größe, sondern stets auch durch gewisse Eigentümlichkeiten der dichterischen Leistung bewirkt. Das eindeutige Echo auf die Bachmannsche Lyrik muß ebenfalls besondere Gründe haben; sie sollten vor allem in ihrem Werk gesucht werden.

In seinem aus dem Jahr 1958 stammenden Essay über Ingeborg Bachmann bemerkt Hans Egon Holthusen zu dem Gedicht *Erklär mir, Liebe:* »Ein klar und streng gezogener, geradliniger Kontur triumphiert über den krausen Manierismus der Zeit. Was für ein Stilgefühl will sich hier Geltung verschaffen? Klassizistisch wird man es nicht nennen können . . . Nein, es ist das Klassische selbst, das hier sein ewiges Recht anmeldet . . .«[1] Aufschlußreich sind die Analogien, auf die Holthusen hinweist: Die Sappho und die Minnesänger des 13. Jahrhunderts werden erwähnt, von »einer fast Drosteschen Kraft der Hingabe und der Mitwisserschaft« ist die Rede, gelegentlich lasse die Bachmann »etwas zeitlos Hölderlinisches wieder aufblühen«, die Hymne *An die Sonne* beginne »mit einer an Klopstock erinnernden Festlichkeit«:

Schöner als der beachtliche Mond und sein geadeltes Licht,
Schöner als die Sterne, die berühmten Orden der Nacht . . .

Offensichtlich gingen Holthusens Ansichten auch und vor allem aus seiner Unzufriedenheit mit verschiedenen Strömungen und Tendenzen der neuesten deutschen Lyrik hervor. Ingeborg Bachmann wurde 1958 zur Gegenfigur in der Auseinandersetzung des Kritikers mit jenem Phänomen in der Gegenwartsdichtung, das er »den krausen Manierismus der Zeit« nannte. Dies scheint insofern durchaus legitim, als ein beträchtlicher Teil ihrer Verse – ob man sie als »klassizistisch« oder als »klassisch« bezeichnen will – auf jeden Fall in einem besonders hohen Maße der Tradition verpflichtet ist.

Aber setzen wir einmal neben den Anfang der Sonnen-Hymne die ersten Zeilen eines anderen, nicht weniger bekannten Gedichts der Bachmann:

> Der Krieg wird nicht mehr erklärt,
> sondern fortgesetzt. Das Unerhörte
> ist alltäglich geworden. Der Held
> bleibt den Kämpfen fern . . .

Nicht mehr »Hölderlinisches« und Klopstocksche Festlichkeit also, sondern Brechtsche Nüchternheit. Denkt Holthusen an die Sappho, an die Droste und auch an Rilke, so glauben andere, in den Versen der Bachmann ein Echo der Lasker- Schüler, Hofmannsthals, Trakls und vor allem der Franzosen (Valéry, Eluard, Saint-John Perse) zu vernehmen. Schätzt Holthusen in der Lyrik der Bachmann den »klar und streng gezogenen, geradlinigen Kontur«, so bewundern andere ihre eigenwillige, oft bizarre, keineswegs konservative oder klassische Metaphorik, die den Einfluß weder des Surrealismus noch des Expressionismus verleugnet.

Kurzum: hier kommen beide Seiten auf ihre Rechnung. Ingeborg Bachmann enttäuscht weder die Anhänger der Tradition noch die der Avantgarde. Sie verdankt viel der klassischen Dichtung und nicht weniger der zeitgenössischen. Und bisweilen gelingt ihr eine Art Synthese. Aus dem harten Kontrast und dem häufigen Wechselspiel zwischen gewohnten Rhythmen und ungewohnten Assoziationen, zwischen altvertrauten Motiven und überraschenden Bildern, zwischen überlieferten Formen und heutigem Lebensgefühl ergeben sich wesentliche Reize und Schönheiten dieser Gedichte. Gewiß sind solche Widersprüche und polaren Spannungen für einen beträchtlichen Teil der modernen Lyrik charakteristisch; sie werden jedoch in den Versen der Bachmann, vor allem in ihrem zweiten Gedichtband, *Anrufung des Großen Bären* (1956), dank ihrer starken Affinität zur traditionellen Poesie besonders deutlich sichtbar.

Auch fällt es auf, daß in den fünfziger Jahren, da man feierliche Töne verabscheute, Ingeborg Bachmann mit einer häufig pathetischen und ins Würdevolle stilisierten Lyrik erfolgreich war, daß sie in einer Zeit, die angeblich großen Worten mißtraute, mit Versen zu überzeugen vermochte, die auf einem reichlichen Bestand eben großer Worte fußen, zumal allgemeiner geographischer, naturwissenschaftlicher und kosmischer Begriffe. Da gibt es »Kontinente«, »Berge«, »Hügel« und »Krater«, »Küsten«, »Häfen« und »Inseln«, »Meere«, »Seen« und »Ströme«, »Winde«, »Nebel« und »Wolken«. Ihre Lyrik ist voll von »Himmel« und »Erde«, »Sonne«, »Mond« und »Sternen«, wir hören von »Planeten« und »Kometen«, von »Firmamenten«, »Horizonten«, »Feuerzonen« und »Wendekreisen«.

Dieses System von Schlüsselwörtern ergibt ein gigantisches Welttheater. »Unser Acker ist der Himmel« – heißt es in der Sammlung *Die gestundete Zeit* (1953). Oder: »O Augen, an dem Sonnenspeicher Erde verbrannt . . .« Und: »Aus der leichenwarmen Vorhalle des Himmels tritt die Sonne.« Fürst Myschkin, dessen Monolog zu der Ballettpantomime *Der Idiot* den Band *Die gestundete Zeit* abschließt, erklärt:

> . . . verwiesen aus den Balladen,
> nehme ich einen Weg durch die Gegenwart,
> zu auf den Horizont, wo die zerrissenen
> Sonnen im Staub liegen,
> wo die Schattenspiele
> auf der unerhörten Wand des Himmels
> zu Verwandlungen greifen . . .

Die erste Strophe eines der *Lieder auf der Flucht* lautet:

> . . . Erde, Meer und Himmel.
> Von Küssen zerwühlt
> die Erde, das Meer und der Himmel.
> Von meinen Worten umklammert
> die Erde,
> von meinem letzten Wort noch umklammert
> das Meer und der Himmel!

Wird die Lyrik der Ingeborg Bachmann bewundert, obwohl oder weil sie große Vokabeln liebt? Oder ist es vielleicht so, daß unter den Enthusiasten ihrer Dichtung die einen diese Vorliebe schätzen, während die anderen sich mit ihr nur abfinden? Wie dem auch sei – der antinomische Grundzug der Bachmannschen Lyrik kommt auch hier zum Vorschein: Die Diktion entspricht dem inneren Spannungsverhältnis des lyrischen Ichs und schwankt daher zwischen Extremen – zwischen Pathos und Understatement, Emphase und Trockenheit, Hektik und Unterkühlung. Ingeborg Bachmann umarmt das ganze Universum – aber mit einer schüchternen Geste.

Von ihrer Verzweiflung an dieser Welt spricht sie mit gedämpfter Stimme, als handle es sich um eine vertrauliche Angelegenheit. Ihre Liebesklage hingegen klingt mitunter – etwa in einigen der *Lieder auf der Flucht* – wie ein gellender Ruf. Sie kann aufrührerisch flüstern und demütig schreien. Expansion und Reduktion, Provokation und Devotion, Extraversion und Introversion ergänzen einander: Es entsteht ein unentwegtes Widerspiel. Trotz gewaltiger Worte gibt es auch stille Zeilen, neben monumentalen Invokationen (»O Aufgang der Wolken«) auch zarte Verse, feierlich-mächtigen Tönen folgen scheue und diskrete Andeutungen; im riesigen Welttheater der Ingeborg Bachmann findet sich, glücklicherweise, ein intimer Winkel.

Es dominiert in vielen Gedichten eine herbe Innerlichkeit, die Empfindsamkeit erhält einen spröden und bisweilen ironischen Anstrich, es durchdringen sich gegenseitig Phantasie und Sachlichkeit, Schwärmerei und Skepsis. Eine gewisse Neigung zur

Sentimentalität, die sich hier und da bemerkbar macht, unterliegt einer nüchternen, doch nicht allzu unerbittlichen Selbstkontrolle. So kann sich der Leser dieser Poesie bisweilen vom Pathos erbauen lassen, ohne daß er erröten müßte. Er kann sich an der Innerlichkeit erfreuen – und braucht sich nicht zu schämen. Er darf Sentimentalität genießen – und doch werden ihm ästhetische Gewissensbisse erspart.

In dieser Lyrik der Gegensätze sah die Kritik in den fünfziger Jahren den Ausdruck eines für unsere Epoche charakteristischen Lebensgefühls. Helmut Heißenbüttel, beispielsweise, hielt die Verse der Ingeborg Bachmann für »die ganz unverwechselbare Aussage eines Menschen, der erleidend, verzweifelt, anklagend und ohne Hoffnung in diese unsere Zeit und Welt verschlagen ist und versucht, im Wort, im Bild, im Gedicht sich Klarheit darüber zu verschaffen, was mit ihm geschehen ist«.[2] Tatsächlich besteht zwischen der Melancholie vieler Bachmannscher Strophen und der historischen Situation ein unmittelbarer Zusammenhang. In *Salz und Brot* heißt es:

> Wir wissen,
> daß wir des Kontinentes Gefangene bleiben
> und seinen Kränkungen wieder verfallen . . .

Aus dem *Psalm* stammen die Zeilen:

> In der Nachgeburt der Schrecken
> sucht das Geschmeiß nach neuer Nahrung.

Den Befunden entsprechen sibyllinische Weissagungen. So enden die *Lieder von einer Insel:*

> Es kommt ein großes Feuer,
> es kommt ein Strom über die Erde.
> Wir werden Zeugen sein.

Das Titelgedicht des ersten Bandes beginnt:

> Es kommen härtere Tage.
> Die auf Widerruf gestundete Zeit
> wird sichtbar am Horizont.

Daß es einer Lyrikerin vom Typ der Ingeborg Bachmann geradezu widerstrebt, die historischen, gesellschaftlichen und moralischen Gegebenheiten zu benennen, auf die derartige Verse abzielen, ist begreiflich. Wir müssen es respektieren. Aber eben dieser Umstand hat dazu beigetragen, daß die Bachmannsche Poesie von der als links und von der als rechts geltenden Kritik, von allen Seiten mit demselben Beifall bedacht werden konnte. Ihre metaphorischen Formulierungen jener Gegebenheiten sind vage und deshalb umfassend genug, um allerlei Deutungen zu rechtfertigen. Und da, wo verschiedene Inhalte unterstellt werden können, fühlt sich letztlich niemand betroffen. Im Gegenteil: diese Lyrik ermöglicht es jedermann, sich, ungeachtet seiner Anschauungen, mit ihr zu identifizieren.

Der Ernst der zeitkritisch-moralischen Akzente unterliegt nicht dem geringsten Zweifel; doch ist es eine Art der poetischen Auseinandersetzung, die den deutschen Leser der fünfziger Jahre – allem Anschein zum Trotz – schonungsvoll behandelt und ihm eigentlich liebevoll entgegenkommt. Denn die in der Regel mysteriösen Anspielungen auf aktuelle Phänomene sind bei Ingeborg Bachmann meist mit jenem »beständigen Streben nach dem Unbedingten« verknüpft, das schon Friedrich Schlegel vielen Schriftstellern seiner Zeit vorwarf und als Ursache mancher literarischer Erfolge in Deutschland bezeichnete.[3]

Die in der Bachmannschen Dichtung verschlüsselten und unbarmherzig anmutenden zeitkritischen Elemente erhalten sofort einen Stich ins Ewige und somit ins Unverbindliche. Sie lassen sich um so mehr ohne Skrupel genießen, als Ingeborg Bachmann für verschwommene und halbbewußte Regungen einen ebenso unbestimmten wie sprachlich strengen Ausdruck gefunden hat. Sie vermochte, dem Unbehagen an unserer Epoche und der Lebensangst unserer Generation ein erstaunliches Maß an Musikalität abzugewinnen. So ist ihre Lyrik im Grunde mild und tröstlich, denn diese Kassandra hat stets Herzlichkeit und ein wenig Nestwärme in Reserve, hier und da tauchen sanfte Motive aus Märchen und Legende auf:

Mein lieber Bruder, wann bauen wir uns ein Floß
und fahren den Himmel hinunter?
Mein lieber Bruder, bald ist die Fracht zu groß
und wir gehen unter.

»Die Kehrseite des Schreckens« – hatte schon 1957 Helmut Heißenbüttel geschrieben – »erweist sich als Entrückung . . . immer ist die Verzauberung bereit, den Verzweifelten aufzunehmen . . . Trost wird gewonnen aus der Substanz der Verzweiflung.«[2]

In einer Hinsicht freilich ist der Eindruck, den die Lyrik der Ingeborg Bachmann hinterläßt, weder zwiespältig noch widerspruchsvoll: Die Beherrschung des Handwerks verblüfft immer wieder, der stilistischen Gewandtheit haftet oft etwas Artistisches an. Derartige Metaphern wie »Nachgeburt der Schrecken« und – vor allem – »die auf Widerruf gestundete Zeit« gehören zu den wenigen bedeutsamen sprachlichen Prägungen der deutschen Literatur seit 1945. Trotz der großen Skala der Ausdrucksmittel kann man diesen Versen fast nie Unbeholfenheit anmerken, sondern eher schon, im zweiten Band, Anzeichen einer gewissen Routine.

Man sollte sich jedoch nicht täuschen lassen: Ingeborg Bachmann hatte die Periode des tastenden Suchens nicht etwa vor der *Gestundeten Zeit* überwunden; vielmehr war es ihr gelungen, die verständliche Unsicherheit in den Gedichten dieser – und auch der nächsten – Sammlung hinter formaler Strenge zu verbergen und häufig mit kühler Diktion zu tarnen. Daher konnte 1953 der Eindruck entstehen, die junge Debütantin sei bereits eine reife Künstlerin. Und in der Tat waren ihr ja in dem Erstling auch viele reife Verse geglückt. Aber der 1961 veröffentlichte Erzählungsband *Das dreißigste Jahr* belehrte uns insofern eines besseren, als er die inzwischen berühmte Dichterin doch in mancher Hinsicht als eine typische Anfängerin zeigte. Dieser Umstand muß ebenso auf die Eigenart des Bachmannschen Talents zurückgeführt werden wie zugleich auf jene Eigenschaft der Prosa, an der viele Lyriker, die den Schritt ins Nachbarfeld gewagt haben, gescheitert sind: In der Prosa wird mit offenen Karten gespielt.

Zwischen den Gedichten und den Erzählungen steht – und damit ist mehr als die Chronologie gemeint – das Hörspiel *Der gute Gott von Manhattan* (1958). Die Liebesdialoge, die Kernstücke des Spiels, sind den Höhepunkten der Lyrik der Ingeborg Bachmann ebenbürtig, einige Motive der Rahmenhandlung hingegen, zumal die süßlich-peinliche Eichhörnchen-Symbolik, nehmen die in der Prosa auffallenden Schwächen und Entgleisungen vorweg. Sie ergeben sich oft schon aus der an die epischen Versuche vieler Anfänger erinnernden Problemstellung des *Dreißigsten Jahrs* – was übrigens nicht als Wertung, sondern als Hinweis auf die in diesem Band spürbare psychische Einstellung der Autorin verstanden werden sollte.

Ingeborg Bachmann wagt es also, ihr Buch jenen Fragen zu widmen, die seit dem Zeitalter der griechischen Tragödie die Dichter aller Länder fasziniert haben: hier der leidende Mensch mit seinem dunklen Drange, seinen revoltierenden Ideen und edlen Absichten – dort die feindliche Welt, die in die Schranken gefordert wird; hier das einsame, verzweifelte Individuum – dort die Gesellschaft mit ihren Regeln, Gesetzen und Konventionen. Seit Prometheus und Antigone ist es immer wieder die gleiche Konstellation. Sie steht auch heute im Mittelpunkt vieler literarischer Versuche, zumal epischer Sinndeutungen unserer Zeit. Und das muß so sein, und das ist gut so. Nur können wir jetzt, nach den Erlebnissen, die unserer Generation zuteil wurden, weniger denn je Geduld für einen instinktiven Protest gegen die Weltordnung aufbringen, für eine Ablehnung, die sich nur aus dem Emotionalen ableitet.

1960 sagte Ingeborg Bachmann, die Kunst gebe uns »die Möglichkeit zu erfahren, wo wir stehen und wo wir stehen sollten, wie es mit uns bestellt ist und wie es mit uns bestellt sein sollte«.[4] So unmißverständlich und erfreulich dieses Bekenntnis ist, das einem Programm unserer Dichterin gleichkommt, so wenig läßt sich die Befürchtung von der Hand weisen, daß die epische Darstellung einer nur gefühlsbedingten Revolte die große Problematik eher verwirren als klären kann und sich kaum dazu eignet, uns zu vergegenwärtigen, »wo wir stehen und wo wir stehen sollten«.

Natürlich war sich Ingeborg Bachmann der Gefahren bewußt, die ihre Prosaversuche bedroht haben, aber ihr vornehmlich lyrisches Talent trieb sie immer wieder zu einer nur im Emotionalen verankerten Fragestellung. Nicht konkrete Überlegungen, nicht Gedanken veranlassen die Helden dieser Erzählungen zu ihrer schwermütigen Rebellion gegen die bestehende Ordnung, sondern Gefühle, Affekte und Leidenschaften, die zwar sehr ehrbar sein mögen, sich jedoch weder definieren noch erklären lassen. Unklare und unkontrollierbare Pauschalgefühle sind es, von denen sich diese Menschen treiben lassen.

Nicht anders war es in den Versen der Bachmann. Nur wurde dort das lyrische Ich gegen das ganze Universum gestellt, alles geschah auf einer symbolisch-poetischen Ebene, in kosmischen Gefilden. Hier hingegen deutet Ingeborg Bachmann für die Aktionen ihrer Gestalten einen durchaus realen Hintergrund an: Nicht zwischen Himmel und Erde, sondern in österreichischen Städten der fünfziger Jahre spielen diese Geschichten. Was in den Versen legitim und annehmbar war, ist jetzt bisweilen schwer erträglich. Andere Gesetze der Akustik gelten im Welttheater, andere in einem Wiener Kaffeehaus.

Wie in der Lyrik operiert Ingeborg Bachmann auch im *Dreißigsten Jahr* ausgiebig mit Begriffen wie etwa »Wahrheit«, »Schuld«, »das Böse« oder »Welt«, die sich hier, in konkreter und erkennbarer Umgebung, in der entlarvenden Atmosphäre der Prosa, meist nur als unzulängliche Bezeichnungen dunkler Empfindungen erweisen. Es sind ungedeckte Schecks. Die Helden dieser Erzählungen verspüren »Lust, an der Verfassung zu rütteln«, und möchten »die alte schimpfliche Ordnung« einreißen, sie meinen, das Leben sei eine »ungeheuerliche Kränkung«. Die simple Frage jedoch, warum das Leben eigentlich eine »Kränkung« und die Weltordnung so »schimpflich« sei, bringt leider die Konstruktion der meisten Geschichten schnell ins Wanken, denn ein lockeres Gewebe aus Ahnungen, Befürchtungen und Hoffnungen ist – jedenfalls für die erzählende Prosa – kein ausreichendes Fundament.

Ins Wanken gerät übrigens auch schnell die psychische Struktur dieser ratlosen und verzweifelten Menschen. Vom Helden der Titelerzählung heißt es: ». . . Er stürzt hinunter ins Bodenlose, bis ihm die Sinne schwinden, bis alles aufgelöst, ausgelöscht und vernichtet ist, was er zu sein glaubte.« Und an einer anderen Stelle: »Er hat immer das Absolute geliebt und den Aufbruch dahin . . . In allen Augenblicken, wo dieses Äußerste ihm vorschwebte, wo es zum Greifen nah war, ist er ein Raub des Fiebers geworden, hat die Sprache verloren . . .« Eines Richters, der in der Geschichte *Ein Wildermuth* über sich und die Menschheit Gericht hält, muß sich schließlich der Nervenarzt annehmen. Der Ich-Erzähler der Geschichte *Unter Mördern und Irren* stellt am Ende fest: »Es hallte in mir die Nacht und ich war in meinem Wahn.«

Die Empfindungen, Gedanken und Äußerungen fast aller Gestalten sind austauschbar: Im Grunde ist es nur ein einziger Held, ein lyrisches Ich, das in diesen Prosastücken von seinem Verhältnis zur Welt, seinem Aufbegehren und seiner Niederlage wortreich und oft chaotisch berichtet. Den also nur scheinbar verschiedenen Personen haftet – ältere Männer nicht ausgeschlossen – stets etwas Jugendliches und wohl auch etwas Weibliches an. Sogar der reife und erfahrene Richter spricht bisweilen wie ein vom Leben enttäuschter und überspannter Backfisch.

Aber was wollen eigentlich diese Rebellen, die sich mit dem Dasein nicht abfinden können und vor allem mit sich selber nicht fertig werden? In dem *Guten Gott von Manhattan* sagt Jan: »Ich möchte nur ausbrechen aus allen Jahren und allen Gedanken aus allen Jahren, und ich möchte in mir den Bau niederreißen, der Ich bin, und der andere sein, der ich nicht war.« Später erklärt er: »Ich will, was noch niemals war: kein Ende.« Über den Helden der Erzählung *Das dreißigste Jahr* wird uns mitgeteilt: »Wie alle Geschöpfe kommt er zu keinem Ergebnis. Er möchte nicht leben wie irgendeiner und nicht wie ein Besonderer. Er möchte mit der Zeit gehen und gegen sie stehen . . . Er möchte die Fronten und er möchte sie nicht. Er neigt dazu, Schwäche, Irrung und Dummheit zu verstehen, und er möchte sie bekämpfen, anprangern. Er duldet und duldet nicht. Haßt und haßt nicht. Kann nicht dulden und kann nicht hassen.«

Obwohl also dieser Mann, der das dreißigste Jahr erreicht hat, nicht weiß, was er will, ist doch eins vollkommen klar: Er wünscht, daß »die Welt sich verändert«, daß sie »die Richtung ändert, endlich!« Der Oberlandesgerichtsrat Wildermuth wiederum sucht die ganze Wahrheit. Die Pianistin Charlotte, die Heldin der Geschichte *Ein Schritt nach Gomorrha,* möchte »alles überspringen, den Austritt vollziehen«. In welcher Richtung soll sich die Welt ändern? Wozu soll die ganze Wahrheit nützlich sein? Was würde der »Austritt« jener Charlotte ergeben, von der es vorher hieß: »Genau genommen wußte sie auch schon nicht mehr, was sie für sich wollte . . .«?

Aufschlußreich ist ein Bekenntnis Ingeborg Bachmanns, das sich in der Ansprache findet, mit der sie 1959 für den ihr verliehenen Hörspielpreis der Kriegsblinden dankte: »Denn bei allem, was wir tun, denken und fühlen, möchten wir manchmal bis zum Äußersten gehen. Der Wunsch wird in uns wach, die Grenzen zu überschreiten, die uns gesetzt sind . . . Innerhalb der Grenzen aber haben wir den Blick gerichtet auf das Vollkommene, das Unmögliche, Unerreichbare, sei es der Liebe, der Freiheit oder jeder reinen Größe. Im Widerspiel des Unmöglichen mit dem Möglichen erweitern wir unsere Möglichkeiten.«[5]

Das bisweilen süchtige Streben nach dem Absoluten, der waghalsige Traum vom Ausbruch und die elegische, oft selbstgefällig klingende Klage über das Leben schlechthin waren immer schon Vorzeichen, unter denen Schriftsteller, junge zumal, der Welt zu begegnen suchten. Aber dieser Traum muß in einem Prosawerk mißtrauisch stimmen, wenn wir nie erfahren, woraus der Ausbruch erfolgen und wohin er führen soll. Das »Absolute« ist ein Begriff, der viel und nichts bezeichnen kann. Wer die ganze Menschheit anklagt, klagt im Grunde niemanden an; vielmehr werden alle auf einmal freigesprochen.

Natürlich müssen sich die Rebellen die Stirn wundschlagen und schließlich kapitulieren. Der Richter Wildermuth kann die »Wahrheit, von der keiner träumt, die keiner will«, nicht finden. In der Geschichte *Ein Schritt nach Gomorrha* erweist es sich, daß der Ausbruch in ein lesbisches Verhältnis nicht möglich ist. Dem dreißigjährigen Mann, der »die Welt . . . noch einmal neu begründen und neu zu ordnen« wünschte, hilft erst ein Krankenhausaufenthalt, die seelische Krise zu überwinden. Die Geschichte endet mit einem pädagogischen und – gelinde gesagt – nicht gerade originellen Akzent: »Er ist lebhaft mit dem Kommenden befaßt, denkt an Arbeit und wünscht sich, durch das Tor unten bald hinausgehen zu können, weg von den Verunglückten, Hinfälligen und Moribunden.«

Werner Weber sagte über Ingeborg Bachmann: »Unter ihrer Hand wird das Banale geheimnisverdächtig; im Gleichgültigen schimmert die Fügung; sie kann bedeutungsvoll werden, ohne einen Finger auffällig zu heben; sie beherrscht die Kunst des selbstverständlichen Wunderrucks, durch den sich Wörter in neuer Nachbarschaft frisch entzünden . . .«[6] Das bezog sich auf den *Guten Gott von Manhattan*, das gilt – um so mehr – für viele Gedichte. Der Prosaband bietet gleiche und ähnliche Motive, Bilder, Tonarten, Stimmungen und Konstellationen. Aber da man vergeblich auf den »Wunderruck« wartet, bleibt das Banale banal; nichts schimmert im Gleichgültigen; der Finger wird feierlich erhoben – und dennoch muß man das Bedeutungsvolle vermissen.

Am sichersten fühlt sich Ingeborg Bachmann in den beiden ausschließlich lyrischen Prosastücken, den Reminiszenzen und Impressionen *Jugend in einer österreichischen Stadt* und, vor allem, in dem abgründigen Monolog *Undine geht*, einem Poem, das mit Epik nichts gemein hat. Da jedoch, wo eine auch nur spärliche Handlung angedeutet und ein epischer Rahmen angestrebt wird, ist die kompositorische Ratlosigkeit offensichtlich. Auch finden sich in dieser Prosa überraschende stilistische Entgleisungen – Walter Jens hat darauf hingewiesen[7] –, die abermals erkennen lassen, daß wir es mit einem typischen Erstling zu tun haben.

Eine Lyrikerin also, keine Erzählerin? Das Urteil drängt sich auf, scheint hinreichend begründet und wäre doch voreilig und falsch. Wer hoch einsetzt, verliert auch hoch. Bei einer Dichterin, die »bis zum Äußersten gehen« möchte und kühn genug ist, den Blick »auf das Vollkommene, das Unmögliche, Unerreichbare« zu richten, muß man immer mit schlimmsten Niederlagen rechnen. Entscheidend ist letztlich die Frage, ob sich – um noch einmal auf Ingeborg Bachmanns zitierte Ansprache von 1959 zurückzukommen – »im Widerspiel des Unmöglichen mit dem Möglichen« die künstlerischen Möglichkeiten der Verfasserin erweitert haben. Die Geschichte mit dem programmatischen Titel *Alles,* der übrigens der Atmosphäre des ganzen Buches besser entspricht als die Worte *Das dreißigste Jahr,* bietet hierfür die Gewähr. Dies fällt um so mehr auf, als sich die Geschichte in ihrer Grundhaltung von den anderen Prosastücken des Bandes kaum unterscheidet.

Der Ich-Erzähler, ein junger Vater, möchte sich dem Fluch widersetzen, der seit Kain und Abel auf der Menschheit lastet: »Die Welt ist ein Versuch, und es ist genug, daß dieser Versuch immer in derselben Weise wiederholt worden ist mit demselben Ergebnis. Mach einen anderen Versuch!« Abermals haben wir also den exaltierten Pauschalprotest. Was jedoch Ingeborg Bachmann in keiner der Geschichten vermochte, das gelingt ihr hier: Sie zieht aus der Situation, die sie darstellt, die erzählerischen Konsequenzen und entwickelt eine ebenso einfache wie überzeugende Fabel.

Der Vater will seinem kleinen Sohn »die Schuld ersparen . . . und ihn für ein anderes Leben freimachen«. Er soll »der erste Mensch« sein: »Es war nicht gesagt, daß alles nicht auch ganz anders werden konnte durch ihn.« Das Erziehungsexperiment zeitigt indes das schrecklichste aller denkbaren Ergebnisse: »Er geriet uns nach. Aber nicht nur Hanna und mir, nein, den Menschen überhaupt.« Zu allem war der Junge fähig, nur dazu nicht, »den Teufelskreis zu durchbrechen«, denn »das Böse steckte in dem Kind wie eine Eiterquelle«. Nachdem er den Jungen beerdigt hatte, entschließt sich der Vater, seine künftigen Kinder so zu erziehen, »wie die Zeit es erfordert, halb für die wölfische Praxis und halb auf die Idee der Sittlichkeit hin«.

Gewiß ist der Schatten groß, den die anderen Stücke der Sammlung auf die Geschichte *Alles* werfen: Dem Eindruck, den die Revolte ihres Helden hinterläßt, kommt die Erinnerung an die wortreich-lyrische Auflehnung der anderen Bachmann-Rebellen nicht zugute. Auch könnte man dieser Geschichte eine gewisse Trivialität vorwerfen. Aber »alle höchsten Wahrheiten jeder Art sind« – Friedrich Schlegel sagt es in dem Aufsatz *Über die Unverständlichkeit* – »durchaus trivial, und eben darum ist nichts notwendiger, als sie immer neu, und womöglich immer paradoxer auszudrücken, damit es nicht vergessen wird, daß sie noch da sind, und daß sie nie eigentlich ganz ausgesprochen werden können«.[8]

In der Geschichte *Alles* verdeutlicht Ingeborg Bachmann ihre düstere Vision mit tatsächlich erzählerischen Mitteln. Die höchste und triviale Wahrheit wird durch die Verknüpfung von Vorgängen vergegenwärtigt, die ein Gleichnis von geradezu archaischer Sinnbildlichkeit ergibt. Und die evokatorische Kraft, die das Geschehen beglaubigt, braucht in der neuesten deutschen Prosa keine Vergleiche zu scheuen. Hier spürt man auch jenen Kontrast, der zu dem Reiz vieler Gedichte der Ingeborg Bachmann beigetragen hat: den zwischen der allumfassenden Problematik und der intimen Tonart, zwischen dem mitunter gewaltigen parabolischen Rahmen und dem sehr persönlichen und emotionalen Untergrund. *Alles* beginnt: »Wenn wir uns, wie zwei Versteinte, zum Essen setzen, . . . fühle ich unsere Trauer wie einen Bogen, der von einem Ende der Welt zum anderen reicht – also von Hanna zu mir . . .«

So erweist sich Ingeborg Bachmann auch in den Erzählungen als eine Dichterin der Widersprüche, Gegensätze und polaren Spannungen.

DER WACKERE PROVOKATEUR MARTIN WALSER

Wenn heute das Gespräch auf Martin Walser kommt, wird das Buch, mit dem er 1955 seine literarische Laufbahn begann, der Prosaband *Ein Flugzeug über dem Haus und andere Geschichten*, meist mit einem raschen Hinweis auf Kafka abgetan. Walser, der 1927 geboren wurde und 1951 über Formprobleme im Werk Franz Kafkas promoviert hatte, habe in diesen ersten Prosastücken, heißt es, noch ganz im Banne seines bewunderten Meisters gestanden. Die Erzählungen seien nicht mehr als Stilübungen eines Anfängers.

Auf die Schule Kafkas wurde sogar im Klappentext hingewiesen; übrigens hielt es der Verlag damals kurioserweise für notwendig, die Tatsache dieser Publikation vor den Lesern zu rechtfertigen: Er betonte, er habe die Geschichten Walsers publiziert, um dem jungen Mann »Mut zu seiner Eigenart zu geben«. Mithin scheint der Erstling seine Veröffentlichung vornehmlich karitativ-didaktischen Regungen verdankt zu haben.

Die Kritiker der späteren Bücher Walsers haben sich um seine frühe Prosa nicht mehr gekümmert. Der Name Kafka wurde in den Rezensionen von den Namen anderer Meister abgelöst, denen Walser angeblich nacheifere. Fast ergibt sich der Eindruck, er habe eine radikale Metamorphose durchgemacht: Im Laufe weniger Jahre sei aus dem zarten poetischen Kafka-Jünger der wuchtig-grimmige *Halbzeit*-Chronist geworden. Sollten das tatsächlich zwei verschiedene Gestalten sein, die so gut wie nichts mehr miteinander gemein haben? Zeugt also der inzwischen schon vergessene Erstling lediglich von längst überwundenen Ausgangspositionen Walsers?

Die Geschichten des Bandes *Ein Flugzeug über dem Haus* sind Versuche, das Schicksal der Menschen in unserer Zeit in Gleichnissen sichtbar zu machen. Über die Charaktere ihrer Helden erfahren wir wenig oder nichts. Was wir waren und sind, was sie fühlen und denken, scheint dem Autor gleichgültig oder nebensächlich. Auf ihre Handlungen kommt es an, auf die Situation, in die sie geraten, und auf das, was mit ihnen letztlich geschieht. Meist sehen sie sich einer Welt ausgeliefert, die sie als fremd oder feindlich empfinden und in der sie von einer allmächtigen Instanz bedroht werden, der sie schließlich zum Opfer fallen. Einmal ist es die »allerhöchste Geschäftsleitung«, in der anderen Geschichte ein unerbittlicher Amtsarzt, in einer dritten das Wohnungsamt.

Gewiß, vieles in dieser Prosa muß auf den Einfluß Kafkas zurückgeführt werden – so die konsequente Parabolik, so auch die Konzeption der Gestalten, die im Grunde nur Demonstrationsobjekte sind und sein sollen. Aus Kafkas Schule stammt vor allem die Konstellation in den meisten dieser Erzählungen, die darauf hinausläuft, daß der Held mit einer anonymen Instanz konfrontiert wird, der man nicht entrinnen kann Statt jedoch nach Einflüssen und Vorbildern zu forschen, scheint es wichtiger, auf jene Motive in Walsers Erstling hinzuweisen, die seine weitere Entwicklung ankündigen. Denn an solchen Motiven fehlt es nicht.

In der Geschichte *Die Klagen über meine Methoden häufen sich* heißt es: »Fast für alle Berufe, wenn man sie näher betrachtet, braucht man diesen Mut eines Mannes, der in die Schalterhalle eindringt, alle mit einer geladenen oder noch öfters ungeladenen Pistole im Bann hält, bis er hat, was er will, der dann noch lächelt und rückwärts gehend plötzlich verschwindet.«

Der Ich-Erzähler der Geschichte hält es daher für richtig, den denkbar bescheidensten Beruf zu wählen. Er wird Pförtner einer Spielzeugfabrik, versieht seinen Dienst so gewissenhaft wie möglich, verliert aber dennoch bald den Posten und kommt zum Ergebnis: »Da hatte ich mich die ganze Zeit ein bißchen geschämt, weil ich bloß Pförtner geworden war. Jetzt sah ich ein, daß man sogar dazu den Mut eines Sparkassenräubers braucht.«

Versuchte der Held dieser Geschichte, auf seine Weise dem Anspruch des Lebens gerecht zu werden, so versucht der Ich-

Erzähler des *Gefahrenvollen Aufenthalts*, eines anderen Prosastückes desselben Bandes, nur eins: nichts zu tun. Er legt sich angezogen auf sein Bett: »Meine Arme fielen ausgestreckt links und recht neben mich hin und blieben liegen. Seit diesem Augenblick habe ich auch nicht mehr die geringste Bewegung vollbracht.« Er verharrt in absoluter Passivität, lediglich besorgt, jemand würde seinen »großen Versuch«, dieses »so unendliche Unternehmen«, zerstören. In der Tat duldet die Umwelt sein »stilles Daliegen« nicht.

Die beiden Geschichten ergänzen sich, sind eigentlich Variationen desselben Themas. Beide Helden versuchen zu existieren, ohne ihre Eigenart einzubüßen. Der eine stellt sich seiner Umwelt, der andere will sich ihr entziehen. Das Ergebnis ist dasselbe: Beide scheitern, jedoch nicht etwa an der eigenen Unzulänglichkeit, sondern an der bestehenden Weltordnung. Die anonymen Instanzen sind lediglich die Vollzugsorgane dieser Ordnung, die als sinnlos und absurd angeklagt wird.

Walsers frühe Geschichten sind also zeitkritische Diagnosen und Proteste gegen einen Zustand, der das Individuum an seiner Entfaltung hindert, es verkümmern läßt und zugrunde richtet. Dies gilt aber ebenso für Walsers spätere Prosa. Wenn auch mit anderen Mitteln, so demonstriert er doch immer wieder an den Schicksalen verschiedener Gestalten die Absurdität eines Daseins, in dem der Mut eines Sparkassenräubers eigentlich für jeden Beruf unentbehrlich wird. Und er tut dies in dem Bewußtsein der eigenen Ohnmacht.

Der engagierte Schriftsteller von gestern konnte noch glauben, er sei imstande, etwas unmittelbar zu verändern. Der engagierte Schriftsteller von heute macht sich derartige Illusionen nicht mehr. Der letzte Satz des Bandes *Ein Flugzeug über dem Haus* lautet: »Ich kann das nicht ändern.« Derselbe Satz könnte auch als Motto der *Ehen in Philippsburg* und der *Halbzeit* dienen. Der Autor dieser Bücher hält es für seine Pflicht zu sagen, was er hier und heute sieht – *obwohl* er nicht die Macht hat, es zu ändern, und *weil* er diese Macht nicht hat.

Der Erstling läßt jedoch nicht nur die Position Walsers erkennen, sondern nimmt auch die wesentlichsten Probleme und die thematischen Motive seiner Prosa vorweg. Der Druck des Kollektivs auf das Leben des Individuums wird in der Geschichte *Ich suche eine Frau* behandelt. Erscheinungen und Folgen des Kulturbetriebs zeigen *Die letzte Matinee* und *Was wären wir ohne Belmonte.* Das Motiv der Entfremdung und der Vereinsamung steht im Vordergrund der Geschichten *Templones Ende* und *Der Umzug.* Auch die Sexualproblematik, der Walser später viel Raum widmen wird, taucht bereits hier auf – in dem Titelstück, einem Gleichnis vom Gegensatz und Kampf der Geschlechter.

Die Helden der meisten dieser Geschichten sind die kleinen Leute – ein Mechaniker, ein Portier, ein Angestellter. Der kleine Mann, der womöglich noch aus einer Kleinstadt kommt, wird Walsers Held bleiben. Und oft determiniert gerade er den Blickwinkel.

In der Geschichte *Der Umzug* erbt ein Mechaniker, der in einer ärmlichen Straße lebt, eine Wohnung im vornehmsten Viertel der Stadt. Er zieht dorthin, sieht mit Entsetzen ein ihm gänzlich fremdes und unverständliches Milieu und kehrt schleunigst wieder zurück – um der »endgültigen Versteinerung« zu entgehen. Hier ist Walsers Lieblingsperspektive angedeutet: die große Welt aus der Sicht des kleinen Mannes; wobei man freilich beide Eigenschaftsworte – groß und klein – mit ironischen Anführungsstrichen versehen muß.

Zwei Jahre nach dem *Flugzeug über dem Haus* folgt das Buch *Ehen in Philippsburg.* Die Problematik, die grundsätzliche Haltung und die Zielsetzung haben sich nicht geändert, wohl aber die Mittel. Was die Geschichten des Erstlings in abstrakten Räumen exemplifizierten oder zu exemplifizieren versuchten, wird nunmehr in einer konkreten Welt gezeigt. In der Geschichte *Die letzte Matinee* hieß es: »Die Realität macht Seitensprünge«, woran der Autor in Klammern die Bemerkung anknüpfte: »Als wäre die Realität das, was wir dafür halten.« Es ist jedoch leichter, die Realität anzuzweifeln, als sie darzustellen.

Ein westdeutscher Erzähler, der in den fünfziger Jahren mit

Gleichnissen experimentierte und überdies reale Elemente mit irrealen zu verquicken suchte, konnte hoffen, ihm werde der immerhin ehrenvolle Vorwurf der Kafka-Hörigkeit gemacht werden. Wie aber, wenn er die Wirklichkeit unmittelbar darstellen wollte? Er lief Gefahr, als biederer Realist, als jämmerlicher Nachzügler des 19. Jahrhunderts und als bedauernswerter Schüler Balzacs beschimpft zu werden. In der Tat, in mehreren Rezensionen der *Ehen in Philippsburg* tauchte der Name Balzac auf – und nicht ganz zu Unrecht.

Auch konnten einem solchen Autor, wenn er Zeitfragen unmißverständlich behandelte, gesellschaftskritische Tendenzen nachgesagt werden, was wohl 1957 einer besonders ehrenrührigen Verunglimpfung gleichkam, denn Martin Walser glaubte, öffentlich beteuern zu müssen – in einer Ansprache, mit der er für den ihm verliehenen Hermann-Hesse-Preis dankte –, es sei keineswegs seine Absicht gewesen, einen gesellschaftskritischen Roman zu schreiben, vielmehr sei das Buch »gewissermaßen von selbst dazu geworden«.[1]

Gleichviel, absichtlich oder aus Versehen – es ist unzweifelhaft gesellschaftskritische Prosa und überdies realistische, die wir in Walsers zweitem Buch finden. Ein Roman allerdings ist es nicht: Die vier Teile der *Ehen in Philippsburg* spielen zwar im selben Milieu, und auch der Wirkungsbereich mancher Gestalten ist nicht nur auf einen dieser Teile beschränkt. Es handelt sich jedoch um vier in sich abgeschlossene, gänzlich selbständige Erzählungen, die wohl nur aus kommerziellen Gründen mit der Bezeichnung »Roman« versehen wurden.

Im ersten und weitaus längsten Teil, schlicht *Bekanntschaften* betitelt, greift Walser zu einem hundertfach bewährten Schema, das immer dann gute Dienste leistet, wenn es darum geht, das Sittenbild einer bürgerlichen Gesellschaft zu entwerfen. Ein junger Mann, in der Regel Journalist oder Künstler, jedenfalls unerfahren und schüchtern – unsympathisch oder etwa eine Schlafmütze ist er nicht –, kommt aus der Provinz in die Metropole. Eine Dame nimmt sich seiner an – und zwar stets die Frau oder die Tochter eines in der dargestellten Gesellschaft machtvollen Mannes, meist eine nicht eben attraktive, hingegen mannstolle Person. Ihr verdankt der linkische Provinzler Einladungen zu Empfängen, die ihm vollends die Verdorbenheit des Milieus bewußt machen. Ernüchtert und enttäuscht verzichtet der Held auf seine Ideale – falls solche überhaupt vorhanden waren. Schließlich verschafft ihm die gütige Dame noch eine Stellung; und er macht rasch Karriere.

Dieser Vorlage, die bei den Franzosen von Balzac bis Maupassant sehr beliebt war und die in der deutschen Literatur besonders deutlich etwa in Heinrich Manns Roman *Im Schlaraffenland* auftaucht, bleibt Walser treu. Alle Motive, die zum Schema gehören, treffen wir hier wieder: Der Held, ein Journalist, erinnert sich oft an seine ärmliche Kindheit; ihm fehlt die für Empfänge notwendige Kleidung; kaum hat er zu arbeiten begonnen, da erfährt er gleich, daß er nicht das schreiben soll, was er meint, sondern was der Chef befiehlt; er versucht, einem bedürftigen Schriftsteller zu helfen, der zu Konzessionen nicht bereit ist und daher verhungert – und so weiter.

Auch ist die Anklage, die gegen die vornehme Gesellschaft im bundesrepublikanischen Philippsburg erhoben wird, nicht unbedingt originell. Den Industriellen und Managern, Künstlern, Intendanten und Presseleuten, Ärzten und Rechtsanwälten im Land, wo »die Tüchtigen wachsen wie Unkraut«, wird Karriesucht, Bestechlichkeit und Heuchelei vorgeworfen, Eitelkeit, Snobismus und Beschränktheit. Was Walser im großen und ganzen über dieses Milieu zu sagen hat, wurde von Friedrich Luft knapp und effektvoll formuliert: »Sie spielen Gesellschaft – aber sie sind keine; sie stellen Moral – aber sie haben keine; sie führen Ehen – aber sie wissen gar nicht, was das ist; sie gebärden sich wie Welteroberer – aber im Grunde sind sie feige, sind sie von einer neuen, von einer womöglich noch kümmerlicheren Kleinbürgerlichkeit. Mit dieser Klasse Mensch . . . ist kein Staat zu machen, obgleich gerade sie den Staat – oder doch zumindest hier den Stadtstaat darstellen.«[2]

Mögen die Einsichten, die das Buch vermittelt, nicht gerade neuartig sein – viele Abschnitte, zumal der ersten Erzählung, muten keineswegs banal an. Der Wein, mit dem Walser den alten Schlauch gefüllt hat, schmeckt nicht übel. Getragen wird diese Prosa nicht von den Erkenntnissen und Ansichten, von den Geschehnissen und Handlungen, den Situationen und Gestalten. Vielmehr lebt sie von der minuziösen Beobachtung, von der stilistischen Biegsamkeit und Präzision, von der psychologischen Finesse, die übrigens meist in der Fixierung partieller Erscheinungen zutage tritt.

Freilich haftet dem ganzen Buch, zumal den Gestalten, etwas Widerspruchsvolles an. Wie in den Parabeln sind es Modellfiguren, die Walser jedoch mit vielen individuellen Zügen versehen hat, wobei er bisweilen konträre Merkmale unbekümmert für ein und dasselbe Porträt verwandte. Im Ergebnis sind die auftretenden Personen alles in allem Demonstrationsobjekte geblieben. Aber einzelne psychologische Wahrnehmungen, die auf beachtliche Menschenkenntnis schließen lassen – und auch Beobachtungen verschiedener Phänomene des dargestellten Milieus – verdeutlichen die Problematik weit überzeugender als die Aktionen und Konstellationen.

So sind die Knalleffekte, mit denen die zweite und die dritte Erzählung abgeschlossen werden – einmal ein Selbstmord, einmal ein Autounfall –, unerträglich; naiv und sentimental ist das Motiv des armen Poeten in der Dachkammer; jene exklusive Nachtbar, die den derben Männern von der Müllabfuhr zum Opfer fällt, kann man beim besten Willen nicht ernst nehmen. Aber der Hintergrund, das epische Fundament setzt sich in diesen Erzählungen immer aus vielen, mitunter sogar isoliert dastehenden Einzelheiten zusammen, deren Stimmigkeit über die Wahrhaftigkeit des ganzen Buches entscheidet.

Und obwohl die wichtigeren Vorwürfe, die Walser erhebt, auch auf die Hautevolee anderer Länder und früherer Epochen zutreffen, lassen die detaillierten Beobachtungen, die die epische Motivation seines gesellschaftskritischen Plädoyers ergeben, keine Zweifel aufkommen, daß es sich tatsächlich um die fünfziger Jahre handelt und daß Philippsburg in der Bundesrepublik liegt. Nachdem also Walser die Experimentierstube verlassen hatte, in der seine kahlen Parabeln entstanden waren, wurde es klar, daß die stärksten Seiten seiner Begabung das psychologische Detail und die realistische Kleinmalerei sind.

Waren die *Ehen in Philippsburg* eine Fortsetzung der ersten Geschichten mit anderen Mitteln und auf anderer Ebene, so beweist Walsers nächstes Buch in noch stärkerem Maße die Kontinuität seiner Entwicklung. Eigentlich spielt ja die *Halbzeit* (1960) auch in Philippsburg, obwohl der Ort nicht genannt wird. Es wiederholen sich manche Gestalten, mitunter tragen sie dieselben Namen. Aber es sind doch andere Menschen: Auf den ersten Blick scheinen sie älter und zynischer geworden zu sein. Wir haben es mit den Trägern und Nutznießern der stabilisierten und als selbstverständlich hingenommenen Prosperität zu tun.

Vor allem hat sich die Perspektive gewandelt. In den *Ehen in Philippsburg* hieß es über den Helden des ersten Teils: »Er kniete am Schlüsselloch zu allen Türen, und wenn kein Schlüssel steckte, war es für ihn schon ein Triumph.« Diese Schlüsselloch-Perspektive des Neuankömmlings und Außenseiters war nicht nur für den Helden bezeichnend, sondern zuweilen auch für den Autor der *Ehen in Philippsburg*.

In der *Halbzeit* wird dasselbe westdeutsche Prosperitätsmilieu aus der Sicht eines Menschen gezeigt, der ebenfalls aus bescheidensten Verhältnissen stammt, aber in diesem Milieu längst Fuß gefaßt hat. Der Handelsvertreter Anselm Kristlein, der Ich-Erzähler des Buches, ist der arrivierte kleine Mann, der sich schon gesellschaftlich emanzipiert hat, doch der Welt, in der er steckt, noch mit Staunen und Distanz begegnen kann.

Warum hat nun Walser einen Handelsvertreter in den Mittelpunkt gestellt? Soll der Mann des Konsums ein Protagonist unserer Epoche sein? Nicht nur das hat Walser im Sinn. »Es gibt keinen Beruf«, – sagt er – »der einem Menschen das Gefühl der eigenen Überflüssigkeit so aufdringlich klarmachen könnte wie der des Vertreters. Das hat mir diesen Beruf sympathisch gemacht, er erinnerte mich eigentlich fast an den des Schriftstellers.«[3]

Daß diese Affinität keineswegs allein aus dem Gefühl der eigenen Überflüssigkeit resultiert, wird zwar von Walser nicht gesagt, liegt aber auf der Hand. Der Vertreter wie der Schriftsteller – jedenfalls derjenige Typ des Schriftstellers, dem auch Walser zugerechnet werden darf – möchten mit dem Wort den Menschen zu bestimmten Handlungen bewegen. Walsers Kristlein, ein ehemaliger Philosophiestudent, avanciert auch im Laufe des Romans zum Werbefachmann eines großen Konzerns, ergreift also einen nahezu literarischen Beruf. Er ist im Grunde ein verkappter Schriftsteller. Gegen Ende des Buches bekennt er: »Ich bin Don Quixote, nachdem er gelesen hat, was Cervantes über ihn schrieb.« Oder aber: Kristlein ist ein Handelsvertreter, der Proust, Joyce und die *Ehen in Philippsburg* gelesen hat.

Was Walser diesen vorgeschobenen Ich-Erzähler über sich und seine Arbeit, seine Familie, seine Freunde und seine Freundinnen sagen läßt, ergibt eine sehr eigentümliche Vision des Lebens in der Bundesrepublik. Das ganze Buch könnte den Titel des Schlußkapitels der *Halbzeit* tragen – er lautet: *Befund.* Walser will nicht interpretieren und erklären, sondern lediglich fixieren, registrieren. Er will Symptome nicht deuten, sondern zunächst einmal bewußt machen. Nicht die Synthese ist seine Sache, sondern die Chronik. Nicht um Symbole, Chiffren und Konzentrate geht es ihm, sondern um eine epische Bestandsaufnahme.

Seine Methode ist der Mikroskopismus. Man stelle sich eine riesige Wand vor, beklebt mit Hunderten von Nahaufnahmen und Mikrofotografien. Das ist die *Halbzeit.* Eine solche Wand muß, will man sie als Ganzes betrachten, unübersichtlich, verwirrend, chaotisch wirken. Aber viele der einzelnen Aufnahmen sind meisterhaft. Mit einiger Übertreibung läßt sich sagen: In der *Halbzeit* gibt es kaum Handlungen und Gestalten, Episoden und Situationen. In diesem Buch gibt es nur eins: Nuancen. Es ist ein Mammutroman aus Winzigkeiten, ein gigantischer Mikrokosmos.

Walser ist ein ungewöhnlich scharfsinniger, aber zugleich

kurzsichtiger Beobachter. Das soll heißen: Er muß an die Gegenstände, die er betrachten will, ganz nah herantreten. Dann sieht er Phänomene und Details, die bisher unbemerkt geblieben sind. Indes verliert er die Übersicht. Und der Leser verliert sie ebenfalls. Diese Perspektive hat ihre Vorzüge und ihre Nachteile, man mag sie akzeptieren oder ablehnen, es ist jedoch unmöglich, Walsers Roman aus einer anderen Perspektive zu betrachten. Friedrich Sieburg hat es versucht und hat sich in seiner Not, wie er ironisch mitteilte, »Schaubilder, Schemata und Tabellen«, »Notizen, Hilfszeichnungen und Vergleichslisten«[4] angefertigt. Seine wohlwollenden Bemühungen waren vergeblich: Sieburg scheiterte. Denn mit Walser geht es dem Leser wie mit Johnson. Man muß sich zu ihrer Sicht bequemen, sich ihre eigentümlichen Brillen aufzwingen lassen – oder aber auf die Lektüre verzichten.

Immer wieder zeigt Walser die Eigenheiten der Menschen, ihr Verhalten und vor allem ihre Ausdrucksweise, ihre Gewohnheiten, Grillen und Ticks, ihr Benehmen in verschiedenen Situationen. Ein Beispiel wenigstens soll hier angeführt werden: »Als er die schwere Eichentür aufstemmte und Susanne ins dämmrige Lokal bugsierte, zogen die Herren im Lokal automatisch ihre Köpfe aus den Lichtkreisen zurück, bis sie in Anselm einen Unbekannten erkannten. So schmelzen Schnecken, wenn Gefahr naht, in ihre Häuschen zurück mit einer fließenden, keinen Schrecken, keine Panik verratenden, wie immer schon beabsichtigten Bewegung.«

Was sich schon in den *Ehen in Philippsburg* bemerkbar gemacht hatte, wird hier besonders deutlich: Nicht für Charaktere, für einzelne Charakterzüge hat Walser einen vortrefflichen Blick. Seine Nahaufnahmen halten verschiedene kleine Ausschnitte fest. Aber die Aneinanderreihung dieser Aufnahmen ergibt keine Porträts. Walser ist wohl der erste deutsche Epiker, der das Kunststück vollbracht hat, keine einzige einigermaßen lebendige und greifbare Gestalt zu schaffen – und doch zu zeigen, daß er zu den Meistern der Psychologie gehört. Die *Halbzeit* ist eine menschliche Komödie ohne Menschen.

Mit der Methode und Perspektive Walsers, dieses Fanatikers der Mikroanalyse, steht im engsten Zusammenhang die Frage des Umfangs der *Halbzeit,* wobei es sich nicht nur um ein handwerkliches Problem handelt. Das Buch umfaßt neunhundert Seiten. Hierzu sagt Martin Walser: »Mein Roman *Halbzeit* ist so unhöflich dick geworden, weil ich der Ansicht bin, es gibt keine Nebenpersonen auf der Welt . . . Ein Roman, der die Falten unserer Gesichter aufblättern möchte, . . . der erzählen möchte, daß wir keine besonders ruchlose Gesellschaft sind, daß wir zwischen Grausamkeit und Gleichgültigkeit, zwischen Liebe und Sehnsucht hin und her pendeln wie das zur Spezies seit eh und je gehört, ein solcher Roman kann schwer aufhören . . ., einfach weil jeder, der einem auf dem Trottoir begegnet, so viele Gesichter hat, von denen man, schon um der Wahrheit willen, möglichst wenige verschweigen darf.«[5]

Hier ist die Konzeption des Buches angedeutet und ebenfalls seine entscheidende Schwäche. In der *Halbzeit* heißt es einmal, »Erzählen« sei »soviel wie zugeben, dabei aber heiter machende Distanz vorschützen«. Gewiß, nur daß Erzählen – und das ist eine Binsenweisheit – immer zugleich Auswählen sein muß. Das weiß auch Walser. Da er aber zeigen wollte, daß es keine Nebenpersonen gibt, und tatsächlich in seinem Buch jedermann wie eine Hauptperson behandelt hat, sind im Endergebnis alle seine Gestalten, insofern man sie überhaupt erkennen kann, nur Nebenpersonen.

Er wollte beweisen, daß für ihn nichts belanglos sei. Jede Kleinigkeit kann in der *Halbzeit* eine lange Kette von Worten, Assoziationen und Reflexionen auslösen, woran selbstverständlich nichts auszusetzen ist; zugleich kann jede Kleinigkeit auch Gegenstand einer derartigen Wortkette sein. Wenn sich für jeden Vorfall eine sprachliche Entladung lohnt, läßt sich schwer oder überhaupt nicht ausfindig machen, weswegen Walser der einen Frage zehn Zeilen, der anderen hingegen fünfzig Seiten widmet. Es könnte immer auch umgekehrt sein. Wo allem größte Bedeutung beigemessen wird, ist eine gewisse Uniformität in der Beurteilung der Phänomene unvermeidbar. Wichtiges und Unwichtiges steht in einer derartigen epischen Welt gleichberechtigt nebeneinander.

Walsers Erklärung, sein Buch sei um der Wahrheit willen »so unhöflich dick« geworden, muß also auf ein Mißverständnis zurückgeführt werden. Oder will er eine schriftstellerische Not als moralische Tugend ausgeben? Die Wahrheit steckt bei ihm im Detail, aber durch die Aneinanderreihung derartiger Einzelheiten wird noch nicht die Wahrheit der von ihm gebotenen Totalität erreicht. Ja, es ist fragwürdig, ob auf solche Weise überhaupt eine epische Totalität entstehen kann. Dieser Eigentümlichkeit der *Halbzeit*-Konzeption ist sich Walser selber bewußt: »Lassen Sie mich, das ist mir gemäßer, von unten her kommen, vom Detail. Ich sage, wenn jedes Detail den Platz ausfüllt, an dem es steht, d. h. wenn es Sprache geworden ist, dann soll es mir recht sein, es soll da stehenbleiben. Was sich aus der Summe aller Details ergibt, weiß ich nicht. Wahrscheinlich ein Ausschnitt. Diesen Ausschnitt möchte ich aber nicht zu früh beschränken, er soll reichen, soweit die Sprache reicht.«[6] Bei einem Schriftsteller, der Details bietet, ohne zu wissen, was ihre Summe ergibt, kann schwerlich von einer epischen Bewältigung erlebter Wirklichkeit die Rede sein. Wie aus der Zusammensetzung von charakterologischen Nahaufnahmen noch nicht psychologische Porträts entstehen, so ergibt die Vervielfältigung von Details noch kein Bild und auch nicht den Ausschnitt eines Bildes. Die Bestandsaufnahme von Symptomen ist noch keine Diagnose. Die Summe von Nuancen darf nicht mit einer epischen Welt verwechselt werden.

Daher muß wohl eine Auseinandersetzung mit der Gegenwart, die sich auf die Mittel eines derartigen Mikroskopismus beschränkt, stets im Vorfeld der behandelten Problematik steckenbleiben. Wie in den *Ehen in Philippsburg* werden auch in der *Halbzeit* die Ursachen der dargestellten Zustände ausgespart, weswegen sich hier und da der Eindruck einer gewissen Oberflächlichkeit nicht vermeiden läßt. Natürlich gehört es nicht zu den Pflichten des Romanciers, diese Ursachen aufzudecken, es ist nicht *seine* Aufgabe, nach ihnen zu forschen. Und doch beunruhigt es ein wenig, daß Walser die Frage nach dem Zusammenhang der Phänomene nicht einmal anschneidet.

Andererseits spricht es für seine schriftstellerische Ehrlichkeit, daß er die Elemente für eine epische Bilanz zwar in verblüffender Fülle bietet, sich aber hütet, diese Bilanz zu ziehen, daß er eben nur mit Symptomen, Nuancen und Details aufwartet. Er verbirgt nicht seine Ratlosigkeit, ja er erhebt sie sogar zum Stilmittel. Nicht nur das Streben nach Wahrheit, auch diese Ratlosigkeit angesichts unserer Umwelt hat somit den ungewöhnlichen Umfang des Buches zur Folge gehabt. Denn Walsers Beredsamkeit scheint nicht zuletzt mit der Mitteilungssucht des Patienten zu tun zu haben, des Kranken, der an der Zeit leidet. In den Ergüssen des Anselm Kristlein glaubt man mitunter die Redewut des Verzweifelten zu spüren, der allerdings »heiter machende Distanz« vorschützt.

Die endlosen Wortkaskaden, die sehr oft auf bewundernswerte akustische Reizbarkeit schließen lassen, sind zugleich Kabinettstücke der gedanklichen Sensibilität. Aber Walser geht mit der Sprache verschwenderisch, vielleicht sogar hier und da verantwortungslos um. Anselm Kristlein ist der geschwätzigste Held der Gegenwartsliteratur. Hans Magnus Enzensberger hat schon recht, wenn er in seinem Essay über Walser sagt: »Alles muß von neuem ergriffen werden. Jedes Steinchen wird um- und hin- und hergewendet bei diesem Prozeß. Die Sprache wird bis in ihre letzten Reserven aufgeboten.« Enzensberger fügt jedoch hinzu: »Der Erzähler ist der Zauberlehrling; er ruft ihr, und sie deckt ihn zu mit Wörtern.«[7]

Das ist gewiß nicht schmeichelhaft. Denn nicht mit dem Meister, dem die Geister und Elemente gehorchen, wird hier Walser verglichen, sondern mit jenem Lehrling, der zwar die Geister ruft, sie aber nicht zu beherrschen vermag. In der Tat, bisweilen hat man den Eindruck, daß nicht die Sprache Walser als Instrument dient, sondern daß er lediglich ein Medium der Sprache ist. Die Befürchtung, sein Intellekt könnte in diesen Wortfluten ertrinken, läßt sich nicht von der Hand weisen.

Enzensberger berichtet auch von einer gelegentlichen literarisch-schauspielerischen Darbietung Walsers, der eine Gesellschaft unterhielt, indem er vorführte, wie er von einem Teppichhändler zum Kauf einer wertlosen Brücke überredet wurde: »Er arbeitete mit äußerster Konzentration, das Publikum hatte er vergessen. Er sprach fließend, ohne innezuhalten, eher in Gefahr, von der Menge seiner Einfälle, der Flut unentbehrlicher Details überwältigt zu werden, als in der des Stockens . . . Es war ein absolut sendereifes Hörspiel, was er lieferte, getragen von einer hemmungslosen Erinnerungs- und Erfindungskraft, vorgebracht mit der Artistik eines erstklassigen Jongleurs, von einem riskanten Humor, der ein Looping nach dem andern schlug . . .«[8]

Nur von diesem Auftritt Walsers spricht Enzensberger, dennoch trifft jeder Satz seiner Darstellung zugleich auf die *Halbzeit* zu. Tatsächlich gesellt sich in diesem Buch zu der »Artistik eines erstklassigen Jongleurs« auch jener »riskante Humor«. Es wird von einer ungewöhnlichen »Erinnerungs- und Erfindungskraft« getragen, die aber oft »hemmungslos« ist. Die Menge der Einfälle und die Flut der Details sind in der Tat verblüffend und imponierend – nur ist Walser eben in Gefahr, von ihnen überwältigt zu werden. Und schließlich: wie in jenem geschilderten Soloauftritt arbeitet er auch in der *Halbzeit* mit äußerster Konzentration – und vergißt dabei das Publikum.

Dies alles hat bewirkt, daß wir es mit einem wuchernden Gewächs zu tun haben, mit einer programmatisch uferlosen Prosa, die ein derartiges Programm nicht ohne Konsequenz verwirklicht. Der Autor hielt es für möglich, die *Halbzeit* von ursprünglich rund 1100 Seiten für die gedruckte Fassung um 200 Seiten zu kürzen und später, für fremdsprachige Ausgaben, noch einmal 200 Seiten zu streichen. Das muß nicht von seiner Unentschlossenheit zeugen. Vielmehr ist es die Konzeption des Buches, die solche Maßnahmen verständlich erscheinen läßt. Denn die *Halbzeit* ist letztlich ein strukturloses Gebilde, eine amorphe epische Masse; hier sollte wohl die Formlosigkeit zum Formprinzip erhoben werden.

Von einem abgeschlossenen Kunstwerk kann also nicht die

Rede sein. Wahrscheinlich wäre es richtiger, von faszinierendem Material zu einem Roman zu sprechen oder gar von einem gewaltigen Übungsstück. Somit kann man Günter Blöcker, der kurzerhand erklärte, dies sei ein mißlungenes Buch[9], voll beipflichten. Aber vielleicht hat noch nie ein so schlechtes Buch eine so große Begabung bewiesen.

Bitter sind die Bücher Martin Walsers. Er zeigt, daß heutzutage eigentlich zu jedem Beruf der Mut eines Sparkassenräubers nötig ist. Ihm wurde vorgeworfen, er sei immer übelgelaunt und verärgert, ihm mißfalle alles. In der *Halbzeit* heißt es einmal, Liebe sei ein Fremdwort geworden. Nur vom Sex wird in diesem Buch gesprochen, nie von der Liebe – sie ist bestenfalls denkbar als Erinnerung des Helden an eine Begegnung in seiner Jugendzeit. Alles scheint hier maßlos zynisch – und doch wäre nichts unsinniger, als Walser des Zynismus zu verdächtigen.

Betört von der Fülle der Welt, ist dieser Schriftsteller – ähnlich wie Koeppen – im Grunde ein Apologet des Daseins, der sich als Skeptiker tarnt. Seine Verdrossenheit entspringt der Lebensbejahung, hinter seiner Verbitterung verbirgt sich die gedämpfte Hoffnung. Ein Provokateur, gewiß, doch ein schmunzelnder, ein häuslicher Provokateur, ein herzlicher Spötter, ein jovialer Aggressor, ein warmherziger Ironiker, ein wackerer und beredter, doch kein lauter Ankläger, nicht ein unerbittlicher, sondern ein mild-nachsichtiger Moralist. Seine bevorzugte Tonart ist der menschenfreundliche Sarkasmus. Als Martin Walser 1957 den Hermann-Hesse-Preis erhielt, bekannte er: »Schließlich müssen einem beim Schreiben alle Figuren sympathisch sein, auch die, die der Leser dann zu den unsympathischen rechnet. Und da ist immer so etwas wie Liebe im Spiel . . .«[1]

GÜNTER GRASS, UNSER GRIMMIGER IDYLLIKER

Von unten her wird die Welt gezeigt – im spanischen Schelmenroman des 16. Jahrhunderts ebenso wie in der *Blechtrommel*, mit der Günter Grass im Jahre 1959 seinen schriftstellerischen Ruhm begründet hat. Bei den alten Spaniern ist der Blickwinkel des Ich-Erzählers und Helden vor allem von seiner gesellschaftlichen Position abhängig: Er steht in der Regel auf der niedrigsten Sprosse der sozialen Leiter. Mithin bestimmt sein Stand seine Sicht. Nicht so bei Grass, wenngleich er dem klassischen Schelmenroman viel zu verdanken hat. Er faßt die traditionelle Perspektive seiner literarischen Ahnen im wörtlichen Sinne auf: Oskar Matzerath, der Held der *Blechtrommel*, betrachtet die Welt tatsächlich von unten. Denn er mißt nur 94 Zentimeter.

Aber sein Verhältnis zum Dasein ist nicht etwa durch seine Körpergröße bedingt. Hingegen wird seine Körpergröße – so absonderlich dies auch klingen mag – durch seine Haltung verursacht. Schon bei der Geburt ist seine geistige Entwicklung abgeschlossen. Daher kann ihm das Leben bereits im ersten Augenblick mißfallen – eigentlich noch bevor er von der Hebamme abgenabelt wurde. Und drei Jahre später beschließt er, keinen Fingerbreit mehr zu wachsen. Er bleibt nicht nur körperlich ein Dreijähriger. Er demonstriert der Umwelt auch den Habitus eines kleinen Kindes.

Somit protestiert er physiologisch und psychisch – nicht gegen eine Gesellschaftsordnung, nicht gegen bestimmte Erscheinungen oder Bereiche des Daseins, sondern gegen die Existenz schlechthin. Er bleibt klein, weil er die Welt ablehnt. Der totale Infantilismus ist sein Programm. Oskar beschuldigt also den Menschen unserer Zeit, indem er sich zu seiner Karikatur macht. Er protestiert, indem er sich selber verunstaltet. Einen (allerdings ironisch gezeichneten) Professor, der im letzten Teil des Romans auftritt, läßt Grass in der Figur des gnomenhaften

Blechtrommlers »das zerstörte Bild des Menschen« sehen, das »anklagend, herausfordernd, zeitlos« sei, aber »dennoch den Wahnsinn unseres Jahrhunderts« ausdrücke.

Im alten Schelmenroman ist die Welt unmoralisch und schlecht, ungerecht und böse. Um das Leben überhaupt bestehen zu können, darf der Held lügen und betrügen und sich allerlei unerlaubter Mittel bedienen. Sein Verhalten wird mehr oder weniger deutlich vom Verfasser gerechtfertigt. Wie sich jedoch aus der *Blechtrommel* eine negative Beurteilung der Welt nicht mehr ergeben kann, weil sie von dem deutschen Autor des Jahrgangs 1927 als selbstverständlich vorausgesetzt wird, so sucht auch Grass für die Taten seines Oskar Matzerath keinerlei moralische Legitimation. Mehr noch: er läßt für ihn keine ethischen Gesetze und Maßstäbe gelten.

Jenseits aller Grundsätze des menschlichen Zusammenlebens verkörpert der abstoßende Zwerg die absolute Inhumanität, die grausame, alle Differenzierung ausschließende Amoralität des kleinen Kindes. Über Oskars »bewußt gesetzten kunstvollen, erbarmungslosen Infantilismus« schrieb Joachim Kaiser: »So wie in den Kompositionen, mit denen Strawinsky seine neoklassizistische Periode einleitete, der kindliche Habitus zur Fratze geriet, die dort der Erwachsenenwelt als das einzig gemäße Spiegelbild entgegenblickt, so stellt Grass zwischen dem Seelenleben des Kindes, archaischer Grausamkeit und den Äußerungen des Vor-Ichlichen, wie sie in allen barbarisch-diktatorischen Umtrieben bemerkbar werden, einen schlagenden Zusammenhang her.«[1]

Der moralische Infantilismus des Blechtrommlers erweist sich in vielen Teilen des Romans als literarisch sehr ergiebig. Denn Oskar ist nicht nur der Held, nicht nur ein eigenwilliges und makabres Sinnbild der makabren Reaktion des Autors auf eine Welt, die ihm gänzlich absurd scheint – Oskar fungiert auch und vor allem als der vorgeschobene Berichterstatter des Autors. Grass versucht, das Leben tatsächlich mit den Augen seines epischen Mediums wahrzunehmen. Der kleine Oskar hat den ganz und gar unbelasteten, von keinerlei Zivilisationserscheinungen beeinflußten und daher von Vorurteilen freien Blick des Kindes. Er sieht und schildert mit derselben hartnäkkigen Sachlichkeit und derselben Exaktheit die Röcke seiner Großmutter, die Einrichtung eines Zimmers und den Geschlechtsteil einer Christusfigur, eine politische Kundgebung, einen Sexualakt und eine Beerdigung.

Diese programmatisch unvoreingenommene und konsequent amoralische Betrachtungsweise verbindet Grass jedoch nicht nur mit kaltherzig-präziser Beobachtung, sondern zugleich mit der Erfahrung dessen, der sich im Leben auskennt. Beschreibung und ironische Reflexion, Darstellung und kritischer Kommentar gehen unbekümmert ineinander über – denn schließlich ist Oskar primitiv und weise zugleich, ein kleines Kind und ein Wesen ohne Alter. Beispiele hierfür finden sich in jedem Kapitel der *Blechtrommel*, eines sei angeführt. Oskar beobachtet in der Kirche die betende Maria Matzerath, seine Stiefmutter und spätere Geliebte:

»Das katholische Beten stand ihr. Sie sah hübsch und malenswert in ihrer Andacht aus. Das Beten verlängert die Wimpern, zieht die Augenbrauen nach, heizt die Wangen ein, macht die Stirn schwer, den Hals biegsam und bewegt die Nasenflügel. Fast hätte mich Marias schmerzlich aufblühendes Gesicht zu Annäherungsversuchen verführt. Doch soll man Betende nicht stören, Betende weder verführen noch sich selbst durch Betende verführen lassen, auch wenn es Betenden angenehm und fürs Gebet förderlich ist, einem Beobachter betrachtenswert zu sein.«

Überdies ist der Infantilismus nicht nur Oskars Schutzpanzer und die Manifestation seines totalen Protests, sondern auch seine Maske und Tarnkappe. Da ihn alle für ein kleines Kind halten, wird ihm immer eine Sonderstellung zuteil: Er befindet sich außerhalb und zugleich doch innerhalb der dargestellten Welt. Er beobachtet sie aus größter Entfernung, und sie bleibt ihm doch stets zugänglich. Verfremdende Distanz und vertrauliche Nähe – beides ist fortwährend möglich. Von dieser niedrigen Warte aus kann Grass bisweilen manche Eigentümlichkeiten und Gewohnheiten der Menschen, manche Erscheinungen und Details des Lebens sichtbar machen, die vielleicht unbeachtet geblieben wären. Zugleich wird vieles – ganz bewußt – deformiert. Von unten her gesehen, von einem trommelnden Zwerg präsentiert, muß die ganze Welt den Eindurck eines Panoptikums erwecken.

Grass will nicht überzeugen, sondern provozieren, nicht bekehren, sondern wachrütteln. Er will nichts verkünden, aber er möchte alles zeigen. Er befaßt sich nicht mit Problemen, er bietet Visionen. Diesen Erzähler faszinieren nicht Konflikte, sondern Bilder. In einem ersten Kapitel der *Blechtrommel* blättert Oskar in einem Fotoalbum, das er als ein »offen zutage liegendes Familiengrab« bezeichnet:

»Was auf dieser Welt, welcher Roman hätte die epische Breite eines Fotoalbums? Der liebe Gott, der uns als fleißiger Amateur jeden Sonntag von ober herab, also schrecklich verkürzt fotografiert und mehr oder weniger gut belichtet in sein Album klebt, möge mich sicher und jeden noch so genußvollen, doch unschicklich langen Aufenthalt verhindernd, durch dieses mein Album leiten und Oskars Liebe zum Labyrinthischen nicht nähren; ich möchte doch allzu gerne den Fotos die Originale nachliefern.«

Es mag sein, daß Grass mit diesen Worten die ursprüngliche Konzeption der *Blechtrommel* andeuten wollte. Jedenfalls ähnelt der Hauptteil des Romans, der die Zeit bis 1945 umfaßt, einem kuriosen Bilderbogen. Konventionen und Sensationen offeriert er, Skurriles und Bizarres, wunderliche Menschen und sonderbare Situationen kann man sehen, frappierende Vorgänge und schockierende Schilderungen werden geboten, es gibt Obszönes und Blasphemisches. Sind es auch häufig überwirkliche Erscheinungen, phantastische Ereignisse und absurde Konstellationen – den Hintergrund bildet eine sehr reale Welt: Danzig und seine Umgebung von den zwanziger Jahren bis zum Ausgang des Zweiten Weltkrieges. Über das Danzig-Bild, das in der *Blechtrommel* und auch in der Erzählung *Katz und Maus* (1961) entworfen wird, bemerkt Hans Magnus Enzensberger: »Daß diese Stadt in die deutsche Literatur Einzug hält erst jetzt, da sie den Deutschen endgültig verloren ist, darin liegt mehr als eine historische Ironie. Eine Eroberung wie diese setzt den Verlust voraus.«[2]

Den herausfordernd exakten Visionen des Günter Grass haftet allerdings nicht Panegyrisches oder Sentimentales an – auch wenn er Oskar Matzerath gelegentlich aufschreien läßt: »Ach, was ist Amerika gegen die Straßenbahnlinie neun, die nach Brösen fuhr . . .« Grass erweist sich als ein sarkastisch-aggressiver Heimatdichter, als ein grimmiger Idylliker, der eine nicht mehr existierende Welt unerbittlich sachlich und zugleich doch gefühlvoll darstellen kann. Der Ballade von der Großmutter Oskars, die unter ihren vier Röcken einen Flüchtling verborgen hat, der Moritat vom Großvater Koljaiczek, dem Flößer und Brandstifter, der entweder unter einem Floß ertrunken ist oder aber Begründer von Feuerversicherungs-Gesellschaften wurde – diesen beiden einleitenden Kapiteln folgt eine Serie von meist in sich abgeschlossenen Genrebildern und Porträts, anekdotischen Szenen und minuziösen Sittenschilderungen.

Hartnäckig versucht Oskar, den Erscheinungen auf den Grund zu gehen, nichts will er auf sich beruhen lassen. Neugierig und unersättlich erkundet er das Leben hinter den Kulissen, hinter jenen zumal, die durch die Konventionen entstanden sind und den Blick auf die Wirklichkeit verstellen. Grass macht die Skurrilität des Alltäglichen sichtbar, das Absurde im Gewöhnlichen. Seine Heimatidylle ist ein kleinbürgerliches Pandämonium. Immer haftet seinen Gestalten – den Deutschen wie den Polen, den Nazis wie den Juden – etwas Kleinbürgerliches an. Und meist sind die Milieuschilderungen markanter als die Figuren, die Stimmung wirkt stärker als die Aktion, das Lokalkolorit ist wichtiger als die Fragestellung.

In manchen Teilen birst die *Blechtrommel* von Geschehnissen. Dennoch haben wir es mit einem lyrischen Roman zu tun. Grass' Verhältnis zur Umwelt ist wohl vornehmlich intuitiv und emotional und – in des Wortes bester Bedeutung – artistisch. Er ist nicht ein kritischer Analytiker, sondern ein staunender Beobachter und ein neugieriger Kundschafter, ein urwüchsiger Gaukler, den das Spiel mit Motiven und mit Worten erregt. Meist dominieren in seiner Prosa die sinnlichen Eindrücke. Mit einem verbissenen Trotz, der ihn mitunter zu Geschmacklosigkeiten verleitet, versucht er zu vergegenwärtigen, was sich sehen und hören, riechen, schmecken und betasten läßt.

Dieser Haltung entspricht auch die prinzipielle Amoralität des Erzählers Grass, die schon zu allerlei Mißverständnissen Anlaß gegeben hat. Denn aus der Tatsache, daß er den Gegenständen seiner Betrachtung ohne Moralismus begegnen will, geht natürlich noch keineswegs hervor, seiner Epik mangele es an einer eindeutigen moralisch-didaktischen Wirkung.

Gewiß, Oskar, diese epische Spottgeburt aus Dreck und Feuer, ist ein Teil von jener Kraft, die oft das Böse will und oft das Böse schafft. Aber nichts wäre unsinniger, als die Inhumanität des Helden dem Verfasser zur Last legen zu wollen. Wenn Grass – um das erste beste Beispiel herauszugreifen – die Verteidigung der polnischen Post in Danzig im September 1939 schildert, kann kein Zweifel bestehen, wem alle seine Sympathien gelten: den Opfern nämlich. Seine Darstellung der Ereignisse während der Kristallnacht im Jahre 1938 wird zum poetischen Protest gegen die Barbarei. Die Porträts vieler Gestalten – etwa des Trompeters und SA-Manns Meyn – beweisen, daß hier sehr wohl, freilich mit diskreten Mitteln, eine moralische Wirkung angestrebt wird.

Übrigens bleiben die meisten in der *Blechtrommel* auftretenden Figuren etwas undeutlich und schattenhaft: Wie auch bei Walser sind es weniger die Charaktere, die überzeugen, als die – bisweilen verblüffenden – psychologischen Details und einzelnen Beobachtungen. Um so mehr fällt es auf, daß Grass die in der deutschen Literatur nach 1945 heikle Frage der Darstellung jüdischer Gestalten zu lösen vermochte.

Sobald Juden als Opfer nationalsozialistischer Verfolgungen erschienen, machte sich sogar bei vortrefflichen Autoren ein ebenso gutgemeinter wie schließlich primitiver Philosemitismus bemerkbar. Die in diesen Büchern auftretenden Juden waren – zumindest in vielen Fällen – edel, rührselig und ganz und gar unecht. Mitunter wurden derartige Figuren »verfremdet«. Böll hat aus der Jüdin Ilona in seinem frühen Buch *Wo warst du, Adam?* eine fromme Katholikin gemacht. Bei Andersch – im Roman *Sansibar* – ist die fliehende Jüdin Judith erotisch reizvoll, schön und vornehm. Nicht mit Ästhetischem, wohl aber mit Exotik wollte sich Wolfdietrich Schnurre in der Erzählung *Der Aufbruch* behelfen: Man hat den Eindruck, daß seine Juden nach dem Berlin des Zweiten Weltkriegs geradezu aus Babels Odessa gekommen sind.

Dagegen zeigt Grass Menschen, deren Eigenarten für die in jenen Jahren in Osteuropa lebenden Juden typisch sind, wobei er keineswegs auf satirische Akzente verzichtet. Sigismund Markus, der nach London emigrieren möchte, jedoch in Danzig Selbstmord begeht und »alles Spielzeug aus dieser Welt mit sich nimmt«, und Fajngold, der sich immer von einer vierköpfigen Familie umgeben glaubt – die aber in Treblinka vergast wurde –, das sind reale Gestalten: wahrhaftig ohne Verherrlichung, ergreifend ohne Weinerlichkeit.[3]

Grass vermeidet es, die Juden zu sentimentalisieren, die Polen zu heroisieren und die Nazis zu dämonisieren. Der Nationalsozialismus interessiert ihn nicht als politische Bewegung oder als soziologisches Phänomen. Im Blickwinkel seines Ich-Erzählers sind lediglich die praktischen Auswirkungen der nationalsozialistischen Herrschaft in Danzig. Sie wird dargestellt – wie Enzensberger sagte – »in ihrer wahren Aura, die nichts Luziferisches hat: in der Aura des Miefs«.[4]

Alles Ideologische ist dem Autor der *Blechtrommel* völlig fremd, daher gelten die berühmten und berüchtigten blasphemischen Kapitel weder dem Christentum noch der Lehre des katholischen Glaubens. Wir haben es ebensowenig mit einem christlichen wie mit einem antichristlichen Roman zu tun. Die religiösen und moralischen Grundsätze des Katholizismus scheinen Grass fast gleichgültig. Ihm geht es um die Institutionen und den Apparat des Katholizismus, um die kirchliche Praxis – die freilich attackiert er mit ungewöhnlicher Heftigkeit, wobei er sich an einer entscheidenden Stelle des Buches abermals des Trommelmotivs bedient.

Die Blechtrommel, Oskars Abwehrwaffe, ist auch das Instrument seiner Auseinandersetzung mit dem Leben. Mit ihrer Hilfe kann er zwischen sich und den Erwachsenen »eine notwendige Distanz ertrommeln«. Zugleich aber bemüht er sich auch, mit der Trommel »der Welt ein Zeichen zu geben«. In diesem Sinne ist die gleichnishafte Kirchenszene im Kapitel *Kein Wunder* zu verstehen. Der kleine Oskar hängt der Jesusfigur seine Trommel um und wartet: »Wird er trommeln, oder kann er nicht trommeln, oder darf er nicht trommeln, entweder er trommelt, oder er ist kein echter Jesus . . .« Und etwas weiter: »Die Zeit verging, meine ich, aber Jesus schlug nicht auf die Trommel. Vom Chor herunter hörte ich Stimmen. Hoffentlich will niemand orgeln, bangte ich. Die bekommen es fertig, proben für Ostern und übertünchen mit ihrem Gebrause womöglich den gerade beginnenden, hauchdünnen Wirbel des Jesusknaben. – Sie orgelten nicht. Jesus trommelte nicht. Es fand kein Wunder statt . . . Ich sag es heute und sag es immer wieder: Es war ein Fehler, ihn unterrichten zu wollen.« Weil Jesus schweigt, ruft ihm Oskar später, während des Krieges, zu: »Ich hasse dich, Bürschchen, dich und deinen ganzen Klimbim.«

Allerdings wird die Ernsthaftigkeit und die Aggressivität der antikirchlichen Kapitel und Passagen mitunter – und wohl unbeabsichtigt – durch lausbübische und schelmische Akzente in Frage gestellt, deren Derbheit zwar durch die psychologische Konzeption des Ich-Erzählers gerechtfertigt ist, aber nichtsdestoweniger den Verdacht aufkommen läßt, der Autor habe es bisweilen darauf abgesehen, den Leser um jeden Preis zu schokkieren.

Die zahlreichen drastischen Beschreibungen in der *Blechtrommel* werfen eine Frage auf, die man nicht mit Schweigen übergehen kann. Nichts Menschliches und Allzumenschliches braucht natürlich der Schriftsteller auszusparen, und es ist nicht seine Pflicht, sich darum zu kümmern, ob das, was er zeigt, appetitlich wirkt. Mag er Widerwärtiges und Ekliges darstellen – sobald er durch sein Werk zu überzeugen vermag, daß die Schilderung derartiger Phänomene dazu beiträgt, sein Weltbild zu verdeutlichen und unsere Lebenserfahrung zu bereichern, ist jeder Einwand entkräftet.

In der *Blechtrommel* finden sich Szenen aus der Sexualsphäre, die an Freimütigkeit gewiß nichts zu wünschen übriglassen, jedoch zugleich die Virtuosität des Erzählers beweisen: Vater Matzerath und Maria auf der Chaiselongue – das ist einer der Höhepunkte des Romans; es gelingt Grass, das Verhalten von zwei Menschen während des Beischlafs knapp und exakt zu vergegenwärtigen. Auch viele andere Abschnitte, die Phänomene aus dem Bereich des Geschlechtslebens betreffen – von der Onanie Oskars bis zu seinem sexuellen Versagen in der Szene mit der Krankenschwester –, sollten ohne Bedenken hingenommen werden: Hier versucht ein Erzähler, der vor keinem Tabu zurückschreckt, in alle Fugen des Lebens einzudringen.

Aber Grass widmet nicht nur besondere Aufmerksamkeit dem Vorgang des Urinierens, sondern schildert auch, wie Kinder aus ihrem Urin eine Suppe kochen und den kleinen Oskar zwingen, sie zu verzehren. Er beschreibt den aus dem Meer gezogenen Kopf eines Pferdekadavers und teilt uns mit, daß der Anblick der in diesem Kopf befindlichen fetten Aale Oskars Mutter nötigt, sich zu erbrechen; das genügt ihm noch nicht: Er läßt uns auch genau wissen, wie das Erbrochene aussieht und daß Möwen es eifrig verspeisen. Derartige Passagen verraten, daß dem Anfänger Grass noch an einem simplen Bürgerschreck gelegen war, und geben dem Buch hier und da einen Stich ins Pubertäre. Gewiß könnte der Infantilismus des Ich-Erzählers vieles legitimieren, aber schließlich ist es nicht Oskar Matzerath, der den Roman geschrieben hat.

Auch in manch anderer Hinsicht ist dieses ungewöhnliche Werk von den Makeln eines Erstlings nicht frei. Während seiner Geburt beobachtet der hellhörige Säugling Oskar einen Nachtfalter, der sich ins Zimmer verflogen hatte und nun, unentwegt auf die beiden Glühbirnen einstürmend, eine »Trommelorgie«

veranstaltet: »Der Falter schnatterte, als hätte er es eilig, sein Wissen loszuwerden, als käme ihm nicht mehr Zeit zu für spätere Plauderstunden mit Lichtquellen, als wäre das Zwiegespräch zwischen Falter und Glühbirne in jedem Fall des Falters letzte Beichte . . .« Als seinen »Meister« bezeichnet Oskar diesen Falter. In der Tat hat man bisweilen den Eindruck, als möchte der Autor der *Blechtrommel* sein ganzes Wissen in diesem einen Buch unterbringen, als befürchte er, diese erste erzählerische Beichte könnte zugleich die letzte sein. Nicht etwa ein Mangel, sondern eher eine Überfülle an Einfällen ist zu beklagen, denn vieles bleibt unverarbeitet, oft finden sich in dem überladenen Prosagebilde unverdaute und vielleicht auch unverdauliche Brocken. Dies betrifft vor allem die schwächsten Kapitel des Romans – jene, in denen die Nachkriegszeit behandelt wird.

In den beiden in Danzig spielenden Hauptteilen des Buches diente die Figur des Blechtrommlers vor allem als erzählendes Medium, als Beobachter der Ereignisse und als – zuweilen etwas mechanisches – Bindeglied für einzelne Episoden. Auch wenn sie oft isoliert blieben, wurden sie doch – abgesehen von der Gestalt Oskars – durch das ihnen gemeinsame Milieu und den regionalen Hintergrund zusammengehalten. Sobald der Held Danzig verläßt, zerfällt der Roman und verliert mit seiner Atmosphäre auch seine Authentizität.

Grass will, daß Oskar sich nach 1945 als Steinmetz, Malermodell und Jazz-Musiker durchschlägt. Offensichtlich sollten Milieus gezeigt werden, die der Verfasser in diesen Jahren kennengelernt hat. Aber da für eine solche Laufbahn ein Zwerg nicht brauchbar war, ließ Grass seinen Helden ganz einfach um 30 Zentimeter wachsen und stattete ihn bei dieser Gelegenheit mit einem Buckel aus. Damit hat er die Konzeption seiner Gestalt zunichte gemacht: Die Karikatur einer Karikatur ist nicht mehr möglich.

Man muß also Grass vorwerfen, daß er die von ihm geschaffene Figur mißbraucht hat. In diesem Sinne sind die Feinde seines so außerordentlichen Talents vor allem in seiner eigenen

Brust zu suchen. Indem er sich gelegentlich zur Überspitzung und Überpointierung hinreißen läßt, verdirbt er bewundernswerte Einfälle. Ein Beispiel mag dies verdeutlichen. So wenig die in den letzten Kapiteln enthaltene Vision des Wohlstands in den Jahren nach der Währungsreform überzeugt, so ist doch auch in diesem Teil eine Episode zu finden, die auf einem meisterhaften Einfall beruht.

Grass schildert ein elegantes westdeutsches Lokal, dessen Gäste gemeinsam Zwiebeln schneiden, wodurch sie erreichen, »was die Welt und das Leid dieser Welt nicht schafften: die runde menschliche Träne. Da wurde geweint. Da wurde endlich wieder einmal geweint. Anständig geweint, hemmungslos geweint, frei weg geweint«. Dieser unvergeßlichen parabolischen Szene will aber Grass eine zusätzliche und höchst überflüssige Pointe abgewinnen: Dank der hypnotisch wirkenden Trommelei Oskars werden die Gäste in ihre Kindheit versetzt, sind entzückt und »befriedigten ein Kleinkinderbedürfnis, näßten, alle, die Damen und die Herren näßten ... pißpißpißpiß machten sie, näßten alle die Höschen und kauerten sich dabei nieder ...«

Von Oskars Vorbild, jenem Nachtfalter, heißt es einmal, daß er »zuchtvoll und entfesselt zugleich zu trommeln« vermochte. Dieses Gleichgewicht, das Grass offenbar angestrebt hat, muß man in dem Erstling, was freilich nicht verwundern kann, noch vermissen. Hier und da entsteht der Eindruck, daß Grass eher »entfesselt« als »zuchtvoll« ist. Das gilt für den Aufbau einzelner Szenen, das gilt auch für die Sprache. Bisweilen kann er die Worte nicht halten: Sie gehen mit ihm durch.

Oft jedoch ist seine Diktion drall und prall, saftig und deftig. Da gibt es effektvolle Wortkaskaden und rhythmische Trommeleien von großartigem Schwung, wobei Grass häufig die Tonart wechselt, ohne die stilistische Einheit des Buches zu gefährden: Neben die saloppe und schnoddrige Plauderei setzt er lyrische Passagen und hymnische Abschnitte, ein schmetterndes Furioso klingt in einer zögernden Reflexion aus, von einem beiläufig erzählten Scherz oder einer sarkastischen Beschreibung geht er unbekümmert zur Litanei oder zu ironisch-pathetischen Anrufen über.

Nach dem Debüt war vor allem wichtig, welchen Weg der so ungewöhnliche Schriftsteller, der in seinem Erstling noch Schwierigkeiten hatte, seine Vitalität zu zügeln und sein Temperament zu beherrschen, nun einschlagen würde. Die während des Krieges spielende Erzählung *Katz und Maus* hat dies deutlich gemacht. Der Vergleich eines umfangreichen Romans mit einer Erzählung bleibt immer fragwürdig – selbst wenn, wie in diesem Fall, beide Werke im selben Milieu spielen und hier wie da eine biographische Fabel als Konstruktionsachse dient.

Auch fällt es auf, daß im Mittelpunkt abermals ein skurriler, kunstvoll gebastelter Held steht, zwar kein buckliger Zwerg, doch immerhin ein abstoßend häßlicher Junge mit einem riesigen Halsknorpel. Diesen Adamsapfel-Komplex des Schülers Mahlke vermochte Grass unmittelbar und auf höchst überraschende Weise mit dem zeitgeschichtlichen Hintergrund zu verknüpfen. Der Augenblick, in dem der Junge einen Offizier beobachtet, dessen Hals ein Ritterkreuz schmückt, ist die Schlüsselstelle des Buches: »Es hatte ein Adamsapfel, der, wie ich immer noch vermute – und obgleich er Ersatzmotoren hatte – Mahlkes Motor und Bremse war, zum erstenmal ein genaues Gegengewicht gefunden.« Mahlkes Kampf um jene Auszeichnung, die seinen peinlichen Körperteil verbergen könnte, und die sich daraus ergebenden Komplikationen bilden eine hintergründige Fabel, die einen naturgewachsenen doppelten Boden hat.

Dem Ich-Erzähler von *Katz und Maus* wird einmal gesagt: »Setzen Sie sich einfach hin, lieber Pilenz, und schreiben Sie drauflos. Sie verfügen doch, so kafkaesk sich Ihre ersten poetischen Versuche und Kurzgeschichten lasen, über eine eigenwillige Feder: greifen Sie zur Geige oder schreiben Sie sich frei – der Herrgott versah Sie nicht ohne Bedacht mit Talenten.« Damit sind, vielleicht, *Die Vorzüge der Windhühner* gemeint, ein 1956 erschienenes, damals kaum beachtetes Heft mit Versen, Prosastücken und Zeichnungen von Grass. Zugleich können aber diese Worte auch als Anspielung auf eine mit der *Blechtrommel* überwundene Entwicklungsphase verstanden werden, denn in dem Roman hatte er sich, wie *Katz und Maus* beweist, tatsächlich »freigeschrieben«.

Er scheint in der Erzählung ruhiger und gelassener zu sein. Mit der Sprache geht er sparsamer um: Sein Stil mag jetzt bescheidener wirken, ist aber in Wirklichkeit straffer, bündiger und präziser geworden. Den kabarettistischen Einschlag spürt man seltener als in der *Blechtrommel*, das Makabre wird nicht mehr zu Ausverkaufspreisen angeboten. Grass gibt sich nicht mehr so böse, die satirische Aggressivität wird durch eine Prise Resignation ein wenig gemildert, die bitteren Akzente werden zurückhaltender gesetzt. Während er sich im Erstling immer wieder um Zuspitzungen und Aktschlüsse bemühte und ihn häufig mit dem Blick nach der Galerie geschrieben hatte, müht er sich jetzt um eine bisweilen schlicht anmutende Darstellung und verschenkt Pointen, um stillere Effekte zu erreichen.

Am originellsten ist Grass, wenn er keine Originalität anstrebt. Überzeugender als die Gestalt des Jungen mit dem mächtigen Adamsapfel sind jene Abschnitte der Erzählung, deren Themen die Kirche und die Schule zur Zeit des »Dritten Reiches« sind. Zumal durch die konzentrierte Wiedergabe der damaligen Umgangssprache – vom Schülerjargon über Äußerungen von Geistlichen und Lehrern bis zum Bericht eines Ritterkreuzträgers – erreicht Grass eine wohltuende Konkretheit der Zeitkritik, deren Intensität noch durch einige ebenso hämische wie prägnante Beschreibungen gesteigert wird. So kann etwa die kurze Schilderung einer Kapelle, die sich in einer ehemaligen Turnhalle befindet und aus der man nun trotz Weihrauch und Wachskerzenduft den »Kreide-Leder-Turnermief« nicht verdrängen kann, als ein Kabinettstück sarkastischer Prosa gelten.

Allerdings leiden einige Teile von *Katz und Maus* – wenn auch nicht mehr in so starkem Maße wie die *Blechtrommel* – an einer gewissen Beliebigkeit in der Folge der Beobachtungen, Impressionen und Begebenheiten. Die Frage nach der Funktion einzelner Episoden und Passagen innerhalb des Ganzen drängt sich zumal dort auf, wo durch belanglose, mit genüßlicher Detailfreude ausgemalte Jugenderinnerungen der Gang der Handlung ins Stocken gerät.

Katz und Maus ist ein kleines Nebenwerk, das vor allem als bemerkenswertes Sympton einer schriftstellerischen Entwicklung gedeutet werden sollte. Nach der *Blechtrommel,* dieser Eruption der aufgespeicherten epischen Energie, zeugt die Geschichte vom Schüler Mahlke von künstlerischer Disziplin. Und das ist gut so – für Günter Grass, den grimmigen Idylliker, der mit kalter Phantasie und mit leidenschaftlicher Sachlichkeit erzählt, für ihn, den poetischen Chronisten von Konventionen und Sensationen, der »zuchtvoll und entfesselt zugleich« sein kann. Es ist gut so für Günter Grass und für die deutsche Gegenwartsliteratur.

REGISTRATOR JOHNSON

Als im Jahre 1959 Uwe Johnsons Roman *Mutmaßungen über Jakob* erschien, erwies es sich, daß die oft geschmähte Literaturkritik in der Bundesrepublik ihrer in diesem Fall nicht einfachen Aufgabe durchaus gewachsen war: So schwierig und sonderbar das neue Buch sich aus präsentierte – seine Bedeutung wurde sofort erkannt.

Mehrere Rezensenten führten, nach altem Brauch, die Namen der Schriftsteller an, deren Einfluß sich in der Prosa des Debütanten bemerkbar zu machen schien. Gewiß kannte Johnson die Meister des modernen Romans von Joyce bis Faulkner – und er hat viel von ihnen, vor allem in handwerklicher Hinsicht, gelernt. Es fällt jedoch auf, daß in den damaligen Besprechungen – abgesehen von Hinweisen auf Brecht – ausschließlich von westlichen literarischen Einflüssen die Rede war. Die Kritik behandelte den Verfasser der *Mutmaßungen* wie einen westdeutschen Autor.

Nun wuchs aber Johnson, der 1934 in Pommern geboren wurde, in der Welt zwischen Elbe und Oder auf. In einer mecklenburgischen Kleinstadt ging er zur Schule. In Rostock und in Leipzig studierte er von 1952 bis 1956 Germanistik. Bis 1959 war er Bürger des Staates, der sich »Deutsche Demokratische Republik« nennt. Dort entstand nicht nur seine erste literarische Arbeit, ein Roman *Ingrid Babendererde*, den der führende Verlag der DDR – der Aufbau-Verlag – aus politischen Gründen abgelehnt hat und der bis heute unveröffentlicht geblieben ist, dort wurde auch der Roman *Mutmaßungen über Jakob* geschrieben.

Mithin scheint es legitim und angebracht zu sein, nicht nur von den westlichen literarischen Vorbildern zu sprechen, unter deren Einfluß Johnson gestanden haben kann, sondern sich auch zu überlegen, ob und inwiefern die *Mutmaßungen* Spuren der offiziellen Kunstdoktrin der kommunistischen Welt und des literarischen Lebens zwischen Elbe und Oder aufweisen. Sollte Johnson etwa die Richtlinien der amtlichen Kulturpolitik gänzlich ignoriert haben?

Im Sinne des sozialistischen Realismus, wie er von den Literaturfunktionären in Ost-Berlin ausgelegt wird, ist es, wenn auch nicht unbedingt erforderlich, so doch sehr erwünscht, daß der Schriftsteller, zumal der Romancier, gesellschaftliche und politische Fragen der unmittelbaren Gegenwart an konkreten Beispielen verdeutlicht, die er vor allem dem Leben in der DDR zu entnehmen hat. In der Tat spielt die Handlung der *Mutmaßungen* in der DDR, im Herbst 1956. Und es stehen im Vordergrund Fragen, die durch gesellschaftliche und politische Zustände verursacht wurden.

Als Romanhelden sieht der sozialistische Realismus am liebsten einen tüchtigen Vertreter der Arbeiterklasse, einen einfachen »Werktätigen«, der den bedürftigen, in der kapitalistischen Welt benachteiligten Volksschichten entstammt, es aber doch in der sozialistischen Welt zu etwas gebracht hat oder – im Laufe der Handlung – zu etwas bringt. Diesen Forderungen entspricht der Held der *Mutmaßungen:* Jakob Abs, Sohn armer Leute, ist ein braver, vorbildlich pflichtbewußter Eisenbahner, der seine Laufbahn als gewöhnlicher Rangierer beginnt und mit der Zeit immerhin zum Inspektor der Reichsbahn avanciert.

Zum Personal eines im Sinne des sozialistischen Realismus geschriebenen Romans gehört stets ein unmittelbarer Vertreter des Systems: Es ist in der Regel ein Parteifunktionär, ein hoher Beamter oder ein Offizier. Eine solche Gestalt zeichnet sich nicht nur durch Intelligenz und Lebenserfahrung, Zielstrebigkeit und Opferbereitschaft aus, sondern auch durch Güte und Menschenfreundlichkeit und durch besonderes Verständnis für das Individuum, das vom rechten Weg abweicht und in heikle Situationen gerät. All dies trifft auf einen der Helden Johnsons zu, den Hauptmann Rohlfs vom Staatssicherheitsdienst der DDR.

Fast immer gibt es in derartigen Romanen auch den Typ eines

zwar gutwilligen, jedoch mit Komplexen belasteten, unentschlossenen und schwankenden Intellektuellen. Auch eine solche Figur fehlt nicht in den *Mutmaßungen* – es ist Jonas Blach, ein wissenschaftlicher Assistent an der Ostberliner Universität.

Das Problem der Flucht aus der DDR nach Westdeutschland ist in den Romanen des sozialistischen Realismus eindeutig gelöst worden. Abgesehen von dunklen Individuen, die den Staat der Arbeiter und Bauern verlassen, weil sie den Arm der sozialistischen Gerechtigkeit fürchten, fliehen bisweilen junge Menschen, die den Versuchungen des Kapitalismus nicht widerstehen können. Es stellt sich meist heraus, daß sie im Westen Spionagedienste leisten müssen. Die dreiundzwanzig Jahre alte Gesine Cresspahl, die weibliche Hauptgestalt der *Mutmaßungen*, ist in die Bundesrepublik geflohen; sie wird in einem NATO-Hauptquartier als Dolmetscherin beschäftigt. Am ersten Tag des Aufstands in Budapest kommt diese Gesine illegal in die DDR. Da sie mit einem Revolver und mit einer doch nicht ganz alltäglichen Kamera ausgerüstet ist, die als »ein fingerlanges Ding« bezeichnet wird, liegt es auf der Hand, daß sie diese nicht ungefährliche Reise im Auftrag ihrer Arbeitgeber angetreten hat.

Wenn sich jedoch der Hauptheld eines derartigen Romans in den Westen begibt, so hat er dort – dem üblichen Schema zufolge – sofort eine Enttäuschung zu erleben und schleunigst in die DDR zurückzukehren. In der Tat, Johnsons Jakob Abs besucht im Schlußkapitel seine Freundin Gesine, die ihn bittet, bei ihr, also in der Bundesrepublik, zu bleiben. Obwohl Jakobs Mutter ebenfalls im Westen ist und er die Gefühle Gesines offensichtlich erwidert, reagiert er auf ihre Aufforderung »Bleib hier« lediglich mit den Worten: »Komm mit« – und fährt sogleich nach Hause.

Ferner werden die Autoren des sozialistischen Realismus angehalten, der Arbeitswelt ihrer Gestalten viel Aufmerksamkeit zu widmen und den Prozeß der beruflichen Betätigung nicht als etwas Nebensächliches zu behandeln, sondern ihn in seiner ganzen Bedeutung für das Leben des Menschen darzustellen. Mit einer Genauigkeit und Ausführlichkeit, die jedem Buch eines linientreuen DDR-Autors zur Ehre gereichen würde, schildert Johnson die Arbeit des Tischlers Cresspahl, des wissenschaftlichen Assistenten Blach, des Offiziers im Staatssicherheitsdienst Rohlfs und vor allem des Titelhelden, der im Stellwerk einer Großstadt an der Elbe wichtige Schalthebel bedient.

Aber Johnson zeigt auch – und daran ist dem sozialistischen Realismus besonders gelegen – die innere Beziehung seines Helden zu dessen beruflichen Tätigkeit, in der er völlig aufgeht. So heißt es einmal: »Die Minuten seiner Arbeit mußte er sparsam ausnutzen und umsichtig bedenken, er kannte jede einzeln. Das Papier auf der schrägen Tischplatte vor ihm war eingeteilt nach senkrechten und waagerechten Linien für das zeitliche und räumliche Nacheinander der planmäßigen und der unregelmäßigen Vorkommnisse, er verzeichnete darin mit seinen verschiedenen Stiften die Bewegung der Eisenbahnzüge auf seiner Strecke von Blockstelle zu Blockstelle und von Minute zu Minute, aber eigentlich nahm er von dem berühmten Wechsel der Jahreszeiten nur die unterschiedliche Helligkeit wahr, am Ende machten die Minuten keinen Tag aus sondern einen Fahrplan.«

Kein Zweifel: verschiedene Motive, Gestalten und Elemente, die typisch sind für die Literatur, die in der DDR gefordert und gefördert wird, sind von Johnson in den *Mutmaßungen* übernommen worden. Aber es muß vor allem Trotz gewesen sein, der ihn hierzu veranlaßt hat. Denn zwischen der Konzeption dieses Romans und den Bestrebungen der Partei auf dem Gebiet der Literatur besteht zwar ein unmißverständlicher Zusammenhang, doch macht sich der Einfluß im reziproken Sinne geltend. Der Roman *Mutmaßungen über Jakob* ist als epische Manifestation eines ebenso jugendlichen wie bedächtigen Widerspruchs zu verstehen.

Johnsons Protest richtet sich nicht etwa gegen die dortige Gesellschaftsordnung oder den dortigen Staat schlechthin, sondern verfolgt – zunächst einmal – ein bescheideneres Ziel: Er rebelliert gegen die vereinfachende und verfälschende Darstellung des Lebens der Durchschnittsmenschen in der DDR, gegen die offizielle Auslegung der Phänomene, gegen die ideologisch determinierte und begrenzte Perspektive.

Versucht der Schriftsteller des sozialistischen Realismus, das Bild der Welt mit einer philosophischen Doktrin in Übereinstimmung zu bringen und ein präzises weltanschauliches Koordinationssystem anzuwenden, so scheint die Johnsonsche Betrachtungsweise einem tiefen Mißtrauen gegen alle Denkschemata, gegen philosophische Deutungen und ideologische Interpretationen entsprungen zu sein.

Während der sozialistische Realismus die Parteilichkeit des literarischen Kunstwerks postuliert, sie zum entscheidenden Kriterium erhebt und demzufolge den Autor zwingt, ethische und vor allem moralpolitische Urteile zu fällen, zu tadeln und zu loben, anzuklagen und zu verherrlichen – bekennt sich Johnson in seiner epischen Praxis zur programmatischen Unparteilichkeit. Nicht zu deuten und zu werten, fühlt sich dieser argwöhnische Beobachter berufen, sondern zu zeigen und zu vergegenwärtigen. Ein gerechter Registrator will er sein.

Der sozialistische Realismus empfiehlt, Licht und Schatten säuberlich zu trennen, für klare Konturen der Gestalten und Phänomene zu sorgen und konsequent die Eindeutigkeit des Geschehens anzustreben. Johnson hingegen will das Zwielichtige betonen, dem Vagen und Diffusen gerecht werden, die Vieldeutigkeit der Vorgänge bewußt machen.

Wird der Schriftsteller des sozialistischen Realismus angehalten, ein übersichtliches Bild der Welt zu entwerfen, in der alle Rätsel gelöst und alle Widersprüche überwunden werden, so ist Johnson daran gelegen, ihre Verworrenheit zu demonstrieren, die Rätsel nicht zu verheimlichen und die Widersprüche augenscheinlich zu machen.

Während die Literatur des sozialistischen Realismus Antworten gibt oder, richtiger gesagt, sich müht, die Antworten, welche die Partei bereits erteilt hat, mit künstlerischen Mitteln zu formulieren und zu illustrieren, begegnet Johnson dem Leben als Fragender. Während der Schriftsteller des sozialistischen

Realismus behauptet und behaupten muß, er kenne und vermittle die Wahrheit, gibt Johnson seinen Lesern immer wieder zu verstehen, er sei lediglich auf der Suche nach ihr. Nicht mit Thesen kann er aufwarten, wohl aber mit seinem Zweifel, nicht mit Gewißheiten, sondern mit Mutmaßungen.

Die Grundlagen der Johnsonschen Ästhetik, wie er sie in den Romanen *Mutmaßungen über Jakob* und *Das dritte Buch über Achim* praktiziert und in der Skizze *Berliner Stadtbahn* in Umrissen dargestellt hat, sollten also weniger auf westliche Vorbilder zurückgeführt werden als auf seinen Widerstand gegen den sozialistischen Realismus: Viele Eigentümlichkeiten, zumal in den noch jenseits der Elbe geschriebenen *Mutmaßungen über Jakob*, erklären sich also aus der Gegenposition, in die sich Johnson gedrängt fühlte.

In der Skizze *Berliner Stadtbahn* erklärt er: »Der Verfasser . . . sollte nicht verschweigen, daß seine Informationen lückenhaft sind und ungenau . . . Dies eingestehen kann er, indem er etwa die schwierige Suche nach der Wahrheit ausdrücklich vorführt, indem er seine Auffassung des Geschehens mit der seiner Personen vergleicht und relativiert, indem er ausläßt, was er nicht wissen kann, indem er nicht für reine Kunst ausgibt, was noch eine Art der Wahrheitsfindung ist.«[1]

Diese Sätze deuten die Methode an, die Johnson in den *Mutmaßungen über Jakob* angewandt hat. Gesucht wird die Wahrheit über den Tod des Helden, mit dem der Roman beginnt. Ist Jakob Abs, als er von einer Rangierlokomotive überfahren wurde, einem gewöhnlichen Betriebsunfall zum Opfer gefallen? Ehe der Leser irgend etwas über Jakob erfahren hat, wird eine solche Auslegung seines Todes bereits in Frage gestellt. Denn der erste Satz des Romans lautet: »Aber Jakob ist immer quer über die Gleise gegangen.« Selbstmord also? Indem diese Möglichkeit auftaucht, wird die Frage nach dem Tod des Jakob Abs zur Frage nach seinem Leben. Um wiederum die Geschichte aufrollen zu können, die Jakobs Tod vorangegangen ist, muß der Autor auf das Leben weiterer Menschen eingehen, die in den letzten Wochen mit seinem Helden zu tun hatten.

Es gelingt Johnson tatsächlich, statt dem Leser die Ergebnisse der »schwierigen Suche nach der Wahrheit« mitzuteilen, ihm diese Suche vorzuführen. Neben die Darstellung des Erzählers setzt er die inneren Monologe jener drei Gestalten, die mit dem Schicksal Jakobs am engsten verknüpft waren, sowie Fragmente von Gesprächen, die um die Person des Helden kreisen und von nicht genannten und nicht immer identifizierbaren Personen geführt werden. Den objektiven, jedoch höchst lückenhaften Bericht des Erzählers ergänzen also Bekenntnisse, die zu Darstellungen desselben Geschehens aus anderen Perspektiven werden, sowie bruchstückhafte Wahrnehmungen und Spekulationen.

Die Auskünfte, die der Leser auf diese Weise im Laufe der Handlung erhält, vermögen manches aufzuhellen und lassen vieles ahnen – aber die Gestalten müssen verschwommen bleiben, da die vom Autor gebotenen Elemente, die psychologische Porträts ergeben könnten, von ihm meist wieder in Frage gestellt werden. Dennoch geht von den Johnsonschen Gestalten eine eigentümliche Anziehungskraft aus. Die Diskrepanz zwischen der Unklarheit dieser Figuren und der Intensität, mit der die zwischen ihnen bestehenden mannigfaltigen Spannungen spürbar gemacht werden, hat keinen mysteriösen Grund. Sie ist eine logische Folge der generellen Absicht Johnsons. Er vergegenwärtigt die Infiltration der Politik in das Leben eines jeden Individuums im totalitären Staat von heute und zeigt das Resultat: Der Mensch tarnt sich; nicht nur für die Machthaber, auch für seine Umgebung wird er undurchschaubar. Daher ist er für den Romanautor ebenfalls nicht durchschaubar – nur die Art der Beziehungen zu den Mitmenschen kann angedeutet werden und auch dies mit allerlei Vorbehalten. »Jedermann ist eine Möglichkeit« – heißt es einmal in den *Mutmaßungen.* Und etwas weiter: ». . . er wußte, daß die Lebensumstände nichts zu tun haben mit einer Person (während Herr Rohlfs zu meinen schien, daß der Lebenslauf oder die Biographie einen Menschen hinlänglich und jedenfalls bis zur Verständlichkeit erkläre: als ob der Staubstreifen hinter einem fortgerückten Schrank und ein nutzloser Nagel in einer leeren Wand und die alberne Traulichkeit eines Blumentopfes auf dem Fensterbrett eines ausgeräumten Zimmers noch verläßliche Nachrichten wären).«

Hier zeigt sich abermals Johnsons Gegenposition: Er widersetzt sich dem jenseits der Elbe üblichen primitiven Biographismus, der sich ebenso im täglichen Leben bemerkbar macht wie in der Literatur des sozialistischen Realismus und der darauf hinausläuft, daß das Bild des Menschen aus biographischen Umständen mechanisch abgeleitet wird – vornehmlich aus seiner sozialen Herkunft, seiner politischen Vergangenheit und seiner gesellschaftlichen Stellung.

Aber eben weil Johnson keinerlei »verläßliche Nachrichten« sieht, stürzt er sich in jenem »ausgeräumten Zimmer« – um bei dem soeben zitierten Vergleich zu bleiben – auf die wenigen greifbaren, unzweifelhaften Spuren: den Nagel in der leeren Wand, den Blumentopf auf dem Fensterbrett, den Staubstreifen. Das sind die in beiden Romanen immer wieder auftauchenden exakten Beschreibungen. Sie haben nichts gemeinsam mit der Detailbesessenheit, die für Martin Walsers *Halbzeit* charakteristisch ist. Walser inventarisiert Einzelheiten, weil er vorerst keine Möglichkeit sieht, mit anderen Mitteln der Welt, die er zeigen möchte, beizukommen. Bei Johnson hingegen haben die Beschreibungen eine geradezu pädagogische Funktion.

Die Organisation einer Post, das Funktionieren einer Signalanlage oder einer automatischen Telephonzentrale, die Betriebsordnung für Eisenbahner – all das wird minuziös geschildert, doch mit jenem unmißverständlichen Spott, der andeutet, daß eben nur derartige Vorgänge und Phänomene erfaßt und dargestellt werden können, während sich die Empfindungen und Gedanken der Menschen nie gänzlich erkennen, sondern bestenfalls ahnen lassen. Anders ausgedrückt: die Existenz dieser Inseln der Präzision und der Klarheit im nicht auslotbaren Meer der Johnsonschen Mutmaßungen macht dem Leser den Unterschied zwischen dem Durchschaubaren und dem Undurchdringlichen bewußt: zwischen dem Beschreibbaren und dem Nicht-Beschreibbaren. Die exakten Schilderungen technischer

Prozesse und gegenständlicher Einzelheiten dienen als ironisch-didaktische Kontrastmotive. Durch die provozierende Überbelichtung des einen wird die hoffnungslose Dunkelheit des anderen betont.

Es erweist sich, daß der Nebel, in dem Jakob an jenem Novembermorgen überfahren wurde, ebenso real wie zugleich metaphorisch ist. Aber so konsequent in diesem Roman die Verdunkelung angestrebt und die Verworrenheit realisiert wird, sooft Johnson auch die Fäden bis zur Unkenntlichkeit verschlingt – die im Mittelpunkt stehende Geschichte zeichnet sich durch die überwältigende Einfachheit großer Parabeln aus. Es ist das Gleichnis vom gerechten Mann in einer ungerechten Zeit, vom trotzigen Einzelgänger im heutigen Deutschland.

Jakob will nichts anderes als in Ruhe leben, seine Pflicht erfüllen und seine moralische Integrität bewahren. Er will weder der Spionageabwehr dienen, die seine Hilfe sucht, noch fliehen. Unheimlich wird ihm der Staat, in dem er lebt – fremd bleibt ihm der andere deutsche Staat. Er versucht, quer über die Gleise zu gehen. Eine Lokomotive fährt ihm entgegen, er weicht ihr aus, wird jedoch von einer anderen Lokomotive erfaßt. Die Richtungen, aus denen diese beiden Lokomotiven kommen, sind zwar nicht angegeben, aber wir können sie vermuten: Ost und West.

Die Frage, ob es Selbstmord oder ein Unfall war, wird nicht gelöst und braucht nicht gelöst zu werden, denn Bedeutung kommt lediglich dem Endergebnis zu: daß er, der Gerechte, auf einem ihm wohlvertrauten Gelände zwischen zwei Lokomotiven geraten ist. Und die diskrete Schlußpointe: Der Mann des östlichen Spionagedienstes und das Mädchen aus dem Westen, das dort für eine ähnliche Organisation arbeitet, treffen sich, um den Toten zu betrauern.

Die Umrisse des Lebens der Durchschnittsmenschen in der DDR hatte Johnson in den *Mutmaßungen* aus der Nahsicht angedeutet. Diesem Blickwinkel verdanken viele Teile des Buches ihren merkwürdigen Reiz. Indes konnte man sich des Eindrucks nicht ganz erwehren, daß Johnson in manchen Abschnitten vor lauter Bäumen den Wald nicht sah, daß ihn also die geringe Distanz mitunter an dem Überblick hinderte.

Im *Dritten Buch über Achim* (1961), das im Unterschied zu den *Mutmaßungen* im Westen geschrieben wurde, ist er wiederum bestrebt, die Atmosphäre in der Welt zwischen der Elbe und der Oder einzufangen. Aber die Perspektive hat sich grundlegend geändert. In den zwei Jahren, die zwischen diesen beiden Romanen liegen, hat Johnson jenen Abstand gewonnen, den man in den *Mutmaßungen* noch vermissen mußte.

Auch für dieses Buch ist etwas Trotziges charakteristisch, es läßt ebenfalls eine Gegenposition erkennen. Gewiß, hier wird nicht mehr gegen den sozialistischen Realismus Widerstand geleistet, wohl aber gegen westliche Denkschablonen, gegen oberflächliche und klischeehafte Vorstellungen vom Leben jenseits der Elbe, gegen die »handelsüblichen Namen« der Phänomene. Auf die neugewonnene Distanz des Verfassers muß auch der Umstand zurückgeführt werden, daß jetzt nicht mehr ein Bewohner der DDR im Mittelpunkt steht, sondern ein Besucher aus der Bundesrepublik.

Freilich hat dieser Journalist Karsch aus Hamburg, der im Jahre 1960 aus privaten Gründen eine Großstadt in der DDR aufsucht, doch etwas mit dem Eisenbahner Jakob gemeinsam. Über Karsch heißt es: »Sah von der Galerie hinunter auf den dichten Strom nachmittäglicher Fußgänger und war sicher, daß er nichts verstehen werde mit Vergleichen . . .: dies war etwas für sich allein und zu erfassen nur von sich aus; er kannte es nicht.« Und: »Er war kaum je vorher so unsicher gewesen in einem fremden Land: in diesem war ihm der Rückhalt seiner Lebensweise gänzlich abgegangen . . .«

Dieser Satz hätte auch über Jakob Abs in der Bundesrepublik gesagt werden können. Nur, daß dem Helden der *Mutmaßungen* schon vorher der »Rückhalt seiner Lebensweise« auch in seiner östlichen Heimat verlorengegangen war. Die Erkenntnis der Entfremdung im anderen Teil Deutschlands hatte daher für Jakob katastrophale Folgen. Dieselbe Erkenntnis verursacht bei Karsch lediglich den Entschluß, die Entfremdung zu überwinden oder zumindest ihre Ursachen zu begreifen. *Das dritte Buch über Achim* beginnt also da, wo die *Mutmaßungen über Jakob* aufhörten.

Beide Helden lassen sich von ihrer Umwelt nicht beirren und versuchen – unpathetisch und still –, ihren eigenen Weg zu finden: Auch Karsch aus Hamburg ist ein verkappter Trotzkopf, der quer über die Gleise gehen will. Ein programmatisch unvoreingenommener Intellektueller, der alle Vergleiche östlicher und westlicher Phänomene für sinnlos hält, wird also mit der ihm fremden Realität konfrontiert.

Wie in den *Mutmaßungen* ergibt sich auch in diesem Fall die Handlung aus der Initiative einer DDR-Instanz: Der Staat wendet sich an das Individuum mit einem Ansuchen oder einem Vorschlag – und das Individuum gerät bald in schwierige Situationen und Konflikte. Der Staatssicherheitsdienst brauchte Jakobs Hilfe, weil Gesine für Spionagezwecke gewonnen werden sollte; ein staatlicher Verlag tritt an Karsch heran, weil die Partei ein neues Buch über den gefeierten Radrennfahrer Achim wünscht.

Die Bemühungen Karschs, den Werdegang dieses Achim kennenzulernen und die erlangten Informationen in einer Lebensbeschreibung zu verarbeiten, und die Auseinandersetzungen mit den Funktionären, welche die Arbeit des Biographen überwachen, bilden einen Handlungsfaden, den die eigentliche Geschichte des Rennfahrers als zweiter Bestandteil des Romans ergänzt.

Auch die Klarheit dieser Komposition ist die Folge der neugewonnenen Distanz Johnsons: Seine schriftstellerische Ausgangsposition, der Versuch also, der Verworrenheit und Undurchschaubarkeit der Welt mit einem ebenso verworrenen und undurchschaubaren epischen Gebilde zu begegnen, scheint mit dem *Buch über Achim* schon überwunden. Die Kunstgriffe und Mittel des modernen Romans, derer sich Johnson in den *Mutmaßungen* bedient hat, werden jetzt in der Regel sparsamer und sicherer angewandt, formale Extravaganzen stören nur noch selten. In vielen Kapiteln ist die Technik zur Selbstverständlichkeit geworden. Es dominieren: der sachliche Bericht, die ironisch-feierliche Chronik, die herkömmliche Er-Erzählung.

Dadurch wurde Johnsons Prosa keinesfalls ärmer, denn ihre Originalität wird nicht so sehr – wie manche meinten – durch diese Mittel und ihre Montage bewirkt, sondern durch die sprachliche Kraft, durch die herbe und spröde Diktion, die sich offensichtlich von norddeutschen Mundarten prägen ließ. *Das dritte Buch über Achim* zeichnet sich durch jene scheinbare epische Gleichgültigkeit aus, jene Gelassenheit, die ebenso von Leidenschaft wie von Skepsis zeugt, jene Nüchternheit, hinter der sich die Gefühle verbergen, jene Ruhe, die die Erregung des Lesers provoziert.

Indem jedoch Johnson wenigstens teilweise auf den dichten Nebel verzichtet, der ein nicht wegzudenkendes Element der Geschichte über Jakob war, setzt er die Gestalten und Motive des *Dritten Buches über Achim* einer rationalen Kritik aus, die in den *Mutmaßungen* oft unmöglich gemacht wurde. So erscheinen Ausgangspunkt und Basis der Handlung recht fragwürdig. Johnson und Karsch interessieren sich für den Rennfahrer, weil er – von den Machthabern gern gesehen und zugleich von den Massen bewundert – »eine sehr vermittelnde Figur«[2] ist Das leuchtet ein, nur hat Johnson keine Möglichkeit gefunden, die beiden Gestalten auf überzeugende Weise in Beziehung zu setzen.

Die bereits existierenden zwei Biographien über Achim mißfallen der Partei, weil sie unpolitisch sind. Klar wird gesagt, was die erforderliche dritte Biographie bieten soll: »Das Buch, in dem ein Durchreisender namens Karsch beschreiben wollte, wie Achim zu Ruhm kam und lebte mit dem Ruhm, sollte enden mit der Wahl Achims in das Parlament des Landes, das war die Zusammenarbeit von Sport und Macht der Gesellschaft in einer Person . . . auf dies Ende zu sollte der Anfang laufen und sein Ziel schon wissen.« Es widerspricht der Logik, daß Instanzen der DDR eine derartige, rein propagandistische Aufgabe, die zwei einheimische Autoren nicht lösen konnten, gerade einem

Neuankömmling anvertrauen, dessen politische Ahnungslosigkeit in die Augen springen muß.

Auch die Gestalten überzeugen diesmal weniger als in dem Erstling. Die Profile von Jakob, Rohlfs und Gesine lassen sich in dem Nebel der *Mutmaßungen* nur ahnen, sind aber dennoch unverwechselbar. Karsch hingegen ist ein Medium ohne individuelle Züge. Die weibliche Hauptgestalt, Karin, wurde von Johnson allzu spärlich beleuchtet. Und schließlich und vor allem: Achim mag ein Typ sein, als Individuum kann er schwerlich gelten; daher wirkt er als »vermittelnde Figur« kaum glaubhaft. Offenbar liegt dem Autor des *Dritten Buchs über Achim* weniger an den Charakteren als an der Darstellung der Verhältnisse; nicht um Aktionen geht es ihm, sondern um den Hintergrund. Wichtiger als die Gedanken, die geäußert werden, sind für Johnson die Umstände, die sie verursacht haben. Wie Walser in der *Halbzeit*, strebt auch er die zeitgeschichtliche Bestandsaufnahme an. Die psychologische Analyse hingegen interessiert ihn nur gelegentlich.

Während sich aber die Geschichte vom Eisenbahner Jakob als eine epische Struktur erwies, die alles zu umfassen vermochte, was Johnson sagen wollte, ist die Fabel um Achim im Grunde nur eine Hilfskonstruktion. Der Geschichte vom westlichen Journalisten und östlichen Radrennfahrer geht das Gleichnishafte ab. Mögen manche Abschnitte der *Mutmaßungen* weniger gelungen sein – das Ganze zeichnet sich doch durch innere Geschlossenheit und Einheitlichkeit der Stimmung aus. Dem *Dritten Buch über Achim* fehlt indes eine Achse, ein Zentrum: Oft hat man den Eindruck, als sei der Roman aus einzelnen Bestandteilen zusammengefügt worden.

Im Gedächtnis des Lesers bleiben daher nicht Gestalten, sondern Situationen, nicht Handlungsfäden, sondern Episoden, nicht Ereignisse, sondern Zustandsschilderungen: der Kauf einer Schreibmaschine, ein FDJ-Umzug, ein Wahllokal in der DDR, eine Szene in einem Westberliner Laden, die Beschreibung eines Bahnhofs. Aber in diesen – meist in sich abgeschlossenen – Situationen, Episoden und Zustandsschilderungen wird der Zeitgeist augenscheinlich. In ihnen werden die Beziehungen zwischen dem totalitären Staat und dem Individuum in ihrer Vielschichtigkeit und Fragwürdigkeit konkreter und präziser vergegenwärtigt als in den *Mutmaßungen.*

Im Mittelpunkt steht die Diskrepanz zwischen den Vorstellungen, die sich die Funktionäre von der Vergangenheit des jungen Achim und somit von der Biographie eines vorbildlichen DDR-Bürgers machen – und dem wirklichen Entwicklungsweg des Starsportlers. Wenn Johnson diesen Gegensatz am Beispiel verschiedener Episoden aus der Kriegs- und Nachkriegszeit verdeutlicht und ihn über die Ereignisse vom 17. Juni 1953 bis in die Gegenwart verfolgt, so ist hier die Bloßstellung von Propagandamethoden gewiß das wenigste. Johnson greift tiefer. Seine Geschichte vom primitiven Rennfahrer, dessen Leben doch weit komplizierter war, als es die Partei wahrhaben will, richtet sich gegen eine Theorie, die das Dasein unentwegt vereinfacht, gegen eine Welt, in welcher der Mensch als restlos deutbare, berechenbare und daher stets auswechselbare Größe behandelt wird.

Achim selbst jedoch, der Vertreter einer Generation, die kurz nach dem braunen Hemd der HJ das blaue Hemd der FDJ erhielt, möchte sich – und das ist das ironische Leitmotiv des Romans – eben als vereinfachtes und restlos deutbares Wesen sehen. Auch er wünscht sich eine möglichst schematische Darstellung, denn zum Starsportler, der »gern mit Notwendigkeit gekommen sein wollte durch die Zeit hierher aber nicht durch Zufall und bloß überredet dazu . . . paßte nun nicht mehr der vergangene Tag«.

Johnson betonte, er wolle Geschichten erzählen, die »interessant wegen ihrer Neuheit« seien, »wegen der in ihnen enthaltenen Erfahrungen und Kenntnisse[3]«. In der Skizze *Berliner Stadtbahn* sagte er: »Von einem Erzähler werden Nachrichten über die Lage erwartet, soll er sie berichten mit Mitteln, über die sie hinausgewachsen ist?«[1] So und nicht anders sollten die beiden Romane verstanden werden: als Bemühungen, die Gegenwart mit epischen Mitteln zu erfassen. Johnsons Avantgardismus dient einer eindeutigen Aufgabe: Er will »Nachrichten über die Lage« bieten, »Erfahrungen und Kenntnisse« auf die der Kunst gemäße Weise zugänglich machen. Seine formalen Experimente sollen lediglich die »Wahrheitsfindung« ermöglichen und erleichtern.

Die Suche nach dem adäquaten Ausdruck kann nicht geradlinig verlaufen und frei sein von Irrtümern und Mißverständnissen. Vorerst konnte Johnson Manieriertheiten und Primitivismen sowie Schwankungen vom allzu Verschlüsselten bis zur störenden Direktheit nicht vermeiden. Dies ändert jedoch nichts an der Tatsache, daß es heutzutage nur wenige deutsche Schriftsteller gibt, deren Bücher es verdienen, so aufmerksam gelesen zu werden wie die Prosa des Uwe Johnson.

Zweiter Teil

DER PREUSSISCHE JUDE ARNOLD ZWEIG

In der DDR feiert man ihn als Klassiker der Prosa unseres Jahrhunderts, Alexander Abusch nennt ihn – in einem 1962 dort erschienenen Buch – kurzerhand »den größten unter den lebenden deutschen Romanciers«.[1] Der Literaturgeschichte *Dichtung und Dichter der Zeit* von Albert Soergel und Curt Hohoff – bundesrepublikanische Neuausgabe von 1963 – kann man hingegen entnehmen, »daß sich A. Zweigs Wirkung im wesentlichen auf die zwaniger Jahre beschränkte«.[2] Tatsächlich hält man ihn westlich der Elbe für einen Schriftsteller der Vergangenheit, für einen Mann, der seinen Ruhm überlebt hat.

In der DDR wird sein Werk ediert und in Monographien und Abhandlungen analysiert und kommentiert. Die germanistischen Seminare widmen ihm viel Zeit und Mühe, es ist Gegenstand zahlreicher Dissertationen und gehört zur Pflichtlektüre der Gymnasialschüler. Aber dort findet Arnold Zweig auch viele freiwillige Leser. Für die Germanistik in Westdeutschland existiert er nicht. Seine Romane und Erzählungen, Stücke und Essays sind hier in Vergessenheit geraten. Die jüngeren Generationen haben diese Bücher überhaupt nicht zur Kenntnis genommen.

In der Bundesrepublik wird Zweig gelegentlich beschimpft, in der DDR wird er systematisch verklärt. Hier wirft man ihm vor, er habe sich noch im Alter dazu hergegeben, dem SED-Regime zu dienen. Dort wird behauptet, sein Leben sei »exemplarisch geworden für den Weg der besten Intellektuellen aus dem deutschen Bürgertum«.[1] In der Bundesrepublik glaubt man, er werde in der DDR lediglich aus politischen und propagandistischen Gründen geschätzt und geehrt; in der DDR meint man, er werde in der Bundesrepublik aus denselben Gründen verkannt und ignoriert. So schwankt, von der Parteien Gunst und Haß verwirrt, das Bild des deutschen Schriftstellers Arnold

Zweig zwischen Verherrlichung, Gleichgültigkeit und Verwerfung.

Eindeutig hat er sich für den Kommunismus entschieden – aber erst nach dem Zweiten Weltkrieg. Damals war er über sechzig Jahre alt. In dem Weg, der zu dieser späten Entscheidung geführt hat, sieht die Kritik in der DDR einen zwangsläufigen und gesetzmäßigen Prozeß. Zunächst sei Zweig Irrtümern und Vorurteilen zum Opfer gefallen, die man auf seine soziale Herkunft zurückführen müsse. Allmählich vermochte er jedoch die klassenbedingte Beschränktheit seines geistigen Horizonts zu überwinden. Daher habe sich – allen Täuschungen und Verzögerungen zum Trotz – die Lebensbahn Zweigs seit Jahrzehnten folgerichtig von seiner (dem Untergang geweihten) Klasse entfernt und dem kämpfenden Proletariat genähert. Marx habe schließlich dem Schriftsteller die Augen geöffnet. Der endgültige Sieg der höheren Einsicht manifestiere sich in Zweigs Übersiedlung nach Ost-Berlin, die als ein Akt der Selbstverwirklichung erscheint und zur Apotheose der Lebensgeschichte wird. »Bürger« heißt das Schlüsselwort dieser Interpretationen.

In der Tat kommt Zweig aus einem bürgerlichen Haus. Er wurde am 10. November 1887 in Glogau in Niederschlesien als Sohn eines Kaufmanns und früheren Handwerkers geboren. Als bürgerlich kann man auch seinen Bildungsweg bezeichnen. Nach dem Abitur in Kattowitz studierte er sieben Jahre lang auf deutschen Universtitäten Germanistik und neuere Sprachen, Philosophie, Kunstgeschichte und Psychologie. Bereits als Student veröffentlichte er – ab 1910 – Bücher: Sonette, Dramen, Erzählungen. Die *Novellen um Claudia* (1912) machten ihn bekannt. Von 1915 bis 1918 war er Soldat im Westen und im Osten. Dann lebte er als freier Schriftsteller zunächst am Starnberger See und ab 1923 in Berlin.

So bürgerlich dies alles auch sein mag – es scheint müßig, Zweigs Werdegang und Werk mit seiner sozialen Abstammung erklären zu wollen. Alle bedeutenden deutschen Romanciers unseres Jahrhunderts – einschließlich der Kommunistin Anna Seghers – sind bürgerlicher Herkunft und haben einen bürgerlichen Bildungsweg. Die soziologische Deutung kann hier nichts ergeben. Nicht »Bürger« ist das Stichwort, unter dem das Phänomen Arnold Zweig untersucht werden muß, sondern »Jude«. Nicht der dialektische Materialismus hat ihn fasziniert, sondern die Psychoanalyse. Nicht Marx hieß also der Leitstern, dem er auf dem größten Teil seines Weges folgte, sondern Freud. Nicht der Kommunismus war die politische Bewegung, der er die besten Jahrzehnte seines Lebens geopfert hat, sondern der Zionismus. Wie ist es also zu verstehen, daß er sich nach dem Zweiten Weltkrieg für Ost-Berlin entschieden hat? Als eine konsequente Revision der Anschauungen, denen er seit seiner Jugend huldigte? Aber war es tatsächlich ein vornehmlich ideologischer und politischer Schritt?

Am 15. Dezember 1935, wenige Tage bevor er Selbstmord beging, schrieb Kurt Tucholsky – übrigens in einem Brief an Arnold Zweig –: »Ich bin im Jahre 1911 ›aus dem Judentum ausgetreten‹, und ich weiß, daß man das gar nicht kann.«[3] Lang ist die Reihe deutscher Schriftsteller jüdischer Herkunft, die diese Erfahrung machen mußten: von Heine bis Werfel und Döblin. Das Judentum trieb Kafka und Roth in Einsamkeit und Trauer, Else Lasker-Schüler und Nelly Sachs in Mystizismus und Schwärmerei, Karl Kraus und Alfred Kerr in Aggressivität und Provokation. Fast immer erweist es sich, daß die Position in hohem Grade eine Gegenposition ist. Das gilt für Stefan Zweig, der vorgab, das Problem nicht zu kennen, wie für Max Brod, den radikalen Zionisten, der seit Jahrzehnten in Israel lebt.

Auch der junge Arnold Zweig bekam den Druck der Umwelt deutlich zu spüren. Er war noch ein kleines Kind, als eine antisemitische Anordnung seinen Vater zwang, das in Glogau geführte Geschäft aufzugeben und nach Kattowitz überzusiedeln. In der Schule ist der Junge antisemitischen Schikanen ausgesetzt. Den Glauben an Gott verliert er bald, nicht aber den Glauben an das Judentum: »Schon als Schüler schien mir beschämend und schädlich der Versuch vieler Juden, deutscher und anderer, aus der Tatsache ihres Judentums keine kämpferischen Folgerungen zu ziehen. Ohne jemals der Krankheit des Nationalismus zu erliegen, war ich der Meinung, daß man erst eine Stube aufräumen solle, bevor man anfing, im Haus und auf der Straße Ordnung zu machen.«[4] Und an einer anderen Stelle sagt Zweig, es habe ihn immer in Verwunderung gesetzt, »wie sehr sich gegen die einfache und vernünftige Einsicht, daß Juden sich zunächst mit jüdischen Angelegenheiten erschöpfend befassen müßten, Scharen von Zeitgenossen und Blutgenossen stemmten«.[5]

Zweigs Judentum ist frei von Religiösem, es kennt keine mystische Ekstase und keine Schwärmerei, es hat nichts vom Chassidismus. Aber dieses weltliche und rationale Judentum resultiert auch nicht aus einer Gegenposition. Für die meisten deutschen Schriftsteller jüdischer Herkunft wird das Judentum zu einer Last, die sie abwerfen möchten oder resigniert mitschleppen oder wie ein Banner zu tragen versuchen. Nicht so für Zweig: für ihn – wie auch für seinen Freund Lion Feuchtwanger – ist das Judentum weder ein Fluch noch eine Ehre, weder ein Unglück noch eine Auszeichnung, weder eine Last noch ein Banner. Im Gegensatz zu Heine, zu Kafka leidet er nicht an seinem Judentum. Er hadert nicht mit ihm, vielmehr nimmt er es als eine Selbstverständlichkeit hin, als etwas höchst Natürliches. Und er zieht daraus – ohne Weltschmerz und Melancholie, aber auch ohne Zorn und Gereiztheit – die für ihn naheliegende Folgerung: Er will Ordnung machen.

Denn der Jude Zweig ist ein Preuße. Wird damit ein Antagonismus angedeutet? Das Bild von den zwei Seelen drängt sich auch, die, ach!, in einer Brust wohnen. Die eine will sich von der anderen . . . Allein, das Bild trifft nicht zu. Sie will sich nicht von der andern trennen. Und es sind auch nicht zwei Seelen. Der junge Zweig begegnet dem Preußentum mit jüdischem Geist und dem Judentum mit preußischem Ethos. Er relativiert das Preußische mit dem luzid-skeptischen Blick der Juden, und er legt an das Jüdische die streng-nüchternen Maßstäbe der Preußen an. Er hat das Vertrauen der Juden zur ethischen Macht der Vernunft, und er hat das Vertrauen der Preußen zur moralischen Wirkung der Ordnung. Nein, Zweig ist nicht Jude und Preuße zugleich; er ist ein preußischer Jude, ein jüdischer Preuße.

Nicht die Antinomie kennzeichnet sein Wesen und Werk, sondern die Harmonie. Daher steht das Bild seiner Persönlichkeit im Widerspruch zur klischeehaften, nicht böswilligen, jedoch erschreckend oberflächlichen Vorstellung vom typisch jüdischen Schriftsteller: Er ist nicht nervös und temperamentvoll, sondern beherrscht und gelassen; nicht von innerer Unrast und Zerrissenheit zeugen seine Bücher, sondern von Gleichmut und Ausgeglichenheit; er ist nicht aggressiv, sondern mild-versöhnlich, eher weise als geistreich, nicht sarkatisch, sondern heiter. Er hat wenig Witz und viel Humor. Er ist nicht revolutionär, sondern konservativ und nicht ein Künstler des Experiments, sondern der Tradition.

Als preußischer Konservativer und jüdischer Traditionalist ordnet er also seine unmittelbare Umwelt. Er stellt sich dem Judentum mit seiner ganzen Persönlichkeit, indem er es zum Hauptthema seiner literarischen Bemühungen wählt. Aber er verherrlicht es nicht und er attackiert es nicht: Was er über Juden zu sagen hat, ist weder Apologie noch Karikatur. Er frönt einer uralten, sehr jüdischen Leidenschaft, die für die Menschheit – von den Zehn Geboten bis zu Marx, Einstein und Freud – nicht ohne Folgen geblieben ist: der Leidenschaft, die Phänomene zu benennen und zu ordnen, zu katalogisieren und zu deuten. Er bewältigt die Problematik, indem er sie formuliert – mit den Mitteln des Erzählers, des Dramatikers, des Essayisten.

Offenbar unter dem Einfluß der *Buddenbrooks* schreibt er die epische Chronik des Verfalls einer jüdischen Familie (*Aufzeichnungen über eine Familie Klopfer*, 1911). Sein erstes Drama, *Abigail und Nabal* (1913), spielt in der alttestamentarischen Welt. Eine seiner frühesten essayistischen Arbeiten ist dem Thema *Die Demokratie und die Seele des Juden* gewidmet und findet sich in dem Sammelband *Buch des Judentums* (1913). In dem Drama *Ritualmord in Ungarn* (1914) – spätere Fassung unter dem Titel *Die Sendung Semaels* (1918) – behandelt er das Problem des Antisemitismus. Für dieses Werk wird Zweig mitten im Krieg, 1915, eine öffentliche Ehrung zuteil. Der Untertitel des Dramas lautet *Jüdische Tragödie*, der Preis trägt den Namen des größten Dichters der Preußen. Übertreibt man, wenn man dieser Verleihung des Kleist-Preises einen symbolischen Sinn beimißt?

Das Gymnasium habe ihm, berichtet Zweig, »die ungebrochene Tradition zur deutschen Klassik« vermittelt. Er führt sechs Namen an: Lessing, Wieland, Schiller, Goethe, Kleist und Heine. Aber er hebt nur ein einziges Werk hervor: den *Prinzen von Homburg*.[6] 1923 ediert Zweig eine Ausgabe der sämtlichen Werke Kleists. In der ausführlichen Einleitung, einem der Höhepunkte der Zweigschen Essayistik – sie bildet einen Teil seines Buches *Lessing, Kleist, Büchner (1925)* –, hebt er ohne Bedenken Kleist auf die Ebene von Shakespeare und Goethe, Bach und Beethoven. Den *Homburg* nennt er zunächst Kleists »großartigstes Drama«, bald aber das »schönste deutsche Drama« schlechthin und spricht vom »rauschartigen Jubel, der uns umfängt, wenn uns der letzte Akt entläßt«.[7] Zweig schätzt und bewundert Lessing und Büchner. Aber Kleist, den Preußen, liebt er, von ihm läßt er sich bezaubern.

Viel verdankt Zweig den französischen und russischen Romanciers des vergangenen Jahrhunderts, manches hat er von Gottfried Keller und dem jungen Thomas Mann gelernt. Kein deutscher Prosaist hat jedoch auf seine Epik einen auch nur annähernd so starken Einfluß ausgeübt wie Fontane. Zweig sagte gelegentlich, er habe »in der Nachfolge« Fontanes geschrieben. Also wieder ein Preuße, mehr noch, ein Dichter der Größe Preußens. Daß Zweig hierbei nicht nur an das formale Vorbild gedacht haben kann, liegt auf der Hand: Wie er Fontanes epische Welt als geglückte Synthese des preußischen und des romanischen Geistes empfand, so war er mit seinem späteren Werk um eine preußisch-jüdische Synthese bemüht.

Im Unterschied zu der Gymnasialzeit, in der die literarischen und musischen Eindrücke dominierten, stand im Vordergrund der Studienjahre Zweigs seine Begegnung mit der idealistischen Philosophie. Er suchte »auf deutschen Universitäten ein Fundament, von dem aus sicher zu denken war«. Und: »Ich glaubte dieses Fundament endlich 1912 im Göttingen Edmund Husserls und Adolf Reinachs und ihrer Interpretation Immanuel Kants gefunden zu haben.«[4] Dem Kleist-Enthusiasmus scheint ein Kant-Enthusiasmus zu entsprechen, wobei es vor allem – Zweigs Romane und Essays lassen darauf schließen – die in der *Kritik der praktischen Vernunft* dargelegte Ethik der Pflicht war, die seine Denkweise zu prägen vermochte. Mithin geriet er abermals in den Bann von Werken, die auf preußischem Boden gewachsen sind und auf die preußische Mentalität Einfluß ausgeübt haben.

Preußisch ist seine Beziehung zu Kants Lehre – und sehr jüdisch. In einer Analyse des *Deutschen Idealismus der jüdischen Philosophen* schreibt Jürgen Habermas: »Die Anziehung Kants auf den jüdischen Geist erklärt sich natürlich in erster Linie daher, daß sich, außer in Goethe, in ihm die freie Haltung vernunftgläubiger Kritik und weltbürgerlicher Humanität zur hellsichtigsten und wahrhaftigsten Gestalt entfaltet hat. Sein Humanismus prägte jenen geselligen Verkehr, in dem eine Assimilation ohne Kränkung ihren frühen und einmaligen Augenblick erlebte: in den Berliner Salons um die Wende zum 19. Jahrhundert. Der Kritizismus war zudem auch das Medium der jüdischen Emanzipation vom Judentum selber . . . Kritik ist jüdische Philosophie in allen ihren Versionen geblieben.«[8] Und Max Horkheimer sagt: »Bei Kant gewann die Negativität den theoretischen Ernst, den ihr das Judentum in seiner Theologie verliehen hatte.«[9]

Schließlich ist in Zweigs Werk – auch wenn er sich hierüber, meines Wissens, nie deutlich geäußert hat – der Einfluß Hegels unverkennbar, eines Philosophen also, dem oft genug vorgeworfen wurde, er habe den preußischen Staat vergottet. Hegels Forderung einer konkreten Sittlichkeit, in der die Einheit von moralischer Gesinnung und rechtlichem Handeln realisiert wäre, steht im Mittelpunkt des Zweigschen Romanzyklus. Nie wird der Name Hegels erwähnt, und doch kreisen Zweigs Romane um den Satz: »Der Staat ist die Wirklichkeit der sittlichen Idee, ja der sittliche Geist selbst.«

Hier die idealistische Philosophie, die deutsche Klassik – dort der jüdische Geist, die jüdische Tradition. Hier Vorlesungen über Kant und Hegel, dort die intensive Betätigung in ausschließlich jüdischen Studentenorganisationen. Hier die preußische »Haltung« – dort die Sympathie für den Zionismus. Gewiß, nicht alles wickelt sich reibungslos ab. 1910 beschimpft der Germanist Erich Schmidt in einer Vorlesung an der Berliner Universität den Dichter Heine, der »eine tüchtige Tracht Prügel« verdient hätte.[10] Der Student Zweig verläßt den Hörsaal mitten während der Vorlesung. Aber das sind, scheint es, Ausnahmefälle.

1915 wird Zweig eingezogen – der Akademiker und erfolgreiche Schriftsteller als gemeiner Armierungssoldat, als »Schipper« also. Denn er ist Jude. Wie verhält sich in einer solchen Situation der Mann, den der *Homburg* erzogen hat, der an den kategorischen Imperativ glaubt, an den Staat als höchste Form der Einheit von Recht und Moral? Der junge Werner Bertin, der Held des *Grischa*-Zyklus – Jude und Schriftsteller und auch sonst mit vielen Zügen des Verfassers ausgestattet –, muß ebenfalls 1915 als Armierungssoldat einrücken. In dem Roman *Junge Frau von 1914* (1931) verdeutlicht Zweig die Reaktion Bertins auf den Gestellungsbefehl: »Ein Schipper war ein Soldat ohne Ausbildung mit der Waffe, ohne Hoffnung auf Beförderung also, solange der Krieg auch dauerte. Wozu hatte er nun Schulprüfungen bestanden, das Einjährige, das Abitur? Wozu sich sieben Jahre auf Universitäten herumgetrieben?. . . Den Behörden, die ihn holten, war es nur um einen halbwegs gesunden Mann zu tun; daß der dichtete, machte ihn eher komisch. Dennoch durfte einem das Herz wohl langsamer und lauter schlagen. Diese Behörden waren unwichtig. Hinter ihnen aber standen die Heimat, die Gesittung, alle seelischen Mächte, alle guten Geister des Vaterlandes . . . Jetzt rief ihn Deutschland, er würde es nicht warten lassen.«

Arnold Zweig meinte 1915 tatsächlich, das Wilhelminische Deutschland repräsentiere »alle seelischen Mächte« und schütze die Gesittung. Er identifizierte sich mit dem Kaiserreich, weil er das Kaiserreich mit allen guten Geistern des Vaterlandes« identifizierte. Er verwechselte den Staat mit den Idealen, die dieser Staat zu verteidigen vorgab. Dieses Mißgeschick sollte Arnold Zweig später noch einmal widerfahren. Heinrich Mann und René Schickele, Johannes R. Becher und Leonhard Frank haben damals, im Ersten Weltkrieg, gewarnt und protestiert – jeder auf seine Weise. Nicht so Zweig, der Preuße. Er erfüllte seine soldatische Pflicht: in Frankreich, Serbien und Ungarn, dann dreizehn Monate vor Verdun. Schließlich kam er 1917 als Schreiber in die Presseabteilung der Heeresleitung »Ober-Ost« in Kowno, war in unmittelbarer Nähe von Hindenburg und Ludendorff und erlebte dort aus der Perspektive des obersten Stabes, was er vorher von ganz unten gesehen hatte.

Die Kritiker in der DDR behaupten, das Erlebnis des Ersten Weltkriegs habe den Werdegang Zweigs determiniert und ihn auf jenen Weg gebracht, der ihn im Alter zum Kommunismus führte. Zweig selber ist, seit er jenseits der Elbe wohnt, gern und oft bereit, diese Deutungen zu bestätigen. In einem 1956 veröffentlichten Lebensabriß schrieb er – um nur ein Beispiel anzuführen –, er sei in den Ersten Weltkrieg »als kulturkonservativer Idealist und Individualist« ausgezogen; in die Heimat zurückgekehrt sei er hingegen »als Kämpfer für die Rechte des Menschen und für einen besseren Aufbau der Gesellschaft«.[4] Bis 1914 ein Träumer und Ästhet, seit 1918 ein Realist und Gesellschaftskritiker, ein engagierter Schriftsteller – so lautet das in der Regel angewandte Schema der dortigen Kritik.

Aber realistische und gesellschaftskritische Prosa waren bereits die Aufzeichnungen über das Schicksal der Familie Klopfer und im Grunde auch die *Novellen um Claudia*, diese im intellektuellen und exklusiven Milieu des Wilhelminischen Bürgertums spielende Liebesgeschichte. Schon den *Ritualmord in Ungarn* hatte zweifellos ein engagierter Schriftsteller geschrieben. Andererseits erweist sich der Künstler Zweig auch in den zwanziger Jahren als ein ausgesprochener Traditionalist, der alle zeitgemäßen Strömungen der Literatur ignoriert und für den der Roman des 19. Jahrhunderts weiterhin vorbildlich bleibt. Dennoch hat ihn, wie übrigens alle deutschen Schriftsteller seiner Generation, das Kriegserlebnis verändert. Mit Vokabeln wie Ernüchterung, Enttäuschung und Verbitterung ist es aber hier, obwohl alle zutreffen, nicht getan.

Im wesentlichen handelte es sich um eine weltanschauliche Erkenntnis und um eine literarische Entdeckung. Zweig erkannte, daß man eine etwaige Wiederholung des Krieges verhindern und den Militarismus bekämpfen müsse. Er war Pazifist geworden. Und er entdeckte, daß »der Krieg als die schärfste Form menschlichen Zusammenlebens . . . nur nackter, stärker, krasser und tierischer (offenbarte), was an Kräften und Vorgängen schon im Frieden unsere Gesellschaft kennzeichnete, im Guten wie im Schlimmen . . .«[4]

Die Folgen, die diese Erkenntnis sowie diese Entdeckung in Zweigs Werk gezeitigt haben, sollten jedoch für die Öffentlichkeit erst ein Jahrzehnt nach Kriegsschluß sichtbar werden. Nicht ohne Einfluß hierauf mag der einstweilige Mißerfolg seines 1917 konzipierten und 1921 abgeschlossenen Dramas *Das Spiel um den Sergeanten Grischa* gewesen sein – man wollte das Werk weder drucken noch aufführen. Wichtiger indes ist der Umstand, daß in jenen Jahren eine andere Problematik fast die ganze Aufmerksamkeit des Schriftstellers Zweig in Anspruch nahm. Wie er Gelegenheit hatte, die Licht- und Schattenseiten der preußischen Mentalität in der Heeresleitung »Ober-Ost« aus nächster Nähe zu studieren, so lernte er in jenen Jahren ebenfalls das ostjüdische Leben und den ostjüdischen Mythos kennen. Während er das Preußische mit dem scharfsichtigen und verfremdenden Blick des Juden beobachtete, sah er das Ostjüdische wiederum mit der Distanziertheit des westeuropäischen Juden.

Die ostjüdische Welt faszinierte ihn nicht weniger als einen Kafka, einen Martin Buber und Joseph Roth. Zweig, der, wie erwähnt, ohnehin unter dem Einfluß der zionistischen Bewegung stand, gewann jetzt vollends die Überzeugung, daß nur durch die Gründung eines jüdischen Nationalstaates auf biblischem Boden das Problem der Millionen Juden, die in Polen, Litauen, Rußland und anderen osteuropäischen Ländern lebten, zu lösen wäre. 1918 war Zweig nicht nur als Pazifist, sondern auch und vor allem als enthusiastischer Zionist heimgekehrt. Man versteht nun, daß er es in dem vorher zitierten, in der DDR verfaßten Lebensabriß vorzog, sich mit der Umschreibung »Kämpfer für die Rechte des Menschen und für einen besseren Aufbau der Gesellschaft« zu begnügen. Denn in der kommunistischen Welt gelten Pazifismus und Zionismus als verabscheuenswert.

In der Zeit der Weimarer Republik steht also Zweig – weit mehr noch als vor dem Krieg – im Banne des Judentums. Das ist das Thema, mit dem er sich in allen seinen essayistischen Büchern dieser Jahre befaßt – mit Ausnahme lediglich der *Drei Versuche* über Lessing, Kleist und Büchner. Er schreibt über *Das ostjüdische Antlitz* (1920) und über Palästina und den Zionismus (*Das neue Kanaan*, 1925). Wir verdanken ihm eine außerordentliche Analyse des Antisemitismus mit dem Titel *Caliban oder Politik und Leidenschaft* (1927). Er zeigt die Rolle der *Juden auf der deutschen Bühne* (1927) – so etwa die Bedeutung von Elisabeth Bergner, Max Reinhardt, Leopold Jessner, Fritz Kortner und des Theaterkritikers Alfred Kerr. Die überwiegende Mehrheit seiner kleineren essayistischen und publizistischen Arbeiten veröffentlicht Zweig in der Zeitschrift *Der Jude* und – ab 1926 – in der zionistischen Zeitung *Jüdische Rundschau*, deren Redaktion er angehörte. Auch in der *Weltbühne* erscheinen mitunter seine Beiträge – er behandelt jedoch in ihnen vor allem jüdische Fragen. Die meisten Aufsätze, die Zweig in der Weimarer Republik über zeitgenössische Schriftsteller verfaßt, betreffen Juden: Else Lasker-Schüler, Martin Buber, Alfred Döblin, Lion Feuchtwanger, Moritz Heimann, Siegfried Jacobsohn, Carl Sternheim. Jüdische Motive dominieren schließlich in vielen Erzählungen aus diesen Jahren (Sammlungen: *Knaben und Männer*, 1931; *Mädchen und Frauen*, 1932).

Das Palästina der zwanziger Jahre ist der Schauplatz des Romans *De Vriendt kehrt heim* (1932). Juden sind die Hauptgestalten des Romans *Junge Frau von 1914* und spielen ebenfalls in dem *Streit um den Sergeanten Grischa* (1927) – auch wenn sie diesmal nicht im Mittelpunkt stehen – eine wichtige Rolle.

Dies alles hatte zur Folge, daß Zweig als »fanatischer Zionist und Nationaljude« verschrien wurde, was ihn 1928 veranlaßte, sich in der *Weltbühne* in einem Aufsatz *Zur Erkenntnis der Juden* grundsätzlich zu äußern. »Nationales Judentum« – erklärt Zweig – »stellt die Einsicht an den Anfang, daß die Juden ebenso viel wert sind wie irgendein anderes auf der Erde vorkommendes Menschengeschlecht ... und daß ihre geistige Besonderheit dieselbe Erhaltung verdient wie etwa die tschechische, deutsche oder japanische.« Hierzu sei »eine Zusammenfassung derjenigen Kräfte« nötig, »die sich gern mit ihren Kindern und Enkeln als Juden in die Zukunft getragen sehen möchten«. Er ist überzeugt, »daß man bei der Entwicklung der Dinge im jüdischen Osten und in Amerika einen solchen Naturschutzpark für jüdisches Sein nur in Palästina mit Erfolg errichten könne ...«[5]

Im selben Aufsatz heißt es, »nationales Judentum und Zionismus könnten sich »mit allen linken Aufgaben und Anstrengungen der Menschheit« vertragen. Als »linksstehenden Schriftsteller« hat sich Zweig damals häufig bezeichnet. Mitglied einer politischen Partei war er nicht. Die Kritik in der DDR betont jedoch immer wieder, er sei in jenen Jahren ein treuer, wenn nicht gar enthusiastischer Anhänger der Sowjetunion gewesen.

Indes fällt auf, daß die dortigen Kritiker diese These niemals mit Zitaten aus seiner damaligen, doch sehr reichhaltigen Essayistik und Publikzistik belegen. Johanna Rudolph beruft sich in ihrem Buch *Der Humanist Arnold Zweig* lediglich auf einen kleinen Vortrag, mit dem Zweig 1928 im Berliner Rundfunk eine Sendung des – aus dem Jahre 1902 stammenden – Dramas *Nachtasyl* von Maxim Gorki eingeleitet hatte.[11] Schon die Tatsache, daß Zweig diesen Vortrag hielt, glaubt die Kritikerin als sein Bekenntnis zur Sowjeitunion werten zu dürfen. Allerdings verschweigt Johanna Rudolph, daß es sich um eine gänzlich unpolitische Betrachtung handelte und daß Gorki 1928 schwerlich als Repräsentant der sowjetischen Literatur gelten konnte, da er noch in Italien »in einer Art selbstgewähltem Exil« lebte.[12]

Dieser Vortrag wurde übrigens erst 1960 gedruckt.[13] Wer jedoch das tatsächliche Verhältnis Zweigs zur Sowjetunion in der Zeit der Weimarer Republik verdeutlichen will, braucht nicht auf ungedruckte Quellen zurückzugreifen. Im Jahre 1930 wurden in der Sowjetunion 48 Spezialisten der Sabotage beschuldigt und hingerichtet. Zusammen mit 41 anderen deutschen Schriftstellern, Künstlern und Gelehrten – unter ihnen waren Albert Einstein und Heinrich Mann – unterzeichnete Zweig einen öffentlichen Protest gegen die sowjetische Maßnahme, die »den elementaren Grundsätzen des menschlichen Gemeinlebens widerstreitet«. Seinen Standpunkt erläuterte er in einem von der *Weltbühne* abgedruckten Artikel mit dem Titel *Die Moskauer Hinrichtungen*, in dem es heißt:

»Ein Zwangsstaat, wie der russische, scheint offenbar kein Mittel zu haben, um innerhalb zehnjähriger, immer wieder als aufbauend dargestellter Leistungen die Seelen derjenigen seiner Mitarbeiter zu gewinnen, die der herrschenden Richtung der Kommunistischen Partei nicht angehören. Er scheint, zweitens, sich nicht entschließen zu können, mitten in seinem Lande gegen die Angeklagten öffentlich und unter Stellung von Verteidigern und Berichterstattern zu prozessieren. Er scheint, drittens, entschlossen, die Schwierigkeiten, die ihm die Weltkrise bei der Verwirklichung seines gewagten, in die Zukunft gebauten Planes entgegenstellt, dadurch zu beseitigen, daß er mit altrussischen Mitteln und unter Anwendung einer längst als albern entlarvten Abschreckungstheorie seine Feinde erschießen läßt . . . Um so schärfer verurteile ich die Verfälschung der sozialistischen Idee, die eintritt, wenn man sich berechtigt glaubt, um der Befreiung einer Klasse willen Individuen scharenweise sterben zu lassen. Jeder Mensch hat das Recht, sein eigens Leben freiwillig für Ideen zum Opfer zu bringen; aber jeder Mensch hat die Pflicht, gegen diejenigen zu kämpfen, die unter Aufwand hämmernder Suggestionen das Leben der Massen für Ziele vergeuden, die weder des Lebens noch des Sterbens würdig waren oder sind.«[14]

Zwei Wochen später hielt es Arnold Zweig für nötig, seine Ansichten über die Sowjetunion noch einmal in der *Weltbühne* darzulegen. Er schrieb unter anderem: »Die Diktatur des Proletariats ist mir verhaßt wie jede Diktatur . . . Revolutionär ist nicht, wer wünscht, daß heute der Arbeiter herrscht und der Bürger kuscht, denn mit genau demselben Recht nennt sich dann revolutionär, der da wünscht, daß morgen wieder der Arbeiter kusche und der Bürger herrsche. Ich sehe also die Sache einer Neuordnung der menschlichen Gesellschaft in Rußland schlecht genug vertreten . . . Diese Sache nun lasse ich nicht in Grund und Boden trampeln von einer Beamtenoligarchie, auch wenn sie behauptet, von der Mehrheit des russischen Volkes, nämlich desjenigen getragen zu sein, das sie in Rußland übriggelassen hat . . . In Rußland . . . schleichen diejenigen mit künstlich unbefangenen Gesichtern durch die Straßen Moskaus, die nicht so denken, wie man wünscht, daß dort gedacht wird, zitternd davor, daß die Elektrizität in ihren Gehirnwindungen aufblitzen und sie nach außen verraten könnte. Darum machen wir Opposition, weil in Rußland selber sie nicht geduldet wird . . .« Es ginge darum – heißt es schließlich –, »die Sache des sozialistischen Aufbaus nicht völlig der Willkür derjenigen anheimzustellen, die sich an der Macht berauschen statt an der Freiheit.«[15]

Am Rande sei vermerkt, daß die ausführlichste in der DDR veröffentlichte Arnold-Zweig-Bibliographie[16] im Kapitel *Essayistisches und Journalistisches* weit über dreihundert Arbeiten von Zweig aufzählt und pietätvoll sogar Aufsätze berücksichtigt, die er einst in einer auf lithographischem Wege in Kattowitz hergestellten Schülerzeitschrift *Die Gäste* (Auflage 50 Exemplare) anonym erscheinen ließ. Die beiden 1930 in der *Weltbühne* publizierten Artikel sind in der Bibliographie nicht zu finden. Was zu der offiziellen Legende vom exemplarischen deutschen Bürger im Widerspruch steht, hat nicht existiert.

Aber beide Artikel lassen nicht nur Zweigs Empörung und Zorn erkennen, sondern auch seine Enttäuschung. Er spricht mit der Heftigkeit eines Mannes, der sich belogen und betrogen fühlt. Die Kommunistische Partei Deutschlands hatte auf den Zionisten Zweig keine Anziehungskraft ausgeübt – seine beiläufigen Bemerkungen über die KPD klingen meist verächtlich. Hingegen verfolgte er in den zwanziger Jahren – wie viele andere deutsche Schriftsteller und Intellektuelle, die nicht unbedingt Kommunisten waren – die Entwicklung in der Sowjetunion mit Interesse und mit Neugier und auch mit Wohlwollen. Offenkundig hatte er jedoch von dem, was in Rußland vorging, nur sehr vage Vorstellungen. Aus eigener Anschauung kannte er die Sowjetunion nicht – 1952 hat er sie zum erstenmal besucht. Ursprünglich mag er sich aber Illusionen gemacht haben, dort werde ein Staat entstehen, dem man einst mit gutem Gewissen nachsagen könnte, er sei »die Wirklichkeit der sittlichen Idee«. Als er dann Ende der zwanziger Jahre von dem Terror hörte, wandte er sich entsetzt ab. Die Information der DDR-Kritiker, er sei 1926 der »Gesellschaft der Freunde des neuen Rußland‹ beigetreten, ist durchaus glaubhaft. Nur fehlt die Mitteilung, wann er diese Gesellschaft wieder verlassen und sich von ihr distanziert hat.

Die philosophischen und ideologischen Grundlagen der sowjetischen Gesellschaft waren ihm nur in groben Umrissen vertraut. Ausdrücklich vermerkt er, sein Bildungsgang habe ihn von den Schriften von Marx, Engels und Lenin »ferngehalten«; erst im Exil habe er sie kennengelernt, als man ihm »aus Moskau deutschgedruckte Traktate und Abhandlungen« zuschickte. Es waren allerdings »nur kleinere Werke dieser drei Klassiker«.[4] Die Aufsätze Zweigs, die in der DDR entstanden sind, bestätigen dies. Er beruft sich stets lediglich auf die elementaren Thesen des Marxismus, meist auf den von Karl Marx formulierten Grundsatz des historischen Materialismus, es sei das »gesellschaftliche Sein«, welches das Bewußtsein des Menschen bestimme. Es drängt sich daher die Vermutung auf, daß Zweig auch nach seiner Rückkehr aus dem Exil zu einer gründlicheren Beschäftigung mit dem Marxismus keine Gelegenheit mehr hatte. In der Tat ist der Einfluß marxistischer Gedankengänge auf Zweigs spätere Romane zwar unverkennbar, jedoch in der Regel oberflächlich. Nicht die Fundamente dieser Romane sind marxistisch, wohl aber manche Ornamente.

Geprägt wurde Zweigs Werk hingegen von der Tiefenpsychologie. Seine grundsätzlichen Anschauungen über Freud hat er 1929 in der Zeitschrift *Die psychoanalytische Bewegung* dargelegt.[17] Zu Zeiten Stalins ist Freuds Lehre in der Sowjetunion und in allen anderen Ostblockländern heftig bekämpft worden: Sie galt als unmarxistisch, unwissenschaftlich und schädlich. Der DDR-Bürger Zweig hatte sich damit abgefunden, machte jedoch im »Tauwetter«-Jahr 1956 von der größeren Freiheit Gebrauch und erklärte offen: »Freud hat die Stellung des Menschen in der Welt entscheidend geändert, indem er ihr eine volle Hälfte an Erkenntnisraum hinzufügte, gleich als hätte die weiße Rasse bislang nur die der Sonne zugewendete Seite ihres Planeten bewohnt und von Freud die Entdeckung der unbesonnten empfangen . . . Danach wurde er Schritt für Schritt zu einem neuen Deuter fast unserer ganzen kulturellen Sphäre; nicht ein Gebiet blieb, was die Tiefendimension anlangt, von seiner Einwirkung unumgewühlt und unbefruchtet . . .«[18]

Freudianisch muten bereits die *Novellen um Claudia* an, in denen eine ganze Generation von Liebenden ihre erotischen Erlebnisse, seelischen Reaktionen und moralischen Konflikte wiedererkannte. Neuartig und sogar verblüffend war damals, 1912, insbesondere die Analyse der sexuellen Hemmungen der geistreichen Claudia und der Komplexe ihres feinfühligen Partners. Vermutlich hat jedoch Zweig, als er die *Novellen um Claudia* schrieb, Freuds Schriften noch nicht gekannt. Es scheint, daß sich der Erzähler intuitiv jenen Erkenntnissen zu nähern vermochte, deren direkter Einfluß in seinen Arbeiten etwa ab 1921 nachweisbar ist. Er zieht die Tiefenpsychologie heran, um Kleists Leben und Werk zu interpretieren, um Sternheims geistige Physiognomie zu zeigen. Zweigs Deutungen des Antisemitismus sind aus Freuds Lehre abgeleitet. In dem Buch *Caliban* wird der Antisemitismus als »Gruppenaffekt« und »Gruppenleidenschaft« erklärt. Der *Caliban* ist übrigens – wie auch der Roman *Einsetzung eines Königs* – Freud gewidmet, mit dem Zweig ab 1927 korrespondiert hat.[19] Auf den Einfluß der Tiefenpsychologie muß aber vor allem die Konzeption der Gestalten in Zweigs epischen Hauptwerken, zumal in dem Zyklus *Der große Krieg der weißen Männer*, zurückgeführt werden.

Aus dem erfolglosen Drama *Das Spiel um den Sergeanten Grischa* ist der Roman *Der Streit um den Segeanten Grischa* (1927) entstanden, dem die Bände *Junge Frau von 1914* (1931) und – im Exil – *Erziehung vor Verdun* (1935) sowie *Einsetzung eines Königs* (1937) folgten. Die Handlung dieser Romane spielt während des Ersten Weltkriegs. Die auftretenden Gestalten sind Soldaten, Offiziere und Generäle der deutschen Armee, Kriegslieferanten, Kriegsgefangene und Krankenschwestern. Der Krieg verändert und verwandelt sie. Sie werden vom Krieg verwirrt, irregeleitet und verführt, belehrt, gebildet und erzogen. Der Krieg beherrscht ihre Gedanken, ihre Gespräche und ihre Träume. Der Krieg liefert für dieses epische Welttheater die Bühnenbilder, Kostüme und Requisiten, die Statisten im Hintergrund, die visuellen und die akustischen Effekte.

Und doch haben wir es nicht mit Kriegsromanen zu tun. Mit einiger Übertreibung kann man sagen, daß die zeitgeschichtlichen Ereignisse der Jahre 1914 bis 1918 in Zweigs Zyklus kaum eine größere Rolle spielen als etwa die rein medizinische Problematik im *Zauberberg*. Der Erste Weltkrieg bietet letztlich nur die extreme Situation, in der viele Eigentümlichkeiten des menschlichen Zusammenlebens deutlicher erkennbar werden als in Friedenszeiten. Denn der Krieg zwingt die Helden Zweigs, leidenschaftlicher zu lieben, tiefer zu hassen, schneller zu lernen, mehr zu leiden, intensiver zu leben. Er beschleunigt ihre Entwicklung und ihren Untergang, er steigert ihren Ehrgeiz und ihr Machtbedürfnis, ihren Wissensdurst und ihre Resignation, ihr Mitlied, ihren Neid und ihre Sehnsucht nach

Glück. Der Krieg macht sie klüger, härter und grausamer, er ist eine große Anstandsprobe, eine moralische Prüfung.

Nicht in philosophischen, sondern in moralischen, moralpolitischen und psychologischen Kategorien sind die Konflikte dieser Romane zu erfassen. Nicht um Leben und Tod geht es, obwohl es Krieg ist, der den Tod alltäglich gemacht hat. Die eschatologische Fragestellung interessiert Zweig nur am Rande, die »Sympathie mit dem Tode«, die »finstere Wollust und Menschenfeindschaft« (Thomas Mann) kennt er nicht. Ihn berückt das Leben, er beobachtet, liebt und genießt es. Seine epische Welt ist diesseitig und rational, taghell und übersichtlich.

Zweig hat den tief verwurzelten Glauben der Juden an die Logik und an die Kausalität. Die Romanfabel, das ist für ihn nichts anderes als »einzelne Ereignisse«, die »verknüpft werden . . . durch das Spiel von Ursache und Wirkung, wobei Wirkungen manchmal lange nach den Ursachen eintreten, manchmal aber auch bevor die Ursachen erkannt werden«.[20] Wie der Zusammenhang der Geschehnisse, so sind auch die Handlungen der Menschen für ihn immer durchschaubar und erklärbar. Die Frage nach der Legitimität des Erzählers und der Zweifel an seiner Allmacht existieren für Zweig nicht. 1937 schrieb er – und seitdem haben sich diese seine Ansichten nicht geändert –: ». . . wohingegen der Geist des Romandichters über den Wassern schweben muß wie der Geist des Weltschöpfers in den biblischen Mythen, und alles durchschauen, Vergangenheit, Gegenwart und Zukunft.«[20]

Der Konflikt »Individuum und Staat« steht im Mittelpunkt des Zyklus. Zweig läßt seine Helden in ein Dilemma kleistscher Prägung geraten. Wie gesagt: der *Homburg* hat's ihm angetan. Ein verständnisvoll-nachsichtiger Moralist, ein sorgfältig abwägender Richter und ein unnachgiebiger Gerechtigkeitsfanatiker, stellt Zweig immer wieder die Frage, wie es um das Ethos eines Staates bestellt ist, der Unrecht duldet, der bisweilen seine Bürger nötigt, Unrecht zu tun, und in dem schließlich sogar im Namen der Justiz Unrecht geschehen kann – und mag es sich auch nur um einen der vielen russischen Kriegsgefangenen handeln, etwa um den Sergeanten Grigorij Iljitsch Paprotkin, genannt Grischa.

Er ist aus dem Lager geflohen, weil er nach Hause wollte, zu Frau und Kind. Aber er hat es nicht geschafft, er wurde wieder eingefangen. Da er meint, er würde dadurch seine Situation verbessern, gibt er sich für einen anderen aus. Das war, wie sich bald herausstellt, ein fataler Fehler, denn jetzt wird er der Spionage verdächtigt und zum Tode verurteilt. Nun bekennt er die volle Wahrheit. Dies indes hilft ihm nicht mehr. Das Urteil ist rechtskräftig und muß – mag auch die Unschuld des Angeklagten inzwischen unzweifelhaft erwiesen sein – vollstreckt werden. Die Geschichte Grischas hat die parabolische Ausdruckskraft einer Romanfabel, die man, ohne zu übertreiben, meisterhaft nennen darf. Dieser gutmütige Russe, der nicht einmal lesen kann, ist einer von den Millionen einfacher Menschen, die im Labyrinth des Krieges herumirren und von einer Last von Problemen erdrückt werden, die sie überhaupt nicht begreifen.

Die Männer der Division Lychow widersetzen sich der Vollstreckung des Todesurteils. Sie kämpfen um Grischas Leben, obwohl sie wissen, daß täglich Tausende an den Fronten fallen. Geht es also um Grischa? »Um Deutschland geht es uns« – sagt Oberleutnant Winfried –, »daß in dem Land, dessen Rock wir tragen und für dessen Sache wir im Dreck und Elend zu verrekken bereit sind, Recht richtig und Gerechtigkeit der Ordnung nach gewogen werde. Daß dies geliebte Land nicht verkomme, während es zu steigen glaubt. Daß unsere Mutter Deutschland nicht auf die falsche Seite der Welt gerate. Denn wer das Recht verläßt, der ist erledigt.« Die Gewissensnot von Menschen wird gezeigt, die an ihren Staat glauben und zu seinen Behörden Vertrauen haben – und die sich doch gezwungen sehen, Befehle auszuführen, die sie für unmoralisch halten. Zweig klagt den Militarismus an, macht die Sinnlosigkeit des Krieges sichtbar, bietet einen umfassenden gesellschaftlichen Querschnitt und stellt eine tiefe moralpolitische Diagnose.

Das alles haben marxistische Kritiker oft genug analysiert

und nachgewiesen. Aber es fällt auf, daß der *Streit um den Sergeanten Grischa*, dem Zweig seinen Ruhm verdankt, von den Kritikern, die in der kommunistischen Welt wirken, in der Regel – bei aller Bewunderung – mit einiger Reserve und bisweilen auch mit einem gewissen Unbehagen behandelt wird. Man hält sich dort lieber an die im Exil veröffentlichten Teile des Zyklus. Georg Lukács, der 1939 die erste ausführliche und wenn auch sehr einseitige, so doch bis heute bedeutendste marxistische Interpretation des *Großen Kriegs der weißen Männer* schrieb, behauptet sogar ausdrücklich, der *Grischa* stünde »sowohl ideell wie künstlerisch nicht auf der Höhe« der beiden späteren Romane *Erziehung vor Verdun* und *Einsetzung eines Königs*.[21] Bemerkenswert ist auch die Tatsache, daß, obwohl der deutschen Erstausgabe des *Grischa* innerhalb von knapp drei Jahren Übersetzungen in zehn Sprachen folgten, dieses Buch, das eine große Sympathie für die Russen zeigt, in der Sowjetunion erst 1938, also nach elf Jahren, erschien.

Lukács geht auf seine Bedenken nicht näher ein, erwähnt jedoch beiläufig, im *Grischa* sei »der subjektiv ehrliche preußische Junker, der Gentleman von Lychow, etwas idealisiert aufgefaßt und dargestellt«. Der vor allem als Filmtheoretiker bekannte kommunistische Publizist Béla Balázs war weniger zimperlich, als er sich 1930 in der *Weltbühne* über den General Lychow und seinen Adjutanten Winfried äußerte, die beide zu den Hauptgestalten des Romans gehören. Balázs spottete: »Ein gütiger General, ein Soldatenvater, der bis zum Kaiser gehen will wegen dieses Grischa . . ., weil ihn sein ›evangelisches Gewissen‹ nicht schlafen läßt . . . Dieser Adjutant, der in seiner tobsüchtigen Güte zum Rebellen wird und den Gefangenen heimlich befreien, die Wache mit dem Revolver zu schwerem Disziplinbruch zwingen will . . .«[22] Entrüstet wirft Balázs Zweig vor, er habe einen preußischen General zum »edlen Menschenfreund« gemacht, der Adjutant Winfried werde »zum Bild des preußischen Offiziers«. Damit nähert sich Balázs der ethischen und emotionalen Grundsubstanz des Buches. Wohlwollende und böswillige Kritiker von links und von rechts übersehen oder verschweigen, verkennen oder verleugnen in der Regel einen Umstand, der eigentlich auf der Hand liegt. Ernst von Salomon hat auf ihn hingewiesen, als er über den Autor des *Grischa* schrieb:

»Hier war ein Mann, der von Preußen besessen war, mehr als ich, der Preußen mehr liebte als ich, der sich in jeder Zeile zu Preußen bekannte, aber aus einem wilden Schmerz heraus, den ich nicht kannte – und den ich kennenzulernen gezwungen war, um Preußen überhaupt zu begreifen. Arnold Zweig klagte Preußen an, aus Liebe, aus Trauer um Preußens Untergang, ein letzter Versuch, in der Klage wenigstens, mochte der Staat Preußen untergegangen sein, den Geist Preußens hinüberzuretten, Preußens ewiges Genie, seine weltliche Tapferkeit, die Sauberkeit seiner Gesinnung, die Nüchternheit der produktiven Armut – und endlich die Größe der Forderung an den einzelnen, die Strenge gegen sich selbst . . .«[23]

In der Tat, dieser Roman, der zeigt, wie ein unschuldiger Russe allen Bemühungen zum Trotz auf Befehl preußischer Militärs getötet wird, ist zugleich eine Huldigung an Preußen, deren Sinn freilich nicht mißverstanden werden darf. In Fontanes Nachfolge wurde Zweig nicht nur ein gewandter und gemächlicher Causeur, ein milder Zweifler, ein weiser Plauderer mit leisem, wissendem Humor; auch sein Verhältnis zum Preußentum ist – wie das Fontanes – ambivalent. Allzu rasch vergißt man, daß Fontane, der Verehrer des preußischen Geistes, der Bewunderer der preußischen Moral und der Sänger der preußischen Haltung, dem Preußentum schließlich mit großer Skepsis begegnete. Der Apologet war auch ein Ankläger: *Effi Briest* beweist es ebenso wie der unvollendete Roman *Mathilde Möhring* und das kleine Meisterwerk *Schach von Wuthenow*, eine ungewöhnlich scharfe Kritik des Preußentums. Und je mehr ihn die Entwicklung im neugegründeten Kaiserreich enttäuschte, desto mehr hielt er seiner Umwelt das Bild des traditionellen Preußentums vor, das Gegengewicht und Kontrastmotiv sein sollte – bis er im *Stechlin* sein Idealbild des Preußen, des Menschen schlechthin, gezeichnet hat. Sehr ähnlich ist es bei Zweig.

Nicht dem traditionellen Preußentum etwa fällt Grischa zum Opfer, vielmehr muß er untergehen, weil sich neue, rücksichtslose, brutale, zutiefst amoralische Mächte über den traditionellen preußischen Geist hinwegsetzen und ihn schließlich bekämpfen.

Die alten Ideale vertritt im Roman der General von Lychow dessen Gestalt ohne die Herren Briest und Stechlin undenkbar wäre, so daß Tucholsky in seiner *Grischa*-Kritik – völlig zu Recht – feststellte: »Exzellenz von Lychow, geb. Fontane«.[24] In der Begegnung Lychows mit dem Generalquartiermeister Schieffenzahn – Ludendorff hat für diese Gestalt Modell gestanden – konfrontiert Zweig die beiden gegensätzlichen Lebensauffassungen und geistig-moralischen Einstellungen: das Preußentum, das er liebt, und das Preußentum, das er attackiert. Schieffenzahn, der die Hinrichtung Grischas fordert, spricht von der politischen Seite des Falls, von der Autorität der Armee, von der Disziplin und von »staatlichen Notwendigkeiten«. Moral und Gerechtigkeit sind Kategorien, die den konsequenten Pragmatiker und großen Organisator nicht interessieren. Lychow ahnt zwar, daß seine Position hoffnungslos ist, versucht aber dennoch, Widerstand zu leisten. Einst rief Kleists Kurfürst, alttestamentlich und preußisch zugleich:

> . . . das Gesetz will ich,
> Die Mutter meiner Krone, aufrecht halten . . .

Nun läßt Zweig den alten Lychow sagen: »Rechttun erhält die Staaten, Herr. So hab' ich's von Jugend auf gelernt . . Wo aber der Staat anfängt, Unrecht zu tun, ist er selber verworfen und niedergelegt. Ich weiß, Herr, in wessen Auftrag ich hier im Lichtkreis Ihrer Lampe für einen armseligen Russen fechte! . . . Staaten sind Gefäße; Gefäße altern und platzen. Wo sie nicht mehr dem Geiste Gottes dienen, krachen sie zusammen wie Kartenhäuser, wenn der Wind der Vorsehung sie anbläst. Ich aber, Herr General Schieffenzahn, weiß, daß Rechttun und Auf-Gott-Vertrauen die Säulen Preußens gewesen sind, und will nicht hören, daß man sie von obenher zerbröckelt.«

Für den Verlauf der Ereignisse ist allerdings dieses Gespräch – und darin die entscheidende symbolische Pointe – belanglos: Schieffenzahn hat bereits, ohne Lychows Besuch abzuwarten, die Vollstreckung des Urteils telegraphisch befohlen. Lychow, der dies nicht weiß und immer wieder erklärt, »Recht und Macht dürfen nicht auseinanderklaffen«, erweist sich letztlich als Don Quijote in preußischer Uniform. Die Lychows sind ihren Gegnern, den Schieffenzahns, nicht mehr gewachsen, sie müssen ihnen Platz machen wie – einige Jahrzehnte früher in einer ganz unmilitärischen, aber doch vergleichbaren Welt – die Buddenbrooks den Hagenströms.

Lychows Berater ist übrigens der Kreigsgerichtsrat Posnanski, ein Jude. Der Freund des Adjutanten Winfried ist der Schreiber Bertin – auch ein Jude. Gemeinsam kämpfen sie um Grischas Leben, um die Gerechtigkeit. Um Deutschland geht es ihnen allen. Übertreibt man, wenn man sagt, mit dem *Streit um den Sergeanten Grischa* habe Arnold Zweig zugleich einen Roman über die deutsch-jüdische Symbiose geschrieben? Nachdem, was inzwischen geschehen ist, läßt sich das Buch nicht mehr anders lesen.

Das Preußische und das Jüdische – das sind die beiden Elemente, die auch in den weiteren Bänden des Zyklus immer wieder auftauchen, sich gegenseitig in Frage stellen, bestätigen und ergänzen. In dem liebevoll geschilderten Milieu der jüdischen Bankiersfamilie Wahl, die sich im preußischen Potsdam sehr wohl fühlt, spielt ein großer Teil des Romans *Junge Frau von 1914*. Die Geschichte der Liebe Werner Bertins zu Leonore Wahl steht hier im Mittelpunkt. In diesem Roman beginnt auch jene Erziehung, die der Krieg dem jungen Bertin zuteil werden läßt. Zunächst identifiziert er sich vorbehaltlos mit dem Kaiserreich; er, der Humanist und Künstler, rechtfertigt sogar die Zerstörung der Kathedrale von Reims. Befragt, ob auch er zu solchen Taten bereit wäre, antwortet er: »Ich würde blutenden Herzens auf das Straßburger Münster schießen, wenn das Unglück es so fügte . . . Ich würde meine Last auf mich nehmen.«

Aber es ist eine ganz andere Last, die Bertin in dem Roman *Erziehung vor Verdun* auf sich nehmen muß. Denn er, der jüdische Intellektuelle, der nur als gemeiner Soldat dienen darf, wird für einen Mann der Linken gehalten und von seinen Vorgesetzten unter allerlei Vorwänden schikaniert. Einer seiner Kameraden, der Sozialdemokrat Pahl, erklärt: »Wenn die Kompanie und die Parkleitung vermuten, ein jüdischer Schriftsteller und zukünftiger Rechtsanwalt sei Sozialist, so ist sie ja klüger als der Schipper Bertin selber und begreift besser, was sich für ihn schickt . . . Etwas in diesem Herrn Bertin weiß Bescheid; nur sein Bewußtsein nicht. Von Bewußtsein wegen, das hat er oft verlautbart, glaubt er an die Notwendigkeit von Kriegen und an Deutschlands gute Sache.« Dieser Pahl und sein Genosse Lebehde bemühen sich nun, Bertins Bewußtsein in Ordnung zu bringen, das heißt: Sie wollen einen Sozialisten aus ihm machen.

Wie der *Grischa*-Roman hat auch *Erziehung vor Verdun* einen novellistischen Kern, den abermals eine Justizaffäre in der Armee bildet. Sollte dort eine Ungerechtigkeit verhindert, so soll hier ein bereits begangenes Verbrechen gesühnt werden. Ein korrupter Hauptmann hat einen ihm unbequemen Fahnenjunker, dem es gelang, eine Veruntreuung von Lebensmitteln aufzudecken, auf raffinierte Weise umgebracht. Drei Gerechtigkeitsfanatiker kämpfen um die Bestrafung des Schuldigen – und können, mag der Tatbestand auch unzweifelhaft sein, nichts erreichen. Nur sie selber werden durch die Einsichten, die sie gewinnen, verwandelt. Ein Bruder des Ermordeten, ein Leutnant, der sein Recht mitten in der Verdun-Schlacht mit einer Verbissenheit sucht, die an den Roßhändler Kohlhaas erinnert, wird zum Nihilisten. Ein musischer Kriegsgerichtsrat, der sich seiner humanistischen Ideale beraubt sieht, begeht schließlich Selbstmord. Und Bertin, der dritte Gerechtigkeitsfanatiker, was für Folgen zieht er aus der Affäre? An seine Entwicklung im *Verdun*-Roman halten sich alle marxistischen Interpreten des des *Großen Krieges der weißen Männer*. Mit Bertins Weg soll die – freilich erst aus dem Jahre 1950 stammende – Selbstdeutung Zweigs belegt werden, der seinen Zyklus als »ein literarisches Dokument der Übergangszeit vom Imperialismus zum sozialistischen Zeitalter« verstanden wissen will.[6]

Im allgemeinen folgen die Interpreten der Analyse von Lukács, der die jüdische Komponente in der Gestalt Bertins gänzlich ignorierte und in ihm lediglich einen »ehrlichen Intellektuellen« sah, der, »durch die geistige Kraft der Arbeiterklasse« geführt, seine »bourgeoisen Vorurteile« überwindet. »Dieses Geführtwerden« – verwahrt sich jedoch Lukács – bedeute nicht seine »offene oder vollständige Bekehrung zum Sozialismus«.[21] Also eine getarnte, eine partielle Bekehrung? Den beiden Sozialdemokraten im Rock des Kaisers bereitet es großes Vergnügen, dem gebildeten Kameraden die Welt mit einem freilich sehr oberflächlichen Marxismus zu erklären und ihm vor allem jene Affäre mit dem Fahnenjunker, die sie für ein typisches Symptom des Klassenstaates halten, zu explizieren. Bertin zeigt sich an dieser Deutung sehr interessiert, hat aber seine eigenen Gedanken zur Sache. Er läßt nicht nur die soziologische Auslegung gelten, sondern betrachtet die Angelegenheit auch vom philosophischen Standpunkt, der freilich mehr mit Kant und mit Nietzsche als mit Marx zu tun hat. Und er sieht den psychologischen Hintergrund, von dem die braven Genossen Lebehde und Pahl mit ihrer elementaren marxistischen Schulweisheit sich nichts träumen lassen. Im Endergebnis hat Bertin viel gelernt, auch von seinen sozialdemokratischen Erziehern. Zu einem eindeutigen Schritt will er sich jedoch nicht entscheiden. Sozialist wird er nicht, sondern – wie der Autor Zweig – Pazifist.

Vom streng marxistischen Standpunkt aus dokumentiert der nächste Roman des Zyklus, *Einsetzung eines Königs*, eher einen Rückschritt in der ideologischen Entwicklung des Verfassers. Wieder stehen die Erziehung und die Ernüchterung eines Intellektuellen während des Krieges und durch den Krieg im Vordergrund. Aber Zweig läßt den Helden dieses Romans, den inzwischen zum Hauptmann beförderten jungen Winfried, reifer und klüger werden, ohne daß ihm hierbei proletarische oder marxistische Erzieher behilflich wären. Der Hauptmann, der einst

Grischa retten wollte, wird lediglich dem Einfluß der objektiven Wirklichkeit ausgesetzt: Er sieht und erfährt sogar – durch ein Mißverständnis – am eigenen Leibe die Methoden, die im letzten Kriegsjahr von der Armee in den deutsch besetzten Gebieten angewandt werden.

Zum entscheidenden Gespräch zwischen dem Hauptmann und seinem Vorgesetzten, einem General, kommt es während ihres gemeinsamen Reitausflugs: Es ist eine jener symbolischen Szenen, in denen Zweigs realistische Epik ihre Höhepunkte erreicht. Nachem Winfried dem General den Gehorsam gekündigt hat, springt er vom Offizierspferd ab und setzt seinen Weg auf einem zufällig vorbeifahrenden Lastwagen mit einfachen Soldaten fort. Der General muß dem Lastwagen auf der Chaussee Platz machen. Das Kapitel ist betitelt: »Winfried steigt um«. Versuche einzelner DDR-Kritiker, die Volksmassen, zu denen Winfried übergeht, mit einem politischen Programm zu identifizieren, mußten scheitern. Zweigs Gleichnisse verdeutlichen die Erlebnisse, die Grundhaltung und die Entwicklung einer Generation, sie lassen sich jedoch nicht auf politische Formeln reduzieren.

Als der Roman *Erziehung vor Verdun* 1935 in Amsterdam veröffentlicht wurde, lebte Zweig als Emigrant in Haifa. Als der Roman *Einsetzung eines Königs* 1937 erschien, trug sich Zweig bereits mit dem Gedanken, Palästina wieder zu verlassen und nach Amerika überzusiedeln. Aber er folgte dem Ratschlag Freuds, der meinte, es sei für ihn besser, in Haifa zu bleiben, denn da könne er ja in deutschem Milieu leben. Hierzu sagte Zweig: »Und er hatte recht.«[25] Nichts Paradoxes ist darin zu sehen, daß der Mann, der sich in Deutschland vornehmlich innerhalb der jüdischen Gemeinschaft betätigte, in der jüdischen Welt Palästinas nur deswegen ausharren konnte, weil sich dort nach 1933 eine Enklave des deutschen Geistes gebildet hatte.

Dem langjährigen Zionisten wurden also Enttäuschungen nicht erspart. Es mag sein, daß der jüdische Staat, von dem er träumte, eine Art Preußen zwischen Mittelmeer und Jordan sein sollte; und Zweig war nicht gesonnen, die Diskrepanz zwischen seiner Vision und der Realität zu übersehen. Hatte er in der Weimarer Republik den deutschen Nationalismus bekämpft, so bekämpfte er in Palästina – nicht weniger entschieden – den jüdischen Nationalismus. Hatte er in Deutschland um Verständnis für die Juden geworben, so warb er nun unter den Juden um Verständnis für Deutschland: Mitten im Kriege, im Jahre 1942, schrieb Zweig für die von ihm in Jerusalem herausgegebene Zeitschrift *Orient* eine Artikelserie gegen den Deutschenhaß und knüpfte schon mit dem Titel – *Antigermanismus* – unmißverständlich an den Begriff »Antisemitismus« an. Louis Fürnberg, der in diesen Jahren ebenfalls in Palästina lebte, berichtet: »Der Haß, den Zweig fürchtete, war nicht der Haß aus Liebe, sondern sein gefährlicher Widerpart, der dumme, barbarische Chauvinismus . . . Es gehörte sehr viel Mut dazu, dem brutalen, törichten Anti-Germanismus des Lord Vansittard entgegenzutreten – und zumal in einem solchen Augenblick und in Palästina von einem anderen Deutschland zu sprechen.«[26] Und hatte Zweig, als er noch in Berlin wohnte, die palästinensischen Verhältnisse in dem Roman *De Vriendt kehrt heim* wohlwollend und kritisch, verteidigend und anklagend dargestellt, so stellt er nun, in Haifa wohnend, die deutschen Verhältnisse in dem Roman *Das Beil von Wandsbek* (1943) dar – wiederum wohlwollend und kritisch, verteidigend und anklagend.

Die Geschichte eines Hamburger Fleischermeisters, der, da er mit großen materiellen Schwierigkeiten zu kämpfen hat, bereit ist, 1937 in Vertretung des erkrankten amtlichen Scharfrichters vier zum Tode verurteilte Antifaschisten zu enthaupten, der daraufhin vom ganzen Stadtteil boykottiert und von Gewissensbissen bedrängt wird und schließlich zusammen mit seiner biederen Frau Selbstmord begeht – diese Geschichte ist eine originelle Fabel, deren Voraussetzungen allerdings prinzipielle Irrtümer des Autors erkennen lassen.

Das »Dritte Reich« sah anders aus, als der Emigrant Zweig es sich vorstellte. Ein anspruchsloser Fleischermeister, der überdies Mitglied der SS war, brauchte in Deutschland im Jahre 1937 wahrlich keine Not zu leiden. Ferner hatte sich Zweig gründlich getäuscht, als er meinte, es sei für das Regime sehr schwierig gewesen, in Deutschland Henker zu finden. Geradezu abwegig ist die Vorstellung, die gesamte Bevölkerung eines Stadtteils hätte sich von einem Mann wie dem Helden des Romans solidarisch abgewandt. Auch mutet die geschilderte Welt in vielen Kapiteln eher wilhelminisch als nationalsozialistisch an.

Aber man tut gut daran, das *Beil von Wandsbek* nicht als realistisches Zeitdokument zu betrachten, sondern als episches Kunstwerk und Schöpfung der Einbildungskraft. Obwohl es Zweig nicht gelungen ist, das wirkliche Leben im »Dritten Reich« mit den Mitteln des Romanciers darzustellen, geht dennoch von seinem Buch eine tiefe Wahrhaftigkeit aus. Mit ungewöhnlicher psychologischer Sensibilität hat der Schüler Freuds das Verhalten des durchschnittlichen Menschen, zumal des Kleinbürgers, in der Diktatur veranschaulicht. Zweig verurteilt nicht, sondern macht den Einfluß des totalitären Staats auf die Psyche des Individuums sichtbar. Er zeigt, wie unschuldige Bürger schuldig werden. Sein Held, der Fleischermeister, ist Henker und Opfer zugleich.

Zu den vielen Mitläufern, Opportunisten und Nazis gebe es in diesem Roman keinen »kontrastierenden Gegenspieler«, beanstandete Lukács, der sogleich auch betonte, eine solche Gestalt hätte nur ein Kommunist sein können.[27] Einer der vier hingerichteten Antifaschisten ist zwar ein alter Funktionär der KPD, aber er bleibt nur im Hintergrund und tritt nie – im Unterschied zu Lebehde und Pahl in *Erziehung vor Verdun* – als Verfechter einer Ideologie auf. Als Bekenntnis zum Kommunismus kann das *Beil von Wandsbek*, ein in vielen Teilen provozierend unmarxistisches Buch, ebensowenig gelten wie der *Grischa*-Zyklus.

Erst ein Epilog, den Zweig nach dem Krieg hinzugefügt hat und der im Herbst 1945 in Palästina spielt, plädiert ausdrücklich für den Kommunismus und die Sowjetunion, die symbolisch verklärt wird als die geistige Heimat aller, die gegen den Faschismus kämpfen. Dieser »Abgesang«, eine offenkundige und ziemlich plumpe Korrektur der Tendenz des Romans, sollte jedoch nicht als Konzession des Autors aufgefaßt werden, sondern entspricht den tatsächlichen Anschauungen, die Zweig sich zu eigen gemacht hatte, nachdem das Manuskript des *Beils von Wandsbek* bereits abgeschlossen war. Den Artikeln, die er ab Ende 1941 veröffentlicht hat, kann man entnehmen, daß seine Ansichten im wesentlichen durch die Teilnahme der Sowjetunion am Zweiten Weltkrieg verändert wurden. Trotzdem ist die offizielle Version, Zweigs Übersiedlung nach Ost-Berlin sei die logische und selbstverständliche Konsequenz seiner politischen Überzeugungen gewesen, zumal seines zwischen 1941 und 1945 gewonnenen Standorts, nichts anderes als eine nachträgliche für Propagandazwecke präparierte Legende.

Im Mai 1948 wurde der Staat Israel gegründet. Der Traum der Zionisten war verwirklicht und ein Ziel erreicht, das auch Arnold Zweig Jahrzehnte hindurch angestrebt hatte. Wenige Monate später kam er nach Europa und besuchte im Oktober 1948 Berlin. Auf dem Empfang, den zu seinen Ehren der Ostberliner »Club der Kulturschaffenden« gab, hielt Zweig eine Rede, aus der hervorging, daß er sich entschlossen hatte, Israel zu verlassen. Ihr Kernsatz lautet: »Ich kann nur in einem deutschen Sprachmilieu leben . . .« Gleichzeitig teilte er jedoch seinen Ostberliner Gastgebern mit: »Jetzt fehlt alles, ja auch die Voraussetzung dafür, daß ich sagen könnte: Kinder, wenn Ihr mir mein Atelierhaus oder ein entsprechendes wiedergebt, dann setze ich mich zu Euch nach Berlin und mache mein Werk hier zu Ende. Das kann ich nicht. Ich bin eine ramponierte Person. Meine Stimme versagt, meine Augen machen mir zu schaffen, und ich habe mit den Folgen eines Autounfalls, der schon zehn Jahre zurückliegt, noch immer zu tun. Ich muß unter Bedingungen arbeiten, die mir gestatten, alle meine Pläne, nicht nur die fünf angefangenen Romane, sondern auch einige sehr schöne Entwürfe in meinem großen Notizbuch fertigzumachen, und ich glaube nicht, daß ich unter zwanzig Arbeitsjahren davonkomme . . . Und ich möchte so gern fertigwerden, denn es ist vieles, was ich zu sagen hätte . . .« Zweig erklärte ferner in dieser nur teilweise veröffentlichten Rede, er hoffe, seine »Arbeitsbedingungen in Europa nördlich der Alpen« zu finden: »Schließlich sind wir ja miteinander verbunden, auch wenn ich nicht hier bin.«[25]

Dennoch hat sich Arnold Zweig einige Monate später in Ost-Berlin niedergelassen. Offenbar war es den sowjetzonalen Kulturpolitikern inzwischen gelungen, ihn davon zu überzeugen, daß sie ihm die erwünschten Arbeitsbedingungen zusichern könnten. In den drei anderen Besatzungszonen Deutschlands hat man sich um die Rückkehr Zweigs nicht bemüht. Übrigens waren um die Rückkehr Heinrich Manns aus dem Exil ebenfalls die Behörden nur der DDR bemüht. Es zeigt sich also, daß Zweigs Entscheidung ein vornehmlich pragmatischer Schritt war, dessen zeitgeschichtlicher und persönlicher Hintergrund freilich eines tragischen Zugs nicht entbehrt: Der Mann, den in seiner Jugend der Antisemitismus zur zionistischen Bewegung trieb, den man in der Weimarer Republik einen »fanatischen Nationaljuden« nannte und der 1933 aus seiner Heimat verjagt wurde, erkannte im palästinensischen Exil, daß er vor allem ein deutscher Schriftsteller ist.

Er war Außenseiter: im Wilhelminischen Deutschland, in der Weimarer Republik und auch in Palästina. Der Held seines Romans *Traum ist teuer* (1962), der in vielem dem Autor so sehr ähnelt, daß schon von einem Selbstporträt die Rede sein kann, klagt einmal, es sei schwer, sich Tag für Tag gegen den Strom zu behaupten, und fügt resigniert hinzu: »Auch ein langsamer Strom macht den Schwimmer schließlich müde.« Zweig, inzwischen über sechzig Jahre alt, krank und fast ganz des Augenlichts beraubt, war müde und der Außenseiterposition überdrüssig geworden. In der Welt zwischen der Elbe und der Oder konnte er zu der Repräsentanz aufrücken, die er vermutlich immer schon ersehnt hatte. Mehr noch: er verdankte der DDR auch das Gefühl, endlich eine Heimat zu haben. So ließ er sich rasch überzeugen oder redete sich selbst ein, daß dort die Grundlagen jenes gerechten Staates geschaffen würden, von dem er seit seiner Jugend träumte.

Die Helden seiner Romane waren nie zynisch, wohl aber

meist zu Kompromissen bereit. Das gilt auch für den Rückkehrer Zweig. Und es ist sehr schwer zu entscheiden, wo hier Irrtum und Selbsttäuschung aufhören und Kapitulation und Selbstaufgabe beginnen. Jedenfalls erwies er sich als ein disziplinierter Schriftsteller, der sich vom Staat sagen ließ, was er darf und was er nicht darf. Einst hatte er gegen das Unrecht in der Sowjetunion protestiert. Nun verdrängte er sein ausgeprägtes Rechtsbewußtsein, um alles, was sich in seiner nächsten Umwelt ereignete, schweigend hinnehmen zu können. Oder blieb ihm etwa die Wahrheit verborgen? Sie blieb ihm nicht verborgen. Die Ansprache, die er 1954 auf dem Kulturbundtag in Dresden hielt, beweist es. Er warnte damals »vor der zu großen Inanspruchnahme des einzelnen und vor dem Ausradieren der Freiheit, der Muße im Zusammenleben unserer Landsleute«. Und er erklärte knapp: »Humanismus und stramme Organisation haben sich immer widersprochen. Selbst die Jesuiten, welche uns eine sehr große geistige Potenz hinterlassen haben, waren in ihrer Organisation nicht so angespannt wie wir im Aufbau der DDR . . .«[28]

Er fand sich mit der »strammen Organisation« ab. Er nahm in Kauf, daß in der dortigen Welt die geistigen Bewegungen, die sein Leben ausgefüllt hatten – der Zionismus und die Lehre Freuds –, geächtet und verdammt wurden. Er akzeptierte eine strenge ideologische Zensur seines Werks. Keine einzige seiner zahlreichen essayistischen und publizistischen Arbeiten über jüdische Fragen konnte in der DDR veröffentlicht werden. Die *Bilanz der deutschen Judenheit* (1934), mit der er einst auf Hitlers Machtübernahme reagiert hatte, wurde 1961 neu ediert – nicht in der DDR, sondern in der Bundesrepublik.

Eine Auswahl seiner literarkritischen Essays erschien erst 1959, nachdem er viele ältere Aufsätze überarbeitet oder mit korrigierenden und selbstkritischen Nachworten versehen hatte. Eine aus dem Jahre 1922 stammende enthusiastische und provozierend unmarxistische Studie über Carl Sternheim, die Zweig als einen Meister der psychologischen Analyse ausweist, wird mit einem *Ausklang 1952* gerettet, der fast einem Widerruf gleichkommt und Sternheim plötzlich mit Lenin in Verbindung setzt: »Es erschüttert uns zu denken, daß im gleichen Jahr 1902, auf der gleichen Leopoldstraße in München nicht nur Heinrich und Thomas Mann hätten sitzen und Zeitungen lesen können, sondern auch W. I. Lenin und Nadeshda Konstantinowna Krupskaja, und daß diese beiden den Schlüssel zum Weg in die Zukunft schmiedeten . . .«[29]

Einem im Exil geschriebenen Aufsatz über Stefan George fügt Zweig 1957 hinzu, George habe, ohne es zu wissen, »als Herold der Expansionsdränge rheinländischer Industrieller« gewirkt, denen er besonders willkommen gewesen sei, »weil er ökonomisch keine Ansprüche stellte und ihre Werbekosten also so niedrig wie möglich ausfielen«. Weiterhin erfahren wir, daß »Heimstätte des Georgeschen Theaterplunders und seiner gefährlichen Auserwähltphantastik« jetzt »der angelsächsische Hochkapitalismus diesseits und jenseits des Ozeans« sei.[30]

Wie diese mit roten Schlußlichtern versehenen Essays sind auch Zweigs in der DDR erstmalig veröffentlichte Romane Neufassungen früher konzipierter und teilweise auch früher geschriebener Arbeiten, die er nun, unterstützt von »beauftragten Lesern« und »mitarbeitenden Lektoren«, mit den Richtlinien der verbindlichen Kulturpolitik in Einklang zu bringen versuchte. In einem Fall hat er über die Entstehung eines derartigen, aus zwei Epochen stammenden Buches – des Romans *Die Feuerpause* (1954) – selbst berichtet.

Diesem Werk liegt die schon 1930 als Ich-Erzählung geschriebene Urfassung des Romans *Erziehung vor Verdun* zugrunde, die jetzt in eine ebenfalls während des Ersten Weltkriegs spielende Rahmenhandlung eingebettet wurde. Zwischen der alten Haupthandlung und der neuen Rahmenhandlung sollte sich eine ideologische »Kontrapunktik« ergeben. Anders ausgedrückt: die aus der Sicht von 1930 dargestellten Ereignisse werden jetzt vom marxistischen Standpunkt her erörtert und kommentiert. Im Nachwort erzählt Zweig freimütig, daß die erste Fassung des Buches nicht akzeptiert wurde. Er hielt das Manuskript zurück: »Es trug an verschiedenen Stellen Striche und

Fragezeichen, welche bewiesen, daß die beauftragten Leser mit Aufmerksamkeit an das Problem herangegangen waren, ein zum größten Teil 1930 diktiertes Buch einer neuen Generation verständlich zu erhalten . . . Die Hinweise der mitarbeitenden Lektoren gaben mir Anlaß, die Gestaltung zu vertiefen und durch Einzelzüge zu bereichern, die anfangs beiseite bleiben mußten. Ich . . . prüfte mein Weltbild von 1930 an dem heutigen und hob viele seiner Bereicherungen ins gestaltete Bewußtsein.«

Vor allem erweiterte Zweig die kommentierende Rahmenhandlung. Als Endergebnis der Zusammenarbeit mit den »beauftragten Lesern« kam ein eigentümliches Werk zustande: Die Haupthandlung beweist lediglich, wie schwach die ursprüngliche Fassung des Romans *Erziehung vor Verdun* war, und die Rahmenhandlung, in der primitive politische Diskussionen vorherrschen, erläutert ausführlich, was keiner Erläuterung bedarf. Selbst die Kritiker in der DDR konnten ihre Enttäuschung nicht verbergen.[31]

Gleich der *Feuerpause* gehört auch der Roman *Die Zeit ist reif* (1957) zum *Grischa*-Zyklus, dem er als eine Art Vorspiel vorangestellt wird, dessen Notwendigkeit jedoch insofern nicht einleuchtet, als schon die *Junge Frau von 1914* ein solches und überdies breit geratenes Vorspiel war. Während in der *Feuerpause* der neugewonnene Standort vom überwundenen ideologischen dank der formalen Zweiteilung des Buches säuberlich geschieden wurde, spielt sich jetzt alles auf ein und derselben Zeit- und Handlungsebene ab. Und doch fällt auch hier – und in noch viel stärkerem Maße – ein Dualismus auf, der auf einen fundamentalen inneren Widerspruch zurückgeführt werden muß.

Die Zeit vor dem Ausbruch des Ersten Weltkriegs, die diesmal den Hintergrund für die Erlebnisse des Werner Bertin und seiner Geliebten Lenore Wahl bildet, vergegenwärtigt der Erzähler Zweig beschaulich und genußvoll. Man findet in dem Roman einige schöne erotische Episoden, reizvolle Milieuschilderungen und poetische Arabesken. Gelungen ist vor allem die

Gestalt Lenores, dieses sehr berlinerischen, witzigen und schnippischen und doch sanften »Potsdämchens«, das Zweig mit besonderer Liebe und auch mit ironischer Distanz gezeichnet hat. Diese Episoden und Abschnitte sind indes nicht mehr als belletristische Ornamente, die dem Leser die in dem Buch dominierende politische Schulung schmackhaft machen sollen. Der Erzähler besingt das Zeitalter der Jugend, der Ideologe Zweig glaubt hingegen, es anklagen und verurteilen zu müssen. Er bedient sich dabei ungeniert – wohl unter dem Einfluß der »mitarbeitenden Lektoren« – des Nürnberger Trichters. Immer wieder werden historische, politische und soziologische Fakten und Phänomene nicht etwa sichtbar gemacht, sondern einfach mitgeteilt. Statt darzustellen, stellt er nur fest. Und während der Erzähler Zweig, der sich auf seine Erinnerung verläßt, noch hier und da zu überzeugen vermag, erkennt man in den vielen zeitgeschichtlichen und kommentierenden Passagen die Hilflosigkeit und den Eifer eines erst unlängst bekehrten Schriftstellers, der sich als Marxist bewähren möchte. Am Ende hinterläßt der Roman *Die Zeit ist reif* jenen zwiespältigen Eindruck, auf den Jürgen Rühle hingewiesen hat:

»Ganz im Gegensatz zu den politischen Thesen und Kommentaren im Buch, sie überstrahlend und widerlegend, funkelt aus den Reisen und Romanzen der Liebespaare der ganze betörende Glanz des alten Europa . . . Im Pankower Arbeitszimmer Arnold Zweigs entstand nicht die postume Geißelung einer Epoche, die den ersten großen Krieg gebar, sondern der schmerzlich süße Abgesang einer Zeit, in der der Mensch sich noch als Individuum fühlen konnte . . . Der Beginn des Krieges erscheint so nicht als Ausbruch einer lange vorbereiteten und verdienten Katastrophe, sondern als grausame Zerstörung eines goldüberglänzten Lebens in einer besseren Zeit.«[32]

Widerspruchsvoll und zwiespältig wirkt auch der Roman *Traum ist teuer*, dessen Handlung zwischen 1940 und 1943 in Ägypten und in Palästina spielt. Abermals strebt Zweig einen Kompromiß an und versucht, seine Erlebnisse und Eindrücke während des Zweiten Weltkriegs mit einer politischen Nutzanwendung zu versehen, die ihm für die DDR akzeptabel schien. Viele Schwächen können mit Zweigs vorgerücktem Alter erklärt werden – allerdings nicht der erschreckende sprachliche Niedergang, der besonders deutlich wird, weil die Fabel und einzelne Motive einen Vergleich mit dem *Streit um den Sergeanten Grischa* herausfordern. Jetzt wird der junge griechische Sergeant Kephalides, der einen faschistischen Offizier geohrfeigt hat, von dem Justizapparat der bristischen Armee verfolgt. Sein Leben rettet schließlich ein aus Berlin emigrierter jüdischer Nervenarzt und Psychoanalytiker namens Karthaus, der eigentliche Held des Romans.

In *Grischa* ging es um Deutschland und um die Gerechtigkeit. Worum geht es im Streit um den Sergeanten Kephalides? Im Grunde um Zweigs Entscheidung zugunsten des Kommunismus und der DDR. Es ist ein Buch der Selbstrechtfertigung. Der Fall Kephalides soll dem Arzt Karthaus, einem liberalen Mann, die Fragwürdigkeit der westlichen Welt verdeutlichen, ihn »aus einem Träumer . . . zum Kämpfer für Gegenwart und Zukunft« reifen lassen und ihm zeigen, daß es »einen mittleren Weg bei der Beseitigung des Übels« nicht gibt. Karthaus wird Kommunist und Anhänger der Sowjetunion.

Zwischen der Wandlung des Zweigschen Helden und dem Romangeschehen ist jedoch ein ursächlicher Zusammenhang kaum erkennbar. Die politische Tendenz wird zwar dem Leser des öfteren mitgeteilt, aber sie entspringt nicht der epischen Materie des Buches. So hören wir über die Verhältnisse in der britischen Armee häufig Negatives; aber diese Ansichten werden von den einzelnen Szenen entkräftet und sogar widerlegt: Die britischen Vorgesetzten behandeln Karthaus, der zunächst nur als Lazarettgehilfe dient, gütig, ja geradezu herzlich. Das ganze Buch zeugt von einer ausgesprochenen Sympathie für die Engländer und ihre Armee, in der es offenbar sehr liberal, human und demokratisch zuging. Aber im Endergebnis kehrt Karthaus den Engländern ein für allemal – wie wir glauben sollen – den Rücken. Die Bemühungen der Juden, auf palästinensischem Boden einen eigenen Staat zu gründen, werden von

Zweig an vielen Stellen des Romans mit größtem Wohlwollen geschildert. Seinem Helden gefällt die dortige Welt; nicht ohne Bewunderung und Stolz erwähnt er allerlei Errungenschaften, doch letztlich distanziert er sich entschieden von der Idee des jüdischen Nationalstaates. Das epische Plädoyer in eigener Sache ist, zeigt sich, ein Buch des schlechten Gewissens.

Arnold Zweig hatte geglaubt, in Ost-Berlin das günstigste Klima für die Vollendung seines Werkes zu finden. Die Romane *Die Feuerpause*, *Die Zeit ist reif* und *Traum ist teuer* vermochten diese Hoffnungen nicht zu bestätigen. Für seine Hauptwerke, die epische Dokumente der deutsch-jüdischen Symbiose sind, haben wir ihm dankbar zu sein. Bleiben wird vor allem jener Roman, in dem preußische Militärs und jüdische Intellektuelle mitten im Krieg um das Leben eines russischen Kriegsgefangenen kämpfen, jener Roman, in dem sich der Satz findet: »Denn wer das Recht verläßt, der ist erledigt.«

DER BRAVE SOLDAT RENN

Ludwig Renn ist ein weltberühmter Schriftsteller. Aber ist Ludwig Renn überhaupt ein Schriftsteller? Seinem Hauptwerk, *Krieg* (1928), verdankt die deutsche Literatur einen ihrer größten internationalen Erfolge zwischen 1918 und 1933. Aber gehört es zur Literatur? Kann es als epische Kunstleistung gelten?

Auf dem Umschlag der Ausgabe von 1928 hieß es: »Hier spricht zum ersten Male der einfache Mann, der Frontsoldat. Er allein kann sagen: ›So war der Krieg‹.« Der Verfasser des Klappentextes hob das Entscheidende hervor: Er sagte nicht, das Buch sei gut, er sagte, es zeige die Wahrheit. Und er hatte auch recht, wenn er den Autor als einen »einfachen Mann« bezeichnete. Auf seine soziale Herkunft freilich traf die Äußerung nicht zu. Denn Renn war in Wirklichkeit ein Adliger: Arnold Friedrich Vieth von Golßenau, geboren 1889 in Dresden, Sohn eines königlich-sächsischen Prinzenerziehers, einst Fahnenjunker in einem feudalen Leibgrenadierregiment, in dem er zusammen mit den beiden Söhnen des sächsichen Königs dienen durfte. Natürlich machte er den Krieg nicht als gemeiner Soldat mit: Er war Hauptmann an der Westfront. Die Wirren der Jahre 1919 und 1920 hat er in seiner Geburtsstadt als Polizeihauptmann kennengelernt.

Dennoch: ein einfacher Mann, geradlinig, bescheiden und zurückhaltend, gewohnt, Befehle zu empfangen und Gefehle weiterzugeben, ein braver Soldat, gehorsam, pflichtbewußt und zuverlässig. So wird er von allen geschildert – fast immer mit Sympathie. Aber was hat diesen Berufsoffizier eigentlich veranlaßt, Bücher zu schreiben? »Ich sah in meiner Umgebung, wie trotz der Niederlage von 1918 ein sehr schädlicher, übersteigerter Nationalismus weiterbestand und man die Wahrheit über den Krieg nicht hören wollte.« In Gesprächen versuchte er, den

Menschen, mit denen er zusammenkam, seine Erlebnisse zu erzählen. Es gelang ihm nie: »Ich verfluchte meine Unfähigkeit zu sprechen und meine Langsamkeit im Denken und setzte mich hin, um in mühsamer Arbeit das festzuhalten, was wirklich geschehen war . . . Ich hatte nicht einmal für die Veröffentlichung geschrieben, sondern nur, um mir selbst darüber klarzuwerden, was mich bedrückte.«[1]

An diesem Manuskript arbeitete er fast ein Jahrzehnt. Niemand wollte es drucken. Schließlich wurde es von einem Freund Renns »energisch gekürzt«[2] und auf den endgültigen Umfang von kaum dreihundert Seiten gebracht. Bereits das Echo auf den Vorabdruck in der *Frankfurter Zeitung* ließ den Erfolg des vorher von mehreren Verlagen abgelehnten Buches ahnen.

Man hat *Krieg* oft mit Remarques *Im Westen nichts Neues* verglichen. Beide Bücher sind Erlebnisberichte, die den Ersten Weltkrieg an der deutschen Westfront aus der Sicht des einfachen Soldaten darstellen, beide stammten von gänzlich unbekannten Autoren und erschienen fast gleichzeitig. In beiden fanden die ehemaligen Soldaten aller Nationen, die am Krieg von 1914 bis 1918 beteiligt waren, ihre eigenen Erlebnisse wieder. Aber so auffällig die Gemeinsamkeiten, so groß sind auch die Unterschiede. *Im Westen nichts Neues* ist ein Buch mit einer Tendenz. Sie wird vom Ich-Erzähler formuliert: »Es darf nie wieder geschehen.« Remarque tut alles, was in seiner Macht steht, um den Leser davon zu überzeugen. *Krieg* ist ein Buch ohne Tendenz. Warum?

Ein Jahr nach der Veröffentlichung dieses Erstlings schrieb Renn, der sich inzwischen für den Kommunismus entschieden hatte, in der Zeitschrift *Die Linkskurve:* »Mein Buch *Krieg* hat vor dieser Entscheidung seine heutige Form bekommen. Es entstand in der Zeit, in der ich hoffnungslos suchte, in der ich keinen Ausweg sah . . . Eine wirkliche Tendenz konnte ich da nicht haben, ja nicht einmal verstehen.« Und etwas weiter: »Mein Held gehorcht, weil er nicht weiß, um welches Zieles willen er nicht gehorchen sollte.«[3] Der Autor des Buches *Krieg* will seine Leser nicht überzeugen, weil er nicht weiß, wovon er sie überzeugen sollte. Und weil er es nicht weiß, beschränkt er sich darauf, ein möglichst objektives Bild des Geschehens zu zeichnen, das er aus eigener Erfahrung kannte: Er zeigt den Alltag des durchschnittlichen Soldaten. Während Remarque die Vorgänge kommentiert, für seine pazifistischen Anschauungen agitiert und an das Gewissen des Lesers appelliert, will Renn nur feststellen, mitteilen und berichten.

Nicht vergleichbar sind auch die Ausdrucksmittel, die den beiden Autoren zur Verfügung standen. Als *Im Westen nichts Neues* publiziert wurde, war Remarque seit neun Jahren Journalist, zuletzt Redakteur einer Sportzeitschrift. Er hatte schon mehrere Unterhaltungsromane verfaßt und verstand sich bereits darauf, wie man mit dem geschriebenen Wort Wirkungen erzielt. Und *Im Westen nichts Neues* ist um der Wirkung willen geschrieben – von einem Schriftsteller, der weiß, wie man eine Szene aufbaut und arrangiert, Requisiten verwendet, einen Dialog führt, Effekte serviert, auf Pointen zusteuert, Spannungen erzeugt und Höhepunkte vorbereitet. Remarque kann den Leser aufregen, rühren und belustigen, Mitleid und Abscheu erregen, Entsetzen und Ekel. Aber er ist skruppellos, und er hat keinen guten Geschmack: Ihm sind alle Mittel recht. Daher gibt es hier neben meisterhaft geschriebenen Kapiteln, die man nicht vergessen kann, auch Sentimentales und Peinliches. Über den Wert des Buches und Remarques mitunter romantisierte Vision des Krieges wurde viel diskutiert. Als unbestritten kann gelten, daß es sich um eine zwar fragwürdige, aber doch literarische Arbeit handelt.

In einer in der *Weltbühne* veröffentlichten Rezension des Buches *Krieg* meinte Carl von Ossietzky, der damals nicht ahnte, daß »Renn« ein Pseudonym war: »Das Schreiben ist ihm nicht als freundliches Geschenk mitgegeben worden; er hat es sich mühsam erarbeitet.«[4] Dies spürt man tatsächlich auf jeder Seite des Buches. Es übersteigt Renns Möglichkeiten, die sichtbare und greifbare Welt darzustellen sowie Gefühle und Stimmungen zu vergegenwärtigen. Er kann weder Gestalten schaffen, noch eine Entwicklung zeigen, noch eine Handlung entwerfen. Er hat weder Phantasie noch Einfühlungsgabe. Dennoch ist sein Erfolg verständlich. Dennoch? Beeindruckte dieser Autor die Leser trotz oder vielleicht dank seiner literarischen Unfähigkeit? Zunächst eine Stilprobe:

»Stunden vergingen. Die Sonne brannte. Ein paarmal drohte ich einzuschlafen. Ich hatte großen Hunger. Meine Feldflasche hakte ich ab und schichtete einen kleinen Steinhaufen darüber, um den Kaffee zu kühlen. Süi-krapp! kam eine Granate und fuhr zwischen uns und dem Leutnant in den Boden. Sch-bra-rr! Die Splitter sausten. Ich sah mich um. Die Ordonnanzen und Weiß sahen nach den Granateinschlägen. Der Leutnant lag und schien es gar nicht zu bemerken. Pramm! Zwei Schritte hinter meinem früheren Loch.« Und noch ein Beispiel: »Unterdessen war es schon heller Tag geworden. Wir legten uns in die Scheune. Ich mußte gähnen und fühlte mich recht matt. Dazu konnte ich nicht schlafen. Was war das alles häßlich! Mich fror auf einmal. Hatte mich der Leutnant angesteckt? Ich fuhr auf. Einer lag halb auf mir, und ich mußte hinaus, sehr eilig. Ich wälzte ihn zurück und kroch hinaus. Draußen schien die Sonne. Auf dem Hof rauchte die Feldküche. Ich lief ums Haus in den Garten. Ich hatte starken Durchfall. Als ich aufstand, war ich sehr leicht, aber auch etwas schwach. Ich ging zurück.«

In diesem Stil ist das ganze, weltberühmte Buch geschrieben: Renn führt Fakten an, protokolliert Vorgänge, beschreibt Zustände. Weiter reicht sein Horizont nicht: Er fragt nicht, was die Fakten bedeuten, wie die Vorgänge zu verstehen sind, was die Zustände verursacht hat. Er sagt nur: »Was war das alles häßlich!« Seine Darstellungsweise ist konsequent vordergründig und von einer makellosen Naivität. Sie ist bisweilen sogar infantil; dazu tragen zahllose Versuche der Lautnachahmung bei: »Süi-krapp«, »sch-bra-rr«, »pramm«, »kräck«, »rapp«, »karamms«, »sch-parr«, »sch-pang« und ähnliche Silben sollen Gewehrschüsse und Explosionen von Granaten andeuten.

Renns Stil ist knapp, farblos und karg. Er bevorzugt kurze, abgehackte Sätze. Er schreibt simpel, aber korrekt. Sein Duktus klingt oft monoton, aber er entbehrt nicht der Systematik. Er bedient sich primitiver, aber immer sauberer Mittel. Eine originelle Formulierung wird man hier allerdings ebenso vergeblich suchen wie einen interessanten Gedanken. Alles ist so einfältig und bieder und redlich wie die Mentalität des Helden. Konzessionen zugunsten des Publikumgeschmacks sind jedoch in dieser Prosa undenkbar. Niemals hat man den Eindruck, Renn sei an irgendwelchen Pointen oder Effekten gelegen. Man kommt nicht auf den Gedanken, dies habe jemand verfaßt, dessen Beruf das Schreiben ist. Ossietzky vermutete, der Autor sei – wie sein Held – Tischler.

Diese schriftstellerische Unbeholfenheit hat indes den Erfolg des Buches nicht beeinträchtigt. Im Gegenteil: sie hat ihn erst ermöglicht. Nachdem die Dichter vor dem Geschehen von 1914 bis 1918 meist kapituliert hatten, war Renns authentischer Dilettantismus damals eher als das künstlerische Wort imstande, die authentischen Fakten und Situationen zu beglaubigen. Die Leser spürten, daß hier jemand aufrichtig und ohne Umschweife sagte, was sich wirklich ereignet hatte. Die Wirkung des Buches rührte vom Stoff her und nur vom Stoff her.

Zugleich kam jedoch Renn der herrschenden literarischen Strömung entgegen – freilich ohne es zu wollen, wahrscheinlich ohne es zu wissen. Viele waren der Dichtung überdrüssig geworden, wandten sich von der Kunst ab und suchten die Information. Nicht verzaubert, unterrichtet wollten sie werden. Nur von der Magie der Fakten wollten sie sich bannen und überzeugen lassen, nur zum handfesten Material hatten sie Vertrauen. Berichte und Reportagen, Biographien und Dokumentarbücher kamen in Mode. Das große Schlagwort hieß: »Neue Sachlichkeit.« In einer solchen Zeit übersahen viele gern, daß Renns Prosa dürftig und mager war. Sie hielten sich an die wohltuend unpathetische, kühle und unterkühlte Diktion, an das Zurückhaltende und Nüchterne, an das Kantige, Trockene und Asketische, an das Sachliche.

Das Buch von Remarque war ein raffiniertes episches Plädoyer gegen den Krieg, das von Renn nur eine schlichte, unbedarfte Zeugenaussage. Vielen Lesern schien die Treuherzigkeit und Hilflosigkeit des einen sympathischer als die Bravour des anderen. Oder, um es anders auszudrücken: Die primitiven und naiven, holzschnittartigen Zeichnungen Renns wirkten überzeugender als Remarques grelle Bilder. Die beiden Erfolgsbücher sind für das Gesamtwerk ihrer Autoren charakteristisch: Remarque entschied sich für den Roman, Renn für das autobiographische Buch. Remarque blieb ein Routinier, Renn blieb ein Dilettant.

In seinem nächsten Buch, *Nachkrieg* (1930), bemühte er sich, die politischen Verhältnisse im Deutschland der Jahre 1919 und 1920 darzustellen – wiederum auf Grund eigener Erlebnisse. Hier findet man ebenfalls aufschlußreiche Partien von zeitdokumentarischem Wert. Dennoch läßt sich das Buch mit dem Erstling nicht vergleichen. Es ist weniger prägnant, hier und da sogar etwas redselig. Vor allem hat sich der Blickwinkel des Ich-Erzählers vollkommen verändert. Renn war inzwischen Kommunist geworden; *Nachkrieg* sollte der Partei dienen. Nicht mehr einen kalten objektiven Bericht, sondern ein propagandistisches Kampfbuch strebte er jetzt an. Nicht nur ein Zeuge sagte jetzt aus, nicht ein Protokollant also hatte *Nachkrieg* geschrieben oder überarbeitet – denn große Teile des Manuskripts stammten aus früheren Jahren –, sondern ein Agitator. Ein linkischer, stammelnder Zeuge kann eine rührende, eine ergreifende Figur sein. Aber ein linkischer, unbeholfener Agitator?

In der Rolle des Propagandisten – er veröffentlichte auch Reportagen über die Sowjetunion (*Rußlandfahrten*, 1932) – konnte sich der ehemalige Offizier, der weiterhin den lapidaren Stil der militärischen Meldekarten nachahmen wollte, nicht wohl fühlen. Zwar war er in diesen Jahren, von 1928 bis 1932, Sekretär des Bundes proletarisch-revolutionärer Schriftsteller, zwar gab er die kommunistische Literaturzeitschrift *Linkskurve* heraus, die er übrigens teilweise finanzierte, was er sich leisten konnte, weil ihm das Buch *Krieg* ein Vermögen eingebracht hatte – weit mehr jedoch als die Literatur interessierten ihn, wie eh und je, militärische Fragen. Er schrieb eine Broschüre über die *Entwicklung der Kriegstechnik von den Schweizerkriegen bis zum Gift- und Gaskrieg* (1932), er hielt an der marxistischen Arbeiterschule in Berlin Vorträge über Kriegsgeschichte und militärische Theorie; häufiger als in der *Linkskurve* erschienen seine Artikel im *Aufbruch*, der ebenfalls von ihm herausgegebenen militär-politischen Zeitschrift der KPD.

Ein Artikel im *Aufbruch* – kurioserweise über Soldatenwerbung unter Friedrich dem Großen – war auch der Vorwand für Renns Verhaftung im Jahre 1933. Er wurde zu zweieinhalb Jahren Gefängnis wegen »literarischen Hochverrats« verurteilt. Renn berichtet: »Schon bald nach Beginn meiner Haft stellte ich fest, daß ich der einzige politische Gefangene war, den die Nazis nicht geschlagen hatten . . . Da wußte ich, daß die Naziführung mich gewinnen wollte. Später habe ich auch erfahren, daß Goebbels dahinterstand und Hitler selbst eine geheime Verfügung herausgegeben hatte, daß ich nicht geschlagen werden durfte. Meine Verhaftung war nur ein Druckmittel, um mich gefügig zu machen. Das andere Mittel waren Angebote.«[5] Auch Alfred Rosenberg persönlich bemühte sich um den prominenten Häftling. Alle Versuche waren indes vergeblich. 1935 wurde Renn entlassen. Er floh in die Schweiz.

Vor dem Reichsgericht zu Leipzig hatte Renn erklärt: »Ich bekenne mich zum Kommunismus. Ich bin Kommunist, weil die Lehre des Kommunismus richtig ist. Sie ist allmächtig, weil sie wahr ist.«[6] Das Wort »allmächtig«, das man in der Regel mit dem Göttlichen assoziiert, hat hier symptomatische Bedeutung: Es läßt die Grundlage der Beziehung Renns zum Kommunismus erkennen. Um eine Glaubenssache handelte es sich von Anfang an, und eine Glaubenssache ist es geblieben. Der disziplinierte Offizier der Wilhelminischen Armee, der – mögen ihn auch diese oder jene Zweifel beunruhigt haben – bis zum letzten Tag des Krieges gehorsam seine Pflicht erfüllte, hatte neue Vorgesetzte gefunden, deren Befehlen er folgen konnte.

An die Stelle des einen Glaubens war ein anderer getreten. Kindlich und arglos huldigte der Fahnenjunker von Golßenau den nationalen Idealen. Nicht anders blickt der reife Renn zum

Kommunismus auf. Rührend sind die Bekenntnisse dieser Gläubigkeit. Das Buch *Der Spanische Krieg* (1955) beginnt mit einem Kapitel über seine Erlebnisse während der Haft von 1933 bis 1935; man kann hier lesen: »Mein neuer Nachbar war groß, hielt sich aber sehr krumm und starrte vor sich hin. Das ist kein Politischer! dachte ich. Sonst würde er aufrecht dastehen und lächeln . . . Einen einzigen Kommunisten hatte ich erlebt, der immer düster vor sich hin starrte. Bald stellte sich auch heraus, daß er umgefallen war.«

Renn ist nie »umgefallen«. Offenbar war nichts imstande, sein vertrauensvolles Verhältnis zum Kommunismus auch nur für einen Augenblick zu erschüttern. Im Exil erwartete die Partei von ihm zunächst ein Buch über die Methoden der Nationalsozialisten. Er schrieb rasch den Roman *Vor großen Wandlungen* (1936), der so schlecht ist, daß man ihn selbst in der DDR nicht neu auflegen konnte – und das will schon etwas heißen. Dann durfte Renn wieder Offizier sein: Im Spanischen Bürgerkrieg war er Kommandeur des Thälmann-Bataillons, dann Stabschef der XI. Internationalen Brigade und schließlich Direktor einer Offiziersschule.

Nach der Niederlage der republikanischen Armee ging er über Frankreich und England nach Mexiko, wo er das Buch *Adel im Untergang* (1944) veröffentlichte. Es enthält Erinnerungen an seine Dresdner Fahnenjunkerzeit. Da er ausführlich seine militärische Ausbildung beschreibt, über Ehrengerichte, Duelle und Saufgelage berichtet und vor allem in Schilderungen von Hofbällen, Paraden und Empfängen schwelgt, hat man das Buch in der DDR als gesellschaftskritische Abrechnung eingestuft. Aber *Adel im Untergang* ist nicht ein gesellschaftskritisches oder gar militantes, sondern ein harmloses, wehmütig-verklärendes Buch, in dem man immerhin einige hübsche Genrebilder und Milieuszenen finden kann.

1947 kehrte Renn nach Deutschland zurück und ließ sich in der Sowjetzone nieder. Im Laufe der Jahre wurde er von der Partei zum Klassiker der Gegenwartsliteratur ernannt. Während in den Arbeiten anderer bekannter Schriftsteller der DDR zumindest gelegentliche oder verschlüsselte Äußerungen auffallen, die von inneren Konflikten, von Enttäuschungen und Unzufriedenheit zeugen und mitunter sogar als Kritik an einzelnen Phänomenen des dortigen Lebens verstanden werden müssen, hat sich Renn in dieser Hinsicht soldatische Enthaltsamkeit auferlegt: Keine Ungerechtigkeit konnte ihn aus seiner Reserve locken, von keiner Tauwetter-Entspannung machte er Gebrauch.

So gehorsam er auch geblieben ist, so hat er doch der Partei einige Sorge bereitet. Denn er wollte nicht nur gefeiert, er wollte auch gedruckt werden. Es erschienen unerhebliche Reportagen, die niemanden störten – über die mexikanische Universitätsstadt *Morelia* (1950) und *Vom alten und neuen Rumänien* (1952). Aber Renn verfügte schon um 1950 auch über einige weitere Manuskripte, deren Veröffentlichung den zuständigen Instanzen indessen unangebracht schien.

Gegen die Erinnerungen *Meine Kindheit und Jugend*, die Renn vermutlich in der Zeit der Weimarer Republik geschrieben hat, war nur einzuwenden, daß sie erschreckend belanglos und langweilig sind – sie erschienen schließlich 1957. Ein wohlwollender Betrachter könnte diesem Buch wenigstens einen geringen zeitdokumentarischen Wert zuerkennen; von dem Roman *Krieg ohne Schlacht* kann das beim besten Willen nicht mehr gesagt werden. Hier versuchte Renn, die Erlebnisse eines durchschnittlichen Landsers während des Zweiten Weltkriegs zu beschreiben. Als man diesen Roman nach langjährigem Drängen des Verfassers 1957 publizierte, erwies man ihm keinen guten Dienst: Denn man zeigte der Öffentlichkeit die literarische Unfähigkeit des Mannes, der einst immerhin *Krieg* geschrieben hatte.

Ein weiterer Roman, mit dem Titel *Auf den Trümmern des Kaiserreichs* (1961), bietet eine Version der Ereignisse von 1918 und 1919, die noch simpler ist als die offizielle Interpretation der SED. Adenauer und Pieck treten hier als Romangestalten auf. Die leidgeprüfte Literaturkritik in der DDR wurde durch Renns Werk abermals in größte Verlegenheit versetzt. Sogar das

Neue Deutschland konnte sich mit ihm nicht abfinden und stellte fest, dieser »Roman« müsse »in erster Linie als ein Buch für die Jugend gewertet werden, . . . eine lehrreiche Ergänzung der Geschichtsstunde, eine willkommene Lektüre für Junge Pioniere . . .«[7]

Als einigermaßen erträglich erwiesen sich hingegen mehrere Kinderbücher Renns, die entweder in exotischen Ländern spielen (*Trini*, 1954; *Der Neger Nobi*, 1955) oder in ferner Vergangenheit (*Herniu und der blinde Asni*, 1956; *Herniu und Arnim*, 1958). Die Umstellung auf die Literatur für Kinder ist dem Autor vermutlich leichtgefallen. Er brauchte weder seine Schreibweise zu ändern, noch die intellektuellen Ansprüche, die er bisher an seine Leser stellte, zu reduzieren.

Wichtiger als alle diese Bücher ist Renns Versuch, den Verlauf des Bürgerkriegs in Spanien aufzuzeichnen – aus der Perspektive des Beteiligten zwar, des Kämpfers der Internationalen Brigaden also, jedoch vorurteilslos, objektiv und gerecht. Viele Ereignisse, die mit dem damaligen Geschehen im engsten Zusammenhang stehen, dürfen allerdings in der kommunistischen Welt jetzt nicht mehr erwähnt werden, weil sie die Sowjetunion, die Komintern oder einzelne Parteien belasten. Manche Umstände sind bis heute mysteriös. Die Namen einiger Persönlichkeiten, die in den Internationalen Brigaden eine große Rolle gespielt haben, müssen verschwiegen werden.

Natürlich hat Renn das alles gewußt. Dennoch war er bemüht, eine Chronik zu schreiben, die allem Anschein nach der Wahrheit und zugleich der Partei dienen sollte. Obwohl er also von vornherein zu einem Kompromiß bereit war, konnte die Arbeit in der DDR nicht gedruckt werden. Man verlangte von ihm zahlreiche Kürzungen, Hinzufügungen und Änderungen. Gehorsam wie immer, hat er die Wünsche erfüllt. Trotz der Retuschen zeichnet sich das schließlich publizierte Buch durch einen beachtlichen informatorischen und historischen Wert aus. Freilich muß man oft zwischen den Zeilen lesen, immer wieder ist man auf Mutmaßungen angewiesen. Wie dem auch sei: Mit Literatur hat Renns Dokumentarwerk nichts gemein.

Die erste Auflage dieses Buches erschien 1955 unter dem Titel *Der Spanische Krieg*. Der Titel einer Neuauflage vom Jahre 1959 lautet indes: *Im Spanischen Krieg*. Vielleicht wollte der Autor damit zu verstehen geben, er habe nicht über den Krieg in Spanien, sondern lediglich über einen Ausschnitt berichten können – über jenen, dessen Darstellung den jetzigen Vorgesetzten des braven Soldaten Renn genehm war.[8]

DIE KOMMUNISTISCHE ERZÄHLERIN ANNA SEGHERS

Ein Mann, der soeben in einer fremden Stadt angekommen ist, gerät zufällig in einen politischen Demonstrationszug. Er sieht Fahnen und Transparente, er hört Lieder. Aber er weiß nicht, was die Demonstranten veranlaßt hat, auf die Straße zu gehen. Dennoch marschiert er mit. Er läßt sich von der Masse treiben. Ringsum wird geredet: »Der Fremde horchte hin, verstand nichts . . .« Allein: »Er war glücklich . . .« Er sieht Cafés: »Der Fremde hätte sich am liebsten drüben hingesetzt, um einfach alles vorbeiziehen zu lassen . . .« Warum tut er es nicht? Seit seiner Jugend hatte er sich gewünscht, eine Woche allein in dieser schönen Stadt zu verbringen. Weshalb bleibt er jetzt in der Kolonne? Zunächst heißt es nur: ». . . Die anderen dauerten ihn, die drei in seiner Reihe, die dann ohne ihn waren.« Bald erfahren wir jedoch, daß die neue Umgebung auf diesen Mann einen wunderlichen Zauber ausübt. Er kann die realen Vorgänge nicht mehr genau erkennen, Traum und Wirklichkeit gehen in seinen Vorstellungen ineinander über: »Die Straße war leer und schnurgerade, aber sie war so lang, daß niemand sehen konnte, wohin sie führte. Sie zog sich wie Straßen im Schlaf, die erst dadurch aufhören, daß man aufwacht. Auf einmal war der Fremde gewiß, daß er gleich aufwachte. Er fühlte schon die Sonne auf seiner Steppdecke . . . Er machte eine verzweifelte Anstrengung, nicht aufzuwachen.« Und als die Polizei den Demonstrationszug beschießt, verspürt er sogar das dringende Bedürfnis, sich für die ihm weiterhin unbekannte Sache zu opfern: »Bei jeder Windung der kleinen Gasse konnte die offene Stelle kommen, aus der die Schüsse gefallen waren. Sein Herz verlangte danach, in die offene Stelle hineinzuspringen . . .« Eine Kugel trifft ihn: »Der Fremde . . . drehte sich und blieb liegen.«

Haben wir es hier mit einem epischen Plädoyer gegen die

Massenpsychose zu tun? Ist die Geschichte als Anklage des Hordenwahnsinns und als Appell an die Vernunft des Individuums zu verstehen? Marschieren diese Kolonnen etwa zur Münchner Feldherrnhalle im Jahre 1923? Nein, die Handlung spielt im Jahre 1927 in einer westeuropäischen Hauptstadt, vermutlich in Paris. Der Demonstrationszug ist auf dem Wege zur amerikanischen Botschaft, um gegen eine in den Vereinigten Staaten bevorstehende Hinrichtung von zwei Streikführern zu protestieren.

Und nichts liegt der Autorin – Anna Seghers – ferner, als das Verhalten ihres Helden zu verurteilen. Sie verherrlicht es. Indem sich dieser einsame Fremde dem Demonstrationszug anschließt, überwindet er seinen Individualismus und lernt das beglückende Gefühl der Zugehörigkeit zu einer Gemeinschaft kennen. Nicht den Herdentrieb hat also Anna Seghers im Sinn, sondern das Erlebnis der Solidarität. Der Kernsatz lautet: »Ging der Zug auseinander, dann war der Fremde wieder allein, wie frisch angekommen, dann fing alles nochmals von vorne an.« Die Verschmelzung des Individuums mit der aufmarschierenden Volksmasse nimmt am Ende nahezu mystische Formen an: »Als wäre er hier geboren, schlug die Stadt über ihm zusammen ...«

Diese frühe Geschichte – es ist das Titelstück des Bandes *Auf dem Wege zur amerikanischen Botschaft und andere Erzählungen* (1930) – spielt innerhalb des Gesamtwerks der Anna Seghers eine besondere Rolle: denn sie gehört zu ihren wenigen Arbeiten, die autobiographisch gedeutet werden sollten.

Netty Reiling – so lautet ihr wirklicher Name – wurde 1900 in Mainz als Tochter eines vermögenden Antiquitätenhändlers geboren, der als hervorragender Kunstsachverständiger galt. Materielle Not, die in ihren Büchern oft und mit auffallender Gründlichkeit geschildert wird, hat sie selber nie erfahren. Sie studierte Kunstgeschichte, Geschichte und Sinologie in Köln und Heidelberg und erwarb 1924 den Doktorgrad. In ihrer Dissertation befaßte sie sich mit dem Thema *Jude und Judentum im Werk Rembrandts*. Sie versuchte vor allem – wie es in der Einleitung heißt –, der Frage nachzugehen, »was für ein Zusammenhang zwischen der Erscheinung des Juden in Rembrandts Werk und der des realen Juden seiner Zeit bestehen konnte«.[1]

In die Welt des Kommunismus wurde sie von einem aus Ungarn emigrierten Soziologen und Publizisten, Laszlo Radványi, eingeführt, den sie 1925 geheiratet hat. Ihre ersten literarischen Arbeiten veröffentlichte sie Mitte der zwanziger Jahre in der *Frankfurter Zeitung*. Ab 1928 zeichnete sie mit dem Namen einer ihrer Heldinnen: Anna Seghers. In diesem Jahr trat sie auch, nachdem sie bereits als Studentin revolutionären Zirkeln angehört hatte, der Kommunistischen Partei bei. Den psychologischen Untergrund ihres Verhältnisses zum Kommunismus zeigt – mit einer kaum beabsichtigten Deutlichkeit – die kurz nach dem Beitritt zur Partei entstandene Geschichte: *Auf dem Wege zur amerikanischen Botschaft.*

In einem Gratulationsbrief, den der österreichische kommunistische Schriftsteller Bruno Frei an Anna Seghers zu ihrem sechzigsten Geburtstag gerichtet hat, finden sich folgende Sätze: »Mir war der Denkprozeß in Dir immer rätselhaft, ja unheimlich. Deine Gedankenverbindungen, selbst im gewöhnlichen Gespräch, erschienen mir oft unerwartet, alogisch, sprunghaft. Und doch kamst Du meist näher an das Wesentliche der Dinge heran als die methodischen Denker.«[2] In der Tat: so außerordentlich intelligent und vielseitig gebildet Anna Seghers auch sein mag – das methodische und diskursive Denken ist ihr fremd. In fast allem, was sie geschrieben hat, spürt man etwas Unheimliches und Sprunghaftes, immer dominiert das Emotionale – ebenfalls in ihren Aufsätzen und Ansprachen, die meist aus lose miteinander verbundenen Reflexionen, Impressionen und erzählerischen Passagen bestehen (*Frieden der Welt*, 1953; *Über Tolstoi – Über Dostojewskij*, 1963).

Vorwiegend emotional ist auch von Anfang an ihre Beziehung zur Kommunistischen Partei und ihrer Lehre. Ein Brecht oder ein Becher sahen im Kommunismus ein philosophisches System, eine soziologische Theorie, ein politisches Programm. Weder war Brecht ein Zyniker noch Becher ein Nihilist. Aber ihr Verhältnis zur kommunistischen Gedankenwelt hatten kühle und sachliche, makellos rationalistische Motive bestimmt. Für die junge Anna Seghers hingegen handelte es sich nicht so sehr um eine Frage des Intellekts als vielmehr des Glaubens und des Gefühls, des Vertrauens und der Hingabe, der Gefolgschaft, der Treue und schließlich der Hörigkeit. Wie der Held der Geschichte *Auf dem Wege zur amerikanischen Botschaft* ließ auch sie sich vor allem von ihrer Intuition leiten. Sie fand im Kommunismus, was sie seit ihrer frühen Jugend inbrünstig gesucht hatte: nicht eine soziologische und politische Lehre, nicht ein gedankliches System, sondern eine atheistische Religion. Anna Seghers ist nicht Rationalistin, sondern Fideistin – und fideistisch ist das geistige Fundament ihres Werks, zumal ihre Konzeption des Helden.

Jener Mann, den die Teilnahme an einem politischen Demonstrationszug in einen Rausch versetzt, der somnambul mitmarschiert, ekstatisch mitschreit und sich völlig sinnlos opfern will, ist der Prototyp vieler späterer Gestalten der Anna Seghers. Sie zeigt am liebsten einfache Menschen, die wenig denken und viel fühlen, die nie zweifeln, hingegen immer zu Opfern bereit sind. Oft stehen sie unter einem äußeren oder inneren Zwang und können ihre Umwelt, da sie zwischen Traum und Wirklichkeit schweben, nur undeutlich erkennen. In der Erzählung *Die Ziegler*, die in dem Band *Auf dem Wege zur amerikanischen Botschaft* enthalten ist, versucht ein Mädchen, das offenbar die Kommunistische Partei symbolisieren soll, die arme und unglückliche Marie aus ihrer Einsamkeit zu erlösen: »Das Mädchen sah Marie an, seine Augen glänzten in strengem, aufmerksamem Glanz. Es ließ ihre Hand los, langsam, langsam; wie man in einem Sumpf versinkt, zog eine schreckliche, unbekannte, gewaltige Kraft Marie von ihrem Platz, von diesem Mädchen weg . . .«

Fast alle Helden der Anna Seghers spüren diese »unbekannte, gewaltige Kraft«, die ihre Willensfreiheit einschränkt. In der Geschichte *Die Ziegler*, die aus dem Jahre 1926 stammt, ist es noch eine »schreckliche« Kraft, die die Vereinigung der Heldin mit der Gemeinschaft verhindert. Seit die Autorin zur Kommunistischen Partei gehört, wirkt in ihren Werken dasselbe mysteriöse, rational nicht erfaßbare Element, dem das Individuum ausgeliefert ist, in umgekehrter Richtung: Es treibt den Menschen zu außergewöhnlichen Taten, befähigt ihn, unvorstellbare Leiden zu ertragen und schließlich für seine Überzeugung zu sterben.

Die Frage nach der Notwendigkeit und dem praktischen Wert dieser heroischen Handlungen und der vielen Märtyrertode wird jedoch meist umgangen oder nur auf metaphysischer Ebene beantwortet. Die vom Glauben geprägte Beziehung der Anna Seghers zur revolutionären Idee läßt den Gedanken überhaupt nicht aufkommen, die Selbstaufopferung ihrer Helden könnte überflüssig und vergeblich gewesen sein. Mögen auch die geschilderten Aktionen mit totalen Niederlagen enden, dem Leser wird immer eine fideistische Schlußfolgerung geboten. Jeder Märtyrertod soll einen tiefen Sinn haben – auch wenn er sich hier und heute noch nicht erkennen läßt.

In der Geschichte *Auf dem Wege zur amerikanischen Botschaft* ist die pädagogische Schlußpointe noch sehr diskret. Die Demonstranten werden von der Polizei brutal auseinandergetrieben, Blut fließt. Aber ein verhafteter Arbeiter »hob sein rundes, braunes Gesicht gegen die Fenster und prägte sein Lächeln für immer den Knaben ein, die ihn neugierig und eifersüchtig betrachteten«.

Noch deutlicher ist dieses Motiv in der etwa gleichzeitig geschriebenen größeren Erzählung: *Aufstand der Fischer von St. Barbara* (1928), die von Hans Henny Jahnn mit dem Kleist-Preis ausgezeichnet wurde und den Ruhm der Autorin begründete. Nicht zufällig treffen auf den hier im Mittelpunkt stehenden Revolutionär Johann Hull alle Attribute zu, die Bruno Frei mit Recht dem Denkprozeß der Anne Seghers zuschrieb: Dieser Hull, der zu den hungernden und von ihren Arbeitgebern ausgebeuteten Fischern von St. Barbara kommt, wirkt rätselhaft und unheimlich, seine Handlungsweise ist unerwartet, alogisch und sprunghaft. Von ihm heißt es: »Er brauchte nur in die

Hände zu klatschen, dann sprang der Aufstand aus ihm heraus, auf die Stadt, aus der Stadt über die Küste, vielleicht über die Grenze.« Seine Stimme versetzte jeden, »der sie anhörte, in Erregung, erregte in jedem etwas wie Hoffnung«. Er hat in einem benachbarten Ort eine Revolte organisiert, die jedoch gescheitert ist. Nun gelingt es ihm, auch in St. Barbara die verzweifelten Fischer zu einer Rebellion zu bewegen, die wiederum von der Polizei und vom Militär rasch und grausam niedergeschlagen wird.

Mehrere Menschen sind umgekommen, die Fischer haben nichts erreicht. Waren überhaupt einigermaßen vernünftige Voraussetzungen für eine solche Revolte vorhanden? Ist dieser professionelle Revolutionär Hull nicht ein entgleister und verantwortungsloser Mensch, ein gefährlicher Abenteurer? Auf derartige konkrete Fragen geht Anna Seghers nicht ein, vielmehr zieht sie es vor, die irdischen Vorkommnisse zu transzendieren. Wie die katholischen Schriftsteller das Bild der menschlichen Gebrechlichkeit gern mit dem Hinweis auf die Größe und Ewigkeit Gottes aufheben, so hat auch Anna Seghers als Antwort auf die reale Niederlage ihrer Helden eine metaphysische Pointe in Reserve: den Hinweis auf die Unsterblichkeit der Revolution. Der Schlüsselsatz des Buches lautet: »Aber längst nachdem die Soldaten zurückgezogen, die Fischer auf der See waren, saß der Aufstand noch auf dem leeren, weißen, sommerlich kahlen Marktplatz und dachte ruhig an die Seinigen, die er geboren, aufgezogen, gepflegt und behütet hatte für das, was für sie am besten war.«

Wann ist eigentlich dieser Aufstand ausgebrochen, wo liegt Santa Barbara? Alles bleibt unbestimmt. Es kann sich ebenso um das 19. wie um das 20. Jahrhundert handeln. Das elende, konsequent stilisierte Fischerdorf könnte man sich an der bretonischen Küste denken. Indes haben die auftretenden Gestalten nicht etwa französische, sondern skandinavische, holländische, flämische, deutsche und englische Namen. Santa Barbara soll offenbar als symbolischer Ort verstanden werden. Die Erzählung mythologisiert die soziale Revolte schlechthin.

In dem Roman *Die Gefährten* (1932) dagegen sind die Schicksale der Helden in Zeit und Raum fixiert: Die Handlung spielt zwischen 1919 und 1929 in Polen, Ungarn, Bulgarien und in mehreren anderen Ländern. Erzählt wird von kommunistischen Revolutionären. Sie wollen nicht, wie die Fischer, höhere Löhne. Sie wollen die Welt verändern. Und sie werden überall von den Machthabern barbarisch gefoltert und gemordet oder zur Flucht ins Ausland gezwungen. Der zeitgeschichtliche und lokale Hintergrund ist zwar knapp angedeutet, aber bald erweist es sich, daß die Autorin nicht reale Schauplätze zeigen will, sondern eine exotisch-verfremdende Kulisse für Märtyrerlegenden braucht.

Der Roman beginnt mit den Worten »Alles war zu Ende« und schildert tatsächlich nur Niederlagen der Kommunisten. Der Leser soll jedoch von der Unbesiegbarkeit der kommunistischen Idee überzeugt werden. Bezeichnend für den von Anna Seghers verkündeten Mythos sind zwei Szenen in einem Warschauer Gefängnis. Ein junger polnischer Arbeiter, Janek, der in den Reihen der Partei kämpft, »ohne viel zu verstehen, ohne viel nachzudenken«, ist verhaftet worden. In der Zelle begrüßt ihn ein alter Kommunist namens Solonjenko mit einer archaischen Gebärde: Er legt ihm die Hand auf den Kopf. Dann lesen wir über Janek: »Er staunte Solonjenko an. Er wußte noch nicht, daß alles, was er anstaunte, schon in ihm selbst drin war, während Solonjenkos aus Adern geknotete Hand auf seinem Kopf lag . . . Es war ihm zumute, als hätte er bis jetzt in der Dumpfheit und Enge einer Zelle gesessen, und Solonjenko hätte sie mit einer Faust entzweigeschlagen, und Luft und Helligkeit drangen von außen ein.«

Zehn Jahre später wird dieser Janek abermals in ein Gefängnis eingeliefert; er erträgt sein Schicksal mit Humor, was ihm die Bewunderung eines jungen, zum ersten Mal eingekerkerten Kommunisten einbringt: »Labiak betrachtete und betrachtete ihn, als wollte er entdecken, an welcher Stelle Janeks Kraft saß. Janek begriff Labiaks Gedanken. Er konnte im Augenblick nichts andres für ihn tun, als was Solonjenko damals für ihn getan hatte. Er legte seine Hand auf Labiaks Kopf, glatter, fester Kegelkopf. Labiak wußte noch nicht, ahnte aber, daß die gleiche Kraft schon in ihm selbst drin war, während Janeks Hand noch auf seinem Kopf lag.«

Die segnende, alttestamentlich anmutende Geste, mit der die kommunistischen Revolutionäre ihre geheimnisvolle Kraft in der Gefängniszelle auf die Vertreter der nächsten Generation übertragen, weist eher auf religiöse und mystische als auf marxistische Vorstellungen hin. Bemerkenswert ist auch die Verwandtschaft zwischen einzelnen Teilen dieses Buches und dem alten Märtyrerdrama: Hier wie da werden die Leiden standhafter Glaubenszeugen gezeigt, die keinerlei innere Konflikte kennen, hier wie da finden wir immer wieder Schauerszenen und Bilder des Grauens.

Auch im Mittelpunkt der nächsten, im Exil veröffentlichten Romane der Anna Seghers – sie mußte 1933 emigrieren und ging zuerst nach Paris – stehen meist einfältige Menschen, die kaum fähig sind, ihre Gedanken auszudrücken. Der Held des Romans *Der Kopflohn* (1933) ist ein junger, ebenso impulsiver wie hilfloser deutscher Arbeiter, der 1932 während einer Demonstration einen Polizisten erstochen hat und sich nun bei seinen Verwandten in einem hessischen Dorf verborgen hält, aber schließlich von einem SA-Mann angezeigt wird.

In dem offenbar hastig geschriebenen, ziemlich chaotischen Roman *Der Weg durch den Februar* (1935) – es handelt sich um den gescheiterten Aufstand gegen das Dollfuß-Regime in Österreich im Februar 1934 – hebt sich erst gegen Ende von der Fülle der auftretenden Personen eine deutlicher sichtbare Gestalt ab: ein halbwüchsiger, rührend-unbeholfener Arbeiter namens Willaschek, der sich zeitweise auf die Seite der Sozialdemokraten und zeitweise auf die der Kommunisten schlägt, jedoch nicht weiß, was die einen und was die anderen wollen. Da er angeklagt wird, während der Straßenkämpfe einen Gendarmen erschossen zu haben, muß er sich vor Gericht verantworten. Er versteht kaum etwas von der Verhandlung, und als er hört, daß er zu zwölf Jahren Gefängnis verurteilt wurde, ruft er lediglich:

»Wir werden die Richter von morgen sein.« Die letzten Sätze des Buches lauten: »Er ärgerte sich, weil er nicht laut genug gerufen hatte. Sonst war er ruhig. In diesem Augenblick hatte das Urteil für seine Schultern kein Gewicht. Vielleicht wird noch oft, vielleicht schon heute nacht, ein neuer Anfall von Verzweiflung sein Herz erschüttern. Jetzt aber war er froh. Ruhig und unverwirrbar, wie die Allerstärksten durch das Leben gehen, ging er von der Gerichtssaaltür bis zur Haupttreppe. Jetzt stehen sie unter den Kastanien herum, jetzt umdrängen sie Frau Holzer und Martins Mädchen, sie gedenken seiner, beim Heimweg, beim Abendessen und morgen bei der Arbeit. Er kennt die Seinen und die Seinen kennen ihn.«

Zum Helden des Romans *Die Rettung* (1937), in dem das Schicksal arbeitsloser Bergleute in der Zeit zwischen 1929 und 1933 dargestellt wird, wählt Anna Seghers einen mürrischen und beschränkten, älteren Mann, der monatelang stumpfsinnig aus Streichhölzern das Modell einer Kirche baut und sich 1933, unmittelbar nach der nationalsozialistischen Machtübernahme, von den Kommunisten überzeugen läßt und daher am Widerstandskampf gegen das »Dritte Reich« teilnehmen will. Über Willaschek hieß es im Schlußkapitel des *Wegs durch den Februar*: »Nichts hatte aufgehört für ihn, alles fing heute abend erst für ihn an.« Und über den Helden der *Rettung* wird gesagt: »Sein Leben ging nicht stracks zu Ende, sondern fing fast von vorn an.«

Diese zeitkritischen Romane, die vor allem eine unmittelbare politische Wirkung auf den Leser ausüben sollten, sind zugleich auch epische Formexperimente gewesen. Zum Unterschied von anderen kommunistischen deutschen Erzählern, die in der Regel kaum mehr zu bieten hatten als autobiographische Berichte und belletrisierte Reportagen, war Anna Seghers schon in ihrem Frühwerk bestrebt, Errungenschaften der modernen westlichen Kunst für die von der Partei benötigte Literatur auszuwerten. Die inneren Monologe in der Geschichte *Auf dem Wege zur amerikanischen Botschaft* zeichnen sich durch eine Assoziationstechnik aus, die darauf schließen läßt, daß die Verfasserin den Joyceschen *Ulysses* mit Nutzen gelesen hatte. Das Kompositionsprinzip der *Gefährten* – das Buch besteht aus fünf selbständigen Parallelhandlungen, die wiederum in zahlreiche Episoden zerfallen – geht offensichtlich auf das Vorbild des *Manhattan Transfer* und, noch mehr, des *42. Breitengrads* von Dos Passos zurück. Im *Kopflohn* hat sich Anna Seghers für einen novellistischen, jedoch unkonventionell aufgelockerten Grundriß entschieden. Kühn in formaler Hinsicht (wenn auch mißlungen) ist der *Weg durch den Februar* – hier ließ sich die experimentierende Autorin vom Film und von der Fotomontage anregen und versuchte es bisweilen mit der Simultaneität. Teile dieses Romans erwecken den Eindruck, als handle es sich um ein Filmdrehbuch. Die *Rettung* hingegen hat eine traditionelle Erzähl-Struktur: Die Achse des Romans bildet eine geradlinige biographische Fabel, die, obwohl sich die Handlung nur über einige Jahre erstreckt, an den klassischen Entwicklungsroman erinnert.

In allen diesen Büchern finden sich einzelne Episoden und Abschnitte, die sich durch jenen »mitschwingenden Unterton sinnlicher Vieldeutigkeit« auszeichnen, den Hans Henny Jahnn schon in den frühesten Arbeiten der Anna Seghers gehört hat. Im *Aufstand der Fischer von St. Barbara* fällt einerseits eine kühne und eigenwillige, bisweilen freilich überspannte Metaphorik auf, die noch vom Expressionismus geprägt ist, und andererseits ein herber und nüchterner, chronikartiger Duktus, der es verständlich erscheinen läßt, daß man das Buch damals, Ende der zwanziger Jahre, der »Neuen Sachlichkeit« zuordnete. Eben der Kontrast zwischen den verblüffenden lyrischen Bildern, die eine besondere visuelle und akustische Sensibilität beweisen, und der verhaltenen und spröden, konsequent unterkühlten Diktion trägt zu jener inneren Spannung bei, die die Geschichte von der Revolte der Fischer unvergeßlich macht.

Wie in ihren ersten Erzählungen überzeugt Anna Seghers auch in den Romanen der dreißiger Jahre vor allem dann, wenn sie Sinneswahrnehmungen wiedergibt und mit Streiflichtern psychische Reaktionen erkennbar macht, wenn sie Details, die in der Regel nebensächlich scheinen, zu realistischen Milieuschilderungen zusammenfügt und die Atmosphäre vergegenwärtigt. Aber die Skala der Stimmungen ist nicht allzu groß: Es wiederholen sich düstere Farben, melancholische Töne, bittere Akzente. Die Welt dieser Prosa kennt keinen blauen Himmel. Ihr Klima ist wie das Wetter in St. Barbara: rauh, hart und streng. Und wenn einmal die Sonne scheint, dann läßt sie uns das Furchtbare, das sich auf Erden ereignet, nur noch deutlicher sehen, dann werden die fliehenden und leidenden Helden daran erinnert, daß das Leben schön sein könnte.

Denn Anna Seghers ist eine Dichterin des Schreckens und der Angst, von der es im *Aufstand der Fischer* heißt, sie sei wie »der Schatten, den das Unglück selbst auf die Menschen wirft, wenn es so nah ist, daß man es mit der Hand berühren kann«. Über die Personen des Romans *Die Rettung* sagte Anna Seghers in einem 1947 geschriebenen Vorwort: »Die Menschen sind Menschen der Krisenzeit, ihre Leiden sind Leiden der Krisenzeit, ihre Liebschaften sind Liebschaften der Krisenzeit.« Alle wichtigeren Gestalten der Anna Seghers stehen im Schatten, den das Unglück wirft. Und ob ihre Romane und Erzählungen während der Französischen Revolution oder in der Weimarer Republik spielen, im »Dritten Reich« oder in der DDR – ihre Helden sind immer Menschen der Krisenzeit.

Mögen die Romane der dreißiger Jahre mißlungen sein, sie dokumentieren doch, daß ihre Autorin nicht nur eine gläubige Kommunistin, sondern zugleich auch eine sensible Prosadichterin ist. Dies mußte früher oder später zu einem Konflikt führen. Zwischen Anna Seghers und ihrer Partei? Nicht unbedingt; wohl aber zwischen ihren politischen Anschauungen und ihrem künstlerischen Gewissen. Als sie sich der Partei anschloß, war sie sicher, sie werde mit ihrer Kunst der großen Sache dienen und die große Sache werde ihrer Kunst die würdigste Aufgabe stellen. Die Literatur sollte den Ideen der Partei zum Sieg verhelfen, und die Ideen der Partei sollten die Literatur aus der Isolation befreien. Kein Gegensatz drohte, vielmehr faszinierte die Vision einer Synthese: epische Kunst und politische Propaganda als untrennbare Einheit. Diese Synthese hatte Anna Seghers in den *Gefährten* angestrebt. Allerdings vermochte die Dichterin mit der Parteiaktivistin noch nicht Schritt zu halten. Daher war das Buch weder künstlerisch bedeutsam noch propagandistisch wirksam.

Ähnliche Schwierigkeiten machen sich in den erwähnten Exilromanen bemerkbar. So fällt es auf, daß sich Anna Seghers im *Kopflohn* wie in der *Rettung* der heiklen Frage zu nähern versuchte, worauf die Niederlage der KPD im Jahre 1933 zurückzuführen sei. Einige Szenen in beiden Büchern lassen vermuten, daß die zeitkritische Auseinandersetzung ursprünglich auch ernsthafte selbstkritische Akzente enthalten sollte, daß also Anna Seghers auch die Schuld ihrer Partei zu zeigen gedachte. Daran waren jedoch, wie sich bald erwies, die Genossen nicht interessiert. Sie meinten, aus taktischen Gründen sei in dieser Hinsicht weitgehende Zurückhaltung geboten. Im *Kopflohn* wie in der *Rettung* spürt man die strenge politische Selbstzensur der disziplinierten Autorin: Schließlich wird den deutschen Kommunisten eigentlich nur vorgeworfen, sie seien in der letzten Zeit vor Hitlers Machtübernahme nicht aktiv genug gewesen und hätten sich zu wenig bemüht, die Parteilosen zu gewinnen. Freilich sind die Porträts aller in diesen Romanen – und auch im *Weg durch den Februar* – auftretenden Kommunisten wirr und schablonenhaft zugleich.

Das Dilemma der Anna Seghers trat in eine neue Phase, als auf dem Sowjetischen Schriftstellerkongreß in Moskau im Jahre 1934 jene Kunstdoktrin proklamiert wurde, die sozialistischer Realismus heißt, aber stalinistischer Klassizismus heißen sollte. Die eigentliche Definition – kurz und sehr allgemein gefaßt – enthielt für Anna Seghers im Grunde nichts Neues. Wichtiger mußte für sie die Kongreß-Debatte sein, und hier wiederum nicht das, was die Partei von den kommunistischen Schrifstellern forderte, sondern was ihnen verboten wurde. Die entschiedene parteiamtliche Ablehnung aller formalen Experimente in der Kunst und die Verfemung solcher Schriftsteller wie Joyce, Proust und Dos Passos, die der Kongreß als bürgerlich-dekadent abgestempelt hat, betraf mittelbar auch die Bemühungen der Anna Seghers. Eine kritische Stellungnahme zu den Moskauer Beschlüssen kam für sie dennoch nicht in Frage. Ihre Reaktion auf den neuen kulturpolitischen Kurs der Moskauer Zentrale kann man nur ihrem aus den Jahren 1938/1939 stammenden Briefwechsel mit Georg Lukács entnehmen, der zum ersten Mal 1948 veröffentlicht wurde.

Das Thema dieser Korrespondenz ist indes ausschließlich die – 1938 gedruckte – Abhandlung von Lukács *Es geht um den Realismus*[3]. Anna Seghers versichert zunächst, daß sie »in wichtigen Punkten keinen wesentlichen Widerspruch habe«, aber »doch nicht restlos befriedigt gewesen« sei. Sie polemisiert vor allem gegen diejenigen Gedanken der Realismus-Theorie ihres Briefpartners, die mit dem sozialistischen Realismus übereinstimmen. Vor allem widersetzt sie sich den Darlegungen von Lukács, die gegen das Experiment in der Kunst und gegen die westliche avantgardistische Literatur gerichtet sind. So schreibt sie:

». . . Krisenzeiten sind in der Kunstgeschichte von jeher gekennzeichnet durch jähe Stilbrüche, durch Experimente, durch sonderbare Mischformen, nachher kann dann der Historiker sehen, welcher Weg der gangbare geworden ist. Damit meine ich nicht, daß Fehlschläge und Leerläufe sein müssen. Ich zweifle nur, ob manche Versuche überhaupt Leerläufe waren. Als die Antike zusammenbrach, in den Jahrhunderten, in denen sich die christliche Kultur des Abendlandes eben erst entwikkelte, gab es unsagbar viele Versuche, der Realität habhaft zu werden. Aber auch in einer weniger entlegenen Zeit, am Ausgang des Mittelalters, als die bürgerliche Kunst begann: der Bürger stellte sich auf dem Altarbild dar als Stifter, auf Grabmälern usw. Schließlich gab es die ersten einzelnen abgeschlossenen Porträts, recht fragwürdige Versuche und doch Rembrandts Vorläufer. Vom Standpunkt der antiken Kunst aus, von der Blüte der mittelalterlichen Kunst aus war das, was nachkam, der reinste Zerfall. Im besten Fall absurd, experimentell. Es war aber doch der Anfang zu etwas Neuem.«[4]

Keinen Augenblick zweifelt Anna Seghers an der fundamentalen These des sozialistischen Realismus, derzufolge die Literatur »parteilich« sein soll. Sie hat sich zu dieser These bekannt, ehe es überhaupt einen sozialistischen Realismus gab. Sie befürchtet aber, daß die von Lukács propagierten Ansichten eben die erwünschte »parteiliche« Wirkung der Literatur einschränken oder gar vereiteln würden. Sie sieht in seinen Darlegungen »eine große Gefahr . . . für den Künstler und für das spezifisch Künstlerische«, denn: »Nur der ganz große Künstler kann ein neues Stück Wirklichkeit ganz bewußt machen . . . Aber auch den ganz Großen gelingt diese Bewußtmachung nicht immer für den jeweiligen Zeitpunkt und für die jeweilige Gesellschaft. Rembrandt wurde nach der ›Nachtwache‹ ausgelacht und war ruiniert . . . Selbst der realistische Künstler hat gewissermaßen seine ›abstrakten Perioden‹, und er muß sie haben.« An einer anderen Stelle des Briefes heißt es zusammenfassend: ». . . Was Du als Zerfall ansiehst, kommt mir eher wie eine Bestandsaufnahme vor; was Du als Formexperiment ansiehst, wie ein heftiger Versuch eines neuen Inhalts, wie ein unvermeidlicher Versuch.«[4]

In ihrer Verzweiflung geht Anna Seghers noch weiter: Sie macht – freilich auf verschlüsselte Weise – die Partei für die verlogenen Bücher mancher kommunistischer Autoren verantwortlich. Sie spricht von den Genossen, die zwar »im Vollbesitz der Methode des Realismus« seien, es aber dennoch fertiggebracht hätten, »die Welt ganz zu *ent*zaubern«. Warum? »Gestern wie heute kann das Zögern eines Künstlers, auf die Realität zuzusteuern, ganz verschiedene Ursachen haben. Pures Unvermögen . . . oder unter anderem auch die sogenannte ›Furcht vor der Abweichung‹. Diese wirkt sehr entrealisierend. Der Künstler vergißt dann, daß für ihn wie für jeden Handelnden Kühnheit und Verantwortung unerläßlich sind.«[4]

Darum also geht es vor allem: Die Partei soll den kommunistischen Künstler nicht hindern, ihr mit künstlerischen Mitteln zu dienen. So betrachtet, ist dieser nicht für die Veröffentlichung bestimmte Brief ein Selbstbekenntnis und ein Plädoyer in eigener Sache. Denn der Weg der Anna Seghers, der einst so verheißungsvoll begonnen hatte, war unter dem Einfluß der Partei mit der *Rettung* in eine Sackgasse geraten. Die Erzählerin, die »im Vollbesitz der Methode des Realismus« zu sein schien, hatte in ihren Exilromanen die Welt ganz entzaubert. Sie wußte, daß es die »Furcht vor der Abweichung« von der Parteilinie war, die ihre Hand gelähmt und »entrealisierend« gewirkt hatte. Und sie war offenbar entschlossen, sich – um der Partei willen – von dieser Furcht freizumachen und in dem Buch, das sie damals schrieb, »auf die Realität zuzusteuern.«

An dem Roman *Das siebte Kreuz* (1942) arbeitete Anna Seghers von 1937 bis 1940. Der Bürgerkrieg in Spanien endete während dieser Zeit mit der Niederlage der Republikaner; Stalins Abrechnung mit der tatsächlichen und der angeblichen Opposition innerhalb der Partei erreichte ihren Höhepunkt; die Moskauer Prozesse erschütterten die Kommunisten in der ganzen Welt; fast alle Führer der Revolution wurden als Spione hingerichtet, Hunderttausende gingen in die Verbannung, die bedeutendsten Schriftsteller Rußlands – so Isaak Babel und Boris Pilniak – verschwanden spurlos. Hitlers unmittelbarer Machtbereich wurde immer größer und erstreckte sich nun auch auf Österreich und die Tschechoslowakei; im August 1939 erreichte die Mitglieder der Kommunistischen Parteien eine besonders bittere Nachricht: Stalin schloß einen Pakt mit Hitler; Polen wurde von den deutschen Armeen überrannt; die französische Regierung ließ die aus Deutschland emigrierten Antifaschisten internieren – darunter den Mann der Anna Seghers, die in Paris mit zwei kleinen Kindern zurückblieb.

Unter dem Eindruck dieser Ereignisse entstand also *Das siebte Kreuz*, das ein politisches Kampfbuch sein sollte, ein episches Pamphlet gegen den Nationalsozialismus. Aber das entscheidende Merkmal aller Kampfbücher fehlt dem Roman ganz und gar: Er kennt keine Aggressivität; denn die Trauer ist stärker als die Empörung. Nicht ein Rachegesang, sondern eine Elegie, nicht ein Buch des Hasses, sondern der Milde, der Barmherzigkeit, der Liebe, ist *Das siebte Kreuz*. Waren die frühen Romane und Erzählungen der Anna Seghers alttestamentlich, so gelten für dieses Bild vom Leben im Deutschland des Jahres 1937 die Worte: »Gnade statt Gerechtigkeit.« Sie sind in der Domszene zu finden, einem der schönsten Abschnitte des Romans.

Im Mainzer Dom verbringt ein gejagter, fiebernder Mensch die Nacht: »Georg stockte der Atem. Quer durch das Seitenschiff fiel der Widerschein eines Glasfensters, das vielleicht von einer Lampe erhellt wurde aus einem der Häuser jenseits des Domplatzes oder von einer Wagenlaterne, ein ungeheurer, in allen Farben glühender Teppich, jäh in der Finsternis aufgerollt, Nacht für Nacht umsonst und für niemand über die Fliesen des leeren Doms geworfen, denn solche Gäste wie Georg gab es auch hier nur alle tausend Jahre. – Jenes äußere Licht, mit dem man vielleicht ein krankes Kind beruhigt, einen Mann verabschiedet hatte, schüttete auch, solang es brannte, alle Bilder des Lebens aus. Ja, das müssen die beiden sein, dachte Georg, die aus dem Paradies verjagt wurden. Ja, das müssen die Köpfe der Kühe sein, die in die Krippe sehen, in der das Kind liegt, für das es sonst keinen Raum gab. Ja, das muß das Abendmahl sein, als er schon wußte, daß er verraten wurde, ja, das muß der Soldat sein, der mit dem Speer stieß, als er schon am Kreuz hing . . .«

Auf den Mann, der sich im Dom verborgen hält, den Arbeiter Georg Heisler, wartet ebenfalls ein Kreuz. Er ist zusammen mit sechs Leidensgefährten aus einem Konzentrationslager geflohen, in dem nun sieben Kreuze stehen, an denen die wiedereingefangenen Flüchtlinge sterben sollen. Tatsächlich werden sechs von ihnen in wenigen Tagen – lebendig oder tot – herbeigeschafft. Aber das siebente Kreuz bleibt leer.

Auch dieser Held der Anna Seghers ist ein einfacher Mensch, der sich fast ausschließlich von seiner Intuition leiten läßt. Früher, in den zwanziger Jahren, hatte er sich nur für den Sport interessiert. Er schloß sich einem Arbeitersportverein an, und von dort kam er zu den Kommunisten. Für die Lektüre, die man ihm geben wollte, war er nicht zu haben, er »sagte freimütig, daß er alles doch nicht behalten könnte, das sei nicht alles für ihn«. Dafür machte er bei Demonstrationen mit. Er wurde stets dann gerufen, wenn die Partei einen besonders tapferen und zuverlässigen Genossen brauchte.

Der Held des *Siebten Kreuzes* gehört also gleichfalls zu jenen Gestalten der Anna Seghers, in die sie ihre eigene vornehmlich emotionale und gläubige Beziehung zum Kommunismus projiziert. Dieser Georg will jedoch – anders als seine Vorgänger – nur noch eins: sein Leben retten. Und er wird in einer einzigen Grundsituation gezeigt: als gejagter Flüchtling. Geschwächt und übermüdet, krank und hungrig, geplagt von schrecklichen Träumen und KZ-Erinnerungen, von Selbstmordgedanken und makabren Visionen, immer zwischen Hoffnung und Verzweiflung schwankend, irrt er durch die Städte und Dörfer am Rhein und Main, durch die engere Heimat der Autorin also.

Die aus der Exilperspektive mit geschärften Sinnen wahrgenommene und zugleich hier und da unmerklich verklärte Welt zwischen Frankfurt, Worms und Mainz bildet den kontrastierenden Hintergrund für die Flucht der KZ-Häftlinge. Damit ist ebenso die Landschaft gemeint wie – in noch höherem Maße – der liebevoll geschilderte Alltag, zumal der kleinen Leute. Während die Bücher anderer emigrierter Schriftsteller, die ein einseitig politisiertes Bild vom Leben im »Dritten Reich« entwarfen, den Eindruck erweckten, als sei über ganz Deutschland zur Zeit des nationalsozialistischen Regimes eine Art Ausnahmezustand verhängt worden, wird im *Siebten Kreuz* die ungewöhnliche Situation der Flüchtlinge durch die ständige Betonung des Gewöhnlichen, Durchschnittlichen und Alltäglichen in der Umwelt verdeutlicht.

Diesen Heimatroman hat eine Kommunistin geschrieben; auch der Held ist ein Kommunist (der Begriff wird übrigens kein einziges Mal erwähnt), und zu Georgs Rettung tragen mehrere ehemalige Mitglieder der KPD bei. Dennoch fällt es auf, daß die meisten Menschen, die ihm helfen, mit Politik nichts zu tun haben – so der Arzt, der seine Hand verbindet, die Schneiderin, die ihn mit neuer Kleidung versorgt, der Gärtnerlehrling, der die Gestapo durch eine falsche Aussage bewußt irreführt, so vor allem Elli, Georgs frühere Frau, und sein Jugendfreund, der Arbeiter Paul Röder, der von Kommunismus und jeglicher politischer Betätigung nie etwas wissen wollte und dem es im »Dritten Reich«, gegen das er nichts einzuwenden hat, besser denn je geht. Aber gerade dieser biedere Paul Röder wagt jetzt alles, um Georg zu retten, und spielt in der schließlich geglückten Aktion die entscheidende Rolle.

Man mag in der Konzeption des Romans eine unmittelbare Widerspiegelung der Politik der antifaschistischen Volksfront sehen, die von der KPD im Exil Mitte und Ende der dreißiger Jahre propagiert wurde. Doch weder Paul Röder noch Elli sind Antifaschisten und nichts weist darauf hin, daß ihre Ansichten sich jetzt ändern werden. Nur ihr Gewissen, ihre Anständigkeit determiniert ihre Handlungsweise. Mehr noch: auch die Kommunisten und überzeugten Antifaschisten, die es ermöglichen, daß Georg schließlich nach Holland entkommen kann, agieren offenbar nicht auf Anordnung der Partei oder irgendeiner Widerstandsorganisation, sondern auf Grund einer individuellen und freiwilligen Entscheidung. Der durch das siebente Kreuz im Konzentrationslager Westhofen symbolisierte Widerstand gegen den Terrorstaat hat also weniger mit politischen Motiven zu tun als vor allem mit moralischen Kategorien.

Im Unterschied zu ihren früheren Romanen verkündet Anna Seghers diesmal keine Philosophie, wirbt sie für keine Ideologie, deutet sie kein Programm an. Der Dichterin der Passionsgeschichte vom ungekreuzigten Georg ist nur noch eine einzige Hoffnung geblieben: die Redlichkeit des durchschnittlichen Menschen, die Rechtschaffenheit des Individuums. Der letzte Satz des Buches, der auch sein Motto sein könnte, sagt es ausdrücklich: »Wir fühlten alle, wie tief und furchtbar die äußeren Mächte in den Menschen hineingreifen können, bis in sein Innerstes, aber wir fühlten auch, daß es im Innersten etwas gab, was unangreifbar war und unverletzbar.«

Diese Grundhaltung läßt vermuten, daß der Volksfronttaktik der KPD nur die ursprüngliche Konzeption des *Siebten Kreuzes* verpflichtet ist, die sich während der Arbeit am Manuskript unter dem Einfluß der Ereignisse zwischen 1937 und 1940, zumal in der Sowjetunion, verändert hat. Gleichzeitig scheint ein anderer Faktor bestimmend gewesen zu sein: An der zahllose Kindheits- und Jugenderinnerungen wachrufenden Heimatvision hat sich das künstlerische Talent der Anna Seghers so sehr entzündet, daß manche Bedenken ideologischer Art verdrängt wurden. Jedenfalls wird in den meisten Szenen und Episoden das Leben im »Dritten Reich« mit einer erzählerischen Kunst veranschaulicht, die höchste Vorstellungskraft mit verblüffender Einfühlungsgabe, handwerkliche Meisterschaft mit sprachlichem Reichtum und virtuos beherrschter Montagetechnik verbindet. Immer wieder gehen die Situationen ins Parabolische über; die Konflikte überschreiten die Grenzen der zeitgeschichtlichen Verhältnisse und wachsen in unsere unmittelbare Gegenwart.

Freilich verdankte und verdankt dieses Buch seine Wirkung auch außerkünstlerischen Umständen. Wie es nach 1945 dazu beigetragen hat, eine Generation zu erziehen, kann es heute eine ähnliche Aufgabe erfüllen. Denn solange es auf deutschem Boden einen totalitären Staat gibt, sollte man sich hüten, die Geschichte der Flucht des Georg Heisler als historischen Roman zu lesen.

Hatte die Autorin des *Siebten Kreuzes* einer poetischen Vision reale und konkrete Umrisse gegeben, so wird in dem Roman *Transit* (1943) eine reale und konkrete Welt in eine poetische Vision verwandelt. Als sich die deutschen Armeen im Mai 1940 Paris näherten, floh Anna Seghers nach Marseille, wo große Teile dieses Romans entstanden sind und wo auch seine Handlung spielt. Da die KPD in dem Chaos nach dem Zusammenbruch Frankreichs andere Sorgen hatte, als sich um die Literatur zu kümmern, war Anna Seghers in dieser Zeit, was ihre berufliche Arbeit betrifft, sich selbst überlassen. Mit ihrem neuen Werk konnte die Partei weniger denn je zufrieden sein.

Der Roman, der im wesentlichen auf eigenen Erlebnissen der Autorin beruht, zeigt den Kampf verzweifelter Emigranten, die 1940 vor der Wehrmacht geflüchtet sind und die nun zur weiteren Flucht Ausreisegenehmigungen, Transitvisen, Einreiseerlaubnisse und Schiffskarten benötigen, jedoch sofort in das Netz einer komplizierten und gespenstischen Bürokratie geraten. Gleich am Anfang ist das Stichwort zu finden: »die Auflösung unserer Weltordnung«. Zum ersten Mal scheint der Kommunistin Anna Seghers die von ihrem Glauben bestimmte Interpretation der Gegenwart nicht mehr möglich zu sein. Die atheistische Religion, mit der sie bisher alle Phänomene gedeutet hatte, versagt. Jetzt heißt es: »Ich habe damals zum erstenmal alles ernst bedacht: Vergangenheit und Zukunft, einander gleich ebenbürtig an Undurchsichtigkeit, und auch den Zustand, den man auf Konsulaten Transit nennt und in der gewöhnlichen Sprache Gegenwart. Und das Ergebnis: nur eine Ahnung – wenn diese Ahnung verdient, ein Ergebnis genannt zu werden – von meiner eigenen Unversehrbarkeit.«

Während Anna Seghers im *Siebten Kreuz* noch die »Furcht vor der Abweichung« von der Parteilinie überwinden mußte, um auf die Realität zusteuern zu können, ignoriert sie in *Transit* die Richtlinien der Partei und zieht die Realität in Zweifel. »Mir ging durch den Kopf, wieso etwas, was mich in Paris dermaßen beherrscht hatte, sich vollständig hatte verflüchtigen können. Aus diesem Stoff war also der Zauber des Toten gemacht! Vielleicht aber war das auch nur ich, der aus diesem Stoff gemacht war, der sich verflüchtigte.«

Und da die Welt für Anna Seghers undurchsichtig geworden ist und alles aus einem Stoff scheint, der sich verflüchtigt, kann sie ihr mit den Mitteln des realistischen Erzählers nicht mehr beikommen. Typisch für die Atmosphäre ist etwa folgender Satz: »Mir wurde bang wie im Schlaf, wenn ein Traum sich der Wirklichkeit ähnlich gebärdet und gleichwohl etwas Unfaßbares, etwas Unmerkliches einen belehrt, daß das, was glücklich macht oder traurig, niemals die Wirklichkeit sein kann.« Wie ein Traum, der »sich der Wirklichkeit ähnlich gebärdet«, erscheint in dem Roman alles, was sich in Marseille ereignet: Das hektische Treiben in der mit Emigranten überfüllten Stadt wird zum Sinnbild eines absurden Daseins, dem das Individuum hilflos ausgeliefert ist. Alle Gestalten agieren nur noch in Trance – auch der Ich-Erzähler: »Unsere Reihe war lang vor dem Tor auf der Straße. Die Menschen erzählten vor mir und hinter mir ihre Legenden von spanischen Transits, die zwar schließlich gekommen waren, aber so knapp vor der Abfahrt des Schiffes, daß man unmöglich rechtzeitig in Lissabon hatte ankommen können. Ich aber wartete so geduldig, wie man nur wartet, wenn man das Warten um des Wartens willen tut und das, worauf man wartet, unerheblich ist.«

Der Roman *Transit* hat der Kritik jenseits der Elbe beträchtliche Schwierigkeiten bereitet. Der 1954 in der DDR verstorbene Kritiker Paul Rilla meinte: »Das Merkwürdige an dem Buch ist seine Verwandtschaft mit der erzählerischen Alpdruckwelt Franz Kafkas. Ja, es ist dieselbe Unentrinnbarkeit eines Alpdruckzwangs, hinter dem dieselben Instanzen einer allmächtigen Sinnlosigkeit walten. Und die Kunst, mit der die präzise Funktion dieses tödlichen Apparates beglaubigt wird, ist von der gleichen unheimlichen Genauigkeit.«[5] Da diese treffenden Bemerkungen über *Transit* zu dem linientreuen Bild, das Rilla vom Werk der Seghers entworfen hatte, nicht recht passen wollten, versuchte er im weiteren Verlauf seiner Darlegungen Anna Seghers gegen Kafka auszuspielen und den Roman soziologisch zu deuten: ». . . Die allmächtige Sinnlosigkeit, wie sie hier waltet, . . . der bürokratische Terror ist der bürgerliche Terror.« Das offizielle Literatur-Lehrbuch glaubt auf mildernde Umstände hinweisen zu müssen: »Es ist zu vermuten, daß sich die Schriftstellerin zu jener Zeit, als sie den Roman schrieb, in einer ähnlichen Depression befunden hat wie der Held des Buches.«[6]

Transit bestätigt, was sich im *Siebten Kreuz* nur in einigen Szenen ahnen ließ: Nachdem Stalin mit Hitler einen Pakt geschlossen hatte, war das Weltbild der Anna Seghers ins Wanken geraten. In diesen Jahren konnten auf sie Gedanken Einfluß ausüben, die ihr bisher fremd waren. Problemstellung und Atmosphäre rücken *Transit* in die unmittelbare Nachbarschaft des französischen Existentialismus. Hieraus erklärt sich auch die Affinität zu Kafka.

Aber bald fand Anna Seghers ihr Gleichgewicht wieder. Mit Hilfe der »Liga amerikanischer Schriftsteller« gelang es ihr, Marseille zu verlassen und nach Mexiko zu entkommen. Die weitere Entwicklung der Ereignisse im Zweiten Weltkrieg und der jetzt wieder wirksame Einfluß der Genossen – in Mexiko entstand ein wichtiges Zentrum der kommunistischen Schriftsteller im Exil – halfen Anna Seghers, die existentialistische Abweichung schnell zu überwinden.

Hiervon zeugt schon das überraschende und psychologisch ziemlich unglaubwürdige Ende des Romans *Transit*. Die makabre Vision von der Ratlosigkeit des Menschen in einer absurden Welt wird im letzten Augenblick mit einem optimistischen Schluß versehen. Als der Ich-Erzähler nach zahllosen Schwierigkeiten die lang begehrten Reisedokumente erhalten hat, verzichtet er auf die weitere Flucht, um zusammen mit den Franzosen gegen die Nationalsozialisten zu kämpfen: »Selbst wenn man mich dann zusammenknallt, kommt es mir vor, man könne mich nicht restlos zum Sterben bringen. Es kommt mir vor, ich kennte das Land zu gut, seine Arbeit und seine Menschen, seine Berge und seine Pfirsiche und seine Trauben. Wenn man auf einem vertrauten Boden verblutet, wächst etwas dort von einem weiter wie von den Sträuchern und Bäumen, die man zu roden versucht.«

Auch die in diesen Jahren entstandenen Erzählungen der Anna Seghers beweisen, daß sie sich damals den Forderungen des sozialistischen Realismus nicht unterordnen wollte. Die Geschichte *Post ins gelobte Land*, die im jüdischen Milieu, teilweise in Palästina, spielt, fällt durch religiös-mystische Akzente auf; man hielt es daher in Ost-Berlin für ratsam, diese Erzählung in die zwischen 1951 und 1953 erschienene Ausgabe der Gesammelten Werke der Anna Seghers nicht aufzunehmen.

Die 1943 in Mexiko geschriebene Novelle *Der Ausflug der toten Mädchen* zeichnet sich wiederum durch kühne formale Mittel und eine vollendete Komposition aus. In die Schilderung eines idyllischen Schulausflugs in der Jugendzeit der Autorin werden die späteren Schicksale der einzelnen Schüler, Schülerinnen und Lehrer – zumal während des »Dritten Reiches« – eingeblendet. Daraus ergibt sich ein eigentümlicher Parallelismus der Erzählung, eine Art Pendelbewegung: zwischen der Zeit des Ersten und der des Zweiten Weltkriegs, zwischen Rückblende und Antizipation, Traum und Wachsein.

In thematischer Hinsicht – nicht in Grundhaltung und Tonart – ist *Der Ausflug der toten Mädchen* eine novellistische Vorarbeit zum Roman *Die Toten bleiben jung*, den Anna Seghers bereits in Mexiko verfaßt, jedoch nach ihrer Rückkehr im Jahre 1947 so gründlich überarbeitet und ergänzt hat, daß er erst 1949 publiziert wurde. Das Buch kann als typisch für ihre Arbeiten in der DDR gelten.

In ihrer Ansprache auf dem Kongreß der Schriftsteller der DDR im Januar 1956 erklärte Anna Seghers: »Keine packende Fabel ist denkbar ohne Konflikte. Alle Bücher, die Menschen packen, packen sie durch die Fabeln, durch die Konflikte, auf denen die Fabeln beruhen . . . Nur im Konflikt kann der dargestellte einzelne Mensch seinen Charakter enthüllen, alle seine privaten und gesellschaftlichen Beziehungen . . . In unseren Büchern (kommt) vielfach gar kein echter Konflikt zustande, sondern ein Scheinkonflikt, vielfach keine echte Entwicklung, sondern nur eine Scheinentwicklung, so daß der Leser kalt bleibt . . . Unsere Autoren . . ., da kein Charakter in der entsprechenden Fabel auf die Probe gestellt und zur Entscheidung gezwungen wird und damit zur Rück- oder Vorwärtsentwicklung, hängen oft ihren Personen ›Plakate‹ an, wie Gorki das nannte. Man erkennt augenblicklich, wie in den Mysterienspielen des Mittelalters, die Engel an ihren Flügeln und die Teufel an ihren Hörnern. Und die Personen handeln, wie es ihren Insignien entspricht.«[7]

All das gilt für den Roman *Die Toten bleiben jung*. Beabsichtigt war ein umfangreicher gesellschaftskritischer Querschnitt: Die historische und politische Entwicklung in Deutschland zwischen 1919 und 1945 sollte in den Schicksalen einzelner Menschen aus allen Klassen und Schichten des Volkes sichtbar gemacht werden. Im ersten Kapitel, das während der Kämpfe in

Berlin im Januar 1919 spielt, ermorden vier Männer – drei Offiziere und ein Freikorps-Soldat – einen jungen revolutionären Arbeiter. Die Mörder und die Freundin des Ermordeten stehen im Mittelpunkt der fünf biographischen Erzählungen, in die das Buch zerfällt: Es sind fast voneinander unabhängige Parallelhandlungen, die nur einen gemeinsamen Ausgangspunkt haben.

Dieser eher novellistisch anmutende Prolog, dem es an parabolischer Ausdruckskraft nicht fehlt – die Ermordung des bei der Müllabfuhr beschäftigten Arbeiters wird zum Gleichnis für die Schuld einer Epoche –, wirkte sich als Einfall auf das gesamte epische Unternehmen verhängnisvoll aus, da die wichtigsten Gestalten von vornherein als zynische Verbrecher charakterisiert sind. Anna Seghers bereichert und vertieft noch ihre Porträts, ohne sie wesentlich zu verändern. Es werden Lebenswege ohne Entwicklung und meist auch ohne Konflikte gezeigt. Schon nach dem ersten Kapitel gibt es keinen Zweifel, daß wir es mit künftigen Nazis zu tun haben.

Alle Figuren, die diesen Roman bevölkern – rheinische Industrielle, preußische Offiziere, baltische Barone, märkische Bauern, sozialdemokratische Arbeiter, kommunistische Funktionäre – dürfen auch dann, wenn ihre Charaktere zunächst individualisiert scheinen, nicht nach den ihnen innewohnenden Gesetzen handeln, sondern müssen politische und soziologische Thesen exemplifizieren. Was die Menschen in den *Toten* denken und tun, ist somit durch ihre gesellschaftliche Zugehörigkeit determiniert. Der Industrielle unterstützt natürlich Hitler, der baltische Baron erweist sich als Hochstapler, der sozialdemokratische Arbeiter ist ein biederer, von seiner Partei irregeleiteter Mensch, der unentwegt mit seinem kommunistischen Nachbarn streitet, der kommunistische Funktionär erscheint als Idealgestalt, der Sohn des ermordeten Arbeiters kämpft in der antifaschistischen Widerstandsbewegung.

Während Anna Seghers im *Siebten Kreuz* die Verhältnisse selbständig dargestellt hatte, begnügt sie sich diesmal damit, die aus der kommunistischen Publizistik stammende Interpretation der Epoche zwischen den beiden Weltkriegen ins Belletristische umzusetzen. Aber oft will ihr nicht einmal das gelingen: Um viele Zeitereignisse in ihr ohnehin sehr umfangreiches Panorama einzubeziehen, verzichtet sie, zumal im zweiten Teil des Romans, auf eine epische Darstellung und behilft sich mit einem simplen Bericht. Sie läßt ihre Helden die Geschehnisse referieren:

»Die Verjüngung hat bei mir angefangen, als ihr vor Moskau steckengeblieben seid. Und wie ihr euch eure Zähne an Leningrad stumpf gebissen habt, da ist mir mein Herz ganz warm geworden. Und dann nach Stalingrad Volkstrauertag, der Anfang vom Ende, da wurden mir meine steifen Beine springlebendig. Und was euch das ganze Jahr passiert ist, immer sachte zurück und manchmal auch weniger sachte, wie ihr immer wieder habt einen Bissen auskotzen müssen, eine Bissen Ukraine und einen Bissen Krim, da hab ich mich immer morgens in meinem Spiegel beguckt, ob mir nicht mein graues Haar wieder goldblond schimmert. Wie Amerika den Krieg erklärte – man hat sich darüber lustig gemacht, genau wie im ersten Krieg, und eure Heeresberichte mit den verkürzten Fronten und all den vielen freiwilligen Manövern, die Heldengesänge kennt man von früher . . .«

Für die Grundidee ihres Romans hat Anna Seghers diesmal eine mystisch-biologische, vom fatalistischen Einschlag nicht ganz freie Symbolik gefunden. Die Freundin des 1919 ermordeten Arbeiters bringt nach seinem Tod einen Jungen namens Hans zur Welt. Obwohl sich offenbar niemand um die politische Erziehung des Jungen kümmert, und obwohl dieser nicht weiß, wer und was sein Vater war – selbst die Mutter hat ihn kaum gekannt –, setzt Hans die revolutionäre Tradition seines Vaters fort. Der Dreizehnjährige tritt – so soll der Leser glauben – der Hitlerjugend nur bei, um ihre Mitglieder über das nationalsozialistische Regime aufzuklären.

Gegen Ende des Zweiten Weltkriegs wird er als Antifaschist von demselben Offizier Wenzlow erschossen, der einst auch seinen Vater ermordet hat. In seinem jetzigen Opfer glaubt

Wenzlow den Revolutionär von 1919 wiederzuerkennen: »Sie hatten ihn umgelegt und verscharrt . . . Er hatte sich aber nicht totschießen lassen; er war jung geblieben.« Da Hans doch erschossen wird, symbolisiert Anna Seghers mit der Schwangerschaft seiner Freundin – ebenso wie im ersten Kapitel des Romans mit der Schwangerschaft seiner Mutter – die revolutionäre Kontinuität und die Unsterblichkeit der kommunistischen Idee. Sogar die Kritik in der DDR hat diese embryonale Symbolik, die von unfreiwilliger Komik nicht weit entfernt ist, beanstandet.

Allen Bedenken zum Trotz übertrifft jedoch der Roman *Die Toten bleiben jung* die folgenden Bücher der Anna Seghers. Immerhin gibt es in diesem Werk die vortrefflich gezeichnete Gestalt der Mutter des Hans, einer herzlichen und einfachen, rührend-naiven und vollkommen beschränkten Frau; immerhin kann man – insbesondere im ersten Teil, der in den Jahren der Weimarer Republik spielt – einige Episoden finden, die an das große Talent der Autorin erinnern. Dergleichen läßt sich von ihren Arbeiten, die nach der Gründung der DDR geschrieben wurden, nicht mehr sagen.

Vor allem entstehen jetzt didaktische Geschichten, die meist offenbar für Leser auf niedrigstem Niveau oder, vielleicht, für Kinder bestimmt sind. Der Zyklus *Die Linie* (1949) soll den Einfluß der kommunistischen Idee auf die Persönlichkeitsbildung des Individuums an drei Beispielen verdeutlichen. Aus der in China spielenden ersten und längsten Geschichte des Zyklus *Überbringung des neuen Programms an das Südkomitee* sei ein Absatz als Stilprobe zitiert:

»Er trieb sich in Parks und Teehäusern herum. Er ging in ein Spital. Er machte auf vielen Märkten Einkäufe. Er feilschte um blauen Stoff. Er sah San-sih in dieser Farbe am liebsten, er konnte ihr aber nichts schenken. Er fragte wieder in einer Werkstätte nach den Drahtspulen. Er stellte sich in eine lange Schlange um Reis von einer Wohlfahrtseinrichtung an. Er ging als Einkäufer in ein paar Teegeschäfte. Er ruhte sich in einer Bibliothek aus. Er nahm eine Sänfte, er nahm bald diesen, bald jenen Autobus, bald ging er zu Fuß. Er beteiligte sich an einer Wette, er schloß sich einem Leichenzug an. Er ging in ein europäisches Café. Er sah sich eine Parade an, Museen und Tempel. Er ging mit einer Prostituierten. Er nahm sich vor, nicht länger als zehn Minuten bei einer Beschäftigung zu verweilen.«

Ebenfalls aus dem Jahre 1949 stammt die Erzählung *Die Rückkehr*, die Geschichte eines Arbeiters, der in den ersten Nachkriegsjahren die Zone verläßt, doch nach einiger Zeit – dem Klischee gemäß – Westdeutschland enttäuscht den Rükken kehrt und reumütig wieder im Osten auftaucht.

In der längeren Erzählung *Der Mann und sein Name* (1952) überwindet ein ehemaliger SS-Mann die Last der Vergangenheit und erweist sich nach allerlei Komplikationen als ein vorbildlicher Bürger der DDR. Der kompositorischen Ratlosigkeit entspricht hier die sprachliche; die Skala reicht vom politischen Jargon über einen kargen und farblosen Berichtsstil bis zur unerträglichen pseudopoetischen Metaphorik. Einer der Helden dieser Geschichte erzählt aus seinem Leben: »Das war am Dnjepr. Das war auf der Flucht. Mich ließen sie . . . Die Russen fanden mich. Ich dachte: Da wäre es besser, tot zu sein. Die Lumpenbande hatte uns doch die blödesten Lügen aufgetischt, damit wir für sie in den Krieg gehen. Damit wir ihr Bankkonto verteidigen. Ihre Güter, ihre Fabriken. Und ja die Waffen nicht hinschmeißen, ja nicht vorzeitig Frieden machen. Die Russen fanden mich, und sie pflegten mich. Das Leben hat für mich genau an der Stelle begonnen, an der ich glaubte, jetzt ist alles zu Ende. Ich wurde nicht bloß geheilt, ich wurde nicht bloß verbunden. Ich bekam einen neuen Kopf und ein neues Herz.«

Die Titelgeschichte des Novellenbands *Brot und Salz* (1958), die eine Episode am Rande des ungarischen Aufstands von 1956 behandelt, macht eher den Eindruck chaotischer Notizen als eines druckreifen Prosastücks. In der Geschichte *Vierzig Jahre der Margarete Wolf* berichtet eine alte Arbeiterin über das Schicksal ihrer Angehörigen seit dem Ersten Weltkrieg: Es sind

Lebensläufe vorbildlicher Kommunisten. Anna Seghers hat nur den Fragebogen einer Familie Wolf ausgefüllt.

Die Befürchtungen, zu denen diese und andere kleinere Arbeiten Anlaß gaben, wurden durch den ersten in der DDR geschriebenen und zwölf Jahre nach der Rückkehr Anna Seghers veröffentlichten Roman *Die Entscheidung* (1959) bestätigt. Die Handlung spielt in den Jahren 1947 bis 1951 vornehmlich zwischen der Elbe und der Oder, aber auch in Westdeutschland, Amerika und Frankreich. Der Wiederaufbau eines Stahlwerks ist gefährdet, weil amerikanische Agenten die leitenden Ingenieure abwerben. Die Arbeiter dieses Stahlwerks reagieren hierauf mit einem spontanen Aufruf zum sozialistischen Wettbewerb, der trotz einer erneuten Sabotageaktion des Westens alles – dank der Hilfe des herbeigeeilten Parteisekretärs – zu einem guten Ende führt.

Da es in dem rund 600 Seiten umfassenden Buch über 150 Gestalten gibt, ist es nicht verwunderlich, daß sich beim besten Willen die überwiegende Mehrheit dieser Personen nicht voneinander unterscheiden läßt. In den Romanen des sozialistischen Realismus treten in der Regel statt lebender Menschen nur Namen mit politischen und gesellschaftlichen Funktionen auf. In dem Buch *Die Entscheidung* sind es in den meisten Fällen Namen ohne Funktionen.

Die Figuren wiederum, deren Umrisse einigermaßen sichtbar sind, kennen wir bereits – wenn auch weniger aus der Epik der Anna Seghers, so doch aus jenen DDR-Romanen, die sie 1956 kritisiert hat. Wie unwahrscheinlich es auch klingen mag: alle diese Klischees sind von der Dichterin des *Siebten Kreuzes* übernommen worden. Da finden wir also den redlichen, biederen Arbeiter, der das Leben in der DDR eigensinnig kritisiert, aber im Grunde ein guter Kerl ist; den bürgerlichen Intellektuellen, der schließlich seine Vorurteile überwindet und am Aufbau des sozialistischen Staates begeistert teilnimmt; den übereifrigen Ingenieur, der als amerikanischer Agent und bei Gelegenheit auch als ehemaliger Mitarbeiter der Gestapo entlarvt wird; die tüchtige Arbeiterin, die ihre Nächsten denunziert, wodurch ihre ideologische Reife bewiesen ist; den jungen Burschen, dessen Eltern im Krieg umgekommen sind und dem nun das »volkseigene« Werk die Familie ersetzt; den weisen und unermüdlichen Parteisekretär, der in schwierigen Situationen als rettender Engel erscheint; den westdeutschen Fabrikbesitzer, der in der Regel Kognak trinkt und Pläne gegen die DDR schmiedet.

Von einem Kompositionsprinzip kann in der *Entscheidung* überhaupt nicht mehr die Rede sein. Zunächst glaubt man, der Roman setze sich – wie manche früheren Werke der Anna Seghers – aus einigen Parallelhandlungen zusammen. Die Zahl der einzelnen Fäden wird jedoch immer größer und schließlich löst sich alles in eine Fülle von Episoden auf, die im Rahmen des Ganzen keinerlei Funktion haben und auch als selbständige Szenen meist nichtssagend sind. In der Reihenfolge der Episoden ist oft kein Sinn zu entdecken. Ob es sich um SED-Funktionäre, westdeutsche Unternehmer oder amerikanische Intellektuelle handelt – alle sprechen dieselbe Sprache. In einem Dialog heißt es: »Unsere neuen Gesetze, wie zum Beispiel Kurt, was ihm fehlt, nachlernen kann, damit er wird, was er werden will.« Ein Gespräch wird von der Autorin folgendermaßen wiedergegeben: »An Scheidung sei nicht zu denken, nicht bloß, weil beide katholisch seien, obgleich, wahrscheinlich auch das.« Es gibt auch solche Sätze: »Sie anzufassen, das kam ihm gar nicht in den Sinn, und darum auch nicht, wie sonderbar es war, daß es ihm gar nicht in den Sinn kam.«

Im Vorwort zur *Rettung* belehrte Anna Seghers ihre Leser: »Ein Roman hat nichts mit einem Leitartikel zu tun.« Jetzt läßt sie eine ihrer Gestalten den Marshall-Plan interpretieren: »Als wir die Enteignung beendet hatten, ungefähr um dieselbe Zeit, hat Herr Marshall, der Außenminister der Vereinigten Staaten von Amerika, einen Plan aufgestellt. Sechzehn Regierungen haben ihn unterschrieben, diesen Plan, denn er verspricht ihnen Hilfe. Nicht ihren Völkern, sondern den Direktoren und Unternehmern. Und vor allem den eigenen, drüben in den USA. Was sie alles daheim nicht verkaufen konnten, müssen die Länder in Europa ihnen abnehmen, aber zuvor bekommen die Lieferanten die Ware in Dollar bezahlt. Sie machen die Kriegsverbrecher wieder gesund, die wir enteignet haben.«

Für den Roman gilt, was Anna Seghers auf dem Schriftstellerkongreß im »Tauwetter«-Jahr 1956 sagte: Sie warnte damals vor dem Schematismus, der immer dann entstünde, wenn der Schriftsteller »unsere Weltanschauung, die Lehren und Anweisungen unserer Partei als Dogmen« betrachtet. »Er sucht in der Wirklichkeit nach Teilen und Teilchen, die ihm geeignet erscheinen, um das unvermeintliche Dogma zu illustrieren . . . Die scholastische Schreibart ist Gift, wie marxistisch sie sich auch gebärdet . . . Denn sie bewirkt Erstarrung statt Bewegung, sie bewirkt Faulheit statt Initiative. Keine Erregung erschüttert den Leser solcher Bücher. Mit Nachdenken braucht er sich erst gar nicht anzustrengen. Er kennt ja das Schema, nach dem das Buch montiert ist, so gut wie der Autor.«[8]

Diese Erkenntnisse haben Anna Seghers nicht mehr zu retten vermocht: Der Roman *Die Entscheidung* dokumentiert den Zusammenbruch eines großen Talents, die Kapitulation einer Schriftstellerin. Sie, die Jahrzehnte um die Synthese von epischer Kunst und kommunistischer Ideologie gekämpft hat, ist dem Dogma und der »scholastischen Schreibart« zum Opfer gefallen.

WILLI BREDEL, DER TREUHERZIGE REVOLUTIONÄR

Der Arbeiterschriftsteller Willi Bredel war wirklich ein Arbeiter und wirklich ein Schriftsteller. Vor allem aber war er immer ein Kommunist.

Er wurde 1901 in Hamburg geboren. Er erlernte den Beruf des Metalldrehers, trat im Alter von siebzehn Jahren dem Spartakusbund bei und gehörte Anfang 1919 zu den ersten Mitgliedern der neugegründeten Kommunistischen Partei Deutschlands. Für die Teilnahme am Hamburger Oktoberaufstand von 1923 wurde er mit zwei Jahren Gefängnis bestraft. Während seiner ersten Haft verfaßte der Autodidakt seine erste schriftstellerische Arbeit: eine Broschüre *Marat – der Volksfreund* (1924). Da er auch einige brauchbare Artikel für die kommunistische Presse geschrieben hatte, schickten ihn die Genossen in die Redaktion des Essener Parteiorgans *Ruhrecho*. Dort meinte man schon nach kurzer Probezeit, er sei völlig unfähig. Der Redakteur des *Ruhrechos*, von dem dieses Urteil stammt, hieß übrigens Alexander Abusch.

Also fuhr Bredel anderthalb Jahre zur See. Er war Maschinisten-Assistent und natürlich Leiter der KP-Zelle an Bord des Schiffes. Schließlich ist er doch Journalist geworden. Ein Freund seines Vaters, der Transportarbeiter Ernst Thälmann, verschaffte ihm einen Redaktionsposten bei der *Hamburger Volkszeitung*. Wegen einiger Artikel – beispielsweise über die Produktion von Gasmasken in einer Lübecker Fabrik – wurde Bredel des »literarischen Hoch- und Landesverrats« angeklagt und 1930 zu zwei Jahren Festung verurteilt. Während der Haft schrieb er wieder, diesmal einen »Roman aus dem proletarischen Alltag« mit dem Titel *Maschinenfabrik N. & K.* (1930). Er schickte das Manuskript an Ludwig Renn, den damals berühmtesten kommunistischen Schriftsteller. Renn war begeistert und ließ es sofort drucken. Bredel verfaßte daher – immer noch in der Zelle – rasch ein zweites Buch, den »Roman einer Hamburger Arbeiterstraße« (*Rosenhofstraße*, 1931).

Mit diesen beiden Büchern beschäftigte sich 1931 in der Zeitschrift *Linkskurve* der große Lehrmeister der kommunistischen Autoren Deutschlands: Georg Lukács. Er erklärte: »Bredel ist einer der besten – begabtesten und entwicklungsfähigsten – unserer Schriftsteller.« Aber Lukács erkannte auch den »Grundmangel der künstlerischen Gestaltung« in den Versuchen des Anfängers: »Es besteht ein künstlerisch ungelöster Widerspruch zwischen den breiten, alles Wesentliche umfassenden epischen Rahmen seiner Fabel und zwischen seiner Erzählungsweise, die teils eine Art von Reportage, teils eine Art von Versammlungsbericht ist.« Bredels Sprache sei »fast durchgehends die der Presseberichterstattung«.[1] Dieser »künstlerisch ungelöste Widerspruch« wird auch für seine späteren Bücher – vielleicht mit Ausnahme der *Väter* und einiger Geschichten – charakteristisch bleiben. Bredel kann beobachten, Gestalten zeichnen und Milieus schildern. An Phantasie fehlt es ihm nicht. Und er hat Sinn für dramatische Szenen und anekdotische Episoden. Indes bereitet ihm die Sprache unüberwindliche Schwierigkeiten.

Freilich war Lukács, als er dem jungen Bredel eine literarwissenschaftliche Abhandlung widmete, ein Irrtum unterlaufen: Er glaubte, dieser Autor werde ernsthaft an seiner schriftstellerischen Begabung arbeiten. Aber Bredel hatte hierzu – mindestens bis 1945 – kaum Zeit. Er wollte nur eins: seiner Partei dienen. Und die hatte andere Sorgen, als sich um Literatur zu kümmern. Nicht Kunst, Agitation wurde benötigt. Daher erweisen sich die meisten Arbeiten Bredels lediglich als belletristische oder publizistische Propagandaschriften, die im Auftrag der Partei entstanden sind. Seine Bücher hingegen, die in der historischen Vergangenheit spielen und einen unmittelbaren Zusammenhang mit den aktuellen Aufgaben der Propaganda nicht erkennen lassen, stammen alle aus den wenigen Pausen, die sich zuweilen im politischen Kampf ergeben haben. Als Lukács später sah, daß der Mann, den er für einen der »begabtesten und entwicklungsfähigsten« kommunistischen Schriftsteller gehalten hatte, nicht Künstler, sondern offensichtlich nur Propagandist sein wollte, zog er daraus die Konsequenz: Er hat nie wieder eine Zeile über Bredels Prosa geschrieben.

Die 1931 veröffentlichte Kritik von Lukács hatte Bredel noch in der Haft gelesen. 1932 war er frei, er durfte für mehrere Wochen in die Sowjetunion fahren und betätigte sich wieder als Journalist und Funktionär der KPD in Hamburg. Im Frühjahr 1933 wurde er nochmals verhaftet und in das Konzentrationslager Fuhlsbüttel eingeliefert. Zu ertragen hatte er: dreizehn Monate Kerker, elf Monate Einzelhaft, sieben Wochen Dunkelhaft, siebzehn Auspeitschungen. »Aber in den Nächten auf der Pritsche« – berichtet Bredel – »schrieb ich an einem Buch. In Gedanken, denn Feder und Papier hatte ich nicht.«[2] Er hat es dann in Prag innerhalb von vier Wochen tatsächlich geschrieben: *Die Prüfung*, Roman, Chronik und Reportage zugleich, erschien im Herbst 1934, wurde in siebzehn Sprachen übersetzt und erreichte allein in der Sowjetunion eine Auflage von 800 000 Exemplaren. Die authentische Darstellung der Zustände und Vorgänge in deutschen Konzentrationslagern erschütterte Millionen in der ganzen Welt. Das Buch vermag auch heute noch zu ergreifen, weil es zwar manchmal unbeholfen, meist jedoch schlicht und lebendig geschrieben ist und immer die Aufrichtigkeit des Verfassers spüren läßt. Es verschweigt weder die menschlichen Züge der Henker noch die menschlichen Schwächen ihrer Opfer.

1935 gab Bredel in Moskau die deutschsprachige Monatsschrift *Das Wort* heraus. Die Mitherausgeber waren: Bertolt Brecht und Lion Feuchtwanger. Die Partei rief damals die Schriftsteller in der Emigration auf, den kommunistischen Widerstandskampf im »Dritten Reich« zu verherrlichen. Bredel schrieb sofort das Buch *Dein unbekannter Bruder* (1937), einen teilweise spannenden Sensationsroman, dessen Handlung vornehmlich in Hamburg spielt. Wie in vielen anderen damals im Exil entstandenen Büchern über das Leben in Deutschland wird auch hier statt der Realität nur ein Wunschbild entworfen: Das deutsche Volk verhält sich in dem Roman so, wie es sich nach Ansicht der Kommunistischen Partei hätte verhalten müssen.

Wenn aber Bredel im *Unbekannten Bruder* die Einstellung der Bevölkerung zu den nationalsozialistischen Machthabern leichtsinnig und allzu hoffnungsvoll, ja vollkommen falsch beurteilte und die Rolle des antifaschistischen Widerstands im Reich maßlos überschätzte, so sollte daraus noch nicht geschlossen werden, daß er sich wirklich derartige Illusionen machte; es beweist vielmehr, daß die Partei eine derartige Beurteilung aus propagandistischen Gründen für erforderlich hielt. In einer der interessantesten Szenen des Romans gerät der Held, ein Hamburger Kommunist, der manche Züge des Autors hat, mit seiner Partei in Konflikt. Doch kaum hat Bredel diesen Konflikt angedeutet, da weicht er ihm schleunigst wieder aus. Vermutlich spürte er die Notwendigkeit einer Auseinandersetzung mit der eigenen Welt, es siegte indes die Disziplin des alten Genossen. In allen späteren Situationen siegte sie ebenfalls.

Als der *Unbekannte Bruder* publiziert wurde, war Bredel bereits Kommissar des Thälmann-Bataillons im Spanischen Bürgerkrieg. Er soll sich ungewöhnlich tapfer gehalten haben. In dem Buch *Begegnung am Ebro* (1939) hat er seine Erlebnisse auf linientreue, schönfärberische, aber auch heitere Weise geschildert und simplifiziert: Aus dem damaligen Geschehen wird eine einfältige, optimistische Legende für wenig anspruchsvolle Leser. Charakteristisch ist der Schluß: »Das erste feindliche Bombengeschwader kam aus dem Gebirge herangeflogen, kreiste über dem Fluß und warf bündelweise Bomben. Die republikanische Flak ballerte, daß die Berge bebten. Und dann wurde es heller Tag. Ich erschrak fast vor der Größe des Sonnenballs, der aus dem Meer stieg. Die Sonne im Rücken, stürmten die Kameraden dem Tag voran. Unter ihnen Pedro, mein Freund, mein Bruder . . . Salud, Amigo! Guter Geist Spaniens, Salud! . . . Viva la vida! . . .«

Nach der Kapitulation der Republikaner in Spanien gelang es ihm, nach Paris zu entkommen. Vorübergehend wohnte er mit einem Mann zusammen, der ihn in seiner ausführlichen Autobiographie nicht einmal erwähnt – mit Arthur Koestler. Offenbar wurde jedoch Bredel in diesen Monaten von der Partei wenig in Anspruch genommen, denn er wandte sich der Epoche der Französischen Revolution zu, der seit der Lektüre von Büchners *Dantons Tod* seine besondere Liebe galt. Die für die Jugend bestimmten Geschichten *Der Kommissar am Rhein* (1940) gehören in literarischer Hinsicht zu seinen saubersten Arbeiten.

Kurz vor dem Ausbruch des Zweiten Weltkriegs ist Bredel wieder in der Sowjetunion, wo ihn der Hitler-Stalin-Pakt überrascht. Deutsche Schriftsteller und Funktionäre konnte man jetzt nicht gebrauchen. Und gerade in jener Zeit, da er sich selber überlassen bleibt, schreibt er sein bestes Buch: den Roman *Die Väter* (1941), der im wilhelminischen Deutschland spielt. In dieser epischen Chronik einer Hamburger Arbeiterfamilie bewährt sich Bredel als volkstümlicher Erzähler, der das Alltagsleben vieler, freilich oft chargenhafter Gestalten farbenreich und anschaulich zeigen kann. Man findet in dem Roman eine Fülle liebevoller Genreszenen und anekdotischer Situationsbilder, er zeichnet sich durch einen kraftvollderben, sympathischen Humor aus. Ein Kampfbuch sind *Die Väter* allerdings nicht; es dominiert der Ton der warmherzigwehmütigen Erinnerung an die Kindheit und an die friedlichgemütliche Welt von Anno dazumal.

Ab 1941 konnte Bredel wieder als Propagandist tätig sein. Er schrieb alles, was die Partei von ihm erwartete – Aufrufe, Artikel, Rundfunk-Ansprachen, Kurzgeschichten, Skizzen. Die Flugblätter, die die Soldaten der Wehrmacht im Stalingrader Kessel fanden, waren mit seiner Unterschrift versehen. Die Unterschrift daneben lautete: »Walter Ulbricht – vom deutschen Volk gewählter Reichstagsabgeordneter, Berlin«. So eng die beiden alten Genossen in jenen Jahren auch zusammengearbeitet haben – eine Freundschaft scheint nicht entstanden zu sein. Und das ist begreiflich: Ein Ulbricht kann nicht einen Bredel schätzen, ein Bredel kann nicht einen Ulbricht lieben. Warum? Zur Partei kam Bredel als junger, fast noch halbwüchsiger Enthusiast. Er wurde ein deutscher Kommunist und blieb dennoch ein Revolutionär.

Er war viele Jahre Funktionär, und doch ist er weder Zyniker noch Karrierist geworden. Obwohl er über vier Jahrzehnte der Partei angehörte, vermochte er sich den Glauben an den Kommunismus zu bewahren. Unerschütterlich scheint dieser Glaube, aber nicht fanatisch, sondern eher treuherzig, vertrauensselig und bieder. Trotz der Erfahrungen, die er machen mußte, läßt sich in seinem Verhältnis zur Partei immer noch etwas Jugendliches und Naives wahrnehmen, ein letzter Rest der Wandervogel-Begeisterung. Manchen der führenden Funktionäre fällt es schwer, ihn ganz ernst zu nehmen. Natürlich wissen sie, daß sie sich auf ihn vollkommen verlassen können. Aber seine Geradlinigkeit und Gutmütigkeit empfinden sie als befremdend, seine freundliche Wärme und Herzlichkeit als störend. Auch hat er, wie erwähnt, Humor.

Seit Mai 1945 ist er wieder in Deutschland. Alle Preise, Orden und Medaillen, die die DDR einem Schriftsteller geben kann, sind ihm verliehen worden, er bekleidete und bekleidet zahlreiche Ehrenämter. Seine Bücher erscheinen in riesigen Auflagen und werden in vielen Ländern des Ostblocks übersetzt. Nach Jahrzehnten der Not und des Kampfes darf er endlich im Wohlstand leben. Er gehört natürlich dem Zentralkomitee der Sozialistischen Einheitspartei Deutschlands an. Der einstige Hamburger Metalldreher ist Doktor *honoris causa* und seit 1962 Präsident der Deutschen Akademie der Künste in Ost-Berlin. Eins freilich ist er nicht mehr: Schriftsteller. Alles, was er nach 1945 geschrieben hat, hält keinen Vergleich mit seinen in schlimmsten Zeiten entstandenen Büchern aus.

Er hat die mit den *Vätern* begonnene Trilogie *Verwandte und Bekannte* vollendet. In dem zweiten Band, *Die Söhne* (1949), sind immerhin noch einige beachtliche oder wenigstens leidliche Kapitel zu finden. Die sowjetische Kritik hatte jedoch an Bredels Darstellung der politischen Verhältnisse während des Ersten Weltkriegs und in der Weimarer Republik viel auszusetzen. Er hat den Roman überarbeitet und ergänzt (1952).

Im dritten Teil, *Die Enkel* (1953), der die Zeit von 1933 bis 1948 behandelt, stehen – ebenso wie in den *Söhnen* – autobiographische Motive im Vordergrund. Von jener Begabung, die ihm dereinst Lukács bescheinigt hatte, zeugen nur noch wenige prägnante Episoden und die Szenen, mit denen er offenbar seiner Mutter ein Denkmal gesetzt hat: Wenn es gilt, eine ganz einfache, rührende und brave Frau zu schildern, die sich um Politik nicht kümmern will und sich still und schlicht für ihre Kinder aufopfert – dann ist der volkstümlich-realistische Erzähler Bredel zur Stelle. Aber das sind nur vereinzelte Abschnitte in einem fast siebenhundert Seiten starken Buch, das mit künstlerischer Prosa nichts gemein hat. Es werden lediglich schwerfällige und belanglose Beschreibungen, trockene und langweilige Berichte und vor allem oberflächliche publizistische Ausführungen mechanisch aneinandergereiht.

Von den vielen weiteren Büchern, die er nach dem Zweiten Weltkrieg veröffentlicht hat – Erzählungen, Anekdoten, Essays, Reportagen, Filmszenarien –, sei noch der Roman *Ein neues Kapitel* (1959) angeführt, in dem er die Verhältnisse in der sowjetischen Besatzungszone kurz nach der Kapitulation veranschaulichen wollte. Da es in der DDR unmöglich ist, die Wahrheit über die Vorgänge in diesem Zeitabschnitt zu sagen, war es von vornherein klar, daß Bredel ein schönfärberisches Bild zeichnen würde. Sein Buch übertrifft jedoch die kühnsten Erwartungen. Es stellt sich heraus, daß das Leben in jenen Monaten zwar nicht leicht, aber doch alles in allem heiter und gemütlich war.

Die sowjetischen Kommandanten erweisen sich als großzügige, gütig-verständnisvolle Freunde. Die Soldaten der Besatzungsarmee leisten sich bisweilen kleine Übergriffe: »Ausgelassen wie Schulbuben, die sich einen Jux machen wollen, benahmen sie sich.« Aber mögen auch diese Übergriffe nur unerhebliche, harmlose Streiche sein, die man schließlich jungen Menschen verzeihen sollte – die Missetäter werden doch von ihren Vorgesetzten rasch zur Ordnung gerufen und gehörig bestraft. Die deutsche Bevölkerung ist glücklich, daß die sowjetischen Freunde im Lande sind. Gewiß, es gibt auch einige Nörgler und unverbesserliche Reaktionäre, aber die überwiegende Mehrheit geht hurtig und fröhlich ans Werk und hilft nicht nur beim Wiederaufbau tüchtig mit, sondern auch bei der Demontage von Fabriken. Hunger, Not, Vergewaltigungen, ehemalige Nazis, moralische Konflikte, persönliche Tragödien? Das alles wird kaum angedeutet. Bredel bevorzugt helle und freundliche Farben.

So eifrig er sich auch bemüht hatte, die Propaganda der Partei zu stützen – die Partei wollte dennoch von diesem Roman nichts wissen. Die Kulturpolitiker erkannten, daß eine so entwaffnend-kindische, rührend-einfältige und schamlos-unwahre Darstellung niemanden zu überzeugen vermochte und eher schaden als nützen konnte. Das *Neue Kapitel* wurde von allen Kritikern unmißverständlich abgelehnt.[3] Der gehorsame Autor hat auch dieses Buch weisungsgemäß überarbeitet und ergänzt. Die (nicht um eine Spur bessere) Neufassung erschien 1961 im Rahmen seiner *Gesammelten Werke*.

In einer Hinsicht allerdings ist dieser Roman doch ehrlich: Wenn Bredel den Sommer 1945 verklärt, so ist das schon verständlich. Für ihn war es tatsächlich eine besonders hoffnungsvolle Zeit, denn er war der Sowjetunion, in der er sich – wie auch die anderen kommunistischen Emigranten aus Deutschland – immer fremd fühlte, endlich entronnen, und er konnte damals noch an die Verwirklichung seiner Ideale glauben. Er kann es längst nicht mehr. Denn er weiß, was in dem Staat geschieht, dessen angesehener Bürger er ist. Und nicht von einem solchen Staat hat der Revolutionär geträumt, der nie zögerte, sein Leben für den Kommunismus aufs Spiel zu setzen.

Ein einziges Mal hat es Bredel gewagt, öffentlich die Herrschaft der Funktionäre zu kritisieren: in einer Ansprache im Frühjahr 1956. Er wurde von Ulbricht scharf zurechtgewiesen und ist, diszipliniert wie eh und je, schleunigst zurückgewichen. Oft genug hat Bredel die Qualen des politischen Häftlings ertragen und geschildert. Aber als Ende 1956 in der DDR der Philosoph und Essayist Wolfgang Harich aus politischen Gründen verhaftet wurde, schwieg Bredel. Als im Herbst 1957 dasselbe Schicksal dem Romancier und Novellisten Erich Loest beschieden war, schwieg Bredel abermals. Alles, was sich in der DDR in den nächsten Jahren ereignete, nahm er, wenn auch gewiß nicht mit Wohlgefallen, so doch schweigend hin. Und als Präsident der Deutschen Akademie der Künste hat er sich 1962 dazu hergegeben, der von Peter Huchel seit 1949 redigierten Zeitschrift *Sinn und Form* den Todesstoß zu versetzen.

Es mag jedoch sein, daß sich Willi Bredel in einsamen Augenblicken an jene Worte erinnert, die er seine beste Gestalt, den alten, rechtschaffenen Johann Hardekopf in den *Vätern* sprechen läßt: »Gustav, denken wir einmal über alles nach! Schuldig sind wir alle, Gustav . . . alle!«

DER PATRIOT BODO UHSE

Sein Traum war ein gerechtes Deutschland. Aber die Wirklichkeit seines Lebens hieß NSDAP, KPD, Exil, DDR. Er war ein deutscher Patriot und doch kein Nationalist. Er flüchtete in die Gemeinschaft und blieb ein Einsamer. Er war ein schwermütiger Kämpfer, ein müder Optimist, ein trauriger Schwärmer, ein verbitterter Idealist. Er wurde Nazi und blieb intelligent. Er wurde Kommunist und blieb verhältnismäßig liberal. Als Politiker war er Phantast, als Künstler Realist. Er schrieb schlechte Bücher und war ein guter Schriftsteller.

Auf der letzten Seite seines Romans *Leutnant Bertram* (1944) stehen sich während des Spanischen Bürgerkriegs zwei junge Deutsche gegenüber: der Kommunist Sommerwand, der in den Internationalen Brigaden kämpft, und Bertram, der bisher Flieger bei der von Hitler nach Spanien kommandierten »Legion Condor« war. »Hören Sie einmal, Bertram« – sagt Sommerwand – »als Kind, als Ihr Bewußtsein erwachte, haben Sie gefragt: Warum? Später hat man Sie in eine harte Schule geschickt, und dort hat man Ihnen diese Frage abgewöhnt. Mit uns ist es anders. Wir haben diese Kinderfragen nie verlernt. Wir fragen heute noch zu jeder Stunde: Warum? Wir fragen uns und andere. Und wir geben keine Ruhe, bis wir Antwort darauf finden.«

Als Bodo Uhse diese Worte schrieb, war er ein reifer, leidgeprüfter Mann, der nicht ahnte, daß ihm jene »harte Schule« noch bevorstand und daß man ihm einst verbieten werde, die Frage »Warum?« öffentlich zu stellen. Und daß er dennoch Ruhe geben würde. Damit ist bereits seine Tragödie angedeutet. Denn Soldat, nicht Söldner der Revolution wollte er sein. *Söldner und Soldat* lautet der Titel seines ersten, 1935 in Paris und Moskau erschienenen Buches; es enthält die besonnenen Erinnerungen eines Mannes, der kaum das dreißigste Jahr überschritten hatte und sich doch schon veranlaßt sah, eine Lebenssumme zu ziehen. Uhse erzählt vor allem die Geschichte seines politischen Werdegangs und seiner politischen Enttäuschung. Das Deutschland der zwanziger Jahre bildet den Hintergrund.

Er wurde 1904 als Sohn eines wilhelminischen Offiziers geboren und wuchs in Glogau an der Oder auf. Von der bündischen Jugendbewegung kam er zum rechtskonservativen »Bund Oberland« und vom »Bund Oberland« – 1923 – zur NSDAP. Schon vorher hatte seine journalistische Laufbahn in Bamberg begonnen, später redigierte er ein nationalsozialistisches Blatt in Ingolstadt. 1928 gründete die Parteiführung, die bisher nur über eine Tageszeitung verfügte, den *Völkischen Beobachter*, noch eine zweite Tageszeitung, die in der kleinen Stadt Itzehoe erschien, weil den Nazis besonders daran gelegen war, auf die Bevölkerung von Schleswig-Holstein Einfluß auszuüben. Die Leitung wurde Bodo Uhse anvertraut, denn er galt – wie Ernst von Salomon in seinem *Fragebogen* berichtet – als einer der »radikalsten und begabtesten Journalisten« in den Reihen der NSDAP.

Bald allerdings erlaubte sich der junge und ehrgeizige Itzehoer Chefredakteur verschiedene Abweichungen von der Parteilinie – so vertrat er in seinen Artikeln häufig die im offiziellen Programm enthaltenen sozialistischen Forderungen, was Rosenbergs Zorn und Hitlers Wut erregte und zu einem offenen Konflikt führte: 1930 wurde Uhse aus der NSDAP ausgeschlossen. Nun suchte er bei den Kommunisten Antwort auf seine Frage: »Warum?« 1932 trat er der KPD bei, 1933 floh er nach Frankreich. Während des Spanischen Bürgerkriegs arbeitete er zunächst am republikanischen Rundfunk und war dann Kommissar im Stab einer Division. In den Jahren des Zweiten Weltkriegs lebte er in Mexiko. 1948 kehrte er nach Deutschland zurück.

Alles, was er geschrieben hat, hinterläßt einen zwiespältigen Eindruck. Liest man seine Epik, dann könnte man vermuten, er sei vor allem Essayist und Journalist gewesen. Aber in seinen

Aufsätzen spürt man den Erzähler. Bei der Lektüre seiner Romane meint man, er sei im Grunde Novellist. Aber seine Novellen erweisen sich als Romanfragmente, als Skizzen und Entwürfe. Er hat einen untrüglichen Sinn für moralische Konflikte, und er wartet mit einer Fülle von psychologischen Beobachtungen auf. Aber seine Gestalten sind blaß und wenig überzeugend. Die Wiedergabe des Atmosphärischen ist seine starke Seite, epische Abbreviaturen machen in seiner Prosa bisweilen Zusammenhänge und Synthesen sichtbar. Aber seine Fabeln nehmen sich mühsam konstruiert aus, die Aktionen sind oft nicht glaubwürdig.

Den Stil seines Romans *Patrioten* hat F. C. Weiskopf analysiert: »Uhse liegt oft mit dem Konjunktiv im Kriege . . .; er kämpft auch mit der *consecutio temporum*; die Phrasierung ist bei ihm nicht immer sehr glücklich, und er leidet vor allem an einer Wucherung von Partizipialkonstruktionen. Manchmal hat er vier, fünf Partizipien in einem kurzen Absatz! Trotzdem ist er ein Stilist von hohem Rang, einer von den Schriftstellern, deren Prosa man mit Freude, mit Genuß liest, weil sie auf Schritt und Tritt den Sinn des Autors für den Rhythmus der Sprache, weil sie seine Bildschöpfungskraft offenbart.«[4] Kann man einen Schriftsteller, dessen Diktion zu derartigen Vorwürfen Anlaß gibt, als einen »Stilisten von hohem Rang« bezeichnen? Weiskopfs Lob ist offensichtlich übertrieben, dennoch trifft sein Urteil in einem gewissen Maße zu – und nicht nur auf Uhses Sprache.

Gutes und Schlechtes steht in seinen erzählerischen Arbeiten meist hart nebeneinander. Sie sind abwechselnd kühl und leidenschaftlich, zuchtvoll und ungestüm, simpel und raffiniert, sensibel und brutal, trocken und sinnlich. Widersprüche jeglicher Art durchziehen sein Werk; polare Spannungen, die er oft weder überwinden noch verdeutlichen kann, machen ihm zu schaffen. Eines aber ahnt man immer – die Leiden dieses Mannes, der im *Bertram* geschrieben hat: »Es ist heute ein Fluch, ein Deutscher zu sein.« Bei den Nazis hat er Deutschland gesucht, bei den Kommunisten glaubte er, es zu finden. In Spanien wollte er für Deutschland kämpfen, in Mexiko quälten ihn Deutschland-Visionen. Und Deutschland-Bücher sind seine Hauptwerke: *Söldner und Soldat* ebenso wie *Leutnant Bertram*, *Wir Söhne* ebenso wie *Patrioten*.

Der Erlebnisbericht *Söldner und Soldat* war nicht mehr und nicht weniger als ein aufschlußreiches Zeitdokument. Der Roman *Leutnant Bertram*, den Uhse 1935 begonnen hat, sollte ursprünglich eine epische Auseinandersetzung mit dem Nationalsozialismus werden. Durch den Krieg in Spanien wurde jedoch der Plan des Romans verändert: Nur der erste Teil spielt in einer norddeutschen Kleinstadt in den Jahren 1935/1936. Die Handlung des zweiten Teils hingegen (das Buch wurde erst 1943 vollendet) verlegt Uhse nach Spanien: Er läßt seine Helden – Offiziere der Wehrmacht und deutsche Antifaschisten – auf beiden Seiten kämpfen. Er hat sie ja alle gut gekannt: die Berufsoffiziere von der »Legion Condor« und die Amateur-Offiziere von den Internationalen Brigaden, die Nationalsozialisten und die Kommunisten.

Warum ist der Roman mißlungen? Hatte sich Uhse eine Aufgabe gestellt, der er als Erzähler nicht gewachsen war? Viele Szenen lassen das vermuten. Die eigentliche Ursache der Niederlage indes steckt tiefer. Dieser Schriftsteller konnte weder gutgläubig-naiv noch zynisch sein. Die Schönfärberei war seine Sache nicht. Ihn zog eher das Diffuse und Zweifelhafte an, das Problematische und Fragwürdige. Seine Partei indes erwartete von ihm ein vereinfachtes und übersichtliches Bild mit klaren Konturen und eindeutiger Akzentsetzung. War der Emigrant Uhse überzeugt, daß die Partei mit ihren Postulaten auf dem Gebiet der Kunst recht hatte? Oder fühlte er sich unsicher, weil er befürchtete, etwaige ideologische Vorwürfe gegen seine Arbeit könnten mit Hinweisen auf seine politische Vergangenheit verbunden werden?

Jedenfalls läßt *Bertram*, dieser so ungleiche Roman, immer wieder die Hemmungen seines Autors erkennen. Er will nicht lügen, aber er spart vieles aus, er verschweigt es. Er nähert sich den für einen Kommunisten heiklen und weniger gefährlichen

Zeitfragen – und weicht schnell aus. Nur mit wenigen harten Strichen sind manche Szenen skizziert, sie brechen unvermittelt ab – meist gerade in den Augenblicken, in denen sie interessant und wichtig werden. Es entsteht hier und da der Eindruck, als wolle uns der Autor zu verstehen geben, er habe noch viel zu erzählen, er müsse jedoch leider darauf verzichten.

In Uhses autobiographischem Roman *Wir Söhne* (1948), in dem er seine Jugend vor dem Hintergrund der Ereignisse von 1918 zeigt, sind die Sätze zu finden: »Von Eis soll dein Herz sein und muß doch glühen . . . Du mußt es wagen, mit dem Herzen zu denken und mit dem Kopf zu fühlen.« Etwas von der hier geforderten kalten Leidenschaft ist in den besten Abschnitten des *Leutnant Bertram* zu spüren – in jenen, die den Haß gegen den Faschismus und den Schmerz des Vertriebenen vergegenwärtigen, die Illusionen des Kommunisten und das Schuldbewußtsein des Deutschen.

Die Prosa, die Uhse in der DDR geschrieben hat, wirkt ruhiger und bedächtiger als die des *Bertram*. Freilich hat er sein Temperament in den ersten Jahren nach der Rückkehr einer so rigorosen politischen Zucht unterworfen, daß schließlich das Kind mit dem Bade ausgeschüttet wurde. Der Roman *Die Patrioten* (1954) macht dies deutlich. Die Handlung spielt 1943 in Deutschland, im Mittelpunkt stehen drei deutsche Antifaschisten, die von einem sowjetischen Flugzeug abgesetzt werden und bestimmte Sonderaufgaben erfüllen sollen.

Uhse wollte mit diesem Buch der aktuellen Propaganda dienen und dennoch der historischen Wahrheit gerecht werden. Er wollte die Forderungen der Kulturpolitiker erfüllen und dennoch gute Literatur bieten. Es war zuviel auf einmal, er mußte scheitern. Der Roman ist überladen und dürftig zugleich. Er ist reich an Ereignissen, aber trotzdem schwerfällig und steril – und einfach langweilig. Beweise für die epischen Fähigkeiten Uhses lassen sich nur in wenigen Kapiteln finden, die insofern in auffälligem Widerspruch zur programmatisch optimistischen Konzeption des Buches stehen, als in ihnen unmißverständlich eine melancholische, wenn nicht gar resignierte Stimmung überwiegt. Überdies reißen alle Handlungsfäden plötzlich ab: Dieser Band der *Patrioten* bildet kein abgeschlossenes Ganzes. Die Fortsetzung sollte bald folgen, wurde angekündigt, verschoben und wieder versprochen. Die Partei wartete mehrere Jahre, war schließlich unwillig und verärgert, stellte Termine, empfahl Uhse, sich für mehrere Monate von Berlin zurückzuziehen. Alles war vergeblich. Er konnte den Roman nicht mehr schreiben.

Statt dessen sammelte er seine im Exil entstandenen Geschichten (*Mexikanische Erzählungen*, 1957) und veröffentlichte flüchtige und belanglose Reportagen (*Chinesisches Reisetagebuch*, 1956; *Im Rhythmus der Conga*, 1962). Seit 1949 war er Chefredakteur des *Aufbau*, er hat das intellektuelle und literarische Niveau dieser verhältnismäßig liberalen Monatsschrift lange und tapfer gegen das Zentralkomitee der SED verteidigt. Anfang 1958 wurde er abgesetzt. Man warf ihm unter anderem vor, im *Aufbau* seien allzu wohlwollende Rezensionen einzelner Bücher von Hemingway, Sartre und Koeppen erschienen.[5] Wenige Monate später wurde die Zeitschrift *Aufbau* liquidiert.

Bodo Uhse hatte sich alles anders vorgestellt: »Deutschland, wenn es wieder frei ist« – schrieb er in *Bertram* – »wird ein wunderbares Land sein.« Nun heißt es in seinem 1959 publizierten Essayband *Gestalten und Probleme*: »Wenn ein deutsches Sprichwort sagt, daß Kunst wohl Gunst brauche, so ist damit nicht nur materielle Hilfe gemeint, sondern auch allgemeine Wohlgesinntheit dem Geistigen gegenüber. Aber davon kann eben keine Rede sein. Wenn selbst unsere Klassiker zensiert werden, . . . wenn der Marquis Posa nicht mehr ausrufen darf: ›Geben Sie Gedankenfreiheit, Sir!‹, weil man fürchtet, daß das Publikum mit seinem Beifall diese Forderung zu seiner eigenen macht, wie soll da heute Kunst gedeihen und sich entwikkeln können? . . . Wo soll in solch erzwungener Enge die Kunst Platz finden, woher soll sie Licht nehmen in solcher Dunkelheit, wie soll sie vorwärtsschreiten in diesem gewaltsamen Zurück? . . . Man hat die Kunst über Bord gehen lassen wie einen lästigen Ballast. Es war kein Platz mehr für sie da. Hätte man sie wirklich erhalten wollen, so hätte man ihr auch Lebensraum geben müssen, das heißt Wahrheit und Freiheit.«[6] Freilich ist der knappe Aufsatz, aus dem diese Worte stammen, in Uhses Band mit dem Datum »1937« versehen.

In dem Buch finden sich außerdem Erinnerungen und Essays, die er meist zwischen 1955 und 1959 geschrieben hat: über deutsche und lateinamerikanische Maler und Bildhauer und vor allem über Schriftsteller – Thomas Mann, Brecht, Toller, Heinrich Mann, Kisch. Einige dieser Aufsätze, die zu den besten Arbeiten Uhses gehören, zeigen, daß er sich Geschmack, Intelligenz und ein von Parteischablonen freies Urteil bewahrt hat.

Noch einmal tauchte Uhses Name in der westlichen Presse auf: Er wurde ab 1. Januar 1963 Nachfolger Peter Huchels als Chefredakteur von *Sinn und Form*. Vermutlich hatte er gehofft, die Zeitschrift auf diese Weise zu retten. Nur zwei Nummern erschienen unter seiner Leitung. Er starb am 2. Juli 1963. Als Todesursache wurde Gehirnschlag angegeben. In *Leutnant Bertram* schrieb er: »Es bleibt eine Last, ein Deutscher zu sein. Große Träume und böse Wirklichkeiten, das ist Deutschland.« Große Träume und böse Wirklichkeiten – das war das Leben des deutschen Schriftstellers Bodo Uhse.

EDUARD CLAUDIUS, DER PROLETARISCHE DRAUFGÄNGER

Es begann mit einem Fußtritt. Der Maurerlehrling Eduard Schmidt, der sich später, literarische Assoziationen nicht scheuend, Claudius nannte, stand auf einem Gerüst. Statt aber zu arbeiten, beobachtete er »das Spielen des Windes auf dem Wasser«. Da geschah es: »Plötzlich bekam ich einen so heftigen Tritt von hinten, daß ich in den Mörtelkasten flog.«[1] Was tun? Eine handgreifliche Auseinandersetzung mit dem Polier, dessen pädagogische Methoden so derb waren, empfahl sich aus vielerlei Gründen nicht. Also beschloß der Lehrling, die Begebenheit in einem Artikel darzustellen und das Manuskript der Gewerkschaftszeitung anzubieten. Allein, es war der Redaktion dieses Blattes versagt, die Tragweite des geschilderten Vorfalls zu ermessen.

Der junge Autor ließ sich nicht entmutigen und suchte mehrere weitere Redaktionen auf; es erwies sich jedoch, daß auch sie kein Bedürfnis hatten, die Geschichte mit dem Fußtritt der Öffentlichkeit zugänglich zu machen. Schließlich sprach der junge Mann in der Redaktion des kommunistischen *Ruhrecho* vor. Obschon eine unmittelbare klassenkämpferische Interpretation der Begebenheit kaum möglich war, erkannte man dort, daß sich das Manuskript zu einem kleinen Aufsatz über die Mißstände in der Erziehung der Maurerlehrlinge im kapitalistischen Staat ausbauen ließ. Der entsprechend ergänzte Artikel wurde gedruckt. An diesem Tag, deutet Claudius an, habe sich sein Schicksal entschieden.

Ein proletarischer Draufgänger und ein spontaner Rebell war er wohl in seiner Jugend. Er wurde 1911 in Gelsenkirchen-Buer als Sohn eines Bauarbeiters geboren. Ab 1929 wanderte er kreuz und quer durch Europa. 1932 kehrte er zurück und trat der KPD bei, 1933 war er vorübergehend inhaftiert. 1934 emigrierte er in die Schweiz, betätigte sich dort politisch, wurde 1936 wieder verhaftet und sollte den deutschen Behörden ausgeliefert werden. Aber der eidgenössische Kriminalbeamte, der ihn an die Grenze zu bringen hatte, erlaubte ihm, aus dem Zug zu entkommen. Claudius floh nach Spanien, wo er in den Internationalen Brigaden zuerst als einfacher Soldat und später als Kriegskommissar kämpfte. Er wurde zweimal verwundet. Nach dem Spanischen Bürgerkrieg war er in Frankreich, kam 1939 illegal in die Schweiz, wurde abermals verhaftet und hatte es lediglich den Bemühungen Hermann Hesses zu verdanken, daß man ihn nicht den Nazis überantwortete, sondern nach einjähriger Haft in ein Arbeitslager brachte.

Nachdem er schon vorher mit der Novelle *Das Opfer*, die 1938 in der Zeitschrift *Das Wort* abgedruckt worden war, seine literarische Begabung bewiesen hatte, schrieb er im Lager den in Spanien spielenden Roman *Grüne Oliven und nackte Berge*, der 1944 in Zürich erschien. Anfang 1945 auf freien Fuß gesetzt, ging Claudius sofort nach Italien, kämpfte in der italienischen Partisanenbrigade »Garibaldi« und war Zeuge der Hinrichtung Mussolinis. Im Sommer 1945 ist er wieder in Deutschland, wird Pressechef im Bayerischen Ministerium für Entnazifizierung und siedelt 1947 in die Sowjetzone über. Anfang der fünfziger Jahre gehört er bereits zur Prominenz der dortigen Literatur, wird Sekretär des Schriftstellerverbandes und ab 1956 Diplomat der DDR: erst Generalkonsul in Syrien, dann Botschafter in Vietnam.

Ein waghalsiger Abenteurer und Vabanquespieler, temperamentvoll und jähzornig, kühn, derb und starrsinnig, ehrgeizig und fanatisch ist dieser Mann. Das alles spürt man in seinen frühen Arbeiten. Er schrieb damals eine Prosa, in der sich neben gezwungenen und pseudopoetischen Metaphern auch herbe und eigenwillige, männlich-rauhe Passagen von erstaunlicher evokatorischer Kraft finden. Besonders empfänglich ist Claudius für sinnliche Eindrücke. Ihn faszinieren elementare Gefühle: leidenschaftlicher Haß, gierige Liebe, animalische Angst.

Er erzählt vom Opfertod eines spanischen Hirtenknaben und

vom Schicksal eines politischen Flüchtlings, der immer wieder von einem Land ins andere abgeschoben wird. Er zeigt die panische Furcht eines jugoslawischen Partisanen und den erschreckenden Deutschenhaß einer französischen Widerstandsgruppe. Claudius sagte später, den größten Einfluß habe auf ihn die sowjetische Literatur ausgeübt. Indes muß man bei den Geschichten, die vor seiner Übersiedlung in die Ostzone entstanden sind (*Haß*, 1947; *Gewitter*, 1948), eher an westliche, vor allem amerikanische Erzähler denken.

Sein Roman *Grüne Oliven und nackte Berge* läßt wiederum auf das Vorbild Malraux' und Hemingways schließen. Ein Kommunist hatte dieses Buch verfaßt, der nach der Niederlage in Spanien dem Kommunismus weiterhin die Treue hielt. Aber im Unterschied zu Bredel und auch zu Uhse war Claudius, als er an seinem Spanienbuch arbeitete, isoliert. Er hatte im schweizerischen Lager kaum Kontakt mit der Partei und wußte daher nicht, was von ihm erwartet wurde. So schrieb er, was er selbst für richtig hielt: Er fügte zwar häufig propagandistische Parolen ein, gab jedoch seine Erlebnisse schonungslos wieder und zeichnete ein – bei aller Subjektivität – zumindest teilweise wahres Bild der Zustände während des Bürgerkriegs.

Hartnäckig und trotzig machte Claudius die Enttäuschung, Verbitterung und schließlich Verzweiflung der kommunistischen Freiwilligen deutlich. Für die besten Kapitel des Romans ist die Verbindung von nüchterner Schwermut und krassem Realismus charakteristisch. Zu der östlich der Elbe verbreiteten Lesebuchlegende vom Spanischen Bürgerkrieg – wie sie etwa Bredel in der *Begegnung am Ebro* geboten hatte – stehen die *Grünen Oliven* in grellem Widerspruch. Der Roman ist daher dort unbequem. In der DDR hat man ihn im offiziellen Lehrbuch mühsam umgedeutet. In Polen wurde er von der Zensur zunächst verboten und konnte erst während des Tauwetters erscheinen. In anderen Ländern des Ostblocks ist er überhaupt nicht publiziert worden.

Wie Anna Seghers, Willi Bredel und Bodo Uhse ihren bedeutendsten Exilbüchern, *Das siebte Kreuz*, *Die Väter* und *Leut-*

nant Bertram, in der DDR nichts annähernd Vergleichbares an die Seite stellen konnten, hat auch Claudius den Exilroman *Grüne Oliven und nackte Berge* nicht zu übertreffen vermocht. Die Handlung seines Romans *Menschen an unserer Seite* (1951) spielt in den Jahren 1949/50 in einer Ostberliner Fabrik. Der Held ist ein alter Arbeiter, dessen aufopferungsvolle Tätigkeit auf die Belegschaft dieser Fabrik einen politisch-erzieherischen Einfluß im Sinne der SED ausübt. Ein oberflächlicher Propagandaroman mit schematischen Gestalten, papiernen Dialogen und vielen langweiligen Beschreibungen – gewiß, und doch stieß das Buch in Parteikreisen auf Widerstand.

Claudius wurde verübelt, daß er die Gestalt eines schlechten Parteisekretärs zeigte, auf allerlei Mißstände in der DDR hinwies und zum Helden einen besonders primitiven Menschen auswählte, der überdies offenbar Alkoholiker ist. Ein großer staatlicher Verlag lehnte den Roman ab, schließlich wurde er auf Grund allerhöchster Entscheidung doch gedruckt und sogar mit dem Nationalpreis ausgezeichnet. Aber noch nach der Verleihung dieses Preises konnte Alexander Abusch seinen Unwillen nicht verbergen. Er warf Claudius vor, er habe die Verhältnisse »zu sehr schwarz in schwarz geschildert«, und fragte: »Sind in seinem wichtigsten Helden Hans Ähre wirklich die positiven Züge von Allgemeingültigkeit gestaltet, die typisch für einen Neuerer als Vorbild in der Arbeit und im Leben sind? ... Warum fehlt jede Erwähnung der sowjetischen Stachanow-Bewegung, ohne deren Beispiel und direkte ideologische Wirkung die deutsche Aktivistenbewegung ja historisch undenkbar ist? Vernachlässigt Claudius' Methode der psychologisierenden Detailmalerei nicht zu sehr die ideologische Entwicklung besonders einer Reihe von Nebenfiguren?«[2]

Im Unterschied zu den meisten bekannten Schriftstellern der DDR hat Claudius in den fünfziger Jahren noch einmal versucht, die Gegenwartsproblematik in der Welt zwischen der Elbe und der Oder in einem größeren Roman zu behandeln. Das völlig mißlungene Buch ist ebenso kurios wie sein Titel: *Von der Liebe soll man nicht nur sprechen* (1957). Geplant war wohl ein proletarischer Erziehungsroman vor dem Hintergrund der Zeit von 1945 bis 1953. Claudius erzählt die Geschichte des Bauernmädchens Christine, das zunächst ein Verhältnis mit dem Großbauern Hülsenbeck hat, später jedoch zum Parteisekretär Thonke übergeht, den sie schließlich heiratet.

Kurios war auch die Reaktion der Parteipresse. Das *Neue Deutschland* zeigte sich sehr unzufrieden: »Alle gesellschaftlichen Probleme, deren es in Claudius' Roman nicht wenige gibt, werden von einer erotisch-sinnlichen Atmosphäre überlagert, die dem Leser nicht selten eine klare Beurteilung erschwert . . . Sexualität beherrscht die Gedanken, Empfindungen und Vorstellungen der Männer und Frauen dieses Dorfes, ist die bestimmende Aktionskraft für alles Handeln . . . Solche Auffassungen von Liebe und Ehe, wie sie fast alle Dorfbewohner zeigen, sind ein Produkt einer bei uns beseitigten Gesellschaftsordnung . . .« Vor allem aber kreidet der Rezensent dem Autor die Figur des Parteisekretärs an: »Das Auftreten Thonkes, der Gestalt, von der man am meisten erwartet, sowohl in der Liebe als auch bei der Veränderung der Zustände im Dorf, hinterläßt manchmal einen geradezu lächerlichen Eindruck . . .« Endlich versichert der Rezensent, niemand habe etwas dagegen, »wenn ein Roman ausschließlich von Liebe handelt. Aber auch die literarische Bewältigung des Themas Liebe verlangt gesellschaftliche Wahrheit«.[9]

Einige Wochen später kam das Zentralorgan der SED noch einmal in einem ausführlichen »Diskussionsbeitrag« auf den erotischen Roman des Nationalpreisträgers Eduard Claudius zu sprechen. Über die beiden Hauptmotive heißt es jetzt zusammenfassend: »Den Klassengegner Hülsenbeck erlebt sie (Christine) nicht als Klassengegner, sondern als Mann, dem sie sich hingeben mußte; in Thonke sieht sie nicht in erster Linie den Parteisekretär, sondern nur den Mann, den sie liebt.« Dieser Thonke sei aber »keineswegs saft- und kraftlos«. Und etwas weiter: »Ihr (Christine) war Thonke näher als die Partei, aber in der objektiven Gestaltung fehlt ein wesentliches Glied zum Verständnis der Wirklichkeit.« Die beunruhigende Frage, welches

Glied eigentlich gemeint sei, wird nicht geklärt. Hingegen hören wir, es entstünde in diesem ausschließlich von Liebe handelnden Roman »trotz aller Führungstätigkeit des Parteisekretärs der Anschein einer nur spontanen Entwicklung, und die Rolle der Partei wird nur verzerrt dargestellt«.[10]

Ungeachtet vieler weiterer Vorwürfe gehört der Roman *Von der Liebe soll man nicht nur sprechen* zum Lehrplan der Schulen in der DDR. Das amtliche Lehrbuch widmet der Analyse des Werks rund acht Druckseiten. Die Beurteilung fällt hier freundlicher aus: »Die Liebe zwischen Christine und Richard Thonke macht das Heranreifen neuer Beziehungen, einer höheren, sozialistischen Moral sichtbar . . . Die Ehe ist keine bloße sinnliche oder auf ökonomische Interessen fußende Vereinigung mehr, sondern sie gestaltet sich zu einer innerlich gefestigten Gemeinschaft.« Claudius habe »deformierte Liebesbeziehungen, in denen nur das Sexuelle herrscht, . . . als überwindbar dargestellt«.[11]

Als man sich in der DDR mit diesem Roman gründlich beschäftigte, war Claudius schon Diplomat im Nahen Osten. Warum hat man ihn weggeschickt? Wollte man den rastlosen, querköpfigen, etwas unbequemen, aber doch verdienten alten Kämpfer loswerden? Kam die Ernennung den geheimen Wünschen des Abenteurers Claudius entgegen, der es in der Enge von Ost-Berlin nicht mehr aushalten konnte? War es also etwa die getarnte Flucht eines verdrossenen Mannes, der sich nach einer anderen Atmosphäre sehnte?

Aus der DDR-Thematik jedenfalls ist der Schriftsteller Eduard Claudius geflohen. Dem Roman *Von der Liebe soll man nicht nur sprechen* folgte nach fünfjähriger Pause ein Band mit Erzählungen, die in Syrien, Laos und Vietnam spielen: *Das Mädchen ›Sanfte Wolke‹* (1962). Geboten wird Klassenkampf mit Erotik vor exotischem Hintergrund. Von jenen Eigenschaften, die die frühe Prosa dieses Autors lesenswert gemacht haben, ist nichts mehr geblieben.

STEPHAN HERMLIN, DER POET

Arnold Friedrich Vieth von Golßenau, der Sproß einer sächsischen Uradelsfamilie, hatte für sein erstes Buch ein plebejisch klingendes Pseudonym gewählt: Ludwig Renn. Auch im Leben bediente er sich fortan dieses Schriftstellernamens. Damit sollte ein grundsätzlicher Schritt angedeutet werden: Der Autor hatte sich ein für allemal von seiner feudalen Umwelt losgesagt, um sich dem revolutionären Kampf der Arbeiterklasse anzuschließen. Das war eine ideologische und politische Entscheidung, die durch zeitgeschichtliche Ereignisse und persönliche Erlebnisse bedingt wurde.

Liest man jedoch Renns autobiographische Bücher, so spürt man, daß hier neben ideologischen und politischen Überlegungen noch ein Motiv anderer Art eine gewiß untergeordnete, aber doch nicht ganz unwichtige Rolle gespielt hat: Der dekadenten Atmosphäre in seiner Umgebung überdrüssig, suchte der von Golßenau das Einfache, Saubere und Gesunde, das Primitive und das Kräftige. Das alles glaubte er im Proletariat finden zu können. Der einsilbige Name Renn – schlicht, knapp, hart – symbolisiert also auch eine von Politik und Zeitgeschehen unabhängige elementare Sehnsucht.

Der Dichter, von dem hier die Rede sein soll, stammt ebenfalls aus Sachsen – er wurde 1915 in Chemnitz geboren –, kommt jedoch nicht aus einem adligen, sondern aus einem bürgerlichen oder großbürgerlichen Haus. Als Sechzehnjähriger tritt er in Berlin dem Kommunistischen Jugendverband Deutschlands bei. Hatte Renn als Fahnenjunker in einem besonders exklusiven Regiment des königlichen Sachsen gedient, um die Offizierslaufbahn einzuschlagen, so war unser Dichter Lehrling in einer Druckerei, bereitete sich also für einen proletarischen Beruf vor.[1] Der junge Kommunist, der sich auch in der Illegalität politisch betätigte, emigrierte 1936. Sein Weg führte ihn über Ägypten, Palästina und England nach Frankreich, wo er zeitweise interniert war und sich an der Widerstandsbewegung beteiligte, und schließlich in die Schweiz, wo er abermals ein Internierungslager kennenlernen mußte. In Zürich erscheint im Frühjahr 1945 seine erste selbständige Publikation: *Zwölf Balladen von den großen Städten.* Name des Verfassers: Stephan Hermlin. In Wirklichkeit heißt der Debütant Rudolf Leder.

Daß wir es hier mit einem Pseudonym zu tun haben, ist nicht bemerkenswert – übrigens mußten die in die Schweiz emigrierten deutschen Schriftsteller meist ihre Arbeiten anonym oder pseudonym veröffentlichen. Hingegen scheint die getroffene Wahl aufschlußreich. Während Leder ein unauffälliger, alltäglicher Name ist, ruft das Pseudonym Hermlin die Erinnerung an jene edlen Pelze wach, mit denen Könige traditionsgemäß ihre Mäntel schmückten. Dieser Name läßt an etwas Wertvolles und Kostbares denken, an Erlesenes und Feierliches. Und der Vorname? Stephan mag zwar ebenso gebräuchlich wie Rudolf sein, ist jedoch der Vorname von zwei bedeutenden Lyrikern der letzten hundert Jahre – von Mallarmé und George. Hermlin hatte wohl eher den Franzosen gemeint, worauf – von anderem abgesehen – die von ihm gewählte Schreibweise hindeutet. Gleichviel, ob Mallarmé oder George – bei beiden Namen stellen sich im ersten Augenblick ähnliche Assoziationen ein: Erhabenes und Dunkles, formale Strenge, festlicher Tonfall und priesterliche Würde, das Weihevolle und das Majestätische.

Hat der Debütant derartige Assoziationen angestrebt? Das kann ich nicht behaupten. Aber daß er, ein Feinschmecker der Sprache, ein sensibler Kenner der Symbole, Bilder und Anspielungen, sich ihrer nicht bewußt war, ist ausgeschlossen. Unlieb waren sie ihm jedenfalls nicht. Und mögen auch in diesem Fall bei der Wahl des Pseudonyms ideologische und politische Motive keine Rolle gespielt haben – Hermlin blieb im Exil dem Kommunismus treu –, so darf man doch von einem psychologischen Symptom sprechen. Wird nicht hier die gleiche Sehnsucht deutlich wie einst bei dem von Golßenau, als er sich Renn nannte – allerdings in umgekehrter Richtung? Hat der Autor der *Zwölf Balladen* vielleicht seinen gewöhnlichen, schlichten Namen in einen ungewöhnlichen, anspruchsvoll-wohlklingenden umgewandelt, weil er, der ehemalige Lehrling in einer Druckerei, der kommunistische Klassenkämpfer, der umhergetriebene Emigrant, vom Vornehmen und Distinguierten träumte und sich im Grunde seiner Seele nach dem Exklusiven und dem Aristokratischen sehnte?

Dies sei, wird man sagen, eine menschliche, eine harmlose Sehnsucht. Natürlich – nur kann sie unter bestimmten gesellschaftlichen und politischen Voraussetzungen unversehens ihre Harmlosigkeit einbüßen und sogar den Künstler in schwierige Konflikte bringen. Wie auch immer: als sich der junge Dichter für den Namen »Stephan Hermlin« entschied, bekannte er sich bewußt oder unbewußt zu einem persönlichen ästhetischen Programm. Denn die Assoziationen und Reflexionen, zu denen dieses Pseudonym Anlaß gibt, werden durch sein literarisches Werk bestätigt und potenziert.

Schon die frühe Lyrik, enthalten in dem erwähnten Erstling *Zwölf Balladen von den großen Städten* und in den kurz darauf in Deutschland erschienenen kleinen Sammlungen *Die Straßen der Furcht* (1946) und *Zweiundzwanzig Balladen* (1947), läßt eine außerordentliche sprachliche Gewandtheit, eine geradezu artistische Formulierbegabung erkennen. Zugleich wird deutlich, daß der Autor sehr belesen und für heterogene literarische Einflüsse empfänglich ist. Barock, Symbolismus, Neuromantik und Expressionismus machen sich in seinen Versen bemerkbar; man glaubt das Echo vieler Lyriker zu hören – von Rilke, Hofmannsthal und George über Heym, Stadler und Trakl bis zu Brecht und Benn. Vor allem aber ist das Vorbild der Franzosen deutlich: von Rimbaud und Mallarmé bis Eluard und Aragon. Die vom Surrealismus kommende literarische Widerstandsbewegung Frankreichs, deren einzelne Vertreter er während des Krieges kennenlernte, hat ihn wohl am stärksten geprägt. Diese nicht immer rühmliche stilistische Anpassungsfähigkeit und Vielseitigkeit und die sprachliche Geläufigkeit prädestinieren übrigens Hermlin zum Nachdichter: Wir verdanken ihm beachtliche und teilweise meisterhafte Übertragungen von Versen Paul Eluards, Pablo Nerudas, des Türken Nazim Hikmet, des Ungarn Attila Jozsef und amerikanischer Negerlyriker.

Was indes seine eigenen Verse betrifft, so lassen sich über alles Eklektische hinaus doch gemeinsame Kennzeichen feststellen. Denn welchem Meister Hermlin auch nacheifert, welcher stilistischen Anregung er auch folgen mag – es entstehen immer Strophen für festliche Stunden. Er liebt das edle Wort und den gewählten Ausdruck, den getragenen Tonfall und den feierlichen Rhythmus, er goutiert die elegische Melodie, die dunkle Metapher, die tiefsinnige Anspielung und die strenge Form. Er bevorzugt romanische Versgebilde: die Stanze und das Triolett, die Terzine und das Sonett.

Vor allem liebt er das Poetische schlechthin. Er hat offenbar das dringende Bedürfnis, das Dasein zu stilisieren. Was er schildert, wirkt malerisch und dekorativ. In Hülle und Fülle bietet er uns: Kathedralen, Dome, Paläste und Türme, Brunnen, Fontänen und Schwäne, Haine, Hügel und Gestade, Fahnen, Marmor und Glocken. Alle Musikinstrumente werden für dieses poetische Universum bemüht: von der Geige bis zur Orgel und mit einer besonderen Vorliebe Blasinstrumente – es gibt Flöten, Oboen, Saxophone, Trompeten, Fanfaren und Posaunen. Und was dieser Lyriker auch sagen mag, es wirkt würdig und erhaben. Er singt und kündet, er raunt und beschwört. Das Preziöse ist sein Element. Eine Strophe des »1940–1941« datierten Gedichts *Die toten Städte* lautet:

Senkt sich des Abends Kühle
Auf die traumsüchtige Welt,
Ist auf der Hügel Gestühle
Wolkenschatten gestellt,
Geistert die Klage der Hähne
In der Fiebernden Ruh,
Fliegen die Ungebornen
Dem Asphodelenhain zu.

Im selben Gedicht findet sich auch folgende Strophe:

> Sonnen, wohin vergangen
> Ist euer tönendes Rad?
> Von der Schönheit umfangen
> Apollinische Saat,
> Flöten und marmorne Bilder,
> Sterne im Abendbaum,
> Lächelnde Mädchen, du milder,
> Wohin starbst du, Traum?

Ein *Manifest an die Bestürmer der Stadt Stalingrad*, datiert »Dezember 1942«, beginnt:

> Weil diese Nacht euer Haupt umlohte
> Und der Vernichtung eure Stirn sich neigt . . .

Die zweite Strophe dieses *Manifests* hebt an:

> Ich bin das Echo auf den weißen Treppen
> Im Turme eures Haupts. Wie lang die Nacht . . .

In der *Ballade von den Städteverteidigern* lesen wir:

> . . . aus der Seide
> Einer taubengrauen Dämmerung schimmert das Salz
> Der Gesichter gefallener Kämpfer in tönender Heide.

Städte schreiten in dieser Lyrik »wie Wälder aus Marmor und Licht«. Vom »Flug dämmernder Schwalben« hören wir und von »des Domgestühls Wind«. Um die »Nüstern« eines Giganten »flackert vergeblich des Bienenflugs goldene Glut«. In einem Gedicht vom Jahre 1945 erklärt Hermlin:

> . . . Nimmermehr mag ich deiner entraten,
> Bis am schattenden Turme die Lanze mich trifft.

Oder:

> Vor Domen senkt sich meine Stirn.

Daß der Autor dieser Verse Kommunist ist, geht nur aus wenigen Gedichten hervor – dann allerdings unmißverständlich. In der *Ballade von den weitschauenden Augen* besingt er die »rubinenbesternten« Türme des Kremls und die zweihundert Millionen, die die »morgige Welt« säen. »Und deine Beschwerde« – versichert der Dichter – »wird schon metallen vom Kreml aus Glockenmündern genannt.« Verwunderlich ist allerdings das Entstehungsdatum dieser Ballade: 1940. Es drängte also den jungen Hermlin, der Sowjetunion gerade während des Hitler-Stalin-Pakts zu huldigen. Ansonsten ist in seinen Versen aus jenen Jahren vom revolutionären Optimismus nichts zu spüren, vielmehr dominieren Einsamkeit und Müdigkeit, Resignation und Todessehnsucht. Nicht militante Gedichte sind es, wohl aber Klagelieder, deren Trauer ebenso selbstgefällig anmutet wie ihre Form:

> Ihr toten Dichter, die ihr für mich spracht,
> Ihr verließt mich, doch ich euch nie.
> Ich versank in der Bitterkeiten Meer,
> Und ihr hörtet nicht, als ich schrie.

Hermlin teilt mit: »Ich bin die Müdigkeit, das dumpfe Grauen.« Und ruft: »Doch wir sind krank / Und würgen an des Alpdrucks Speis.« Und bittet:

> O Bruder Tod, erhör uns, wieg
> Uns ein, eh sich das Graun erfüllt!

Er entwirft eine makabre poetische Landschaft – mit »blauen Kinderkadavern« und »endlos hinreichenden Zügen von Leichen«, mit »rattenerfüllten Kellern« und »gräßlichen Stollen«. Die Nacht ist »von Sirenen, den sterbenden Tieren, zerfetzt«. In den Versen häufen sich Todesmotive und Todessymbole. Die Rede ist von »des Todes Bienenstock« und »des Todesweins Rest«, von der »Totenuhr in jedem Haus« und von des »Todes murmelnden Schleusen«; da heißt es: »Und in den Trümmern baden / Tote im Abendschein«, und »Die toten Tänzer in den Höfen / Hängen im Drahtgesträuch«. Um seine Stimmung anzudeuten, glaubt Hermlin in düsteren Farben schwelgen zu müssen. Kaum ein Gedicht, in dem das Wort »schwarz« nicht vorkäme. Es gibt »schwarzes Blut«, »schwarze Sonnen«, »schwarze Lippen«, »schwarzen Mohn«, »schwarze Rosen« und »schwarze Rosse«, einen »schwarzen Schlangenhag«, »nachtschwarze Minuten«, »geschwärzte Fassaden«; und Blut zischte wie »schwarzes Bier«.

Alles in allem: eine Lyrik voll krampfhafter Wendungen, banaler Verse, pathetischer Töne, konventioneller Symbole, blasierter Posen. Allerdings braucht man nicht lange zu suchen, um Strophen oder – noch häufiger – einzelne Zeilen zu finden, denen ein subtiler Reiz nicht abgesprochen werden kann, deren Musikalität ihren Eindruck nicht verfehlt. Mögen es auch nur kurze Passagen sein, in denen Hermlin seine Gefühle und Visionen, zumal seine Leiden zu beglaubigen vermochte – sie zeugen doch von einem unzweifelhaften künstlerischen Temperament. Und schon dieser Umstand mußte früher oder später zu einem Konflikt zwischen ihm und seiner Partei führen.

Allem Anschein nach hat Hermlin schon damals gespürt, daß seine düster-vornehme Dichtung sich beim besten Willen nicht mit den Forderungen der kommunistischen Kulturpolitik in Einklang bringen läßt. Er war entschlossen, diesen Widerspruch zu überwinden. 1945 wurde die Frage aktuell – denn nun ergab sich für den deutschen kommunistischen Dichter die Möglichkeit, zu den Massen zu sprechen. Jetzt mußte er der Aufgabe gerecht werden, die ihm die Partei gestellt hatte. Hermlins Sprache war für diese Aufgabe ungeeignet. Offen erklärte er in der 1945 geschriebenen, bekenntnishaften *Ballade von den alten und den neuen Worten*:

> Genügen können nicht mehr die Worte,
> Die mir eine Nacht verrät,
> Die beflügelte Magierkohorte,
> Wie vom Rauch der Dämonen umdreht . . .

Der Abschied fällt schwer:

> Daß an meinen Worten ich leide!
> Und die Worte waren schön . . .

Dennoch gibt der Dichter kund:

> Drum gebt mir eine neue Sprache!
> Ich geb euch die meine her.

Und:

> Ich will eine neue Sprache,
> Wie einer, der sein Werkzeug wählt.

Allerdings klingt auch dieses programmatische Gedicht, offenbar schon in jener gewünschten neuen Sprache geschrieben, elegisch aus:

> Am Boden liegt das Glas
> Und das Brot gewürzt mit Qualen.

Die notwendige Umstellung will nicht gelingen. *Forderung des Tages* ist – wiederum programmatisch – ein anderes Gedicht aus dem Jahre 1945 betitelt. Hier versichert der Dichter: »Ich vernehme des Kommenden süßeste Geigen.« Sogleich fügt er jedoch hinzu: »Die Oboen der Toten bezaubern mein Blut.« Todesmotive häuft Hermlin auch in der 1947 entstandenen *Ballade nach zwei vergeblichen Sommern*. Während des Krieges hatte er eine *Ballade von der Königin Bitterkeit* geschrieben. Jetzt hingegen, 1947, im Jahre seiner Übersiedlung nach Ost-Berlin, wartet er mit einer *Ballade von der Dame Hoffnung* auf. Aber in Wirklichkeit ist dieses Gedicht nicht weniger bitter. Sein Fazit lautet:

> Verbotener Brunnen du, nach dem wir bohren:
> Von den Bedrängten Hoffnung bist genannt.

Auch den ebenfalls 1947 datierten Stanzen mit dem Titel *Die Zeit der Wunder* kann man schwerlich den vom sozialistischen

Realismus geforderten Optimismus nachrühmen. Sie enden gar mit den einfach und schön formulierten Feststellungen:

> Der Worte Wunden bluten heute nur nach innen.
> Die Zeit der Wunder schwand. Die Jahre sind vertan.

So war die Lyrik, die der Umsiedler Hermlin mitbrachte, für die Kulturpolitiker der Zone wenig brauchbar und ziemlich suspekt. Die *Zweiundzwanzig Balladen* erschienen 1947 zwar in Ost-Berlin, wurden aber nicht mit einem sowjetzonalen, sondern mit einem westdeutschen Literaturpreis bedacht. Vielversprechend schien freilich für die Kulturpolitiker Hermlins Ruf zu sein: »Drum gebt mir eine neue Sprache!« Der Wunsch ließ sich erfüllen: Von jüngeren kommunistischen Autoren erwartete man damals, daß sie sich die lyrische Sprache des Johannes R. Becher zum Vorbild nahmen. Indes hatte Hermlin in dieser Angelegenheit durchaus eigene Anschauungen. Von 1945 bis 1947 in Frankfurt ansässig, war er am dortigen Rundfunksender tätig, für den er eine Reihe von Buchbesprechungen verfaßt hatte. Sie erschienen – zusammen mit ähnlichen kleinen Arbeiten von Hans Mayer – Anfang 1947 in einem westdeutschen Verlag. In diesem Buch rühmte er unter anderem gerade jene Autoren, die in der DDR ignoriert oder bekämpft werden sollten: Kafka und Karl Kraus, Joyce und Eliot. Nach seiner Übersiedlung nach Ost-Berlin wird das Buch dort ebenfalls publiziert und zwar erweitert um *Bemerkungen zur Situation der zeitgenössischen Lyrik*. Hier äußert sich Hermlin über den repräsentativen kommunistischen Dichter:

»Tragisch ist der Fall eines der bedeutendsten Lyriker des heutigen Deutschlands, der Fall des Johannes R. Becher. Sein letzter Gedichtband (*Heimkehr*, Aufbau-Verlag, Berlin) beweist neuerlich, daß Becher in seiner von sehr ernsten politisch-ästhetischen Motiven bestimmten Erneuerung, die er seit etwa fünfzehn Jahren unternommen hat, über jedes mit seiner hohen dichterischen Begabung verträgliche Ziel hinausgeschossen ist. Dieser Fall ist sehr kompliziert und erfordert eine gründliche Auseinandersetzung. Es liegt aber unleugbar der Beweis vor, daß die Bemühung um einen neuen Realismus hier die Substanz und Eigengesetzlichkeit des Lyrischen zerstört hat: Becher ist in neo-klassizistischer Glätte und konventioneller Verseschmiederei gelandet. Er hat eine politisch richtig gestellte Aufgabe mit dichterischen Mitteln falsch gelöst.«[2]

Hermlin, der übrigens dieses Urteil ein Jahrzehnt später demütig widerrief[3], hat damit die Gefahr bezeichnet, die ihn selber bedrohte. Denn er stand vor einem ähnlichen Dilemma wie Becher in den zwanziger Jahren. Einerseits mußte er für seine politische Dichtung eine den Massen des Volkes verständliche, klare und einfache Sprache finden (dies nennt er »die Bemühung um einen neuen Realismus«), andererseits wollte er nicht der Modernität verlustig gehen, dem Primitivismus verfallen und am Ende »die Substanz und Eigengesetzlichkeit des Lyrischen« zerstören. Die Ergebnisse dieser Bemühungen sind vor allem in dem Band *Der Flug der Taube* (1952) zusammengefaßt.

Es wäre falsch anzunehmen, die kulturpolitischen Forderungen, deren Berechtigung Hermlin freiwillig anerkannte, hätten auf seine Dichtung nur einen ungünstigen Einfluß ausgeübt. Manche dieser Verse, geschrieben Ende der vierziger und Anfang der fünfziger Jahre, beweisen, daß er verschiedene Extravaganzen der frühen Balladen und ihre bisweilen ausgeklügelte, krampfhaft-ambitionierte Metaphorik zu überwinden vermochte. Hier und da wirkt seine Diktion strenger und disziplinierter und hat an Natürlichkeit und Anschaulichkeit gewonnen.

Zugleich ist aber zu den vielen literarischen Vorbildern, die sich in Hermlins Lyrik bemerkbar machten, nun auch die sowjetische Poesie hinzugekommen; die Hemmungen, die bisher seiner Neigung zum Feierlichen und Erhabenen doch Grenzen gesetzt hatten, werden vom patriotischen Enthusiasmus weggeschwemmt. Er wählt fast ausschließlich heroische Stoffe oder zumindest solche, die sich für eine heroisch-pathetische Behandlung eignen. So besingt er in zyklischen Gedichten die bolschewistische Oktoberrevolution von 1917 und die Verteidigung Leningrads im Zweiten Weltkrieg, Stalin und Pieck und die Heldentaten junger Kommunisten in Griechenland und Frankreich. Uneingeschränkt triumphiert das Monumentale. Das griechischen Partisanen gewidmete Poem *Epon* endet:

> Wie einen Mantel haben den Tod sie sich um die
> Schulter geschlagen.
> Sie trinken die Zukunft durstig, als sei sie schon da.
> Schon überrollt sie der Strom von Schreien und
> Schüssen und Tagen,
> Und ihr Schweigen erzählt die Legende Attika.

Ein Poem zu Ehren von Wilhelm Pieck hebt an:

> Der Zeiten Vorhang schwankt im Winde der Gesichte.
> Wer wartet auf das Stichwort in den schweren Falten?
> Es raunt die Nacht von Stimmen, längst verhallten . . .
> Wie ferner Tubaruf dröhnt die Geschichte,
> Im Schritt der Straße enden die Legenden.

Der Tod, das Leitmotiv der früheren Lyrik Hermlins, kann in seiner Peosie aus der stalinistischen Zeit, die selbstverständlich optimistisch zu sein hat, nur eine untergeordnete Rolle spielen: An seine Stelle tritt als geheimnisvoll-erhabenes Motiv die Nacht. Das zyklische Gedicht *Aurora*, das beste Stück des Bandes *Der Flug der Taube*, beginnt:

> In dieser Nacht ist der Wind für immer umgeschlagen,
> Nichts konnte mehr so sein, wie es bisher gewesen war,
> Neu lasen sich die alten Bücher mit ihren Sagen,
> Das Verborgene lag offen, und das Unverständliche
> ward klar.

Und:

Um dieser einen Nacht willen ward alle Musik geschrieben,
Um dieser einen Nacht willen ward jeder neue Gedanke ge-
dacht.
Jedes Herz hatte in der Welt seine Heimat. Jeder Ver-
lassene konnte lieben.
Was immer geschehen war, geschah für diese Nacht.

Mannigfaltige Aufgaben kommen dem Nachtmotiv in Hermlins poetischem Universum zu: Die Nacht kann das Gute und das Böse symbolisieren, den Fortschritt und die Reaktion. Sie kann auch eine lediglich dekorative Aufgabe erfüllen. »Die Nacht hat die Taube verschlungen« – heißt es im Poem *Der Flug der Taube*. In der Dichtung *Die Jugend* wird behauptet: »Die Nacht weckt die Zukunft auf.« Im Stalin-Gedicht »änderte sich unmerklich die Architektur der Nacht«, im *Flug der Taube* triefen Tau und Nacht von den Schwingen der Titelheldin, in der *Jugend* »wächst ein Wald von Musik um das Gebirge der Nacht«, und im Pieck-Poem bildet die Nacht das Spalier für Fahnen, die wie Rosen blühen.

Hermlins Huldigungen an die sowjetischen Genossen erreichen in diesem Band ihren Höhepunkt. Alle poetischen Vergleiche und Umschreibungen, die die Dichter der DDR in jenen Jahren für die Sowjetunion zu finden bemüht waren, übertrumpfte er, indem er schlicht feststellte: »Wie die Sonne gehört sie jedem.« Das Stalin-Poem hat Hermlin in eine spätere Sammlung seiner Lyrik nicht mehr aufgenommen. Daher soll es in diesem Zusammenhang nicht zitiert sein. Es genügt, auf das Gedicht vom *Flug der Taube* hinzuweisen, in dem sich folgende Passage über Stalin findet:

> Dann schritt vom Gebirg herab
> Der Rufer, der Lehrer.
> Aus den Toren der Klüfte
> Trat er hervor, der Mann von Gori.
> Er raffte den Vorhang der Nebel.
> Quer über der Stirn
> Stand ihm des Wasserfalls Regenbogen.

Einen anderen Typ der Hermlinschen Lyrik dieser Jahre charakterisieren folgende Verse aus dem Gedicht *Der November ist die Heimat*:

Es stürmten die Kommunisten
Das Land, das Gebirge, die See.
Es nahmen die Rotgardisten
Die Fabrik, das Korn und den Klee.

Die Synthese, die Hermlin anstrebte, ließ sich also nicht verwirklichen. Er wollte ein subtiler Lyriker und zugleich ein revolutionärer Agitator, ein westlicher Ästhet und doch ein östlicher Barde sein. Er wollte das Volk beglücken – und sich dabei nicht beschmutzen, die Massen hinreißen – und doch einsam und vornehm bleiben. Er träumte von einer Rednertribüne in einer gigantischen Halle – und vom Turm aus edlem Elfenbein. Eine Synthese aus Hofmannsthal und Majakowski war wohl sein Ideal. Im Grunde ist er ein weicher Poet, der sich sehr männlich geben möchte, ein Mann der stillen Töne, der sich zwingt, zu schreien. Einst, 1942, schrieb er:

Wenn nichts mehr blieb als die Bitterkeit,
Kann die abschiedsmüde Hand
Jäh sich ballen zur Faust.

Die Bitterkeit und die abschiedsmüde Geste vermochte er bisweilen glaubhaft zu machen. Aber sein Schrei und die drohende Faust wirkten immer künstlich, theatralisch und krampfhaft. Man kann sich des Eindrucks nicht erwehren, daß er ein Dandy ist, der mit dem Parteiausweis kokettiert. Ernsthaft bemüht, Künstler und Kommunist gleichzeitig zu sein, mußte auch er – wie Becher – »in neo-klassizistischer Glätte und konventioneller Verseschmiederei« landen. Mit dem Band *Der Flug der Taube* war der Lyriker Stephan Hermlin in eine Sackgasse geraten.

Die Versuche auf dem Gebiet der Prosa, sieben Erzählungen zumal, runden das Bild dieses Schriftstellers ab, ohne ihm überraschend neue Züge hinzuzufügen. Er schreibt einen gepflegten und exquisiten Stil, dem man es anmerkt, daß der Autor Kleist und Büchner, Fontane, Thomas Mann und Kafka ebenso sorgfältig studiert hat wie Hemingway, Sartre und Camus. Über die Ausdrucksmittel der modernen Prosa braucht man ihn nicht aufzuklären. Auch seinen Freud kennt er gut. Hermlins psychologisches Einfühlungsvermögen ist beachtlich. Kein Zweifel: die vielen Rückblenden und Halluzinationen, die unmerklichen Übergänge von der Realität zum Traum, die eingeflochtenen Reflexionen und die retardierenden Einschübe, die knappen Hinweise auf die Atmosphäre und die psychologischen Details – das alles zeugt von einem großen Können.

Dennoch hinterlassen diese Geschichten zumindest ein deutliches Unbehagen. Nicht in politischen, sondern in ästhetischen Kategorien ist die Ursache zu sehen. Denn nicht dem Kommunismus kann Hermlins Diktion zur Last gelegt werden. Jede Phrase hat bei diesem Erzähler das ihr zukommende Gewicht, jedes Wort und jeder Ton üben die ihnen zugedachten Funktionen aus. Nichts in dieser Prosa scheint zufällig, aber auch nichts unmittelbar, natürlich oder spontan. Unverkennbar ist der Ehrgeiz eines Schriftstellers, der sich immer wieder um ein originelles Bild bemüht, um eine wohlklingende Kadenz, um erlesene Ausdrucksweise.

Wie in Hermlins Lyrik wird auch hier alles konsequent stilisiert und poetisiert: die Sprache und die Atmosphäre, die Figuren und die Aktionen. An hochdramatischen Begegnungen fehlt es nicht, die Schauplätze der Handlung sind meist Gefängnisse und Konzentrationslager, die Helden müssen Qualen erleiden und schweben unentwegt in größter Lebensgefahr. Dennoch wirken die Geschichten kalt, ihnen haftet immer etwas Steriles an. Sie vermögen hier und da zu interessieren, aber nie eigentlich zu bewegen oder zu ergreifen. Es ist letztlich die fatale Mischung aus Kunst und Kunstgewerbe, die diese Prosastücke trotz mancher guter Abschnitte so zweifelhaft erscheinen läßt.

Alle diese Eigentümlichkeiten sind schon in seiner ersten Erzählung – *Der Leutnant Yorck von Wartenburg* (1946) – unverkennbar, deren Handlung kurz nach den Ereignissen vom 20. Juli 1944 spielt. Wieder fällt hier Hermlins Sehnsucht nach dem Aristokratischen auf. Es geht sehr vornehm zu: »Der Freiherr trat ein, gefolgt von dem Diener, der die Tafel gerichtet hatte.« Ein Setter streicht um die Knie des Leutnants, es gibt einen »schwarzen Stutzflügel« und Kerzen, die »trübe und drohend brannten«. Yorcks Verlobte, die kaum zwanzigjährige Anna, »war von süßer und schwacher Schönheit«. Das Dezente wird bevorzugt: »Als einige Stunden darauf – es dämmerte schon – Anna bei ihm eintrat, schritt er ihr schnell entgegen, um sie von seiner Abreise zu unterrichten. Aber sie neigte das Haupt zum Zeichen, daß sie bereits wisse.« Und etwas später: »Er drückte sie sanft auf den Sitz nieder, von dem sie sich erhoben hatte, dann kehrte er ans offene Fenster zurück . . . Auf den golden strömenden Abend schauend, fühlte er eine starke, verzichtende Ruhe in sich, und sein rückwärts über die Schulter gewendetes Antlitz suchte die Wälder . . . Verse gingen ihm durch den Sinn . . .«

Der Leutnant Yorck von Wartenburg ist indes eine vornehmlich politische Geschichte. Eine kühne Idee liegt ihr zugrunde: Zwischen der Verschwörung vom 20. Juli und Moskau wird ein unmittelbarer Zusammenhang hergestellt. Wir haben es hier mit einer begreiflichen Wunschvorstellung des emigrierten Kommunisten zu tun – die Erzählung ist Anfang 1945 in der Schweiz entstanden –, der in der größten deutschen Widerstandsaktion gegen Hitler gern das Werk seiner Genossen vermuten wollte. Der Umstand, daß für eine solche Vision auch nicht der geringste reale Anhaltspunkt vorhanden war, konnte Hermlin offenbar nicht stören, hatte jedoch Einfluß auf die Form seiner Erzählung. Sein Wunschtraum wird als Halluzination des Helden geboten: Der zum Tode verurteilte Leutnant träumt im letzten Augenblick seines Lebens, er sei »in das große Land entkommen, in dem man alles ganz verstanden hatte: Ehre, Treue, Pflicht, Heimat« – womit natürlich die Sowjetunion gemeint ist.

1954 erschien in der DDR eine Neuausgabe des *Yorck von Wartenburg*. Sie unterscheidet sich von der ursprünglichen insofern, als einerseits der in der Ausgabe von 1946 noch enthaltene nachdrückliche Vermerk des Autors, »diese Erzählung (sei) von einer Novelle des Amerikaners Ambrose Bierce angeregt« worden, weggefallen ist, obwohl sich doch in der Zwischenzeit der Tatbestand kaum verändert haben kann, während andererseits ein politisches Nachwort hinzugefügt wurde, in dem Hermlin seine einstigen Illusionen korrigiert und nunmehr erklärt: »Der Generalsputsch vom 20. Juli 1944, der so elend endete, wie er unzulänglich geplant war, stellte den Versuch dar, . . . die gemeinsame Front der Alliierten zu sprengen, unter neuen Fahnen die Aggression gegen den Osten – und den Westen – fortzusetzen.« Und: »Der Verfasser erzählt einen Traum . . . Er erzählt nicht von deutscher Geschichte, sondern von einer deutschen Möglichkeit.«

Dies gilt für alle epischen Arbeiten Hermlins: Zeit und Ort der Handlung lassen sich zwar meist exakt feststellen, doch sind die Welten, in denen sich diese Geschichten abspielen, erfunden. Im Grunde ist er auch nicht bemüht, einer bestehenden Wirklichkeit gerecht zu werden, vielmehr will er – wie im *Yorck von Wartenburg* – seine Visionen verdeutlichen, die sich immer als Wunschträume oder Angstvorstellungen entpuppen. Nicht mit Gegebenheiten befaßt er sich, sondern mit Möglichkeiten. Der Realität sind für diese Schöpfungen der Einbildungskraft lediglich einzelne Elemente entnommen, die als Requisiten und Versatzstücke für ein mehr oder weniger überzeugendes poetisches oder pseudopoetisches Universum dienen.

Die nächsten Erzählungen genügen höheren sprachlichen Ansprüchen als der epische Erstling – so die *Reise eines Malers in Paris* (1947), die den starken Einfluß Kafkas verrät. Der hier im Mittelpunkt stehende deutsche Emigrant sieht sich in Paris mit geheimnisvollen und undurchschaubaren Mächten konfrontiert. In sein Zimmer sind während seiner Abwesenheit viele Unbekannte eingedrungen: »War er denn hier noch zu Hause? Er sagte sich immer wieder, daß er keine Angst habe, aber dann mußte er doch daran denken, daß die Fremden plötzlich auf ihn losgehen und ihn aus dem Fenster stürzen könnten.« In politischen Kategorien lassen sich diese mysteriösen

Mächte nicht erfassen: »Er hatte seit Tagen keine Zeitung mehr in der Hand gehabt. Aber vor wem sollte er sich hüten? Was ihn bedrohte, war vielleicht in keiner Zeitungsspalte der Welt zu finden.«

Auf einer imaginären Reise gelangt er zunächst nach Barcelona während des Spanischen Bürgerkriegs: »In ungeheurer Feindseligkeit schwieg die leere Straße um ihn . . . In der Ohnmacht des Alpdrucks sah der Maler, wie durch zahllose Lichtjahre von ihm getrennt, das Ende eines verwandten, gänzlich unbekannten Universums.« Die zweite Station der Reise ist ein französisches Internierungslager, das in einer gespenstisch-unheimlichen Stadtlandschaft liegt: »Das ohnmächtig-weiche Schleifen und Flüstern der Schatten begann von neuem . . . Wie ein Ertrinkender fühlte er gleitende Wasser zwischen seinen Lidern und einer Wirklichkeit, deren Abbild sein vergehendes Bewußtsein nur gebrochen erreichte.« In der dritten Vision schließlich sieht sich der Maler im kommunistisch besetzten Teil Chinas, wo er zwar freundlich aufgenommen wird, jedoch ebenfalls keine Erlösung finden kann: »Auch in Yenan hatte er nicht bleiben dürfen, das bedroht war wie die unbekannte Welt, wie Paris.« Im Fazit heißt es, auf den Helden habe sich »tiefe Müdigkeit« gesenkt. Alpdruck und Bedrohung, Ohnmacht und Müdigkeit sind die Schlüsselworte dieser Geschichte, die mit moderner westeuropäischer Prosa weit mehr gemein hat als mit der Literatur jenseits der Elbe.

Gegen beide Erzählungen wurden in der Zone ernsthafte Bedenken geäußert: Man warf dem Autor vor, er bediene sich surrealistischer Mittel und zeige lediglich passive Menschen. Hermlins bereits nach der Übersiedlung entstandener Erzählungsband *Die Zeit der Gemeinsamkeit* (1949) ist, ähnlich der späteren Gedichtsammlung *Der Flug der Taube*, ein Buch des Kompromisses. Er will den Forderungen des sozialistischen Realismus nachkommen, andererseits aber doch eine Prosa bieten, die – wie manche literarischen Leistungen französischer Kommunisten, denen er offenkundig nacheifert – formalen und intellektuellen Ansprüchen genügen und als modern gelten könnte.

Charakteristisch ist in dieser Beziehung ebenso die originelle Geschichte mit dem Titel *Arkadien*, in der Hermlin von der Hinrichtung eines Verräters der französischen Widerstandsbewegung erzählt, wie auch – in noch stärkerem Maße – *Die Zeit der Einsamkeit*, deren Stimmung zuweilen an die *Reise eines Malers in Paris* erinnert. Das Schicksal eines nach Frankreich emigrierten deutschen Ehepaars namens Neubert wird hier in einigen distanziert gezeichneten Bildern und spröden Visionen gezeigt: »Es war, als seien beide durch Kilometer getrennt oder als sprächen sie mit sich selbst. Neubert hatte eigentlich Angst. Und das, was er in Magdas Augen sah, schien ihm gerade die gleiche Angst zu sein.« Er gewahrt im Gesicht seiner Frau »die Furcht, die Entfremdung, die Vereinsamung«. Diesmal wird jedoch Hermlins passiver Held am Ende aktiv. Ein Franzose, Beamter des Pétain-Regimes, vergewaltigt Neuberts Frau, die an den Folgen der Abtreibung stirbt. Der deutsche Emigrant erschlägt den Missetäter. Zugleich ergibt sich aus dem privaten Geschehen eine politische Nutzanwendung: Der allein gebliebene und von der Polizei gesuchte Mann beschließt, das ihm nunmehr verhaßte Pétain-Regime zu bekämpfen – in den Reihen der Kommunistischen Partei.

Als Hermlins episches Hauptwerk gilt die Titelgeschichte dieses Bandes, die den Aufstand im Warschauer Ghetto behandelt. In einer längeren Introduktion, die abermals seine sprachliche Begabung dokumentiert, gibt er seine Eindrücke von einem Aufenthalt in Warschau im Jahre 1949 wieder, die er mit einigen Reflexionen verknüpft. Den Hauptteil der Erzählung bilden hingegen fiktive Aufzeichnungen eines Ghetto-Kämpfers, die zunächst die Form eines Briefes haben, dann in eine Art Tagebuch übergehen und schließlich auch eindeutig epische Elemente aufweisen. Dieser Ich-Erzähler hat während der Kampfhandlungen im Ghetto Zeit, sich in wohlabgemessenen Sätzen Gedanken über das Verhältnis von Leben und Kunst und auch über die Form seiner Aufzeichnungen zu machen.

Manche Kapitel der Erzählung sind erschütternd, aber die Wirkung ergibt sich vor allem aus dem Stoff und wird durch die stilistische Bemühung des Autors eher beeinträchtigt als gesteigert. Während eine schlichte und nüchterne Diktion den historischen Ereignissen am ehesten gerecht werden könnte, steht Hermlins prätentiöser Duktus in peinlichem Widerspruch zum Gegenstand der Erzählung. Wenn er sagen will, daß unterirdische Verstecke gebaut werden, heißt es: »Das Ghetto wühlte sich wie ein geblendetes Tier in den Boden.« Die Kampfhandlungen haben begonnen: »Was immer auch geschehen würde, wie bald auch die Gewehre, die sie zur Strecke gebracht haben, schweigen müßten – das Bild der getöteten SS-Männer würde über den Straßen stehen wie die Initiale vor dem ersten Kapitel einer aufgeschlagenen Chronik.«

Die meisten Fakten, die angeführt werden, sind authentisch, aber die Atmosphäre hat mit der Wirklichkeit nichts gemein, denn wieder glaubt Hermlin, das Leben poetisieren zu müssen: »Die Toten, die dem Hunger erlagen, . . . tragen die strengen, wie von kalter Flamme geprägten Züge der Märtyrer eines primitiven Meisters. Und sind nicht auch die Trupps, die die Leichen auf Karren sammeln, aus dem Mittelalter aufgetaucht, geradenwegs zu uns getaucht aus der Zeit des schwarzen Todes . . .« Gegen Ende werden noch als nicht sehr wählerische Kontrastmotive Erinnerungen des Ich-Erzählers an idyllische Vorkriegsaufenthalte in Paris und London eingeflochten, denen eine sentimentale Deutschland-Vision mit Bildungsreminiszenzen folgt.

Während der Autor offenbar bemüht war, den Stoff formal zu bewältigen, was ihm freilich versagt blieb, hat ihm seine politische Adaptation offenbar keine Schwierigkeiten bereitet. Entgegen der historischen Wahrheit[4] sind es in dieser poetischen Vision die Kommunisten, die den Aufstand organisieren und leiten. Als Kuriosum sei vermerkt, daß in Hermlins Vorstellung die Kämpfer im Warschauer Ghetto während des Aufstands genug Muße hatten, um einen Vortrag ihres Kommandanten über Lenins Schriften zu lauschen.

Auch in der Geschichte *Der Weg der Bolschewiki*, dem propagandistischen Höhepunkt der Sammlung, kann Hermlin trotz des grausigen Themas der unfreiwilligen Komik nicht entgehen. Hier hat ein sterbender sowjetischer Offizier, der in einem deutschen Konzentrationslager gefoltert wird, keine anderen Sorgen als die Erörterung der Frage, warum er eigentlich nicht der Kommunistischen Partei beigetreten sei. Aber es beruhigt ihn die Versicherung seines Leidensgefährten, daß dieser, sollte er den Krieg überleben, für ihn den entsprechenden Antrag stellen werde, woraus hervorgeht, daß nach Hermlins Ansicht auch Tote in die Kommunistische Partei aufgenommen werden können. Und die pädagogische Schlußpointe: Unter dem Eindruck der gelungenen Flucht einiger sowjetischer Kriegsgefangener beschließt ein deutscher Kommunist, der sich in diesem Lager befindet, für die Häftlinge einen geheimen Kursus der Geschichte des Kommunismus zu organisieren.

Nachdem Hermlin mit der Erzählung *Der Weg der Bolschewiki* bei jener heroisch-pathetischen Glorifizierung angelangt war, die auch für die meisten Gedichte des Bandes *Der Flug der Taube* charakteristisch ist, hielt er es immerhin für ratsam, sich im Bereich der Prosa mehrere Jahre lang auf essayistische und publizistische Formen zu beschränken. Erwähnt sei, daß in der *Ersten Reihe* (1951), einem für die Jugend bestimmten Band prägnanter Lebensbilder deutscher Widerstandskämpfer, einige effektvoll geschriebene Miniaturen auffallen, die mehr als Stilübungen sind. Eine Geschichte hat Hermlin erst Ende 1954 wieder veröffentlicht: Der kurzen, nur in einer Zeitschrift gedruckten Arbeit mit dem Titel *Die Kommandeuse* war mit Recht ein ungewöhnlich starkes Echo beschieden. Handelt es sich doch um eines der kühnsten Prosastücke, das in der DDR geschrieben wurde.

Obwohl der 17. Juni 1953 ein für kommunistische Autoren wenig dankbares Thema ist, leuchtet es ein, daß es das artistische Temperament gerade des Stephan Hermlin anzuregen vermochte. Erfahren in der visionären Umdeutung historischer Ereignisse, zumal verschiedener Aufstände, sah er hier für sich eine reizvolle schriftstellerische Aufgabe. Wenn in seiner Epik die Männer des 20. Juli im Einvernehmen mit Moskau und die

Aufständischen im Ghetto unter Führung von Kommunisten kämpfen konnten, dann konnten es schließlich auch unverbesserliche nationalsozialistische Verbrecher gewesen sein, die am 17. Juni gegen den Arbeiter-und-Bauern-Staat rebellierten.

Allerdings galt es in diesem Fall, besondere Schwierigkeiten zu meistern, auf die der Schriftsteller in der Welt jenseits der Elbe immer dann stößt, wenn politische Verhältnisse in der Heimat und in der unmittelbaren Gegenwart behandelt werden sollen. Das wäre noch nicht so heikel, könnte sich die dortige Literatur auf die Anklage des Klassenfeinds im eigenen Haus konzentrieren. Walter Jens schreibt: »Auch der christliche Autor zeichnet nun einmal, zu der Höheren Leid, die Teufelsfratze mit Inbrunst und vehementer Brisanz, während er sich vor Gottes Antlitz nur demütig-wortlos verneigt. Ob Bernanos oder Brecht: man hält sich an den Schatten, um das Licht zu beweisen.«[5]

Auf diese Methode, die der sozialistische Realismus in der Regel nicht duldet, glaubte Hermlin jetzt ausnahmsweise zurückgreifen zu dürfen. Er erzählt also von einer ehemaligen SS-Kommandeuse, die im Zuchthaus einer DDR-Großstadt fünfzehn Jahre wegen Verbrechen gegen die Menschlichkeit abzusitzen hat, am 17. Juni von den Aufständischen befreit wird und in deren Auftrag auf einer Kundgebung als angebliche Vertreterin der politischen Gefangenen eine Ansprache hält. Am Ende dieser Kundgebung – »weit hinten hatten ein paar Leute das Horst-Wessel-Lied angestimmt« – tauchen »zwei junge Leute in Trenchcoats« auf, die die entlaufene Kommandeuse verhaften. Sie wird zum Tode verurteilt.

Das ist – alles in allem – eine gut komponierte, straff geschriebene Kurzgeschichte mit vielen vortrefflich beobachteten Details, zumal psychologischer Natur. Wir sehen die Vorgänge fast ausschließlich aus der Perspektive der Heldin, die durch die unerwartete Veränderung ihrer Lage betäubt ist und – wie auch ihre Vorgänger in der Hermlinschen Epik – von Halluzinationen heimgesucht wird; sie läßt sich »in einem Strom von Vorstellungen und unhörbaren Verwünschungen treiben«. Indes hat sich niemand über die literarischen Vorzüge dieses kleinen Prosastücks Gedanken machen wollen, da der politische Inhalt die ganze Aufmerksamkeit für sich in Anspruch nahm. Im Westen empfand man die Geschichte – soweit sie überhaupt bekannt wurde – als ungeheuerliche und schamlose Entstellung der wirklichen Ereignisse, zu der immerhin kein anderer namhafter Schriftsteller der DDR bereit war.

Aber auch in der SED war die Entrüstung groß. Man hatte dort für Hermlins indirekte Darstellung der Vorfälle kein Verständnis und beanstandete, daß er es unterlassen habe, die positiven Kräfte zu zeigen. Im Organ des Schriftstellerverbandes der DDR warf man ihm sogar vor, seine Analyse des Seelenlebens einer SS-Kommandeuse könne fast Mitleid mit ihr erregen.[6] Kein Zweifel, ein absurder Vorwurf, in dem jedoch insofern ein Körnchen Wahrheit steckt, als die von Hermlin gezeichnete Verbrecherin eher eine glaubhafte Gestalt ist als die kommunistischen Heroen in manchen seiner früheren Arbeiten.

Nach dieser von allen Seiten abgelehnten Geschichte sieht Hermlin keine Möglichkeit mehr, sein künstlerisches Werk fortzusetzen. Er sammelt seine *Dichtungen* (1956) und seine *Nachdichtungen* (1957); wie Bredel, Uhse und Kuba schreibt auch er rasch die obligate China-Reportage (*Ferne Nähe*, 1954). Er veröffentlicht, meist aus aktuellen Anlässen, eine Anzahl von Aufsätzen und Artikeln, die freilich gegen Ende der fünfziger Jahre nur noch sporadisch erscheinen (*Begegnungen*, 1960).

»In den Zeiten der äußersten Zuspitzung des gesellschaftlichen Kampfes« – tröstet sich Hermlin in einer 1955 gehaltenen Rede über Polens Nationaldichter Adam Mickiewicz – »hat die Dichtung keine andere Wahl als sich entweder, für das zum Absterben Verurteilte Partei nehmend, zu prostituieren oder, auf der Seite des Fortschritts, ihre eigentliche Domäne einzuschränken.«[7] So überflüssig es scheint, gegen eine derartige, haarsträubend primitive Entweder-Oder-Formel zu polemisieren, so aufschlußreich ist doch das hier angedeutete persönliche Bekenntnis. Hermlin hatte sich entschlossen, den sich aus »der äußersten Zuspitzung des gesellschaftlichen Kampfes« ergebenden politischen Erfordernissen gerecht zu werden und daher freiwillig die »eigentliche Domäne« der Dichtung »einzuschränken«. Der Künstler war zu einem Kompromiß bereit, aber nicht zur bedingungslosen Kapitulation. Als sich herausstellte, daß die Partei gerade dies von ihm verlangte, sah er sich gezwungen, ins Schweigen zu fliehen.

Nur gelegentlich versucht er, den Bereich der Dichtung mit publizistischen Mitteln zu verteidigen. Er beruft sich dabei mit Vorliebe auf jene, die einst Kunst und Kommunismus, zumindest zeitweise, zu vereinigen wußten. Er erinnert an Majakowski, der sich der Forderung, die Poesie müsse für die Massen des Volkes verständlich sein, widersetzte und der meinte: »Die Kunst ist nicht von ihrer Geburt an eine Kunst für die Massen . . . Je höher die Qualität des Buches ist, desto weiter ist es den Ereignissen voraus.«[8]

Als sich Hermlin Ende 1962 öffentlich junger Lyriker der DDR annahm und dabei nicht nur politische Kriterien berücksichtigte, hielten es die Kulturfunktionäre für notwendig, gegen ihn einzuschreiten. Auf einer Beratung des Politbüros des Zentralkomitees und des Präsidiums des Ministerrates mit Schriftstellern und Künstlern im März 1963 erklärte er: »Vor etwa zwei Jahren wählte mich meine Sektion in der Deutschen Akademie der Künste zu ihrem Sekretär. Jetzt berief mich die Parteigruppe der Akademie und anschließend die Sektion von dieser Arbeit ab. Diese Entscheidung war richtig, und ich stimmte mit allen anderen für sie. Ich war nicht der richtige Mann am richtigen Platz . . . Ich versuchte uns, die Sektion, in besseren Kontakt mit jungen Schriftstellern zu bringen, aber ich beging gleichzeitig eine Reihe von Fehlern . . . Das hängt wohl damit zusammen, daß ich Dichtung und Kunst, die mein Leben fast ausfüllen, oft unabhängig von Zeit und Ort betrachte, da und wo sie sich äußern. Ich erkenne das als einen Fehler an; aber ich weiß auch, daß ich vor der Wiederholung dieses Fehlers nicht gefeit bin.«[9]

Man muß wohl den Ritus der kommunistischen Selbstkritik

kennen, um die Ungeheuerlichkeit dieser Erklärung ermessen zu können: Hermlin bezichtigt sich schwerer politischer Fehler, deren Ursache er in seiner prinzipiellen, mit der Kunsttheorie der Partei im Widerspruch stehenden Einstellung zur Dichtung sieht. Aber er weigert sich, diese Einstellung zu ändern, und warnt daher vor der Wiederholung seiner Fehler. Mag auch die Selbstkritik mit dem üblichen Treuebekenntnis schließen – Hermlins Weigerung und Warnung ergeben sich aus der Einsicht in das Wesen ebenso der Kunst wie der kommunistischen Kulturpolitik.

Zu fragen ist, ob sich diese Einsicht auf sein weiteres künstlerisches Werk auswirken wird. Die organisatorischen Konsequenzen ließen freilich nicht auf sich warten: Auf der Zentralen Delegiertenkonferenz des Schriftstellerverbandes der DDR Anfang Juni 1963 wurde Stephan Hermlin in den Vorstand dieser Organisation, dem er seit seiner Übersiedlung nach der DDR angehört hat, nicht mehr gewählt.

In einem seiner frühesten Gedichte, den *Toten Städten*, datiert 1940/41, heißt es:

Verlassen von Blumen und Tieren
Schlägt um uns das Meer
Des Schweigens. Und wir frieren
Und ängstigen uns sehr.

HEIMATDICHTER STRITTMATTER

Der Roman *Ochsenkutscher* (1950), mit dem Erwin Strittmatter im Alter von achtunddreißig Jahren debütierte, wurde zunächst kaum beachtet – nur Alfred Kantorowicz lobte den Anfänger aus der Provinz in der *Täglichen Rundschau*[1]. Aber schon wenige Jahre später gehörte Strittmatter zu den repräsentativen und bei jeder Gelegenheit gefeierten Autoren der Welt zwischen Elbe und Oder. Zweimal (1953 und 1955) erhielt er den »Nationalpreis für Kunst und Literatur«, zweimal (1954 und 1958) den ersten Preis in einem staatlichen Preisausschreiben für Kinder- und Jugendliteratur. Hohe Orden und weitere Preise – so der Lessingpreis 1961 – ließen nicht auf sich warten. Er wurde ordentliches Mitglied der Ostberliner Deutschen Akademie der Künste und bekleidete von 1959 bis 1961 den einflußreichsten Posten im literarischen Leben der DDR: Er war Erster Sekretär des dortigen Schriftstellerverbandes. Seit 1961 ist er stellvertretender Vorsitzender dieses Verbandes.

Strittmatters Bücher gehören zum Lehrplan der Schulen. Ein für den Unterricht verbindliches Lehrbuch widmet diesem Autor 67 Seiten – den Anhang mit Leseproben nicht einbegriffen. In der Zusammenfassung heißt es: »Wir sind gewiß, daß einst sein Werk, ein hervorragendes Ergebnis des sozialistischen Realismus, auch auf ganz Deutschland ausstrahlen . . . wird.« Diesem Werk wird »Wert und Dauer für die Nachwelt«[2] zugesprochen. Wie immer man seine literarische Begabung beurteilen mag – unbestritten ist die Tatsache, daß kein einziger Schriftsteller der DDR, dessen Laufbahn nach 1945 begann, ein vergleichbares Echo gefunden hat.

Strittmatter wurde 1912 in Spremberg als Sohn eines Bäckers geboren und wuchs in einem Niederlausitzer Dorf auf. Die offiziellen Biographen betonen gern seine vielen Berufe, die diesem in politischer Hinsicht nicht eben ergiebigen Lebenslauf doch einen proletarisch-abenteuerlichen Anstrich verleihen. Er war Bäcker, Pferdeknecht, Chauffeur, Kellner, Fabrikarbeiter und Wärter in einer Pelztierfarm. In dieser Zeit versuchte er auch – allerdings vergeblich –, sich literarisch zu betätigen. Auffällig karg sind hingegen in allen biographischen Angaben über Strittmatter die Informationen über seine Kriegsjahre. Wir erfahren lediglich, daß er Soldat war und gegen Ende des Krieges desertierte. 1945 ist Strittmatter wieder in der Heimat und abermals Bäcker. 1947 tritt er der SED bei, schreibt nach dem Besuch einer Parteischule für eine Provinzzeitung und arbeitet dann einige Jahre hindurch als Lokalredakteur im Senftenberger Braunkohlengebiet.

Sein plötzlicher literarischer Aufstieg ist mit dem Namen Brecht verknüpft. 1951 hatte Strittmatter im Auftrag einer Laienspielgruppe der kommunistischen Jugendorganisation eine Szenenfolge aus dem Bauernleben in der DDR geschrieben. Sie wurde als unzulänglich abgelehnt. Eine Neufassung dieser Szenenfolge, *Katzgraben* betitelt, gelangte im nächsten Jahr in die Hände von Brecht.

Damals, als die stalinistische Kulturpolitik ihren Höhepunkt erreicht hatte, hielt es Brecht für besonders ratsam, seine staatlichen Förderer nicht zu verärgern. Man erwartete von ihm, er werde in den Spielplan seines Theaters ein Zeitstück aufnehmen, das die aktuelle Propaganda der SED stützen könnte. Brecht versuchte, die Partei mit dem Hinweis zu vertrösten, er arbeite an einem Versdrama über einen in der DDR preisgekrönten Schnellmaurer, den sich in jenen Jahren auch andere Autoren – beispielsweise Eduard Claudius – zum Helden erkoren hatten. Das angekündigte dramatische Werk wollte nicht recht gedeihen und ist nie vollendet worden. In diesem Augenblick kam Strittmatters Manuskript.

Dem Stadtmenschen Brecht, der vom Leben auf dem Lande keine Ahnung hatte, imponierte die gründliche Kenntnis des Dorfmilieus, die der Autor des *Katzgrabens* unzweifelhaft besaß. Aber ihm gefiel ebenfalls Strittmatters volkstümlich einfache und bisweilen anschauliche Sprache. So reizte es ihn, den unbeholfenen Entwurf in ein spielbares Bühnenstück umzuwandeln, mit dem er der Partei beweisen konnte, daß er ihre Wünsche zwar nicht als Dramatiker, doch immerhin als Theaterleiter erfülle. In langwieriger Zusammenarbeit mit Strittmatter, an der sich auch mehrere Assistenten Brechts stark beteiligten, entstand schließlich ein Stück, das als Kollektivprodukt bezeichnet werden muß. Neben den Realien sind der Grundriß der Handlung und die Sprache im wesentlichen Strittmatter zuzuschreiben. Die Konstruktion einzelner Szenen hingegen, der dramaturgische Aufbau des Ganzen und die Charaktere der auftretenden Figuren stammen vornehmlich von Brecht und seinen Assistenten.[3]

Trotz einer ungewöhnlich sorgfältigen und teilweise vortrefflichen Aufführung war diesem Bühnenwerk ein nennenswerter Erfolg nicht beschieden. Auch die führenden marxistischen Kritiker machten aus ihrer Enttäuschung kein Hehl. Max Schroeder, beispielsweise, betonte sein Mißbehagen und empfahl dringend weitere Umarbeitungen. Er hat auf nicht humorlose Weise die Problematik des Stückes charakterisiert: »In Strittmatters Spiel steht im Vordergrund der Kampf zwischen den Kleinbauern gegen den Großbauern, wobei es gelingt, den Mittelbauern auf die Seite des Kleinbauern herüberzuziehen.«[4]

Vom sprachlichen Niveau des *Katzgrabens* mag ein Abschnitt zeugen, den Brecht in einem diesem Drama gewidmeten Aufsatz als besonders wirkungsvoll hervorgehoben hat.[5] Dieses Zitat verdeutlicht übrigens, wie gering Brechts Ansprüche waren, wenn er die Versuche von Anfängern beurteilte, die bereit waren, seine Hinweise zu befolgen. Es spricht der Grubenarbeiter und Parteisekretär Steinert, der die Bauern über die Nützlichkeit von Traktoren belehrt:

> Ochse! Ochse! Ochse!
> Ist so ein Vieh der Mittelpunkt der Welt?
> Denkt doch daran, wir schaffen jetzt Stationen,
> wo man sich einen Traktor leihen kann,
> und ihr, ihr klammert euch an Ochsenschwänze.

Warum nicht mit der Nase Furchen ziehn!
Ein Ochse darf für uns doch nur Behelf sein,
der Kuhablöser, solang's an Traktoren mangelt.
Im Vorjahr saht ihr nur noch Ochsen; die Partei
sieht längst Traktoren pflügen.

In einem weiteren Bühnenstück, dem Schauspiel *Die Holländerbraut* (1959), behandelt Strittmatter die sozialen und politischen Verhältnisse in seiner Niederlausitzer Heimat kurz vor und kurz nach Kriegsende. Anzeichen einer dramatischen Begabung lassen sich in dem Werk, das er diesmal offenbar allein verfertigt hat, beim besten Willen nicht finden. Hingegen verfügt Erwin Strittmatter über eine vor dem Hintergrund der DDR-Literatur deutlich erkennbare epische Begabung, die zwar nicht in seinen Erzählungen (*Eine Mauer fällt*, 1953), wohl aber in seinen Romanen zutage tritt – in dem bereits erwähnten *Ochsenkutscher,* in dem Buch *Tinko* (1954) und vor allem in seinem auch außerhalb der DDR erfolgreichen Hauptwerk *Der Wundertäter* (1957).

Einzelne Abschnitte und Szenen dieser vorwiegend auf dem Lande spielenden Romane weisen Strittmatter als volkstümlich-urwüchsigen Erzähler aus, als beherzten und temperamentvollen Heimatdichter, der Humor und Phantasie hat, das kernige Wort bevorzugt und beobachten und fabulieren kann. In drastischen Schilderungen des Dorfmilieus und der Welt der Handwerker, in plastischen Genrebildern und harmlos-heiteren Miniaturen bewährt sich seine Begabung. Handfest ist sein Humor, simpel und hausbacken. Er verschmäht weder geschmacklose noch vulgäre Scherze. Seine besondere Liebe gehört dem Kegelbruder-Ulk. Aber zuweilen – am häufigsten im *Wundertäter* – wartet er auch mit treffenden satirischen Akzenten auf.

In allen drei Romanen fallen farbige, natürlich klingende Dialoge auf, die sich durch kraftvolle Wendungen und saftige Dialektausdrücke auszeichnen. Andererseits vertraut Strittmatter seiner Sprache nicht und strebt daher Vergleiche und Bilder an, die er vermutlich für poetisch hält. »Die Nacht war groß,« – heißt es im *Wundertäter* – »und die kleinen Lichter saßen versteckt wie Läuse in ihrem schwarzen Pelz.« Oder: »Auch auf dem Baum dieser Liebe wuchsen für Weißblatt faule Früchte. Sie fielen ihm nach einigen Wochen auf den Kopf.«

Wer sich allerdings von den Vorzügen der Prosa Strittmatters überzeugen möchte, muß sehr beharrlich sein. Denn dieser Autor stellt die Geduld und Nachsicht des Lesers oft auf eine harte Probe. Die Romane enthalten eine Fülle fader und nichtssagender Schilderungen sowie seichter und platter Episoden. Die intellektuelle Armseligkeit ist schwer erträglich. Die meisten Gestalten sind entweder mit einer primitiven Schablone gezeichnet oder unterscheiden sich voneinander lediglich durch ihre Namen. In dem Stück *Katzgraben* heißen die Bauern Kleinschmidt, Mittelländer und Großmann, wodurch Strittmatter bereits ihre Klassenzugehörigkeit zu den »Kleinbauern«, den »Mittelbauern« oder den »Großbauern« unterstreicht, was wiederum deren Charaktere unwiderruflich bestimmt: Der »Kleinbauer« ist gut, der »Großbauer« böse, und der »Mittelbauer« schwankt zwischen gut und böse, also zwischen der DDR und dem Klassenfeind. Im *Wundertäter* gibt es – um nur einige Beispiele anzuführen – einen Fabrikdirektor Drückdrauf, einen Professor Obenhin, einen Wachtmeister Dufte, einen Gesellen Hohlwind, einen Feldwebel Zauderer, einen Friseur Stufenschneider. Mit entwaffnender Naivität bedient sich Strittmatter der billigsten Klischees.

Immer wird die Welt aus der Sicht kindlicher und kindischer, einfältiger und dümmlicher Helden gezeigt. Im Mittelpunkt des *Ochsenkutschers*, der wohl als eine Art Erziehungsroman gedacht war und in dem autobiographische Elemente dominieren, steht ein armer, verträumter Dorfjunge, der noch im Alter von siebzehn Jahren wie ein kleines Kind spricht. Die Handlung beginnt in der Wilhelminischen Zeit und spielt vornehmlich in den Jahren der Weimarer Republik. Strittmatter kritisiert auf treuherzige Weise die dürftigen und entbehrungsreichen Verhältnisse auf dem Lande, er erzählt von einer Dorfschule mit bornierten preußischen Lehrertypen, er attackiert Bigotterie und Chauvinismus.

Politische Motive, in dem *Ochsenkutscher* nur am Rande angedeutet, hat Strittmatter in dem Roman *Tinko,* der unter starkem Einfluß des sozialistischen Realismus entstanden ist, in den Vordergrund gerückt. Die gesellschaftlichen Veränderungen im Leben eines sowjetzonalen Dorfs in den Jahren 1948/49 sollen hier veranschaulicht werden. Der Titelheld, ein elfjähriger Junge, wird von seinem Großvater erzogen, einem reaktionären Bauern, der natürlich verschlagen, rechthaberisch und außerordentlich eigensinnig ist.

Bald taucht jedoch der Vertreter des Fortschritts auf. Im Sinne des Schemas, das in der DDR-Literatur dieser Jahre häufig angewandt wird, ist es ein Heimkehrer, ein einfacher Soldat, der sich in einem sowjetischen Kriegsgefangenenlager in einen begeisterten Kommunisten verwandelt hat. Bei Strittmatter tritt in dieser Rolle Tinkos Vater auf. Schnell kommt es zu einem Konflikt zwischen dem guten, fortschrittlichen Vater und dem bösen, reaktionären Großvater. Aber alles endet so, wie die Partei es wünscht, wobei der Untergang der glücklich überwundenen Epoche durch den Tod des verbohrten, abstoßend unverbesserlichen Großvaters symbolisiert wird. Im Schlußabsatz heißt es: »Stellmacher Felko und andere Männer in schwarzen Röcken schrauben den Sarg zu. Mein Vater hält mich bei der Hand. Seine Hand ist glatt und warm. Ich sehe Großvaters Hände zum letzten Male. Sie waren stumpf und braun wie Wurzelstümpfe. Jetzt sind sie bleich und grau wie Knochen. Sie werden nicht mehr im Acker wühlen, als ob sie ihn streicheln. Sie werden mich auch nicht mehr schlagen. Sie haben die neue Zeit zurückzerren wollen. Die Zeit schleuderte sie beiseite.«

Da der Titelheld zugleich der Ich-Erzähler des Romans ist, sehen wir die komplizierten Erscheinungen in den ersten Nachkriegsjahren lediglich aus der Perspektive eines Kindes. Die primitive Erkenntnisstufe und die bisweilen bestürzende Naivität des Buches werden auf diese Weise von vornherein legitimiert. Andererseits aber unterschiebt Strittmatter seinem erzählenden

Medium Reflexionen und Wahrnehmungen, die die Möglichkeiten eines elfjährigen Jungen weit überschreiten. Schließlich gerät er mit der Logik in Widerspruch, weil er diesen Ich-Erzähler über Vorgänge berichten läßt, bei denen er nicht zugegen war.

Bezeichnend für *Tinko* ist auch eine stilistische Manier – Strittmatter versucht es diesmal mit kurzen, abgehackten Sätzen von fast einschläfernder Monotonie. Als Beispiel dafür mag der Anfang des Romans dienen: »Schon am Morgen ist es wie Frühling. Ich reiße das vortägige Blatt vom Kalenderblock. Eine fette schwarze Zehn wird sichtbar. Unter der Zehn steht ›Oktober‹. Schon den zweiten Tag bin ich nicht in der Schule. Die Kartoffeln und Großvater sind daran schuld. Morgen werden sie in der Schule den Hausaufsatz abliefern: ›Worüber ich glücklich wäre‹. Von mir wird der Lehrer Kern keinen Hausaufsatz sehen. Ich wäre glücklich, wenn ich wieder in die Schule gehen könnte. Man braucht sich dort nicht zu bücken, bis der Rücken starr und steif wird. Ich schlendere aufs Feld. Die Sonne wärmt. Die Luft ist lau.«

Strittmatters nächster Roman, *Der Wundertäter,* ist zwar nur drei Jahre nach *Tinko* erschienen, stammt aber dennoch aus einer anderen Epoche. Die Geschichte vom elfjährigen Dorfjungen, der die SED-Herrschaft auf dem Lande preist, wurde durch die Forderungen der stalinistischen Kulturpolitik geprägt. *Der Wundertäter* hingegen kann als ein Dokument des »Tauwetters« in der DDR gelten. Allerdings muß man sich darüber im klaren sein, daß »Tauwetter« nicht unbedingt »Revolte« bedeutet. Von aufrührerischen Akzenten ist dieses Buch frei; und es sind in ihm auch nicht die geringsten Anspielungen zu finden, die als Anzeichen der Unzufriedenheit des Autors mit den Verhältnissen jenseits der Elbe verstanden werden könnten.

Aber schon die Wahl des Themas läßt auf jene größere Freiheit schließen, die der DDR-Literatur damals vorübergehend gegönnt wurde. Nachdem Strittmatter einige Jahre versucht hatte, den aktuellen Fragen im Sinne der Partei gerecht zu werden, wandte er sich jetzt, wie einst in dem unfreundlich aufgenommenen Erstling, wiederum der Vergangenheit zu: Die Handlung beginnt 1909 und reicht bis 1943. Erzählt wird die Geschichte eines weltfremden und dennoch lebenstüchtigen Bäckergesellen, eines ewigen Pechvogels, der letztlich doch Glück hat. Er leidet unter seiner Unbildung, aber schlägt sich fröhlich durchs Leben. Er ist verträumt, arglos und versponnen und zugleich schlau und gewitzt.

Aus vielen anekdotischen Szenen entsteht ein bunter epischer Bilderbogen. Da gibt es allerlei amüsante Gaukeleien, da hören wir von humorigen Abenteuern mit spröden oder liederlichen Mädchen und von heiklen Begegnungen mit geilen Witwen; schlüpfrig-biedere Späße, unbedarfte Gaunerstücke und harmlose Schelmenstreiche werden geboten. Derb und deftig ist der Ton. Jemand packt »ein dralles Weib an den Hüften«, »Brüste strämmten den Blusenkattun«, der Meister schlägt einem Mädchen »mit der flachen Ofenschosse eins auf den gewölbten Teil des Rockes«.

Kurz vor Ausbruch des Zweiten Weltkrieges meldet sich unser lustiger Held freiwillig zur Wehrmacht. Dieser Wendung verdankt der Schlußteil des Buches einen neuen Ton, denn Strittmatter macht ausgiebig von der Gelegenheit Gebrauch, Szenen aus dem Landserleben zu schildern und Kasernenscherze einzuflechten. Seine (nicht übermäßige) Aggressivität gilt dem Typ des beschränkten und mitunter auch tyrannischen Unteroffiziers, der in derartigen Büchern – über den Ersten oder über den Zweiten Weltkrieg, östlicher oder westlicher Herkunft – als Zielscheibe des Spotts stets beliebt ist.

Die Kritik in der DDR hat sich um den *Wundertäter* redlich bemüht. Don Quixote, Till Eulenspiegel und Simplicius Simplicissimus seien, erfuhr man, die Ahnen des Strittmatterschen Bäckergesellen. Auch Wielands *Agathon,* Goethes *Wilhelm Meister,* Eichendorffs *Taugenichts* und Kellers *Grüner Heinrich* wurden zum Vergleich herangezogen. Die gebildeten Interpreten wollten dieses heitere Werk mit den Postulaten der Kulturpolitik in Einklang bringen. Eine einfache Aufgabe war es nicht.

Dennoch avancierte das Buch kurzerhand zum proletarischen Erziehungsroman und wurde sogar offiziell als »meisterhafter sozialistischer Entwicklungsroman«[6] deklariert.

Allerdings spielt der *Wundertäter* nicht im proletarischen, sondern vorwiegend im kleinbürgerlichen Milieu. Auch haben wir es kaum mit einem sozialkritischen und überhaupt nicht mit einem sozialistischen Roman zu tun. Im Zuge des »Tauwetters« meinte Strittmatter, diesmal politische Fragen entweder ganz aussparen oder nur rasch andeuten zu dürfen. Der Zeithintergrund ist flüchtig skizziert und erweist sich in vielen Kapiteln lediglich als eine Art Kulisse für die Abenteuer und Streiche des Helden. Die zahlreichen satirischen Akzente haben weder mit einer ideologischen oder politischen Betrachtungsweise der Phänomene zu tun, noch mit Gesellschaftskritik im marxistischen Sinne. Vielmehr handelt es sich um eine primitive, unverblümte, gesund-kräftige Lebensweisheit, die bisweilen amüsant ist, meist harmlos wirkt und immer vordergründig bleibt. Nicht der Klassenkämpfer, der Schalk hat hier das Wort.

So konnte *Der Wundertäter* in der DDR zu einem wirklichen Erfolgsbuch werden: Endlich hatte ein repräsentativer Parteischriftsteller einen Roman geschrieben, der, mit erotischen Episoden, mit Altherrenwitzen und mit allerlei Ulk reichlich gewürzt, als Unterhaltungslektüre für weniger anspruchsvolle Leser vortrefflich geeignet war. Freilich hat auch das »Tauwetter« das intellektuelle Niveau der Strittmatterschen Prosa nicht zu heben vermocht. Der Abschnitt, in dem vom Einfluß Nietzsches auf den Romanhelden die Rede ist, kann in dieser Hinsicht als typisch gelten:

»Er las mit krauser Stirn, und er fand Stellen, die er nicht verstand. Er schöpfte Verdacht, daß diese Buchstellen nur von Friedrich Nietzsche persönlich verstanden werden konnten, denn dieser Friedrich war nichts weniger als der Vater des Übermenschen. Stanislaus fand aber auch Absätze und weise Lehren, die ihm eingingen wie Honig. Die Biene Friedrich Nietzsche schiß ihm diesen Honig paßrecht in die Hirnzellen. ›Alles am Weibe ist ein Rätsel, und alles am Weibe hat eine Lösung: Sie heißt Schwangerschaft‹. Ja, ja, der Friedrich wußte Bescheid! Stanislaus konnte sich nicht verzeihen, daß er Lilian kein Kind gemacht hatte. Es wäre ihr schwerer gefallen, mit einem Kindbündel auf dem Arm nach Feldwebeln zu fischen.«

In der DDR wurde versucht, die intellektuelle Dürftigkeit der Bücher des oft preisgekrönten Schriftstellers theoretisch zu rechtfertigen. Strittmatter, heißt es, wähle den »naiven Erzählstandpunkt«, denn er wolle den Lesern eine »ideologische Vorgabe« einräumen.[6] Das offizielle Lehrbuch erläutert, die geistige Unzulänglichkeit der Zentralfiguren Strittmatters sei für ihn »ein Mittel, eine bei aller Sympathie kritische Distanz, eine gewisse ›Verfremdung‹ zum Helden zu gewinnen«.[7]

Daraus geht hervor, daß dieser Romancier, wenn er nur wollte, auch eine weniger simple Darstellungsweise wählen könnte, jedoch seinen Intellekt aus erzieherischen Gründen unter den Scheffel stelle. Eine derartige Deutung würde wohl glaubhafter klingen, hätte nicht Strittmatter dem Bedürfnis, öffentliche Ansprachen zu halten, so häufig nachgegeben. Denn in ihnen bevorzugt er mit erstaunlicher Konsequenz ebenfalls jenen »naiven Erzählstandpunkt«. Vielleicht meinte er, auch auf der »Theoretischen Konferenz« des Schriftstellerverbandes der DDR im Jahre 1958 seinen Hörern eine »ideologische Vorgabe« einräumen zu müssen. Er sagte:

»Zunächst ist man mal für manche Kollegen schon gar nicht ›salonfähig‹, wenn man zu optimistisch auf unsere gesellschaftliche Entwicklung sieht. Es muß doch zum Deibel etwas zu kritisieren und zu witzeln geben; wozu sind wir denn sonst so schlau? Und wenn's die Sachsen sind, über die wir uns lustig machen, ohne zu merken, daß wir damit dem Feinde schöne Schützenhilfe leisten. Da ich kein Kind von Traurigkeit bin, habe ich zu Zeiten kräftig mitgewitzelt, wenn's sehr dick kam, hie und da auch mitgezweifelt. Schließlich wollte ich ja nicht der Dummbüttel vom Dorfe sein. Da war ich also schon angesteckt, ganz hübsch angesteckt übrigens. Was mich aber nicht ganz und gar krank werden ließ, das war mein proletarischer Optimismus. Den konnte und konnte ich nicht länger als eine Stunde verstecken . . . Der Sozialismus ist das, was schwer zu machen ist. Schön, aber wenn man die Vorgänge noch psychologisch verkompliziert, dann ist er nicht nur schwer zu machen, sondern überhaupt nicht . . . Nun gehöre ich für meine Kollegen wieder zu den naiven Vereinfachern, und ich muß sagen: Mir ist ganz wohl dabei.«[8]

Es besteht kein Anlaß, an der Aufrichtigkeit dieses Geständnisses zu zweifeln. Aber es fällt schwer, einen Unterschied zwischen dem intellektuellen Niveau des Heimatdichters Strittmatter und demjenigen seiner volkstümlichen Helden zu erkennen.

KAMERAD FÜHMANN

Im Kriegsgefangenenlager wurde er gefragt, ob er Mitglied der NSDAP oder einer ihrer Gliederungen gewesen sei. »Ich hob den Kopf und sagte laut: ›Ja, ich war in der SA!‹«[1] – Hiermit ist bereits auf den wohl wichtigsten Schlüssel zum Verständnis des Phänomens Franz Fühmann hingewiesen.

Er wurde 1922 in einer böhmischen Kleinstadt als Sohn eines Apothekers geboren. Aufgewachsen sei er – wird von ihm berichtet – in einer Atmosphäre »von Kleinbürgertum und Faschismus«. Als Gymnasialschüler bewunderte er Hitler. Er liebte, er vergötterte ihn. Stolz trug er die braune Uniform. Am 1. September 1939 meldete er sich spontan zur Wehrmacht. Aber erst später wurde er eingezogen. Er war lange und an vielen Fronten Soldat, in Rußland vor allem und in Griechenland. Den 9. Mai 1945 erlebte er in seinem heimatlichen Bezirk. Von einem einzigen Gedanken war er damals besessen: »Weiter, nur weiter, nur von den Russen weg!« Es ist ihm nicht gelungen: »Ich war westwärts gelaufen, die Richtung hatte gestimmt, doch nun waren die Russen auch schon im Westen; der Weg in die Freiheit war zugekeilt!«[2]

Die nächsten vier Jahre verbrachte er in sowjetischen Kriegsgefangenenlagern. Im Herbst 1947 wurde ihm ein Vorschlag gemacht: »Ich hatte in unserer Baracke im Waldlager immer die Kriegsgefangenenzeitung vorgelesen, eine Tätigkeit, die, was ich nicht wußte, in der Sowjetunion einem eigens dafür eingesetzten Politagitator zukam, und so hatte mich zu meiner Verblüffung der Politoffizier unseres Lagers eines Tages gefragt, ob ich gewillt sei, einen Lehrgang an einer Antifaschule mitzumachen.«[3] Er war, wenn auch ohne Enthusiasmus, bereit, die antifaschistische Schule zu besuchen. Damit hatte sich das Schicksal des Schriftstellers Fühmann entschieden.

Einst sah er einen Sinn seines Lebens. Er glaubte an Ideale. Er hatte eine Aufgabe, die zu erfüllen war. 1945 war seine Welt zusammengebrochen. Dem enttäuschten und betrogenen, dem verbitterten und verzweifelten jungen Mann bot der Lehrgang der »Antifaschule« etwas, worauf er nicht mehr zu hoffen wagte, wonach er sich aber im Grunde gesehnt haben mußte: neue Ideale. Mit gefühlvoll-dunklen, mystisch verbrämten Worten hatte man ihn einst verführt: mit Blut und Boden, Erbgut und Rasse, Volksgemeinschaft und Lebensraum, Führerprinzip und Herrenvolk. Hier indes wurde nicht geraunt und nicht beschworen, sondern deduziert und argumentiert. Das Vokabular, das er jetzt zu hören bekam, war sachlich, nüchtern und trocken. Solche Begriffe wie »Materialismus« und »Klassenkampf«, »Produktionsmittel« und »Mehrwert«, »Kapitalismus« und »Diktatur des Proletariats« ließen sich wissenschaftlich exakt definieren.

Die makellose Klarheit und Logik der Lehre, die hier dargelegt wurde, faszinierte den jungen Kriegsgefangenen. Übertreibt man, wenn man von einer Offenbarung spricht? ». . . und als ich dann die ersten Lektionen über politische Ökonomie gehört hatte, war es mir wie Schuppen von den Augen gefallen: Hier war ja die Antwort auf all die Fragen, die mich immer bewegten . . .«[3] Auf einmal gab es keine Rätsel mehr, alle Phänomene standen in einem kausalen Zusammenhang, die Vergangenheit ließ sich erklären, die Zukunft voraussehen. Wie ein Ertrinkender nach einem ihm hingeworfenen Rettungsring greift, so klammerte sich Fühmann an den Marxismus. Später bekannte er, ». . . daß mir erst beim Studium des Marxismus die Stationen meines Lebens bewußt geworden waren und daß die Kriegsgefangenschaft für mich die Sinngebung meiner Existenz bedeutete.«[4]

Dank der neuen Heilslehre konnte er den einst in den Reihen des Nationalsozialismus begonnenen Kampf fortsetzen – unter anderen Vorzeichen, auf anderer Ebene und mit anderer Zielsetzung. Wieder sah er eine Aufgabe, die zu lösen war, aber größer und herrlicher als jede andere – denn die neue Heilslehre prophezeite und versprach die auf wissenschaftlichen Erkenntnissen basierende Neuordnung und Erlösung nicht nur Deutschlands, sondern der ganzen Menschheit. Der noch gestern die Uniform der SA getragen, konnte heute das beglükkende Gefühl der Zugehörigkeit zu einer weltweiten Bewegung ahnen, welche die revolutionäre Romantik mit einem philosophischen System verband und den uralten Traum von der gerechten Gesellschaft zu verwirklichen im Begriff war. Natürlich: um ganz in den Genuß dieses Gefühls zu kommen, mußte Fühmann zunächst einmal dem Zwang der Kriegsgefangenschaft entrinnen. Die Gründung der Deutschen Demokratischen Republik im Herbst 1949 schuf die Voraussetzungen hierzu, denn jetzt wurden alle diejenigen Gefangenen rasch entlassen, deren fortschrittliche Anschauungen eine tatkräftige Beteiligung am Bau des ersten deutschen Staates der Arbeiter und Bauern erhoffen ließen. Im Dezember 1949 kam Fühmann nach Deutschland.

Seine ersten Gedichte waren 1942 in der Lyrik-Reihe eines Hamburger Verlages erschienen. Nun wurden, bald nach seiner Rückkehr, seine neuen poetischen Versuche gedruckt – in der Monatsschrift *Aufbau*, dem damals repräsentativen literarischen Organ der DDR. Es folgten viele weitere Veröffentlichungen und 1953 die erste Sammlung: *Die Nelke Nikos*. In diesen Gedichten zeigte sich Fühmann als Todfeind des Nationalsozialismus, als Anhänger der Sowjetunion und Patriot der DDR, als Bewunderer des Marxismus und Sachwalter des Weltproletariats. Er lieferte eben jene Propagandastrophen, die von ihm, dem Absolventen der »Antifaschule«, erwartet wurden. Aber ich glaube nicht, daß er sie nur deshalb verfaßt hatte, um der Gunst des Regimes teilhaftig zu werden und sich die literarische Karriere zu erleichtern. Es waren ehrliche Verse, aus denen Trauer, Schuldbewußtsein und Klage sprachen. Fühmann schrieb mit dem Eifer des Neophyten – aber er wollte sich wirklich bewähren. Er dichtete mit der Inbrunst des betrogenen Liebenden, der erlöst aufatmete, weil er für seine Gefühle wieder ein Objekt gefunden hatte – aber er liebte es wirklich.

Allerdings verdankte er der »Antifaschule« zwar neue Gedanken, hingegen keine neue poetische Sprache. Daher drückte er seine Empfindungen und Ideen zunächst in der Sprache von gestern aus:

Nimm unsre Hände, Deutschland, Vaterland, nimm das
glühende Herz voll Liebe und Haß, vernimm die
Stimme unbändigen Willens: Ja wir
kommen zu schaffen, zu kämpfen, zu tragen dich
Deutschland, Land unsrer Liebe, durchs Reifen der Zeit.
. . .
Und wir bringen dir, heiliges, anderes Deutschland
unsere Leben als Quader zum Bau deiner Zukunft.

In einem Lied mit dem Titel *Auftakt* heißt es:

Rauschen die Blätter der Birken,
rauschen die Blätter im Buch.
In den gewaltigen Winden
rauscht unser Fahnentuch.

Und in einem Poem *Aufbau-Sonntag*:

Lieder singen vom Kampf und vom Sieg:
Wir baun das Deutschland von morgen!

Viele dieser Gedichte Fühmanns aus den frühen fünfziger Jahren zeugen von seinem gewiß aufrichtigen Wunsch, sich einzureihen und sich anzuschließen, von seiner abermaligen Bereitschaft zur Unterordnung und zur Gefolgschaft. Er ruft:

Formt jetzt vor uns die Züge
deutscher Erneuerung.

Das Gedicht *Porträt eines Angehörigen der FDJ* schließt er mit den Worten:

Wir begreifen es selbst nicht, wenn wir ein Planjahr des Lebens
schon in Wochen vollziehn – doch warum auch begreifen –
wir tun es!

Das alles, »die Stimme des unbändigen Willens«, das in »gewaltigen Winden« rauschende Fahnentuch, die Lieder »vom Kampf und vom Sieg«, die »Züge deutscher Erneuerung« und schließlich die rührende Versicherung, es sei überflüssig, zu begreifen, was man tut – das alles ist, schlicht gesagt, unverfälschte NS-Lyrik aus der Feder eines Mannes, der mit dem Nationalsozialismus nichts mehr zu tun haben wollte und ihn – kein Zweifel kann hier bestehen – zutiefst haßte. Man hatte ihn in der »Antifaschule« nur »umfunktioniert«: Daher schrieb er HJ-Gedichte mit FDJ-Vorzeichen.

Fühmann vermochte diese Ausgangspositionen seines Dichtens in der DDR zu überwinden. Er hat mit der Zeit in der Lyrik wie in der Prosa einen eigenen Ton gefunden, er gehört mit Recht zu den führenden Schriftstellern der dortigen Welt. Unverändert blieb jedoch das gläubige Verhältnis zur DDR und zum Kommunismus, die disziplinierte Unterordnung. Er befolgt alle Wünsche und Anweisungen seiner Auftraggeber, und seine Arbeiten lassen so gut wie nie darauf schließen, daß er es nur widerwillig tut. Wie einst der begeisterte Rückkehrer aus der Kriegsgefangenschaft ist auch der reife und mehrfach preisgekrönte Dichter folgsam. Er hört nicht auf, der Propaganda der DDR zu dienen.

Vergeblich wird man in seinen Arbeiten die leisesten Anzeichen der Unzufriedenheit oder gar der Revolte finden. Die Skepsis ist seine Sache nicht. Als sich im »Tauwetter«-Jahr 1956 die literarische Opposition in der DDR regte, als eine Anzahl von Schriftstellern zumal der jüngeren Generation, sich entschieden gegen die dogmatische Kulturpolitik wandte, veröffentlichte Fühmann in der Zeitschrift *Aufbau* das Gedicht *Narrenfreiheit . . .*, in dem er meinte:

> Heut sind da sehr unabhäng'ge
> Geister im Narrengewand,
> die streben heraus aus der Enge
> von Alltag und Vaterland,
> hoch am Himmel, im Samte der Wolke

sehn sie der Freiheit Heim,
dort, ferne von ihrem Volke
verschwenden sie Rhythmus und Reim
den Weltgeist zu offenbaren
in einsamster Sinnesbrunst;
sie halten sich für die Nachfahren
der Narren, wenn sie für ihre Kunst
laut schrein nach der Freiheit, die ihnen
erlaubt, in Phantasmagorien
zu verleugnen das Denken, das Dienen,
der fordernden Zeit zu entfliehn.

Als Ende 1956 Wolfgang Harich und seine Freunde verhaftet wurden, war Fühmann mit einem Poem *Die Demagogen* zur Stelle, in dem er verkündete:

. . .
und mit Geläute kommen
Maskierte, ein kleiner Zug,
mit Sprüchen, schönen, frommen,
. . .
Das ist der Demagogen
Schar, die sich vorm Volke verneigt.

Als sich alle prominenten Autoren der DDR weigerten, die Verhältnisse in der DDR schönfärberisch darzustellen, als Anna Seghers es vorzog, eine Erzählung aus der Zeit der Französischen Revolution zu schreiben (*Das Licht auf dem Galgen*, 1961), als Willi Bredel sich mit der Vergangenheit seiner Heimatstadt Hamburg beschäftigte (*Unter Türmen und Masten*, 1960), als Bodo Uhse zum Schauplatz eines neuen Buches das ferne Mexiko wählte (*Sonntagsträumerei in der Alameda*, 1961), als Eduard Claudius es für angebracht hielt, mit Märchen und Erzählungen aus Syrien, Vietnam und Laos aufzuwarten (*Das Mädchen ›Sanfte Wolke‹*, 1962), als Stephan Hermlin vollkommen verstummte – da verfaßte Franz Fühmann eine große Reportage über eine Schiffswerft in Rostock (*Kabelkran und*

Blauer Peter, 1961) und schilderte im selben Jahr in einem zweiten Buch (*Spuk*, 1961) den heroischen Alltag der Volkspolizei in der DDR. Seine Ehre scheint wiederum Treue zu heißen.

Aber dieser Franz Fühmann, der vertrauensvoll seinen jeweiligen Führern zu folgen pflegt, hat Talent. Es wird in seiner Lyrik deutlich, in der man neben zunächst primitiven und später verkrampften Propagandastrophen auch Verse finden kann, die aufhorchen lassen. Sowohl der erwähnte Band *Die Nelke Nikos* als auch die spätere Sammlung *Aber die Schöpfung soll dauern* (1957) enthalten einige originelle Balladen, in denen Motive aus alten deutschen Märchen und Sagen auffallen. Fühmann ist bestrebt, diese Motive rationalistisch zu deuten und durch bisweilen überraschende Assoziationen in die Gegenwart einzubeziehen.

Die umfangreiche Dichtung *Die Fahrt nach Stalingrad* (1953), ein meist in freien Rhythmen geschriebener poetischer Bericht, schildert drei Begegnungen des Ich-Erzählers mit der Stadt Stalingrad: Er sieht sie zuerst als Soldat, dann als Kriegsgefangener und schließlich als offizieller Gast. Drei Etappen einer Entwicklung sollen veranschaulicht werden. Hier finden sich außer pathetischen Ergüssen und unerträglichen Banalitäten, außer versifizierten Leitartikeln und pseudopoetischen Reportagen auch einige kurze Passagen, die immerhin als Versuche einer Auseinandersetzung des Autors mit seiner Vergangenheit bemerkenswert sind. Denn das ist Fühmanns großes Thema: das Erlebnis des Nationalsozialismus und des Zweiten Weltkriegs, die schmerzvolle Desillusionierung einer Generation.

In der stalinistischen Zeit wurde jedoch ein DDR-Schriftsteller, der sich diesem Themenkreis zuwandte, fast immer verdächtigt, er wolle sich der Gegenwartsproblematik entziehen und in die weniger heikle Vergangenheit ausweichen. So verzichtete Fühmann auf die – wie sich später herausstellte – ihn bedrängende Thematik. Erst als sich nach Stalins Tod eine Entspannung im Kulturleben der DDR spürbar machte, schrieb er die erfolgreiche Novelle *Kameraden* (1955), der die kleine Prosasammlung *Stürzende Schatten* (1959) folgte.

Wie die Lyrik, in der oft das Rhapsodische eine wichtige Rolle spielt, zeigt auch – und in noch stärkerem Maße – Fühmanns Prosa, daß bei ihm stets der erzählerische Impuls dominiert. Zu welchem Thema er auch greifen und was er auch schreiben mag – Reportagen oder Erinnerungen, Berichte oder Skizzen –: alles verwandelt sich sofort in eine Geschichte. Er hat einen ausgeprägten Sinn für die Erfordernisse und für die Möglichkeiten der novellistischen Form. Insbesondere ist es ihm gegeben, Situationen und Fabeln zu erfinden, die schnell die wesentlichen Charakterzüge seiner Gestalten erkennbar machen und die behandelte Problematik wie von selbst ans Tageslicht treiben. Im Mittelpunkt stehen meist junge deutsche Soldaten, deren Mentalität das »Dritte Reich« geformt hat und deren Konflikte in der Regel aus der Konfrontation mit nationalsozialistischen Verbrechen erwachsen.

Schon die Novelle *Kameraden*, deren Handlung 1941 an der deutsch-sowjetischen Grenze spielt, beweist, daß Fühmann konsequent und geschickt auf dramatische Pointen zusteuert und mit Überraschungseffekten aufwarten kann, die hier allerdings – zum Unterschied von einigen späteren Geschichten – mitunter nicht wählerisch sind. Psychologische Vereinfachungen und sprachliche Klischees, die vor allem in den Dialogen und im schwachen Mittelteil der *Kameraden* stören, hat er in den *Stürzenden Schatten* weitgehend überwunden.

Das Kernstück dieser Sammlung, *Das Gottesgericht*, ist, wie *Kameraden*, eine strenge, kunstvoll komponierte Novelle, der man die klassischen Vorbilder anmerkt. Erzählt wird von vier deutschen Soldaten, die 1943 in Griechenland nach Partisanen fahnden, jedoch nur den biederen griechischen Koch ihrer Einheit finden, den sie schließlich erschießen. Ihre Höhepunkte erreicht die Novelle in den inneren Monologen der beteiligten Personen – Fühmann bietet hier viele psychologische Details und Beobachtungen und bedient sich oft der Technik der Zeitlupe, die es ihm ermöglicht, auch winzige Regungen und Vorgänge zu erfassen.

Daß dieser Erzähler über eine beachtliche und mitunter souverän angewandte Ausdrucksskala verfügt und daß ihm die konventionellen realistischen Mittel nicht mehr genügen, wird in dem Band *Stürzende Schatten* unter anderem durch eine apokalyptische Vision mit dem Titel *Traum 1958* dokumentiert. Auf dieses Prosastück bezieht sich eine recht ungewöhnliche, am Ende des Buches gedruckte Anmerkung des Autors: »Im *Traum 1958* versuchte ich die Bildlogik des Traums als Gestaltungsmittel auszunutzen. Hinter scheinbar phantastisch-sinnlosen Bildern steckt, nimmt man die Bilder wörtlich, die furchtbare Realität. Wenn unser Held beispielsweise sieht, wie der Mann im Ledermantel und die Generäle die Bunkertür gewaltig hinter sich zuschlagen, dann drängt sich ihm das einmal vernommene und dann lange vergessene Nazi-Wort: ›Wir werden einmal die Tür hinter uns zuschlagen, daß die Erde aus den Angeln fällt‹ ins Erinnern. Wenn der Hinkende die Brust aufklappt und ein stillstehendes Herz zeigt, dann erinnert sich unser Held an das von ihm vergessene Wort eines Hinkenden: ›Mir blieb das Herz stillstehen, als ich die Wunderwaffen des Führers sah!‹ Jedes der Traumbilder ist auf diese Art zu verstehen und auch verständlich.«

Die schulmeisterlichen Erläuterungen sind ganz gewiß nicht nur an die Leser adressiert, sondern vor allem an diejenigen, vor denen Fühmann sich offenbar rechtfertigen muß, weil er es gewagt hat, sich literarischer Mittel zu bedienen, die mit der landesüblichen Definition des Begriffs »Realismus« nicht ganz übereinstimmen. Übrigens vermochte der Selbstkommentar das Buch nicht vor den Angriffen der offiziellen Kritik zu schützen. Die Monatsschrift *Neue Deutsche Literatur* bezeichnete Fühmanns novellistische Auseinandersetzung mit dem Nationalsozialismus und dem Kriegserlebnis als ungenügend. In schönem Deutsch wurde der Autor belehrt:

»Es fehlt den Erzählungen Fühmanns etwas für den Leser der Gegenwart schlechthin Unentbehrliches: Die Orientierung im Jetzt und Hier, die Anleitung zum Handeln, durch das allein die faschistische Vergangenheit wirklich überwunden werden könnte. Dazu aber bedurfte es eben mehr als nur der bloßen

Entlarvung: Nur durch die Gestaltung ihrer tätigen Überwindung in unserer sozialistischen Gegenwart wird die faschistische Vergangenheit für den Leser als überwindbar erkannt, aber auch – angesichts der Situation in Westdeutschland – als noch zu überwinden bewußt.«[5] Besorgt meint die Rezensentin im Fazit, »das den Autor offenbar immer wieder bedrängende Thema der Auseinandersetzung mit der faschistischen Vergangenheit verstelle ihm noch zu sehr den Blick, als daß er ihre machtvolle tätige Überwindung schon zu gestalten vermöchte. Vielleicht jedoch erweist sich diese Besorgnis schon durch Fühmanns nächstes Buch als unbegründet.«

Fühmann begriff die unzarte Anspielung auf seine politische Biographie und machte sich rasch ans Werk, um zu zeigen, daß er sich nicht auf die bloße Entlarvung beschränken wolle, vielmehr auch die Orientierung im Jetzt und Hier sowie die Anleitung zum Handeln und die Gestaltung der »machtvollen tätigen Überwindung« der faschistischen Vergangenheit in der sozialistischen Gegenwart leisten könne. Es entstand jenes vorher erwähnte Buch über eine Rostocker Werft, eine Reportage, die sich immerhin von vielen ähnlichen Auftragsarbeiten, die in der DDR geschrieben werden, vorteilhaft unterscheidet: Während derartige Propagandatexte anderer Autoren mit künstlerischer Prosa keinerlei Berührungspunkte haben, vermag Fühmann seinem spröden Gegenstand einigen Reiz abzugewinnen, kleine Stimmungsbilder einzubauen und wenigstens in einzelnen Abschnitten die erwünschte Synthese von Literatur und Propaganda zu verwirklichen. Ja, Fühmann gelingt es sogar, den Alltag eines – natürlich vorbildlichen – Leutnants der Volkspolizei zwar schönfärberisch, doch lesbar darzustellen. Unter anderem läßt er den Leutnant ein Massengrab besichtigen, in dem 1945 halbwüchsige Volkssturm-Soldaten bestattet wurden. Die erschütternde Passage bestätigt wiederum, daß dieser Schriftsteller sich erst entfalten kann, wenn er auf die Vergangenheit zu sprechen kommt.

Nachdem er mit den beiden Gegenwartsbüchern *Kabelkran und Blauer Peter* und *Spuk* den von der Kulturpolitik geforderten Tribut entrichtet hatte, glaubte Fühmann, zu dem Thema seines Lebens zurückkehren zu dürfen. Das Prosabuch *Das Judenauto* (1962) enthält eine Reihe von autobiographischen Episoden aus den dreißiger Jahren und der Zeit des Krieges. Die Inhaltsangabe ließ allerdings Schlimmes erwarten, da Fühmann jeden Abschnitt seines Lebens mit einem historischen Datum in Zusammenhang bringt, auf das er immer im Untertitel hinweist – so etwa: »1. September 1939, Ausbruch des Zweiten Weltkrieges«, oder: »22. Juni 1941, Überfall auf die Sowjetunion«, oder: »20. Juni 1944, Attentat auf Hitler«. Man mußte befürchten, Fühmann wolle hier lediglich die historisch-gesellschaftlichen Prozesse im Sinne des sozialistischen Realismus mit epischen Mitteln illustrieren, also den politischen Anschauungsunterricht nur durch individuelle Erlebnisse verdeutlichen.

Fühmanns Talent sprengt jedoch die starre Konzeption; die einzelnen Erinnerungen und Berichte gehen unmerklich in Geschichten über; die besten zeichnen sich durch Bildkraft und Beredsamkeit aus. Vortrefflich etwa die Schilderung des Tages, an dem die Wehrmacht, im Oktober 1938, ins Sudetenland kommt, meisterhaft auch das den Antisemitismus behandelnde Titelstück, eine in ihrer Art vollkommene Kurzgeschichte, die keinerlei Vergleiche in der deutschen Gegenwartsliteratur zu scheuen braucht.

Diesmal hat Fühmann auch versucht, der Rüge vorzubeugen, die Auseinandersetzung mit der Vergangenheit verstelle ihm den Blick auf deren »machtvolle tätige Überwindung«. Daher schließt das Buch mit Episoden aus dem sowjetischen Kriegsgefangenenlager und mit den ersten Erlebnissen des Autors nach seiner Rückkehr. Aber wieder war die Kritik in der DDR nicht zufrieden. So schrieb Eduard Zak in der Wochenzeitung *Sonntag*: »Gegenüber der kritischen Wahrheit, die, in poetischer Verkürzung zwar, aber explizit den Hauptteil des Buches ausmacht, sind die beiden Schlußkapitel mit dem ganzen Gewicht der Wandlung befrachtet . . . Die wenigen Seiten können doch kaum das Gegengewicht gegen das Hauptanliegen des Werkes halten. Das Resümee erreicht nicht die poetische Dichte der kritischen Kapitel.«[6] Das ist richtig: der oberflächliche Schluß kann mit den vorangegangenen Kapiteln nicht verglichen werden. Der Kritiker des *Sonntag* hütet sich, nach den Gründen der plötzlichen Niveausenkung zu forschen.

1950 schrieb der Heimkehrer Fühmann in dem Gedicht *Von der Verantwortung der Dichter:*

> Aber das Leben ist teuer,
> wir ersetzen es nie.
> Klar und ungeheuer
> zwingt uns die Schuld in die Knie.

Anhang

ANMERKUNGEN

VORBEMERKUNG

1 Friedrich Schlegel *Kritische Schriften* (hrsg. v. Wolfdietrich Rasch), München o. J., S. 30.

HANS ERICH NOSSACK, DER NÜCHTERNE VISIONÄR

1 ›Merkur‹, Heft 11 (1961), S. 1001 ff.

2 Walter Boehlich »Nachwort« zu: Hans Erich Nossack *Der Untergang*, Frankfurt a. M. 1961, S. 57.

3 Horst Bienek *Werkstattgespräche mit Schriftstellern*, München 1962, S. 77.

4 Hans Erich Nossack *Über den Einsatz*, Mainz 1956, S. 66 ff.

5 Hans Erich Nossack *Die Fuge wozu?*, in: *Hans Henny Jahnn* (Festschrift der Freien Akademie der Künste in Hamburg), o. J., S. 35.

6 Hans Henny Jahnn *Kleine Rede auf Hans Erich Nossack*, in: ›Sinn und Form‹, Heft 2 (1955), S. 216.

DER ZEUGE KOEPPEN

1 Wolfgang Koeppen *New York* (mit einem autobiographischen Nachwort), Stuttgart 1961, S. 65.

2 Alfred Döblin *Die Zeitlupe – Kleine Prosa* (aus dem Nachlaß zusammengestellt v. W. Muschg), Olten–Freiburg i. B. 1962, S. 149 f.

3 Horst Bienek *Werkstattgespräche mit Schriftstellern*, München 1962, S. 50.

4 Alfred Andersch *Choreographie des politischen Augenblicks*, in: ›Texte und Zeichen‹, Heft 2 (1955), S. 256.

5 Vgl. Marcel Reich-Ranicki *Der Fall Wolfgang Koeppen*, in: ›Die Zeit‹ vom 8. September 1961. Jetzt zu finden in: M. R.-R. *Literarisches Leben in Deutschland*, München 1965, S. 26–35.

6 Bienek, a. a. O., S. 54.

DER FALL GERD GAISER

1 Curt Hohoff *Gerd Gaiser – Werk und Gestalt*, München 1962, S. 11. Hohoff meint, Gaisers »Reichslyrik« dürfte nicht politisch verstanden werden, sie sei »anarchistischer Bildersturm im

spätexpressionistischen Klischee gegen historisch gewachsene Ordnungen, ein vager ›Aufbruch‹ und von Nietzsche inauguriertes Kokettieren mit der Gewalt«.

2 *Kürschners Deutscher Literatur-Kalender* führt in der Ausgabe von 1943 noch einen zweiten Gedichtband Gaisers an: *Gesang von Osten* (1943). Offenbar war eine solche Publikation vorbereitet, ist aber – vermutlich der Kriegsverhältnisse wegen – nicht mehr erschienen.

3 Bienek, a. a. O., S. 219 f.

4 *Das kleine Buch der 100 Bücher*, Jg. 1960, S. 48. – Vgl. auch ›Frankfurter Allgemeine Zeitung‹ vom 13. September 1958.

5 Dem verdienstvollen Aufsatz von Walter Jens (›Die Zeit‹ vom 25. November 1960) verdankt diese Arbeit wesentliche Anregungen.

6 Friedrich Schlegel *Kritische Schriften* (hrsg. v. Wolfdietrich Rasch), München o. J., S. 12.

7 Karl August Horst *Die deutsche Literatur der Gegenwart*, München 1957, S. 174.

8 Die Erzählung *Vornacht* wird hier in der späteren Fassung zitiert, die in der Sammlung *Gib acht in Domokosch* (München 1959) enthalten ist.

9 Gerd Gaiser »Nachwort« zu: Antoine de Saint-Exupéry *Durst*, Stuttgart 1961, S. 65.

10 In einer späteren Ausgabe des *Schlußball* (Fischer Bücherei, Frankfurt a. M. 1961) hat Gaiser die zitierte Stelle verändert. Im ersten Satz sind die Worte »eines Stammes« weggefallen, weswegen es nun »die Verkehrsart« ist, die »gewohnt war, sich zu biegen, um am Ende oben zu sein«. Ferner wirkt Rakitsch nicht mehr »so schwarz«, sondern »unbehaglich«. Hinzugefügt sind die Worte: »Gewiß, er kam aus einem anderen Land, dunkel und melancholisch . . .« (S. 87 f.).

DER ROMANCIER MAX FRISCH

1 ›Die Weltwoche‹ vom 19. Dezember 1958.

2 Max Frisch *Ausgewählte Prosa*, Frankfurt a. M. 1961, S. 8 f.

3 Joachim Kaiser *Konsequenzen eines Bildersturmes*, in: ›Frankfurter Hefte‹, Heft 12 (1957).

4 Werner Weber *Zeit ohne Zeit – Aufsätze zur Literatur*, Zürich 1959, S. 88.

5 ebenda, S. 86.

ARNO SCHMIDTS WERK ODER EINE SELFMADEWORLD IN HALBTRAUER

1 Helmut Heißenbüttels Essay *Annäherung an Arno Schmidt* erschien zuerst im *Merkur*, Heft 3 (1963), S. 289. Nachdruck in: H. H.: *Über Literatur*, Olten, 1966, S. 56–70.

2 Jürgen Mantheys Studie *Arno Schmidt und seine Kritiker* ist gedruckt in: *Frankfurter Hefte*, Heft 6 (1962), S. 408. Einen weiteren Aufsatz von Manthey über Schmidt enthält der Sammelband *Schriftsteller der Gegenwart – Deutsche Literatur*; herausgegeben von Klaus Nonnenmann, Olten, 1963, S. 279 bis 286.

3 In dem vom Verlag Herder herausgegebenen *Lexikon der Weltliteratur im 20. Jahrhundert*, Zweiter Band, K–Z, erste und zweite Auflage, Freiburg im Breisgau, 1961, zitiert der Verfasser des Artikels über Arno Schmidt, Karlheinz Deschner, eine Äußerung Holthusens, dem zufolge Schmidts »rabiater Antichristianismus u. Antiplatonismus . . . einem naiven Lästerungsdrang die Zügel schießen läßt« (S. 882). Das in der Herder-Bücherei erschienene *Kleine Lexikon der Weltliteratur im 20. Jahrhundert*, herausgegeben von Helmut Olles, Freiburg im Breisgau, 1964, S. 312 f., übernimmt den Artikel über Schmidt unverändert, läßt jedoch die Äußerung von Holthusen weg.

4 Hans Mayer schrieb über Arno Schmidt in der *Zeit* vom 13. März 1964, Herbert Singer in der *Stuttgarter Zeitung* vom 3. Oktober 1964, Hans Wolffheim in der *Welt der Literatur* vom 5. Januar 1967.

5 Hans Egon Holthusen: *Der unbehauste Mensch*, dritte Auflage, München, 1955, S. 283.

6 Vgl. Alfred Döblin: *Aufsätze zur Literatur* (Ausgewählte Werke in Einzelbänden, in Verbindung mit den Söhnen des Dichters herausgegeben von Walter Muschg), Olten und Freiburg im Breisgau, 1963, S. 16 f., 21 und 288 f.

7 Robert Minder: *Dichter in der Gesellschaft*, Frankfurt/M., 1966, S. 285.

8 Die Äußerung von Günter Grass ist der Rede entnommen, die er aus Anlaß der Verleihung des Fontane-Preises an Arno Schmidt hielt und die in der *Frankfurter Allgemeinen Zeitung* vom 19. März 1964 gedruckt war.

9 Zur Naturbeschreibung in der expressionistischen Lyrik vgl. Karl Ludwig Schneider: *Das Bild der Landschaft bei Georg Heym und Georg Trakl*, in: *Der deutsche Expressionismus*, herausgegeben von Hans Steffen, Göttingen, 1965, S. 44–62.

ALFRED ANDERSCH, EIN GESCHLAGENER REVOLUTIONÄR

1 Auch diese Sätze entstammen – wie alle anderen hier zitierten autobiographischen Äußerungen Anderschs – dem Bericht *Die Kirchen der Freiheit*, 2. Aufl. Hamburg 1952.
2 ›Frankfurter Allgemeine Zeitung‹ vom 5. Oktober 1957.

BÖLL, DER MORALIST

1 Heinrich Böll *Erzählungen – Hörspiele – Aufsätze*, Köln 1961, S. 10.
2 Horst Bienek *Werkstattgespräche mit Schriftstellern*, München 1962, S. 149.
3 Böll, a. a. O., S. 344 ff.
4 ebenda, S. 340 ff.
5 Hans Schwab-Felisch *Heinrich Böll*, in: ›Der Monat‹, Heft 62 (1953), S. 194–198.
6 Böll, a. a. O., S. 401 ff.
7 ebenda, S. 397 f.
8 Günter Blöcker *Kritisches Lesebuch*, Hamburg 1962, S. 287.
9 Wolfdietrich Rasch *Lobrede und Deutung*, in: *Der Schriftsteller Heinrich Böll – Ein biographisch-bibliographischer Abriß*, 3. Aufl. Köln 1962, S. 8.
10 ›Sonntagsblatt‹ vom 13. April 1958.
11 ›Rheinischer Merkur‹ vom 12. Juli 1957. – Vgl. auch ›Merkur‹, Heft 12 (1957), S. 1209, und ›Süddeutsche Zeitung‹ vom 18. Mai 1957.
12 Böll, a. a. O., S. 351.

DER MILITANTE KAUZ WOLFDIETRICH SCHNURRE

1 Wolfdietrich Schnurre *Ein Fall für Herrn Schmidt* (mit einem autobiographischen Nachwort), Stuttgart 1962, S. 74.
2 Vorwort zu: *Man sollte dagegen sein*, Olten–Freiburg i. B. 1960, S. 9.
3 vgl. ›Die Zeit‹ vom 20. März 1959 und Walter Jens *Deutsche Literatur der Gegenwart*, München 1961, S. 144.
4 *Interview mit Wolfdietrich Schnurre*, in: ›Dichten und Trachten – Jahresschau des Suhrkamp Verlages‹, Berlin–Frankfurt a. M., Herbst 1956, S. 44 f.

FRIEDRICH DÜRRENMATT, DER MAKABRE POSSENREISSER

1 Friedrich Dürrenmatt: *Theater-Schriften und Reden* (herausgegeben von Elisabeth Brock-Sulzer), Zürich 1966, S. 50.

2 ebenda, S. 29.
3 ebenda, S. 83.
4 ebenda, S. 320.
5 ebenda, S. 30.
6 ebenda, S. 88.
7 ebenda, S. 55.
8 ebenda, S. 233 (In Dürrenmatts 1959 gehaltener Rede über Schiller heißt es im Fazit: »So verwandeln sich denn Schiller *und* Brecht aus unseren Richtern, die uns verurteilen, in unser Gewissen, das uns nie in Ruhe läßt.«).

SIEGFRIED LENZ, DER GELASSENE MITWISSER

1 ›Die Welt‹ vom 27. Januar 1962.
2 ›Die Zeit‹ vom 22. September 1961.

INGEBORG BACHMANN ODER DIE KEHRSEITE DES SCHRECKENS

1 Hans Egon Holthusen *Das Schöne und das Wahre*, München 1958, S. 260 f.
2 Helmut Heißenbüttel *Gegenbild der heillosen Zeit*, in: ›Texte und Zeichen‹, Heft 11 (1957), S. 93 f.
3 F. Schlegel, a. a. O., S. 15.
4 Ingeborg Bachmann *Literatur als Utopie*, in: ›Du‹ (Oktober 1960), S. 66.
5 ›Der Kriegsblinde‹ vom 15. April 1959.
6 ›Neue Zürcher Zeitung‹ vom 6. Dezember 1958.
7 ›Die Zeit‹ vom 8. September 1961.
8 F. Schlegel, a. a. O., S. 344.

DER WACKERE PROVOKATEUR MARTIN WALSER

1 ›Frankfurter Allgemeine Zeitung‹ vom 4. Juli 1957.
2 ›Süddeutsche Zeitung‹ vom 12. Dezember 1957.
3 Horst Bienek *Werkstattgespräche mit Schriftstellern*, München 1962, S. 195.
4 ›Frankfurter Allgemeine Zeitung‹ vom 3. Dezember 1960.
5 ›Deutsche Zeitung‹ vom 24. September 1960.
6 Bienek, a. a. O., S. 198.
7 H. M. Enzensberger *Einzelheiten*, Frankfurt a. M. 1962, S. 243.
8 ebenda, S. 241.
9 vgl. Günter Blöcker *Kritisches Lesebuch*, Hamburg 1962, S. 187 ff.

GÜNTER GRASS, UNSER GRIMMIGER IDYLLIKER

1 ›Süddeutsche Zeitung‹ vom 31. Oktober 1959.
2 Hans Magnus Enzensberger *Einzelheiten*, Frankfurt a. M. 1962, S. 230.
3 Nur als Beispiel eines gänzlichen Mißverständnisses sei die Ansicht des Ostberliner Kritikers Hermann Kant zitiert, der glaubte, die Gestalt des Juden Fajngold als Symptom des Antisemitismus in der Bundesrepublik deuten zu können (›Neue Deutsche Literatur‹, Heft 5 [1960], S. 154).
4 Enzensberger, a. a. O., S. 224.

REGISTRATOR JOHNSON

1 ›Merkur‹, Heft 8 (1961), S. 733.
2 Horst Bienek *Werkstattgespräche mit Schriftstellern*, München 1962, S. 89.
3 ebenda, S. 93.

DER PREUSSISCHE JUDE ARNOLD ZWEIG

1 Alexander Abusch *Die Bewährung des großen Realisten*, in: *Arnold Zweig – Ein Almanach*, Berlin 1962, S. 16.
2 Albert Soergel/Curt Hohoff *Dichtung und Dichter der Zeit – Vom Naturalismus bis zur Gegenwart*, Bd. II, Düsseldorf 1963, S. 439.
3 Kurt Tucholsky *Ausgewählte Briefe 1913–1935* (hrsg. v. Mary Gerold–Tucholsky u. Fritz J. Raddatz), Reinbek b. Hamburg 1962, S. 333.
4 Arnold Zweig *Früchtekorb – Jüngste Ernte*, Rudolstadt 1956, S. 154 ff.
5 Arnold Zweig *Zur Erkenntnis der Juden*, in: ›Die Weltbühne‹ vom 19. Juni 1928, S. 943 ff.
6 ›Aufbau‹, Jg. 1950, Heft 11, S. 1053 ff.
7 Arnold Zweig *Essays*, Bd. I, Berlin 1959, S. 93 ff.
8 Jürgen Habermas *Der deutsche Idealismus der jüdischen Philosophen*, in: *Porträts deutsch-jüdischer Geistesgeschichte* (hrsg. v. Thilo Koch), Köln 1961, S. 106.
9 Max Horkheimer »Nachwort« zu: *Porträts deutsch-jüdischer Geistesgeschichte*, a. a. O., S. 263.
10 Arnold Zweig *Essays*, Bd. I, a. a. O., S. 208.
11 Johanna Rudolph *Der Humanist Arnold Zweig*, Berlin 1955, S. 55 ff. – Vgl. hierzu den Aufsatz des Verfassers in: ›Neue Deutsche Literatur‹, Jg. 1956, Heft 9, S. 141–145.

12 vgl. hierzu Gleb Struve *Geschichte der Sowjetliteratur*, München 1957, S. 76 ff.
13 Arnold Zweig *Essays*, Bd. I, a. a. O., S. 333–341.
14 Arnold Zweig *Die Moskauer Hinrichtungen*, in: ›Die Weltbühne‹ vom 11. November 1930, S. 707 ff.
15 Arnold Zweig *Macht oder Freiheit?*, in: ›Die Weltbühne‹ vom 25. November 1930, S. 784 ff.
16 *Arnold-Zweig-Bibliographie* (zsgest. v. Hubertus Römer u. Werner Heidrich, erg. v. Ilse Lange), in: ›Sinn und Form – Sonderheft Arnold Zweig‹ (hrsg. aus Anlaß seines fünfundsechzigsten Geburtstags), Berlin o. J. (1952), S. 280–301.
17 Arnold Zweig *Sigmund Freud und der Mensch*, in: ›Die psychoanalytische Bewegung‹, Jg. 1929, Heft 1.
18 Arnold Zweig *Früchtekorb – Jüngste Ernte*, a. a. O., S. 72 ff.
19 vgl. Sigmund Freud *Briefe 1873–1939* (ausgew. u. hrsg. v. Ernst L. Freud), Frankfurt a. M. 1960.
20 Arnold Zweig *Essays*, Bd. I, a. a. O., S. 375 ff.
21 Georg Lukács *Schicksalswende – Beiträge zu einer neuen deutschen Ideologie*, Berlin 1956, S. 162–189.
22 Béla Balázs *Sergeant Grischa*, in: ›Die Weltbühne‹ vom 8. April 1930, S. 552 f.
23 Ernst von Salomon *Ein Bekenntnis*, in: *Arnold Zweig – Ein Almanach*, a. a. O., S. 128 f.
24 Kurt Tucholsky *Gesammelte Werke*, Bd. II, 1925–1928 (hrsg. v. Mary Gerold-Tucholsky u. Fritz J. Raddatz), Reinbek b. Hamburg 1961, S. 980.
25 Arnold Zweig *Worte an die Freunde*, in: ›Aufbau‹, Jg. 1948, Heft 11, S. 931 ff.
26 Louis Fürnberg *Kleines Blatt der Erinnerung – Zu Arnold Zweigs siebzigstem Geburtstag*, in: ›Sinn und Form‹, Jg. 1957, Heft 5, S. 845.
27 Georg Lukács *Schicksalswende*, a. a. O., S. 194 f.
28 ›Sächsisches Tageblatt‹ vom 14. Februar 1954.
29 Arnold Zweig *Essays*, Bd. I, a. a. O., S. 274.
30 ebenda, S. 239 ff.
31 vgl. Günther Cwojdrak *Blick in die Werkstatt*, in: ›Neue Deutsche Literatur‹, Jg. 1955, Heft 1, S. 136 ff.
32 Jürgen Rühle *Literatur und Revolution*, Köln 1960, S. 272.

DER BRAVE SOLDAT RENN

1 Ludwig Renn *Das Schreiben ist schwer*, in: *Hammer und Feder – Deutsche Schriftsteller aus ihrem Leben und Schaffen*, Berlin 1955,, S. 434 ff.

2 vgl. dazu Paul Fechter *Geschichte der deutschen Literatur*, Gütersloh 1952, S. 614.

3 Ludwig Renn *Über die Voraussetzungen zu meinem Buch ›Krieg‹*, in: ›Die Linkskurve‹, Heft 1–4 (1929).

4 Carl von Ossietzky *Ludwig Renn*, in: ›Die Weltbühne‹ vom 5. März 1929, S. 382.

5 zitiert nach *Schriftsteller der Gegenwart – Ludwig Renn* (hrsg. vom Kollektiv für Literaturgeschichte im Volkseigenen Verlag Volk und Wissen), Berlin 1956, S. 13.

6 zitiert nach *Ludwig Renn – Zum 70. Geburtstag*, Berlin 1959, S. 5.

7 ›Neues Deutschland‹ vom 8. Juli 1961.

8 zu diesem Kapitel siehe auch *Stephan Hermlin, der Poet*, S. 352 ff.

DIE KOMMUNISTISCHE ERZÄHLERIN ANNA SEGHERS

1 zitiert nach *Schriftsteller der Gegenwart – Anna Seghers* (hrsg. vom Kollektiv für Literaturgeschichte im Volkseigenen Verlag Volk und Wissen), Berlin 1959, S. 8.

2 *Anna Seghers – Briefe ihrer Freunde*, Berlin 1960, S. 45.

3 Georg Lukács *Probleme des Realismus*, Berlin 1955, S. 211 bis 239.

4 ebenda, S. 242 ff.

5 Paul Rilla *Essays*, Berlin 1955, S. 320 ff.

6 *Schriftsteller der Gegenwart – Anna Seghers*, a. a. O., S. 71.

7 Anna Seghers *Die große Veränderung und unsere Literatur*, Berlin 1956, S. 19 ff.

8 ebenda, S. 25 f.

WILLI BREDEL, DER TREUHERZIGE REVOLUTIONÄR

1 Georg Lukács *Schriften zur Literatursoziologie* (ausgew. u. eingel. v. Peter Ludz), Neuwied 1961, S. 312 ff.

2 Willi Bredel *Maschinenfabrik* N. & K. (Ein Roman aus dem proletarischen Alltag, mit einem Nachwort des Verfassers), Berlin 1960, S. 185 ff.

3 vgl. vor allem die ausführliche Analyse von Hans Koch in: ›Neue Deutsche Literatur‹, Jg. 1960, Heft 7.

DER PATRIOT BODO UHSE

1 F. C. Weiskopf *Literarische Streifzüge*, Berlin 1956, S. 163.
2 vgl. ›Aufbau‹, Jg. 1957, Heft 2, S. 213; Heft 8, S. 217; Heft 12, S. 667.
3 Bodo Uhse *Gestalten und Probleme*, Berlin 1959, S. 22 f.

EDUARD CLAUDIUS, DER PROLETARISCHE DRAUFGÄNGER

1 Eduard Claudius *Ein gewöhnlicher Anfang*, in: ›Hammer und Feder‹, a. a. O., S. 44–47.
2 Alexander Abusch *Literatur und Wirklichkeit*, Berlin 1953, S. 325 f.
3 ›Neues Deutschland‹ vom 30. Juni 1957.
4 ›Neues Deutschland‹ vom 28. Juli 1957.
5 *Schriftsteller der Gegenwart – Bodo Uhse, Eduard Claudius – Abriß der Spanienliteratur* (hrsg. v. Kollektiv für Literaturgeschichte im Volkseigenen Verlag Volk und Wissen), Berlin 1960, S. 131.

STEPHAN HERMLIN, DER POET

1 vgl. dazu Stephan Hermlin *Begegnungen 1954–1959*, Berlin 1960, S. 195 ff.
2 Stephan Hermlin / Hans Mayer *Ansichten über einige Bücher und Schriftsteller* (erw. bearb. Ausg.), Berlin o. J. (1947), S. 191.
3 Hermlin *Begegnungen 1954–1959*, a. a. O., S. 261.
4 vgl. dazu Josef Wulf *Das Dritte Reich und seine Vollstrecker – Die Liquidation von 500 000 Juden im Ghetto Warschau*, Berlin 1961, S. 86, 90.
5 Walter Jens *Deutsche Literatur der Gegenwart – Themen, Stile, Tendenzen*, München 1961, S. 69.
6 vgl. ›Neue Deutsche Literatur‹, Heft 3 (1955), S. 127 ff. (»Man muß sich als Leser die Kenntnis der Greueltaten einer vertierten SS-Kommandeuse ins Gedächtnis rufen, um mit dieser, die Hermlin schildert, nicht gar etwas wie Mitleid zu haben.«).
7 Hermlin *Begegnungen 1954–1959*, a. a. O., S. 256.
8 ebenda, S. 297.
9 ›Neues Deutschland‹ vom 6. April 1963.

HEIMATDICHTER STRITTMATTER

1 vgl. dazu Alfred Kantorowicz *Deutsches Tagebuch*, Zweiter Teil, München 1961, S. 578 ff.
2 *Schriftsteller der Gegenwart – Adam Scharrer, Erwin Strittmatter* (hrsg. v. Kollektiv für Literaturgeschichte im Volkseigenen Verlag Volk und Wissen), Berlin 1960, S. 139 f.
3 Die Informationen über die Bearbeitung des Stücks *Katzgraben* verdanke ich Egon Monk, der damals zu den engsten Mitarbeitern Brechts gehörte.
4 Max Schroeder *Von hier und heute aus*, Kritische Publizistik, Berlin 1957, S. 186.
5 Bertolt Brecht *Erwin Strittmatters ›Katzgraben‹*, in: ›Sinn und Form‹, Heft 3 u. 4 (1953), S. 97 ff.
6 vgl. *Deutsches Schriftstellerlexikon von den Anfängen bis zur Gegenwart*, Weimar 1960, S. 529 f.
7 *Schriftsteller der Gegenwart – Adam Scharrer, Erwin Strittmatter*, S. 132.
8 ›Neue Deutsche Literatur‹, Heft 8 (1958), S. 88 ff.

KAMERAD FÜHMANN

1 Franz Fühmann *Das Judenauto – Vierzehn Tage aus zwei Jahrzehnten*, Berlin 1962, S. 152.
2 ebenda, S. 138.
3 ebenda, S. 174.
4 ebenda, S. 180.
5 Rosemarie Heise *Die Bürde der Vergangenheit*, in: ›Neue Deutsche Literatur‹, Heft 8 (1959), S. 132 ff.
6 ›Sonntag‹ vom 17. Februar 1963.

PERSONENREGISTER

MARCEL REICH-RANICKI

NACHPRÜFUNG

Aufsätze über deutsche Schriftsteller
von gestern
360 Seiten

Was haben uns jene deutschen Schriftsteller heute zu sagen, deren Hauptwerke vom Ende des 19. Jahrhunderts bis zum Zweiten Weltkrieg erschienen sind? In der erweiterten Neuausgabe seines Bandes »Nachprüfung« geht es Marcel Reich-Ranicki um Autoren wie Brecht, Döblin, Fontane, Hesse, Hofmannsthal, Kästner, Kafka, Kisch, Klabund, Thomas und Klaus Mann, Joseph Roth, Schnitzler, Anna Seghers, Tucholsky, Wassermann, Werfel und Arnold Zweig.

ENTGEGNUNG

Zur deutschen Literatur der
siebziger Jahre
350 Seiten

Eine Chronik der deutschen Literatur in den siebziger Jahren hat Marcel Reich-Ranicki mit seinem Band »Entgegnung« vorgelegt. Er befaßt sich darin u. a. mit Alfred Andersch, Ingeborg Bachmann, Jurek Becker, Thomas Bernhard, Wolf Biermann, Heinrich Böll, Elias Canetti, Max Frisch, Günter Grass, Peter Handke, Uwe Johnson, Marie Luise Kaschnitz, Wolfgang Koeppen, Ulrich Plenzdorf, Botho Strauß, Martin Walser und Christa Wolf.